近代学术名家大讲堂／葛剑雄　主编

夏曾佑讲中国古代史

XiaZengyou Jiang Zhongguo Gudaishi

夏曾佑 著

凤凰出版传媒集团 凤凰出版社

图书在版编目(CIP)数据

夏曾佑讲中国古代史 / 夏曾佑著 .—南京:凤凰出版社,2010.1

(近代学术名家大讲堂.第3辑 / 葛剑雄主编)

ISBN 978-7-80729-630-0

Ⅰ.夏… Ⅱ.夏… Ⅲ.中国—古代史—研究 Ⅳ.K220.7

中国版本图书馆 CIP 数据核字(2009)第233853号

书　　名　夏曾佑讲中国古代史
著　　者　夏曾佑
责任编辑　韩凤冉
出版发行　凤凰出版传媒集团
　　　　　凤凰出版社(原江苏古籍出版社)
　　　　　南京市中央路165号　邮编 210009
　　　　　发行部电话 025—83223462
集团网址　凤凰出版传媒网　http://www.ppm.cn
照　　排　南京展望文化发展有限公司
印　　刷　南通印刷总厂有限公司
　　　　　南通市通州经济开发区朝霞路180号　邮编:226300
开　　本　718×1000毫米　1/16
印　　张　22.25
字　　数　331千字
版　　次　2010年1月第1版　2010年1月第1次印刷
标准书号　ISBN 978-7-80729-630-0
定　　价　35.00元
(本书凡印装错误可向承印厂调换,电话:0513—80237871)

《近代学术名家大讲堂》总序

葛剑雄

学术研究需要长期的积累，也需要一代又一代的传承。有了前人的成果，后人才能有发展的基础。如果没有前人的成果，后人不得不重复前人的研究，而且未必能达到前人的高度，“广陵绝响”是人类学术史上经常不得不面对的千古遗恨。要是人类的学术研究成果始终能得到传承，人类能取得的进步肯定要大得多。

秦始皇时代，多数儒家经典被付之一炬，或者被禁止传播。博士伏生将《尚书》藏在墙壁间，秦汉之际的战乱过后大部分已经遗失，只剩下二十九篇。伏生就以此为基础，终身传授《尚书》。在他九十余岁时，汉文帝派晁错去他家学习。此时伏生已口齿不清，由他女儿转述才大致完成传授。尽管由于双方所操方言的差异，导致晁错的一些误解，但基本内容还是得以流传。“薪尽火传”，靠的是火种不灭。中华文明能够长盛不衰，并发扬光大，靠的就是一代代的火种。

印刷术的发达在很大程度上保证了书籍的流传，但人为的破坏还是会使有些书籍从此毁灭，往往使一门学问后继无人。而且，对严谨的学者来说，总会有一些研究的心得或某项具体成果来不及整理成文，或者因种种原因没有发表，只能靠口耳相传。

从孔子杏坛讲学，到现代大学开设的各种课程，讲课一直是传授学术的重要途径。学者的论著当然应该以自己的研究成果为主，重在创新；但讲课的目的是向学生传授，应该系统总结某一方面的学术史和全部成果，并不限于教师本人的研究领域和成果。中国的学术传承过程中，相当多的学者毕生从事教学，并没有留下什么个人著作，却使学术的薪火代代相传。而且，以传授学问为目的的讲稿或著作会较多注意受众的接受能力，更适合普及的要求。由于时代所限，这些著作在引文方面经常有不符合现代学术规范的现象，甚至有引文错讹之处。本次整理中均未作修改，以存学术著作原貌。

20世纪是中国学术史上承上启下的关键时代，中国的现代学科都是在这一阶段建立起来的，中国的传统学术也在这一阶段实现了现代化转型，或者在现代学科中得到延续。但20世纪前期天灾人祸频仍，加上种种学术以外的原因，不少学术成果无法正常传播，有些虽未失传，却长期无人问津。直到近年，还有些自以为颇有发明创新的论著，其实只是由于没有充分了解前人的学术积累而作的无效重复。还有些学术论著虽曾发表，但流传不广，今天更不便查阅，没有发挥应有的作用。

近年来，社会对传统文化的学习和研究提出了更迫切的要求，整理和出版（包括重版）名家的讲义、讲稿及普及性的学术论著成为当务之急。凤凰出版社编辑出版这套《近代学术名家大讲堂》丛书，就是出于这样的目的，相信会受到读者的欢迎。

目　　录

中国古代史

叙

智莫大于知来，来何以能知，据往事以为推而已矣。故史学者，人所不可无之学也。虽然，有难言者。神洲建国既古，往事较繁，自秦以前，其纪载也多歧，自秦以后，其纪载也多仍，歧者无以折衷，仍者不可择别。况史本王官，载笔所及，例止王事，而街谈巷语之所造，属之稗官，正史缺焉。治史之难，于此见矣。然此犹为往日言之也。洎乎今日，学科日侈，日不暇给，既无日力以读全史，而运会所遭，人事将变，目前所食之果，非一一于古人证其因，即无以知前途之夷险，又不能不亟读史，若是者将奈之何哉？是必有一书焉，文简于古人，而理富于往籍，其足以供社会之需乎！今兹此编，即本是旨，而学殖时日皆有不逮，疏谬之讥，知不可免，亦聊述其宗趣云尔。钱唐夏曾佑叙。

第一篇　上古史凡例

讲堂演述，中学较西学为难，西学有途辙，中学无途辙也。是编有鉴于此，故于所引之书，皆于其下作一记号。如第三节一，检附卷中第三节（一），即可知其出处；其不作记号者，皆二十四史之文，因是编以二十四史为底本，故不复注其出处也。其正史与他书交错于一处者，仍注出处。其一节中征引过繁者，均注出处于本文之下，不复编号，以省错误。

是编分我国从古至今之事为三大时代，又细分之为七小时代。每时代中于其特别之事加详，而于普通之事从略。如言古代则详于神话，周则详于学派，秦则详于政术是也。余类推。

书中所引人名、地名，各从其所本之书，而见于标题及案语中者，则以至通行之书为本。如包牺之名，即用《易》文也。余类推。

列史年表，与古人著述，有与史事关系极切，而其物又无可删节者，皆全篇附入，以供博考。

历史必资图画，然中国古图画不传，后人所补作者，甲造乙难，迄无定论，是编一概不录。

中国历史体段太大，仓猝编述，漏误必多，当俟将来加以厘正。

第一章　传疑时代(太古三代)

第一节　世界之初

人类之生,决不能谓其无所始。然言其所始,说各不同,大约分为两派。古言人类之始者,为宗教家;今言人类之始者,为生物学家。宗教家者,随其教而异,各以其本群最古之书为凭。世界各古国,如埃及(Egypt)、巴比伦(Babylon)、印度(India)、希伯来(Hebrew)等,各自有书,详天地剖判之形,元祖降生之事,其说尚在,为当世学者所知。而我神洲,亦其一也。顾各国所说,无一同者。昔之学人,笃于宗教,每多入主出奴之意,今幸稍衰,但用以考古而已。至于生物学家者,创于此百年以内,最著者英人达尔文(Darwin)之种源论(Origin of Species)。其说本于考察当世之生物,与地层之化石,条分缕析,观其会通,而得物与物相嬗之故。由古之说,则人之生为神造;由今之说,则人之生为天演,其学如水火之不相容。此二说者,若欲穷其指归,则自有专门之学在,非本篇所暇及。本篇所以首及此者,因讨论历史,几无事不与宗教相涉,古史尤甚,故先举此以告学者,庶几有所别择焉。

第二节　地之各洲人之各种

大地之陆,分为五洲。吾人所居,曰亚细亚洲(Asia);其西曰欧罗巴洲(Europe),其西南曰亚非利加洲(Africa),再西曰南北亚美利加洲(South and North America);亚洲之东南曰澳大利亚洲(Australia)。是为五大洲,其名皆欧罗巴人所命也。其居此五洲之种族,居亚洲者,曰蒙古利亚种(Mongolians);居亚洲之南及各岛中者,曰马来种(Malays);居欧罗巴洲者,曰高加索种(Caucasians);居非洲者,曰内革罗种(Negroes);居美洲者,曰印第安种(Indians)。是谓五种,其名亦皆欧罗巴人所命也。因与此五洲、五种相交涉,而有信史可传者,始于欧罗巴人,故泰东之言洲名与种名者,不得不用其所立之名也。此诸种人,在上古时,大约聚居亚细亚西北之高原,其后散之四方,因水土不同,生事各异,久之遂有形貌之殊,文化之别。然其语言文字之中,犹有同者,会而通之,以观其分合之迹,此今日之新科学也。中国位于亚洲之东,而属于蒙古利亚种,案亚细亚本亚洲西方之一小地,而蒙古又胡人一分族之名也,殆不足以概中国。欧人云云,亦以偏概全之例尔。此族之史,为吾人本国之史,本书所讲演者此也。

第三节　中国种族之原

种必有名,而吾族之名,则至难定,今人相率称曰支那。案支那之称,出于印度,其义犹边地也,此与欧人之以蒙古概吾种无异,均不得为定名。至称曰汉族,则以始通匈奴得名;称曰唐族,则以始通海道得名,其实皆朝名,非国名也。诸夏之称,差为近古,然亦朝名,非国名也。惟《左传》襄公十四年引戎子驹支之言曰:“我诸戎饮食衣服,不与华同。”华非朝名,或者吾族之真名欤!至吾族之所从来,尤无定论。近人言吾族从巴比伦迁来,据下文最近西历一千八百七十余年后,法、德、美各国人,数次在巴比伦故墟掘地所发见之证据观之,则古巴比伦人与欧洲之文化相去近,而与吾族之文化相去远,恐非同种也。其古事,附录于后。

巴比伦有二种语,一南一北,南为文言(the pure language),北为妇人之言(the woman's language)。西元前六千年之砖文,凡书十二部。纪其国之古事,第一部云,无始之时,光明与黑暗相战,于是有大神出其间,名弥罗岱(Merodach)。当此之时,又有一龙底麦得(Tiamat),与神为敌,神以大力磔龙而分之,其首为天,尾为地。第十一部言二大神,一名吉而葛莫斯(Gilgames),一名衣本尼(Eabani)。上帝造衣神，本令其杀吉神，不料二神结为死党。二神协力杀一恶神，名克母伯(Khumbaba)，此恶神本住一奇怪杉树之下。又杀一神牛，因杀神牛，遂有洪水之祸。后衣神忽死，而吉神又患重病，此病惟一神能医之，神住死水之外，名西苏诗罗斯(Xisuthros)。吉神往就医，从阿拉伯经过一日落之山，此山上本归一种怪人名蝎人者保护。海边有树，以宝石为果。又行四十五日而至死水，死水之中有群岛，有一岛名福岛，于此岛望见西神，西神始告以造洪水之故，又以生命树一枝授之。吉神即携树归巴比伦，于路偶渴，就泉而饮，泉中有一蛇出，窃其生命树，吉神大哭而无如何也。又大神弥罗岱，以土造人。第一人曰爱特巴(Adapa)，偶因钓鱼，误折南风之翼。南风诉之于天，天神爱牛(Anu)召爱特巴而问之。有神名医(Ea)，谓爱特巴曰："爱牛神处之物，不可饮食。"爱特巴遂不敢饮食，于是其子孙无不死者矣。盖爱牛之饮食，皆能使人不死者也。又有神纳格尔(Nergal)，欲谋杀一女神名爱来得(Allat)。女神乃与之商，以地球上之权悉让之，遂得不死，而女神为阴司之神。又有神名衣登脑(Etanna)，与鹰相商，欲至天至高之处，已过爱牛之室，又至一斯他(Istar)之室，鹰力已竭，遂弃于地上。有神司风潮，名苏(Zu)，窃弥罗岱定数之簿，而弥罗岱之权遂失，久之始得夺回。巴比伦女子可受父母之遗产。在公庭，父子平权。奴隶亦有财产与讼狱之权。无用刑讯之事，又以诳言为重罪。商法甚详。教育普及。女子亦讲学问。邮信极多。已知日月食。创十二宫。休息之日，以度岁为至要，倍尔神升座行福故也。人皆平等自由。供神之物，分为二种，有血者肉类，无血者香酒等类。税取十分之一以与庙。商亦最重，帝王亦经商。贷资有至二十分者，后减至十三分半。以金、银、铜三种条为币，一金门尼为六十悉克尔。

第四节　古今世变之大概

中国之史，可分为三大期。自草昧以至周末，为上古之世；自秦至唐，为中古之世；自宋至今，为近古之世。若再区分之，求与世运密合，则上古之世，可分为二期。由开辟至周初，为传疑之期，因此期之事，并无信史，均从群经与诸子中见之，经、史、子之如何分别，后详之。往往寓言、实事，两不可分，读者各信其所习惯而已，故谓之传疑期。由周中叶至战国为化成之期，因中国之文化，在此期造成，此期之学问，达中国之极端，后人不过实行其诸派中之一分，以各蒙其利害，故谓之化成期。中古之世，可分为三期。由秦至三国，为极盛之期，此时中国人材极盛，国势极强，凡其兵事，皆同种相战，而别种人则稽颡于阙廷。此由实行第二期人之理想而得其良果者，故谓之极盛期。由晋至隋，为中衰之期，此时外族侵入，握其政权，而宗教亦大受外教之变化，故谓之中衰期。唐室一代，为复盛之期，此期国力之强，略与汉等，而风俗不逮，然已胜于其后矣，故谓之复盛期。近古之世，可分为二期。五季、宋、元、明为退化之期，因此期中，教殖荒芜，风俗凌替，兵力、财力逐渐摧颓，渐有不能独立之象。此由附会第二期人之理想，而得其恶果者，故谓之退化期。清代二百六十一年为更化之期，此期前半，学问、政治集秦以来之大成，后半世局人心，开秦以来所未有。此盖处秦人成局之已穷，而将转入他局者，故谓之更化期。此中国历史之大略也。

第五节　历史之益

读我国六千年之国史，有令人悲喜无端，俯仰自失者。读上古之史，则见至高深之理想，如大《易》然。至完密之政治，如《周礼》然。至纯粹之伦理，如孔教然。灿然大备，较之埃及、迦勒底、印度、希腊，无有愧色。读中古之史，则见国力盛强，逐渐用兵，合闽、粤、滇、黔、越南诸地为一国，北绝大漠，西至帕米尔高原，裒然为亚洲之主脑，罗马、匈奴之盛，殆可庶几，此思之令人色喜自壮者也。洎乎读近今之史，则五代之间，我之佣贩、皂隶，与沙陀、契丹，狂噬交捽，衣冠涂炭，文物扫地，种之不灭者几希。赵宋建国，稍稍称治，然元气摧伤，不可猝起，而医国者又非其人。自此以还，对外则主优柔，对内则主压制，士不读书，兵不用命，名实相反，主客易位，天下愁叹，而不知所自始，其将蹈埃及、印度之覆辙乎！此又令人怅然自失者矣。虽然，及观清代二百余年间，道光以前，政治、风俗虽仍宋明之旧，而学问则已离去宋明，而与汉唐相合；道光以后，与天下相见，数十年来，乃骎骎有战国之势。于是识者知其运之将转矣，又未始无无穷之望也。夫读史之人，必悉其史中所陈，引归身受，而后读史乃有益，其大概如此。

第六节　上 古 神 话

第一期传疑时代者，汉有三王、五帝、九皇，贬极为民之说[一]，此纯乎宗教家言，不可援以考实。其三皇、五帝之名，始见于周初[二]，古注以为其书即《三坟》、《五典》，然《坟》、《典》已亡，莫知师说。古又有泰古二皇之说，二皇谓包牺、神农[三]。又有古有天皇、地皇，有泰皇，泰皇最贵之说[四]。然皆异说，不常见。常见者，以天皇、地皇、人皇为多，而其所指者，各不同。纬候所传，言者非一，有以虙戏、燧人、神农为三皇者[五]，有以伏羲、女娲、神农为三皇者[六]，有以伏羲、神农、黄帝为三皇者[七]，有以伏羲、神农、祝融为三皇者[八]。大约异义，尚不止此，此其大略耳。五帝之说，亦甚不同。或用以配五人神，太昊配句芒，炎帝配祝融，黄帝配后土，少昊配蓐收，颛顼配玄冥[九]。而其再变，则为青帝灵威仰，赤帝赤熛怒，黄帝含枢纽，白帝白招拒，黑帝汁光纪，为五感生帝[十]。异义亦不止此，此亦其大略耳。大抵皆秦汉间人，各本其宗教以为言，故抵牾如此。今纪录则自包牺始。

> 案世有盘古、天皇、地皇、人皇之说，非雅言也。今录之以备考。天地混沌，如鸡子，盘古生其中。万八千岁，天地开辟，阳清为天，浊阴为地，盘古在其中。一日九变，神于天，圣于地，天日高一丈，地日厚一丈，盘古日长一丈。如此万八千岁，天数极高，地数极厚，盘古极长。后乃有三皇。《御览》二引徐整《三五历》。天皇十二头，号曰天灵，治万八千岁，《御览》七十八引项峻《始学篇》。被迹在柱州昆仑山下。《御览》七十八引《遁甲开山图》。地皇十二头，治万八千岁，《御览》七十八引项峻《始学篇》。兴于熊耳、龙门山，皆蛇身兽足，生于龙门山中。《御览》七十八引《遁甲开山图》。人皇九头，治四万五千六百年，《御览》七十八引徐整《三五历》。起于形马，《御览》七十八引《遁甲开山图》。或云提地之国。《御览》三百九十六引《春秋命历序》。其说之荒诡如此。今案盘古

之名，古籍不见，疑非汉族旧有之说。或盘古、槃瓠音近，槃瓠为南蛮之祖，《后汉书·南蛮传》。此为南蛮自说其天地开辟之文，吾人误用以为己有也。故南海独有盘古墓，桂林又有盘古祠。任昉《述异记》。不然，吾族古皇并在北方，何盘古独居南荒哉？至三皇之说，虽三皇、五帝之书，掌于故府，《周礼·春官·外史氏》。事自确有，然必即指包牺诸帝而言，非别有所谓三皇也。

案古又有十纪之说。一曰九头纪，二曰五龙纪，三曰摄提纪，四曰合雒纪，五曰连通纪，六曰序命纪，七曰循蜚纪，八曰因提纪，九曰禅通纪，十曰流讫纪。《史记·三皇本纪》。与巴比伦古砖文载洪水前有十皇相继，四十三万年之说合。

第七节　包牺氏

包牺氏蛇身人首，风姓，都于陈一。今河南陈州。华胥履迹，怪生皇牺二，华胥，包牺母。迹，灵威仰之迹也。结绳而为网罟，以畋以渔三；制以俪皮嫁娶之礼四，以木德王五；始作八卦六，以龙纪官，故为龙师而龙名七；在位一百一十年，或云一百一十六年八。案包牺之义，正为出渔猎社会，而进游牧社会之期，此为万国各族所必历。但为时有迟速，而我国之出渔猎社会为较早也。故制嫁娶，则离去知有母而不知有父之陋习，而变为家族，亦为进化必历之阶级。而其中至大之一端，则为作八卦。近世西人拉克伯里(Lacou Perie)著书，言八卦即巴比伦之楔形文。今《易纬·乾凿度》解八卦，正作古文，☰为古天字，☷为古地字，☴为古风字，☶为古山字，☵为古水字，☲为古火字，☱为古泽字，☳为古雷字。夫水、火、风、雷、天、地、山、泽等物，均世间至大至常之现象，为初作记号者所必先。或包牺与巴比伦分支极早，其他之文均未作，而仅有此八文欤！

第八节　女娲氏

女娲氏，亦风姓也，承包牺制度，蛇身人首，是为女皇一，抟黄土作人二。有共工氏，任智刑以强伯三，以水纪，为水师而水名四。康回凭怒，康回,共工之名。地东南倾五,四极废,九州裂,天不兼覆,地不周载,火焰炎而不灭,水浩洋而不息,猛兽食颛民,鸷鸟攫老弱。于是女娲氏炼五色石以补苍天,断鳌足以立四极,杀黑龙以济冀州,积芦灰以止淫水。苍天补,四极正,淫水涸,冀州平,狡虫死六。女娲氏没,大庭氏作,次有柏皇氏、中央氏、栗陆氏、骊连氏、赫胥氏、尊卢氏、祝融氏、混沌氏、昊英氏、有巢氏、葛天氏、阴康氏、朱襄氏、无怀氏,凡十五代,并袭包牺之号七。案黄土抟人,与巴比伦之神话合,《创世记》亦出于巴比伦。其故未详。共工之役,为古人兵争之始,其战也,殆有决水灌城之举,补天、杀龙均指此耳八。大庭以下,不复可稽。然古书所引尚多,与此小异,总以见自包牺至神农,其时日必极久矣。《庄子·胠箧》与此不同。

第九节　神农氏

神农氏,姜姓。母曰任姒,有乔氏之女,名女登,为少典妃,游于华阳,有神龙首,感女登于常羊,生炎帝。人身牛首,长于姜水,以火德王,故谓之炎帝,都于陈,凡八世。帝承,帝临,帝明,帝直,帝来,帝衰,帝榆罔。诸侯夙沙氏叛,不用命,炎帝退而修德,夙沙氏之民,自攻其君而归炎帝。在位百二十年,葬长沙一。又名帝魁二,以火纪,故为火师而火名三。斫木为耜,揉木为耒,耒耜之利,以教天下四。乃始教民,播五谷,相土地,宜燥湿肥硗高下;尝百草之滋味,察水泉之甘苦,令民知所避就。当此之时,一日而遇七十毒五。神农纳奔水氏之女曰听诐为妃,生帝哀,哀生帝克,克生榆罔,凡八代,五百三十年六,而为黄帝所灭七。案此时代,发明二大事,一为医药,一为耕稼。而耕稼一端,尤为社会中至大之因缘。盖民生而有饮食,饮食不能无所取,取之之道,渔猎而已。然其得之也,无一定之时,亦无一定之数,民日冒风雨,蓦谿山,以从事于饮食,饥饱生死,不可预决,若是之群,其文化必不足开发。故凡今日文明之国,其初必由渔猎社会,以进入游牧社会。自渔猎社会,改为游牧社会,而社会一大进。盖前此之蚤暮不可知,巨细不可定者,至此皆俯仰各足,于是民无忧馁陟险之害,乃有余力以从事于文化。且以游牧之必须逐水草,避寒暑也,得以旷览川原之博大,上测天星,下稽道里,而其学遂不能不进矣。虽然,游牧之群,必须广土,若生齿大繁,地不加辟,则将无以为游牧之场。故凡今日文明之国，其初必又由游牧社会，以进入耕稼社会。自游牧社会，改为耕稼社会，而社会又一大进。盖前此栉甚风沐甚雨，不遑宁处者，至此皆可殖田园，长子孙，有安土重迁之乐，于是更有暇日，以扩其思想界。且以画地而耕，其生也有界，其死也有传，而井田、宗法、世禄、封建之制生焉。天下万国，其进化之级，莫不由此，而期有长短。若非洲、美洲、澳洲之土人，今尚滞于渔猎社会。亚洲北方及西方之土人，尚滞于游牧社会。我族则自包牺已出渔猎社会，神农已出游牧社会矣。

第十节 神话之原因

综观伏羲、女娲、神农，三世之纪载，则有一理可明。大凡人类初生，由野番以成部落，养生之事，次第而备，而其造文字，必在生事略备之后。其初，族之古事，但凭口舌之传，其后乃绘以为画，再后则画变为字。字者，画之精者也。故一群之中，既有文字，其第一种书，必为纪载其族之古事，必言天地如何开辟，古人如何创制，往往年代杳邈，神人杂糅，不可以理求也。然既为其族至古之书，则其族之性情、风俗、法律、政治，莫不出乎其间。而此等书，常为其俗之所尊信。胥文明野蛮之种族，莫不然也。中国自黄帝以上，包牺、女娲、神农诸帝，其人之形貌、事业、年寿，皆在半人半神之间，皆神话也。故言中国信史者，必自炎黄之际始。

第十一节 炎黄之际中国形势

凡人群之迁徙也，常顺山川之形势以前进。中国之山脉河流，皆为横列，与赤道平行，故各族之居其地者，亦用横列之法，以分占大地。当炎帝末造，居中国者，约分三族。最北以漠南北为界者，为荤粥；獯鬻、猃狁、匈奴，皆一音之转。西起昆仑，东渐大海，夹黄河两岸者，为诸夏；大江以外，及乎南溟，是为黎族。獯鬻之来不可考，然出于夏桀、淳维之说，必不足信。黎族与今之马来族相同，向疑其为神洲之土著。然近日有人发见猓猓古文书中，言洪水方舟之事，日本鸟居龙藏所引西人之说。则亦从西方来者，或较吾族早耳。当时诸夏虽为一族，然似有二支，一炎帝，一黄帝也。因《史记》称黄帝迁徙往来无常处，以兵师为营卫；而神农氏教民稼穑，农夫非可迁徙往来无常处者，故疑其为一族分二支也。古时黎族散处江湖间，先于吾族，不知几何年。其后吾族顺黄河流域而至，如此者又不知几何年。至黄帝时，生齿日繁，民族竞争之祸，乃不能不起，遂有炎帝、黄帝、蚩尤之战事，而中国文化，藉以开焉。

第十二节　黄帝与炎帝之战

黄帝姓公孙，生于姬水，故姓姬，是本姓公孙，后改姬姓，原注。名曰轩辕[一]，少典之子[二]。此为炎帝同族之证，炎帝事见前。母曰附宝，感大电绕枢，生帝轩[三]。以土德王[四]，以云纪官，故为云师而云名[五]。案黄帝之时，荤粥在北，九黎在南，黄帝与炎帝，并居于黄河流域。而黄帝兴于阪泉、涿鹿之间，涿鹿，今直隶涿州。阪泉在涿州城东。地在北[六]。炎帝旧都陈，地在南[七]。故黄帝此时，欲兼并四方，首当合同种之国为一，而后南向以争殖民地。北徼荒寒，殖民非便，其于北狄，逐之使不内向而已，不穷之也。然此实黄帝之失策，此后北狄之害，遂与黄帝子孙相终始。中国之于四邻，大约自夏以前，则注意在南；自夏以后，则注意在北。注意于南，而江南遂永为中国殖民之地；注意于北，己国或时为他人殖民地焉。其我之有盛衰耶？其敌之有强弱耶？不可知矣。今姑舍是，但考黄帝与炎帝用兵之端，说各不同。一曰，诸侯相侵伐，虐百姓，而神农氏弗能征[八]；一曰，炎帝欲侵凌诸侯[九]；一曰，赤帝为火灾[十]；其义率相违戾，此殆当时藉以用兵之辞耳。及与炎帝战于阪泉之野，三战而后得其志[十一]。夫曰得其志，则黄帝之谋炎帝也久矣。盖普鲁士不合日耳曼列邦为一统，不能大胜法兰西也。

第十三节　黄帝与蚩尤之战

黄帝所战之炎帝，似必为帝榆罔矣。然或谓蚩尤即炎帝，古书之疑似者颇多。今案蚩尤之说，百家沸腾，然会而通之，亦可得其条理。且黄帝、蚩尤之役，为吾国民族竞争之发端，亦即吾今日社会之所以建立。周秦以前人，犹知此义。故涿鹿之战，百家均引之。今言其事，尤不可不详也。案蚩尤为九黎之君[一]，其少时曾学于中国，仕于炎帝，使字少昊[二]，再仕于黄帝，为主金之官三，又为当时之官四。当时司天之官也。黄帝深器之，使佐少昊五。其时，黎民跼蹐江湖之外，为我所鄙贱。民字之义见后。蚩尤既久游外国，稔知诸夏、九黎，终不能并存于世。又默观神农世衰六，知事机不可失，乃潜铸金类，以为利器七，遂即率众北向，以反抗中国。未几，逐帝榆罔而自立，号炎帝，亦曰阪泉氏八，如日耳曼人自称该撒之例也。古称黄神与炎神，争斗涿鹿之野九，是黄帝所灭者，为榆罔，为蚩尤，虽若可疑，然当从《史记》，分而为二十。盖古史仅称蚩尤逐帝榆罔，而未言蚩尤杀帝榆罔也十一。殆当时榆罔都蚩尤、黄帝之间，先被逐于蚩尤，后见灭于黄帝。蚩尤所率九黎之民，先在江南，及战胜榆罔，自号炎帝，时则已逾河北，乃进而益西。与黄帝遇于阪泉涿鹿之野，已在中国之西北偏。是当时神洲大陆，已为蚩尤所据，若涿鹿之战，而黄帝再败，则吾族尚失其自包牺、神农以来之殖民地，而仍回葱岭之高原，五千年间泰东之史事，无一同者矣。故涿鹿之战，诚诸夏之大事也。古人述此战者，言人人殊，所谓“百家言黄帝者，不雅驯”也。或云，黄帝使应龙杀蚩尤十二；或云，黄帝使女魃杀蚩尤十三；或云，黄帝受玄女兵符，杀蚩尤十四；皆古之神话，宜学者之谓为不雅驯也。夫蚩尤受金，作兵，伐黄帝，见前。是地质学家所谓铜刀期矣。中国秦汉以前之兵，均以铜，其说见后。而吾族剥林木以为兵十五，铜木之间，利钝殊焉。蚩尤胜而黄帝败，殆无疑义。然而成败相反，此何故哉？案黄帝时，吾族已发明弓矢之制。古称挥作弓，挥，黄帝臣也十六。又称倕之竹矢在西房十七，倕，亦黄帝臣也十八。而其矢以砮石为之十九，是弓矢均创于黄帝，而又无待乎金。中国形势，江南多洲渚林薮，故利在短兵，而长于用水；河北多平原大陆，故利在骑射，而便于野战。蚩尤率泽国之民，徒步短兵，以与黄帝控弦之士，相角于大野，虽有铜头、铁额之固二十，风伯、雨师之从二十一，亦无所用之。此不独蚩尤然也，千古以来，凡居中国之地者，南人之文化，必高于北人；南人之武勇，必劣于北人。故南人恒为北人所制，此殆地形、民族之公例然哉。蚩尤既死，黄帝迁其类之善者，于邹屠之乡；其不善者，以木械之二十二，而命之曰民二十三。己之族，则曰百姓二十四。民之言冥，言未见仁道也二十五。百姓，言天所生也二十六。故百姓与民，有亲疏贵贱之别二十七。盖战胜之族，治战败之族所必有之例矣。

第十四节　黄帝之政教

黄帝既灭炎帝，杀蚩尤，天下归于一，乃斋祓七日，游河洛之间。至翠沩之渊，有大鱼，溯流而至，左右莫见，黄帝跪而迎之，舒视之，名曰箓图[一]。今日中国所有之文化，尚皆黄帝所发明也，列之如箓。

一、天文。黄帝使羲和占日，常仪占月，臾区占星气。伶伦造律吕，隶首作算，容成综此六术而作历[二]。推分星次，以定律度。自斗十一度，至婺女七度，名曰星纪之次，今吴越分野。自婺女八度，至危十六度，曰元枵之次，今齐分野。自危十七度，至奎四度，曰豕韦之次，今卫分野。自奎五度，至胃六度，曰降娄之次，今鲁分野。自胃七度，至毕十一度，曰大梁之次，今赵分野。自毕十二度，至东井十五度，曰实沈之次，今晋魏分野。自井十六度，至柳八度，曰鹑首之次，今秦分野。自柳九度，至张十七度，曰鹑火之次，今周分野。自张十八度，至轸十一度，曰鹑尾之次，今楚分野。自轸十二度，至氐四度，曰寿星之次，今韩分野。自氐五度，至尾九度，曰大火之次，今宋分野。自尾十度，至斗十度，百三十五分而终，曰析木之次，今燕分野。凡天有十二次，日月之所躔也；地有十二分，王侯之所国也[三]。

二、井田。昔者，黄帝始经土设井，以塞争端；立步制亩，以防不足。使八家为井，井开四道，而分八宅，凿井于中，一则不泄地气，二则无费一家，三则同风俗，四则齐巧拙，五则通财货，六则存亡更守，七则出入相司，八则嫁娶相媒，九则有无相贷，十则疾病相救。是以性情可得而亲，生产可得而均，欺凌之路塞，斗讼之心弭。既牧之于邑，故井一为邻，邻三为朋，朋三为里，里五为邑，邑十为都，都十为师，师十为州。夫始分之于井，则地著；计之于州，则数详。迄乎夏殷，不易其制[四]。

三、文字。黄帝之史苍颉，见鸟兽蹄迒之迹，知分理之，可以别异也，初造书契。苍颉之初作书，盖依类象形，故谓之文；其后形声相益，即谓之字。文者，物象之本；字者，言孳乳而浸多也。著于竹帛之谓书。书者，如也[五]。或云苍颉，古之王者，在包牺前。又云在炎帝世。又云在神农、黄帝之间。然当以黄帝史官为信。又黄帝史官尚有沮诵。

四、衣裳。黄帝、尧、舜，垂衣裳而天下治[六]。黄帝作冕，垂旒，目不斜视也；充纩，耳不听谗言也七。黄帝始蚕故也。

五、岁名。容成作历，大挠作甲子，二人皆黄帝之臣。盖自黄帝以来，始用甲子纪日，每六十日，甲子一周八。

六、律吕。昔黄帝令伶伦作为律，伶伦自大夏之西，乃之阮隃之阴，取竹于嶰谿之谷，以生空窍厚钧者，断两节间，其长三寸九分，而吹之，以为黄钟之宫。制十二筒，以之阮隃之下，听凤凰之鸣，以别十二律。其雄鸣为六，雌鸣亦六，以比黄钟之宫。适合黄钟之宫，皆可以生之。故曰黄钟之宫，律吕之本九。案律有十二，阳六为律，阴六为吕。律以统气类物，一曰黄钟，二曰太簇，三曰姑洗，四曰蕤宾，五曰夷则，六曰亡射。吕以旅阳宣气，一曰林钟，二曰南吕，三曰应钟，四曰大吕，五曰夹钟，六曰中吕。此乃专门之学，欲知其详，当通《汉书·历律志》。又近人言，西人以形色显成音之理，其数与律书合。此为新说，附记于此，以见中国古术之非诬也。

七、壬禽。黄帝将上天，次召其三子，而告之曰："吾昔受此《龙首经》于玄女，今以告汝。"其术以天一居中，而以大吉神后登明河魁所游，以占吉凶，是谓六壬。原注：言日辰阴阳，及所坐所养之御，三阴、三阳，故曰六壬也。十。案其详见《汉书·翼奉传》。

八、神仙。华山、首山、太室、泰山、东莱，此五山，黄帝之所常游，与神会。黄帝且战且学仙，百余岁，然后得与神通。采首山铜，铸鼎于荆山下，鼎既成，有龙垂胡髯，下迎黄帝，黄帝上骑，群臣后宫，从者七十余人，龙乃上去十一。古房中家亦始于容成，今家法亡，故不列此。

九、医经。黄帝问于岐伯，作《素问》八十一篇，《灵枢》八十一篇十二。案神农所创之医，为医之经验；黄帝所创之医，为医之原理，进化之级应如是也。

右中国文化作于黄帝者九，皆取汉以前之说，最雅驯者。

前所举九条，试读古人之典籍，游今日之社会，有能出于此九事以外者乎？则中国文化，自黄帝开之，可无疑义矣。然此犹其小节云尔，若论其宏纲巨旨，则莫如百姓与民之辨。盖凡优种人，战胜劣种人，而占其地，奴其人，欲其彼此相安，视为定命，则必创一宗教，谓吾与若，所生不同，本非同类，原无平等之义。如是则一切人权，所享大殊，不啻皆天之所命，而无可质矣。故亚利安种据印度，必造婆罗门人，从大梵顶生；刹帝利人，从大梵臂生；吠奢人，从大梵股生；戌陀人，从大梵足生之说。百姓与民之义，亦正如此。姓为古之神圣，感天而生十三，如华胥履迹，生皇牺；任姒感龙，生帝魁；附宝出，降大电，生帝轩。此举前课曾讲者以起例，其后凡一姓受命，必有感生帝，可以类推。而华胥所履，为灵威仰之迹十四，准此以推，伏羲以木王，故华胥所感，为灵威仰。然则神农以火王，任姒所感，必赤熛怒。黄帝以土王，阿宝所感，必含枢纽。少昊以金王，女节所感，必白招拒。颛顼以水王，女枢所感，必汁光纪。帝王皆上帝之子，故明堂大祭，祭其祖之所自出，而以其祖配之也十五。百姓者，王公之子孙十六，亦即天之子孙矣。百姓之义如此。至于民者冥也，言未见人道，因彼族三生凶恶，故著其事，而谓之民十七。故民字，专为九黎、有苗而设。如推其种所从出，则羌，羊种也；蛮，蛇种也；闽，亦蛇种也；貉，豸种也，谓长脊兽之种也。貉之言貉，貉，恶也；狄，犬种也，狄之为言淫辟也十八。其言异族之从出如此。百姓与民，既有天神与虫豸之别，故所享利权，因之大异，其纲要为礼不下庶人，刑不上大夫十九。案《礼经》所传者，莫完整于《仪礼》十七篇，皆为士礼，礼皆行于庙，庶人无庙，庶人即民。故无礼也。而《书·吕刑》，述民与刑之源流，最为详尽，其对民之处，皆称皇帝，与对本族称帝有别。盖所谓墨、劓、剕、宫、大辟诸刑，本黎民苗民之法，即以其人之法，还治其人之身。今欧人之驭殖民地之土人，莫不然也。中国古人，设此分人等级之法，原为黄帝与蚩尤战后，不得已之故，及后则种族淆而礼俗存，至今乃为社会之大碍矣。

第十五节　少昊氏颛顼氏

黄帝居轩辕之丘，其地无考。而娶于西陵之女，是为嫘祖。嫘祖为黄帝正妃，生二子，其一曰玄嚣，是为青阳；其二曰昌意。黄帝二十五子，其得姓者十四人一，为十二姓：姬、酉、祈、己、胜、葴、任、荀、僖、姞、嬛、依也二。玄嚣青阳，是为少昊，继黄帝立三。一说非也四，少昊名挚，母曰女节，黄帝时有大星如虹，下流华渚，女节意感，生少昊五，嬴姓，一作姬姓六，以金德王七。其立也，凤鸟适至，故为鸟师而鸟名八。昌意生昌仆，昌仆生高阳，是为帝颛顼九。母曰女枢，瑶光之星，如蜺贯月，正白，感女枢，生黑帝颛顼十，妘姓十一，以水德王十二。自颛顼以来，不能纪远，乃为民官而命以民事十三。案此时代，与南方蛮族，又有征战，当少昊之衰，九黎乱德，民神杂糅，不可方物，颛顼受之，乃使南正重，司天以属神；命火正黎，司地以属民，使复旧常，无相侵渎，是谓绝地天通十四。其后三苗服九黎之德，谓三苗从九黎乱德。故二官咸废所职。畴人子弟分散，或在诸夏，或在夷狄，是以其禨祥废而不统十五。是少昊之季之于九黎，颛顼之季之于三苗，其乱一也。

第十六节　帝喾氏

帝喾高辛者，黄帝之曾孙也。高辛父曰蟜极，蟜极父曰玄嚣一，姬姓，其母不见，谓无可考。二。以木德王三。帝喾娶陈锋氏女，生放勋；娶娵訾氏女，生挚。帝喾崩，而挚代立。帝挚立，不善。崩，而弟放勋立，是为帝尧四。包牺、神农、黄帝、少昊、颛顼，是谓五帝，古人用以纪五行，盖宗教说也。自包牺至炎帝，自炎帝至黄帝，中间年纪旷邈，前已详之。其黄帝、少昊、颛顼、帝喾，据此说，则父子相承，厘然可考。然郑元以为黄帝传十世，二千五百二十岁。次曰帝宣，即少昊。则穷桑氏，传八世，五百岁。次曰颛顼，则高阳氏，传二十世，三百五十岁。次是帝喾，即高辛氏，传十世，四百岁五。马迁为史家之巨擘，康成集汉学之大成，而其立说违反若此。然观迁所作《历书》，叙少昊、颛顼之衰，则其间必非一世可知矣。今姑用《本纪》说耳。案司马迁之说，出于《大戴礼》；郑元之说，出于《春秋命历序》。

第十七节　尧　舜

孔子删书，断自唐虞，故儒家言政治者，必法尧舜，孟子所谓先王，由三代前推之。荀子所谓后王也。由五帝后数之。九流百家，托始不同，墨子言禹，道家言黄帝，许行言神农，各有其所宗。即六艺之文，并孔子所述作，而托始亦异。《诗》惟见禹、汤、文、武，《易》备五帝，《春秋》法文王，惟《书》首尧、舜，其义深矣。帝尧陶唐氏，母庆都，游三河之首，有赤龙负图出，庆都读之，风雨奄然，赤龙与庆都合昏，龙消不见。生尧一，祁姓，都平阳，今山西临汾县。二。以火德王三。荣光起河，休气四塞，龙马衔甲，赤文绿地，临坛止，吐甲图四，复遂重黎之后五。命共工治事，命鲧治洪水六。七十载，举舜。又二十八载，崩七。帝舜有虞氏，名重华。父曰瞽叟，瞽叟父曰桥牛，桥牛父曰句望，句望父曰敬康，敬康父曰穷蝉，穷蝉父曰帝颛顼八。母握登，见大虹，意感而生舜九，姚姓，都于蒲坂，今山西蒲州。十。以土德王十一。观河渚，有五老相谓曰："河图将来。"告帝期，五老化为流星，上入昴。有顷，赤龙负图出十二。命二十二人，各尽其职十三。禹、垂、益、伯夷、夔、龙六人，又四岳、十二牧，共二十二人。除稷，契、皋陶三人，其详见《尚书・舜典》。舜生三十登庸，言始见用。三十在位，摄政三十年。五十载，即帝位五十年。陟方乃死。巡狩至苍梧而崩。十四。

第十八节　尧舜之政教

尧、舜二代之事，渐有可稽，非若颛顼以前之荒渺。其职官如司空、禹为之，掌平水土。后稷、弃为之，掌播百穀。司徒、契为之，掌敷五教。士、皋陶为之，掌刑。共工、垂为之，掌主百工。虞、益为之，掌驯草木、鸟兽。秩宗、伯夷为之，掌礼。典乐、夔为之，掌乐。纳言龙为之，掌出入王命。等官名，后世皆沿称之。祭祀之典，有上帝、昊天。六宗、星、辰、司中、司命、风、雨师也，六宗说最多，此引郑康成说。山川、地祇。群神，人、鬼、物、鬽。则周礼之所出也。然此代尚有一大事，为古今所聚讼，则禅让是矣。案中国天子之位，自有可考以来，并系世及。前乎唐虞者，包牺、神农、黄帝、少昊、颛顼；后乎唐虞者，夏、商、周、秦、汉，以迄今，皆世及也。惟唐虞介乎其间，独以禅让闻，于是论者求其故而不得，率以臆见解之。有以为皆天意者，孟子。有以为鄙夷大宝而去之者，庄子。有以为与后世篡窃无异者，刘知几《史通》。有以为即民主政体者。近人。案一二两说，未免太空；刘知几说，以小人待天下，未可为训；近人说亦不合。民主必有下议院，而《帝典》无之。且列代总统，岂能全出一族，如尧、舜、禹者？求其近似，大约天子必选择于一族之中，必黄帝之后。而选举之权，则操之岳牧，四岳、十二牧。是为贵族政体。近世欧洲诸国，曾多有行之者，而中国则不行已久，故疑之也。至于孔、孟、老、庄之所以称尧、舜者，其托古之义欤！

第十九节　夏　　禹

夏禹名曰文命。禹之父曰鲧。鲧之父曰颛顼一，母曰修纪，命星贯昴，修纪梦接，生禹。宋衷注：命使之星，谓流星也。二。尧之时，洪水滔天，求能治水者。四岳皆举鲧，尧不可，然卒以四岳意，用之，九年而水不息。舜摄政，殛鲧于羽山，于是举鲧子禹，而使续鲧之业。禹乃劳身焦思，居外十三年，《孟子》作八年，今从《禹贡》、《史记》。随山刊木，定高山大川，自冀州始。一、冀州，今山西、直隶境。二、兖州，今直隶、山东境。三、青州，今山东境。四、徐州，今江苏、安徽境。五、扬州，今江苏、江西境。六、荆州，今江西、湖广境。七、豫州，今河南境。八、梁州，今四川境。九、雍州，今陕西境。是谓九州三。《尔雅·释地》九州与此异。各第其贡赋之数，水陆之程，皆前此所未有也。水土既平，舜荐禹于天，为嗣。十七年，舜崩。三年之丧毕，禹即天子位，都平阳，姓姒氏。会诸侯于涂山，执玉帛者万国四，而荐益于天。十年，东巡狩，至于会稽崩五。

第二十节　禹之政教

近人谓中国进化，始于禹，禹以前，皆宗教所托言，此说未可论定。然禹之与古帝异者，其端极多，盖禹之于黄帝、尧、舜，一如秦之于三代，亦古今之一大界也。凡此，皆治史学专科者，所宜分别。略疏之为四端。

一曰三苗至禹而结局。　南蛮为神洲之土著，黄帝时蚩尤之难，几覆诸夏；少昊之衰，九黎乱德；颛顼媾三苗之乱，至于历数失序一。及尧战于丹水之浦二，在南阳浦岸。舜时迁三苗于三危三，三危，西裔也，谓逐之西去。稍以衰落。至禹，三危既宅，谓可居。三苗丕叙四，谓服教。于是洞庭、今湖南洞庭湖。彭蠡今江西鄱阳湖。之间五，皆王迹之所经，无旧种人之历史矣。盖吾族与土族之争，自黄帝至禹，上下亘千年，至此而兴亡乃定。呜呼，异种之争，存灭之感，岂独苗民也哉？

二曰洪水至禹而平。　中国今日所有之书，最古者莫如《帝典》。《帝典》称洪水滔天，浩浩怀山襄陵，则其水之大可知矣。然不详起于何时，一若起于尧时者。然今案女娲氏时，四极废，九州裂，水浩溔而不息，于时女娲氏断鳌足以立四极，积炉灰以止淫水六。其后共工氏与颛顼争为帝，怒而触不周之山，共工氏振滔洪水，以薄穷桑，江淮流通，四海溟涬，民皆上邱陵，赴树木七。似洪水之祸，实起于尧以前，特至尧时，人事进化，始治之耳。考天下各族，述其古书，莫不有洪水。巴比伦古事，言洪水乃一神西苏诗罗斯所造。洪水前，有十王，凡四十三万年；洪水后，乃今世。希伯来《创世记》，言耶和华鉴世人罪恶贯盈，以洪水灭之，历百五十日，不死者惟挪亚一家八。最近发见云南猓猓古书，亦言洪水。言古有宇宙干燥时代，其后即洪水时代。有兄弟四人，三男一女，各思避水，长男乘铁箱，次男乘铜箱，三男与季女同乘木箱。其后惟木箱不没，而人类遂存九。观此则知洪水为上古之实事，而此诸族者，亦必有相连之故矣。

三曰五行至禹而传。　包牺以降，凡一代受命，必有河图，前已历言之矣。然古书言河、洛事者，不知凡几，各纬固多，各经中亦有。《尚书·顾命》，天球、河图在东序。而孔子亦有河不出图之叹。亦可见古人言天命者，例以河图为证矣。至河图之由来，盖草昧之时，为帝王者，不能不托神权以治世。故必受河图，以为天命之据。且不但珍符而已，图书均有文字，观前数课所引已可见，河图必有文字，欲究其详当观胡渭《易图明辨》。列治国之法，与《洪范》等，惜其书均不传，惟《洪范》存于世。五行之说，殆为神洲学术之质干。鲧湮洪水，汩陈其五行，帝乃震怒，不畀《洪范》九畴，彝伦攸斁。鲧则殛死，禹乃嗣兴。天乃锡禹《洪范》九畴，彝伦攸叙，其诸西奈山之石版欤！

四曰传子至禹而定。　黄帝以前，君统授受之制，不可知。黄帝、少昊、颛顼、喾、挚、尧、舜、禹八代，则同出于一族，而不必传子，是无定法也。至禹乃确立传位之定法。商虽传弟，然有定法则一也。盖专制之权渐固，亦世运进步使然，无所谓德之隆替也。

第二十一节　夏之列王

禹娶涂山氏女，生启。禹崩，启一即位，诸侯有扈氏不服，启伐之，大战于甘。王责以威侮五行，怠弃三正，即言有扈氏不遵《洪范》之道。遂灭有扈氏。启崩，子帝太康立，太康无道，有穷国名。后羿，因夏民以代夏政。羿既篡夏，委政寒浞，一作韩浞。浞行媚于内，而施赂于外，以取其国家。羿犹不悛，将归自田，家人逢蒙杀而烹之。浞因羿室，生浇即奡。及殪，使浇用师，灭斟灌及斟寻氏二，覆其舟取之三。即《论语》奡荡舟事。灭夏后相，太康崩，弟仲康立。仲康崩，子相立，依二斟同姓之国。盖太康以来，犹拥虚器，至此乃灭。后缗相之妻。方娠，逃出自窦，归于有仍，生少康焉。既长，使女艾谍浇，即《楚辞·天问》之女岐。使季杼诱豷，遂灭过、戈，复禹之绩四。帝少康崩，子帝予立。即季杼。帝予崩，子帝槐立。帝槐崩，子帝芒立。帝芒崩，子帝泄立。帝泄崩，子不降立。帝不降崩，弟扃立。帝扃崩，子帝廑立。帝廑崩，立帝不降之子孔甲，是为帝孔甲。帝孔甲崩，子帝皋立。帝皋崩，子帝发立。帝发崩，子帝履癸立，是为桀，为汤所灭。夏亡五，凡十七帝四百七十一年。

第二十二节 夏传疑之事

有夏一代可纪之事，自禹而外，传者绝稀。惟有二事，古书多道之。一为益与启之事，一为羿与浞之事。益、启之事，一以为天命归启，不归益，《孟子》。一以为益为启所杀。《逸周书》。然观启代益作后，卒然离蠥，惟启何忧而能拘是达？《楚辞·天问》。则似其间必有一事矣。今既不得明证，存疑可也。羿、浞之事，《楚辞》、《左传》，言之极详，似为古人之大事。然《尚书》无之，孔子又不答南宫适之问，《史记·夏本纪》亦削去其事。古人著书，其去取之际，必非偶然，恐别有大义，然不可知矣。自太康失位起，至少康中兴止，其间至少亦六七十年，其间有水师之战，有间谍之用，皆前古所无，宜乎言战者必引之也。

第二十三节 商之自出

有娀氏二佚女，居九成之台。帝上帝也。令燕往视之，二女爱而争搏之，覆以玉筐。少选，发而视之，燕遗二卵飞去一，所谓“天命玄鸟，降而生商”也二。契母曰简狄，即有娀。为帝喾次妃。契为舜司徒，封于商，今河南睢州。姓子氏。契卒，子昭明立。昭明卒，子相土立。相土卒，子昌若立。昌若卒，子曹圉立。曹圉卒，子冥立。冥卒，子振立。振卒，子微立。微卒，子报丁立。报丁卒，子报乙立。报乙卒，子报丙立。报丙卒，子主壬立。主壬卒，子主癸立。主癸卒，子天乙立，是为成汤。自契至汤，八迁，汤始居亳，河南偃师县。从先王居。帝喾都亳。时夏桀无道，伊尹负鼎俎，以滋味之道说汤三，汤得伊尹，祓之于庙四。伊尹五就汤,五就桀,卒归于汤五。汤乃伐夏,整兵鸣条,今山西安邑县。困夏南巢,今安徽庐江。放之历山六。今安徽和州东。汤既绌夏,于是诸侯服汤,践天子位七。即位十七年,而践天子位。践天子位,十三年而崩,寿百岁。

第二十四节　商之列王

汤崩,太子太丁未立而卒,于是乃立太丁之弟外丙。即位二年崩,乃立外丙之弟中壬。即位四年崩,伊尹乃立太丁之子太甲。太甲既立,三年,不遵汤法,伊尹放之于桐。三年,伊尹摄行政事,当国以朝诸侯。太甲居桐宫,三年,悔过自责,反于善,伊尹乃迎太甲而授之政。太甲修德,诸侯咸归殷。太甲称太宗。案此为庙号之始。太宗崩,子沃丁立。沃丁之时,伊尹卒,葬之亳。沃丁崩,弟太庚立。太庚崩,子小甲立。小甲崩,弟雍己立。雍己时,殷道衰。雍己崩,弟太戊立。太戊立伊陟为相,伊尹之子。案子字疑孙字之误。伊陟举巫咸,始以巫官者。巫咸乂王家,殷复兴。太戊称中宗。中宗崩,子仲丁立,仲丁迁于敖。今河南荥泽县。仲丁崩,弟外壬立。外壬崩,弟河亶甲立,河亶甲迁于相。今河南内黄县。河亶甲时,殷复衰。河亶甲崩,子祖乙立,祖乙迁于耿,今山西河津县。殷复兴,巫贤任职。祖乙崩,子祖辛立。祖辛崩,弟沃甲立。沃甲崩,兄祖辛之子祖丁立。祖丁崩,弟沃甲之子南庚立。南庚崩,祖丁之子阳甲立。阳甲之时,殷衰。自仲丁以来,废嫡而更立诸弟、子,弟、子或争相代立,比九世乱,于是诸侯莫朝。阳甲崩,弟盘庚立。盘庚之时,殷已都河北,盘庚渡河,复居成汤之故居。殷自成汤由南亳今河南府西北。迁西亳,今河南偃师县。仲丁迁敖,河亶甲居相,祖乙居耿,盘庚渡河南居西亳,凡五迁,无定处。殷民皆怨,不欲徙,盘庚乃告谕诸侯大臣,以不可不迁之故。遂涉河,南治亳,行汤之政,然后百姓得宁,殷道得兴,诸侯来朝。盘庚崩,弟小辛立,殷道复衰。小辛崩,弟小乙立。小乙崩,子武丁立。武丁思复兴殷,而未得其佐,三年不言,政事决于冢宰,以观国风。武丁夜梦得圣人,名曰说,以梦所见示群臣百吏,皆非也。于是使百工营求之野,得说于傅岩中。是时说为胥靡,筑于傅岩,见于武丁。武丁曰,是也。与之语,果圣人,举以为相,殷国大治,遂以傅姓之,号曰傅说。于是百姓咸欢,殷道复兴。殷人嘉武丁之德，立其庙为高宗。高宗崩，子祖庚立。祖庚崩，弟祖甲立。祖甲淫乱，殷复衰。祖甲崩，子廪辛立。廪辛崩，弟庚丁立。庚丁崩，子武乙立，殷复去亳，徙河北。武乙无道，为偶人，谓之天神，与之博。令人为行，为天人行博。天神不胜，乃僇辱之，为革囊盛血，仰而射之，命曰射天。武乙猎于河渭之间，天暴雷，武乙震死，案武乙所为，乃反对当时之鬼神派耳。然当时则目为无道，且有震死之说矣。子太丁立。太丁崩，子帝乙立。帝乙时，殷益衰。帝乙崩，子辛立，是为纣。纣为不道，当是时，周室滋大，周武王东伐，至孟津，诸侯叛殷会周者八百国。于是武王遂率诸侯伐纣，纣拒之牧野。甲子日，纣兵败，走入，登鹿台，衣其宝玉衣，赴火而死。殷亡，凡三十一帝六百余年。周武王封纣子武庚，以续殷祀。后武庚作乱，周公诛之，而立微子于宋，纣兄庶。以续殷后。又七百余年，乃亡。

第二十五节　桀纣之恶

中国言暴君，必数桀、纣，犹之言圣君，必数尧、舜、汤、武也。今案各书中，所引桀、纣之事多同，可知其间必多附会。盖既亡之后，其兴者必极言前王之恶，而后己之伐暴为有名，天下之戴己为甚当，不如此不得也。今比而观之：桀宠妹嬉；《晋语》。纣宠妲己，《晋语》。一也。桀为酒池，可以运舟，一鼓而牛饮者三千人；刘向《新序》。纣以酒为池，悬肉为林，使男女倮，相逐其间，为长夜之饮，《史记·殷本纪》。二也。桀为琼台瑶室，以临云雨；刘向《列女传》。纣造倾宫瑶台，七年乃成，其大三里，其高千仞，《太平御览》八十四引《帝王世纪》。三也。桀杀关龙逄；《太平御览》八十二引《尚书·帝命验》。纣杀比干，《史记·殷本纪》。四也。桀囚汤于夏台，《史记·夏本纪》。汤行赂，桀释之；《太公金匮》。纣囚文王于羑里，西伯之徒，献美女、奇物、善马，纣乃赦西伯，《史记·殷本纪》。五也。桀曰“时日曷丧”；时日言生之时日，即命也，与纣称“有命在天”同意。前人以天上之日不丧解之，又讹为桀失日，恐非。《孟子》。纣曰“我生不有命在天”，《尚书·祖伊奔告》。六也。故一为内宠，二为沈湎，三为土木，四为拒谏，五为贿赂，六为信命，而桀纣之符合若此。夫天下有为善而相师者矣，未有为恶而相师者也，故知必有附会也。

第二十六节　周之关系

有周一代之事，其关系于中国者至深，中国若无周人，恐今日尚居草昧。盖中国一切宗教、典礼、政治、文艺，皆周人所创也。中国之有周人，犹泰西之有希腊。泰西文化，开自希腊，至基督教统一时，希腊之学中绝。洎贝根以后，希腊之学始复兴。中国亦有若此之象，文化虽沿自周人，然至两汉之后，去周渐远，大约学界之范围，愈趋于隘，而事物之实验，愈即于虚，所以仅食周人之弊，而不能受周人之福也。此等之弊，极于宋明，至清代始渐复古，殆可如泰西十八世纪希腊诸学之复兴矣。此义至后当详之。今所述周人历史，当分为三期。第一期自周开国，至东迁，此一期为传疑时代之尾；第二期自东迁至春秋末；第三期自战国至秦；《春秋》、《国策》皆书名，后人即以书名名其时代。此二期为正属化成时代。每期皆先详其兴替治乱，而后讨论其宗教、典礼、政治、文艺诸事焉。

第二十七节　周之自出

周之先妣曰姜嫄，有邰氏女，为帝喾元妃。姜嫄出野，见巨人迹，悦而践之，居期而生子。以为不祥，弃之隘巷，马牛过者，皆避不践；徙置之林中，适会山林多人，迁之；而弃渠中冰上，飞鸟以其翼覆荐之。姜嫄以为神，遂收养之。因初欲弃，遂名曰弃。为儿时，其游戏好树艺；及成人，好耕农，相地之宜谷者，稼穑焉。为尧农师，天下得其利，封于有邰，今陕西武功县。号曰后稷，姓姬氏。后稷卒，子不窋立。不窋末年，夏太康失国，废稷之官，不复务农，不窋因失其官，奔于戎狄之间。不窋卒，子鞠立。鞠卒，子公刘立。公刘虽在戎狄之间，复修后稷之业，务耕种，行地宜，行者有资，居者有蓄积，百姓怀之，多徙而归焉，周道之兴自此始。公刘卒，子庆节立，国于豳。今陕西邠州。庆节卒，子皇仆立。皇仆卒，子差弗立。差弗卒，子毁隃立。毁隃卒，子公非立。公非卒，子高圉立。高圉卒，子亚圉立。亚圉卒，子公叔类立。公叔类卒，子古公亶父立。古公亶父复修后稷、公刘之业，积德行义，国人戴之。狄人来侵，古公亶父曰："君子不以其所以养人者害人。"遂去豳，至于岐山之下，今陕西岐山县。豳人举国归之，及他旁国，亦多归之。于是古公乃贬戎狄之俗，而营筑城郭宫室。诗称"后稷之孙，实惟太王。周受命追王。居岐之阳，实始翦商"是也。太王长子曰太伯，次曰虞仲。太姜太王之妃。生少子季历，季历娶太任，生子昌，有赤雀衔丹书之瑞。太伯、虞仲知太王欲立季历，以传昌，二人乃亡如荆蛮，文身断发，以让季历。太王卒，季历立，修太王遗道，笃于行义，诸侯顺之。季历卒，子昌立，是为西伯，及受命曰文王。西伯遵后稷、公刘之业，则太王、王季之法，笃仁、敬老、慈少。伯夷、叔齐在孤竹，闻西伯善养老，往归之。太颠、闳夭、散宜生、鬻子、辛甲大夫，皆往归之。纣信崇侯之谮，囚西伯于羑里，西伯臣以美女、文马，因费仲献纣，纣乃赦西伯，赐以弓矢、斧钺，使专征伐。《史记·周本纪》。

第二十八节　周之列王

文王即位之四十二年，年九十岁。甲子日，赤雀衔丹书，止于户，是为文王受天命之始。古人受天命，必有符瑞。大约及身而王者，其符为河图、洛书；不及身而王者，其符为鸟书。孔子所谓"凤鸟不至，河不出图"是也。唐人尚明此义，至宋人始昧之。文王受命称王，一年断虞、芮之讼，二年伐邦，三年伐密须，四年伐犬戎，五年伐耆，六年伐崇，《周本纪》与此次序不同。七年而崩一。文王晚年作丰邑，今陕西鄠县东，即崇之地。徙都之。文王崩，子发立，是为武王。即位九年，东观兵，至于盟，今河南孟县西南。为文王木主，载以东征。渡河中流，白鱼跃入王舟中，王取以祭，火自天流于王屋，化为赤乌。此即河出图，凤鸟至也。又还师，居二年，再伐纣。二月甲子，战于商郊牧野，今河南淇县。纣前徒倒戈，纣兵败，自焚死。天下归周。又二年，武王崩，子诵立，是为成王二。成王即位，年少，周公旦武王弟。相成王，摄政当国。二叔流言，管叔、蔡叔，周公兄弟。谓公将不利于孺子，与武庚以畔。周公东征，诛武庚、管叔，放蔡叔三，案周公东征一事，古人引之者多，《尚书》、《诗》、《小戴记》、《逸周书》、《墨子》、《列子》，《史记·管蔡世家》、《宋微子世家》、《鲁周公世家》均有其文，大同小异，今从《史记·周本纪》。封微子启于宋，今河南商县。三年而毕。七年，周公反政成王，北面就群臣之位。作洛邑，今河南河南府。为朝会之所。周公于是兴礼乐，改制度，封同姓。孔子之前，黄帝之后，于中国有大关系者，周公一人而已。成王崩，子康王钊立。成康之时，刑措四十余年不用，为中国古今极治之时。康王崩，子昭王瑕立。昭王时，王道微缺，王南巡，死于江。昭王崩，子穆王满立四。王作《吕刑》五，乘八骏登昆仑六，会西王母七。徐夷今江苏徐州。僭号，率九夷以伐宗周，诸侯朝者三十六国。穆王乃还，令楚灭徐偃王八。观此知汤、武之事已不能行于穆满之时，可以知社会之变迁矣。穆王崩，五十五年。子共王繄扈立。共王崩，子懿王囏立。懿王时，王室遂衰。懿王崩，共王弟辟方立，是为孝王。孝王崩，懿王子燮立，是为夷王九，始下堂而见诸侯十。夷王崩，子厉王胡立。王即位三十年，暴虐侈傲，民多谤，王得卫巫，使监谤者，神巫知人腹诽也。于是国莫敢言。三年，乃相与畔王，王出奔于彘十一，今山西霍州。共和行政焉。共和行政有二说：一说以为召公、周公，二相行政十二；一说以为共国之伯，名和者今河南卫辉府。摄政十三。二说未能定论。然以后说为长，因古人曾言共伯和得道也。共和十四年，厉王崩五十一年。于彘，子宣王静立。宣王能修文、武、成、康之遗风，诸侯复宗周。宣王崩，四十六年。子幽王宫涅立。幽王嬖褒姒，褒姒生子伯服，幽王欲废太子。太子母，申侯女也，为幽王后。太子既废，申侯今河南南阳府北二十里。与犬戎今陕西西宁府。攻幽王，杀幽王于骊山下，今陕西临潼县东二十里。虏褒姒，取周赂重器也。而去。诸侯乃共立太子宜臼，是为平王，东迁于雒十四。此西周之大略也，凡二百五十三年。

第二十九节　周之政教

周公集黄帝、尧、舜、禹、汤、文、武之大成，其道繁博奥衍，毕生研之而不可尽，当别设专科，非历史科所能兼也。今特著其梗概于此，为微言大义，实已略具。大约古人政教不分，其职任皆属于天子，而天子所以操政教之原者，则为孝。故明堂大祭，为政教至重之事，至深之理。孔子言：“人之行，莫大于孝，孝莫大于严父，严父莫大于配天。”则周公其人也。周公郊祀后稷以配天，宗祀文王于明堂，以配上帝。盖天者，祖之所自出；故王者，禘其祖之所自出，而以其祖配之也。周公摄政之六年，朝诸侯于宗周，遂率之以祀文王，以配上帝。此明堂无屋。洎乎作雒，又作明堂，亦所以朝诸侯、祀文王，配享功臣，亦谓之清庙。此明堂有屋。观天文于灵台，灵台，明堂也。尊师，养老，教胄，献俘，郊射，均于辟雍。辟雍，亦明堂也。盖文王、周公之道,尽于明堂、清庙而已。故孔子曰:"郊社之礼,禘尝之义,知其说者之于天下也,其如视诸掌乎!"鬼神之说,原本三苗;至禹而有五行之说。自此以来,二说更为盛衰。夏后启则以威侮五行之故,而伐有扈一;孔甲则以信鬼神之故,而失诸侯二;纣又以不敬神祇之故,而父兄料其必亡三。是二说之不相容如此。至周则二说并重,分鬼神为四种。在天者为天神,即上帝;在地者,为地亓;即山川之神。人死曰鬼,即祖;百物曰彪。即魅,俗称妖怪。而即以鬼神之等级,见主祭者之贵贱。惟天子可祭天,诸侯祭其封内之山川,即地亓。大夫、士祭其先,即人鬼。庶人无庙而祭于寝四。然鬼神之情状,不可直接而知也。乃以五行之理,间接而知之。其术分为六:一曰天文,二曰历谱,三曰五行,四曰蓍龟,五曰杂占,六曰形法五,其说以为,无事不有鬼神之意向,行乎其中;而鬼神有贵贱,惟天子为昊天上帝之子,斯可以主百神;主百神则天下之政令由之矣。

第二章　化成时代(春秋战国)

第一节　东周之列王

传疑时代之事已终，今当述化成时代矣。周自平王东迁，王室遂微，迄于亡，不复振。平王之四十九年，为鲁隐公元年。孔子托始于是年，以作《春秋》。孔子弟子左丘明亦始是年，为《春秋》作传。于是东周之事，遂显于后世，后遂目其时代，谓之春秋。入春秋之第三年，平王崩。入春秋后之时局，与古大异，列强并起，其迭为兴替，大半与王室无相关之理。故吾人讲演此期之事，亦不能如前数代之以王室为纲，惟王室当先叙而已。平王太子泄父早死，王崩，五十一年。孙桓王林立。桓王伐郑，郑人射伤王。桓王崩，二十三年。子庄王陀立。庄王崩，十五年。子釐王胡齐立。釐王崩，三年。子惠王阆立。惠王三年，叔父王子颓作乱，王奔温，周邑名，今河南温县。子颓僭立。郑伯、虢公杀子颓，王复位。惠王崩，二十五年。子襄王郑立。王立十七年，弟子带作乱，晋平之。襄王崩，三十二年。子顷王壬臣立。顷王崩，六年。子匡王班立。匡王崩，二十七年。子景王贵立。景王崩，二十年。子悼王猛立，为弟子朝所弑。晋人平其乱，立悼王弟丐，是为敬王。敬王四十一年，孔子卒，出春秋。

第二节　诸侯之大概

禹之时，涂山之会，执玉帛而朝者万国，汤之时三千，武王时犹有千八百国，知其残灭已多矣。夫古国能如是之多者，太抵一族即称一国，一国之君，殆一族之长耳。至入春秋之世，国之见于书者，仅一百四十余。

然大半无事可纪，其可纪者十余国，何其少哉！盖群之由分而合也，世运自然之理，物竞争存，自相残贼，历千余年，自不能不由万数减至十数。然亦卒以此故，诸夏之国，以兼并而力厚，足以南拒百蛮，北捍胡虏，凡戎狄之错居内地者，悉芟薙之，此诸大国之力也。不然，周制王畿千里，公侯皆方百里，伯七十里，子、男五十里，聚无数弹丸黑子之国，以星罗棋布于黄河之两岸，其不为别族人所灭者几何？匈奴不大于东周之世，至西汉始大，真中国之天幸哉！今述春秋各国之大略如下。春秋始终二百四十年，迭兴之国有七：齐、晋、宋、秦、楚、吴、越是也。其间惟晋为周之懿亲，武王之子叔虞。齐为周之勋戚，武王娶太公女，列王之后多出于姜。故王室是赖，亦以此二国为多。宋虽上公，而微子之后；吴虽同姓，而泰伯之后，于周皆有代兴之意，不知有所谓尊王攘夷也。至于秦、楚、越，则于周更无与焉。五霸之称，或曰齐桓、晋文、宋襄、秦穆、楚庄，或曰齐桓、晋文、楚庄、吴夫差、越勾践，虽未可断言，然五霸桓、文为盛，则无可疑。桓公名小白。创霸，以尊王攘夷为名。案当时有一例：凡在夷创霸者，均自称王。穆王时之徐偃王，春秋之楚、吴、越是也。而于诸夏创霸者，则与之相反，非惟齐、晋以尊攘为名，即宋、秦亦不敢称王。而夏、夷之别，则在礼俗而不在种类。故曰用夷礼则夷之，用中国礼则中国之，即此例。桓公之兄襄公名诸儿。无道，鲍叔牙知乱将作，奉小白奔莒；管夷吾、召忽，奉小白兄公子纠奔鲁。襄公毙于乱，小白自莒入，先立，是为桓公。鲁庄公伐齐，纳子纠，齐人败之。鲁乃杀子纠以与齐人平，归管仲于齐，齐以为相。伐楚，盟于召陵，楚邑名，今河南郾城县。会王太子于首止。宋地名，今河南睢州东南，皆釐王时事。桓公用管仲，实始变周礼，桓公九合诸侯，晚年，嘱子昭于宋襄公。名兹甫。公卒，宋襄公以兵纳昭。宋襄谋创霸，合诸侯于孟，宋地名，今河南睢州。为楚所执，既而释之。明年，宋楚战于泓，水名，在今河南柘县。又败，殆不成其为霸也。皆襄王时事。晋文公，名重耳。初，献公名诡诸。尝伐骊戎，姬姓之戎，居骊山。获骊姬，嬖之，卒杀太子申生，公子重耳奔白狄，公子夷吾奔梁。国名，今陕西韩城县。献公卒，晋乱，立二君，奚齐、卓子。皆被弑。夷吾求入立，以重赂许秦穆公及晋大夫，齐桓公使隰朋会秦师纳之，是为惠公。惠公入而背内外之赂，故秦伯伐晋，战于韩原，晋邑名，今陕西韩城县。虏晋侯，既而归之。重耳在外十九年，从狐偃、赵衰、贾佗、魏犨等，周游诸侯，秦伯召之于楚。及惠公卒，其子怀公立，秦伯纳重耳于晋，晋人杀怀公而奉之，是为文公。文公既立，时王子带攻襄王，王告急于晋。狐偃言于文公曰：“求诸侯，莫如勤王。”文公从之，帅师纳王，杀子带。楚围宋，宋告急于晋，襄王二十年。晋以齐、宋、秦之师，败楚人于城濮。卫地，今山东濮州。合诸侯于践土，郑地，今河南荥泽县。王命晋侯为伯。文公卒，子襄公名欢。与秦战于崤，山名，今河南永宁县。覆秦师，襄公继霸。而秦穆公名任好。能用贤改过，遂霸西戎。秦由是兴，至始皇，遂有天下。此中原之大略也。三代惟夏之版图最大，自灭三苗，尽有南方地，涂山山名，今安徽寿州。之会，会稽山名，今浙江会稽县。之会，均在南方。夏启舞九招于天穆之野一，今安徽徽州府。夏桀与妹喜等渡江奔历山二，山名，今安徽和州。亦均南方。商兴于景亳，周肇于丰岐，皆在今河南、陕西之间。商之一代，以及周初，其会盟、征伐之事，无及南方者，至东周乃渐有南人之事，其事首见于楚，继之者吴、越。楚庄王名旅。为五霸之一，楚庄王伐陆浑之戎，今河南嵩县。遂至于洛，使人问鼎之大小、轻重，有窥王室之意。定王元年。伐郑，十旬克之，郑伯肉袒牵羊以降。晋人救郑，晋楚战于邲，郑地，今河南郑州东。晋师败绩，舟中之指可掬也。定王十年。楚申公巫臣得罪于楚而奔吴，简王七年。吴于是始大，至阖闾败越于夫椒。山名，今江苏无锡县太湖滨。敬王二十六年。夫差伐齐，齐人为弑其君以赴于吴。敬王三十五年。越勾践始为吴败，乃卧薪尝胆，以图复仇。当吴之伐齐也，遂伐吴，三年灭之。越至战国时自相分裂，为楚所灭。当楚、吴、越迭起之时，中原诸夏之族，其所见者，晋厉公名简。时，简王十一年。晋楚有鄢陵郑地名，今河南鄢陵县。之战，楚师败，然晋益不振。至悼公，名周。晋复霸，未几仍替。灵王时。其后宋向戌合晋、楚及诸侯之大夫盟于宋，灵王二十六年。此中国之弭兵会也，而不能久。政在世卿，又自相吞并。至春秋末，晋惟存范氏、中行氏、智氏、即荀氏。赵氏、韩氏、魏氏，既而智氏灭范、中行氏，而又为赵、韩、魏氏所灭，遂为春秋入战国之关键。齐自田氏奔齐以后，在春秋初。公厚敛焉，陈氏厚施焉，遂盗其政，至田常遂专齐国。敬王时。其他鲁、卫、宋、郑诸邦，亦均公室弱而私家强，然所凭藉者薄，终不能为齐、晋之逐其君而盗其国。惟秦人自穆公以后，闭关自守，不与东诸侯通，独能保其元气精神，不染中夏之习。至战国，遂为天下主动之国，以至于代周焉。

附录　清顾栋高《春秋大事表五》列国爵姓及存灭

国	爵	姓	始封	都	存　灭
鲁	侯	姬	周公子伯禽	国于曲阜，今山东兖州府曲阜县。	获麟后二百三十二年，顷公二十四年，灭于楚。
蔡	侯	姬	文王子叔度	国于蔡，今河南汝宁府上蔡县。平侯迁新蔡，今汝宁府新蔡县。昭侯迁州来，今江南凤阳府寿州北三十里下蔡城是。	宣公二十八年，入春秋。灵公十二年，为楚所灭。(昭十一)后二年，平公复兴。(昭十三)成公十年，获麟后三十四年，蔡侯齐四年，灭于楚。
曹	伯	姬	文王子叔振铎	国于陶丘，今山东曹州府定陶县。	桓公三十五年，入春秋。曹伯阳十五年，灭于宋。(哀八)孟子时有曹交。赵注云：曹君之弟。疑曹地既入于宋，宋以封其大夫，如齐封田文为薛公之类。
卫	侯	姬	文王子康叔封	国于朝歌，今河南卫辉府淇县东北有朝歌城。戴公庐曹，今卫辉府滑县。文公迁楚丘，今滑县东六十里废卫南县是。成公迁帝丘，今直隶大名府开州。	桓公十三年，入春秋。出公十二年，获麟后二百七十二年，卫君角二十一年，为秦二世所灭。
滕	侯后书子。	姬	文王子叔绣	今山东兖州府滕县西南十四里有古滕城。	入春秋七年，始见《经》。终春秋世犹存。《齐世族谱》：春秋后六世，齐灭之。今案《战国策》：宋康王灭滕。疑宋亦寻灭，地入于齐，故谱云然。
晋	侯	姬	武王子叔虞	国于大夏，今山西太原府太原县北有古唐城。燮父改国号曰晋，穆侯徙绛，孝侯改绛曰翼，亦曰故绛，今山西平阳府翼城县东南十五里有故翼城。景公迁新田，仍称绛，今平阳府曲沃县西南二里有绛城。	鄂侯二年，入春秋。定公三十一年，获麟后一百五年，静公二年，为魏、韩、赵所灭。

续 表

国	爵	姓	始封	都	存 灭
郑	伯	姬	厉王子友	旧都咸林,今陕西同州府华州。武公迁于溱洧,今河南许州府新郑县。	庄公二十二年,入春秋。声公二十年,获麟后一百六年,康公二十一年,灭于韩。
吴	子按《国语》本伯爵。	姬	太王子太伯	国于梅里,今江南常州府无锡县东南三十里有太伯城。诸樊南徙吴,阖闾筑大城都之,今苏州府治是。	入春秋一百二十二年,始见《传》。(宣八)又十七年,寿梦二年,始见《经》。(成七)夫差十五年,获麟后八年,灭于越。
北燕	伯《史记》作侯。	姬	召公奭	国于蓟,今直隶顺天府治大兴县是。	穆侯七年,入春秋,献公十二年,获麟后二百五十九年,燕王喜三十三年,灭于秦。
齐	侯	姜	太公尚父	国于营丘,今山东青州府临淄县。	僖公九年,入春秋。简公四年,获麟后九十五年,田氏篡齐,迁康公于海上。又七年,康公二十六年,亡。
秦	伯	嬴	伯益后非子	国于秦,今陕西秦州清水县。庄公徙故西犬丘,秦州西南百二十里西县故城是。宁公迁平阳,在今陕西凤翔府郿县西四十六里。德公迁雍,今凤翔府治是。	文公四十四年,入春秋。悼公十一年,获麟后二百六十年,始皇初并天下。
楚	子	芈	颛顼后熊绎	国于丹阳,在今湖广宜昌府归州东南七里。武王迁郢,今荆州府城北十里纪南城是。昭王迁都,旋还郢。	武王十九年,入春秋。惠王八年,获麟后二百五十八年,楚王负刍五年,灭于秦。
宋	公	子	殷后微子启	国于商丘,今河南归德府治商丘县。	穆公七年,入春秋。景公三十六年,获麟后一百九十五年,宋王偃四十三年,灭于齐。

续　表

国	爵	姓	始封	都	存灭
杞	侯后书伯，或书子。	姒	禹后东楼公	国于雍丘，今河南开封府杞县。成公迁缘陵，在今山东青州府昌乐县东南五十里。文公迁淳于，在今青州府安丘县东北三十里。其雍丘之地，不知何年入于宋。	武公二十九年，入春秋。闵公六年，获麟后三十六年，简公元年，灭于楚。
陈	侯	妫	舜后胡公	国于宛丘，今河南陈州府治淮宁县。	桓公二十三年，入春秋。哀公三十五年，为楚所灭。(昭八)后五年，惠公复兴。(昭十三)闵公二十一年，获麟后三年，灭于楚。《史记》先一年。
薛	侯后书伯。	任	黄帝后奚仲	今山东兖州府南四十里有薛城。	入春秋十一年，始见《经》。终春秋世犹存，后不知为谁所灭。或曰齐灭之。
郳	子本附庸进爵。	曹	颛顼苗裔挟	今山东兖州府邹县。文公迁绎，今邹县东南二十六里，有古郳城。	仪父始入春秋，(隐元)终春秋世犹在。后改国号曰邹。杜《谱》：春秋后八世，楚灭之。
莒	子	己	兹舆期	旧都介根，今山东莱州府胶州西南五里有计斤城。春秋初徙于莒，今山东沂州府莒州。	入春秋二年，始见《经》。莒于狂(其廷反)卒之年，获麟后五十年，灭于楚。
小郳	子本附庸进爵。	曹	郳公子友	国于郳，今山东兖州府滕县东六里有郳城。	入春秋三十四年，始见《经》。(庄五)终春秋世犹存。杜《谱》：春秋后六世，楚灭之。
许	男	姜	伯夷后文叔	今河南许州府治东三十里故许昌城是。灵公迁于叶，今河南南阳府叶县。悼公迁夷，实城父，今江南颍州府亳州东南七十里有城父城，旋还叶。又迁于析，实白羽，今南阳府内乡县，许男斯迁容城，或曰在叶县西。	入春秋十一年，始见《经》，是年庄公奔卫。后十五年，穆公复立于许。(桓十五)许男斯十九年，为郑所灭。(定六)后十年，复见《经》。(哀元)或云楚复封之。许男秸元年，获麟，战国时灭于楚。

续　表

国	爵	姓	始封	都	存　灭
宿	男	风	太皞后	今山东泰安府东平州东二十里无盐城是。	隐元年见。庄十年,宋人迁宿。后入齐为邑。
祭	伯	姬	周公子	今河南开封府郑州东北十五里有祭亭。	隐元年见。
申	侯	姜	伯夷后	国于谢,今河南南阳府北二十里申城是。	隐元年见。庄六年《传》:楚文王伐申。后遂入楚为申邑。
东虢		姬	文王弟虢仲	今河南开封府汜水县是。	春秋前,为郑所灭,为制邑。隐元年见《传》。
共	伯			今河南卫辉府辉县是。	隐元年见,后地入于卫。
纪	侯	姜		今山东青州府寿光县东南有纪城。	隐元年见,庄四年灭于齐。
夷		妘		今山东莱州府即墨县西六十里有壮武故城,即其地。	隐元年见。
西虢	公	姬	文王弟虢叔	旧都在今陕西凤翔府宝鸡县东五十里。后随平王东迁,更封于上阳,今河南陕州东南有上阳城,其支庶留于故都者,为小虢。	隐元年见,僖五年灭于晋。其小虢,于庄七年为秦所灭。
向		姜		今江南凤阳府怀远县东北四十五里有古向城。	隐二年见。
极	附庸	姬		今山东兖州府鱼台县西有极亭。	隐二年见。
邢	侯	姬	周公子	今直隶顺德府治邢台县。后迁夷仪,今山东东昌府西南十二里有夷仪城。	隐四年见,僖二十五年灭于卫。

续 表

国	爵	姓	始封	都	存 灭
郕	伯	姬	文王子叔武	今山东兖州府汶上县北二十里有郕城。	隐五年见。文十二年，郕伯来奔。《传》云：郕人立君，则郕尚存也。战国时有城阳君，《括地志》云：古郕国。
南燕	伯	姞	黄帝后	今河南卫辉府东南三十五里废胙城县是。	隐五年见。
凡	伯	姬	周公子	今卫辉府辉县西南二十里有凡城。	隐七年见。
戴		子		今河南归德府考城县东南五里考城故城是。	隐十年见，不知何年灭于宋。
息	侯	姬		今河南光州息县。	隐十一年见。庄十四年《传》：为楚所灭，为息邑。
郜	子	姬	文王子	今山东曹州府城武县东南二十里有郜城。	桓二年见。
芮	伯	姬		在今陕西同州府城南。	桓三年见，僖二十年灭于秦。《竹书》作二年，今从《史记》。
魏		姬		今山西解州芮城县东北七里古魏城。	桓三年见，闵元年为晋所灭，以赐毕万为邑。
州	公	姜		国于淳于，在今山东青州府安丘县东北三十里。	桓五年，州公如曹。《传》云：度其国危，遂不复。后地入于杞，为杞都。
随	侯	姬		今湖广德安府随州。	桓六年见，终春秋世犹存。
穀	伯	嬴		今湖广襄阳府穀城县西北七里故穀城是。	桓七年见，后地入于楚。
邓	侯	曼		今河南南阳府邓州。	桓七年见，庄十六年灭于楚。
黄			嬴	今河南光州西十二里有黄城。	桓八年见，僖十二年灭于楚。

续　表

国	爵	姓	始封	都	存灭
巴	子	姬		今四川重庆府治巴县。	桓九年见,至战国时,灭于秦。
鄾	子			今湖北襄阳府城东北十二里有鄾城。	桓九年见,不知何年灭于楚。
梁	伯	嬴		今陕西同州府韩城县南二十二里有少梁城。	桓九年见,僖十九年灭于秦,以其地为少梁邑。文十年,晋人取少梁,地遂入晋。
荀或云即郇国。	侯	姬		在今山西绛州界。	桓九年见,后为晋所灭,以赐大夫原氏,是为荀叔。
贾	伯	姬		今陕西同州府蒲城县西南十八里有贾城。	桓九年见,不知何年灭于晋,后以赐狐射姑为邑。
虞	公	姬	仲雍后虞仲	国于夏墟,今山西解州平陆县东北四十五里有虞城。	桓十年见,僖五年灭于晋。
贰				在今湖广德安府应山县境。	桓十一年见,不知何年灭于楚。
轸				在今德安府应城县西。	
郧即邧国。	子			今德安府治安陆县即古郧城。	
绞				在今湖广郧阳府西北。	
州				今湖广荆州府监利县东三十里有州陵城。	
蓼				今河南南阳府唐县南九十里湖阳故城是。	
罗		熊		今湖广襄阳府宜城县西二十里有罗川城,又荆州府枝江县、岳州府平江县,皆其所迁处。	桓十二年见,不知何年灭于楚。

续 表

国	爵	姓	始封	都	存灭
赖	子			今河南光州商城县南有赖亭。	桓十三年见，昭四年灭于楚。《公》、《穀》俱作灭厉，盖古厉、赖二字同音，故有此误。
牟	附庸			今山东泰安府莱芜县东二十里有牟城。	桓十五年见。
葛	伯	嬴		今河南归德府宁陵县北十五里有葛城。	桓十五年见。
於馀邱				未详其地，或曰在沂州境。	庄二年见。
谭	子	子		今山东济南府治东南七十里有谭城。	庄十年见，为齐所灭。
萧	附庸	子	萧叔大心	今江南徐州府萧县西北十里有萧。	庄十二年见，宣十二年灭于楚。后仍入宋为邑。
遂		妫		今山东兖州府宁阳县北有遂乡。	庄十三年见，为齐所灭。
滑	伯	姬		国于费，今河南河南府偃师县南二十里缑氏故城。	庄十六年见，僖三十三年灭于秦。旋入晋，后又属周。
原	伯	姬	文王子	今河南怀庆府济源县西北十五里有原乡。	庄十八年见，僖二十五年，王以其地赐晋，晋迁原伯贯于冀。此后原伯见于《传》者甚多。或曰：迁邑于河南，至隐十一年《传》，苏忿生之田亦有原邑。当是两地，《正义》合为一，误。
权		子		今湖广安陆府当阳县东南有权城。	庄十八年见，不知何年灭于楚。
郭				今山东东昌府东北有郭城。	庄二十四年，《经》书“郭公胡”。《传》：郭亡也。

续　表

国	爵	姓	始封	都	存　灭
徐	子	嬴	伯益后	今江南泗州北八十里有古徐城。	庄二十六年见,昭三十年灭于吴。徐子奔楚,楚城夷以处之,后仍为楚所灭。
樊	侯		仲山甫	国于阳,今河南怀庆府济源县西南十五里有阳城。	庄二十九年见,僖二十五年,王以其地赐晋,《晋语》仓葛曰:"阳有樊仲之官守。"知尚未绝封,盖迁于河南。昭二十二年,《传》有樊顷子。
鄣	附庸	姜		今山东泰安府东平州东六十里有鄣城集。	庄三十年,齐人降鄣。
耿		姬		今山西绛州河津县南十二里有耿城。	闵元年见,为晋所灭,以赐赵夙为邑。
霍	侯	姬	文王子叔处	今山西霍州西十六里有古霍城。	闵元年见,为晋所灭,后以赐先且居为邑。
阳	侯	姬		今山东沂州府沂水县南有阳都城。或曰:阳国本在今益都县东南,齐逼迁之于此。	闵二年,齐人迁阳。
江		嬴		今河南汝宁府正阳县东南有故江城。	僖二年见,文四年灭于楚。
冀				今山西绛州河津县东有冀亭。	僖二年见,后地入于晋,为郤氏食邑。
舒	子	偃		今江南庐州府舒城县。	僖三年,徐人取舒,后复见。至文十二年,楚子孔执舒子平,疑自后遂灭于楚。
弦	子	隗		今湖广黄州府蕲水县西北四十里有轪县古城,为弦国地。又河南光州西南有弦城,盖因光山县西有侨置轪县故城而误。或曰:弦子奔黄时所居也。	僖五年见,为楚所灭。宛溪氏曰:昭三十一年《传》,吴围弦。盖楚复其国也。

续 表

国	爵	姓	始封	都	存 灭
道				今河南汝宁府确山县北二十里有道城，或云在息县西南。	僖五年见。昭十一年，楚灵王迁之于荆。十三年，平王即位而复之，知此时尚存。杜注谓楚已灭之为邑，未详何据。
柏				今河南汝宁府西平县有柏亭。	僖五年见。
温	子	己	司寇苏公后	今河南怀庆府温县西南三十里有古温城。	春秋初，苏氏已绝封。隐十一年，王与郑人苏忿生之田十二，温居一焉，不知何时地复归王。苏氏续封，而仍居温。僖十年，为狄所灭。二十五年，王以其地赐晋。至文十年女筑之盟，复见苏子。杜注：盖王复之。或云，自是迁于河南。
鄫	子	姒	禹后	今山东兖州府峄县东八十里有鄫城。	僖十四年见，襄六年灭于莒。昭四年，地入于鲁。
厉		姜	厉山氏后	今湖广德安府随州北四十里有厉山，山下有厉乡。	僖十五年见。
英氏		偃	皋陶后	今江南六安州西有英氏城。	僖十七年见，后灭于楚。
项				今河南陈州府项城县。	僖十七年灭项，后为楚地。
密		姬		今河南许州府密县。	僖十七年见。
任		风	太皞后	今山东兖州府济宁州是。	僖二十一年见。至孟子时，犹有任国。
须句	子	风	太皞后	今山东泰安府东平州是。	僖二十一年见，为邾所灭。二十二年，公伐邾，复其封，后复灭于邾。文七年，鲁再取之，卒为鲁地。

续　表

国	爵	姓	始封	都	存　灭
颛臾	附庸	风	太皞后	今山东沂州府费县西北八十里有颛臾城。	僖二十一年见。
顿	子	姬		今河南陈州府商丘县,即故南顿城。或曰,顿国本在今县北三十里,顿子迫于陈而奔楚,自顿南徙,故曰南顿。	僖二十三年见,定十四年灭于楚。
管		姬	文王子叔鲜	今河南开封府郑州,即故管城。	春秋前已绝封,其地属桧。桧灭,属郑。宣十二年《传》"晋师救郑,楚子次于管以待之"是也,战国时属韩。以下十三国,俱僖二十四年见。
毛	伯	姬	文王子叔郑	未详。或曰,在今河南府宜阳县境。	昭二十六年,毛伯奔楚。
聃		姬	文王子季载	国于那处,今湖广安陆府荆门州东南有那口城。	不知何年灭于楚。庄十八年《传》:迁权于那处。则聃之灭,又在权前矣。
雍		姬	文王子	今河南怀庆府修武县西有雍城。	
毕		姬	文王子	今陕西西安府咸阳县北五里有毕原。	春秋前,不知为谁所灭。毕万,其后也。
酆	侯	姬	文王子	今陕西西安府鄠县东五里有酆城。	酆本商崇侯虎地,文王灭崇,作丰邑。武王封其弟为酆侯。《竹书》成王十九年,黜酆侯。自是绝封,后其地复为崇国。
郇	侯	姬	文王子	今山西蒲州府临晋县东北十五里有古郇城。	不知何年灭于晋。

续　表

国	爵	姓	始封	都	存　灭
邘		姬	武王子	今河南怀庆府城西北三十里有邘台村。	《地名考略》："隐十一年《传》：王取邬、刘、苏、邘之田于郑。邘即武王子所封，据此则春秋初邘已并于郑矣。"然注疏无明文，当别是一邑。邘国不知为谁所灭，高氏误。
应	侯	姬	武王子	今河南汝州鲁山县东三十里有应城。	不知何年绝封，地入周，后入秦。《史记》"赧王四十五年，客谓周最，以应为秦太后养地"是也。
韩	侯	姬	武王子	今陕西同州府韩城县南十八里有古韩城。	春秋前为晋所灭，后以封大夫韩万为邑。
蒋		姬	周公子	今河南光州固始县西北七十里期思城是。	不知何年灭于楚，为期思邑。
茅		姬	周公子	今山东兖州府金乡县西北有茅乡。	后为郲邑。哀七年《传》"茅成子以茅叛"是也。
胙		姬	周公子	在今河南卫辉府废胙城县西南。	
鄀				国于商密，今河南南阳府内乡县西南百二十里丹水故城是。后迁于鄀，今湖广襄阳府宜城县东南九十里有鄀县故城。	僖二十五年见。文五年，秦人入鄀。盖自是南徙，为楚附庸。定六年《传》：迁郢于鄀。则楚已灭之为邑矣。
夔	子	芈	熊挚	今湖广宜昌府归州东二十里有夔子城。	僖二十六年见，为楚所灭。
桧		妘	祝融后	今河南许州府密县东北五十里有古桧城。	春秋前为郑所灭，僖三十三年见《传》。
沈	子	姬		今河南汝宁府东南有平舆城，其北有沈亭。	文三年见，定四年为蔡所灭。后属楚为平舆邑。

续　表

国	爵	姓	始封	都	存　灭
六		偃	皋陶后	今江南六安州。	文五年见，为楚所灭。下同。
蓼		偃	皋陶后	今江南颍州府霍丘县西北有蓼县故城。	
偪		姞			文六年见。
麇	子			国于锡穴，今陕西兴安州白河县是。	文十年见，不知何年灭于楚。
巢	伯			今江南庐州府巢县东北五里有居巢城。	文十二年见，昭二十四年灭于吴。
宗	子			见下注。	文十二年见。
舒蓼		偃	皋陶后	今江南庐州府舒城县为古舒城，庐江县东百二十里有古龙舒城，舒蓼、舒庸、舒鸠及宗四国，约略在此两城间。	文十四年见，宣八年灭于楚。
庸				今湖广郧阳府竹山县东四十里有上庸故城。	文十六年见，为楚所灭。
崇				见前酆国注。盖秦之与国，复居酆，而袭崇之旧号者。	宣元年见。
郯	子	己	少昊后	今山东沂州府郯城县西南百里有古郯城。	宣四年见，终春秋世犹存。《纪年》云：于越子朱句，三十五年灭郯。今按《史记・楚世家》：顷襄王十八年，犹有郯国，相去一百三十五年，《纪年》误。
莱	子	姜		今山东登州府黄县东南二十里有莱子城。	宣七年见，襄六年灭于齐。
越	子	姒	夏后少康子	国于会稽，今浙江绍兴府治山阴县。	

续 表

国	爵	姓	始封	都	存 灭
刘	子	姬	匡王子	今河南河南府偃师县南三十五里有刘聚。	宣十年见,至贞定王时绝封。
唐	侯	祁	尧后	今湖广德安府随州西北八十五里有唐城镇。	宣十二年见,定十五年灭于楚。
黎	侯			今山西潞安府黎城县东北十八里有黎侯城。	宣十五年见,尝为狄所灭,是年,晋复立之。《诗·旄丘序》:狄人迫逐黎侯,《诗谱》次于周桓王之世,误也。酆舒夺黎氏地,即当日罪案。岂有失国百年,而后复之乎?
郚	附庸			未详。或曰,在今山东沂州府郯城县东北。	成六年见,为鲁所灭。
州来				在今江南凤阳府寿州北三十里。	成七年见,昭三年灭于吴。
吕	侯	姜		今河南南阳府城西三十里有吕城。	不知何年并于楚,为邑。成七年《传》:子重请取于申吕,以为赏田。即此。
檀	伯			在今河南怀庆府济源县境。	成十一年见。
钟离	子			今凤阳府临淮县东四里有钟离城。	成十五年见,昭二十四年灭于吴。
舒庸		偃		见舒蓼注。	成十七年见,为楚所灭。
偪阳	子	妘		今山东兖州府峄县南五十里有偪阳城。	襄十年见,晋灭之以予宋,使周内史选其族嗣,纳诸霍人,以奉妘姓之祀。
邿				今山东兖州府济宁州东南有邿城。	襄十三年见,为鲁所灭。
铸		祁	尧后	今山东兖州府宁阳县西北有铸城。	襄二十三年见。

续　表

国	爵	姓	始封	都	存　灭
杜	伯	祁	尧后	今陕西西安府治东南十五里有杜陵故城。	春秋前已绝封,襄二十四年见《传》。
舒鸠	子	偃		见舒蓼注。	襄二十四年见,二十五年灭于楚。定二年,复见《传》,盖楚复之。
胡	子	归		今江南颍州府西北二里有胡城。	襄二十八年见,定十五年灭于楚。
焦		姬		今河南陕州南二里有焦城。	襄二十九年见,不知何年灭于晋。
杨	侯	姬		今山西平阳府洪洞县东南十八里有杨城。	襄二十九年见,不知何年灭于晋,以赐羊舌肸,为杨氏邑。
邶				今河南卫辉府东北有邶城。	襄二十九年见,不知何年并于卫。下同。
庸				今河南卫辉府新乡西南三十二里有鄘城。	
沈			金天氏苗裔,台骀之后。	封于汾州。下同。	昭元年见,不知何年灭于晋。下同。
姒			同上		
蓐			同上		
黄			同上		
不羹				今河南许州府襄城县东南有西不羹城,南阳府舞阳县西北有东不羹城。按旧说如此,疑有误。	昭十一年见,不知何年灭于楚。
房				今河南汝宁府遂平县是。	昭十三年见。前二年,楚灵王迁之于荆,至是平王复之,不知何年并于楚。《汉志》吴房县,孟康注:楚封吴夫概于此,故曰吴房。

续　表

国	爵	姓	始封	都	存　灭
鄅	子	妘		国于启阳，今山东沂州府治北十五里有开阳城。	昭十八年，邾人入鄅。十九年，宋公伐邾，尽归鄅俘。知鄅复存，不知何年地入于鲁。哀三年，城启阳，即此。
钟吾	子			今江南徐州府宿迁县西北有司吾乡。	昭二十七年见，三十年，吴子执钟吾子，疑遂亡。
桐		偃		今江南安庆府桐城县。	定二年见。
戎				今山东曹州府曹县东南四十里楚丘城是。	隐二年见，后地入于卫，所谓戎州也。以下四裔。
北戎				在今直隶永平府境。	隐九年、庄三十年，齐人伐山戎，即此。
卢戎	子		南蛮	今湖广襄阳府南漳县东北五十里有中卢镇。	桓十三年见，后灭于楚，为卢邑。文十六年《传》“自卢以往，振廪同食”是也。
大戎		姬	唐叔后	在今陕西延安府境。	庄二十八年见。下同。
小戎		允	四岳后	今陕西肃州西八百六里敦煌废县是，后迁伊川。	
骊戎	男	姬		今陕西西安府临潼县东二十四里有骊戎城。	庄二十二年，为晋所灭。二十八年见，后入秦为侯郦地。
山戎			即北戎		
狄			有白狄、赤狄二种。		庄三十二年见。
犬戎			西戎之别在中国者	在今陕西凤翔府境，其本国则今陕西西宁府西北树敦城是也。	闵二年见。

续　表

国	爵	姓	始封	都	存　灭
东山皋落氏			赤狄别种	今山西绛州垣曲县西北六十里有皋落镇,又山西平定州乐平县东七十里有皋落山,未详孰是。	闵二年见,后灭于晋。
杨、拒、泉、皋、伊、雒之戎				在今河南府境。	僖十一年,杨、拒、泉、皋、伊、雒之戎同伐王城。按文八年,公子遂及雒戎盟于暴。《国语》:北有洛、泉、徐、蒲。知其类不一。
淮夷				在今江南徐州府邳州境	僖十三年见。
陆浑之戎,又名险戎	子	允	即小戎之徙于中国者	陆浑即瓜州地名,后迁伊川,今河南府嵩县北三十里有古陆浑城。	僖二十二年,秦、晋迁之伊川,仍以陆浑为名。昭十七年,为晋所灭,陆浑子奔楚,其余服属于晋,曰九州戎。
廧咎如		隗	赤狄别种		僖二十三年见。
介			东夷国	今山东莱州府胶州南有介亭。	僖二十九年见。
姜戎	子	姜	四岳后,陆浑之别部。		僖三十三年见,襄十四年,晋执戎子驹支,即此。
白狄				《传》云:白狄及君同州。当与秦相近,在今陕西延安府境。	僖三十三年见。
鄋瞒		漆	防风氏后	古防风氏,国于封禺之山,在今浙江湖州府武康县。春秋时为长狄,在今山东济南府北境。	文十一年见,宣十五年灭于晋。
群蛮				在今湖广辰州、沅州二府之境。	文十六年见,战国时灭于楚。

续 表

国	爵	姓	始封	都	存灭
百濮			西南夷	在今云南曲靖府境。或曰，湖广常德、辰州二府境。	文十六年见。
赤狄				赤狄种类至多。	宣三年见。
根牟			东夷国	今山东沂州府沂水县东南有牟乡。	宣九年见，为鲁所灭。
潞氏	子		赤狄别种	今山西潞安府潞城县。	宣十五年见，为晋所灭。
甲氏			赤狄别种	在今直隶广平府鸡泽县境。	宣十六年见，为晋所灭。下同。
留吁			赤狄别种	今潞安府屯留县东南十里纯留城是。	
铎辰			赤狄别种	在潞安府境。	
茅戎			戎别种	今山西解州平陆县东南有茅城。	成元年见。
戎蛮即蛮氏	子		戎别种	今河南汝州西南有蛮城。	成六年见，哀四年灭于楚。
无终	子		山戎国	今直隶永平府玉田县西有无终城。	襄四年见。
肃慎			东北夷	今兴京所属地。	昭九年见。
亳			西夷。《史记索引》：盖成汤之胤。	在今陕西北境。	隐十年为秦所灭，昭九年见《传》。
鲜虞一名中山		姬	白狄别种	今直隶真定府西北四十里有鲜虞亭。	昭十二年见，获麟后一百八十六年，灭于赵。

续　表

国	爵	姓	始封	都	存　灭
肥	子		白狄别种	今直隶真定府藁城县西南七里有肥累城。	昭十二年见，为晋所灭。
鼓	子	祁	白狄别种	今直隶真定府晋州是。	昭十五年见，二十二年灭于晋。
有莘			夏、商时国		僖二十八年见。以下古国。
有穷			夏时国。下同。		襄四年见。下同。
寒				今山东莱州府潍县东北三十里有寒亭。	
有鬲		偃		今山东济南府德平县东十里有故鬲城。	
斟灌		姒		今山东青州府寿光县东北四十里有斟灌城，又有灌亭。	
斟鄩		姒		今山东莱州府潍县西南五十里有斟城。	
过				今山东莱州府掖县北有过乡。	
戈				地在宋、郑之间。	
豕韦		彭	夏、商时国	今河南卫辉府滑县东南有韦城镇。	襄二十四年见。按昭二十九年《传》云：夏后孔甲嘉刘累，赐氏曰御龙，以更豕韦之后。杜注：以刘累代彭姓之豕韦，累寻迁鲁县，豕韦复国，至商而灭。累之后世复承其国，为豕韦氏。
观		姒	夏时国	今山东曹州府观城县。	昭元年见。下同。

续　表

国	爵	姓	始封	都	存　灭
扈		姒	同上	在今陕西西安府鄠县北。	
姺			商时国。下同		
邳				今江南徐州府邳州。	
奄		嬴		今山东兖州府曲阜县东二里有奄城。	
仍			夏时国。下同		昭四年见。下同。
有缗					
骀				今陕西乾州武功县西南二十二里有斄城。	后稷封于邰，即此。以下俱昭九年见。
岐				今陕西凤翔府岐山县。	太王迁于岐，即此。
蒲姑			商时国	今山东青州府博兴县东北十五里有蒲姑城。	成王灭之，以其地益封齐。
逢		姜	商时国		昭十年见，其地后为齐国。
昆吾		己	夏时国	在今河南许州府，又直隶大名府开州东二十五里有昆吾城。按《正义》曰：盖昆吾居此二处。未知孰为先后。	昭十二年见，春秋时，其地属许、卫二国。
密须		姞	商时国	今陕西平凉府灵台县西五十里有阴密城。	文王伐密，即此。昭十五年见，下同。
阙巩			古国		
甲父			同上	今山东兖州府金乡县有甲父亭。	昭十六年见。
飂			古国		昭二十九年见，其地后为州蓼之蓼。

续　表

国	爵	姓	始封	都	存　灭
鬷夷		董	虞夏时国	封于鬷川。	昭二十九年见，其地后为曹国。
封父			古国	今河南开封府封丘县。	定四年见。
有虞		姚	夏、商时国	今河南归德府虞城县。	哀元年见。武王封其后于陈。

第三节　孔子以前之宗教(上)

此代至要之事，乃孔子生于此代也。孔子一身，直为中国政教之原，中国之历史，即孔子一人之历史而已。故谈历史者，不可不知孔子。然欲考孔子之道术，必先明孔子道术之渊源。孔子者，老子之弟子也。孔子之道，虽与老子殊异，然源流则出于老，故欲知孔子者，不可不知老子。然老子生于春秋之季，欲知老子，又必知老子以前天下之学术若何。老子以前之学术明，而后老子之作用乃可识；老子之宗旨见，而后孔子之教育亦可推。至孔子教育之指要，既有所窥，则自秦以来，直至目前，此二千余年之政治盛衰，人材升降，文章学问，千枝万条，皆可烛照而数计矣。此春秋前半期学派之所以为要也。案前第二十九节，曾言中国自古以来，即有鬼神、五行之说，而用各种巫、史、卜、祝之法，以推测之，此为其学问宗教之根本。而国家政治，则悉寄于礼乐、文物之间，閟宫、清庙、明堂、辟雍是也。此等社会，沿自炎黄，至周公而备，至老子而破，中间事迹，有可言焉。

有神，人面、白毛、虎爪，执钺，是为蓐收，天之刑神也。《周语》。有神，鸟身，素服三绝，面正方，曰："予为勾芒。"《墨子·明鬼》。此界神与非神之间者。《礼记·祭法》注，谓之人神。至其名位，则昊天上帝最贵，化而为青帝灵威仰，赤帝赤熛怒，白帝白招拒，黑帝汁光纪，黄帝含枢纽，为王者之所自出，而佐以日、月、星、辰、司中、司命、风师、雨师，则天神备矣。《周礼·春官》疏。

上天神。

《山海经》十三篇以前真禹书，十四篇以后汉人所作。所列鬼神，殆将数百，其状如鸟身、龙首等，《南山经》。其名如泰逢、熏池、武罗等，《中山经》。其体如白狗、糈稌等，《南山经》。而《楚辞》所引湘君、湘夫人、河伯、雒嫔、亦数十见，皆地示也，惟《左传》、《国语》无明文耳。

上地示。

齐侯田于贝丘，齐邑名，今青州府博兴县东北十五里。见大豕，从者曰："公子彭生也。"《左》庄八年。狐突适下国，晋邑名，今山西闻喜县东。遇太子，太子曰："帝上帝也。许我罚有罪谓惠公。矣。"《左》僖十一年。大事禘也。于太庙，夏父弗忌曰："吾见新鬼大，故鬼小。"《左》文二年。魏颗见老人结草以亢杜回，杜回踬而颠，故获之，夜梦之曰："余，而所嫁妇人之父也。"《左》宣十六年。郑人相惊以伯有，曰："伯有至矣。"则皆走。子产曰："鬼有所归，乃不为厉。"《左》昭七年。本文下云："用物精多，则魂魄强。伯有三世为卿，而执其政柄，其用物宏矣，其取精多矣。强死为鬼，不亦宜乎！"案此即庶人无鬼之理也。又《墨子·明鬼》：周宣王杀杜伯，而不辜。三年，杜伯乘素车白马，朱衣冠，执朱弓矢射王，殪之车中。燕简公杀庄子仪，而不辜。三年，庄子仪荷朱杖，而击燕简公，殪之车上。祐观辜从事于厉祭，不以法，祩子举楫而槁之，殪之坛上。墨子虽在老子后，而所引皆古事，杜伯事亦见《国语》。

上人鬼。

"方相氏掌傩，以殴方良；即魍魎。庭氏射妖鸟。"《周礼》。涸泽之精曰庆忌，若人，长四寸，衣黄衣，冠黄冠，戴黄盖，乘小马，好疾驰，可使千里外，一日返报。涸川之精曰蟡，一头而两身，其形若蛇，长八尺，呼其名，可取鱼鳖。《管子·水地篇》。又《庄子·达生篇》引此，而物怪更多。此皆物魅也。

上物魅。

以上所言，乃举古人言神、示、鬼、魅之分见者；其合见之处，则莫如《周礼》之《春官》。《大宗伯》曰："掌建邦之天神、人鬼、地示之礼。中略。凡祀大神，享大鬼，祭大示，诏相王之大礼。"《司服》曰："王之吉服：祀昊天上帝，则服大裘而冕；祀五帝亦如之；享先王，则衮冕；享先公，飨射，则鷩冕；祀四望山川，则毳冕；祭社稷五祀，则希冕；祭群小祀，则玄冕。"《大司乐》曰："乐一变而致羽物，及川泽之示；再变而致裸物，及山林之示；三变而致鳞物，及丘陵之示；四变而致毛物，及坟衍之示；五变而致介物，及土示；六变而致象物，及天神。郑注：此大蜡之礼。若乐六变则天神皆降，乐八变则地示皆出，乐九变则人鬼可得而礼。”郑注：此大禘之礼。《大祝》曰：“辨六号：一曰神号，二曰鬼号，三曰示号。”后略。而终篇则曰：“凡以神仕者，掌三辰之法，以犹郑注：图也。鬼神示之居，辨其名物。以冬至日致天神、人鬼，以夏至日致地示、物彪。”古人之分天神、人鬼、地示、物彪，其明画若此。然亦有不甚分明者，如社稷五祀，皆地示也。《春官》郑注。而社即后土，是为勾龙，共工氏之子。稷为柱，烈山氏之子。木正勾芒，是为重；金正蓐收，是为该；水正玄冥，是为熙及修。此三官，皆少皞氏之子。火正祝融，是为黎，颛顼之子。土正即勾龙，是以一体而兼神、鬼、示矣。此名之至糅杂者。《左传》昭二十九年。

第四节　孔子以前之宗教(下)

鬼神位矣。世间之事，无一不若有鬼神主宰乎其间，于是立术数之法，以探鬼神之意，以察祸福之机。术数者，一天文，二历谱，三五行，四蓍龟，五杂占，六形法。《汉书·艺文志》。今即由此六术，以证古人之事，往往相合。惟《汉志》所列之书，今不传者十之九，故其为术，今人无能通者。今之术数，虽源于古之术数，而不尽为古之术数也。详见后。术既无师，则观古人之已事，不能知其用何家之学说。然大略亦可分矣，大约可分四类，其天文、历谱、五行三家之说，不甚可分，今列之为一类；其蓍龟、杂占、形法三家，尚分明，如其家分之为三。

楚灭陈，晋侯问于史赵曰：“陈其遂亡乎？”对曰：“未也。岁在鹑火，是以卒灭。今在析木之津，犹将复出。”《左》昭八年。春正月，有星出于婺女。郑裨灶曰：“七月戊子，晋君将死。”《左》昭十年。春，将禘于武公，梓慎望氛曰：“吾见赤黑之祲，非祭祥也，丧氛也，其在莅事乎！”《左》昭十五年。冬，有星孛于大辰，西及汉，申须曰：“诸侯其有火灾乎？”梓慎曰：“其宋、卫、陈、郑乎！其丙子若壬午作乎！”裨灶曰：“若我用瓘、斝、玉、瓒，郑必不火。”《左》昭十七年。春二月乙卯，周毛得杀毛伯过而代之，苌弘曰：“毛得必亡，是昆吾夏伯也。稔之日也。”《左》昭十八年。春二月己丑，日南至，梓慎望氛曰：“今兹宋有乱，国几亡，三年而后弭。蔡有大丧。”《左》昭二十年。天王将铸无射，(冷)〔泠〕州鸠曰："王其将以心疾死乎！"《左》昭二十一年。夏五月乙未朔，日有食之，梓慎曰："将水。"昭子曰："旱也。"《左》昭二十四年。夏，吴伐越，史墨曰："不及四十年，越其有吴乎！越得岁而吴伐之，必受其凶矣。"《左》昭三十二年。

上天文、历谱、五行。

初，懿氏卜妻敬仲，其妻占之，曰："吉。是谓凤凰于飞，和鸣锵锵。有妫之后，将育于姜。五世其昌，并为正卿。八世之后，莫之与京。"周史有以《周易》见陈侯者，陈侯使筮之，遇《观》䷓之《否》䷋。曰："是谓观国之光，利用宾于王。"《左》庄二十二年。初，毕万筮仕于晋，遇《屯》䷂之《比》䷇。辛廖占之，曰："吉。中略。公侯之卦也，公侯之子孙，必复其始。"《左》闵元年。成季之将生也，桓公使卜楚丘之父卜之，曰："男也，其名曰友，间于两社，为公室辅。季氏亡，则鲁不昌。"又筮之，遇《大有》䷍之《乾》䷀。曰："同复于父，敬如君所。"《左》闵二年。又《昭》三十二年。秦伯伐晋，卜徒父筮之，曰："吉。涉河，侯车败。"诘之，对曰："乃大吉也，三败，必获晋君。"其卦遇《蛊》䷑，曰："千乘三去，三去之余，获其雄狐。"初，晋献公筮嫁伯姬于秦，遇《归妹》䷵之《睽》䷥。史苏占之，曰："不吉。其繇曰：士刲羊，亦无衁也。女承筐，亦无贶也。西邻责言，不可偿也。《归妹》之《睽》，犹无相也。〔《震》之《离》，亦《离》之《震》。〕为雷为火，为嬴败姬，车脱其輹，火焚其旗，不利行师，败于宗丘。《归妹》《睽》孤，寇张之弧，侄其从姑，六年其逋，逃归其国，而弃其家，明年其死于高梁之墟。"《左》僖十五年。

惠公之在梁也，梁伯妻之梁嬴。孕过期，卜招父与其子卜之。其子曰："将生一男一女。"招曰："然。男为人臣，女为人妾。"《左》僖十七年。晋将伐楚，公筮之。史曰："吉。其卦遇《复》䷗，曰：南国蹙，射其元，王中厥目。"《左》成十六年。穆姜薨于东宫，始往而筮之，遇《艮》之八䷳。史曰："是谓《艮》之《随》䷐。《随》，其出也，君必速出。"姜曰："亡，中略。必死于是，勿得出矣。"《左》襄九年。郑皇耳帅师侵卫，孙文子卜追之，献兆于定姜。姜氏问繇，曰："兆如山陵，有夫出征，而丧其雄。"《左》襄十年。崔武子将娶棠姜，筮之，遇《困》䷮之《大过》䷛。陈文子曰："妻不可娶也。其繇曰：困于石，据于蒺藜，入于其宫，不见其妻，凶。"《左》襄二十五年。初，穆子之生也，庄叔以《周易》筮之，遇《明夷》䷣之《谦》䷎。卜楚丘曰：

“是将行，出奔也。而归为子祀，奉祭祀也。以谗人入，其名曰牛，卒以馁死。”《左》昭五年。

卫襄公夫人姜氏，无子，孔成子梦康叔谓己：“立元，余使羁之孙圉与史苟相之。”史朝亦梦康叔谓己：“余将命而子苟与孔烝鉏成子名。之曾孙圉相元。”史朝见成子，告之梦，梦协。晋韩宣子为政，聘于诸侯之岁，婤始生子，命之曰元。孔成子以《周易》筮之，遇《屯》䷂之《比》䷇。史朝曰：“元亨，又何疑焉？”《左》昭七年。南蒯之将叛也，枚筮之，不指其事，泛卜吉凶。遇《坤》䷁之《比》䷇。子服惠伯曰：“忠信之事则可，不然必败。”《左》昭十二年。晋赵鞅卜救郑，遇水适火，占诸史赵、史墨、史龟。史龟曰：“是谓沈阳，可以兴兵，利以伐姜，不利子商。”史墨曰：“前略。水胜火，伐姜则可。”史赵曰：“前略。救郑则不吉，不知其他。”阳虎以《周易》筮之，遇《泰》䷊之《需》䷄，曰：“宋方吉，不可与也。”《左》哀九年。案卜、筮分为二术。卜者，龟也。《周礼》太卜掌三兆之法：一曰玉兆，二曰瓦兆，三曰原兆。其经兆之体，皆百有二十；其繇皆千有二百。盖以火灼龟，观其璺罅，各从其形以占之。所谓使某卜之，其繇曰云云，皆卜也。筮者，蓍也。《周礼》筮人掌三易：一曰《连山》、二曰《归藏》，三曰《周易》，其经卦皆八，其别皆六十有四。盖用蓍草四十九枚，揲之成卦，以观吉凶。所谓使某筮之，遇某卦之某卦云云，皆筮也。其不言《周易》者，皆《连山》、《归藏》。

上蓍龟。

初，晋穆公之夫人以条晋邑名，今山西安邑县北。之役，生太子，命之曰仇。其弟以千亩晋邑名，今山西介休县南。之战生，命之曰成师。师服曰：“异哉，君之名子也。中略。始兆乱矣，兄其替乎！”《左》桓二年。初，内蛇与外蛇斗于郑南门中，内蛇死。六年而厉公入。申繻曰：“人之所忌，其气焰以取之。妖由人兴也。人无衅焉，妖不自作；人弃常，则妖兴，故有妖。”《左》庄十四年。八月甲午，晋侯围上阳。虢地名，今河南陕州东南。问于卜偃曰：“吾其济乎？”对曰：“克之。”公曰：“何时？”对曰：“童谣云：丙之晨，龙尾伏辰，均服振振；取虢之旗，鹑之贲贲；天策焞焞，火中成军，虢公其奔。其九月十月之交乎！丙子旦，日在尾，月在策，鹑火中，必是时也。”《左》僖五年。秋八月辛卯，沙鹿山名，今直隶元城县境。崩，晋卜偃曰：“期年，将有大咎，几亡国。”《左》僖十四年。晋侯梦与楚子搏，楚子伏己而盬其脑。子犯曰：“吉！吾得天，楚伏其罪，吾且柔之矣。”《左》僖二十八年。

楚子玉自为琼弁、玉缨，未之服也。先战，梦河神谓己曰："畀余，余赐汝孟诸泽名，今河南归德府治东。之麋。"弗致也。大心与子西使荣黄谏，弗听。出告二子曰："非神败令尹，令尹实自败也。"《左》僖二十八年。赵婴梦天使谓己："祭余，余必福汝。"中略。士贞伯曰："神福善而祸淫，淫而无罚，福也，祭其得亡乎！"祭之明日而亡。《左》成五年。晋侯梦大厉，被发及地，搏膺而踊，曰："杀余孙，不义，余得请于帝矣。"坏大门及寝门而入。公惧，入于室。又坏户。公觉，召桑田巫，巫言如梦。公曰："何如？"曰："不食新矣。"公疾病，求医于秦，秦伯使医缓为之。未至，公梦疾为二竖子，曰："彼良医也，惧伤我，焉逃之？"其一曰："居肓之上，膏之下，若我何？"医至，曰："疾不可为也，在肓之上，膏之下，攻之不可，达之不及，药不至焉，不可为也。"中略。六月丙午，晋侯欲麦，甸人献麦，馈人为之。召桑田巫，示而杀之。将食，张如厕，陷而卒。小臣有晨梦负公登天，及日中，负晋侯出诸厕，遂以为殉焉。《左》成十年。初，声伯梦涉洹，水名，今河南安阳县北。或与己琼瑰，食之，泣而为琼瑰，盈其怀。从而歌之，曰："济洹之水，赠我以琼瑰。归乎归乎，琼瑰盈吾怀乎！"惧，不敢占也。三年，占之，暮而卒。《左》成十七年。中行献子将伐齐，梦与厉公厉公，献子所弑者。讼，弗胜。公以戈击之，首队于前，跪而戴之，奉之以走，见梗阳之巫皋。他日，见诸道，与之言，同。巫曰："今兹主必死。"《左》襄十八年。有鸜鹆来巢，师己曰："异哉。吾闻文武之世，童谣有之，曰：'鸜之鹆之，公出辱之。鸜鹆之羽，公在外野。往馈之马，鸜鹆跦跦。公在乾侯，征褰与襦。鸜鹆之巢，远哉遥遥。稠父丧劳，宋父以骄。鸜鹆鸜鹆，往歌来哭。'童谣有是。今鸜鹆来巢，其将及乎！"《左》昭二十五年。十二月辛亥朔，日有食之。是夜也，赵简子梦童子裸而转以歌，占诸史墨，曰："吾梦如是，今而日食，何也？"对曰："六年，及是月也，吴其入郢楚都，今湖北江陵县。乎！终亦弗克。"《左》昭三十一年。曹人或梦众君子立于社宫，而谋亡曹。曹叔振铎曰："请待公孙强为政。"许之。旦而求之曹，无之。戒其子曰："我死，尔闻公孙强为政，必去之。"《左》哀七年。卫侯梦于北宫，见人登昆吾之观，被发，北面而噪曰："登此昆吾之虚，绵绵生之瓜。余为浑良夫，叫天无辜。"卫侯贞卜，其繇曰："如鱼竀尾，衡流而方羊。裔焉大国，灭之，将亡。阖门塞窦，乃自后逾。"《左》哀十七年。

上杂占。

王使内史叔服来会葬，公孙敖闻其能相人也，见其二子焉。叔服曰："穀也食子，难也收子。穀也丰下，必有后于鲁国。"《左》文元年。案《左》文元年子上曰："是蜂目而豺声，忍人也。"《周语中》："叔孙侨如方上而锐下，宜其触冒人。"并以相定人之善恶。其以相定人之祸福始此。又《荀子·非相篇》："古有姑布子卿，今之世，梁有唐举，相人之形状、颜色，而知其吉凶妖祥。"知此术盛于战国也。

上形法。

以上所言鬼神术数之事，今人不能不笑古人之愚。然非愚也，盖初民之意，观乎人类，无不各具知觉。然而人之初生，本无知觉者也，其知觉不知从何而来。人之始死，本有知觉者也，其知觉又不知从何而去。于是疑肉体之外，别有一灵体存焉。其生也，灵体与肉体相合，而知觉显；其死也，灵体与肉体相分，而知觉隐。有隐现而已，无存亡也，于是有人鬼之说。既而仰观于天，日月升沉，寒暑迭代，非无知觉者所能为也，于是有天神之说。俯观乎地，出云雨，长草木，亦非无知觉者所能为也，于是有地示之说。人鬼、天神、地示，均以生人之理，推之而已。其他庶物之变，所不常见者，则谓之物魅，亦以生人之理，推之而已。此等思想，太古已然，逮至算术既明，创为律历，天文诸事，渐可测量，推之一二事而合，遂谓推至千万事而无不合，乃创立法术，以测未来之事，而术数家兴。此社会自古至今，未尝或变，非但中国尚居此社会中，即外国亦未离此社会也。所异者，春秋以前，鬼神术数之外无他学；春秋以后，鬼神术数之外，尚有他种学说耳。

第五节　新说之渐

鬼神术数之学，传自炎黄，至春秋而大备。然春秋之时，人事进化，骎骎有一日千里之势，鬼神术数之学，遂不足以牢笼一切。春秋之末，明哲之士，渐多不信鬼神术数者。《左传》所引，如史嚚曰："国将兴，听于民；国将亡，听于神。"庄公三十二年。子产曰："天道远，人道迩，非所及也，何以知之？"昭公十八年。仲几曰："薛征于人，宋征于鬼，宋罪大矣。"定公元年。自此以来，障蔽渐开。至老子遂一洗古人之面目，九流百家，无不源于老子。老子楚人，史称老子姓李，名耳，恐此为后人所窜入也。周守藏室之史也一。周制，学术、艺文、朝章、国故，凡寄于语言文字之物，无不掌之于史二。故世人之谘异闻，质疑事者，莫不于史。观前十课所引可见。史之学识，于通国为独高，亦犹之埃及、印度之祭司也。老子以犹龙之资，读藏室之富，而丁蜕化之时，乃著书上下篇，言道德之意五千余言而去，莫知所终三。后世言老子者甚多，然皆出于神仙家。

第六节 老子之道

老子之书，于今具在。讨其义蕴，大约以反复申明鬼神、术数之误为宗旨。“万物芸芸，各归其根，归根则静，是为复命”。是知鬼神之情状，不可以人理推，而一切祷祀之说破矣。“有物浑成，先天地生”。则知天地、山川、五行、百物之非原质，不足以明天人之故，而占验之说废矣。“祸兮福所倚，福兮祸所伏。”则知祸福纯乎人事，非能有前定之者，而天命之说破矣。鬼神、五行、前定既破，而后知天地不仁，以万物为刍狗；圣人不仁，以百姓为刍狗。闷宫、清庙、明堂、辟雍之制，衣裳、钟鼓、揖让、升降之文之更不足言也。虽然，老子为九流之初祖，其生最先。凡学说与政论之变也，其先出之书，所以矫前代之失者，往往矫枉过正。老子之书，有破坏而无建立，可以备一家之哲学，而不可以为千古之国教，此其所以有待于孔子欤！

第七节 孔子世系及形貌

孔子生鲁昌平乡陬邑，今山东曲阜县。其先宋人也一。宋襄公生弗父何，何生宋父周，周生世子胜，胜生正考父，正考父生孔父嘉。五世亲尽，别为公族，姓孔氏。孔父生木金父，木金父生圣夷，圣夷生防叔，畏华氏之逼而奔鲁，为鲁人。防叔生伯夏，伯夏生叔梁纥二，梁纥娶鲁之施氏，生九女；其妾生孟皮，孟皮病足，乃求婚于颜氏三。颜氏有三女，小女名徵在，嫁叔梁纥，时叔梁纥年六十四矣四。孔子母徵在，游于大泽之陂，梦黑帝使请已，已往，梦交。语曰：“汝乳必于空桑之中。”觉则若感，生丘于空桑之中，故曰玄圣五。案此文，学者毋以为怪。因古人谓受天命之神圣人，必为上帝之所生。孔子虽不有天下，然实受天命，比于文王，故亦以王者之瑞归之。虽其事之信否，不烦言而喻，然古义实如此，改之则六经之说不可通矣。凡解经者必兼纬,非纬则无以明经,此汉学所以胜于宋学也。孔子生于鲁襄公二十二年。《公羊传》。孔子以襄公二十一年十一月庚子生,即周灵王二十一年。生而首上圩顶六,如屋宇之反,中低而四旁高七,身长九尺六寸,人皆谓之长人八。古称孔子仪表者非一,如孔子反宇,是谓尼丘九。孔子之胸,有文曰:“制作定,世符运。”十。孔子长十尺,大九围,坐如蹲龙,立如牵羊,就之如昴,望之如斗十一。孔子海口,言若含泽十二。仲尼斗唇,舌理七重,吐教陈机受度十三。仲尼虎掌,是谓威射十四。胸应矩,是谓仪古十五。龟脊十六。辅喉十七。骈齿十八。面如蒙倛十九。其颡似尧,其项似皋陶,其肩类子产,自腰以下,不及禹三寸二十。

第八节　孔子之事迹

孔子为儿,嬉戏常陈俎豆,设礼容。孔子母死,乃殡五父之衢。在山东曲阜县西南二里。郰人今山东曲阜县与邹县相接处。挽父之母,诲孔子父墓,然后合葬于防。今山东费县东北六十里。孔子少贫贱,及长,尝为季氏史,料量平;尝为司职吏,而畜蕃息。南宫适言于鲁君,请与孔子适周,鲁君与之一乘车,两马,一竖子,俱适周问礼,盖见老子云。孔子自周反于鲁,弟子益进。孔子年三十五,鲁三家共攻昭公,昭公出居乾侯。今直隶成安县东南。其后顷之,鲁乱。孔子适齐,为高氏家臣,在齐闻《韶》。齐景公问政于孔子,为晏婴所沮,不果用,孔子遂行,反乎鲁。孔子年四十二,鲁昭公卒于乾侯,定公立。是时阳虎为政,自大夫以下皆僭,离于正道,故孔子不仕,退而修《诗》、《书》、《礼》、《乐》,弟子弥众,至自远方,莫不受业焉。定公八年,阳虎欲废三桓,不克,奔于齐。孔子年五十,公山不狃畔季氏,使人召孔子,孔子卒不行。定公十年,会齐侯于夹谷,孔子摄相事。定公十四年,将堕三都。叔孙氏先堕郈,叔孙氏邑名,今山东平度州东南十里。季孙氏堕费,季孙氏邑名,今山东鱼台县东南。孟孙氏不肯堕成。孟孙氏邑名,今山东宁阳县东北九十里。公围成,未克。定公十五年,孔子五十六,由大司寇摄行相事,鲁国大治。齐人惧,遗鲁君女乐,以沮孔子。季桓子与鲁君为周道游,往观终日,三日不听政,又不致膰俎于大夫,孔子遂行。孔子适卫,或谮孔子于灵公,孔子去卫。将适陈,过匡,卫地名,今直隶长垣县境。阳虎尝暴于匡,孔子貌类阳虎,匡人拘孔子。孔子使从者通于甯武子，然后得去。反乎卫，见夫人南子，灵公与夫人同车，宦者雍渠骖乘出，使孔子为次乘，招摇市过之。孔子丑之，去卫，适曹。复去曹，适宋，与弟子习礼大树下，宋司马桓魋欲杀孔子，拔其树，孔子去，适郑。遂至陈，居陈三年。过蒲，卫地名，今直隶长垣县治。蒲人止孔子，弟子公良孺与疾斗，蒲人惧，盟而出之。遂复适卫，灵公不能用。将西见赵简子，临河不济，而返乎卫。灵公问阵，孔子行。复如陈，明年自陈迁于蔡。三岁，楚使人聘孔子，孔子将往，陈、蔡人围之于野，不得行。使子贡至楚，楚兴师迎孔子，然后得免。楚昭王将用孔子，子西沮之。于是孔子自楚反乎卫，年六十三矣，鲁哀公六年也。居卫久之，季康子以币迎孔子，孔子反鲁。孔子去鲁，凡十四年，而反乎鲁。然鲁卒不能用孔子，孔子亦不求仕，乃述《诗》、《书》、《礼》、《乐》、《易象》、《春秋》之文。孔子将病，负杖逍遥于门，歌曰："太山其颓乎，梁木其摧乎，哲人其萎乎！"子贡请见，孔子谓子贡曰："夏人殡于东阶，周人于西阶，殷人两柱间。昨梦予坐奠两柱之间，天下无道久矣，孰能宗予？予殷人也，殆将死。"后病七日卒，年七十三，时鲁哀公十六年四月己丑也。

第九节　孔子之异闻

孔子生平，至大之事，为制定六经，此事为古今所聚讼，至于近年，争之弥甚，此中国宗教中一大关键也。今略述之。汉人言得麟之后，天降血书鲁端门内，曰："趍作法，孔圣没。周姬亡，彗东出。秦政起，胡破术。书记散，孔不绝。"子夏明日往视之，血书飞为赤鸟，化为白书，署曰"演孔图"，中有作法制图之状。孔子仰推天命，俯察时变，却观未来，豫解无穷，知汉当继大乱之后，故作拨乱之法以授之一。孔子作《春秋》，制《孝经》，既成，使七十二弟子向北辰，磬折而立；使曾子抱《河》、《洛》书北向；孔子斋戒，簪缥笔，衣绛单衣，向北辰而拜，告备于天曰："《孝经》四卷，《春秋》、《河》、《洛》凡八十一卷，谨已备。"天乃洪郁起白雾摩地，赤虹自上下，化为黄玉，长三尺，上有刻文。孔子跪受而读之，曰："宝文出，刘季握。卯金刀，在轸北。字禾子，天下服。"二。汉儒之说，大率类此，此举其两条耳。大抵上古天子之事有三：一曰感生，二曰受命，三曰封禅。感生者，如华胥履迹之类；受命者，如龙马负图之类；前已与诸生言及矣。惟封禅一事，前节未言。案封泰山、禅梁甫之说，至汉而多。六艺之文，未详其事，故后人有疑其不经者。然求之六经，其证尚多，不过未用封禅二字耳，其实则封禅也。《诗·周颂·时迈》序云："巡守祭告，柴望也。"《书·帝典》："岁二月东巡守，至于岱宗，柴望秩于山川，遍于群神。"《礼记·礼器》："因名山升中于天，而凤凰降，龟龙假。"三者皆言封禅，故《时迈》郑笺云："巡守告祭者，天子巡行邦国，至于方岳之下，而封禅也。"《正义》引《白虎通》曰："王者易姓而起，必升封太山何？告之也。始受天命之时，改制应天，天下太平功成，封禅以告太平。所以必于太山何？万物交代之处也。"据此证之，知封禅为上古之典礼，非不经之事。《史记·封禅书》引管仲言："古者封太山、禅梁甫者七十二家。"盍足怪乎！聚土曰封，除地曰墠。变墠言禅者，神之也。盖感生者，明天子实天之所生；受天命者，天立之为百神之主，使改制以应天；封禅者，天子受天明命，致太平，以告成于天。三事一贯，而其事惟王者能有之明矣。故上自包牺，凡一姓兴起，无不备此三端。而孔子布衣，非王者，然自汉儒言之，则恒以天子待之。徵在游于大泽，梦感黑龙，感生也；天下血书于鲁端门，化为赤鸟，即文王赤鸟衔书之例。受命也；绛衣缥笔，告备于天，天降赤虹、白雾，封禅也；三者皆天子之事。更曲为之说曰：帝出乎震，故包牺以木德王；木生火，故神农以火德王；火生土，故黄帝以土德王；土生金，故少昊以金德王；金生水，故颛顼以水德王；水生木，故帝喾以木德王；木生火，故帝尧以火德王；火生土，故帝舜以土德王；土生金，故禹以金德王；金生水，故汤以水德王，水生木，故文王以木德王三。木当生火，而丘为制法主，黑绿不代苍黄四。言孔子黑龙之精，不合代周家木德之苍也。此所以既比之以文王五，又号之以素王欤六！而赤帝子之名，则归之汉高帝矣七。此等孔子继周而王，为汉制法之说极盛于前汉，至后汉渐有不信其说者。然至郑康成为群经作注，仍用此说。自此至唐作注疏，无甚大异。洎乎宋儒，乃毅然废之，似于圣门，有摧陷廓清之功；然以解群经之制度名物，微言大义，无一能合。然则宋学所持，其具之胜劣，姑不必言，而其非孔子之道，则断然也。元、明二代，不越乎宋学之范围。清代诸儒，稍病宋学之空疏，而又畏汉学之诡诞，于是专从训诂名物求之，所发明者颇多，而于人之身心，渺不相涉，其仍非宗教之真可知也。今平心论之，各为一时社会所限耳。盖自上古至春秋，原为鬼神、术数之世代，乃合蚩尤之鬼道，与黄帝之阴阳以成之，皆初民所不得不然。三苗信鬼，乃最初之思想。黄帝明历律，乃有术数，则稍进矣。其后乃合二派而用之。至老子骤更之，必为天下所不许，书成身隐，其避祸之意耶！孔子虽学于老子，而知教理太高，必与民智不相适而废，于是去其太甚，留其次者，故去鬼神而留术数。《论语》言“未知生，焉知死”；又言“不知命，无以为君子”，即其例也。然孔子所言虽如此，而社会多数之习，终不能改。至汉儒乃以鬼神、术数之理解经，此以上诸说之由来也。

第十节　孔子之六经

中国之圣经，谓之六艺，一曰《诗》，二曰《书》，三曰《礼》，四曰《乐》，五曰《易象》，六曰《春秋》。其本原皆出于古之圣王，而孔子删定之，笔削去取，皆有深义。自古至今，绎之而不尽，经学家聚讼焉。今略述其概如下。

一、《易》。六经之次第有二：《七略》以前，首《诗》，次《书》，次《礼》，次《乐》，次《易》，次《春秋》，此法周秦诸子悉尊之；《七略》以后，首《易》，次《书》，次《诗》，次《礼》，次《乐》，次《春秋》，此法用之至今。此为经学中一大问题，本编本从周之义，以《易》为首。包牺始画八卦，因而重之为六十四卦。文王作卦辞。周公作爻辞。孔子作《彖辞》、《象辞》、《系辞》、《文言》、《说卦》、《序卦》、《杂卦》，是为十翼，以授鲁商瞿子木，凡《易》十二篇。

二、《书》。《书》本王之号令，右史所记。孔子删订，断自唐虞，下讫秦穆，典、谟、训、诰、誓、命之文，凡百篇，而为之序。及秦禁学，孔子之孙惠壁藏之，凡《书》二十九篇。

三、《诗》。诗者，所以言志，吟咏性情，以讽其上者也。古有采诗之官，王者巡守，则陈诗，以观民风，知得失，自考正也。动天地，感鬼神，厚人伦，养教化，莫近乎诗。是以孔子最先删录，既取周诗，上兼商颂，以授子夏，凡三百一十一篇。

四、《礼》。帝王质文，世有损益。至于周公，代时转浮，周公居摄，曲为之制，故曰经礼三百，威仪三千。及周之衰，诸侯始僭，将逾法度，恶其害已，皆灭去其籍，自孔子时而不具矣。孔子反鲁，乃始删定。值战国交争，秦氏坑焚，故惟《礼》经，崩坏为甚。今所存者，惟《仪礼》至为可信，

《周礼》、《礼记》，皆汉人所掇拾耳，凡《礼》经十七篇。

五、《乐》。自黄帝下至三代，乐各有名。孔子曰："安上治民，莫善于礼；移风易俗，莫善于乐。"二者相与并行，周衰俱坏。孔子自卫反鲁，然后乐正。然乐尤微眇，以音律为节，又为郑、卫所乱，故无遗法。

六、《春秋》。古之王者，必有史官，君举必书，所以慎言行，昭法式也。诸侯亦有国史，《春秋》即鲁之史记也。孔子应聘不遇，自卫而归，西狩获麟，伤其虚应，乃因鲁旧史，而作《春秋》，上述周公遗制，下明将来之法，勒成十二公之经，以授子夏，凡《春秋》十二篇。

上为六经，皆孔子所手定也。此外犹有二经，与六经并重，皆门人记录孔子言行之所作也。

一、《论语》。《论语》者，孔子应答弟子时人，及弟子相与言，而接闻于夫子之语也。当时弟子各有所记，夫子既卒，门人相与辑而论纂，故谓之《论语》，凡二十篇。一、《孝经》。《孝经》者，孔子为曾子陈孝道也，凡一篇。

上二经，六经之总汇。至宋儒乃取《论语》二十篇，及《礼记》中之《大学》一篇，《中庸》一篇，而益以《孟子》七篇，谓之《四书》，于今仍之不改，非孔子之旧矣。

附录：唐陆德明《经典释文·叙录》。

鲁商瞿子木受《易》于孔子，以授鲁桥庇子庸，子庸授江东馯臂子弓，子弓授燕周丑子家，子家授东武孙虞子乘，子乘授齐田何子庄。《高士传》云字庄，《汉书·儒林传》云临淄人。及秦燔书，《易》为卜筮之书，独不禁，故传授者不绝。汉兴，田何以齐田徙杜陵，号杜田生，授东武王同子中，及洛阳周王孙，梁人丁宽，字子襄，事田何，复从周王孙受古义，作《易说》三万言，训故举大谊而已。《艺文志》云，《易说》八篇，为梁孝王将军。齐服生，刘向《别录》云，齐人，号服先。皆著《易传》。汉初，言《易》者本之田生。同授淄川杨何，字叔，一本作字叔元，大中大夫。宽授同郡砀田王孙，王孙授施雠，及孟喜、梁丘贺。由是有施、孟、梁丘之学焉。施雠字长卿，沛人，为博士。传《易》，授张禹，字子文，河内轵人，徙家莲勺，以《论语》授成帝，官至丞相、安昌侯。及琅邪鲁伯。会稽太守。禹授淮阳彭宣，字子佩，大司空、长平侯，作《易传》。及沛戴崇。字子平，少府，作《易传》。伯授太山毛莫如，字少路，常山太守。及琅邪邴丹。字曼容。后汉刘昆，字桓公，陈留东昏人，侍中、弘农太守、光禄勋。

受施氏《易》于沛人戴宾，其子轶传昆业，门徒亦盛。字君文，官至宗正。孟喜字长卿，东海兰陵人，曲台署长，丞相掾。父孟卿，喜为《礼》、《春秋》，孟卿以《礼》经多，《春秋》烦杂，乃使喜从田王孙受《易》。喜为《易章句》，授同郡白光，字少子。及沛翟牧。字子况。后汉洼丹、字子玉，南阳育阳人，世传孟氏《易》，作《易通论》七篇，官至大鸿胪。觟阳鸿、字孟孙，中山人，少府。任安，字定祖，广汉绵竹人。皆传孟氏《易》。梁丘贺字长翁，琅邪诸人，少府。本从大中大夫京房受《易》，房，淄川杨何弟子。后更事田王孙，传子临。黄门郎、少府。临传五鹿充宗字君孟，代郡人，少府、玄菟太守。及琅邪王骏。王吉子，御史大夫。充宗授平陵士孙张，字仲方，博士、扬州牧、光禄大夫、给事中，家世传业。及沛邓彭祖、字长夏，真定太守。齐衡咸。字长眉，王莽讲学大夫。后汉范升，代郡人，博士。传梁丘《易》，一本作传孟氏《易》。以授京兆杨政。字子行，左中郎将。又颍川张兴，字君上，太子少傅。传梁丘《易》，弟子著录，且万人；子鲂传其业。鲂官至张掖属国都尉。京房字君明，东郡顿丘人，本姓李，推律自定为京，至魏郡太守。受《易》梁人焦延寿，字延寿，名赣。延寿云，尝从孟喜问《易》。会喜死，房以延寿《易》即孟氏学。翟牧白生不肯，曰："非也。"延寿尝曰："得我术以亡身者，京生也。"房为《易章句》，说长于灾异，以授东海段嘉，《汉书·儒林传》作殷嘉。及河东姚平，河南乘弘，一本作桑弘。皆为郎、博士。由是前汉多京氏学。后汉戴冯、字次仲，汝南平舆人，侍中、兼领虎贲中郎将。孙期、字仲奇，济阴成武人，兼治《古文尚书》，不仕。魏满，字叔牙，南阳人，弘农太守。并传之。费直字长翁，东莱人，单父令。传《易》，授琅邪王璜，字平仲，又传《古文尚书》。为费氏学，本以古字，号古文《易》，无章句，徒以《彖》、《象》、《系辞》、《文言》，解说上下经。《七录》云，直《易章句》四卷，残缺。汉成帝时，刘向典校书，考《易》说，以为诸《易》家说，皆祖田何、杨叔元、丁将军，大义略同，唯京氏为异，向又以中古文《易经》，校施、孟、梁丘三家之《易经》，或脱去"无咎悔亡"，唯费氏经，与古文同。范晔《后汉书》云，京兆陈元，字长孙，司空、南阁祭酒，兼传《左氏春秋》。扶风马融，字季长，茂陵人，南郡太守、议郎，为《易传》，又注《尚书》、《毛诗》、《礼记》、《论语》。河南郑众，字仲师，大司农，兼传《毛诗》、《周礼》、《左氏春秋》。北海郑玄，字康成，高密人，师事马融，大司农征不至，还家。凡所注《易》、《尚书》、《三礼》、《论语》、《尚书大传》，《五经中候》；笺毛氏，作《毛诗谱》；驳许慎《五经异议》，针何休《左氏膏肓》、去《公羊墨守》，起《穀梁废疾》，休见大惭。颍川荀爽，字慈明，官至司空，为《易言》。并传费氏《易》。沛人高相治《易》，与直同时，其《易》亦无章句，专说阴阳灾异，自言出于丁将军，传至相，相授子康，康以明《易》为郎。及兰陵毋将永，豫章都尉。为高氏学。汉初，立杨氏《易》博士，宣帝复立施、孟、梁丘之《易》，元帝又立京氏《易》。费、高二家不得立，民间传之。后汉费氏兴，而高氏遂微。永嘉之乱，施氏、梁丘之《易》亡，孟、京、费之《易》，人无传者，唯郑康成、王辅嗣所注行于世，江左中兴，《易》唯置王氏博士。太常荀崧奏请置郑《易》博士，诏许。值王敦乱，不果立。而王氏为世所重。

济南伏生，名胜，故秦博士。授《书》于济南张生，千乘欧阳生。字和伯，千乘人。生授同郡兒宽，御史大夫。宽又从孔安国受业，以授欧阳生之子。欧阳、大小夏侯《尚书》皆出于宽。欧阳氏世传业，至曾孙高，作《尚书章句》，为欧阳氏学。高孙地馀字长宾，侍中、少府。以书授元帝。传至欧阳歙，字正思，后汉大司徒。歙以上八世，皆为博士。济南林尊，字长宾，为博士，论石渠，官至少府、太子太傅。受《尚书》于欧阳高，以授平当，字子思，下邑人，徙平陵，官至丞相，封侯。子晏亦明经，至大司徒。及陈翁生。梁人，信都太傅，家世业。翁生授殷崇，琅邪人，为博士。及龚胜。字君宾、楚人，右扶风。当授朱普，字公文，九江人，为博士。及鲍宣。字子都，渤海人，官至司隶。后汉济阴曹曾，字伯山，谏大夫，受业于欧阳歙，传其子祉。河南尹。又陈留陈弇，字叔明，受业于丁鸿。乐安牟长，字君高，河内太守、中散大夫。并传欧阳《尚书》。沛国桓荣，字春卿，太子太傅，太常五更，关内侯。受《尚书》于朱普。《东观汉纪》云，荣事九江朱文，文即普字。以授汉明帝，遂世相传，东京最盛。《汉纪》云，门生为公卿者甚众，学者慕之，以为法。荣子郁以书授章帝，官至侍中、太常。郁子焉复以书授安帝，官至太子太傅、太尉。张生济南人，为博士。授夏侯都尉，鲁人。都尉传族子始昌，始昌通五经，以齐《诗》、《尚书》教授，为昌邑太傅。始昌传族子胜。字长公，后汉东平长信少府，太子太傅。胜从始昌受《尚书》，及《洪范·五行传》，说灾异；又事同郡简卿，卿者，兒宽门人；又从欧阳氏问，为学精熟。所问非一师，善说《礼·服》，受诏撰《尚书论语说》，《艺文志》：夏侯胜《尚书章句》二十九卷。号为大夏侯氏学。传齐人周堪，堪字少卿，太子少傅、光禄勋。及鲁国孔霸。字次孺，孔子十三世孙，为博士，以书授元帝，官至大中大夫、关内侯，号褒成君。霸传子光，字子夏，丞相，博山侯，光又事牟卿。堪授鲁国牟卿，为博士。及长安许商。字伯长，四至九卿，善算，著《五行论》。商授沛唐林，字子高，王莽时为九卿。及平陵吴章，字伟君，王莽时博士。重泉王吉，字少音，王莽时为九卿。齐炔钦。字幼卿，王莽时博士。后汉北海牟融，亦传大夏侯《尚书》。夏侯建字长卿，胜从父兄子，为博士、议郎、太子少傅。师事夏侯胜及欧阳高，左右采获；又从五经诸儒问，与《尚书》相出入者，牵引以次章句，为小夏侯氏学。传平陵张山拊，字长宾，为博士，论石渠，官至少府。山拊授同县李寻，字子长，骑都尉。及郑宽中，字少君，为博士，授成帝，官至光禄大夫、领尚书事、关内侯。山阳张无故，字子孺，广陵太傅。信都秦恭，字延君，城阳内史，增师法至百万言。陈留假仓。字子胶，以谒者论石渠，至胶东相。宽中授东郡赵玄，御史大夫。无故授沛唐尊，王莽太傅。恭授鲁冯宾。为博士。后汉东海王良，亦传小夏侯《尚书》。汉宣帝本始中，河内女子得《泰誓》一篇，献之，与伏生所诵，合三十篇，汉世行之。然《泰誓》年月，不与序相应，又不与《左传》、《国语》、《孟子》众书所引《泰誓》同，马、郑、王肃诸儒，皆疑之。《汉书·儒林传》云，《百两篇》者，出东莱张霸，分析合二十九篇，以为数十；又采《左传》、《书序》，为作首尾，凡百二篇，篇或数简，文意浅陋。成帝时刘向校之，非是，后遂黜其书。《古文尚书》者，孔惠之所藏也。鲁恭王坏孔子旧宅，汉景帝程姬之子，名馀，封于鲁，谥恭王。于壁中得之，并《礼》、《论语》、《孝经》，皆科斗文字。博士孔安国字子国，鲁人，孔子十二世孙，受《诗》于鲁申公，官至谏议大夫，临淮太守，以校伏生所诵，为隶古写之，增多伏生二十五篇。《艺文志》云，多十六篇。又伏生误合五篇，凡五十九篇，为四十六卷。《艺文志》云，《尚书》古文经四十六卷，五十七篇。安国又受诏，为《古文尚书》传，值武帝末巫蛊事起，经籍道息，不获奏上，藏之私家，安国并作古文《论语》，古文《孝经》传。《艺文志》云，安国献《尚书》传，遭巫蛊事，未列于学官。以授都尉朝。司马迁亦从安国问故，迁书多古文说。刘向以中古文校欧阳、大小夏侯三家经文，脱误甚众。《艺文志》云，《酒诰》脱简一，《召诰》脱简二，文异者七百有余，脱字数十。都尉朝授胶东庸生，名谭，亦传《论语》。庸生授清河朝常，字少子，以明《穀梁春秋》为博士，至部刺史，又传《左氏春秋》。常授虢徐敖，右扶风掾，又传《毛诗》。敖授琅邪王璜，及平陵涂恽，字子真。恽授河南乘钦。字君长，一本作桑钦。王莽时诸学皆立，恽、璜等贵显。范晔《后汉书》云，中兴，扶风杜林传《古文尚书》，贾逵字景伯，扶风人，中郎将、侍中。为之作训，马融作传，郑玄注解，由是《古文尚书》遂显于世。案今马、郑所注，并伏生所诵，非古文也。孔氏之本绝，是以马、郑、杜预之徒，皆谓之逸书。王肃亦注今文，而解大与古文相类，或肃私见孔传，而秘之乎？江左中兴，元帝时，豫章内史枚赜，字仲真，汝南人。奏上孔传《古文尚书》，亡《舜典》一篇，购不能得，乃取王肃注《尧典》，从"慎徽五典"以下分为《舜典》篇以续之，《孔序》谓：伏生以《舜典》合于《尧典》，《孔传》：《尧典》止于"帝曰往钦哉"。而马、郑、王之本同为《尧典》，故取为《舜典》。学徒遂盛。后范宁字武子，顺阳人，东晋豫章太守，兼注《穀梁》。变为今文集注，俗间或取《舜典》篇以续孔氏。齐明帝建武中，吴兴姚方兴采马、王之注，造孔传《舜典》一篇，云于大航头买得，上之。梁武时为博士，议曰："《孔序》称伏生误合五篇，皆文相承接，所以致误。《舜典》首有'曰若稽古'，伏生虽昏耄，何容合之。"遂不行用。汉始立欧阳《尚书》，宣帝复立大小夏侯博士，平帝立古文。永嘉丧乱，众家之书并灭亡，而古文《孔传》始兴，置博士，郑氏亦置博士一人。近唯崇古文，马、郑、王注遂废。今以孔氏为正，其《舜典》一篇，仍用王肃本。

汉兴，传《诗》者有四家。鲁人申公，亦谓申培公，楚王太傅，武帝以安车蒲轮征之，时申公年八十余，以为大中大夫。受《诗》于浮丘伯，以《诗经》为训故以教，无传，疑者则阙不传，号曰《鲁诗》。弟子为博士者十余人，郎中令王臧，兰陵人。御史大夫赵绾，代人。临淮太守孔安国，胶西内史周霸，城阳内史夏宽，东海太守鲁赐，砀人。长沙内史缪生，兰陵人。胶西中尉徐偃，胶东内史阙门庆忌，邹人。皆申公弟子也。申公本以《诗》、《春秋》授瑕丘江公，尽能传之，徒众最盛。鲁许生，免中徐公，皆守学教授。丞相韦贤，受《诗》于江公及许生，传子玄成。贤字长孺，玄成字少翁，父子并为丞相，封扶阳侯。又治《礼》、《论语》，玄成兄子赏，以《诗》授哀帝，大司马、车骑将军。又王式字翁思，东平新姚人，昌邑王师。受《诗》于免中徐公以及许生，以授张生长安，名长安，字幼君，山阳人，为博士论石渠，至淮阳中尉。及唐长宾、东平人，为博士，楚王太傅。褚少孙。沛人，为博士。《褚氏家传》云，即续《史记》褚先生。张生兄子游卿，谏大夫。以《诗》授元帝，传王扶，琅邪人，泗水中尉。扶授许晏。陈留人，为博士。又薛广德字长卿，沛国相人，御史大夫。受《诗》于王式，授龚舍。字君倩，楚国人，太山太守。齐人辕固生汉景帝时为博士，至清河太守。作《诗》传，号《齐诗》，传夏侯始昌，始昌授后苍，字近君，东海郯人，通《诗》、《礼》，为博士，至少府。苍授翼奉，字少君，东海下邳人，为博士、谏大夫。及萧望之、字长倩，东海兰陵人，御史大夫、前将军，兼传《论语》。匡衡。字稚圭，东海承人，丞相、乐安侯，子咸亦明经，历九卿，家世为博士。衡授师丹字公仲，琅邪人，大司空。及伏理、字游君，高密太傅，家世传业。满昌。字君都，颍川人，詹事。昌授张邯九江人。及皮容。琅邪人。皆至大官，徒众尤盛。后汉陈元方，亦传《齐诗》。燕人韩婴汉文帝时为博士，至常山太傅。推《诗》之意，作内、外《传》数万言，号曰《韩诗》，淮南贲生受之。武帝时，婴与董仲舒论于上前，仲舒不能难。婴又为《易传》，燕、赵间好《诗》，故其《易》微，惟韩氏自传之。其孙商为博士，孝宣时，涿韩生，其后也。河内赵子，事燕韩生，授同郡蔡谊，谊以《诗》授昭帝，至丞相，封侯。谊授同郡食子公，为博士。及琅邪王吉。字子阳，王骏父，昌邑中尉、谏大夫。吉兼五经，能为邹氏《春秋》，以《诗》《论》教授。子公授太山栗丰，部刺史。吉授淄川长孙顺。为博士。丰授山阳张就，顺授东海发福，并至大官。《艺文志》云，齐、韩《诗》，或取《春秋》，采杂说，咸非其本义；鲁最为近之。《毛诗》者，出自毛公，河间献王好之。徐整字文操，豫章人，吴太常卿。云，子夏授高行子，高行子授薛仓子，薛仓子授帛妙子，帛妙子授河间人大毛公。毛公为《诗》故训，传于家，以授赵人小毛公。名苌。小毛公为河间献王博士，以不在汉朝，故不列于学。一云，子夏传曾申，字子西，鲁人曾参之子。申传魏人李克，克传鲁人孟仲子，郑玄《诗谱》云，子思之弟子。孟仲子传根牟子，根牟子传赵人孙卿子，孙卿子传鲁人大毛公。《汉书·儒林传》云，毛公赵人，治《诗》，为河间献王博士，授同国贯长卿，长卿授解延年，为阿武令，《诗谱》云，齐人。延年授虢徐敖，敖授九江陈侠。王莽讲学大夫。或云，陈侠传谢曼卿，元始五年，公车征说《诗》。后汉郑众、贾逵传《毛诗》，马融作《毛诗》注，郑玄作《毛诗》笺，申明毛义，难三家，于是三家遂废矣。魏太常王肃，更述毛非郑。荆州刺史王基字伯舆，东莱人。驳王肃，申郑义。晋豫州刺史孙毓，字休朗，北海平昌人，长沙太守。为《诗评》，评毛、郑、王肃三家同异，朋于王。徐州从事陈统，字元方。难孙，申郑，宋征士雁门周续之。字道祖，及雷次宗俱事庐山惠远法师。豫章雷次宗，字仲伦，宋通直郎，征不起。齐沛国刘瓛，并为《诗序义》。前汉鲁、齐、韩三家《诗》，列于学官，平帝世，《毛诗》始立，《齐诗》久亡，《鲁诗》不过江东，《韩诗》虽在，人无传者，惟《毛诗》郑《笺》，独立国学，今所遵用。

汉兴，有鲁高堂生，传《士礼》十七篇，即今之《仪礼》也。而鲁徐生善为容，孝文时，为礼官大夫。景帝时，河间献王好古，得古《礼》，献之。郑

《六艺论》云：后得孔氏壁中，河间献王古文《礼》五十六篇，《记》百三十一篇，《周礼》六篇，其十七篇，与高堂生所传同，而字多异。刘向《别录》云：古文《记》二百四篇。《艺文志》曰：《礼》古经五十六篇，出于鲁淹中。苏林云：淹中，里名。或曰，河间献王开献书之路，时有李氏上《周官》五篇，失《冬官》一篇，乃购千金，不得，取《考工记》以补之。瑕丘萧奋以《礼》至淮阳太守，授东海孟卿，孟喜父。卿授同郡后苍，及鲁闾丘卿。其古《礼》经五十六篇，苍传十七篇，所余三十九篇，以付书馆，名为《逸礼》。苍说《礼》数万言，号曰《后苍曲台记》。在曲台校书著记，因以为名。孝宣之世，苍为最明，苍授沛闻人通汉，字子方，以太子舍人论石渠，至中山中尉。及梁戴德、字延君，号大戴，信都太傅。戴圣、字次君，号小戴，以博士论石渠，至九江太守。沛庆晋，字孝公，东平太傅。由是《礼》有大小戴、庆氏之学。普授鲁夏侯敬，又传族子咸。豫章太守。大戴授琅邪徐良，字斿卿，为博士、州牧、郡守，家世传业。小戴授梁人桥仁，字季卿，大鸿胪，家世传业。及杨荣。字子孙，琅邪太守。王莽时，刘歆为国师，始建立《周官》经，以为《周礼》。河南缑氏杜子春，受业于歆，还家，以教门徒。好学之士郑兴父子兴字少赣，河南人，后汉大中大夫，子众，已见前，并作《周礼解诂》。等，多往师之。贾景伯亦作《周礼解诂》。《礼记》者，本孔子门徒共撰所闻，以为此记，后人通儒，各有损益。故《中庸》是子思伋所作，《缁衣》是公孙尼子所制。郑玄云，《月令》是吕不韦所撰。卢植字子干，涿郡人，后汉北中郎将、九江太守。云，《王制》是汉时博士所为。陈邵字节良，下邳人，晋司空长史。《周礼论序》云：戴德删古《礼》二百四篇，为八十五篇，谓之《大戴礼》；戴圣删《大戴礼》，为四十九篇，是为《小戴礼》。汉刘向《别录》有四十九篇，其篇次与今《礼记》同名，为他家书拾撰所取，不可谓之《小戴礼》。后汉马融、卢植，考诸家同异，附戴圣篇章，去其繁重，及所叙略，而行于世，即今之《礼记》是也。郑玄亦依卢、马之本而注意。范晔《后汉书》云：中兴，郑众传《周官》经，后马融作《周官》传，授郑玄，玄作《周官》注。郑注引杜子春、郑大夫、郑司农之义。郑玄《三礼目录》云：二郑信同宗之大儒，今赞而辩之。玄本治《小戴礼》，后以古经校之，取其于义长者顺者，故为郑氏学。玄又注小戴所传《礼记》四十九篇，通为三《礼》焉。汉初，立高堂生《礼》博士，后又立大小戴、庆氏三家。王莽又立《周礼》。后汉三《礼》皆立博士。今庆氏、曲台久亡，大戴无传学者，惟郑注《周礼》、《仪礼》、《礼记》并列学官；而《丧服》一篇，又别行于世；今三《礼》俱以郑为主。

《春秋》有公羊、名高，齐人，子夏弟子，受经于子夏。穀梁、名赤，鲁人。糜信云：与秦孝公同时。《七录》云：名淑，字元始。《风俗通》云：子夏门人。邹氏、王吉善《邹氏春秋》。夹氏之传，邹氏士师，夹氏有录无书，故不显于世。汉兴，齐人胡母生，字子都，景帝时为博士，年老，归教于齐，齐之言《春秋》者宗事之，公孙弘亦颇受焉。赵人董仲舒，官至江都、胶西相。并治《公羊春秋》。兰陵褚大，梁相。东平嬴公，谏大夫。广川殷仲温、吕步舒，步舒，丞相长史。皆仲舒弟子。嬴公守学，不失师法，授东海孟卿，及鲁眭弘。字孟，符节令。弘受严彭祖，字公子，东海下邳人，为博士，至左冯翊、太子太傅。及颜安乐，字翁孙，鲁国薛人也，孟姊子也，为鲁郡太守丞。由是《公羊》有严、颜之学。弘弟子百余人，常曰《春秋》之意，在二子矣。彭祖授琅邪王中，少府，家世传业。中授同郡公孙文，东平太傅，徒众甚盛。及东门云。荆州刺史。安乐授淮阳冷丰字次君，淄川太守。及淄川任翁。少府。丰授大司徒马宫字游卿，东海戚人，封扶德侯。及琅邪左咸。郡守、九卿，徒众甚盛。始，贡禹字少翁，琅邪人，御史大夫。事嬴公，而成于眭、孟，以授颍川堂谿惠，惠授泰山冥都。丞相史。又疏广字仲翁，东海兰陵人，太子太傅。事孟卿，以授琅邪筦路。筦路及冥都，又事颜安乐，路授大司农孙宝。字子严，颍川鄢陵人。瑕丘江公受《穀梁春秋》及《诗》于鲁申公，武帝时，为博士，传子至孙，皆为博士。使与董仲舒论。江公呐于口，而丞相公孙弘本为《公羊》学，比辑其义，卒用董生。于是上因尊《公羊》家，诏太子受。卫太子复私问《穀梁》而善之，其后浸微，惟鲁荣广、字王孙。浩星公二人受焉。广尽能传其《诗》、《春秋》，蔡千秋、字少君，谏大夫，郎中、户将。梁周庆、字幼君。丁姓，字子孙，至中山太傅。皆从广受。千秋又事浩星公，为学最笃。宣帝即位，闻卫太子好《穀梁》，乃诏千秋与《公羊》家并说，上善《穀梁》说。后又选郎十人，从千秋受。会千秋病死，征江公孙为博士，诏刘向受《穀梁》，欲令助之。江博士复死，乃征周庆、丁姓待诏，使卒授十人。十余岁，皆明习，乃召五经名儒，太子太傅萧望之等，大议殿中，平《公羊》、《穀梁》同异。时《公羊》博士严彭祖、侍郎申挽伊，推宋显《穀梁》，议郎尹更始，待诏刘向、周庆、丁姓并论。望之等多从《穀梁》，由是大盛，庆、姓皆为博士，姓授楚申章昌曼君。为博士，至长沙太傅。初，尹更始字翁君，汝南邵陵人，议郎、谏大夫、长乐户将。事蔡千秋，又受《左氏传》，取其变理合者，以为章句，传子咸大司农。及翟方进、字子威，汝南上蔡人，丞相，封侯。房凤。字子元，琅邪不其人，光禄大夫、五官中郎将、青州牧。始,江博士授胡常,常授梁萧秉,字君房。王莽时,为讲学大夫。

左丘明作《传》以授曾申,申传卫人吴起,魏文侯将。起传其子期,期传楚人铎椒,楚太傅。椒传赵人虞卿,赵相。卿传同郡荀卿,名况,况传武威张苍,汉丞相,北平侯。苍传洛阳贾谊,长沙梁王太傅。谊传至其孙嘉,嘉传赵人贯公,《汉书》云:贾谊授贯公,为河间献王博士。贯公传其少子长卿,荡阴令。长卿传京兆尹张敞字子高,河东平阳人,徙杜陵。及侍御史张禹。字长子,清河人。禹数为御史大夫萧望之言《左氏》,望之善之,荐禹,征待诏。未及问,会病死。禹传尹更始,更始传其子咸及翟方进、胡常。常授黎阳贾护,字季君,哀帝时待诏为郎。护授苍梧陈钦。字子佚,以《左氏》授王莽,至将军。《汉书·儒林传》云:"汉兴,北平侯张苍,及梁太傅贾谊,京兆尹张敞,大中大夫刘公子,皆修《春秋左氏传》。"始刘歆字子骏,向之子,王莽国师。从尹咸及翟方进受《左氏》,哀帝时,歆与房凤、王龚欲立《左氏》,为师丹所奏,不果,平帝世始得立。由是言《左氏》者,本之贾护、刘歆。歆授扶风贾徽,字元伯,后汉颍阴令,作《春秋条例》二十一卷。徽传子逵。逵受诏,列《公羊》、《穀梁》不如《左氏》四十事,奏之,名曰《左氏长义》,章帝善之。逵又作《左氏训诂》,司空、南阁祭酒陈元作《左氏同异》,大司农郑众作《左氏条例章句》,南郡太守马融为三家同异之说。京兆尹延笃,字叔坚,南阳人。受《左氏》于贾逵之孙伯升,因而注之,汝南彭汪,字仲博。记先师奇说及旧注。大中大夫许淑,字惠卿,魏郡人。九江太守服虔,字子慎,河南人。侍中孔嘉,字山甫,扶风人。魏司徒王朗,字景兴,肃之父。荆州刺史王基,大司农董遇,征士敦煌周生烈,并注解《左氏传》。梓潼李仲钦著《左氏指归》,陈郡颍容字子严,后汉公车征,不就。作《春秋条例》。又何休字邵公,任城人,后汉谏大夫。作《左氏膏肓》、《公羊墨守》、《穀梁废疾》,郑康成《针膏肓》、《发墨守》、《起废疾》,自是《左氏》大兴。汉初,立《公羊》博士,宣帝又立《穀梁》,平帝始立《左氏》。后汉建武中,以魏郡李封为《左氏》博士,群儒蔽固者,数廷争之,及封卒,因不复补。和帝元兴十一年,郑兴父子奏上,《左氏》乃立于学官,仍行于世,迄今遂盛行,二《传》渐微。江左中兴,立《左氏传》,杜氏、服氏博士。太常荀崧奏请立二《传》博士,诏许立《公羊》,云《穀梁》肤浅,不足立博士,王敦乱,竟不果立。《左氏》今用杜预注,《公羊》用何休注,《穀梁》用范宁注。

河间人颜芝传《孝经》,是为今文。长孙氏博士江翁,少府后苍,谏大夫翼奉，安昌侯张禹传之，各自名家，凡十八章。又有古文，出于孔氏壁中，别有《闺门》一章，自余分析十八章，总为二十二章，孔安国作传。刘向校书，定为十八。后汉马融亦作《古文孝经传》，而世不传，世所行郑注，相承以为郑玄。案《郑志》及《中经簿》无，惟中朝穆帝集《讲孝经》云：以郑玄为主。检《孝经》注，与康成注五经不同，未详是非。江左中兴，《孝经》、《论语》共立郑氏博士一人。古文《孝经》世既不行，今随俗用郑注十八章本。

汉兴，传《论语》者，则有三家。鲁《论语》者，鲁人所传，即今所行篇次是也。常山都尉龚奋，长信少府夏侯胜，丞相韦贤，及其子玄成，鲁扶卿，太子少傅夏侯建，前将军萧望之，并传之，各自名家。齐《论语》者，齐人所传，别有《问王》、《知道》二篇，凡二十二篇。其二十篇中，章句颇多于《鲁论》。昌邑中尉王吉，少府宋畸，琅邪王卿，御史大夫贡禹，尚书令五鹿充宗，胶东庸生，并传之，惟王阳名家。古《论语》者，出自孔氏壁中，凡二十一篇，有两《子张》，如淳云：分《尧曰》篇后"子张问何如可以从政"以下为篇名，曰《从政》。篇次不与齐、鲁《论》同，《新论》云：文异者四百余字。孔安国为传，后汉马融亦注之。安昌侯张禹，受《鲁论》于夏侯建，又从庸生、王吉受《齐论》，择善而从，号曰《张侯论》，最后而行于汉世。禹以《论》授成帝，后汉包咸、字子长，吴人，大鸿胪。周氏，不详何人。并为章句，列于学官。郑玄就《鲁论》张、包、周之篇章，考之齐古，为之注焉。魏吏部尚书何晏，集孔安国、包咸、周氏、马融、郑玄、陈群、字长文，颍川人，魏司空。王肃、周生烈敦煌人，《七录》云：字文逢，本姓唐，魏博士、侍中。之说，并下己意，为《集解》，正始中上之，盛行于世，今以为主。

案此篇，皆唐人之学，至宋学兴，而其说一变。至近日今文学兴，而其说再变。年代久远，书缺简脱，不可详也，然以今文学为是。

第十一节 墨子之道

墨子名翟，宋人，孔子之弟子也一，或史角之弟子也二。其学与老子、孔子，同出于周之史官，而其说与孔子相反。惟修身、亲士，为宗教所不可无，不能不与孔子同。其他则孔子亲亲，墨子尚贤；孔子差等，墨子兼爱；孔子繁礼，墨子节用；孔子重丧，墨子节葬；孔子统天，《春秋》称"以元统天”,《文言》称“先天而天不违”。盖孔子不尚鬼神,故有此说。墨子天志;孔子远鬼,《论语》称“未知生,焉知死。敬鬼神而远之”。墨子明鬼;孔子正乐,墨子非乐;孔子知命,《论语》“道之将行也与,命也。道之将废也与,命也。不知命无以为君子也”。墨子非命;孔子尊仁,墨子贵义。殆无一不与孔子相反。然求其所以然之故,亦非墨子故为与孔相戾,特其中有一端不同,而诸端遂不能不尽异。宗教之理,如算式然,一数改,则各数尽改。墨子学于孔子,以为其礼烦扰而不脱,厚葬糜财而贫民,服伤生而害事三。丧礼者,墨子与孔子不同之大原也。儒家丧礼之繁重,为各宗教所无,然儒家则有精理存焉。儒家以君父为至尊无上之人,以人死为一往不返之事,无鬼神,则身死而神亦死矣。以至尊无上之人,当一往不返之事,而孝又为政教全体之主纲,丧礼乌得而不重?墨子既欲节葬,必先明鬼,有鬼神,则身死犹有其不死者存,故丧可从杀。天下有鬼神之教,如佛教、耶教、回教,其丧礼无不简略者。既设鬼神,则宗教为之大异。有鬼神则生死轻,而游侠犯难之风起,异乎儒者之尊生;有鬼神则生之时暂,不生之时长,肉体不足计,五伦非所重,而平等、兼爱之义伸,异乎儒者之明伦。其他种种异义,皆由此起,而孔、墨遂成相反之教焉。墨子曾仕宋,为大夫,其生卒年月无可考,以《墨子》书考之,《非攻篇》言墨子与公输般相辨,是与公输般同时;《檀弓》载季康子之母死,公输般请以机封,康子卒在哀公二十七年,则哀公时,墨子年已长,宜其逮事孔子也。墨子后,其教分为三支,见《韩非子·显学篇》。至西汉间而微。《墨子》书十五篇,今存。

第十二节　三家总论

老、孔、墨三大宗教,皆起于春秋之季,可谓奇矣,抑亦世运之有以促之也。其后孔子之道,成为国教,道家之真不传,今之道家,皆神仙家。墨家遂亡。兴亡之故,固非常智所能窥,然亦有可浅测之者。老子于鬼神、术数,一切不取者也,其宗旨过高,非神洲多数之人所解,故其教不能大。孔子留术数而去鬼神,较老子为近人矣,然仍与下流社会不合,故其教只行于上等人,而下等人不及焉。墨子留鬼神而去术数,似较孔子更近,然有天志而无天堂之福,有明鬼而无地狱之罪,是人之从墨子者,苦身焦思而无报;违墨子者,放辟邪侈而无罚也。故上下之人,均不乐之,而其教遂亡。至佛教西来，兼老、墨之长，而去其短，遂大行于中国，至今西人皆以中国为佛教国也。

附《史记·十二诸侯年表》〔略〕。

第十三节 晚周之列王

敬王徙居成周，周都，今河南洛阳县东二十里。敬王崩，四十二年。子元王仁立。八年。元年崩，子定王介立。一作贞定王，二十八年。王时，三晋灭智伯，分有其地。定王崩，长子去疾立，是为哀王。哀王立三月，弟叔袭杀哀王而自立，是为思王。思王立五月，少弟嵬攻杀思王而自立，是为考王。考王崩，十五年。子威烈王午立。考王封弟揭于河南，即王城，今河南洛阳县西偏。是为西周桓公。桓公卒，子惠公立。名年皆无考。惠公封少子于巩周邑名。今河南巩县。以奉王，号东周惠王。威烈王时，始命韩、魏、赵为诸侯。威烈王崩，二十四年。子安王骄立。王时，田和始立为诸侯。安王崩，二十四年。子烈王喜立。烈王崩，十年。弟显王扁立。王时，秦始强盛，僭称王，其后诸侯皆称王。显王崩，四十八年。子慎靓王定立。慎靓王崩，六年。子赧王延立。王时，东西周分治，王寄住而已。王复居王城。秦日益强，五十九年，秦昭王使将军摎攻西周，周君奔秦，顿首受罪，尽献其邑三十六，口三万。秦受其献，归其君于周。周君赧王继卒，周民遂东亡。秦取九鼎、宝器，而迁西周公于𢞁狐。周地名，今河南伊阙县。后七岁，秦庄襄王灭东、西周，东、西周地皆入于秦。周既不祀，凡三十七王，八百六十七年。

第十四节 韩魏赵

晋至春秋末，由六卿并为四卿。范氏、中行氏亡，所存者智氏、即荀氏。魏氏、赵氏、韩氏而已。时智氏最强，智伯名瑶。尝伐郑，门于桔柣之门。智伯谓赵孟入焉，名无恤，即襄子。不从。智伯曰："恶而无勇，何以为子？"子卿也。襄子由是惎智伯。智伯与韩康子、名虎。魏桓子，名驹。宴于蓝台。智伯戏康子，而侮段规。康子之相。智伯又求地于韩康子，康子致万家之邑。又求地于魏，桓子亦致万家之邑。智伯益骄，又求地于赵襄子，襄子弗与。智伯怒，帅魏、韩之甲以攻赵氏，襄子走晋阳。赵邑名，今山西太原府。三家以国人，围而灌之，城不浸者三版。智伯行水，魏桓子御，韩康子骖乘。兵车，尊者居左，执弓矢；御者居中；有力者居右，持矛，以备倾侧。三人同车，故曰骖乘。智伯曰："吾今乃知水可以亡人国也。"二子惧。盖晋水出晋阳西。可以灌晋阳，则汾水出山西汾阳县。可以灌安邑，魏邑名，今山西安邑县。绛水出山西绛州。可以灌平阳也。韩邑名，今山西临汾县。乃潜与赵襄子立约，共图智伯。襄子使人夜杀守隄之吏，决水灌智伯军，智伯军救水而乱，三家乘之，大败智氏之众，杀智伯，尽灭智氏之族，而分晋地。时周定王十六年也。然晋犹有君，三家尚为大夫，至周威烈王二十三年，始命晋大夫魏斯、韩虔、赵籍为诸侯。

第十五节　田　齐

齐起太公，姜氏也。至战国时，为大夫田氏所篡。田氏之先，出于陈厉公他。厉公为其弟庄公林所弑，故厉公子完不得立。久之，陈乱，奔齐，时桓公十四年矣。遂仕齐为大夫，以田为氏。即陈氏之省。历田稚、田湣、田须无，皆不显。须无子无宇，始有宠于齐庄公。名光。无宇子乞，乞始以小斗收民，大斗予民，以市齐民。齐景公病，命其相国子、高子，立子荼为太子。公卒，二子立荼。乞乃嗾齐民，攻杀国子、高子，弑荼，立景公子阳生，而相之。乞子常再弑君，遂专齐柄。常之子盘，见三家分晋，乃尽使其宗人为齐都邑大夫，盘子白，白子和。和之季年，魏文侯名斯。为请于周，立和为诸侯，姜氏不祀。

第十六节　七 国 并 立

吴起泰伯，湮于南荒者数百年，至阖庐称霸。阖庐季年伐越，战于槜李。越地名，今浙江嘉兴县。阖庐伤指，且死，立太子夫差，谓曰："尔而忘勾践杀汝父乎？"对曰："不敢。"三年乃报越。二年，伐越，大败之夫椒。山名，见前。越王勾践请为臣，差许之。子胥谏，不听。勾践苦身焦思，卧薪尝胆，以图雪耻。又二十二年，复伐吴，夫差自杀，遂灭吴。勾践称霸。时周敬王四十三年也。至周显王三十五年，越王无强伐齐，齐王使人说之，以伐齐不如伐楚之利。越王遂伐楚。楚人大败之，乘胜尽取吴地。越遂散，公族争立，或为王，或为君，滨于海上，朝服于楚。其他宋分于齐、魏、楚三国，鲁、陈、蔡、杞灭于楚，郑灭于韩，曹灭于宋，皆在战国之中叶。惟卫最后亡。至秦始皇始灭。此十二诸侯所以变为七国也。

第十七节　秦之自出

灭六国者，秦也。秦于中国，其关系之大，列代无可比伦。秦以前为古人之世界，秦以后为今日之世界，皆秦为之钤键，不徒为战国之主动者而已。秦之先，帝颛顼之苗裔，曰女脩。女脩织，玄鸟陨卵，女脩吞之，生子大业。大业生大费，大费佐禹平水土，舜赐以皂游，使调驯鸟兽，是为柏翳，舜赐姓嬴。大费有二子，一曰大廉，二曰若木。若木玄孙曰费昌，当夏桀之时，去夏归商，为汤御，以败桀于鸣条。大廉玄孙曰孟戏、中衍，中衍为帝太戊御，自是世有功，故嬴姓多显，遂为诸侯。其玄孙曰中潏，在西戎，保西垂，生蜚廉。蜚廉生恶来，恶来有力，蜚廉善走，父子俱以材力事纣。武王伐纣，杀恶来，时蜚廉为纣治石椁于北方，不与乱。蜚廉复有子曰季胜，季胜生孟增，幸于周成王。孟增生衡父。衡父生造父，幸于周穆王，得八骏，以御王西狩。徐偃王作乱，造父御穆王归周，一日千里。穆王以赵城封之，遂为赵氏。即晋卿赵氏之祖。恶来子曰女防，女防生旁皋，旁皋生太几，太几生大骆，大骆生非子，以造父之宠，皆为赵氏。非子好马及畜，为周孝王主马于汧、渭之间，二水皆在今陕西东境。马大蕃息，孝王乃分以土，为附庸，邑之秦，使复续嬴祀。非子生秦侯，十年。秦侯生公伯，三年。公伯生秦仲。时西戎渐盛，周宣王命秦仲诛西戎，为戎所杀。二十三年。有子五人，其长曰庄公。周宣王召庄公昆弟五人，与兵七千，使伐戎，破之。四十四年。庄公生襄公，襄公时，西戎、犬戎、申侯伐周，杀幽王。襄公将兵救周，战甚力，有功。周室东迁，襄公以兵送周平王，平王封襄公为诸侯，赐之岐以西之地，命之曰："戎无道，侵夺我岐、丰之地。秦能攻逐戎，即有其地。"襄公于是始国，与诸侯通使聘享之礼。十二年。襄公生文公，文公伐戎，戎败走，遂收周遗民有之，地至岐，岐以东献之周。始有史以纪事。五十年。文公生靖公，文公前卒。靖公生宁公。宁公有子三人：长武公，次德公，次出子。宁公卒，十二年。诸臣三父等立出子,六年又弑之,立武公。武公立三年,讨三父等,夷三族。此为族诛之始。武公卒,二十年。弟德公立。德公卒,二年。子宣公立。宣公卒,十二年。弟成公立。成公卒,四年。弟穆公立,名任好,秦君至此始有名。穆公始霸西戎。穆公卒,三十九年。子康公䓨立。康公卒,十二年。子共公猳立。共公卒,五年。子桓公立。秦君自此又失名。桓公卒,二十七年。子景公立。景公卒,四十年。子哀公立。哀公卒,三十六年。孙惠公立。惠公卒,十年。子悼公立。悼公卒,十四年。子厉共公立。厉共公卒,三十四年。子躁公立。躁公卒,十四年。弟怀公立。怀公立四年,大臣叛,怀公自杀,孙灵公立。灵公卒,十三年。简公立,怀公子也。简公卒,十六年。子惠公立。惠公卒,十三年。子出子立。二年,大臣杀之,立献公,灵公子也。名师隰。

第十八节　秦之列王(上)

秦自献公以前,国家内忧,未遑外事。献公二十一年,周显王五年。与晋战于石门,晋地名,今陕西高陵县西北。斩首六万,天子贺以黼黻,此为秦用兵于诸侯之始。献公卒,二十四年。子孝公立,名渠梁。年二十一矣。孝公元年,河山以东强国六,淮泗之间小国十余。宋、鲁等国。楚、魏与秦接界,魏筑长城。自郑滨洛,以北有上郡。楚自汉中,南有巴、黔中。周室微,诸侯力政,争相并。秦僻处雍州,不与中国诸侯之会盟,夷翟遇之。孝公于是布惠,振孤寡,明功赏,下令国中,曰:“宾客群臣,有能出奇计强秦者,吾且尊官,与之分土。”于是卫鞅闻是令下,西入秦,因景监求见孝公。鞅,卫之诸庶孽公子也,少好刑名之学,事魏相公叔痤,公叔痤知其贤,未及进。会痤病,魏惠王亲往问病,曰:“公叔病,如有不可讳。将奈社稷何?”公叔曰:“痤之中庶子官名,掌公族。公孙鞅,年虽少,有奇才,愿王举国而听之。”王默然。且去,痤屏人言曰:“王即不听用鞅,必杀之,无令出境。”王许诺而去。公叔痤召鞅曰:“今者王问可以为相者,我言若,王色不许。我方先君后臣,因谓王,即弗用鞅,当杀之。王许我,君可疾去矣,且见禽。”鞅曰:“彼王不能用君之言任臣,又安能用君之言杀臣乎?”卒不去。惠王既去,谓左右曰:“公叔病甚,悲乎!欲令寡人以国听公孙鞅也,岂不悖哉?”公叔既死,公孙鞅闻秦孝公下令国中,求贤者,遂西入秦,因孝公宠臣景监以求见孝公。既见,语良久,孝公时时睡。罢,孝公怒景监曰："子之客，妄人耳。"景监以让鞅，鞅曰："吾说公以帝道，其志不开悟矣。"后五日，复求见鞅。鞅复见，未中旨。罢，孝公复让景监，景监亦让鞅。鞅曰："吾说公以王道，未入也。"请复见鞅，鞅复见孝公，孝公善之，未用也。孝公谓景监曰："汝客善，可与语矣。"鞅曰："吾说公以霸道，其意欲用之矣。诚复见我，我知之矣。"鞅复见孝公，公与语，不自知膝之前于席也，语数日不厌。景监曰："子何以中吾君？吾君之欢甚也。"鞅曰："吾以强国之术说君，君大悦之耳，然亦难以比德于殷周矣。"孝公平画，讨论治国之法。公孙鞅、甘龙、杜挚三大夫御于君。公曰："今吾欲变法以治，更礼以教百姓，恐天下之议我也。"公孙鞅曰："疑行无成，疑事无功，民不可与虑始，而可与乐成。是以圣人，苟可以强国，不法其故；苟可以利民，不循其礼。"孝公曰："善。"甘龙曰："不然。因民而教者，不劳而成功；据法而治者，吏习而民安之。今若变法，不循秦国之故，臣恐天下之议君，愿熟察之。"公孙鞅曰："夫常人安于故习，学者溺于所闻，此两者，所以居官而守法，非所与论于法之外也。三代不同礼而王，五霸不同法而霸。故智者作法，愚者制焉；贤者更礼，而不肖者拘焉。拘礼之人，不足与言事；制法之人，不足与论变。吾无疑矣。"杜挚曰："臣闻之：利不百，不变法；功不十，不易器。法古无过，循礼无邪，君其图之！"公孙鞅曰："汤、武之王也，不修古而兴。言惟其不修古，故兴。殷、夏之灭也，不易礼而亡。言惟其不易礼，故亡。然则反古者未必可非，循礼者未足多是也，君无疑也矣。"孝公曰："善。"卒定变法之令，令民为什伍，五家为保，十家相连。而相收司连坐。收司谓相纠发也，一家有罪，而九家连举发，若不收举，则十家连坐。不告奸者腰斩，告奸者与斩敌首同赏，告奸一人，则得爵一级。匿奸者与降敌同罚。降敌者，诛其身，没其家，匿奸者与同。民有二男以上，不分异者倍其赋。民有二男不别为治者，一人出两课。有军功者，各以率受上爵；为私斗者，各以轻重受刑。大小僇力本业，耕织致粟帛多者，复其身；事末利及怠而贫者，举以收孥。末利为工商也，不事事而贫者，纠举而收录其妻子为官奴婢。宗室非有军功论，不得为属籍。无功不及爵秩。明尊卑、爵秩、等级，各以差次；名田宅、臣妾、衣服，以家次。各随其家爵秩之班次，不得僭逾。有功者荣显，无功者，虽富无所芬华。令既具，未布，恐民之不信也，乃立三丈之木于国都市南门，募民有能徙置北门者，予十金。民怪之，莫敢徙。复曰："能徙者，予五十金。"有一人徙之，辄予五十金，以明不欺。卒下令，令行于民。期年，秦民之国都，言初令之不便者，以千数。于是太子犯法，卫鞅曰："法之不行，自上犯之。"将法太子。太子，嗣君也，不可施刑，刑其傅公子虔，黥其师公孙贾。明日，秦人皆趋令。行之十年，秦民大悦，道不拾遗，山无盗贼，家给人足；民勇于公战，怯于私斗，乡邑大治。秦民初言令不便者，有来言令便者，卫鞅曰："此皆乱化之民也。"尽迁之于边城，其后民莫敢议令。案商鞅，军国主义之发明家也。

自变法以还，国势勃兴，征伐四克。十二年，作为咸阳，秦都，今陕西咸阳县。筑冀阙，宫庭之名。秦徙都之。非子居犬丘，文公居郿，宁公徙平阳，献公居栎阳，皆今陕西西境。并诸小乡聚，犹言村落。集为大县，县一令，四十一县。为田开阡陌，南北曰阡，东西曰陌。东地渡洛。十四年，初为赋。军赋也。十九年，天子致伯。二十年，诸侯毕贺。二十二年，卫鞅击魏，虏魏将公子卬。梁惠王叹曰："恨不用公叔痤之言也！"卫鞅还，秦封以商於十五邑，秦邑名，今河南商州。号商君。二十四年，与晋战岸门，今河南许州。虏其魏错。孝公卒，子惠文君立。名驷。时宗室多怨商鞅，鞅亡。因以为反，车裂以殉秦国。七年，公子卬与魏战，虏其将龙贾，斩首八万。八年，魏纳河西地。今河南、陕西二省相接处。九年，渡河取汾阴、皮氏。魏邑名。汾阴，今河南荥河县；皮氏，今河南河津县。十年，魏纳上郡十五县。今陕西延安府鄜州、葭州。十一年，县义渠。古戎国，今甘肃兰州与平凉府至西宁卫皆是。十四年，更为元年。二年，韩、赵、魏、燕、齐帅匈奴共攻秦，秦使庶长疾与战修鱼，韩邑，无考。虏其将申差，败赵公子渴、韩太子奂，斩首八万二千。九年，司马错伐蜀，国名，今四川省。其君昌意之后，至战国称王。灭之。伐赵，取中都西阳。今山西汾州。十年，伐取义渠二十五城。十一年，庶长疾攻赵，虏其将庄张。十三年，庶长章击楚于丹阳，此丹阳在汉中。虏其将屈匄，斩首八万。又攻楚汉中，今陕西汉中府。取地六百里。十四年，惠王卒。二十八年。案秦当此时称王。惠王卒，子武王立。名荡。二年，初置丞相。四年，伐韩，拔宜阳，韩邑名，今河南宜阳县。斩首六万。八月，武王举鼎绝膑死，无子，立异母弟昭襄王。名稷。

第十九节　秦之列王(下)

昭襄王十年，楚怀王朝秦，秦留之。十一年，韩、魏、赵攻秦，秦与魏封陵，今山西蒲州之东。与韩武遂，今山西临汾县。以和。怀王死于秦。十四年，白起攻韩、魏于伊阙，山名，今河南伊阙县。斩首二十四万。十九年，王为西帝，齐为东帝，旋复去之。二十二年，蒙武伐齐，取河东，为九县。其地无考。二十七年，司马错攻楚黔中，拔之。楚□，今四川东境、湖北西境、湖南西北境。二十九年，白起伐楚，取郢。楚都，今湖北荆州府。三十年，张若伐楚，取巫，楚地，今四川夔州府。及江南。三十二年，魏冉攻魏，至大梁，魏都，今河南开封府。斩首四万。魏入三县请和。三十三年，胡伤攻魏卷、魏邑，今河南郑州西北。蔡阳、魏邑，今河南郑州东北。长社，魏邑，今河南许州西。取之；击芒卯，破之，斩首十五万，魏入南阳今河南修武县。以和。四十七年，攻韩上党。韩地，今山西潞安府泽州、沁州。上党降赵，秦因攻赵。赵使赵括击秦，白起击赵括，大破之长平，赵地名，今山西高平县。杀人四十余万，北定太原，今山西太原府。尽有上党。五十一年，将军摎攻韩，取阳城、负黍，韩邑名，今河南登封县。斩首四万。攻赵，取二十余县，首虏九万。是年，西周君与诸侯约纵攻秦，秦使将军摎攻西周，西周尽献其邑，秦取九鼎，周亡。五十六年，昭襄王卒，子孝文王立。名柱。即位三日卒，子庄襄王立。名子楚。元年，灭东周。[四年]，蒙骜伐韩，韩献成皋、韩邑名，今河南汜水县。巩，韩邑名，今河南巩县。秦界至大梁。二年，蒙骜攻赵，定太原。再定之也。三年，蒙骜攻魏高都、汲，魏地，今河南汲县。拔之；攻赵榆次、赵邑名，今山西榆次县。新城、赵邑名，今在未详。狼孟，赵邑名，今山西阳曲县。取三十七城。四年，王龁攻上党，取之。再定上党也。是年，魏将无忌率五国兵击秦，蒙骜败走。五月，庄襄王卒，四年。子政立，是为秦始皇帝。初，秦孝文王为太子时，有子二十余人，中子子楚为秦质子于赵。子楚，秦之庶孽孙，质于诸侯，居处困，不得意。吕不韦者，大贾人也。家富累千金。会贾邯郸，见子楚，曰：此奇货可居。乃往见子楚曰："吾能大子之门。"子楚笑曰："且自大君之门，而乃大吾门也。"吕不韦曰："子不知也，吾门待子门而大。"子楚心知所谓，乃引与坐，深语。吕不韦曰："秦王老矣，谓昭襄王。安国君得为太子，谓孝文王，即子楚父。安国君爱幸华阳夫人，华阳夫人无子，能立嫡嗣者，独华阳夫人耳。今子兄弟二十余人，子又居中，不甚见幸，久质诸侯。大王百岁后，安国君立为王，子无几得与诸子争为太子矣。不韦请以千金，为子西游，立子为嫡嗣。"子楚顿首曰："必如君策，请得分秦国，与子共之。"吕不韦乃以五百金与子楚，为进用结宾客,而复以五百金,买奇物玩好,自奉而西游秦。因华阳夫人姊,以说夫人,夫人以为然。承太子间,从容言子楚质于赵者绝贤,乃因涕泣曰:"愿得子楚,立以为下嗣,以托妾身。"安国君许之,乃立子楚为嫡嗣,而以吕不韦为傅。吕不韦取邯郸姬,绝好善舞者,与居,知有身,遂献其姬于子楚,生子政,子楚遂立姬为夫人。孝文王立时,子楚及政归秦。至是,政即位。《战国策》录吕不韦事,与此不同,今从《史记》。又《战国策》载楚春申君与李园事,与吕不韦事绝相类。盖宗法专制之朝,至是而其流弊已极矣。王初立,年十三矣,国事皆决于文信侯,即吕不韦。号称仲父。秦连攻各国不已,六年楚、赵、魏、韩、卫合从以伐秦,楚王为从长,至函谷。秦之东关,今河南灵宝县。秦师出,五国之师皆败走。楚徙寿春,秦拔魏朝歌。魏邑,今河南淇县。七年,伐魏,取汲。魏邑名,今河南汲县。九年,伐魏,取垣、魏邑名,今山西垣曲县。蒲。魏邑名,在垣曲东。夷嫪毐三族。嫪毐,太后嬖人也,相国文信侯所进。王以文信侯奉先王功大,不忍诛。明年,文信侯免相,出就国。于是宗室大臣议逐客,客卿楚人李斯,亦在逐中,上书谏王,乃召李斯,复其官,除逐客之令。王卒用李斯之谋,阴遣辩士赍金玉,游说诸侯名士,可下以财者,厚遗结之;不肯者,利剑刺之;离其君臣之计,然后使良将随其后。数年之间,卒兼天下。十一年,将军王翦、桓齮、杨端和伐赵,攻邺,取九城。赵地,今河南临漳县。王翦攻阏。赵地,今山西潞州。与轑阳,赵地,今山西辽州。桓齮取邺、安阳。赵地,今河南安阳县。十二年,文信侯饮鸩死。十四年,桓齮伐赵,取宜安、平阳、武城。赵三城,直隶正定府境。韩王纳地效玺为藩。

十五年,大兴师伐赵,遇李牧而还。十七年,内史腾灭韩,虏韩王安。十八年,赵受秦间,杀李牧。十九年,王翦灭赵,虏赵王迁。二十三年,王贲引河沟以灌大梁,魏都,今河南开封府。三月城坏,魏王假降,遂灭魏。二十三年,王翦大破楚师于蕲南,楚地,今江南徐州之境。杀其将项燕。二十四年,王翦、蒙武虏楚王负刍,遂灭楚。二十五年,王贲灭燕,虏燕王喜。王翦悉定江南地。楚、吴、越之地,今江苏、江西、浙江。二十六年,王贲自燕南攻齐,猝入临淄,齐都,今山东临淄县。民莫敢格者。秦使人诱齐王,约封以五百里之地,齐王遂降,秦人处之松柏之间,饿而死。于是天下皆并于秦,遂从上古时代而转入中古时代。案如上所言,则秦人并天下之故,不难知也。大约内则殖实业,奖战功,此策自卫鞅发之。此策与目今列强所谓军国主义相同。而鞅之大蔽，则在告讦、连坐，而民德扫地矣。外则离间诸侯，沮其君臣之谋，而以良兵随其后，此策自李斯发之。此策尤与今之外交政策合。今之强国，所以兼并坐大者，不外此法。而斯之大蔽，则在外交用此法，内政亦用此法，君臣、观其矫始皇命立胡亥可知，事见后。朋友观其杀韩非可知，事见后。之间，均有敌国之道焉。商君、李相，其术之薄劣若此，宜乎秦用之，才并天下而即亡。汉以下历代用之，而我之民德民智，遂有今日，其详入后当论之。若夫秦并天下之次第，则不外乎"远交近攻"一语，最先灭韩、魏；东而略定，而后北举赵；赵灭，然后作两军：一北灭燕，一南灭楚；即以灭燕之军，南面袭齐，而六王毕矣。此战法当是兵家素定，非漫然而为之也。

第二十节　六国对秦之政策

秦之待六国如此，而六国当时，初非一无预备也。列强并立，而外交之术出焉。纵横古书作从衡，义同。家者，九流之一。外交专门之学也，纵横家之初祖，为鬼谷子。姓名不传，隐鬼谷山中，或作王诩。苏秦、张仪，俱事鬼谷子，学纵横之术。南北为纵，其政策在六国联盟以拒秦；东西为横，其政策在六国解散联盟而与秦和，此为当时之二大政策。故外交之术，即以此为名。苏秦先见秦惠文王，陈并诸侯之道，惠王不用。苏秦归而深思，乃北说燕文公，谓宜合六国以摈秦，文公从之，资之车马，以使于诸侯。于是赵肃侯、韩宣惠王、魏襄王、齐宣王、楚威王皆许之。约秦攻一国，则五国救之，不如约者，五国伐之，事在周显王三十六年。约定以苏秦为约纵长，并相六国，秦兵为之不出函谷者凡数年。其后秦使公孙衍欺齐、魏以伐赵，纵约解。及苏秦死，而张仪相秦，连横之策大盛，秦卒并诸侯。二策之利害，亦可知矣。惟其时游说之士，不止秦、仪，苏代、苏厉、公孙衍、陈轸之徒，纷纭扰攘，遍于天下，而其策则止于纵横二端耳。

第二十一节　戎 狄 灭 亡

当此之时，列强之相逼如此，则与中国杂处之戎狄，自无可自存。考春秋时，戎狄与中国杂居，自古已然，但至春秋始可考。冀州有山戎、赤狄及众狄，皆在今直隶、山西之间。雍州有白狄，今陕西鄜州以北。及大荔、今陕西朝邑县。义渠，今甘凉西境。豫州有伊洛之戎，晋有瓜州之戎。今甘肃北境。来至中国，为姜戎、阴戎、陆浑之戎。皆在河南西北境。惟此诸戎，不尽与中国异种，以其风俗同戎，故谓之戎耳。故其后化合，遂绝无踪迹可考。春秋中，戎狄渐衰，晋襄公败白狄，获其君，景公灭诸赤狄，悼公服山戎，昭公灭肥，今直隶藁城县。顷公灭鼓，今直隶晋州。皆白狄别种也。陆浑之戎，亦为顷公所灭。其别部蛮氏，今河南汝州。楚昭王灭之。战国初，秦厉公伐大荔，取其王城；伐义渠，虏其王。赵襄子北略狄土，韩、魏灭伊洛阴戎，余种西走。淮徐诸夷及南蛮，皆并于吴楚。至秦惠文并巴蜀，昭襄王灭义渠，赵武灵王破林胡、楼烦，今山西边外蒙古。燕将秦开却东胡，今盛京。至秦并天下，中国已无夷狄。惟南岭之南，巫黔之西南，陇蜀之西，尚存种落，不足复为中国患。然匈奴则以此时大矣。

第二十二节　周秦之际之学派

周秦之际，至要之事，莫如诸家之学派。大约中国自古及今，至美之文章，至精之政论，至深之哲理，并在其中，百世之后，研穷终不能尽，亦犹欧洲之于希腊学派也。然诸子并兴，群言淆乱，欲讨其源流，寻其得失，甚不易言。自古以来，即无定论。著录百家之书，始于《汉书·艺文志》，《汉书》，汉班固撰，而《艺文志》则刘向、刘歆之成说也。后人皆遵用其说，然《艺文志》实与古人不合。案《艺文志》分古今自上古至汉初。学术为六大类：一曰六艺，即儒家所传之经。二曰诸子，即周、秦诸子。三曰诗赋，四曰兵，中分四派：一权谋，二形势，三阴阳，四技巧。五曰术数，中分六派：一天文，二历谱，三五行，四蓍龟，五杂占，六形法。六曰方技。中分四派：一医经，二经方，三房中，四神仙。此六者，加以提要一类，名为《七略》，而其精粹，则皆在六艺、诸子二略之中。六艺前已言之，今但当言诸子。案向、歆父子，分诸子为十家：一儒家，五十三家，八百三十六篇。二道家，三十七家，九百九十三篇。三阴阳家，二十一家，三百六十九篇。四法家，十家二百二十七篇。五名家，七家，三十六篇。六墨家，六家，八十六篇。七纵横家，十二家，百七篇。八杂家，二十家，四百三篇。九农家，九家，百一十四篇。十小说家。十五家，千三百八十篇。其间除去小说家，儒、道、阴阳、法、名、墨、纵横、杂、农，谓之九流，此周、秦诸子之纲要也。向、歆父子，又一一溯十家所自出，而谓其皆六艺之支流余裔。儒家出于司徒之官，道家出于史官，阴阳家出于羲和之官，法家出于理官，名家出于礼官，墨家出于清庙之官，纵横家出于行人之官，杂家出于议官，农家出于农稷之官，小说家出于稗官。其初皆王官也，王道既微，官失其职，散在四方，流为诸子。此说自古通儒皆宗之。近人分诸子为南、北派，儒、墨、名、法、阴阳为北，道、农为南。然此说求之古书，绝无可证；且又何以处纵横家、杂家乎？其说不足从也。然其中有一大蔽存焉，盖六艺皆儒家所传，授受渊源，明文具在，既为一家之言，必不足以概九流之说。而向、歆云尔者，因向、歆之大蔽，在以经为史。古人以六艺为教书，故其排列之次，自浅及深，而为《诗》、《书》、《礼》、《乐》、《易象》、《春秋》。向、歆以六艺为史记，故其排列之次，自古及今，而为《易》、《书》、《诗》、《礼》、《乐》、《春秋》。此宗教之一大变也。既已视之为史，自以为九流之所共矣。然又何以自解于附《论语》、《孝经》于其后乎？其不通如此。分别各家之说，见于周、秦、西汉间人者，言人人殊。《庄子·天下篇》，名周，楚人，道家。所引凡六家：一墨翟、宋人，墨家之初祖。禽滑厘，墨翟弟子。二宋钘、即《孟子》中之宋牼。尹文，齐宣王时人，今《尹文子》书尚在。三彭蒙、未详。田骈、齐人，游稷下，著书十五篇。慎到，又名广，韩非称之。四关尹、名喜，老子弟子。老聃，即老子。五庄周，自表其家。六惠施。庄子友，为梁相。《荀子·非十二子篇》，所引凡六家：一它嚣、疑是楚人。魏牟，魏公子，有书四篇。二陈仲、即《孟子》书中陈仲子，或作田仲。史鳝，卫大夫，字子鱼。三墨翟、宋钘，见前。四田骈、慎到，见前。五惠施、见前。郑析，郑大夫，书一卷，今存。六子思、名伋，孔子孙，有《中庸》二篇。孟轲。字子舆，子思弟子，有书七篇。皆胪其学说，而不著其所自出。今案其学说，文繁不录，在《庄子》第十卷，《荀子》第三卷中。则庄子所言，第一为墨家，第二亦墨家，第三道而近于法家，第四道家，第五亦道家，第六名家。荀子所言，第一道家，第二墨家之一派，第三墨家，第四道家，第五名法家，第六儒家。总之不过道、儒、墨三家名法出于道家、儒家之间。而已。其他周、秦间书，所引学者之名，其分合之间，亦粗有以类相从之例，大约亦与此相似。至司马迁，则分为六家：一阴阳，二儒，三墨，四法，五名，六道。则于《庄》、《荀》所举之外，增入一阴阳家；惟不举其人，无从证其同异。观此则可知，诸子虽号十家，其真能成宗教者，老、孔、墨三家而已，而皆为师弟子，同导源于史官，亦可见图书之府之可贵也。然周、秦之际之学术，出于周之史者，又不仅此三家。儒、道、名、法、墨，固已证其同源矣。若阴阳家，老子未改教以前之旧派也，此即周史之本质。纵横家，出于时势之不得不然，初无待于师说；然鬼谷子、苏秦、张仪并周人，而《鬼谷子》书，义兼道德。杂家号为调停，实皆以道家为主。农家传书最少，然据许行之遗说以推之，亦近道家也。小说家即史之别体。是诸子十家之说，同出一源。其他诗赋略，固不能于六艺九流之外，别有所谓文章义理。兵略别为一事，与诸学无与。术数、方技，事等阴阳，皆老子以前之旧教。此七略之大概也。其后儒、墨独盛，皆有可为国教之势。周、秦间人，以儒、墨对举之文，殆数百见，而其后卒以儒为国教，而墨教遂亡。兴亡之际，虽因缘繁复，然至大之因，总不外吾民之与儒家相宜耳。然而自此以还，遂成今日之局。墨蹶儒兴，其涿鹿之战后之第一大事哉！

第二十三节　春秋制度之大概

中国五千年之历史，以战国为古今之大界。故战国时之制度，学者不可不知其梗概也。然欲明战国之所以变古，必当先明古法为如何。古法不可悉知，今录其可信者如下。《左传》为主，间引他书。

一曰官制。周官有宰、隐元年。卜正、隐十一年。太史、桓十七年。膳夫、庄十九年。御士、僖二十四年。虎贲、僖二十八年。宗伯、文二年。司寇、文十八年。虞人、襄四年。行人、襄二十一年。尉氏、襄二十一年。司徒、襄二十一年。候、襄二十一年。司马、昭四年。县大夫。昭九年。鲁官有司空、隐二年。太宰、隐十一年。卜士、桓六年。卜人、桓六年。史、桓六年。太史、桓十七年。圉人、庄三十二年。傅、闵二年。巫、僖二十一年。县人、僖二十五年。宗伯、文二年。行人、文四年。司寇、文十八年。虞人、襄四年。隧正、襄七年。马正、襄二十三年。御驺、襄二十三年。工、襄二十八年。御、昭四年。司徒、昭四年。司马、昭四年。工正、昭四年。御、右、文十一年。祝史、昭十七年。饔人、昭二十五年。贾正、昭二十五年。宰人、哀三年。校人、哀三年。巾车。哀三年。宋官有司马、隐三年。太宰、桓二年。司城、桓六年。右师、僖九年。左师、僖九年。门尹、僖二十八年。司徒、文七年。司寇、文七年。御、右、文十一年。帅甸、文十六年。司里、襄九年。隧正、襄九年。校正、襄九年。工正、襄九年。司宫、襄九年。巷伯、襄九年。乡正、襄九年。祝、襄九年。宗、襄九年。舞师、襄十八年。褚师、襄二十年。封人、昭二十一年。行人、定六年。迹人。哀十四年。晋官有九宗五正、隐六年。司徒、桓二年。御戎、右、桓三年。大司空、庄二十六年。卜人、闵元年。寺人、僖五年。县大夫、僖二十五年。中军将佐、上军将佐、下军将佐、并僖二十七年。执秩、僖二十七年。司马、僖二十八年。医、僖三十年。中军大夫、上军大夫、下军大夫、并僖三十三年。太傅、文六年。太师、文六年。宰夫、宣二年。公族、宣二年。馀子、宣二年。公行、宣二年。候正、成二年。仆大夫、成六年。巫、成十年。宗、成十七年。乘马御、成十八年。六驺、成十八年。仆人、襄三年。司寇、襄三年。工、襄四年。行人、襄四年。理、昭十四年。祭史。昭十七年。齐官有太宰、《国语》。工正、庄二十二年。寺人、僖二年。饔人、僖十七年。御戎、右、成二年。锐司徒、成二年。辟司徒、成二年。士、成十八年。司寇、成十八年。傅、襄十九年。史、襄二十五年。祝、襄二十五年。侍渔、襄二十七年。左相、襄二十五年。太史、襄二十五年。虞人、昭二十年。宰、昭二十七年。仆。哀二十二年。楚官有莫敖、桓十一年。令尹、庄四年。县尹、庄十八年。大阍、庄十九年。师、僖二十二年。大司马、僖二十六年。太师、文元年。环列之尹、文元年。巫、文十年。司败、文十年。工尹、文十年。左司马、文十年。右司马、文十年。箴尹、宣四年。左尹、宣十一年。司徒、宣十一年。沈尹、宣十二年。御戎、右、宣十二年。连尹、宣十二年。清尹、成七年。泠人、成九年。右尹、成十六年。宫厩尹、襄十五年。扬豚尹、襄十八年。医、襄二十一年。御士、襄二十二年。司宫、昭五年。嚣尹、昭十二年。陵尹、昭十二年。郊尹、昭十三年。正仆、昭十三年。芈尹、昭十三年。卜尹、昭十三年。莠尹、昭二十七年。王尹、昭二十七年。王马之属、昭二十七年。右领、昭二十七年。中厩尹、昭二十七年。监马尹、昭三十年。针尹、定四年。蓝尹、定五年。乐尹、定五年。尹门。哀十六年。郑官有封人、隐元年。宗人、庄十四年。执讯、文十七年。宰夫、宣四年。御、右、成十年。司马、襄二年。司空、襄十年。太宰、襄十一年。行人、襄十一年。师、襄十一年。少正、襄二十二年。令正、襄二十六年。外仆、襄二十八年。马师、襄三十年。太史、襄三十年。冢宰、昭元年。褚师、昭二年。司寇、昭二年。执政、昭十六年。杜预注：掌班位之官。祝史。昭十八年。卫官有右宰、隐四年。御、右、闵二年。太史、闵二年。大士、僖二十六年。宗、襄十四年。少师、襄二十七年。司寇、昭二十年。褚师、昭二十年。祝史、定四年。寺人、哀十五年。

司徒、哀十五年。占梦、哀十六年。卜人。哀十六年。秦官有右大夫、成二年。不更、成十三年。庶长。襄十一年。吴官有阍、襄二十八年。太宰、定四年。司马。哀十一年。陈官有司败、《论语》。司马、襄二十五年。司空。襄二十五年。蔡官有司马、襄八年。封人。昭十九年。是为春秋职官之大概。

二曰赋税。兵制并见于此,春秋以上,二事不可分也。鲁制之可见者,税亩之法,宣公十五年,初税亩。杜预注:公田之法,十取其一。今又履其余亩,复十收其一。故哀公曰:"二,吾犹不足。"遂以为常,故曰初。丘甲之法,成公元年,作丘甲,杜预注:《周礼》九夫为井,四井为邑,四邑为丘,丘十六井,出戎马一匹,牛三头,四丘为甸,甸六十四井,出长毂一乘,戎马四匹,牛十二头;甲士三人,步卒七十二人。此甸所赋,今鲁使丘出之。三军之法,襄公十一年,作三军。《传》云:三分公室,而各有其一,三子各毁其乘。季氏使其乘之人,以其役邑入者无征,不入者倍征。孟孙氏使半为臣,若子若弟。叔孙氏使尽为臣。杜预注:鲁本无中军,惟上、下二军,皆属于公,有事三卿更率以征伐。季氏欲专其民人,故假立中军,因以改作。四军之法,昭公五年《传》云:初作中军,三分公室,而各有其一。季氏尽征之,叔孙氏臣其子弟,孟孙氏取其半焉。及其舍之也,四分公室,季氏择二,二子各一,皆尽征之,而贡于公。田赋之法。哀公十二年,用田赋,杜预注:丘赋之法,因其田财通出,马一匹、牛三头。今欲其田及家财各为一赋,故言田赋。孔颖达《正义》引贾逵说,以为欲令一井之间出一丘之税。未知孰是。郑制之可见者,偏伍之法,桓公五年《传》云:王以诸侯伐郑,郑伯御之,曼伯为右拒,祭仲为左拒,原繁、高渠弥以中军奉公,为鱼丽之陈,先偏后伍,伍承弥缝。杜预注:战车二十五乘为偏,以车居前,以伍次之,承偏之隙而弥缝阙漏也,五人为伍。此盖鱼丽阵法。丘赋之法。昭公四年《传》云:郑子产作丘赋。杜预注:丘十六井,当出马一匹,牛三头。今子产别赋其田如鲁之田赋。晋制之可见者,州兵之法,僖十五年《传》云:晋于是乎作州兵。杜预注:五党为州,州二千五百家也,使州长各缮甲兵。毁车崇卒之法。昭公元年《传》云:晋魏舒请毁车以为行。杜预注:为步陈也。又云:五乘为三伍。杜预注:乘车者,车三人,五乘十五人。今改去车,更以五人为伍,分为三伍也。又云:为五陈以相离,两于前,伍于后,专为右角,参为左角,偏为前拒。孔颖达《正义》:五陈者,即两伍、专、参、偏是也。相离者,布置使相远也。其人数不可得知。案此即废车战之渐矣。楚制之可见者,有乘广之制。宣公十二年《传》云:广有一卒,卒偏之两。齐制之可见者,有轨里连乡之法。《国语》。总诸事观之,知其时田赋、军旅,互相关系,而各以车为主,其战术为极拙也。僖公十八年《传》:郑伯始朝于楚,楚子赐金。既而悔之,与之盟曰:"无以铸兵。"遂铸以为三钟。是其时以铜为兵。而《史记·范雎传》云：铁剑利而勇士拙。则知战国已用铁为兵矣，即西人所谓铜刀期与铁刀期也。是为春秋田赋、军政之大概。

三曰刑法。春秋之刑法，不甚可知，大抵仍西周《吕刑》之旧。盖古人之立国，分全国之人为二等：一为贵族，一为贱族。此二族者，所享权利大不相同，所谓“礼不下庶人，刑不上大夫”也。《吕刑》述五刑之法，而推原于蚩尤。《士礼》十七篇，自天子以至大夫，皆概之于士，此其证矣。故其时劓、刵、椓、黥之法，惟行之于民，而贵族无之。贵族有罪，止于杀而已，其次则为执，为放。春秋时之以杀见者，卫人杀州吁，隐四年。蔡人杀陈陀，桓六年。齐人杀无知，庄九年。陈人杀其公子御寇，庄二十二年。曹杀其大夫，庄二十六年。晋杀其世子申生，僖五年。郑杀其大夫申侯，僖七年。晋杀其大夫里克，僖十年。晋杀其大夫丕郑父，僖十一年。宋杀其大夫，僖二十五年。楚杀其大夫得臣，僖二十八年。卫杀其大夫元咺及公子瑕，僖三十年。晋杀其大夫阳处父，文六年。宋人杀其大夫，文七年。宋人杀其大夫司马，文八年。晋人杀其大夫先都，文九年。晋人杀其大夫士縠及箕郑父，文九年。楚杀其大夫宜申，文十年。陈杀其大夫洩冶，宣九年。楚人杀陈夏征舒，宣十一年。晋杀其大夫先縠，宣十三年。卫杀其大夫孔达，宣十四年。王札子杀召伯、毛伯，宣十五年。晋杀其大夫赵同、赵括，成八年。宋杀其大夫山，成十五年。楚杀其大夫公子侧，成十六年。晋杀其大夫郤锜、郤犨、郤至，成十七年。晋杀其大夫，成十八年。齐杀其大夫国佐，成十八年。楚杀其大夫公子申，襄二年。楚杀其大夫壬夫，襄五年。齐杀其大夫高厚，襄十九年。郑杀其大夫公子嘉，襄十九年。蔡杀其大夫公子燮，襄二十年。楚杀其大夫公子追舒，襄二十二年。陈杀其大夫庆虎、庆寅，襄二十三年。晋人杀栾盈，襄二十三年。宋杀其世子痤，襄二十六年。卫杀其大夫甯喜，襄二十七年。天王杀其佞夫，襄三十年。郑杀其大夫公孙黑，昭二年。诸侯执齐庆封杀之，昭四年。楚杀其大夫屈申，昭五年。陈侯之弟杀陈世子偃师，昭八年。楚子虔诱蔡侯般杀之，昭十一年。楚公子弃疾杀公子比，昭十三年。莒杀其公子意恢。昭十四年。春秋时以执见者，宋人执祭仲，桓十一年。齐人执郑詹，庄十七年。齐人执陈辕、涛涂，僖四年。晋人执虞公，僖五年。宋人执滕子婴齐，僖十九年。晋侯执曹伯，僖二十八年。晋人执卫侯，僖二十八年。齐人执单伯，文十四年。晋人执郑伯，成九年。晋侯执曹伯,成十五年。晋人执季孙行父,成十六年。楚人执郑行人良霄,襄十一年。晋人执邾子,襄十六年。晋人执卫行人石买,襄十八年。晋人执邾子,襄十九年。晋人执甯喜,襄二十八年。楚人执徐子,昭四年。楚人执陈行人干征师,昭八年。晋人执季孙意如,昭十三年。晋人执鲁行人叔孙婼,昭二十三年。晋人执仲几,定元年。晋人执宋行人乐祈犂,定六年。齐人执卫行人北宫结,定七年。晋人执戎蛮子赤。哀四年。春秋时之以放见者,晋放其大夫胥甲父于卫,宣元年。楚灭陈,执陈公子招,放之于越;昭八年。蔡人放其大夫公孙猎于吴。哀三年。以上所录,属辞彼此不同,此《春秋》褒贬之例,别有专科,非历史科所详。其以奔见者极多,然奔非刑也,故不备列。其杀人之法,书虽不详,然考成十七年,晋杀其大夫郤锜、郤犨、郤至,胥童以甲劫栾书、中行偃于朝,长鱼矫曰:"不杀二子,忧必及君。"公曰:"一朝而尸三卿,余不忍益也。"则知卿亦尸诸市朝矣。襄二十八年,齐人迁庄公殡于大寝,以其棺尸崔杼于市。昭十四年,尸雍子与叔鱼于市。此皆戮尸之法也。又有醢刑,庄十二年,南宫万、猛获弑宋闵公,宋人皆醢之。又有杀人以祭之刑,僖十九年,宋公使邾文公用鄫子于次睢之社,欲以属东夷;杜预注:此水有妖神,东夷皆社祠之,盖杀人而用祭。昭十一年,楚人灭蔡,用隐太子于冈山,杜预注:此时楚人以牲畜用之。则夷风矣。又考此时虽无灭族之刑,而有降族之法,昭三年,叔向曰:"栾、郤、胥、原、狐、续、庆、伯,降在皂隶。"八氏为晋世卿,皆有罪被杀,或出奔者,而其子孙,不得列于贵族。以昭十七年,申无宇曰"天有十日,杜预注:甲至癸。人有十等。故王臣公,公臣大夫,大夫臣士,士臣皂,皂臣舆,舆臣隶,隶臣僚,僚臣仆,仆臣台"证之,即可知其所降之等级。至战国以后,世无贵族,而此制遂除。而此时之刑书、昭六年。刑鼎、二十年。仆区之法、昭七年。杜预注:刑书名。被庐之法,昭二十九年。皆已失传。或他年掘地得之,可为历史要证也。是为春秋刑法之大概。

第二十四节　战国之变古

古今人群进化之大例,必学说先开,而政治乃从其后。春秋之季,老子、孔子、墨子兴,新理大明,天下始晓然于旧俗之未善。至战国时,社会之一切情状,无不与古相离,而进入于今日世局焉。

一曰宗教之改革。此为社会进化之起原，即老、孔、墨三大宗是也。

二曰族制之改革。此为改革中至大之实事，此事既改，则其他无不改者矣。案春秋之世，天下皆封建，其君为天子之同姓者十之六，天子之勋戚者十之三，前代之遗留者十之一。国中之卿大夫，皆公族也，皆世官也，无由布衣以跻卿相者。故其时有姓有氏，姓为君主所独有，乃其出于天子之符号。国之大臣，皆与君同姓，难于识别，乃就其职业居处之异，以为之氏。至战国时，竞争既急，需材自殷，不复能拘世及之制，于是国君以外无世禄，而姓氏遂无辨矣。

三曰官制之改革。战国官制与三代相去远，而与今日相去近。其可考者，已见前者不录。秦官有相、《国策·秦一》。丞相、《史记·秦本纪》。相国、《史记·穰侯传》。师、《史记·商君传》。傅、《史记·商君传》。客卿、《史记·秦本纪》。中大夫令、《史记·秦始皇本纪》。五大夫、《史记·秦本纪》。尉、《史记·秦本纪》。国尉、《史记·白起传》。廷尉、《史记·李斯传》。都尉、《史记·王翦传》。卫尉、《史记·秦始皇本纪》。长史、《史记·李斯传》。大良造、《史记·秦本纪》。庶长、《史记·秦本纪》。守、《史记·秦本纪》。县官、《史记·范雎传》。县令、《史记·商君传》。县丞、《史记·商君传》。郎、《史记·李斯传》。郎中、《史记·荆轲传》。中车府令、《史记·蒙恬传》。主铁官、《汉书·司马迁传》。舍人、《史记·李斯传》。中庶子。《史记·荆轲传》。秦官凡见《汉书·百官表》者，皆附见汉事后，此节不录。齐官有相、《国策·齐一》。司马、《国策·齐六》。师、《史记·田敬仲世家》。太傅、《国策·齐四》。御史、《史记·淳于髡传》。右师、《孟子》。祭酒、《史记·荀卿传》。学士、《史记·田敬仲世家》。客卿、《史记·苏秦传》。驸驾、《韩非子·外储说右》。主客、《史记·淳于髡传》。谒者、《国策·齐四》。五官。《国策·齐一》。楚官有上柱国、《史记·楚世家》，又《国策·东周》。大将军、《史记·楚世家》。案将军之称，始见于《左传·昭公二十九年》，其来已久。盖至此始于将军之外，又加以识别焉。裨将军、《史记·楚世家》。太子太傅、《史记·楚世家》。太子少傅、《史记·楚世家》。相国、《国策·楚四》。新造盩、《国策·楚一》。三闾大夫、《史记·屈原传》。执珪、《国策·楚四》。左徒、《史记·屈原传》。令、《史记·荀卿传》。郎中、《国策·楚四》。谒者。《国策·楚三》。赵官有丞相、《国策·赵三》。相国、《国策·赵三》。左师、《国策·赵四》。国尉、《史记·赵奢传》。尉文、《史记·赵世家》。一说地名，非官名。官帅将、《汉书·冯奉世传》。中侯、《史记·赵奢传》。御史、

《国策·赵二》。博闻师、《史记·赵世家》。司过、《史记·赵世家》。黑衣、《国策·赵四》。田部吏。《史记·赵奢传》。魏官有相、《国策·赵一》。师、《史记·魏世家》。傅、《史记·魏世家》。犀首、《史记·魏世家》。上将军、《史记·魏世家》。御庶子、《国策·魏一》。博士。《汉书·贾山传》。韩官有相国、《国策·韩三》。守、《史记·赵世家》。县令、《史记·赵世家》。中庶子。《国策·韩二》。燕官有相国、《韩非子·外储说左上》。太傅、《史记·荆轲传》。御书。《国策·燕二》。总而观之,其官名与今日同者,大半矣。案故书中所引七国官名,似不尽为当时事实,疑有称他国之官而以己国相当之官名代之者。如今日日本称欧美武官谓之将、佐、尉之类。除秦官外,不能如春秋官名之可信也,此就其特异者录之而已。

四曰财政之改革。井田之制,为古今所聚讼,据汉、唐儒者所言,则似古人真有此事,且为古人致治之根本。以近人天演学之理解之,则似不能有此,社会之变化,千因万缘,互为牵制,安有天下财产,可以一时匀分者?井田不过儒家之理想。此二说者,迄今未定。兹据秦、汉间非儒家之载籍证之,似古人实有井田之制,而为教化之大梗,其实情盖以土地为贵人所专有,而农夫皆附田之奴,此即民与百姓之分也。至秦商君,乃克去之,此亦为社会进化之一端。昔秦孝公用商鞅,制辕田,开阡陌,鞅以为三晋地狭人贫,秦地广人寡,故草不尽垦,地利不尽出,于是诱三晋之人,利其田地,复三代,无知兵事,务本于内,而使秦人应敌于外。故废井田,开阡陌,任其所耕,不限多少,数年之间,天下无敌。《通典·食货》。案秦人此制,实仍即分人等级之法,然而民得蓄私产之法,即起于此,此亦从族制改革而来也。至于各国租赋之数,与民生日用之道,今皆无考。惟李悝尽地力之教,尚有可征。其言曰:“今一夫挟五口,治田百亩。岁收,亩一石半,为粟百五十石,除什一之税十五石,余百三十五石。食,人月一石半,五人终岁,为粟九十石,余有四十五石。石三十,为钱千三百五十,除社闾尝新、春秋之祠,用钱三百,余千五十。衣,人率用钱三百,五人终岁,用千五百,不足四百五十。不幸疾病死丧之费,及上赋敛,又未与此。此农所以困,有不劝耕之心,而令籴至于甚贵也。”后略。观此则可得战国时民生日用之大凡矣。《汉书·食货志》。

五曰军政之改革。此事于家族社会与国家社会不同之界,较他事为尤甚。战国之于春秋,军政之异,当分三途言之,一军额之异,二战术之异，三征发之异。军额之异者，周制万有二千五百人为军，天子六军，大国三军，次国二军，小国一军。《周礼·大司马》。其后五霸迭兴，此制遂见破坏。齐桓公作内政，以寄军令，其法以五家为轨，故五人为伍；十轨为里，故五十人为小戎；四里为连，故二百人为卒；十连为乡，故二千人为旅；五乡一帅，故万人为一军。国有三军。《齐语》。晋文公城濮之战，有兵车七百乘。《左传》僖公二十八年杜预注：五万二千五百人。楚庄王邲之战，为乘广三十乘，分为左右，广有一卒，卒偏之两。《左传》宣公十二年杜预注：十五乘为一广，百人为卒，二十五人为两。十五乘为大偏、言一广十五乘，有百二十五人从之。《左传》成公七年：楚申公巫臣以两之一卒适吴，舍偏两之一焉。杜注引《司马法》云：百人为卒，二十五人为两，车九乘为小偏，十五乘为大偏。与此同。案以此计之，军队之数未免太寡，不足以临大敌，注或误引《司马法》，楚制未必如是也。观《左传》僖公二十八年晋楚城濮之役，子玉以若敖之六卒将中军，似楚人军制，一卒之数为甚多矣。统以上所引观之，知春秋时霸国全军，皆不及十万人。至战国之世，则燕带甲数十万，车六百乘，骑六千匹；赵带甲数十万，车千乘，骑万匹；韩带甲数十万；魏武士即荀子所称武卒，见下文。二十万，苍头谓以青巾裹头。二十万，奋击二十万，厮徒谓炊烹供养杂役。十万，车六百乘，骑五千匹；齐带甲数十万；楚带甲百万，车千乘，骑万匹；是其数皆十倍于春秋也。《史记·苏秦列传》。战术之异者，周制六尺为步，步百为亩，亩百为夫，夫三为屋，屋三为井，四井为邑，四邑为丘；丘有戎马一匹，牛三头，是曰匹马丘牛；四丘为甸，甸六十四井，出长毂一乘，马四匹，牛十二头，甲士三人，步卒七十二人，戈楯具，谓之乘马。《司马法》。大约一车，甲士步卒，总七十五人，而必以车为主要。至战国时，乃废乘而骑。赵武灵王之胡服习骑射，《史记·赵世家》。此为古今战术之一大转关。其后魏之武卒，以度取之，度程也，下文所云是也。衣三属上身一，髀裈一，胫缴一，谓之三属。之甲，操十二石之弩，负服矢五十个，置戈其上，冠胄带剑，赢三日之粮，日中而趋百里，中试，则复其户，利其田宅。秦使天下之民，所以要利于上者，非斗无由也，五甲首而隶五家。获得五甲首，则役隶乡里之五家也。案秦法以客民任耕，而秦民任战，此制即以秦民属役客民，如希腊斯巴达之法。战术既异，故杀人之数亦多，每战以斩首五六万为常，此春秋时所未闻也。征发之异者，春秋以前为征兵，战国以后为召募。观上二节，即可明矣。

六曰刑法之改革。刑出于苗民，礼制于黄帝，故礼不下庶人，刑不上大夫，五帝三王之制然也。春秋之世，尚守此例。至战国时，族制既改，刑遂为贵贱普及之事，而残酷又加甚焉。其见于战国者，秦刑有三族、《史记·秦本纪》。七族、《汉书·邹阳传》。十族、《韩诗外传》。先具五刑而后腰斩、《史记·李斯传》。连坐、《史记·商君传》。腰斩、《史记·商君传》。车裂、《史记·商君传》。弃市、《史记·秦本纪》。枭首、《史记·秦始皇本纪》。凿颠、《汉书·刑法志》。抽肋、《汉书·刑法志》。黥、《史记·商君传》。劓、《史记·商君传》。士伍、《史记·白起传》。鬼薪、《史记·秦始皇本纪》。迁。《史记·商君传》。齐刑有烹。《史记·田敬仲世家》。楚刑有冥室椟棺、《古文苑·诅楚文》。案此即活葬之法。灭家。《国策·楚四》。赵刑有夷。《史记·赵世家》。魏刑有《法经》。桓谭《新论》引李悝《法经·正律》略曰：杀人者诛，籍其家及其妻氏；杀二人，及其母氏。大盗，戍为守卒，重则诛。窥宫者膑，拾遗者刖，曰为盗心焉。其《杂律》略曰：夫有一妻二妾，其刑馘；夫有二妻，则诛。妻有外夫则宫，曰淫禁。盗符者诛，籍其家；盗玺者诛，议国法令者诛，籍其家及其妻氏，曰狡禁。越城一人，则诛十人以上，夷其乡及族，曰城禁。博戏罚金三市，太子博戏则笞，不止则特笞，不止则更立。曰嬉禁。群相居，一日以上则问，三日、四日、五日则诛，曰徒禁。承相受金，(在)〔左〕右伏诛；犀首以下受金，则诛；金自镒以下罚，不诛也，曰金楚。大夫之家有侯物，自一以上者族。其《(咸)〔减〕律》略曰：罪人年十五以下，罪高，三减；罪卑，一减。年六十以上，小罪情减，大罪理减。案此即商君所从出也。韩刑有《刑符》。《论衡》引申不害《刑符》，亦极刻深。案此韩非所从出也。燕刑之特别者，尚未得详。民生之困，以此时为至甚矣。盖神洲自古以来，无平民革命之事，故其时之君相，以为无所加而不可也。战国之刑，不得谓之国律，皆独夫民贼，逞臆为之者耳。

第二十五节　自上古至秦中国幅员之大略

九州之制，创于黄帝。《史记》称黄帝，迁徙往来无常处，以师兵为营卫，东至于海，登丸山；山名，在今山东胶州。西至于空桐，山名，在今甘肃平凉府。登鸡头；山名，在今甘肃平凉府。南至于江，登熊、湘；二山名，在今湖南长沙府。北逐荤粥。即匈奴之转音。此可见黄帝时之版图也。尧命禹治洪水冀州，济河惟兖州，举山川以定州界，下同。海岱惟青州，海岱及淮惟徐州，淮海惟扬州，荆及衡阳惟荆州，荆河惟豫州，华阳黑水惟梁州，黑水西河惟雍州。总九州之地，为五服之制。距王城五百里为甸服，又五百里为侯服，又五百里为绥服，又五百里为要服，又五百里为荒服。东渐于海，西被于流沙，朔南暨，声教讫于四海，此《禹贡》之版图也。《山海经》之幅员，大于《禹贡》。

舜代尧践帝位，肇十二州。分冀州为幽州、并州，分青州为营州。

禹即天子位，又复九州。禹平水土，故中国有禹域之称。

殷因夏制，无所变更。武丁伐鬼方，楚地。《竹书纪年》称"高宗伐鬼方"，下有"次荆"之文，则鬼方属楚可知。封箕子于朝鲜。古朝鲜，今辽东以东之地。

周人复建九州，东南曰扬州，其山镇曰会稽，其泽薮曰具区，其川三江，其浸五湖；正南曰荆州，其山镇曰衡山，其泽薮曰云梦，其川江汉，其浸颍湛；河南曰豫州，其山镇曰华山，其泽薮曰圃田，其川荥洛，其浸波溠；正东曰青州，其山镇曰沂山，其泽薮曰望诸，其川淮泗，其浸沂沭；河东曰兖州，其山镇曰岱山，其泽薮曰大野，其川河泲，其浸庐维；正西曰雍州，其山镇曰岳山，其泽薮曰弦蒲，其川泾汭，其浸渭洛；东北曰幽州，其山镇曰医无闾，其泽薮曰貕养，其川河泲，其浸菑时；河内曰冀州，其山镇曰霍山，其泽薮曰杨纡，其川漳，其浸汾潞；正北曰并州，其山镇曰恒山，其泽薮曰昭馀祈，其川虖池呕夷，其浸涞易。乃辨九服之邦国，方千里曰王畿，其外方五百里，曰侯服；又其外方五百里，曰甸服；又其外方五百里，曰男服；又其外方五百里，曰采服；又其外方五百里，曰卫服；又其外方五百里，曰蛮服；又其外方五百里，曰夷服；又其外方五百里，曰镇服；又其外方五百里，曰藩服。此周之制也。五服、九服之说，过于整齐，与建都地形不合。古人多设想之词，未可据以为实也。

周末诸侯，分为七国，始有疆界可定，赵、造父封赵城，今山西平阳府。赵夙邑耿，今山西蒲州府。成子居原，今河南怀庆府。简子居晋阳，今山西太原府。献侯都中牟，今河南汤阴县西，后复居晋阳。(肃公)[敬侯]徙邯郸，今直隶广平府。魏、晋封毕万于魏城，今山西芮城县东北。悼子迁霍，今山西霍州。庄子迁安邑，今山西安邑县。惠王迁大梁，今河南开封府，因称梁。韩，晋封韩武子于韩原，今陕西韩城县。宣子迁居州，今河南怀庆府东南。贞子迁平阳，今山西平阳府。景侯迁阳翟，今河南禹州。哀侯迁新郑，今河南新郑县。列为诸侯，分晋地。安王十六年，田和亦为诸侯，篡齐。都临淄，今山东临淄县。于是秦、都见下。楚、周武王封熊绎于丹阳,今湖北枝江县。文王都郢,今湖北江陵县北。考烈王迁寿春,今安徽寿州,亦曰郢。燕,都蓟,今直隶蓟州。共为强国七。

淮泗之间,小国十余。宋、卫、郑、滕、薛、郳等。周室惟有河南七城河南、洛阳、穀城、平阴、偃师、巩、缑氏,皆在今河南河南府。而已。

齐威王击赵、卫,破魏于浊泽,今山西解州境。魏献观今山东观城县。以和;又救赵,败魏于桂陵,今山东朝城县。称王令天下。子宣王,又破魏于马陵,今直隶大名府东南。杀庞涓;伐燕,入其都。子湣王灭宋,分其地;南割楚之淮北,侵三晋;泗上诸侯邹、鲁等。皆称臣。

魏惠王败赵于怀,今河南武陟县。败韩于浍,浍水,在山西曲沃县。鲁、卫、宋、郑皆来朝。筑长城,自郑今陕西华州。滨于洛,出怀庆府东南,流入渭水,春秋时与泾、渭并曰三川。北有上郡。

韩文侯伐郑,取阳城;今河南登封县。伐宋,到彭城,今江南徐州府。执宋君。子哀侯遂灭郑,因徙都郑。昭侯用申不害,国治兵强,诸侯不敢侵伐。韩、魏稍攻伊洛诸戎,灭之,其遗脱者,皆西走,逾汧陇,自是中原无复戎寇。

赵襄子之时,北有代,南并知氏,强于韩、魏。至肃侯,伐卫,取都鄙七十三。苏秦说六国,侯为从约长。子武灵王,胡服变俗,西取云中、九原,东灭中山,北破林胡、楼烦;筑长城,自代并阴山之下,至高阙在塞外黄河北,距大碛口凡三百里。为塞;置代、云中、雁门三郡。

燕昭王即位,承子哙之乱,卑身招贤,国内殷富;命乐毅伐齐,下诸城,入临淄;东击胡,却之千余里。亦筑长城,自造阳今直隶宣化府南。至襄平;今盛京辽阳州北。置上谷、渔阳、右北平、辽东诸郡。

楚灭江汉之国数十,邓、英、夔、江、六、蓼、庸、唐、顿、胡、陈、蔡、莒等。有汉中及巴、黔中之地。至威王,败越,尽取故吴地,至浙江;破齐于徐州,又遣庄跻伐滇池,今云南。后道不通,跻留王滇。子怀王,与五国共伐秦,至函谷关。寻为张仪所诳,与齐绝;又伐秦,大败,失汉中,遂为秦所虏。子顷襄王立,乘齐乱,复淮北。至考烈王灭鲁。春申君城吴故墟,今江苏苏州府。以为都邑。

秦惠公伐蜀,取南郑。今陕西汉中府。孝公击獂(秦),斩其王。卫鞅入秦,王用之,富国强兵,始筑宫廷于咸阳,今陕西咸阳县。徙都之;并诸小乡聚,集为大县,有四十一县;废井田,开阡陌。惠文王立,魏纳阴晋今陕西华阴县。以请和,三晋之亡,实始于此;寻纳河西地,及上郡。又伐蜀,灭之，益富强，遂取楚汉中，置汉中郡。昭襄王攻楚，取郢，为南郡；取巫及江南，为黔中郡；又置南阳郡。义渠强盛，屡为秦患，王灭之，置陇西、北地二郡。戎本无君长，夏后氏末及商周之际，或从侯伯征伐有功，天子爵之，以为藩服。春秋之时，陆浑蛮氏戎称子，战国之时，大荔义渠称王，及其衰亡，余种皆反旧为酋豪。

盖七国盛时，其幅员秦、楚最大，齐、赵次之，魏、燕又次之，韩最小。秦南有巴、蜀、汉中，北及上郡、北地，西跨陇右，东至崤函。楚西有巫、黔中，东包吴、越至海，南至洞庭、苍梧，北至陉、即陉山，在河南新郑县西南。郇阳。今陕西洵阳县。齐南至宋、鲁，北临渤海，西接大河，东斗入海。赵北有代、常山，南跨河、漳，东拥清河，西越汾水。魏东及淮、颍，西逾河，至固阳，今陕西榆林府北。北及太行，南至鸿沟。即汴河也。旧自荥阳东南至泗州入海。燕东邻朝鲜，北接东胡，西邻赵、代，南及滹沱、易水。韩北自成皋，逾河，兼上党，南至宛，今河南南阳府。西距宜阳、今河南宜阳县。商阪，即商洛山，在今陕西商州东南。东临洧水。水名，出河南禹州，至陈州入颍水。各方数千里，合从连衡，相攻伐殆百八十年。周分为东、西，西周居河南，东周居巩。秦昭襄王降西周君，庄襄王并东周，周亡。

秦庄襄王既灭周，取韩成皋、荥阳，置三川郡；定赵太原，韩上党，置河东、太原、上党三郡。始皇立，用李斯谋，阴使辩士游说诸侯，离其君臣，然后使良将随其后伐之。五年，取魏地，置东郡。十七年，灭韩，置颍川郡。十九年，灭赵。二十一年，破燕，燕王奔辽东。二十二年，灭魏。二十四年，灭楚，为楚郡。后盖改长沙郡。二十五年，攻辽东，灭燕。又灭代。赵亡，公子嘉为代王。定楚江南地，降百越君，置会稽郡。二十六年，灭齐，初并天下。于是称皇帝，都咸阳，以京师为内史，废封建之制，分天下以为三十六郡。三川、河东、太原、上党、东郡、颍川、陇西、北地、上郡、黔中、南阳、南郡、会稽、汉中、长沙、盖楚郡。以上见上。云中、雁门、代郡、因赵旧。上谷、渔阳、右北平、辽西、辽东、因燕旧。九江、鄣郡、灭楚置之。邯郸、钜鹿、灭赵置之。齐郡、琅邪、灭齐置之。蜀郡、巴郡、灭蜀置之。泗水、九原、砀郡、薛郡、盖新置。郯郡。分薛置之。其后又废闽越王，以其地为闽中，开岭南为桂林、象郡、南海三郡，于是有四十郡。始皇三十三年，蒙恬斥逐匈奴，收河南地，自榆中今甘肃兰州府西。并河以东，属之阴山，以为三十四县。筑长城，起临洮，今甘肃狄道州。至辽东，凡万余里，十八省之规模具矣。

附录：《史记·六国年表》[略]。

第二篇　中古史凡例

第一篇中所见人名，大都年代久远，强半不知其字与何地人。本篇时代渐近，诸人之字号籍贯，大都可考，今皆随文注明，惟两汉不及添注，另作附录附于后。

第一篇中，中国尚为无数小国，其事并无统纪，不能不以表明之。本篇两汉皆一统，三国虽分，尚不破碎，故无所用表。

本篇用意与第一篇相同，总以发明今日社会之原为主。文字虽繁，其纲只三端。一、关乎皇室者，如宫庭之变，群雄之战，凡为一代兴亡之所系者，无不详之。其一人一家之事，则无不从略，虽有名人，如与所举之事无关，皆不见于书。一、关乎外国者，如匈奴、西域、西羌之类，事无大小，凡有交涉，皆举其略，所以代表。一、关乎社会者，如宗教、风俗之类，每于有大变化时详述之，不随朝而举也。执此求之，则不觉其繁重矣。（第一章）

本章原拟自晋迄五代，今所述自晋迄隋而止。惟自晋迄五代之事，本多一贯，今既中止，其间种种情事，遂有不能结论之处，读者谅之。

本章所述时期，乃中国由单纯之种族、宗教，汉以前之种族、宗教，亦不得谓之单纯，惟较汉以后为单纯耳。转入复杂之种族、宗教时，故讲述当以此为急。本篇所详，即此二事。然种族之概，虽已略具，而宗教则已限于时日，未遑详述。

本章时事复杂，非表不明。惟作表则必不能简，将居全书之半，而事仍不能详，今竟不复作表。清嘉定徐文范，有《东晋南北朝舆地表》，既志舆地，复详人事，即可作为本篇之表。

第二篇皆属中古史范围，故章数相承。（第二章）

第一章　极盛时代(秦汉)

第一节　读本期历史之要旨

自秦以前，神洲之境，分为无数小国，其由来不可得知。历千百万年，而并为七国，其后六国又皆为秦所灭，中原遂定于一。秦又北逐匈奴，南开桂林、象郡，规模稍扩矣。天佑神洲，是生汉武，北破匈奴，西并西域，以及西羌，西南开筇僰，南扩日南、交阯，东南灭瓯、粤，东北平涉、貊。五十年间，威加率土。于是汉族遂独立于地球之上，而巍然称大国。微此两皇，中国非今之中国也。故中国之教，得孔子而后立。中国之政，得秦皇而后行。中国之境，得汉武而后定。三者皆中国之所以为中国也。自秦以来，垂二千年，虽百王代兴，时有改革，然观其大义，不甚悬殊。譬如建屋，孔子奠其基，秦、汉二君营其室，后之王者，不过随事补苴，以求适一时之用耳，不能动其深根宁极之理也。至于今日，天下之人，环而相见，各挟持其固有之文化，以相为上下，其为胜为负，岂尽今人之责哉？各食其古人之报而已矣。中国之文化，自当为东洋之一大宗。今中国之前途，其祸福正不可测。古人之功罪，亦未可定也。而秦、汉两朝，尤为中国文化之标准。以秦、汉为因，以求今日之果，中国之前途，当亦可一测识矣。此第二篇第一章之大义也。

第二节　秦始皇帝(上)

二十六年，王初并天下，自以为德兼三皇，功过五帝，乃更号曰“皇帝”。命为制，令为诏，自称曰“朕”。古者君臣之间，通称曰朕。追尊庄襄王为太上皇。制曰：“死而以行为谥，则是子议父，臣议君也，甚无谓。自今以来，除谥法，朕为始皇帝，二世、三世，至于万世，传之无穷。”周人置谥，秦废之。汉复置，遂沿袭至今日。初，齐威、宣之时，邹衍论著终始五德之运。及是，齐人奏之。始皇采用其说，以为周得火德，从所不胜，为水德。始改年，朝贺皆自十月朔，色尚黑，数以六为纪。案此足以知五德之说，必起于周、秦之际。王绾请分封诸子，李斯以为不可，乃止。分天下为三十六郡。秦每破诸侯，写放其宫室，作之咸阳北阪上，即九嵕诸山麓。南临渭，自雍门以东至泾、渭，雍门，今陕西岐山县。泾、渭，谓二水相交处。殿屋复道周阁相属，所得诸侯美人、钟鼓以充入之。二十七年，始皇巡陇西北地，至鸡头山，过回中焉。鸡头山，在今甘肃固原州。回中宫，在今岐山县西四十里。作信宫渭南，已，更名曰“极庙”。自极庙道通骊山，作甘泉前殿，筑甬道自咸阳属之。治驰道于天下。甘泉山，在咸阳北，因以作宫。二十八年，始皇东行郡县，上邹峄山，在今山东邹县南二十二里。立石颂功业。至泰山下，议封禅，诸儒议不合，绌之。而遂除车道，上自泰山阳至颠，立石颂德，从阴道下，禅于梁父。泰山，在今山东泰安州，梁父山，在其东南。其礼颇采太祝之祀雍上帝所用，秦之旧礼。而封藏皆秘之，世不得而记也。于是始皇遂东游海上，南登琅邪，山名，在今山东诸城县东南四十里。始皇筑台于此，以望海。大乐之。留三月，作琅邪台，立石颂德，明德意。诸方士齐人徐市等，争上书，言仙人，于是遣徐市发童男、女数千人，入海求神仙。始皇乃西南渡淮水，水名，从河南、安徽至江苏入海。之衡山南郡，衡山，在今湖南衡州。浮江至湘山，山名，今湖南湘阴县北一百六十里。遂自南郡由武关归。秦南关，今河南内乡县西。二十九年，始皇东游，至阳武博浪沙中，今河南阳武县中。韩人张良令力士操铁椎，狙击始皇，误中副车。始皇惊，求弗得，令天下大索十日。始皇遂登之罘，山名，今山东文登县东北一百八十里。刻石，旋之琅邪，道上党入。三十二年，始皇之碣石，山名，今直隶永平府东海中。使燕人卢生求羡门。仙人名。始皇巡北边，从上郡入。遣将军蒙恬，发兵三十万人，北伐匈奴。三十三年，发诸尝逋亡人、赘婿、秦人家贫子壮则出赘，赘者，犹言人身之有疣赘也。贾人为兵，略取南越陆梁地，谓南方之人，姓陆梁。置桂林、南海、象郡。今广东、广西。蒙恬斥逐匈奴，收河南地，为四十四县，筑长城，因地形，用制险塞，起临洮，至辽东，延袤万余里。于是渡河据阳山，逶迤而北，暴师于外十余年。蒙恬常居上郡统治之，威振匈奴。临洮，今甘肃岷州卫。辽东，今盛京奉天。阳山，河北之山，今山西边外。长城为中国至大之工程，观图自知之。

第三节 秦始皇帝(下)

三十四年，谪治狱吏不直，及覆狱故失者，筑长城，及处南越地。李斯请史官非秦纪，皆烧之；非博士官所职，天下有藏《诗》、《书》、百家语者，皆诣守尉杂烧之；有敢偶语《诗》、《书》，弃市；以古非今者，族；所不去者，医药卜筮种树之书；若有欲学法令者，以吏为师。制曰："可。"三十五年，使蒙恬除直道，道九原，今山西边外蒙古地。抵云阳，今陕西西安府北。堑山湮谷，数年不就。作阿房宫，东西五百步，南北五十丈，上可以坐万人，下可以建五丈之旗，周驰为阁道，自殿下直抵南山。关中有南山、北山，自甘泉连延巀嶭、九嵕为北山，自终南、太白连延至商岭为南山。表南山之颠以为阙，为复道，自阿房度渭，属之咸阳。隐宫、徒刑者七十万人，乃分作阿房宫，或作骊山。发北山石椁，写蜀、荆地材，皆至关中，计宫三百，关外四百余。卢生等相与讥议始皇，因亡去。始皇大怒，使御史悉案问诸生，诸生传相告引，乃自除犯禁者四百六十余人，皆阬之咸阳，使天下知之以惩后。益发谪徙边。始皇长子扶苏谏曰："诸生皆诵法孔子，今上皆重法绳之，臣恐天下不安。"始皇怒，使扶苏北监蒙恬军于上郡。三十七年冬十月，始皇出游，丞相李斯、少子胡亥从。十一月，行至云梦，今湖北境内。浮江过丹阳，至钱唐，秦县，今浙江钱塘县。临浙江，水名，自安徽至浙江入海。上会稽，山名，在今浙江会稽县。立石颂德，还过吴江，水名，在今江苏吴江县。从江乘，秦县，今江南句容县北三十里。并海上北至琅邪、之罘。遂并海而西，至平原津而病。今山东德州境内。始皇恶言死，群臣莫敢言死事。病益甚，乃令中车府令赵高，为书赐扶苏曰："与丧会咸阳而葬。"书已，封在赵高所，未付使者。秋七月丙寅，始皇崩于沙丘平台。秦宫名，今直隶平乡县。丞相斯为上崩在外，恐诸公子及天下有变，乃秘之，不发丧，棺载辒辌车中，车有窗牖，闭之则温，开之则凉，故名。后世遂以为天子丧车之名。故幸宦者骖乘。所至，百官奏事如故，宦者辄从车中，可其奏事，独胡亥、赵高及幸宦者五六人知之。赵高者，生而隐宫，通于狱法，仕秦为中车府令。始皇使高教胡亥决狱，胡亥幸之。赵高有罪，始皇使蒙毅治之，当死。始皇赦之，复其官。赵高既雅得幸于胡亥，又怨蒙氏，乃说胡亥，请诈以始皇命，诛扶苏而立胡亥为太子，胡亥然其计。赵高曰："不与丞相谋，恐事不能成。”乃见丞相斯曰：“上赐长子书及符玺，皆在胡亥所。定太子，在君侯与高之口耳，事将何如？”斯曰：“安得亡国之言，此非人臣所当议也。”高曰：“君侯才能、智虑、功高、无怨、长子信之，此五者，皆孰与蒙恬？”斯曰：“不及也。”高曰：“然则长子即位，必用蒙恬为丞相，君侯终不怀通侯之印归乡里，明矣。胡亥仁慈笃厚，可以为嗣，愿君审计而定之。”丞相斯以为然，乃相与谋，诈为受始皇诏，立胡亥为太子。更为书赐扶苏，数以不能辟地立功，士卒多耗，数上书直言诽谤，日夜怨望，不得罢归为太子，将军蒙恬不矫正，知其谋，皆赐死，以兵属裨将王离。扶苏得书，即自杀。蒙恬不肯死，系诸阳周。秦县，今山西真宁县。会蒙毅为始皇出祷山川还至，系诸代。遂从井陉秦县，今直隶井陉县。抵九原，至咸阳发丧。太子胡亥袭位。九月，葬始皇于骊山，下锢三泉，奇器珍怪，徙藏满之，令匠作机弩，有穿近者辄射之，以水银为百川、江河、大海，机相灌注，上具天文，下具地理，后宫无子者，皆令从死。葬既下，或言工匠为机，藏皆知之，藏重即泄大事，尽闭之墓中。杀将军蒙毅及内史蒙恬。

第四节　秦二世皇帝

元年春，二世东行郡县，李斯从。到碣石，并海南至会稽，而尽刻始皇所立刻石旁，著大臣从者名，以章先帝成功盛德而还。夏四月，二世至咸阳，谓赵高曰：“夫人居世间也，譬犹骋六骥过决隙也。吾既已临天下矣，欲悉耳目之所好，穷心志之所乐，以终吾年寿，可乎？”高曰：“此贤主之所能行，而昏乱主之所禁也。虽然，有所未可。夫沙丘之谋，诸公子及大臣皆疑焉，而诸公子尽帝兄，大臣又先帝之所置也。今陛下初立，此其属意怏怏皆不服，恐为变，陛下安得为此乐乎？”二世曰：“为之奈何？”高曰：“陛下严法而刻刑，令有罪者相坐，诛灭大臣及宗室，尽除先帝之故臣，更置陛下之亲信者，则害除而奸谋塞，陛下可高枕肆志宠乐矣。”二世然之，乃更为法律，务益刻深，大臣、诸公子有罪，辄下高鞫之。于是公子十二人，僇死咸阳市，十公主磔死于杜，今西安府东南十五里。财物入于县官，犹言公家也。相连逮者不可胜数。二世以为群臣忧死不暇，不得为变，复作阿房宫。尽征材士五万人，为屯卫咸阳，令教射，狗马禽兽，当食者多，谓材士及狗马。度不足，下调郡县，转输菽粟刍藁，皆令自赍粮食，咸阳三里百里内,不得食其谷。用法益刻深,天下不安。七月,戍卒陈胜等反,山东少年苦秦吏,皆杀其守尉令丞反,以应陈涉,不可胜数也。谒者使东方来,以反者闻二世,二世怒,下吏。后使者至,上问,对曰:"群盗郡守尉方逐捕,今尽得,不足忧。"上乃悦。二年冬,陈涉所遣周章等,西至戏。水名,今陕西临潼县东。二世大惊,乃赦骊山徒,使少府章邯将以击之。时赵高专恣用事,以私怨诛杀人众多,恐大臣入朝奏事言之,乃说二世曰:"先帝临制天下久,故群臣不敢为非,进邪说。今陛下初即位,富于春秋,奈何与公卿廷决事?事有误,示群臣短也。天子称朕,固不闻声。"于是二世常居禁中,事皆决于赵高。高闻李斯将以为言,乃见丞相曰:"关东群盗多,今上急益发徭治阿房宫,聚狗马无用之物。臣欲谏,为位贱,此真君侯之事,君何不谏?"李斯曰:"固也,吾欲言之久矣。今时上不坐朝廷,常居深宫,吾所言者,不可传也,欲见无间。"赵高曰:"君诚能谏,请为君侯上闲语君。"于是赵高待二世方燕乐,妇女居前,使人告丞相,上方闲,可奏事。丞相至宫门上谒,如此者三。二世怒曰:"吾常多闲日,丞相不来,吾方燕私,丞相辄来请事,丞相岂少我哉?且固我哉?"赵高因曰:"夫沙丘之谋,丞相与焉。今陛下已为帝,而丞相贵不益,此其意亦望裂地而王矣。且陛下不问臣,臣不敢言,丞相长男李由为三川守,楚盗陈胜等,皆丞相傍县之子,以故楚盗公行过三川,城守不肯击。高闻其文书相往来,未得其审,故未敢以闻。"二世以为然,乃使人按验三川守与盗通状。李斯闻之,因上书言赵高之短,二世不听。时盗贼益多,右丞相冯去疾、左丞相李斯、将军冯劫请止阿房宫,减省四边戍转。二世大怒,下去疾、斯、劫吏,去疾、劫自杀,独李斯就狱。二世以属赵高治之,责斯与子由谋反状,皆收捕宗族、宾客。赵高治斯,榜掠千余,不胜痛,自诬服,奏当上。二世喜曰:"微赵君,几为丞相所卖。"及二世所使案三川守由者至,则楚兵已击杀之。使者来,会丞相下吏,皆妄为反辞,以相附会。遂具斯五刑论,腰斩咸阳市,夷三族。初,赵高前数言关东盗无能为也,至是关以东,大抵尽畔秦。沛公已屠武关,使人私于高。高惧诛,乃阴与其婿阎乐,其弟赵成谋,诈为有大贼,令乐召吏发卒将千余人,至望夷宫。二世请与妻子为黔首,不许,二世自杀。赵高立公子婴,复称王。子婴与二子谋,刺杀高于斋宫,三族高家,以徇咸阳。子婴为秦王四十六日,沛公军至霸上,子婴系颈以组,白马素车,奉天子玺符,降轵道旁,亭名,在长安东十三里。秦亡。秦凡二帝十五年。

第五节　秦于中国之关系(上)

秦自始皇二十六年并天下,至二世三年而亡,凡十五年,时亦促矣。而古人之遗法,无不革除,后世之治术,悉已创导,甚至专制政体之流弊,秦亦于此匆匆之十五年间,尽演出之,诚天下之大观也。今试举前节所引,一一复案之,即可得其实证。并天下,一也;三代之王,仅易一王室耳,前代之诸侯自若也。号皇帝,二也;古人皆谓皇帝之称始于秦始皇,然《书·吕刑》云:皇帝哀矜庶戮之不辜,皇帝清问下民。是皇帝之称,唐尧已有之。今疑古人天子对异族则称皇帝,对本族则称帝,稍有尊卑亲疏之别。至秦乃一切自号皇帝耳。自称曰朕,三也;命为制,令为诏,四也;尊父曰太上皇,五也;秦尊之于死后,汉奉之于生前,其制稍别。天下皆为郡县,子弟无尺土之封,六也;并天下为尽取人之所有,废封建、置郡县为不复共之于人,故其事为二,非一事也。夷三族之刑,七也;三族:父母、兄弟、妻子也。始于秦文公二十年,至始皇以后,乃为大臣得罪所必有之事。相国、丞相、太尉、御史大夫、奉常、即太常。郎中令、大夫、卫尉、太仆、廷尉、鸿胪、宗正、内史、少府、詹事、典属国、监御史、仆射、侍中、尚书、博士、郎中、侍郎、郡守、郡尉、县令皆秦官,八也;后世虽仍秦官之名,而其官之职则与秦甚异。大约汉人与秦同者十八九,愈后愈不同。如仆射、侍中、尚书、侍郎皆秦之散秩,而后世乃为政府大臣之号,惟外官无大异耳。此条见《汉书·百官公卿表》。朝仪,九也;《汉书·叔孙通传》称,通杂采古礼与秦仪为汉制礼。今观本传所述,廷中陈车骑,步卒、卫官设兵张旗志,殿下郎中侠陛,陛数百人,功臣、列侯、诸将军、军吏以次陈西方,东向;文官丞相以下陈东方,西向。(文武之分始此)于是皇帝辇出房,百官执帜传警,引诸侯王以下至吏六百石,以次奉贺,自诸侯王以下莫不震恐肃敬,至礼毕尽伏。(君坐臣跪始此)于是高帝曰:"吾乃今日知为皇帝之贵也。"云云。案此段所陈,绝非古礼,盖叔孙通实袭秦仪,而伪称杂采古礼耳。然后世君臣之际,则以此为定制矣。律,十也。《汉书·刑法志》萧何杂摭秦法,作律九章。此十者,皆秦人革古创今之大端也。

第六节　秦于中国之关系(下)

今案秦政之尤大者,则在宗教。始皇之相为李斯,司马迁称斯学帝王之术于荀子，斯既知六艺之归，则斯之为儒家可知。世之疑斯者，因斯《督责书》有曰："惟明主能灭仁义之途，荦然独行其恣睢之心。"此非儒者所忍出口，斯而言此，似斯已背其师。李斯事，均见《史记》本传。不知荀子实尝以持宠固位，终身不厌之术，为臣事君之宝。《荀子·仲尼篇》。则李斯之言，亦实行荀子持宠固位之术而已，何背师之有？始皇既以儒者为相，则当有儒者之政。观其大一统，尊天子，抑臣下，制礼乐，齐律度，同文字，秦李斯作小篆，程邈作隶，赵高作《爰历篇》，蒙恬作兔毫之笔，盖图籍繁矣。攘夷狄，信灾祥，尊贞女，《史记·货殖传》：巴寡妇清能用财自卫，不遭强暴，始皇以为贞妇而客之，为筑女怀清台。又秦刻石，往往以禁止淫佚，男女有别为言。重博士，《史记·始皇本纪》：非博士官所职，天下敢有藏《诗》、《书》、百家语者，悉诣守尉杂烧之。是所烧者民间之书，而博士之诵《诗》、《书》、百家自若也。故始皇时每有建设，博士常与议。汉初诸经师，亦多故秦博士。此是为秦重博士之证。三十五年坑儒之令，乃因卢生之狱所致，不然天下儒者，其数岂止四百六十余人哉？惟始皇、李斯之本意，在误以《诗》、《书》为帝王之术，故已之外必不愿他人习之，此其所以为愚耳。无不同于儒术。惟李斯之学，出于荀子，始皇父子，雅信韩非。始皇读韩非《孤愤》、《五蠹》之书，有得与之游，死不恨矣之叹；二世责李斯亦曰"吾有闻于韩子"云云。韩非之学，亦出于荀子，荀子出于仲弓，《荀子》书中称为子弓。其实乃孔门之别派也。观《荀子·非十二子篇》，子思、孟子、子夏、子游、子张，悉加丑诋，而已所独揭之宗旨，乃为性恶一端。夫性既恶矣，则君臣、父子、夫妇、兄弟、朋友之间，其天性本无所谓忠、孝、慈、爱者，而弑夺杀害，乃为情理之常，于此而欲保全秩序，舍威刑劫制末由矣。本孔子专制之法，行荀子性恶之旨，在上者以不肖待其下，无复顾惜；在下者亦以不肖自待，而蒙蔽其上。自始皇以来，积二千余年，中国社会之情状，犹一日也。社会若此，望其乂安，自不可得。不惟此二千年间所受之祸，不可胜数而已，即以秦有天下十五年间言之，其变亦惨矣。荆轲之剑，渐离之筑，博浪之椎，一也。身死未寒，宰相、宦官遂废遗诏，杀太子，立庶孽，诛重臣，乱臣贼子，相顾而笑，不知置君父于何地，二也。公子十二人，戮死咸阳市，十公主磔死于杜，仰天大呼，流涕拔剑，始皇之子尽矣，三也。望夷宫中，求生为黔首而不可得，仅得以黔首礼，葬于杜南，此固秦之二世皇帝也，四也。项羽入咸阳，杀子婴及秦诸公子、宗族，遂屠咸阳，烧其宫室，虏其子女，收其珍宝财货，诸侯共分之，五也。事并见《史记》。夫专制者，所以为富贵，而其极，必并贫贱而不可得，嬴氏可为列朝皇室之鉴戒矣。至于李斯、赵高辈，皆助成始皇、二世之政治者，而李斯则具五刑，黄犬东门之哭，《史记·李斯传》：斯临刑，顾谓其中子曰："吾欲与若复牵黄犬，出上蔡东门逐狡兔，岂可得乎？"遂父子相哭，而夷三族。千古为之增悲；赵高亦夷三族，以徇咸阳，亦何益之有哉！凡此者，不能不叹秦人择教之不善也。然秦之宗教，不专于儒，大约杂采其利己者用之。神仙之说，起于周末，言人可长生不死，形化上天，此为言鬼神之进步，而始皇颇信其说，卢生、徐市之徒，与博士、诸生并用。并见《史记·封禅书》、《秦始皇本纪》。中国国家，无专一之国教，孔子、神仙、佛，以至各野蛮之鬼神，常并行于一时一事之间，殆亦秦人之遗习欤。

第七节　受命之新局

自汉以前，无起匹夫而为天子者。凡一姓受命，其先必为诸侯，积德累功，数百余年，而后有天下。其未有天下也，兆民之望，已集之久矣。且自黄帝至秦，皇室实皆一系也。黄帝为少典之子，《国语》称炎帝、黄帝皆少典之子，其母亦皆有蜗氏，是炎帝、黄帝亦为同系，未可知也，惟未得确证耳。少典为有熊国君，《史记·五帝本纪》集解引谯周说。有熊国，在今河南。是其先，已为诸侯。自黄帝有天下，其后世相传者，年代绵远。少昊，黄帝之子也；颛顼，黄帝之孙也；帝喾，黄帝之曾孙也；此据《史记》之文。《礼记·祭法》孔《疏》引《春秋命历序》，其黄帝、少昊、颛顼、帝喾之间，相隔甚远，与《史记》不同，然亦未言非一系也，殆亦犹虞、夏、殷、周之于黄帝耳。帝尧，黄帝之玄孙也；帝舜，黄帝七世孙也；夏禹，黄帝之玄孙也。商出于契，契为帝喾子，契亦黄帝之玄孙也。周出于弃，弃亦帝喾子，弃亦黄帝之玄孙也。秦出于柏翳，《史记·秦本纪》索隐：柏翳、伯益是一人无疑。为颛顼之苗裔，是亦黄帝之后也。自黄帝至秦，亘数千年，王天下者，皆出于一家。遥想其时之风俗，必以为惟此一族之人，可以受天命，作天子，别族皆为天所不眷，其习俗略与日本同焉。故读秦以前之书，其言治民之道甚悉，而无有忧民之革命者，天子所忧者在诸侯，诸侯所忧者在大夫而已。夫天下之变，苟为其前世之所无，则虽大祸起于目前，而圣贤豪杰，或狃于故事而不觉。此六艺九流，所以不能知有匹夫受命之事，而匹夫受命之事，乃猝见于秦之季世也。自此以后，为天子者不必古之贵族，百姓与民之界，至此尽泯，而成为今日之世矣。然求其至此之由，则实由于政体。盖秦以前诸侯并列，天子之暴，有诸侯起而救之，遂为商汤、周武之局；至秦之后，天下无诸侯，天子之暴，必由兆民起而自救之，遂为汉高、明太之局。此中国古今革命之大界也。今详秦汉之际之世变如下。

第八节　天下叛秦(上)

考始皇晚年之世局，政府虽不知大乱之将起，而民间实已萌倾覆皇室之心。始皇三十六年，有坠石下东郡，至地为石，或刻其石曰："始皇帝死而地分。"同时使者从关东，夜过华阴平舒道，今陕西华阴县。有人持璧遮使者曰："为吾遗滈池君。"水神之号。因言曰："今年祖龙死。"谓始皇。使者问其故，因忽不见。此皆欲谋叛秦者，托为神鬼恍惚之说，以摇动天下之耳目也。盖秦自孝公以来，刻薄寡恩，天下之不乐为秦民久矣。始皇、二世，益之以兴作，阿房、骊山，徒数十百万，离宫别馆，遍于天下，北筑长城。斯时之民，内困于赋税，外胁于威刑，力竭于土木，命尽于甲兵，乃不得不为万一徼幸之计。其始苟为群盗而已，周时已有群盗，如《左传》萑苻之盗，《列子》狐父之盗，《孟子》、《庄子》之盗跖是也。其后亦咸知秦之必亡。盖运会所开，人心感于不自知也。二世元年，楚人陈胜、吴广，将戍渔阳，秦郡，今直隶东境。会天大雨，道不通，度已失期，失期，法皆斩，乃率众作乱于蕲，今安徽宿州南。诈称公子扶苏、楚将项燕，号大楚，取陈今河南陈州府。据之。魏名士张耳、陈馀属之，诸郡县争杀长吏，以应胜。胜自立为楚王，使吴广监诸将，以击荥阳。秦县，今河南荥泽县。或以反者闻于秦，秦以为群盗不足忧。陈胜以所善陈人武臣为将军，张耳、陈馀为校尉，使徇赵地；又使周市徇魏地，使周文西击秦。二世大惊，遣章邯拒之，走周文。武臣至赵，自立为赵王。使韩广略燕地，广亦自立为燕王。会稽守殷通，欲起兵应陈胜，以项燕之子梁为将，梁使兄子籍斩通，籍，字羽，史或称项羽。佩其印绶，举吴今江苏苏州府。中兵，得八千人，梁自为会稽守，籍为裨将，徇下县。

第九节 天下叛秦(下)

沛秦县,今江苏沛县。人刘邦,豁达有大度,不事家人产业,沛中子弟,多欲附者。沛令欲以沛应陈胜,县吏萧何、曹参,劝令召刘邦,邦已有众数十百人,令悔,闭城。沛父老子弟杀令,迎邦,立为沛公。萧、曹等为收众,得三千人,以应诸侯。后韩人张良来属,数说邦以太公望兵法,沛公善之,常用其策。良与他人言,辄不省。良曰:“沛公殆天授。”遂从不去。齐人田儋,故齐王族也,与从弟荣,皆豪健,能得人,儋自立为齐王,略定齐地。楚将周市定魏地,迎魏咎于陈,立为魏王。二世二年,章邯连败楚军,周文走死。吴广、陈胜,皆为其下所杀。赵将李良,杀武臣以降秦,张耳、陈馀求故赵之后,得赵歇,立为赵王。项梁渡江而西,六秦县,今安徽六安州。人黥布及沛公,以其兵属之。居巢秦县,今安徽巢县。人范增,年七十,好奇计,往说梁曰:“陈胜首事,不立楚后而自立,其势不长。今君起江东,谓大江东南之地。楚蜂起之将,争附君者,以君世世楚将,为能复立楚之后也。”梁然之,求得楚怀王孙心于民间,立为楚王,取祖谥为号,谓之怀王,都盱眙。秦县,今安徽盱眙县。张良劝梁立韩后,梁使良立韩公子成为韩王,西略韩地。至此六国后皆立。章邯伐魏,齐、楚救之,齐王田儋、魏王咎、周市皆败死。田荣立儋子市为齐王而相之。项梁再破秦军,有骄色,宋义谏不听,与章邯战,败死。怀王徙都彭城,秦县,今江苏徐州府治。立魏咎弟豹为魏王。秦军破赵,围赵王于钜鹿。秦县,今直隶平乡县。怀王以宋义为上将,项籍为次将,以救赵。二世二年,义至安阳,秦县,今山东曹县东。项籍数宋义而杀之,领其众渡河,沉船,破釜甑,烧庐舍,持三日粮,以示士卒必死,无一还心。于是至则围王离,与秦军遇,九战,绝其甬道,大破之,杀苏角,虏王离,涉间不降楚,自烧杀。当是时,楚兵冠诸侯,诸侯军救钜鹿者十余壁,莫敢纵兵,及楚击秦,诸将皆从壁上观。楚战士无不一以当十,楚兵呼声动天,诸侯军无不人人惴恐。于是已破秦军,项籍召见诸侯将,诸侯将入辕门,无不膝行而前,莫敢仰视。项籍由是为诸侯上将军,诸侯皆属焉。时章邯军棘原,秦县,在钜鹿南。相持未战。二世使人让章邯,邯恐,使长史欣请事。至咸阳,留司马门三日,赵高不见,有不信之心。欣恐,还走其军,劝章邯叛秦。陈馀亦遗章邯书,劝邯以白起、蒙恬为戒。邯乃与项籍期洹水南殷虚上，今河南安阳县。已盟，章邯见项籍而流涕，为言赵高，项籍乃立章邯为雍王。初，楚怀王与诸将约，先入定关中者王之。时秦兵尚强，诸将莫利先入关，独项籍怨秦杀项梁，奋愿入关。诸老将皆曰："籍为人慓悍猾贼，独沛公宽大长者，可遣。"王乃遣沛公伐秦，张良以韩兵从沛公。沛公略南阳，秦郡，今湖北襄阳府北境。引兵而西，败秦兵于峣关。今陕西蓝田县东南。明年，秦王子婴元年。至霸上，子婴降。诸将或言诛子婴，沛公曰："怀王遣我，固以能宽容，且人已降，杀之不祥。"乃以属吏。沛公西入咸阳，见秦宫室、帷帐、重宝、妇女，欲留居之。樊哙谏曰："此皆秦之所以亡也，愿急还霸上，无留宫中。"沛公不听，张良曰："为天下除残贼，宜缟素为资。今始入秦，即安其乐，此所谓助桀为虐，愿听哙言。"沛公乃还霸上，悉召诸县父老豪杰，谓曰："父老苦秦苛法久矣，吾与诸侯约，先入关中者王之，吾当王关中。与父老约法三章耳：杀人者死，伤人及盗，抵罪。馀悉除去秦法。"秦人大喜。

第十节　秦亡之后诸侯自相攻伐(上)

项籍既定河北，率诸侯欲西入关。或说沛公曰："秦富十倍天下，地形强。闻项籍号章邯为雍王，王关中，今则来，沛公恐不得有此，可急使兵守函谷关，秦之东关，今河南灵宝县南。无内诸侯军。"沛公从之。已而项籍至关，关门闭，闻沛公已定关中，大怒，使黥布等攻破函谷关。沛公左司马曹无伤，使人言项籍曰："沛公欲王关中，令子婴为相，珍宝尽有之。"项籍大怒，飨士卒，期旦日击沛公军。当是时，项籍军四十万，在新丰鸿门。今陕西临潼县。沛公兵十万，在霸上。范增说项籍曰："沛公居山东时，贪财好色。今入关，财物无所取，妇女无所幸，此其志不在小，急击弗失。"楚左尹项伯，项籍季父也，素善张良，乃夜驰之沛公军。私见张良，具告其事，欲呼与俱去，曰："毋俱死也。"张良曰："臣为韩王送沛公，沛公今有急，亡去，不义，不可不语。"良乃入，具告沛公。沛公大惊，固要项伯入见，奉卮酒为寿，曰："吾入关，秋毫不敢有所近，籍吏民，封府库，而待将军，所以遣将守关者，备他盗之出入与非常也，日夜望将军至，岂敢反乎？愿伯俱言臣之不敢倍德也。"项伯许诺，谓沛公曰："旦日不可不蚤自来谢。"于是项伯复夜去，至军中，具以沛公言报项籍，因言曰："沛公不先破关中，公岂敢入乎？今人有大功而击之，不义，不如因善遇之。”项籍许诺。沛公旦日，从百余骑，来见项籍鸿门，谢曰：“臣与将军戮力而攻秦，将军战河北，臣战河南，不自意能先入关破秦，得复见将军于此。今者有小人之言，令将军与臣有隙。”项籍曰：“此沛公左司马曹无伤言之，不然，籍何以至此？”项籍因留沛公与饮，范增数目项籍，举所佩玉玦以示之者三，项籍默然不应。范增起，出召项庄曰：“君王为人不忍，若入前为寿，寿毕，请以剑舞，因击沛公于坐，杀之。不者，若属皆且为所虏。”庄则入为寿，寿毕，曰：“军中无以为乐，请以剑舞。”项籍曰：“诺。”项庄拔剑起舞，项伯亦拔剑起舞，常以身翼蔽沛公，庄不得击。于是张良至军门，见樊哙。哙曰：“今日之事何如？”良曰：“今项庄拔剑舞，其意常在沛公也。”哙曰：“此迫矣，臣请入，与之同命。”哙即带剑拥盾入军门，卫士欲止不内，樊哙侧其盾以撞卫士，仆地，遂入，披帷立，瞋目视项籍。项籍按剑而跽曰：“客何为者？”张良曰：“沛公之骖乘樊哙也。”项籍曰：“壮士！赐之卮酒。”则与斗卮酒，哙拜谢，起而饮之。项籍曰：“赐之彘肩。”则与一生彘肩，樊哙覆其盾于地，加彘肩其上。拔剑切而啖之。项籍曰：“壮士！复能饮乎？”樊哙曰：“臣死且不避，卮酒安足辞？夫怀王与诸将约曰：先破秦入咸阳者，王之。今沛公先破秦入咸阳，毫毛不敢有所近，还军霸上，以待将军，劳苦而功高如此，未有封爵之赏，而听细人之说，欲诛有功之人，此亡秦之续耳，窃为将军不取也。”项籍未有以应，曰：“坐”。樊哙从良坐。须臾，沛公起如厕，因招樊哙出。于是遂去鸿门，脱身独骑，樊哙、夏侯婴、靳强、纪信等四人持剑盾，徒步走，从骊山下道芷阳间行，趣霸上。留张良使谢项籍，以白璧献籍，玉斗与亚父。沛公谓良曰：“从此道至吾军，不过二十里耳。度吾至军中，公乃入。”沛公已去，张良入谢曰：“沛公不胜杯杓，不能辞，谨使臣良奉白璧一双，再拜献将军足下；玉斗一双，再拜奉亚父足下。”项籍曰：“沛公安在？”良曰：“已至军矣。”项籍则受璧，置之坐上。亚父受玉斗，置之地，拔剑撞而破之，曰：“竖子不足与谋！夺将军天下者，必沛公也，吾属今为之虏矣。”沛公至军，立诛曹无伤。居数日，项籍引兵西屠咸阳，烧秦宫室，杀秦降王子婴。韩生说项籍曰：“关中阻山带河，四塞之地，地肥饶，可都以霸。”项籍见秦宫室皆已烧残破，又心思东归，曰：“富贵不归故乡，如衣绣夜行，谁知之者？”韩生退曰：“人言楚人沐猴而冠耳，果然。”项籍闻之，烹韩生。

第十一节　秦亡之后诸侯自相攻伐(下)

项籍使人致命怀王，怀王曰："如约。"项籍怒曰："怀王吾家所立耳，非有功伐，何以得专主约？三年灭秦定天下者，皆将相诸君与籍之力也。"春正月，项籍阳尊怀王为义帝，徙江南，都郴。秦县，今湖南郴州。此时天下之势在于项籍。项籍自立为西楚霸王，时人名郢为南楚，吴为东楚，彭城为西楚，籍都彭城，故国号西楚。王梁、楚地，战国末魏楚之地，今江苏省及山东西南境，河南东境，安徽北境。都彭城。立沛公为汉王，王巴、秦郡，今四川重庆、顺庆、保宁、绥定、夔州五府。蜀、秦郡，今四川成都、潼川二府。汉中，秦郡，今陕西汉中、兴安二府及湖北郧阳府。都南郑。秦县，今汉中府治。而三分关中，王秦降将三人，以距汉路。章邯为雍王，王咸阳以西；长史欣为塞王，王咸阳以东；董翳为翟王，王上郡。徙赵、魏、燕、齐故王，赵王为代王，魏王咎为西魏王，燕王韩广为辽东王，齐王田市为胶东王。更立诸将九人为王，楚将黥布为九江王，番君吴芮为衡山王，义帝柱国共敖为临江王，赵将司马卬为殷王，赵相张耳为常山王，张耳嬖臣申阳为河南王，燕将臧荼为燕王，齐将田都为齐王，故齐王建孙为济北王。代，今山西北境。西魏，今山西东境与河南西北境。辽东，今奉天南境。胶东，今山东东南境。九江，今江西东北境。衡山，今湖北东南境。临江，今湖北北境。殷，今河南北境。常山，今直隶西境。河南，今河南省城。燕，今直隶东境。齐，今山东省城。济北，今山东西北境。汉王怒，欲攻项王。萧何曰："今众弗如，百战百败。臣愿大王王汉中，养其民，以致贤人，收用巴蜀，还定三秦，天下可图也。"乃遂就国，以何为丞相。夏四月，诸侯罢戏即麾字。下兵，各就国。五月，田荣田荣、陈馀均以不肯从入关，故皆不得封。闻项王徙齐王市为胶东王，而以田都为齐王，大怒，发兵拒击田都，都亡走楚。荣留齐王市，不令之胶东，市畏项王，窃亡之国。六月，荣追击杀市于即墨，秦县，今山东即墨县。自立为齐王。是时彭越在钜野，秦县，今山东钜野县。有众万余人，无所属，荣与越将军印，使击济北。秋七月，越击杀济北王安，荣遂王三齐。又使越击楚，项王命萧公角击越，越大败楚师。张耳之国，陈馀益怒，曰："张耳与馀功等也，今张耳独王，馀独侯，此项王不平。"乃使人说田荣，请兵击张耳。田荣许之，遣兵从陈馀。项王以韩王成无功，杀之。

第十二节　楚汉相争（上）

项王之弃关中而归也，非真欲归故乡也，许以已新残破关中，留都之，民必不安，乃以三降将居之，而自居彭城，以遥制三秦，为待时而动之计，其所以策汉王者周矣。讵四月诸侯兵罢麾下，五月而田荣反，乃不得不东击齐，于是天下之形势一变，而汉王乃可以还定三秦。萧何言淮阴人韩信于汉王曰："诸将易得耳，至如信者，国士无双。王欲长王汉中，无所事信；必欲争天下，非信无可与计事者，顾王策安所决耳！"王曰："吾亦欲东耳，安能郁郁久居此乎？"于是择良日，斋戒，设坛场，具礼，拜韩信为大将。礼毕，上坐。王曰："将军何以教寡人？"信曰："项王喑噁叱咤，千人皆废；然不能任属贤将，此特匹夫之勇耳。项王与人言，恭敬慈爱，言语呕呕，人有疾病，涕泣分饮食；至人有功，当封爵者，印刓敝，忍不能予，此所谓妇人之仁也。项王虽霸天下而臣诸侯，不居关中而都彭城，背义帝之约，而以亲爱王，诸侯不平，逐其故主，而王其将相，又迁逐义帝，置江南，所过无不残灭，百姓不亲附。今大王诚能反其道，任天下武勇，何所不诛？对不能任属贤将。以天下城邑封功臣，何所不服？对印刓敝不忍予。以义兵从思东归之人，何所不散？对百姓不亲附。且三秦王为秦将，将秦子弟数岁矣，所杀亡不可胜数，又欺其众降诸侯，为项王坑者二十余万，秦父兄怨此三人，痛入骨髓。此即项王王三人于关中之故，盖料其不能叛己也。大王之入武关，秋毫无所害，大王失职，入汉中，秦民无不恨者。今大王举而东，三秦可传檄而定也。"于是汉王自以为得信晚，遂部署诸将所击，留萧何收巴、蜀租，给军粮。八月，汉王引兵袭雍，再败章邯，围之废丘。秦县，雍、废丘皆在今西安府西。邯明年夏自杀。而遣诸将略地，塞王欣、翟王翳皆降。项王以故吴令郑昌为韩王，以拒汉。张良遗项王书曰："汉王欲得关中，如约即止，不敢东。"又以齐、梁反书示项王，项王以此故无西意，而北击齐。时张良在韩。二年汉王受封之第二年。十月，此时尚以十月为岁首。项王使人杀义帝于江中。陈馀袭常山，张耳败走，归汉。陈馀迎赵王于代，复为赵王，赵王德陈馀，立以为代王。陈馀为赵王弱，国初定，不之国，留傅赵王，而使夏说守代。张良自韩间行归汉，为汉谋臣。河南王申阳降汉。汉王以韩襄王孙信为韩太尉，将兵击韩王昌，昌降，因立信为韩王,将韩兵从汉王。项王自击齐,齐王荣走死,项王复立田假为齐王,坑田荣降卒,虏其老弱、妇女,烧夷城郭、室屋,齐民相聚叛之。汉王既定三秦,渡河,西魏王豹降。虏殷王司马卬,进至洛阳新城。秦县,在河南府城南。三老董公遮说曰:"顺德者昌,逆德者亡,兵出无名,事故不成。项王无道,放杀其主,天下之贼也。大王宜率三军之众,为之素服,以告诸侯而伐之。"于是汉王为义帝发丧,发使告诸侯,请与讨项王。田荣弟横,立荣子广为齐王,以拒楚。项王因留,连战未能下。汉王以故得率五诸侯河南王申阳,韩王郑昌,魏王豹,殷王司马卬,代王陈馀。兵五十六万伐楚,拜彭越为魏相国,略定梁地。汉王入彭城,收其货宝、美人,日置酒高会。项王闻之,自以精兵三万还击,大破汉军,汉军入睢水死者二十余万人,水为之不流。围汉王三匝,会大风昼晦,汉王乃与数十骑遁去。汉王家室在沛,父、母、妻、子为楚军所获,于是诸侯背汉,复与楚。汉王至荥阳,诸败军皆会,萧何亦发关中卒诣荥阳,汉军复振。何守关中,为法令约束,立宗庙社稷,计关中户口,转漕调兵,未尝乏绝。汉王屡败而不困者,何之力也。是年秋,魏王豹反,韩信击虏之。

第十三节　楚汉相争(下)

三年冬十月,韩信、张耳以兵数万东击赵,赵王歇及陈馀闻之,聚兵井陉口,在今县东南十八里。号二十万。李左车说陈馀曰:"韩信、张耳乘胜远斗,今井陉之道,车不得方轨,骑不得成列,其势粮食必在其后,臣请以奇兵三万,从间道断其辎重,足下深沟高垒,勿与战,不至十日,而二将之头,可致于麾下矣。"陈馀不听。韩信引兵未至井陉口三十里,止舍,选二千骑,人持一赤帜,蔽山而望赵军,诫曰:"赵空壁逐我,若疾入赵壁,拔赵帜,立汉赤帜。"乃使万人先出,背水阵,赵军望而大笑。平旦,信建大将旗鼓,出井陉口,赵开壁击之。大战良久,信与耳佯弃旗鼓,走水上军,复疾战。赵果空壁争汉旗鼓,逐信、耳,水上军皆殊死战,不可败。所出奇兵二千骑,则驰入赵壁,皆拔赵帜,立汉赤帜。赵军既不能得信等,欲还壁,壁皆汉赤帜,见而大惊,以为汉已得赵王矣,遂乱,赵将虽斩之,不能禁也。于是汉兵夹击,大破赵军,斩陈馀,禽赵王歇。十一月,随何说九江王黥布,使反楚。项王使项声、龙且攻九江,九江军败,布与随何俱归汉，汉益布兵，与俱屯成皋。秦县，今河南汜水县。汉以陈平计，间范增于项王，项王果大疑范增。增劝项王急攻荥阳，项王不肯听。增闻项王疑之，大怒曰："天下事大定矣，君王自为之，愿赐骸骨归。"未至彭城，疽发背而死。五月，将军纪信言于汉王曰："事急矣，臣请诳楚，王可以间出。"于是陈平夜出女士东门二千人，楚因四面击之，纪信乃乘王车，曰："食尽，汉王降。"楚皆呼万岁，之城东观。以故汉王得以数十骑出西门遁去，令韩王信与周苛、魏豹、枞公守荥阳。项王见纪信，问汉王安在？曰："已出去矣。"项王烧杀纪信。汉王出荥阳，至成皋，入关收兵，复出军宛、叶间。秦二县名，今河南汝州。项王闻汉王在宛，果引兵南，汉王坚壁不与战。时彭越渡睢，水名，在今河南睢州。与项声、薛公战，杀薛公。项王乃使枞公守成皋，而自东击彭越。汉王引兵北击破枞公，复军成皋。六月，项王已破走彭越，乃引兵西拔荥阳，烹周苛，杀枞公，虏韩王信，时魏豹已为周苛、枞公所杀。遂围成皋。汉王逃，北渡河，驰入赵壁，夺韩信、张耳军，使张耳循行守备赵地，韩信击齐。楚既拔成皋，九月，项王留曹咎守成皋，而东击彭越。汉王既得韩信军，复大振，使郦食其说齐王广，下之。蒯彻说韩信曰："将军为将数岁，反不如一竖之功乎？"四年冬十月，信袭齐至临淄，齐王广以郦生为卖己，乃烹之，引兵走高密，秦县，今山东高密县。使使之楚，请救。楚大司马曹咎守成皋，项王戒勿与汉战，汉使人辱之，咎怒，渡兵汜水，水名，在成皋东。半渡，汉击之，大破楚军，咎及司马欣皆自刭汜水上。汉王复取成皋，军广武。山名，在荥阳西二十里，两城各在一山头。项王既定梁地，闻成皋破，引兵还，亦军广武，与汉相守数月。项王乃为俎，置太公其上，告汉王曰："今不急下，吾烹太公。"汉王曰："吾与羽约为兄弟，吾翁即若翁，必欲烹而翁，幸分我一杯羹。"于是项王乃即汉王，相与临广武间而语。汉王数项王之罪十，一、沛公不王关中；二、杀宋义；三、擅劫诸侯入关；四、烧秦宫室，掘始皇冢，私收其财；五、杀子婴；六、坑秦降卒；七、王诸将善地，而徙逐故主；八、并王梁、楚，自多与；九、弑义帝；十、不平无信。项王大怒，伏弩射中汉王。汉王伤胸，乃扪足曰："虏中吾指。"韩信已定临淄，遂东追齐王广，项王使龙且将兵二十万以救齐。十一月，齐、楚与汉夹潍水而阵，在今山东潍县。韩信夜令人为万余囊，满盛沙，壅水上流，引军半渡击龙且，佯不胜，还走。龙且遂追信，信使人决壅囊，水大至，即急击，杀龙且水东，军散走，齐王广亡去，追虏之。田横自立为齐王,汉将灌婴击走之,尽定齐地。立张耳为赵王。汉王疾愈,西入关,杀故塞王欣。留四日,复如广武。韩信求为假王,汉王大怒,欲不予。张良谏曰:“汉能禁信之自王乎?不如因而立之。”汉王亦悟。二月,遣张良操印立韩信为齐王。项王闻龙且死,大惧,使武涉说韩信,三分天下王之,韩信不听。武涉去,蒯彻复说韩信以分天下,信犹豫,不忍倍汉,彻因去,佯狂为巫。七月,立黥布为淮南王。项王自知少助食尽,乃与汉约,中分天下,割鸿沟荥阳东南二十里,河之支流。以西为汉,以东为楚。九月,楚归太公、吕后,引兵解而东归。汉王欲西归,张良、陈平说曰:“楚兵疲食尽,此天亡之时也,今释勿击,此所谓养虎自遗患也。”汉王从之。五年冬十月,汉王追项王至固陵,秦县,今河南太康县。齐王信、魏相国越期不至,楚击汉,大破之。张良劝益韩信以楚地,而以梁地王彭越,汉王从之。于是韩信、彭越皆引兵来。十二月,项王至垓下,安徽灵璧县南山下。兵少食尽,战败,入壁,汉围之数重。项王夜闻汉军皆楚歌,乃大惊曰:“汉皆已得楚乎,是何楚人之多也?”则夜起,饮帐中,悲歌慷慨,泣数行下,左右皆泣,莫能仰视。于是项王乘其骏马名骓,麾下壮士骑从者八百余人,直夜溃围,南出驰走。平明,汉军乃觉之,令灌婴以五千骑追之。项王渡淮,骑能属者才百余人。至阴陵,安徽定远县西北六十里。迷失道,问一田父,田父绐曰:“左。”左乃陷大泽中,以故汉追及之。项王乃复引兵而东,至东城,今安徽定远县东南五十里。乃有二十八骑。汉骑追者数千。项王自度不得脱,谓其骑曰:“吾起兵至今八岁矣,身七十余战,未尝败北,遂霸天下;然今卒困于此,此天亡我,非战之罪也。”乃分其骑为四队,四向。汉军围之数重。项王令四面骑驰下,期山东为三处。于是项王大呼驰下,杨喜追之,项王瞋目而叱之,喜人马俱惊,辟易数里。项王与其骑会为三处,汉军不知项王所在,乃分军为三,复围之。项王溃围出,欲东渡乌江,大江津名,在安徽和州东北。乌江亭长舣船待曰:“江东虽小,亦足王也。”项王笑曰:“籍与江东子弟八千人,渡江而西,今无一人还,独不愧于心乎!”此项王鉴于三秦将之故。乃以骓赐亭长。顾见吕马童曰:“若非吾故人乎?”马童面之,指示王翳曰:“此项王也。”不欲自杀故人,讽翳杀之。项王曰:“汉购我头千金,邑万户,吾为若德。”乃自刎而死。王翳取其头,余骑相蹂践,争项王相杀者,数十人,最后杨喜、吕马童、吕胜、杨武各得其一体,五人皆为列侯。楚地悉定,以鲁公礼怀王所封。葬项王于穀城。秦县,今山东榖阳县。汉王还至定陶，秦县，今山东定陶县。驰入韩信壁，夺其军，以韩信为楚王，彭越为梁王。

第十四节　高祖之政（上）

五年二月甲午，王即皇帝位于汜水之阳，水名，在今山东定陶县。更王后曰皇后，太子曰皇太子，追尊先媪曰昭灵夫人。帝置酒洛阳南宫，问群臣曰："吾所以得天下者何，项氏所以失天下者何？"高起、王陵对曰："陛下使人攻城略地，因以予之，与天下同其利；项羽不然，有功者害之，贤者疑之，战胜而不予人功，得地而不予人利。"高祖曰："公知其一，未知其二。夫运筹帷幄之中，决胜千里之外，吾不如子房；镇国家，抚百姓，给馈饷，不绝粮道，吾不如萧何；连百万之众，战必胜，攻必取，吾不如韩信。此三人者，皆人杰也，吾能用之，此吾所以取天下也。项羽有一范增而不能用，此其所以为我擒也。"田横与其五百人，亡入海岛，帝召之，曰："田横来者，大者王，小者乃侯耳。不然，且举兵加诛。"横乃与其客二人，乘传诣洛阳，未至三十里，横自杀。帝为流涕，以王礼葬之。既葬，二客穿其冢傍孔，皆自刭，下从之。帝大惊，更使召五百人海中，至则闻横死，亦皆自杀。初，季布为项羽将，屡窘帝。羽灭，鲁侠士朱家匿之，为言于夏侯婴，婴言之帝，乃赦布，召拜郎中。布母弟丁公，亦尝窘帝，帝急顾曰："两贤岂相厄哉？"丁公乃还。至是谒帝，帝曰："丁公为臣不忠，使项王失天下。"遂斩之。齐人娄敬说帝曰："洛阳天下之中，有德则易以兴，无德则易以亡。秦地被山带河，四塞以为固，卒然有急，百万之众，可以立具，此扼天下之吭，而拊其背也。"帝即日西徙关中，定都长安。汉京，今陕西西安府治。楚临江今湖北荆州府。王共驩即前之共敖。不降，汉遣刘贾、卢绾击走之。燕王臧荼反，帝自将击虏之，以卢绾为燕王。六年，有人上书告楚王信反，帝伪游云梦，信来谒，使武士缚之，赦为淮阴侯。尊父太公为太上皇。高祖去秦苛仪，为简易。至是，乃用叔孙通故秦博士。与鲁诸生，共定朝仪。七年，长乐宫成，诸侯群臣朝贺。礼毕，帝曰："吾乃今日知为皇帝之贵也。"初，秦纳六国礼仪，择其尊君抑臣者存之。及通制礼，大抵袭秦故。由是后世朝仪，皆偏于尊主，非三代之旧矣。

第十五节　高祖之政(下)

十年冬，陈豨反，时监赵、代边兵。帝自将击之，豨军败。后为樊哙所杀。十一年，韩信舍人得罪于信，信因欲杀之，舍人弟上变，告信与陈豨通谋，欲发以袭吕后、太子，部署已定。吕后乃与萧相国谋，给信入，吕后使武士缚信，斩之长乐钟室。信方斩，曰："吾悔不用蒯彻之计。"遂夷三族。将军柴武，斩韩王信于参合。汉县，今山西蔚州东北。帝还洛阳。帝之击陈豨也，征兵于梁，梁王越称病。帝怒，使人让之，梁王越恐，欲自往谢。未行，梁太仆得罪，亡走汉，告梁王越谋反。于是帝使使掩梁王越，遂囚之，赦为庶人，传处蜀。西至郑，逢吕后从长安来，彭越为吕后涕泣，自言无罪，愿处故昌邑。汉县，今山东金乡县西四十里。吕后许诺，与俱东。至洛阳，吕后白帝曰："彭王壮士，今徙之蜀，此自遗患，不如遂诛之，妾谨与俱来。"于是吕后乃使其舍人告彭越谋反。三月，夷越三族，枭首洛阳，醢其肉以赐诸侯。初，淮南王黥布闻帝杀韩信，心已恐；及彭越诛，以其肉赐诸侯，使者至淮南，淮南王方猎，见醢大恐，遂发兵反。帝自将击黥布，十二年冬十月，与布军遇于蕲西。汉县，今安徽怀远县。布兵精甚，帝望布军置阵如项王军，恶之。遂与布相见，遥谓布曰："何苦而反？"布曰："欲为帝耳。"遂大战，布军败，渡淮。帝令别将追之，布亡至番阳，为民所杀。帝还归过沛，留，置酒沛宫，悉召故人父老子弟纵酒，发沛中儿，得百二十人，教之歌。酒酣，帝击筑，筑，古乐，有弦，击之，不鼓。自为歌，诗曰：大风起兮云飞扬，威加海内兮归故乡，安得猛士兮守四方？令儿皆和习之。帝乃起舞，慷慨伤怀，泣数行下，谓沛父兄曰："游子悲故乡，吾虽都关中，万岁后吾魂魄犹乐思沛。"乐饮十余日，乃去。帝击布时，为流矢所中，行道疾甚。夏四月甲辰，高祖崩于长乐宫，年五十三。燕王卢绾，初与陈豨通谋，高祖使樊哙击之。绾与数千人，居塞下候伺，幸上疾愈，自入谢，闻高祖崩，遂亡入匈奴。秦之乱也，齐、楚、三晋旧族复起，然皆不数年而败亡。汉所立之王，惟韩王信出于王族，其外如赵王张耳、楚王韩信、梁王彭越、淮南王黥布、长沙王吴芮、燕王卢绾，与汉皆自庶姓起，周人贵族之遗泽，无复存矣。汉兴，高祖惩秦以孤立而亡，大封子弟同姓为王，约曰：非刘氏不得王。其异姓王，或诛或废，六七年间,皆灭尽。惟长沙王吴芮以国小而忠,得久存。至文帝末年,以无后,国除。而刘氏王者九国,齐王肥、楚王交、赵王如意、梁王恢、淮南王友、代王恒、淮南王长、吴王濞、燕王建是也。其间吴为高祖兄子,楚为高祖弟,余皆高帝庶子,其地最大者齐、代、吴、楚。汉当此时,惟患异姓,翦灭之惟恐不及。至景帝时,异姓已无足虑,而惟虑同姓,专务猜防。哀、平以降,同姓不足有为,而外戚移国矣。此前汉二百余年之大势也。

第十六节　汉之诸帝

汉之诸帝,太祖高皇帝,应劭曰:以其功最高,而为汉之太祖,故特起名焉。年四十二,即皇帝位,在位十三年崩,寿五十三。子盈立,母吕皇后也,是为孝惠皇帝,柔质慈民曰惠。在位七年崩,寿二十四。母吕雉自立,是为高后,妇人从夫谥,故称高。在位八年崩。寿无考。太尉周勃诛诸吕,迎高祖子代王恒立之,母薄姬也,是为太宗孝文皇帝,慈惠爱民曰文。景帝时,号文帝庙曰太宗,此为帝王庙号之始。然两汉庙号不常置,必有功德然后置也。在位二十三年崩,前元十六年,后元七年。寿四十六。子启立,母窦皇后也,是为孝景皇帝,布义行刚曰景。在位十六年崩,前元七年,中元六年,后元三年。寿四十八。文、景二代,皆为汉之令主也。景帝崩,子彻立,母王美人也,是为世宗孝武皇帝,威强睿德曰武。在位五十四年崩,武帝始用年号,合建元六年、元光六年、元朔六年、元狩六年、元鼎六年、元封六年、太初四年、天汉四年、太始四年、征和四年、后元二年。寿七十一。武帝时为中国极强之世,故古今称雄主者,曰秦皇、汉武。武帝崩,子弗陵立,母赵婕妤也,是为孝昭皇帝,圣闻周达曰昭。在位十三年崩,合始元六年、元凤六年、元平一年。年二十一。无嗣,大将军霍光迎武帝孙昌邑王贺立之。王父昌邑哀王髆,武帝子,李夫人出也。即位二十七日,欲谋害光,光废之,归昌邑。改立武帝曾孙询,询字次卿,父史皇孙,祖戾太子,是为中宗孝宣皇帝。圣善周闻曰宣。宣帝时,霍氏谋反,族之。在位二十五年崩,合本始四年、地节四年、元康四年、神爵四年、五凤四年、甘露四年、黄龙一年。寿四十三。子奭立,母许皇后也,是为孝元皇帝,行义悦民曰元。在位十六年崩,合初元五年、永光五年、建昭五年、竟宁一年。寿四十三。元帝时,汉业始衰。子骜立,骜字太孙,母王皇后也，是为孝成皇帝，安民立政曰成。在位二十六年崩，合建始四年、河平四年、阳朔四年、鸿嘉四年、永始四年、元延四年、绥和二年。寿四十六。成帝时，王氏始盛。帝崩，所养子欣立，元帝孙也，父定陶恭王康、母丁姬，祖母傅太后。是为孝哀皇帝，恭仁短折曰哀。在位六年崩，合建平四年、元寿二年。寿二十六。无嗣，元后即成帝母王氏，王莽姑也。迎中山王衎立之，元帝孙也，父中山孝王兴，母卫姬，是为孝平皇帝，布纲治纪曰平。在位五年崩，元始凡五年。寿十四。无嗣，王莽篡立，莽字巨君，元后弟王曼子也，改国号曰新，在位十三年，为汉兵所杀，合居摄三年、初始一年、始建国五年、天凤六年、地皇四年。寿六十三。以上汉十二帝，二百二十九年。

第十七节　文帝黄老之治

中国历史有一公例，大约太平之世，必在革命用兵之后四五十年，从此以后，隆盛约可及百年，百年之后，又有乱象，又酝酿数十年，遂致大乱，复成革命之局。汉、唐、宋、明，其例一也。而其间偶有参差者，皆具特别之原因，无无故者。总之，除南北朝、五代与元之外，此数代之所以独异者，以有外族羼入故也。皆可以汉为之代表。汉之盛世，实在文、景，此时距秦、楚、汉三世递续之相争，已近三十年矣。大乱之后，民数减少，天然之产，养之有余。而豪杰敢乱之徒，并已前死，余者厌乱苟活之外，无所奢望，此皆太平之原理，与地产相消息，而与君相无涉也。若为君相者，更能清静不扰，则效益著矣。初，太尉既诛诸吕，废少帝，议所立，以代王高帝子最长，仁孝宽厚，太后家薄氏谨良，乃迎代王而立之。元年，有献千里马者，帝曰："鸾旗在前，属车在后，朕乘千里马，独先安之？"于是还其马，而下诏曰："朕不受献也，其令四方毋求来献。"此在后世成为具文，而汉文则为七国以来之创举。初，秦开南越，置郡县，设官吏，及秦乱，秦将赵佗乃据地自王。汉兴，高祖使陆贾说佗，佗乃称臣。至孝惠、吕后时，皇室多故，汉兵不能逾岭，佗因以兵威财物，赂遗闽越、蛮族名，今福建省。西瓯骆蛮族名，今广西、越南之间。役属焉，东西万余里，乘黄屋左纛，自称武帝，与中国侔。帝乃为佗亲冢在真定者，置守邑，岁时奉祀，召其昆弟，尊官厚赐宠之，复使陆贾使南越，赐佗书曰："前日闻王发兵于边，为寇灾不止，长沙苦之，南郡尤甚，虽王之国，庸独利乎？寡人之妻，孤人之子，独人父母,得一亡十,朕不忍为也。"此亦七国以来之创论。贾至南越,佗恐,顿首谢罪,称藩臣,去帝号。十三年,齐太仓令淳于意有罪当刑,其少女缇萦上书曰:"妾伤夫死者不可复生,刑者不可复属,虽后欲改过自新,其道无由也。妾愿没入为官婢,以赎父刑罪,使得自新。"帝为之除肉刑。此皆帝之大略也。文帝好黄老家言,其为政也,以慈俭为宗旨,二十余年,兵革不兴,天下富实,为汉太宗,其专制君主之典型哉!帝时天下有两大事肇端,一其果显于景帝,一其果显于武帝。帝待诸王至宽大,诸侯骄泰,淮南王长至称帝大兄,而椎杀辟阳侯审食其于阙下,帝皆不问。洛阳贾谊上疏,请削诸侯,而改正朔,易服色,帝并不听。皆非黄老之旨,文帝之学,盖优于贾谊远矣。其后济北王兴居齐王襄之弟,文帝二年封。发兵反,败死。淮南王长谋反,废徙蜀,道死。吴王濞招致郡国亡命,采豫章汉郡,今江西省。之铜以铸钱,煮海水为盐,反迹日著;帝赐以几杖,不朝,吴之反谋,实因汉太子与吴太子争博,太子因引局提杀吴太子之故,故其曲在帝。其后卒致七国之变。帝初年,宦者燕人中行说降匈奴,始教匈奴猾夏,至武帝尽天下之力,仅乃克之,皆帝之所遗也。

第十八节　景帝名法之治

文帝既崩,太子即位,是为景帝。帝亦治黄老学,而天资刻薄,不及文帝,然与文帝同为汉之明主,则以其材适于全权君主之用也。帝承文帝之后,无所更张,其时要事,结文帝之果而已。初,文帝宽容同姓诸侯,贾谊、晁错等皆言尾大不掉,宜加裁抑,帝阳不听而阴备之。临崩,戒太子曰:"脱有缓急,周亚夫丞相绛侯周勃之子。真可任将兵。"盖为其实而不受其名,真黄老之精义矣。及景帝即位,错用事,言之益急,帝听之,稍侵夺诸侯。于是吴王濞、胶西王卬、楚王戊、赵王遂、济南王辟光、菑川王贤、胶东王雄渠,皆举兵反。楚王戊者,楚王交之孙。赵王遂者,赵王友之子。胶西、胶东、菑川、济南之王,皆齐王肥之国所分。帝归罪于晁错而杀之,此亦黄老刑名之术。而拜周亚夫为太尉,将三十六将军往伐吴、楚。阅三月,亚夫大破七国兵,斩首十余万,斩吴王濞,余六国王皆自杀。以周亚夫为丞相,未几下狱死。帝既平七国,摧抑诸侯,不得自治民补吏,令内史治之,减黜其百官,又留列侯于京师,不使就国。于是宗室削弱,权归外戚、阉宦,两汉皆以此亡,此又非贾谊等所及料矣。

第十九节　武帝儒术之治

有为汉一朝之皇帝者,高祖是也;有为中国二十四朝之皇帝者,秦皇、汉武是也。案中国之政,始于汉武者极多。武帝即位,称建元元年,帝王有年号始此。是年诏郡国举贤良方正、直言极谏之士,上亲策问,擢广川汉县,今直隶故城县。董仲舒为第一,科举之法始此。仲舒请不在六艺之科、孔子之术者,皆绝之,于是罢黜百家,用儒术,议立明堂,遣使安车蒲轮、束帛加璧,迎鲁申公,专用儒家始此。元光元年,命李广屯云中,程不识屯雁门,征匈奴始此。二年,李少君以祠灶却老方见上,上尊信之。于是天子始亲祠灶,遣方士入海,求蓬莱安期生之属,而事化丹沙诸药齐为黄金矣,方士求仙始此。五年,使司马相如乘传,因巴蜀吏币物,以赂西夷,邛、筰、冉駹之君,皆请为内臣,置一都尉,十余县,属蜀,开西南夷始此。是年,女巫楚服教陈皇后祠祭厌胜,挟妇人媚道,事觉,诛楚服等三百余人,废皇后陈氏,巫蛊始此,废后亦始此。元朔元年,东夷薉君南闾等二十八万人降,置苍海郡,开朝鲜始此。是年,诏吏通一艺六艺之一。以上者,皆选择以补右职,以儒术为利禄之途始此。六年,诏令民得买爵,及赎禁锢,免臧罪,置赏官,名曰武功爵,级十七,各有定价,卖官始此。南越相吕嘉杀其王赵佗玄孙。及太后以叛,秋,将军路博德等讨南越,斩吕嘉,置南海、合浦、苍梧、郁林、珠崖、儋耳、交趾、九真、日南等九郡。开南蛮始于秦,今再复之。元鼎六年,东越王馀善叛汉,自称武帝,将军杨仆击东越,斩馀善,遂徙其民于江淮间,其地遂虚,开闽越始此。元封元年春正月乙卯,封泰山,丙辰,禅泰山下阯东北肃然山,封禅始此。太初元年夏五月,造汉《太初历》,以正月为岁首,色上黄,数用五,以为典常,垂之后世,以正月为岁首,色尚黄,皆始此。是中国之政始于汉武者,凡一十二事。故自来论中国雄主者,曰秦皇、汉武,因中国若无此二君,则今日中国之形势,决不若此也。故此二君,皆有造成中国之力,二千余年以还,为利为害,均蒙其影响。综两君生平而论之,其行事皆可分为三大端:一曰尊儒术,二曰信方士,三曰好用兵。此三者,就其表而观之,则互相抵牾,理不可解。既尊儒术,何以又慕神仙?既慕神仙,何以又嗜杀戮？此后人所以有狂悖之疑也。汉武亦以此自责。然若论其精微，则事乃一贯，盖皆专制之一念所发现而已。其尊儒术者，非有契于仁义恭俭，实视儒术为最便于专制之教耳；开边之意，则不欲己之外，别有君长，必使天下归于一人，而后快意，非今日之国际竞争也；至于求仙，则因富贵已极，他无可希，惟望不死以长享此乐，此皆人心所动于不得不然。故能前后两君，异世同心如此。而其关系于天下后世者，则功莫大于攘夷，而罪莫大于方士。攘夷之功，使中国并东西南北各小族，而成为大国，削弱匈奴，其绩尤伟；不然，金、元之祸，见于秦、汉，而中国古人之文物，且不存矣。方士之罪，则使鬼神荒诞之说，渐渍于中国社会，而不可去，至今中国之风俗，触目无非方士之遗传者，后节论之。自汉末之黄巾，至庚子之义和团，皆由此起，其为祸于中国，何其烈哉！若夫尊儒术，则功罪之间，尚难定论也。

第二十节　汉外戚之祸一

古者天子崩，太子即位，谅阴谓三年不言也。三年，政事决之冢宰，未有母后临朝者也。母后临朝之制，至汉大盛，其事遂与中国相终始。然其事亦不起于汉，七国时已有之。案《史记·赵世家》，赵惠文王卒，孝成王初立，太后用事。即左师触詟所说者。又《范雎传》，范雎曰："臣闻秦有太后、穰侯，穰侯即魏冉，太后弟。不知有王也。"谓秦昭襄王，母宣太后。此皆为汉太后临朝之先声也。推其原理，大约均与专制政体相表里。盖上古贵族政体，君相皆有定族，不易篡窃，故主少国疑，不难委之宰相。至贵族之制去，则主势孤危，在朝皆羁旅之臣，无可托信者，猝有大丧，不能不听于母后，而母后又向来不接廷臣，不能不听于己之兄弟，或旧所奔走嬖御之人，而外戚、宦官之局起矣。汉起布衣，自危愈甚，故吕后当高祖在时，已一意以翦灭功臣为急务，而高祖亦听之。其后遂成为故事，积渐至于王莽篡汉，其历史有可言者。初，高祖微时，单父人吕公好相人，奇高祖貌，以女妻之，即高后也。后为人刚毅，佐高祖定天下，生孝惠，高祖以为不类己，所幸姬戚夫人，有子曰如意，封赵王，高祖爱之，常欲以易太子。孝惠赖叔孙通、张良故，得毋易，以故吕后怨戚夫人。太子既即位，太后囚戚夫人，髡钳，衣赭衣，令舂。戚夫人舂且歌曰："子为王，母为虏，终日舂薄暮,与死为伍,相离三千里,当谁使告女。"太后闻之,大怒曰:"乃欲倚汝子耶?"乃召赵王,欲杀之。帝谓孝惠。知太后欲杀赵王,召王入宫,自挟与起居饮食,太后不得间。元年冬十二月,帝晨出射,赵王年少,不能蚤起,太后鸩杀之,帝还,赵王已死。太后遂断戚夫人手足,去眼,辉耳,饮喑药,使居厕中,命曰人彘。居数日,乃召帝观人彘。帝见,问知为戚夫人,乃大哭,因病,岁余不能起。七年秋,帝崩。初,太后命张后孝惠后,鲁元公主女也。取他人子养之,而杀其母,以为太子。帝崩,太子即位,年幼,太后遂临朝称制。欲王诸吕,追尊父吕公、兄吕泽为王,封鲁元公主子张偃为鲁王,兄子吕台为吕王,女弟吕媭为临光侯,以吕台弟吕产为梁王,兄子吕禄为赵王,又封诸吕六人为侯,持天下凡八年。及疾甚,乃令吕禄为上将军,居北军,吕产居南军。太后诫产、禄曰:"我崩,必据兵卫宫,慎毋送丧,为人所制。"辛巳,太后崩,诸吕欲为乱,畏大臣绛、灌等,未敢发。朱虚侯章,齐王襄弟。以吕禄女为妇,知其谋,以告齐王。齐王遂举兵,西攻济南,济南本属齐,元年割与吕台。遗诸侯书,数诸吕之罪。吕产等闻之,乃遣灌婴将兵击之。婴至荥阳,谋曰:"诸吕欲谋刘氏,今我破齐,此益吕氏之资也。"乃留屯荥阳,使使谕齐王及诸侯,与连和,以待吕氏变。是时中外相持,列侯、群臣,莫自坚其命,太尉周勃不得主兵。曲周侯郦商老病,其子寄与吕禄善,太尉乃与丞相陈平谋,使人劫郦商,令其子寄往绐吕禄,说禄归相国印而之国,齐兵必罢。吕禄信然其计,时与出游猎,过其姑吕媭,媭大怒曰:"若为将而弃军,吕氏今无处矣。"九月庚申旦,平阳侯窋见吕产计事,适郎中令贾寿从齐来,具以灌婴与齐、楚合纵之谋告产,且趣产急入宫。平阳侯颇闻其语,驰告丞相、太尉。太尉欲入北军,不得入。襄平侯纪通尚符节,乃令持节矫内太尉北军。太尉复使郦寄、刘揭说吕禄,禄乃以印属揭,而以兵授太尉。太尉入军门,行令曰:"为吕氏右袒,为刘氏左袒。"军中皆左袒,太尉遂将北军。然尚有南军,太尉令朱虚侯告卫尉,毋入吕产殿门。朱虚侯请卒,太尉予以千余人,入未央宫门,见产廷中。日晡,遂击产,杀之郎中府吏厕中。太尉遂遣人分捕诸吕男女,无少长皆斩之。辛酉,斩吕禄而笞杀吕媭,诛吕通,废张偃,鲁元公主子。使朱虚侯以诛诸吕事告齐王及灌婴,使罢兵,迎孝文于代而立之。此两汉外戚之祸之第一次也。

第二十一节　汉外戚之祸二

自此以后，文帝母薄太后，吴人，（今苏州。）弟薄昭，封轵侯。（国在今河南济源县。）景帝母窦太后，观津人，（今直隶武邑县。）弟广国，封章武侯，（国在今直隶沧州东北七十里。）兄子彭祖，封南皮侯，（国在今直隶南皮县。）从昆弟子婴封魏其侯，（汉属琅琊郡，今未详。）婴至丞相。两家皆以退让君子闻。然观当时绛、灌等曰："吾属不死，命且悬此两人。"谓窦后兄弟。则其气焰亦可知矣。武帝母王太后，槐里人，（今陕西南郑县。）兄信封盖侯，（汉属泰山郡，今未详。）王氏外兄弟田蚡封武安侯，（国在今直隶磁州。）胜周阳侯，（国未详。）蚡至丞相。以武帝之雄，外家无所表见。昭帝母钩弋夫人，则武帝先杀之，姓赵氏，河间人。家无在位者。至昭、宣之间，而有霍氏之事。初，武帝时方士及神巫，多聚京师，变幻无不为，女巫往来宫中，教美人宫中女官名。度厄，每屋埋木人，祭祀之。转相讦，以为咒诅上，上所杀后宫，延及大臣数百人。上既以为疑，会有疾，江充因与太子有隙，因是为奸，言上疾，祟在巫蛊。于是上以充为使者，治巫蛊，充所治辄烧铁钳灼，强使服之，自京师三辅，连及郡国，坐而死者数万人。充知上意，使胡巫言宫中有蛊气，上乃使充入宫治之，掘地纵横，皇后、太子无复施床处。充云，于太子宫得木人尤多。太子惧，乃矫诏斩江充，焚杀胡巫，发长乐宫卫卒。上在甘泉，闻变，使丞相刘屈氂讨之，皇后自杀，太子败，自经死。初，钩弋夫人夫人生而手拳，帝自披之，应时而直，故名。生子弗陵，数岁长大多知，武帝奇爱之，心欲立焉。度群臣中惟奉车都尉霍光，霍去病之弟。忠厚可任大事，乃画周公负成王朝诸侯，以赐光，而赐钩弋夫人死。左右问曰："人言且立其子，何去其母乎？"帝曰："往古国家所以乱，由主少母壮也。女主独居骄蹇，淫乱自恣，莫能禁也，故不得不先去之也。"及帝病笃，乃立弗陵为皇太子，时年八岁，以霍光为大司马大将军，大司马大将军始此，后遂为篡窃者所必历。金日磾匈奴人，仕汉。为车骑将军，上官桀为左将军，皆受遗诏辅政。又以桑弘羊为御史大夫。武帝崩，弗陵即位。元凤元年，燕王旦、武帝子。上官桀谋反。初，帝立桀子安之女为后，亦霍光之外孙女。安日益骄，桀与安屡求官于光，不得，皆怨光。盖公主封邑，见前。长公主为其嬖人求封，光亦不与。燕王旦亦自以帝兄，怨不得立。桑弘羊又以言利功高，欲为子弟益官，光不予。皆屡谮光于帝，帝不听。于是燕王旦、上官桀、盖主、桑弘羊同谋杀光，废帝而立燕王旦；安又谋诱燕王旦至而杀之，因废帝而立桀。事觉，桀、安、弘羊夷三族，盖主、燕王自杀，皇后以光外孙，故得不废。后帝崩，无嗣，群臣乃以皇后命，迎昌邑王贺武帝之孙，即位。王既即位，淫戏无度，光忧懑。田延年举伊尹废太甲告光，乃以太后命，即昭帝后。废王归之昌邑，而迎戾太子即太子据。孙病已立之，即宣帝也。案霍光之忠，为古今所信，故言废立者，必称伊尹、霍光。伊尹之事，已有《竹书》之疑；《竹书纪年》称，太甲杀伊尹。而霍光之废立，其意尤为显著。《汉书·霍光传》曰："悉诛昌邑群臣二百余人，出死，号呼市中曰：'当断不断，反受其乱。'"然则必为昌邑群臣谋光，而光乃废昌邑王可知也。汉人不著其罪者，殆宣帝以其援立而德之欤！然而班固之辞，则婉而彰矣。初，宣帝为皇曾孙，生数月，巫蛊事起，太子三男一女及史良娣太子妇，良娣，女官名。等皆遇害，独皇曾孙存，收系郡邸狱。廷尉丙吉哀曾孙无辜，视遇甚有恩惠，及长，依史氏，后有诏掖廷养视。掖廷令张贺，尝事戾太子，思顾旧恩，哀曾孙，奉养甚谨，为之娶暴室宫中狱名。啬夫官名，属于掖庭令。许广汉女，曾孙因依许氏及史氏，受《诗》于东海澓中翁，高材好学，亦喜游侠，具知闾里奸邪，吏治得失。广汉女适曾孙，岁余，曾孙入承汉统。时霍光有小女，公卿议更立后皆心拟光女。上乃诏求微时故剑，大臣知指，白立许氏为皇后，霍氏弗善也。本始三年春，许后当娠，病。霍光夫人显，赂女医淳于衍，捣附子毒杀许后。人有上书，言诸医侍疾无状者，上将治之。显告光，光大惊，不忍举发，乃奏衍勿论，而纳其女为后。地节二年春，光死，帝始亲政。三年，立子奭为皇太子，许后子也。霍显闻立皇太子，大怒，不食，呕血，曰："我女有子，反为王耶？"复教皇后，令毒太子。后数召太子赐食，保阿辄先尝之，后挟毒，不得行。时帝令吏民，得奏封不关尚书，时光兄孙山领尚书。故事，上书者为二封，以副先白尚书，尚书先发副封，所言不善，屏去不奏。霍氏甚恶之。然骄侈转盛，至霍氏奴入御史府，欲蹋大夫门，御史叩头谢，始去。帝亦颇闻霍氏毒杀许后而未察，乃悉徙霍氏党于外，而以许、史子弟代之。以霍禹光子。为大司马，小冠、故事，大司马大冠。无印绶，徒名与光同。霍氏忧惧，始有邪谋矣。四年，霍氏谋令太后置酒，召丞相魏相、许后父许广汉以下，使范明友、邓广汉承制斩之，因废天子而立禹，事觉。秋七月，云山、明友自杀，显、禹、广汉等捕得，及诸女昆弟皆弃市，相连坐诛灭者数十家，废霍后。后十二年，自杀。

第二十二节　汉外戚之祸三

汉自宣帝起微贱，履至尊，即位之初，即蒙霍氏之难，于外家许、史之外，不敢轻任，于是外戚执政之习再盛。西汉之世，自元帝起，至于哀、平，步步皆趋于宦官、外戚之政矣。此读史所宜注意也。初，元帝为太子，柔仁好儒，尝从容谏宣帝持刑太深，宜用儒生。宣帝叹曰："乱我家者，必太子也。"然以太子许后微时所生，而帝少依许氏，及即位，许后以弑死，故弗忍废之也。临崩，以外戚史高宣帝祖母史良娣之兄子。为车骑将军，太子太傅萧望之为前将军，少傅周堪为光禄大夫，并受遗诏辅政，领尚书事。宣帝崩，元帝即位。初，萧望之、周堪皆以师傅旧恩，元帝任之，数宴见，言治乱，陈王事，史高充位而已，由此与望之有隙。中书令弘恭、仆射石显，中书令、仆射，汉时皆属少府。自宣帝时，久典枢机，帝以显中人，谓宦者。无外党，精专可信任，遂委以政。此列代信宦者之原理。显为人巧慧习事，能深得人主微旨，与史高相表里。望之等患之，乃奏帝用宦者非古制也，由是大忤高、恭、显等。群小乃奏望之、堪、更生刘更生，望之所荐名儒。朋党相称举，朋党之名始此。帝下望之吏，望之自杀，堪、更生为庶人。帝惊泣，究不罪恭、显等。其后大臣事皆白显，事决显口矣。甘露三年，王政君元城人，王禁女，元帝姬也。生成帝于甲馆画堂，为世嫡皇孙，宣帝爱之，自名曰骜，字太孙，常置左右。及成帝即位，建始元年，以元舅平阳侯国在今山西平阳县。王凤为大司马大将军，录尚书，舅王崇为安成侯，国在今江西安福县六里。舅谭、商、立、根、逢时皆关内侯。河平二年，封诸舅谭为平阿侯，国在汉属沛郡，故城无考。商为成都侯，国在今四川成都县。立为红阳侯，国在今邓州西南。根为曲阳侯，国在今直隶曲阳县。逢时为高平侯，国在今山西高平县。五人同日封，世谓之五侯。河平四年，大将军王凤谮杀丞相王商，此非五侯中之王商。商，宣帝母王皇后史皇孙之妾。之兄子也，商死而成帝外家益专。阳朔元年，或荐刘向子歆通达有异材，上召见，悦之，欲以为中常侍。左右固争，以为未白大将军，上白凤，凤不可，乃止。凤又使诸王刘氏宗室。就国，京兆尹王章因劾凤不可使久典事，宜退使就第，上召见章，辟左右与语。时太后从弟子音，独侧听，具知章言，以告凤,凤因上疏乞骸骨。太后闻之,垂涕不食。上乃强起凤,而下章吏,章死狱中,妻子徙合浦。汉县,今广东合浦县。自是公卿以下,见凤侧目而视。二年,以窃听功,以王音为御史大夫。于是王氏愈盛,郡国守相,皆出其门下,五侯群弟,争为奢侈,赂遗珍宝,四面而至,皆通敏人事,好士养贤,倾财施予,以相高尚,宾客满门,竞为之声誉。案此王氏所以独能篡汉,与古今各外戚异也。刘向上书极谏,谓刘氏、王氏势不并立,宜皆罢令就第,上不能用也。三年八月丁巳,凤卒,九月甲子,以王音为大司马、车骑将军,而王谭位特进,汉官加此则进班。领城门兵。鸿嘉三年,王氏五侯奢侈益甚,王商从上借明光宫避暑,又穿长安城,引沣水注第中。王根第园中,土山渐台,象百虎殿。上大怒,使尚书责问音等,然实无意诛之也。时上悦歌者赵飞燕,及其女弟合德,皆召入宫,大幸之,益无意于政事。四年,王谭卒,以王商为特进,领城门兵。永始元年,立赵飞燕为皇后,其女弟为婕好。宫中女官名。谏大夫刘辅上书谏,上大怒,辅论为鬼薪。汉刑名,取薪给宗庙三岁。赵后公为淫恣,无敢言者。刘向采取《诗》、《书》所载贤妃、贞妇,及孽孽乱亡者,序次为《列女传》八篇,奏之,上不能用。二年,王音卒,以王商为大司马、卫将军,而以王立位特进,领城门。绥和元年冬十二月乙未,以王商为大将军,辛亥卒。庚申,以王根为大司马、骠骑将军。

第二十三节　汉外戚之祸四

绥和元年冬十月甲寅,王根病免。十一月丙寅,以王莽为大司马,时年三十八。初,太后兄弟八人,独弟曼早死,不侯,太后怜之。子莽幼孤,不及等比,其群兄弟皆将军、五侯子,乘时侈靡,莽因折节为恭俭,勤身博学,被服如儒生,事母及寡嫂,养孤兄子,行甚敕备。又外交英俊,内事诸父,曲有礼意。大将军凤病,莽侍疾,亲尝药,乱首垢面,不解衣带者连月。凤且死,以托太后及帝,拜为黄门郎,迁射声校尉。久之,长乐少府戴崇、侍中金涉、中郎陈汤,皆当世名士,咸为莽言,上由是贤莽。太后又数以为言。永始元年,乃封莽新都侯,汉新野县之都乡,属南阳郡,今河南新野县。迁侍中。爵位益高,节操愈坚,散舆马衣裘,振施宾客,家无所余,收赡名士,交结将士、卿大夫甚众,故在位者更推荐之,游者为之谈说,虚誉隆洽，倾其诸父矣。莽既拔出同列，继四父而辅政，欲令名誉过前人，遂克己不倦，聘诸贤良，以为掾史，赏赐邑钱，悉以享士。二年三月丙戌，帝崩，民间讙哗，归罪赵昭仪，昭仪自杀。哀帝即位，祖母傅太后性刚，长于权谋，王氏忌之，不欲太后旦夕相近。于是孔光、何武，以为傅太后可居北宫，帝从之。傅太后求欲称尊号，贵其亲属，王莽以为不可。上新立谦让，纳用莽言，傅太后大怒，要上必欲称尊号。帝乃白太皇太后，元后。尊傅太后为恭皇追尊定陶王康之称。太后，丁姬曰恭皇后，而封诸舅为列侯。于是太皇太后诏莽就第，避帝外家，帝慰留之。帝置酒未央宫，内者令官属少府。为傅太后张幄，坐于皇太后坐旁。王莽责内者曰："定陶太后藩妾，何以得与至尊并。"彻去，更设座。傅太后大怒，不肯会，重怨莽。莽复乞骸骨，上赐以安车驷马，罢就第，公卿大夫多称之者。建平元年，以傅喜傅太后从弟。为大司马、高武侯。国今在未详。二年春，傅太后欲称尊号，傅喜以为不可，傅太后大怒，帝乃诏喜就国。元寿元年，以傅晏为大司马、卫将军，明为大司马、骠骑将军，皆封为列侯。是年，晏罢就第，而傅太后亦崩。傅太后称尊号后，尤骄，与元后语，至呼之为媪。未几，丁明亦罢，而以嬖人董贤为大司马，年二十二。初，贤得幸于上，贵震朝右，与上共卧起。又诏贤妻，得通籍殿中。又召贤女弟以为昭仪，位次皇后。昭仪及贤与妻，旦夕上下，并侍左右。以贤父恭为少府，赐爵关内侯。为贤起大第，穷极土木，上方珍宝，选物上第，尽在董氏。及为三公，领尚书事，百官因贤奏事，权与人主侔矣。上置酒麒麟阁，从容视贤笑曰："吾欲法尧舜，如何？"二年六月，帝崩。当帝在位时，王莽之就国也，闭门自守，诸吏上书，讼莽冤者以百数，贤良对策，亦均以为言。哀帝乃召莽还京师，侍太皇太后。及帝崩，太皇太后即日驾之未央宫，收取玺绶，遣使驰召莽。诏尚书、诸发兵符节、百官奏事、中黄门、期门兵，皆属莽。莽即阙下收贤印绶，贤及妻即日皆自杀。庚申，太皇太后自用莽为大司马，领尚书事，以莽从弟安阳侯国在今河南安阳县。舜为车骑将军，同议立嗣。时傅太后、丁太后皆先薨，王氏无所惮。莽白使王舜迎中山王奉成帝后，是为孝平皇帝，时年九岁，太后临朝称制，委政于莽。莽白太皇太后，以皇太后即成帝后赵飞燕。残灭继嗣，赵后曾手杀成帝子。贬为孝成皇后，又以定陶共王太后即傅太后。及孔乡侯国今在未详。傅晏背恩忘本，傅氏、丁氏皆免官爵，归故郡，傅晏将妻子徙合浦。未几，废孝成皇后、孝哀皇后傅太后从弟女。为庶人，即日皆自杀，而拜帝母卫姬为中山孝王后，赐帝舅卫宝、卫玄为关内侯，皆留中山，不得至京师。后五年，莽乃发傅太后、丁姬冢，取其玺绶，臭闻数里。于是附顺者拔擢，忤恨者诛灭，以王舜、王邑为腹心，甄丰、甄邯主击断，平晏领机事，刘歆典文章，孙建为爪牙，刘棻、崔发、陈崇皆以材能，幸于莽。莽色厉而言方，欲有所为，微见风采，党与承其指意，而显奏之，莽稽首涕泣固推让，上以惑太后，下用示信于天下。平帝元始元年春，莽讽塞外蛮，自称越裳氏，来献白雉，于是群臣盛陈莽功德，致周公白雉之瑞。太后乃以孔光、王舜、甄丰、甄邯为四辅，莽干四辅之事，号曰安汉公。莽知太后年老厌政，乃令太后下诏，自今以后，惟封爵以闻，他事安汉公平决；州牧及茂材吏初被举之吏也。初除，辄引对安汉公，考问称否。于是莽人人延问，密致恩意，厚加赠送，不合指，显奏免之，权与人主侔矣。二年，莽赂黄支国，蛮族国，当在今南洋群岛中。使献犀牛；又风匈奴上书慕化，更一名。匈奴单于本名囊知牙斯，今更名知。三年，莽尽灭卫氏之族，卫后仅免。莽又杀其叔父立，及立长子宇。郡国豪杰及汉旧臣，凡不附己者，悉诛之，天下震惧。四年，莽纳其女为皇后，号莽宰衡，位在诸侯王上。莽又诱西羌，使献地，愿内属，并盛陈莽功德。莽于是置西海郡，增法五十条，犯者徙之西海，徙者以千万数，民始怨矣。五年，加莽九锡。九锡者，绿韨衮冕衣裳，玚琫玚珌，勾履。㈠鸾辂乘马，龙旂九旒，皮弁素积，戎路乘马。㈡彤弓矢，庐弓矢。㈢左建朱钺，右建金戚。㈣甲胄一具，秬鬯二卣。㈤圭瓒二，九命青玉珪二。㈥朱户。㈦纳陛。㈧署宗官、祝官、卜官、史官，虎贲三百人。㈨《文选》潘勗册魏公九锡文注引《韩诗外传》曰：诸侯之有德，天子锡之。一锡车马，再锡衣服，三锡虎贲，四锡乐器，五锡纳陛，六锡朱户，七锡弓矢，八锡铁钺，九锡秬鬯，谓之九锡也，与《汉书·王莽传》小异。初，莽之为宰衡也，益封以新野之田，汉县，今河南新野县。莽辞不受，吏民为莽上书者四十八万七千五百七十二人；及诸侯、王公、列侯、宗室见者，皆叩头言，亟宜加赏，于是有九锡之议。莽既受九锡，自以为功德洽于天下，遣风俗使者八人，循行郡国。及还，皆言天下风俗齐同，诈为郡国造歌谣，颂功德，凡三万言。泉陵侯刘庆上书，言周成王幼小，周公居摄；今皇帝富于春秋，宜令安汉公行天子事，如周公。群臣皆曰："宜如庆言。"始谋篡矣。时帝春秋益壮，以卫后故，怨不悦。冬十二月，莽因腊日上椒酒，置毒酒中，帝有疾。莽作策，请命于泰畤，汉祠上帝之所。愿以代身，藏策金縢，置于前殿，敕群公勿敢言。丙午，帝崩。时元帝世绝，而宣帝曾孙有王五人，列侯四十八人，莽恶其长大，曰兄弟不得相为后，乃悉征宣帝玄孙选立之。是月，称浚井得白石，有丹书，著石文曰："告安汉公莽，为皇帝。"符命之兴，自此始矣。莽使群公白太皇太后，太后以为诬罔天下，不可施行。王舜谓太后曰："莽非敢有他，但欲称摄以重其权，填服天下耳。"太后心不以为可，然力不能制，乃听许。舜等即令太后下诏曰："其令安汉公居摄践祚，如周公故事。"居摄元年三月，立宣帝玄孙婴为皇太子，号曰孺子，年二岁。四月，汉宗室刘崇等相与谋曰："莽必危刘氏，天下非之，莫敢先举，此刘氏之耻也。吾率宗族为先，海内必和。"于是率从者百余人，进攻宛，汉县，今河南南阳府。不得入，败死。群臣复白太后，刘崇谋逆，以莽权轻也。太后乃诏莽，朝见太后称假皇帝。先是莽虽居摄，而朝见太后犹复臣节，至此始称假皇帝焉。二年秋，东郡汉郡，今山东境。太守翟义等相与谋曰："王氏必代汉家，其渐可见。方今宗室衰弱，外无强藩，天下倾首服从，莫捍国难，吾欲举兵西诛不当摄者。"遂移檄郡国，数莽罪恶。比至山阳，汉县，今河南修武县。莽惶惧不能食。太后谓左右曰："人心不相远也。"莽遣其党孙建、王邑、王骏、王况等击之。三辅闻翟义起，盗贼并发，男子赵朋、翟鸿等，自称将军，攻烧官寺，众至十余万。莽复发王级、王恽等击之。莽日夜抱孺子，祷郊庙。群臣皆曰："不遭此变，不章圣德。"冬十月，莽依《周书》作《大诰》，谕告天下。时诸将东至陈留，汉县，今河南陈留县。与翟义战，大破之，义死。初始元年，王邑等还，与王级等合击赵朋、翟鸿，二月悉平。还师，莽置酒白虎殿，依周爵五等封功臣为侯、伯、子、男，凡三百九十五人。莽于是自谓威德日盛，遂谋即真之事矣。

第二十四节　汉外戚之祸五

时天下争为符命，荒诞无所不至。十一月，莽奏太后，谓冬至日，天风起，尘冥。风止，于未央前殿得铜符、帛图，文曰："天告帝符。"献者封侯。自此奏言太皇太后、孝平皇后，称假皇帝，其号令天下，天下奏言，毋言摄，以居摄三年为初始元年，以示即真之渐矣。梓潼汉县，今四川梓潼县。人哀章，素无行，见莽居摄，即作铜匮，为两检，检，封题也。署其一曰

"天帝行玺金匮图";其一署曰"赤帝玺某传予皇帝金策书"。某者,高祖名也。书言王莽为真天子,皆书莽大臣八人,又取令名王兴、王盛,后莽求得同姓名者,即由布衣为大官。因自窜姓名,凡十一人。昏时,衣黄衣,持匮至高庙,以付仆射,庙中官名。仆射以闻。戊辰,莽至高庙,拜受金匮神禅,谒太后,还坐未央前殿,即真天子位,定有天下之号,曰新。是时孺子未立,玺藏长乐宫。及莽即位,请玺,太后不肯授莽。莽使王舜谕指,舜既见太后,太后知其为莽求玺,怒骂之曰:"而属父子宗族,蒙汉力富贵累世,既无以报,受人孤寄,乘便利时,夺取其国,不复顾义。人如此者,狗彘不食其余,天下岂有而兄弟耶?言将诛灭。我汉家老寡妇,旦暮且死,欲与此玺俱葬,终不可得。"太后因涕泣而言,左右皆垂涕。良久,舜谓太后曰:"臣等已无可言者,莽必欲得玺,太后宁能终不与耶?"太后闻舜语切,恐莽欲胁之,乃出玺投之地,以授舜曰:"我老且死,知而兄弟今族灭也。"舜既得传国玺奏之,莽大悦。始建国元年,莽更号太皇太后曰新室文母,孝平皇后曰黄皇室主,废孺子为定安公。又按哀章所献金匮,封拜辅臣王舜等凡十一公,王兴、王盛、哀章皆与焉。自是更易制度,反覆纷纭,不可纪极。莽之号太后为新室文母也,绝之于汉,乃堕坏孝元庙,独留故殿,为文母篹食堂,以太后在,未谓之庙,名曰长寿宫。莽置酒长寿宫,请太后,既至,见孝元庙废彻涂地,太后惊泣曰:"此汉家宗庙,与何治而坏之?且使鬼神无知,有何用庙为;如令有知,我乃人之妃妾,岂宜辱先帝之堂,以馈食哉?"饮酒不乐而罢。莽更汉家黑貂,著黄貂;又改汉正朔、伏、腊日。太后令其官属黑貂,至汉家正、腊日,独与左右相对饮食。五年春二月,太后崩,年八十四。莽意以为制作定,则天下自平,故锐思于地理,制礼作乐,讲合六经之说,公卿旦入暮出,议论连年不决。不暇省狱讼,县宰缺者数年,守兼一切,贪残日甚。中郎将绣衣执法在郡国者,并乘权势,传相举奏。又十一公分布劝农桑,班时令,按诸章,冠盖相望,交错道路,召会吏民,逮捕证左,郡县赋敛,还相赇赂,黑白纷然,守阙告诉者多。莽自见前专权以得汉政,故务自揽众事,有司受成苟免。诸宝物名帑藏钱谷官,皆宦者领之。吏民上封书,宦官左右开发,尚书不得知,其畏备臣下如此。又好变更制度,政令烦多。莽常御灯火,至明犹不能胜,尚书因是为奸。上书待报者,连年不得去。拘系郡县者,逢赦而后出。卫卒不交代者三岁。边兵二十余万人,仰衣食于县官。莽尤好纷更钱法，居摄时为错刀、契刀、大钱五十，与五铢钱汉旧钱。并行。始建国元年，以卯金刀为刘氏谶，乃罢错刀、契刀、五铢，更铸小钱直一，与大钱五十，二品并行。二年，更铸金银、龟贝、钱布之品，钱货六品，金货一品，银货二品，龟货四品，贝货五品，布货十品，凡二十八品。百姓溃乱，其货不行，皆私以五铢钱市买，讹言大钱当废，莫肯挟。莽乃诏：诸挟五铢钱，言大钱当罢者，比非井田，言其罪与非井田者同。投诸四裔。又禁卖买田宅、奴婢，自诸卿大夫至于庶民，抵罪者不可胜数。于是农商失业，食货俱废，民人至涕泣于市。天凤四年，复申明六筦之制。始建国二年制，至此复申明之。一、盐，二、酒，三、铁，四、山泽，五、赊贷，六、铁布铜冶。法令烦苛，民摇手触禁，不得耕桑，而枯旱蝗虫相因，富者不能自别，贫者无以自存。于是并起为盗贼，依阻山泽，吏不能禁，因而覆蔽之，浸淫日广。

第二十五节　汉外戚之祸六

新市汉县，今湖北武昌府境内。王匡、王凤，有众数百人，诸亡命者，南阳汉郡，今河南南阳府。马武，颍川汉郡，今河南汝州之间。王常、成丹，皆往从之，聚藏于绿林山中，山名，今湖北当阳县东北。数月，皆七八千人。又有南郡汉郡，今湖北荆州府。张霸，江夏汉郡，今湖北武昌府。羊牧等，众皆万人。有上言民穷愁，起为盗贼者，莽辄大怒；言时运适然，不久即灭，莽大悦。然匡等亦实以饥寒穷愁，起为盗贼，稍群聚，常思岁熟，得归乡里，虽万众，不敢略有城邑，而莽终不喻其故。地皇二年，荆州牧大发兵击之，与绿林贼战于云杜，汉县，今湖北沔阳州。大败，死数千人，始不制矣。而琅邪汉郡，今山东沂州府东。樊崇之众，号赤眉，为尤盛。三年，南阳刘縯、刘秀起兵，明年，大破莽兵于昆阳。秀，汉长沙定王发之后也。时道士西门君惠，谓莽卫将军王涉曰："谶文刘氏当复兴，国师公姓名是也。"涉遂与国师公歆，及大司马董忠、司中大赘莽官名。孙伋，谋劫莽降汉。伋以其谋告莽，歆等自杀。莽以军师外破，大臣内畔，忧懑不能食，但饮酒啖鳆鱼。读军书困，冯几寐，不复就枕矣。时新市、王匡、王凤等。平林汉县，与新市接近，今湖北随州。陈牧、廖湛等。诸将，共立刘玄为帝，玄本在平林兵中，号更始将军。更始既立，遣其将王匡攻洛阳，申屠建、李松攻武关，三辅震动。析汉县，属南阳郡。人邓晔、于匡，亦各起兵南乡，析之南。以应汉，遂入武关，至湖。汉县，今陕西阌乡县。莽忧惧，不知所出，乃率群臣哭于南郊以厌之。邓晔开武关，迎汉兵，李松将三千余人至湖。邓晔遣校尉王宪北渡渭，诸县大姓，各起兵称汉将军，率众随宪，皆争欲入城，贪掳掠之利。莽赦城中囚徒，皆授以兵，与誓曰："有不与新室者，社鬼记之。"以史谌将之，度渭桥，皆散走。众兵发王氏冢，烧其棺，焚九庙、明堂、辟雍，火照城中。九月戊申，入城。日暮，官府、邸第尽奔亡。己酉，城中少年朱弟等，斧敬法闼，宫中门名。呼曰："反虏王莽，何不出降?"火及掖庭承明，殿名。黄皇室主所居。黄皇室主曰："何面目以见汉家?"自投火中死。莽避火宣室，绀袀服，持虞帝匕首，天文郎案栻仪器之称。于前，莽旋席随斗柄北斗之柄也。而坐，曰："天生德于予，汉兵其如予何?"莽时不食少气，困矣。庚戌旦明，群臣扶掖莽，自前殿之渐台，宫中台名，沮水。公卿从官尚千余人。王邑等昼夜战，罢极，士卒死伤略尽，驰入宫，间关至渐台。时乱军闻莽在渐台，围数百重，王邑等皆战死。莽入室下，晡时，众兵上台，莽党并死台上。商人杜吴杀莽，校尉公宾就识莽，斩莽首，军人争莽相杀者数十人。公宾就持莽首诣王宪，宪自称大将军，妻莽后宫，乘其车服。癸丑，李松、邓晔入长安，申屠建亦至，收王宪斩之。传莽首诣更始，悬宛市，百姓共提击之，或切食其舌。莽死，长安惟未央宫焚，余皆如故。明年，赤眉入长安，焚宫室市里，发掘园陵，长安始墟矣。

第二十六节　光武中兴一

世祖光武皇帝，性勤于稼穑，而兄伯升好侠养士，常非笑光武事田业，比之高祖兄仲。王莽天凤中，乃之长安，受《尚书》，略通大义。莽末，天下连岁灾蝗，寇盗蜂起。地皇三年，南阳荒饥，诸家宾客，多为小盗。光武避吏新野，汉县，今河南新野县。因卖谷于宛。宛人李通，以图谶说光武云："刘氏复起，李氏为辅。"光武初不敢当，然独念兄伯升素结客，必举大事，且王莽败亡已兆，天下方乱，遂与定谋，于是乃市兵弩。十月，与李通从弟轶等起于宛，时年二十八。十一月还舂陵，时伯升已会众起兵。初，诸家子弟皆逃亡自匿，曰："伯升杀我。"及见光武绛衣大冠，皆惊曰："谨厚者亦复为之。"乃稍自安。伯升于是招新市、平林兵，与其帅王凤、陈牧西击长聚，杀新野尉。光武初骑牛，杀尉，乃得马。又杀湖阳汉县，今河南唐县。尉，进拔棘阳。汉县，在湖阳北。与王莽前队大夫甄阜、梁邱赐战于小长安，聚名，在今河南邓州。汉军大败，还保棘阳。更始元年即王莽地皇四年。正月，汉军复与阜、赐战，大破之，斩阜、赐。伯升又破莽将军严尤、陈茂于淯阳，汉县，今河南南阳府东。进围宛城。二月，立刘玄为天子。三月，光武与诸将徇昆阳、汉县，今河南叶县北六十里。定陵、汉县，今河南舞阳县北六十里。郾，汉县，今河南郾城县。皆下之。莽闻阜、赐死，汉帝立，大惧，谋大举以讨汉兵，遣司徒王寻、司空王邑将兵百万，其甲士四十二万人，五月到颍川，与严尤、陈茂合。诸将见寻、邑兵盛，皆惶怖，忧念妻孥，欲散归。光武曰："今兵谷少而外寇强大，并力御之，功庶可立。如欲分散，一日之间，诸部皆灭矣。"诸将初不以为然，会寻、邑兵且至，诸将见事急，乃相谓曰："更请刘将军计之。"光武复为图画成败，诸将皆曰："诺。"时城中惟八九千人，光武使王凤、王常守昆阳，而自与李轶等十三骑，至城外收兵。寻、邑兵至，围昆阳数十重，积弩乱发，矢下如雨，城中负户而汲。王凤等请降，不许。光武至郾、定陵，悉发诸营兵。六月己卯朔，光武与诸营俱进，自将步骑千余为前锋，去大军四五里而阵，寻、邑亦遣兵数千合战。光武奔之，斩数十级，诸将共乘之，斩首数百千级，连胜遂前，无不一以当百。光武乃与死士三千人，从城西水上冲其中坚，寻、邑易之，自将万余人行陈，敕诸营皆按部，毋得动，独迎与汉兵战，不利。大军不敢相救，寻、邑陈乱，汉兵乘锐崩之，遂杀王寻。城中亦鼓噪而出，中外合势，震呼动天地，莽兵大溃，走者相腾践，奔殪百余里间。会大雷风，屋瓦皆飞，雨下如注，滍川盛溢，士卒争赴溺死者以万数，水为不流。王邑、严尤、陈茂轻骑乘死人渡水逃去，尽获其军实辎重，举之连月不尽。光武因复徇下颍阳。汉县，今河南许州境。时伯升已拔宛，更始入都之，及莽兵败于昆阳，新市、平林诸将，以縯兄弟威名日盛，阴劝更始除之。李轶初与縯兄弟善，后更谄事新贵。光武戒伯升曰："此人不可复信。"伯升不从。会更始将杀縯部将刘稷，縯固争之。李轶、朱鲔劝更始并执縯，即日杀之。光武闻之，驰诣宛谢。司徒官属迎吊，秀不与交私语，惟深引过而已。未尝自伐昆阳之功，又不为縯服丧，饮食言笑如平常。更始以是信之，拜秀为破虏大将军，封武信侯。是年九月，三辅豪杰杀王莽。时更始将都洛阳，以光武行司隶校尉，使前整修宫室。光武乃置僚属，作文移，一如旧章。时三辅吏士东迎更始，见诸将过，皆冠帻而服妇人衣，莫不笑之;及见司隶僚属,皆欢喜不自胜。老吏或垂涕曰:"不图今日,复见汉官威仪。"由是识者皆心属焉。更始自宛北都洛阳,分遣使者徇郡国,乃以光武行大司马事,持节北渡河,镇慰州郡。光武至河北,南阳邓禹杖策追光武于邺,汉县,今河南临漳县。进说曰:"历观往古圣人之兴,二科而已,天时与人事是也。今以天时观之,更始既立,而灾变方兴;以人事观之,帝王大业,非凡夫所任,分崩离析,形势可见。明公素有盛德大功,为天下所向服,莫如延揽英雄,务悦民心,立高祖之业,救万民之命,以公而虑,天下不足定也。"光武大悦,留禹计事,自是始贰于更始矣。进至邯郸汉县,今直隶邯郸县。故赵缪王景帝七世孙,名元。子林说光武曰:"赤眉今在河东,但决水灌之,百万之众,可使为鱼。"光武不答,去之真定。汉县,今直隶真定县。林于是诈以卜者王郎为成帝子子舆,十二月,立郎为天子,都邯郸,移檄郡国,皆望风响应。王郎购光武十万户。光武至蓟,汉县,今顺天大兴、宛平二县。而故广阳王武帝五代孙,名嘉。接起兵蓟中,以应王郎。城内扰乱,转相惊恐,言邯郸使者方到。于是光武趣驾南辕,晨夜兼行,蒙犯霜雪,天时寒,面皆破裂。至滹沱河,水名,在今直隶饶阳县。无船,适冰合,得过。至南宫,汉县,今直隶南宫县。遇大风雨,光武仅得麦饭以自给。进至下博城西,汉县,今直隶深州。惶惑不知所之,有白衣老父在旁指曰:"努力,信都汉国,今直隶冀州。为长安城守,言未降王郎也。去此八十里。"光武即驰赴之。信都太守任光开城降,光武因发旁县,得四千人,击堂阳、汉县,今直隶广宗县东。贳,汉县,今直隶广宗县。皆降之。王莽和戎卒正莽分钜鹿置和戎郡,卒正犹太守。邳彤举郡降。又昌城汉县,今直隶冀州西北。人刘植,宋子汉县,今直隶赵州。人耿纯,各率宗亲子弟,据其县邑,以奉光武。于是众稍乐附,至数万人。北击中山,汉国,今直隶保定府西境。拔卢奴,汉县,今直隶定州。移檄边郡,共击邯郸,郡县还复响应。击新市、汉县,今直隶新乐县。真定、元氏、汉县,今直隶元氏县。房子,汉县,今直隶临城县。皆下之,因入赵界。王郎大将李育屯柏人,汉县,今直隶唐山县。与战于郭门,大破之,育还保城,攻之未下。会上谷汉郡,今直隶宣化府。太守耿况、渔阳汉郡,今直隶顺天府。太守彭宠,各遣其将吴汉、寇恂等来助击王郎,更始亦遣尚书仆射谢躬讨王郎。光武因大飨士卒,遂东围钜鹿,汉郡,今直隶顺德府。月余不下。耿纯说光武,久守钜鹿,不如急攻邯郸,光武从之。夏四月,进军邯郸。五月甲辰拔邯郸,斩王郎。光武收郎文书,得诸吏人与郎交关谤毁者，數千章，光武不省，会诸将烧之，曰："令反侧子自安。"

第二十七节 光武中兴二

更始自洛阳西都长安，悉封宗族及诸将为王，遣使立光武为萧王，萧，汉县，今江苏萧县。悉令罢兵，与诸将有功者，并诣行在所。以苗曾为幽州牧，韦顺为上谷太守，蔡充为渔阳太守。光武辞以河北未定，不就征。苗曾等至，悉收斩之，于是始与更始敌矣。时更始政乱，日夜饮谯后庭，群臣欲言者，辄醉不能见，以至群小、膳夫，皆滥授官爵。长安为语曰："灶下养，中郎将。烂羊胃，骑都尉。烂羊头，关内侯。"元元民人之称。叩心，更思莽朝。而四方割据蜂起，梁王刘永更始所封。擅命于睢阳，汉县，今河南商丘县。公孙述称王于巴、蜀，汉二郡，今四川成都、顺庆、重庆诸府。李宪自立为淮南王，汉郡，今安徽寿州。秦丰自号楚黎王。黎丘，楚地，在今湖北襄阳府境内。张步起琅邪，董宪起东海，汉郡，今山东沂州府。延岑起汉中，汉郡，今陕西汉中府。田戎起夷陵，汉县，在今湖北荆州府内。并置将帅，侵略郡县。又别号诸贼，铜马、大肜、高湖、重连、铁胫、大抢、尤来、上江、青犊、五校、檀乡、五幡、五楼、富平、获索等，诸贼或以山川土地为名，或以军容强盛为名。铜马贼帅东山荒秃、上淮况等，大肜渠帅樊重，尤来渠帅樊崇，五校贼帅高扈，檀乡贼帅董次仲，竖楼贼帅张文，富平贼帅徐少，获索贼帅古师郎等，并见《东观记》。各领部曲，众合数百万人，所在寇掠，光武将击之。更始二年秋，光武击铜马于鄡，汉县，今直隶束鹿县。大破之。受降未尽，而高湖、重连从东南来，与铜马余众合。光武复与战于蒲阳，山名，在今直隶定州。悉降之，封其渠帅为列侯，并其众数十万，故关西号光武为铜马帝。赤眉别帅与大肜、青犊十余万众在射犬，聚名，隶汉野王县，今河南河内县。光武进击，大破之，众皆散走。初，光武与谢躬更始所遣讨王郎之将。共灭王郎，而不相能，躬屯于邺。至是，光武使吴汉、岑彭袭杀之，河北遂无更始之人矣。更始三年是年为光武建武元年。春，光武北击尤来、大抢、五幡于元氏，汉县，今直隶元氏县。追至右北平，汉县，今直隶完县。汉兵败。又战于安次，汉县，今直隶东安县。破之，及平谷，汉县，今直隶平谷县。大破灭之。更始之都长安也，以大司马朱鲔、舞阴王汉县，今河南唐县。李轶以重兵守洛阳，以备河北。鲔、轶皆光武之仇也。即杀刘伯升与沮光武使河北者。光武亦以寇恂为河内汉郡，今河南卫辉府境。太守，冯异为孟津津名，在今河南孟县。将军，统魏郡、汉郡，今直隶大名府与河南卫辉府北境。河内兵于河上，以拒洛阳。朱鲔时李轶为朱鲔所刺杀。闻光武北讨群贼，而河内孤，乃遣苏茂、贾强攻温，汉县，今河南温县。鲔自将数万人攻平阴，汉县，今河南孟津县。以缀异。寇恂急击苏茂等，大破之，异亦渡河击走鲔，追至洛阳，环城一匝而归。自是洛阳震恐，城门昼闭。光武北还至蓟，诸将入贺，因上尊号，光武未许。会诸生强华光武游学长安时同舍生。自关中奉赤伏符，来诣光武，文曰："刘秀发兵捕不道，四夷云集龙斗野，四七之际火为主。"四七二十八也，自高祖至光武初起，合二百二十八年，即四七之际也。火，汉德也。由是定议。六月己未，即皇帝位于鄗南。其地在今直隶赵州。赤眉樊崇等入颍川，其众思欲东归，崇等计虑，众东向必散，不如西攻长安，于是从武关、陆浑关，在今河南开封府东。两道俱入。光武方北徇燕、赵，度赤眉必破长安，欲乘衅并关中，乃拜邓禹为前将军，西入关。禹至安邑，汉县，今山西安邑县。与更始大将王匡等战，大破之，匡等奔还长安。更始诸将议掠长安东归南阳，入湖池中为群盗，谋以立秋日，劫更始成前计。更始知之，将诛诸将，张卬、廖湛、胡殷勒兵烧门，入战宫中，更始大败，走依赵萌于新丰。汉县，今陕西临潼县。赤眉进至华阴，汉县，今陕西华阴县。立刘盆子为天子。高帝九世孙，父武侯萌。盆子年十五，向牧牛，被发徒跣，敝衣赭汗，见众拜，恐畏欲啼。赤眉进至高陵，汉县，今陕西高陵县。王匡、张卬等迎降之，遂共连兵进攻。九月，赤眉入长安，更始降于赤眉，赤眉封更始为长沙王。更始败，朱鲔乃以洛阳降于光武。冬十月，光武入洛阳，遂定都焉。十二月，张卬杀更始。建武二年春，吴汉击檀乡贼于邺东，邺县之东。降之。长安食尽，赤眉乃焚西京宫室，发掘园陵，大掠而西，遂入安定、北地。汉二郡，今甘肃庆阳、平凉二府。邓禹入长安，谒祠高庙，收十一帝神主，送诣洛阳。秋，帝自将讨五校贼，降之。盖延讨刘永，拔睢阳，刘永遁走。三年春，冯异与赤眉战于崤底，崤谷之底也，在今秦、晋之间。大破之，余众向宜阳。汉县，今河南宜阳县。帝自将征之，赤眉君臣面缚，奉高皇帝玺绶降。刘永立董宪为海西汉县，今山东日照县。王，张步为齐王。秋，盖延获刘永。五年，耿弇击富平、获索贼，降之。六月，朱祐拔黎丘，获秦丰。十月，耿弇与张步战于临菑，大破之，张步杀苏茂以降。六年春，马成拔舒，汉县，今安徽舒城县。获李宪；吴汉拔朐，汉县，今江苏海州。获董宪、庞萌。

第二十八节 光武中兴三

时群雄已灭，惟窦融据河西金城、武威、张掖、酒泉、敦煌五郡，今甘肃。隗嚣据天水、安定、北地、陇西四郡，今陕、甘西南境。公孙述据蜀。今四川省。帝积苦兵间，以隗嚣遣子内侍，公孙远据边陲，乃谓诸将曰："且当置此两子于度外耳！"因休诸将于洛阳，腾书陇蜀，告示祸福。而公孙述屡移书中国，自陈符命，冀以惑众。荆邯说述及天下之望未绝，豪杰尚可招诱，急以此时，发内国精兵，令田戎据江陵，汉县，今湖北江陵县。临江南之会，倚巫山山名，在今四川巫山县。之固，传檄吴、楚，令延岑出汉中，定三辅，如此，海内震摇，冀有大利。述犹豫未决。三月，述使田戎出江关，在今四川奉节县。招其故众，欲以取荆州，今湖南、湖北二省。不克。光武乃诏隗嚣，欲从天水汉郡，今甘肃巩昌府。伐蜀。嚣上言白水险阻，关名，在巩昌府。栈道败绝，未可攻。光武知嚣终不为用，乃谋讨之。夏四月，遣耿弇、盖延等七将军，从陇道伐蜀，先使中郎将来歙奉玺书赐嚣谕旨。嚣复多设疑故，事久不决，歙发愤责之，嚣遂归歙，发兵反，使王元据陇坻，陇坂之底。陇，山名，在今陕西陇州。伐木塞道。诸将因与嚣战，大败，各引兵下陇，仅得引还。嚣乘胜使王元行巡，将二万余人下陇，分遣巡至栒邑，汉县，今陕西三水县西二十五里。冯异大破之，祭遵亦破王元于汧。水名，在今陕西汧阳县。于是北地、汉郡，今甘肃庆阳府。上郡汉郡，今陕西榆林府。诸豪长，悉叛嚣降汉，嚣之党窦融、马援，皆与嚣绝，嚣遂遣使称臣于公孙述。先是述梦有人语之曰："八厶子系，十二为期。"觉，谓其妻曰："虽贵而祚短，奈何。"妇对曰："朝闻道，夕死尚可，况十二乎？"述乃以建武四年自立为天子，号成家。七年春，公孙述立隗嚣为朔宁王，遣兵往来，为之援势。八年，诸将大举深入，围隗嚣于西城。汉县，今甘肃清水县。隗嚣穷困，其大将王捷别在戎丘，在西城西北戍溪上。登城呼汉军曰："为隗王城守者，皆必死，无二心，愿诸军亟罢，请自杀以明之。"遂自刎死。时汉军粮食少，逃亡者多，岑彭壅谷水灌西城，城未没丈余。会王元行巡周宗，以蜀救兵五千人，乘高猝至，鼓噪大呼曰："百万之众方至。"汉军大惊，未及成陈。元等决围殊死战，遂得入城归冀。汉县，今甘肃伏羌县。诸将悉东还，嚣得不死。九年，嚣恚愤而死。十年,来歙、耿弇讨其余党,降之,分置诸隗于京师以东,于是并力攻蜀。十一年春三月,岑彭大破田戎于荆门,汉县,今湖北荆门州。进至垫江。汉县,今四川垫江县。六月,来歙与盖延拔河池,汉县,今陕西宁羌州。乘胜遂进,蜀人大惧,遣人刺杀歙。公孙述使其将延岑、吕鲔、王元、公孙恢悉兵拒广汉汉县,今四川顺庆府。及资中,汉县,今四川资阳县。又遣侯丹率二万余人拒黄石。滩名,在今四川罗江县。岑彭使臧宫拒延岑,而自击侯丹,大破之,倍道兼行二千余里,拔武阳,汉县,今四川彭山县。使精骑驰击广都,汉县,今四川双流县。去成都汉县,今四川成都府治。数十里,势若风雨,绕出延岑军后。述大惊,以杖击地曰:"是何神也!"未几,延岑亦为臧宫所败,奔还成都。光武乃与述书,示以丹青之信,述省书太息曰:"废兴命也,岂有降天子哉?"冬十月,述使人刺杀彭。十二年,吴汉进至广都,烧成都市桥,在成都西。述众恐惧,日夜离叛,述虽诛灭其家,犹不能禁。光武必欲述降,述终无降意。十一月,述与汉战于城下,汉兵刺杀述,延岑降。吴汉遂族公孙氏及延岑,放火大掠,焚述宫室,帝切责之。时四方既定,十三年,吴汉等归,于是大飨将士,功臣增邑更封,凡三百六十五人;其外戚恩泽封者四十五人。帝在兵间久,厌武事,且知天下疲耗,思乐息肩,自陇蜀平后,非警急未尝复言军旅。皇太子尝问攻战之事,帝曰:"此非尔所及。"邓禹、贾复知帝偃干戈,修文德,不欲功臣拥众京师,乃去甲兵,敦儒学。帝亦思念欲完功臣爵土,不令以吏职为过,遂罢左右将军官,诸将皆以列侯就第,加位特进,奉朝请。帝以吏事责三公,功臣并不用,故皆保其福禄,无诛谴者。案帝初无大志,微时适新野,闻阴氏女美,名丽华,是为阴皇后。心悦之。后至长安见执金吾,汉官名,掌徼循京师,秩中二千石。车骑甚盛。因叹曰:"仕宦当作执金吾,娶妻当得阴丽华。"其鄙如此。以较项羽少时,观秦始皇渡浙江,曰:"彼可取而代也。"高祖徭咸阳,观秦皇帝,喟然太息曰:"大丈夫当如此也。"其大小甚不侔矣。徒以王莽失道,天下复思刘氏,而更始、盆子、刘永、刘林等俱不材,因缘际会,遂得天下。观于前代之覆辙,一无所改。符命者,王莽所伪托以愚天下也,光武以赤伏符即位,而信之殆过于莽。穷折方士黄白之术,而信河洛谶记之文。桓谭上言,非薄谶记,光武大怒,以谭为非圣无法,将斩之,谭叩头流血,仅乃得解。其后支流余裔,乃为张角之徒。女主者,前汉之所以失天下也,帝因循不改,以阴兴为大司徒。终东汉之世，外立者四帝，安、质、桓、灵。临朝者六后，窦太后、邓太后、阎太后、梁太后、窦太后、何太后。莫不定策帷帟，委事父兄，贪孩童以久其政，抑明贤以专其威，任重道远，利深祸速，终于亡国而后已。凡此二者，皆兆端于古人，而败极于前汉。至光武之世，祸害已著，宜可鉴戒，而皆不省，其害遂与中国相终始。惟崇尚气节，为历代雄主之所不及。会稽严光，少有高名，与光武同游学，及光武即位，乃变名姓隐去，帝令以物色访之。后齐国上言，有一男子，披羊裘，钓泽中。帝疑其光，乃备安车玄纁聘之，三反而后至，舍于北军，给床褥，太官汉官名，主膳食者，秩千石。朝夕进膳，车驾即日幸其馆，光卧不起，帝升舆叹息而去。复引光入，论道故旧。光武从容问光曰："朕何如昔时？"对曰："陛下差增于往。"后归耕于富春山以终。此为专制政体中所绝无之事，惟光武能行之。其后东汉之士大夫气节矫然，为古今所不及，光武之功大矣。

第二十九节　后汉之诸帝

世祖光武皇帝，《后汉书》李贤注：祖有功，而宗有德，光武中叶兴，故庙称世祖。谥法：能绍前业曰光，克定祸乱曰武。年二十八起兵，年三十一即皇帝位，在位三十三年崩，建武三十一年，中元二年。寿六十二。帝崩，子庄即位，母阴皇后也，是为显宗孝明皇帝，照临四方曰明。在位十八年崩，永平十八年。寿四十八。子炟即位，母贾贵人也，是谓肃宗孝章皇帝，温克令仪曰章。在位十三年，建初八年，元和三年，章和二年。寿三十三。明、章二代，皆后汉之令主，比于前汉之文、景焉。帝崩，子肇即位，母梁贵人也，为窦皇后所谮，忧卒，窦后以为己子，是为孝和皇帝，不刚不柔曰和。在位十七年崩，永元十六年，元兴一年。寿二十七。子隆即位，史不详其母，是为孝殇皇帝，短折不成曰殇。即位时，诞育百余日，在位一年崩，延平一年。年二岁。邓太后与大将军邓骘等定策禁中，立长安侯祜，自是外戚、宦官遂盛。祜，章帝孙也，父清河孝王庆，母左姬，是为恭宗孝安皇帝，宽容和平曰安。在位十九年崩，永初七年，元初六年，永宁一年，建光一年，延光四年。寿三十二。帝令自房帷，威不逮远，后汉之业衰矣。安帝崩，阎皇后与大将军阎显等定策禁中，立章帝孙济北惠王寿子北乡侯国在今山东乐安县西。懿，立数月崩。汉人不以为帝。安帝子保即位，母李氏，帝本安帝太子，为阎后所谮而废。至是中黄门孙程等十九人,废阎后、杀阎显等而立之,是为孝顺皇帝,慈和遍服曰顺。在位十八年崩,永建六年,阳嘉三年,永和六年,汉安二年,建康一年。寿三十。子炳即位,母虞贵人也,是为孝冲皇帝,幼少在位曰冲。在位一年崩,永嘉一年。年三岁。梁太后与大将军梁冀等定策禁中,立建平侯国在今河南永城县西南。缵,章帝玄孙也,曾祖父千乘贞王伉,祖父乐安夷王宠,父勃海孝王鸿,母陈夫人也,是为孝质皇帝,忠正无邪曰质。在位一年,为梁冀所弑,本初一年。年九岁。梁太后复与大将军梁冀定策禁中,立蠡吾国在今直隶蠡县。侯志,章帝曾孙也,祖父河间孝王开,父蠡吾侯翼,母匽氏,是为孝桓皇帝,克敌服远曰桓。在位十八年,建和三年,和平一年,元嘉二年,永兴二年,永寿三年,延熹九年,永康一年。寿三十六。桓帝宠信宦官,杀戮名士,党祸之兴自此始,汉至此必亡矣。帝崩,无嗣,窦太后与大将军窦武定策禁中,立解渎亭侯国在今直隶定州。汉王国皆郡,侯国皆县,至后汉乃有乡侯、亭侯,皆次于县侯者也。宏,章帝玄孙也,曾祖父河间孝王开,祖淑,父苌,世封解渎亭侯,母董夫人,是为孝灵皇帝,乱而不损曰灵。在位二十一年,建宁四年,熹平五年,光和六年,中平六年。年三十四。子辩即位,母何皇后也,即位六月,为董卓所废,凡两改元,一称光熹,一称昭宁,不逾年而改元,古未有也。献帝既立,又称永汉,旋并废,仍称中平六年。而立灵帝子协,母王美人也,是为孝献皇帝。聪明睿智曰献。帝时政在曹氏,在位三十一年,禅位于魏,初平四年,兴平二年,建安二十五年。魏封帝为山阳公。又十四年,崩,年五十四。两汉诸帝无年及五十者,惟高祖、光武、献帝三人为过焉。后汉凡十二帝,一百九十五年。献帝以下详本书第二篇第二章。

第三十节　宦官外戚之冲突一

外戚之祸,为前汉之所以亡,然则后汉诸帝,亦可以有所鉴戒矣。及观后汉历史,其外戚之祸,并不末减于前汉,且于外戚之外,又增一国家之大患焉,宦者是也。夫外戚、宦官二害,实皆从政体而生。而宦官之害,则较外戚为古,《周礼》天官所掌,尽宫内之事也,中有内小臣奄,上士四人,史二人,徒八人,寺人、王之正内五人,此为周制宦官之明文。其事迹见于春秋之世,证据非一,如齐寺人貂、《左》僖二年。晋寺人披《左》僖五年。之类,虽齐桓、晋文之明,亦为其所玩视。至秦始皇任用赵高,遂大肆其毒,致秦于亡。高祖受命,循而不改。弘恭、石显为患于宣、元之间,迹其所自,仍与外戚同科。盖有吕后之任诸吕,忌大臣,而后有张卿之为大谒者;事在《汉书·高后纪》。有宣帝之任许、史,忌诸霍,而后有恭、显之典中书。二者之必相为表里者,势也。其不同者,前汉之世,外戚与宦官常相结;而后汉之世,外戚与宦官常相诛。相结之极,而王氏盗汉;相诛之极,而天下土崩。二千载以还,遂与中国相终始。读史者每叹古人之愚,然平心论之,殆非愚也。此盖出于家天下之极端,人主一家之安危,与天下之利害相连,而每遇皇家变动之时,外廷尚不及知,仓猝之间,其权必归外戚、宦官之手,而其影响遂及于天下焉。而家天下者,亦动于不得不然矣。后汉二百年之史,即外戚、宦官冲突之史也,录其大者于下。

案后汉外戚、宦官冲突之祸,起于和帝之世,章帝以前,伏而未著,然而外戚之权,则已极盛矣。光武起寒微,外家无可考。明帝母阴皇后,帝本郭氏所生,后郭废,故以阴后为母。讳丽华,南阳新野人也。兄识,封原鹿侯,国今在无考,约在河南确山县相近。官执金吾,兼禁兵;弟子庆,封鲖阳侯;国在今河南沈丘县西南三十五里。弟就,封新阳侯。国今在无考,亦与河南确山县相近。章帝母马皇后,伏波将军马援之小女,扶风茂陵汉县,今陕西兴平县东北十九里。人也。父援,封新息侯;国在今河南息县。兄廖,封顺阳侯;国未详。兄防,封颍阳侯,国在今河南叶县西。官车骑将军;兄光,封许阳侯。国在今河南许州。马皇后为后汉之贤后,常事减损外家,然史称防兄弟贵盛,奴婢各千人以上,资产巨亿,皆买京师膏腴美田;又大起第观,连阁临道,弥亘街路,多聚声乐,宾客奔凑,四方毕至;京兆杜笃之徒数百人,常为食客,居门下;刺史守令,多出其家。则后所谓减损者何事也?然较诸窦后以下,则自胜矣。

第三十一节 宦官外戚之冲突二

后汉外戚之权,自窦后始。后,窦融之曾孙女也,为章帝皇后,宠幸殊特,宫闱为之慄息。章帝崩,和帝即位,和帝母梁贵人,为窦后所谮,以忧死,窦后养帝,以为己子。太后临朝。兄宪,以侍中内斡机密,出宣诰命;弟笃,为虎贲中郎将;弟景、弟瑰,并为中常侍,外家并居清要之地。自王、主及阴、马诸家,莫不畏惮。及窦宪既立大功,谓击匈奴也。封武阳侯,汉武阳有三,一在东郡,一在泰山郡,一在东海郡,宪封不知何属。拜大将军,寻封冠军侯,国在今河南邓州西北五十里。笃郾侯,见前。景汝阳侯,国在今河南汝阳县。瑰夏阳侯,国在今陕西韩城县。威名益盛。以耿夔、任尚等为爪牙,邓叠、郭璜为心腹,班固、傅毅之徒典文章,刺史、守令,多出其门,赋敛吏民,共为赂遗。景尤甚,奴客强夺人财货,篡取罪人,妻略妇女,商贾闭塞,如避寇仇。父子兄弟,并为卿校,充满朝廷。邓叠、叠弟陟、及磊、及母元、宪女婿郭举、举父璜,共相交结,元、举并出入禁中,举得幸于太后,遂共图为弑逆。帝阴知其谋,是时宪兄弟专权,帝与内外臣僚,莫由亲接,所与居者,阉宦而已。帝以朝臣上下,莫不附宪,独中常侍钩盾令钩盾令,秩六百石,宦者为之,典诸近池苑囿游观之处,属少府。郑众,谨敏有心机,不事豪党,遂与众定议诛宪。以宪在外,时宪屯凉州。虑其为乱,忍而未发。永元四年,窦宪还京师。六月,帝幸北宫,诏执金吾、五校尉勒兵屯卫南北宫,案史文如此,然事实可疑,因北军五校皆窦氏党,何以能助诛窦氏也?闭城门,收捕郭璜、郭举、邓叠、邓磊,皆下狱死,收宪大将军印绶,与笃、景、瑰皆就国,到国皆迫令自杀。凡与窦氏交通,皆免。以郑众为大长秋,宦者用权,自此始矣。后六年,太后崩。和帝后邓氏,邓禹之孙也,和帝崩,太子未立,邓后立少子隆,生始百余日,是为殇帝。太后临朝,数月,帝崩,太后与兄车骑将军骘、虎贲中郎将悝等,定策禁中,谓不与廷臣议也,其事始此,后遂为常。迎清河王子祜汉郡,今山东临清州。即位。太后犹临朝,封骘为上蔡侯,国在今河南上蔡县。骘弟悝为叶侯,见前。悝弟弘为西平侯,国在今河南西平县。阊为西华侯,国在今河南西华县。食邑各万户。骘以定策功,增三千户,官大将军。是时大长秋郑众,中常侍蔡伦,皆秉势预政,与诸邓等。及安帝建光元年三月,太后崩,上始亲政事,征杜根为侍御史,成翊世为尚书郎。初,根为郎中,与同时郎上书,言帝长,宜亲政事。太后大怒,皆令盛以缣囊,于殿上扑杀之。既而载出城外,根得苏。太后使人检视,根遂诈死三日,为蝇所集,目中生蛆,因得逃窜,为酒家保,积十五年。成翊世亦以郡吏,坐谏太后不归政,抵罪。至是,皆以尚书陈忠荐,得用。四月,废诸邓皆为庶人,邓骘免特进,遣就国,宗族免官归故郡。没入骘等资财田宅,徙邓访及家属于远郡,郡县迫逼,半皆自杀。又徙封骘为罗侯。今湖南湘阴县。五月,骘与子凤,并不食而死。骘从弟河南尹豹、度辽将军遵、将作大匠畅,皆自杀。惟广、德兄弟,以母与阎后同产，得留京师。征邓康为太仆，以康曾请太后归政，除绝属籍故也。时众庶以太后多行小惠，多为邓氏称枉者。帝亦颇悟，乃谴让州郡，还葬骘等于北芒，山名，在洛阳城北。诸从兄弟，皆得归京师。

第三十二节　宦官外戚之冲突三

帝以耿贵人帝之嫡母。兄宝监羽林左军车骑，封宋杨帝祖母弟。四子皆为列侯，宋氏为卿校、侍中、大夫、谒者、郎吏十余人。阎后兄弟显、景、耀，并为卿校，典禁兵。以江京、李闰为中常侍，皆封侯，京兼大长秋，与中常侍樊丰、黄门令刘安、钩盾令陈达、五人皆宦者也。及帝乳母王圣、圣女伯荣，扇动内外，竞为侈虐，伯荣出入宫掖，传通奸赂。司徒杨震、尚书翟酺，皆上书谏，帝不省。时帝数遣黄门常侍，及中使伯荣，往来辇毂，使者所过，威权显赫，发民修道，缮理亭传，多设储偫，征役无度，赂遗仆从，人数百匹。此可见办差之制，在汉已有。郡县王侯及二千石，皆为伯荣独拜车下。王圣、江京、樊丰等谮太子乳母王男、厨监邴吉等，杀之，惧有后害，乃共谮太子。帝怒，九月，废太子保为济阴王。于是太仆来历、太常桓焉、廷尉张皓、光禄祋讽、宗正刘玮、将作大匠薛皓、侍中闾丘弘、陈光、赵代、施延、中大夫朱伥等十余人，俱诣鸿都门，证太子无过。帝与左右患之，乃使中常侍切责之，乃各稍自引起。及帝道崩于叶，皇后与阎显兄弟、江京、樊丰等谋曰："今晏驾道次，济阴王谓太子保。在内，若公卿立之，还为大害。"乃伪云帝疾甚，徙御卧车，所在上食问起居如故，驱驰行四日，还宫，明夕发丧。尊皇后曰皇太后，后名姬，河南荥阳人也。太后临朝，以显为车骑将军、仪同三司、长社侯。国在今河南许州。太后欲久专国政，贪立幼年，与显定策禁中，迎济北惠王子北乡侯懿为嗣，乙酉，即皇帝位。阎显乃讽有司，奏大将军耿宝、中常侍樊丰、虎贲中郎将谢恽、侍中周广、野王君王圣、圣女永等，更相阿党，互作威福，皆大不道。辛卯，丰、恽、广皆下狱死。贬宝及子承皆为亭侯，遣就国，宝于道自杀。王圣母子徙雁门。于是以阎景为卫尉，耀为城门校尉，晏为执金吾，威福自由矣。而北乡侯懿寻有疾，中常侍孙程谓济阴王谒者长兴渠曰："若北乡不起，相与共断江京、阎显，以立王，事无不成者。"渠然之。十月，北乡侯薨，显白太后，秘不发丧。更征诸王子，闭宫门，屯兵自守。十一月乙卯，孙程、王康、中黄门,先为太子府史。王国,长乐太官丞,掌太后尚食。与中黄门黄龙、彭恺、孟叔、李建、王成、张贤、史汛、马国、王道、李元、杨佗、陈予、赵封、李刚、魏猛、苗光等,聚谋于西钟下。济阴王所居。丁巳夜,程等共会崇德殿上,在南宫。因入章台门。时江京、刘安、李闰、陈达俱坐省门下,即禁门。程与康就斩京、安、达,以李闰为省内所服,欲引为主,因举刀胁闰曰:“今当立济北王,毋得摇动。”闰曰:“诺。”于是扶闰起,俱于西钟下迎济阴王,即皇帝位,时年十一。召尚书令、仆[射]以下,从辇南宫,程等留守省门。帝登云台,召公卿、百僚,使虎贲、羽林士屯南北宫诸门。阎显时在北宫,忧迫不知所为。太后诏越骑校尉冯诗,授之印,曰:“能得济阴王者,封万户侯;得李闰者,五千户侯。”诗佯诺而出,归营屯守。显弟卫尉阎景,遽从省中还外府卫尉府。收兵,至盛德门,孙程召尚书郭镇收之,景不受,镇格杀之。戊午,遣使者入省,夺得玺绶。帝乃幸嘉德殿,遣侍御史持节收阎显,及其弟城门校尉耀、执金吾晏,并下狱诛,家属皆徙比景,在今广东琼州。迁太后于离宫。己未,开城门,罢屯兵。壬戌,封孙程等十九人为列侯;擢来历、朱伥、施延、陈光、赵代等,后至公卿;祋讽、闾丘弘皆先卒,拜其子为郎;征王男、邴吉家属还;前徙比景。东宫宦者籍建、高梵、赵熹、良贺、夏珍,皆为中常侍。未几,太后以京忧死。帝之立也,乳母宋娥与其谋,帝立,封娥为山阳君。既立皇后,以后父梁商为执金吾,寻进大将军,与诸宦者,皆贵用事。

第三十三节　宦官外戚之冲突四

顺帝之崩也,冲帝即位,年二岁,尊梁后为太后,后讳妠,和帝母梁贵人之弟孙也,太后临朝。明年春正月戊戌,冲帝崩。太后征清河王蒜,及渤海孝王鸿之子缵,皆至京师。蒜为人严重,动止有法,公卿皆归心焉。太后与兄大将军襄邑侯国在今河南睢州。冀利缵幼弱,定策禁中。丁巳,立缵为皇帝,时年八岁,是为质帝。帝少而聪慧,尝因朝会,目梁冀曰:“此跋扈将军也。”犹强梁也。冀闻而深恶之。闰月甲申,冀使左右置毒于煮饼而进之,帝苦烦盛,促召太尉李固,固问病所由,帝尚能言,曰:“食煮饼,今腹中闷,得水尚可活。”时冀在侧,禁不与,帝遂崩。固伏尸号哭,推举侍医,冀虑其谋泄,大恶之。时公卿皆意在清河王蒜,而中常侍曹腾尝谒蒜，蒜不为礼，宦者由此恶之。平原王翼子志，太后欲以女弟妻之，征到都亭，故梁冀欲立志。及大会公卿，众论既异，愤愤不得意，而未有所夺。曹腾等闻之，夜往说冀，以蒜严明，立必见祸，不如立志，富贵可常保。冀然其言，重会公卿，冀意气凶凶，言辞激切，百官莫不震慑，皆曰："惟大将军令。"独李固、杜乔坚守本议。谓立蒜。冀厉声曰："罢会。"即以太后诏，先策免固。庚寅，志入南宫即位，即桓帝也，时年十五，太后犹临朝。清河王蒜与杜乔、李固皆死。和平元年正月，太后崩。梁冀之执政也，冀弟不疑为颍阳侯，弟蒙为西平侯，子胤为襄邑侯，并见前。食邑三万户。冀妻孙寿封襄城君，国在今河南襄城县。岁入五千万，加赐赤绂，比长公主。寿善为妖态，为愁眉，[啼]妆，龋齿笑，堕马髻，冀甚宠惮之。冀监奴秦宫与寿私通，威权大震，刺史二千石，皆谒辞之。冀与寿对街为宅，殚极土木，互相夸竞，金玉珍怪，充满藏室，深林绝涧，有若自然，奇禽珍兽，飞走其间。冀与寿游观第内，连日继夜，以逞娱恣。客到门，不得通，皆请谢门者，门者累千金。又起兔苑数十里，移檄郡县，调发生兔。人有犯者，罪至死。或略良人，使为奴婢，至数千口。冀又用寿言，多斥逐诸梁在位者，以示谦退，而实崇孙氏。孙氏宗亲，冒名侍中、卿校、郡守、长吏者十余人，皆贪饕凶淫，所在怨毒，其淫暴无所不至。梁后桓帝后。恃姊兄荫势，恣极奢靡，兼倍前世。后既无子，宫人孕育，鲜得全者。帝迫于太后与冀，积怨不得发。梁冀一门，前后七侯、三皇后、六贵人、二大将军，夫人、女食邑称君者七人，尚公主者三人，其余卿、将、尹、校五十七人。冀秉政凡二十余年，天子拱手，不得有所亲与。及太后崩，帝不平愈甚。一日如厕，独呼小黄门唐衡问："左右谓宦者。与外舍谓外家。不相得者谁乎?"衡对曰："中常侍单超、小黄门史左悺、中常侍徐璜、黄门令具瑗，皆与梁氏有隙。"帝乃召五人，共定其议。时冀心疑超等，八月丁丑，使中黄门张恽入省防变，具瑗敕吏收斩恽。帝出御前殿，召诸尚书入，发其事，使具瑗将左右厩驺、虎贲、羽林都候剑戟士，合千余人，共围冀第，收冀大将军印绶。冀及妻寿，即日皆自杀。悉收梁氏、孙氏中外宗亲送诏狱，无少长，皆弃市。他所连及，公卿、列校、刺史、二千石，死者数十人。故吏宾客免黜者三百余人，朝廷为空。收冀财货，县官斥卖，合三十余万万，遂减天下租税之半。赏诛梁冀之功，封单超、徐璜、具瑗、左悺、唐衡，皆为县侯，世谓之五侯。仍以左悺为中常侍，又封尹勋等七人皆为亭侯。未几单超卒,其后四侯转横,天下为之语曰:“左回天,具独坐,徐卧虎,唐雨堕。”雨堕者,言其如雨之堕,流毒皆遍。皆竞起第宅,以华侈相尚。其仆从皆乘牛车,自汉迄唐,驾车皆以牛。而从列骑。兄弟姻亲,遍满州郡,荼毒百姓,与盗无异,虐遍天下,民不堪命,多为盗贼焉。四年,占卖关内侯、虎贲、羽林、缇骑、营士五大夫,钱各有差。自永平以来,臣民虽有习浮屠术者,而天子未之好。至帝,始笃好之,于宫中立黄老、浮屠之祠,常躬自祈祷,由是其法浸盛。时朝政日非,而风俗日美,太学诸生三万人,郭泰、贾彪为其冠,与李膺、陈蕃、王畅更相褒重。会南阳太守成瑨族诛张汜,太原太守刘瓆使郡吏王允杀小黄门赵津,山阳太守翟超使督邮张俭破侯览家冢,东海相黄浮杀徐璜兄宣,于是中官诉之于帝。帝大怒,瑨、瓆皆死狱中,超、浮并坐髡钳,输作左校。未几,以司隶校尉李膺杀张成[子],宦官教成弟[子]牢修,上书告膺等养太学游士,交结诸郡生徒,更相驱驰,共为部党,诽讪朝廷,疑乱风俗。于是天子震怒,延熹九年,捕党人,布告天下,使同忿疾。遂下膺等于黄门北寺狱,为宦官所特置。其辞所连及,太仆杜密,御史中丞陈翔,及陈寔、范滂之徒二百余人,或死狱中,或逃遁不获,皆悬金购募,使者四出。明年,以后父城门校尉窦武之故,六月,赦天下党人二百余人,皆归田里,书名三府,禁锢终身。

第三十四节　宦官外戚之冲突五

桓帝崩,无嗣。皇后窦氏定策禁中,立解渎亭侯宏。宏既即位,是为灵帝,尊皇后为太皇太后。后,章帝窦皇后从祖弟之孙也,讳妙章。以太后父城门校尉窦武本传称:武少小经行著称,常教授于大泽中,不交时事,名显关西。及在位,多辟名士,清身疾恶,礼赂不通,妻子衣食,裁足而已。此与王甫责武语正相反,读史者所宜注意也。为大将军,封闻喜侯;国在今山西闻喜县。子机渭阳侯,国在今陕西渭阳县。兄子绍鄠侯。国在今陕西鄠县。初,窦太后之立也,陈蕃有力焉。及临朝,政无大小,皆委于蕃。蕃于窦武同心戮力,以奖王室,天下之士,莫不延颈想望太平。而帝乳母赵娆,及诸女尚书,旦夕在太后侧;中常侍曹节、王甫等,共相朋结,谄事太后,太后信之,蕃、武疾焉。会有日食之变,蕃谓武曰:“昔萧望之困一石显,况今石显数十辈乎?蕃以八十之年,欲为将军除害,今可因日食,斥罢宦官,以塞天变。”

武乃白太后，先收中常侍管霸、苏康等，皆杀之。武复数白诛曹节等，太后犹豫未忍，故事久不发。侍中刘瑜与武书，劝以速断大计，武乃收长乐尚书中官掌文书者。郑飒，送北寺狱。武使黄门令山冰武之党。等杂考，辞连曹节、王甫，冰即奏收节等，使刘瑜内奏。建宁元年九月辛亥，武出宿归府，典中书者以告长乐五官史朱瑀，瑀盗发武奏，骂曰："我曹何罪，而见族灭？"因大呼曰："陈蕃、窦武，奏白太后废帝，为大逆。"乃夜召长乐从官史共普、张亮等十七人，歃血共盟，谋诛武等。曹节挟帝御德阳前殿，令帝拔剑踊跃，使乳母赵娆等拥卫左右，取棨信闭诸禁门。召尚书官属，胁以白刃，使作诏板，拜王甫为黄门令，持节至北寺狱，杀尹勋、山冰，出郑飒，还兵劫太后，夺玺绶。令中谒者守南宫，闭门，绝复道，使郑飒等持节捕收武等。武不受诏，驰入步兵营，与其兄子步兵校尉绍，共射杀使者，召会北军五校士数千人，屯都亭，洛阳都亭也。下令军士曰："黄门常侍反，尽力者封侯重赏。"陈蕃闻难，将官属诸生八十余人，并拔刃突入承明门。王甫出，与蕃遇，让蕃曰："武有何功，兄弟父子并封三侯；又设乐饮谯，多取掖庭宫人；旬日之间，赀财巨万。公为宰辅，苟相阿党，大臣当若是耶？"使剑士收蕃，送北寺狱，即日杀之。时护匈奴中郎将张奂征还京师，曹节等以奂新至，不知本谋，矫制以少府周靖行车骑将军，与奂率五营士讨武。夜漏尽，王甫将虎贲、羽林等合千余人，出屯朱雀掖门，与奂等合。已而悉军阙下，与武对阵。甫使其士大呼曰："窦武反，汝皆禁兵，当宿卫宫省，何故随反者乎？先降有赏。"营府兵素畏服中官，于是武军稍稍归甫。自旦至食时，兵降略尽。武、绍走，诸军追围之，皆自杀。遂捕宗亲、宾客、姻属，悉诛之。迁太后于南宫，未几以忧死。封曹节等为列侯，侯者十七人，于是群小得志，士大夫皆丧气。张奂以功当封侯，奂深病为曹节等所卖，固辞不受，诸常侍渐恶之。熹平元年，有人书朱雀阙，言天下大乱，曹节、王甫，幽杀太后，公卿皆尸禄，无忠言者。诏司隶校尉段颎捕逐，十日一会，四出逐捕，太学诸生，系者千余人。光和元年，帝与宦官谋，初开西邸卖官，二千石二千万，四百石四百万。富者则先入钱，贫者到官，然后倍输。又私令左右卖公卿，公千万，卿五百万。初，帝为侯时，常苦贫。及即位，每叹桓帝不能作家，居曾无私钱，故卖官聚钱，以为私藏。案汉卖官之例，外官贵而内官贱，是当时外官优于内官可知矣。是时王甫、曹节等，奸虐弄权，扇动内外，太尉段颎阿附之。节、甫兄弟父子，为卿校、牧守、令长者，布满天下，所在贪横。光和二年，帝以司隶校尉阳球言，收甫、颎送洛阳狱，皆死。未几，徙球卫尉诛死，宦官复横。六年，黄巾作。初，巨鹿张角奉事黄老，以妖术教授，号太平道，咒符水以疗病，令病者跪拜首过，或时病愈，众共神而信之。角分遣弟子周行四方，转相诳诱，十余年间，徒众数十万，自青、徐、幽、冀、荆、扬、兖、豫八州之人，莫不毕应。或弃卖财产，流徙奔赴，填塞道路，未至病死者，亦以万数。郡县不解其意，言角以善道化民，为民所归，帝亦殊不为意。角遂置三十六方，方犹将军也，大方万余人，小方六七千人，各立渠帅。讹言"苍天已死，黄天当立。案汉人崇信五行，故妖言即起于此。岁在甲子，天下大吉"。以白土书京城寺门及州郡官府，皆作甲子字。大方马元义等，先收荆、扬数万人，期会发于邺。元义数往来京师，以中常侍封谞、徐奉等为内应，约以三月五日，内外俱起。中平元年春，角弟子济南唐周上书告之，于是收马元义，车裂于洛阳，诛杀千余人，下冀州逐捕角等。角等知事泄，晨夜驰敕诸方，一时俱起，皆著黄巾，以为标帜，故时人谓之黄巾贼。二月，角自称天公将军，角弟宝称地公将军，宝弟梁称人公将军，所在燔烧官府，劫略聚邑，州郡失据，长吏多逃亡，旬日之间，天下响应，京师震动。三月，以皇后何氏兄河南尹何进为大将军，封慎侯，国在今安徽颍上县。率左右羽林、五营营士屯都亭，修理器械，以镇京师。赦天下党人，还诸徙者。发天下精兵，遣北中郎将卢植讨张角，左中郎将皇甫嵩、右中郎将朱儁讨颍川黄巾。是时中常侍赵忠、张让、夏恽、郭胜、段珪、宋典、孙璋、毕岚、栗嵩、高望、韩悝、张恭皆贵宠，惟中常侍吕强忠于汉室，共谮而杀之。帝常言："张常侍是我公，赵常侍是我母。"由是宦官无所忌惮，并起第宅，拟效宫禁。帝尝欲登永安候台，永安宫在北宫东北。宦官恐望见其居处，乃使中大人宫中耆宿之称。尚但谏曰："天子不当登高，登高则百姓虚散。"帝自是不敢复升台榭。及封谞、徐奉事觉，帝诘责诸常侍曰："汝曹常言党人欲为不轨，皆令禁锢，或有伏诛者。今党人更为国用，汝曹反与张角通，为可斩未?"然仍信用之。会郎中张钧上书，言张角所以能兴兵作乱，万民所以乐附之者，其源皆由十常侍，即上十二人，言十者举成数。多放父兄子弟婚亲宾客，典据州郡，百姓之冤，无所告诉，故谋议不轨，聚为盗贼。宜斩十常侍，以谢百姓，遣使者布告天下，可不须师旅，而大寇自消。帝大怒曰："十常侍岂无一人善者!"御史承旨，遂诬钧学黄巾道，收掠死狱中。是年七月，诸将击黄巾，大破之。十一月，皇甫嵩与张梁战于广宗，张角所居，今直隶广宗县。破斩之。时张角已病死，嵩复攻张宝于下曲阳，汉县，今直隶晋州。斩之。黄巾余党张曼成、赵弘、韩忠、孙夏等，迭据宛城，朱儁讨平之。张牛角、常山、常山郡人。褚飞燕、轻便者为飞燕。及黄龙、左校、于氐根、多须之意。张白骑、骑白马者。左髭丈八、未晓其义。平汉、大计、司隶、缘城、雷公、浮云、白雀、杨凤、于毒、五鹿、李大目、白绕、眭固、苦蝤之徒，不可胜数，终汉之世，不能定也。汉末外戚、宦官迭操政柄，其亲戚私人遍满郡县，皆以侵夺百姓为事，故民多流为盗贼。案张角之前，业已数起。明、章以后，安帝永初三年，海贼张伯路寇滨海九郡，至五年始平。顺帝建康元年，九江汉郡，今安徽东境。范容、周生等寇历阳。汉县，今安徽和州。是年冬，九江贼徐凤称无上将军，马勉称皇帝。冲帝永嘉元年，广陵今江苏扬州府。贼张婴据广陵，旋平。是年，巴郡人服直，聚党自称天王。桓帝永兴二年，泰山琅邪贼公孙举、东郭窦等起，次年平。延熹三年，秦山贼孙无忌起，旋平。五年，艾县汉县，今江西武宁县。贼攻长沙郡县，七年平。灵帝熹平元年，会稽贼许生起勾章，汉县，今浙江鄞县。自称阳明皇帝。光和三年，桂阳、苍梧贼攻郡县，皆积久不平。中平元年，巴郡张鲁作乱，遂延至今日，称张天师者，几二千年焉。张角之后，中平三年，江夏兵赵慈反。四年，西凉人韩遂，与陇西太守李相、凉州司马马腾等叛，寇掠三辅。是年，故泰山太守张举，与故中山相张纯叛，略蓟中，举称天子，纯称弥天将军。五年，益州贼马相、赵祇等，起兵绵竹。盖皆宦官、外戚致之也。帝贪鄙转甚，刺史、二千石，及孝廉、茂才，迁除者皆责修宫钱，大郡至二三千万，余各有差。当之官者，皆先至西园谐价，然后得去；其廉隅者，乞不之官，皆迫遣之。段颎、张温，素有功勋名誉，然皆先输货财，乃登公位。司徒崔烈，因傅母入钱五百万，遂为司徒。及拜日，天子临轩，百僚毕会。帝顾亲幸曰："悔不少靳，可至千万。"程夫人于傍应曰："崔公冀州名士，岂肯买官。赖我得是，反不知好耶？"其贪猥如此。寻起万金堂于西园，引司农金钱、缯帛，充牣其中，复藏寄小黄门常侍家钱各数千万。又于河间买田宅，起第观。灵帝因数失皇子，何皇后生子辩，养于道人史子眇家，号曰史侯；王美人生子协，董太后帝母。自养之，号曰董侯。群臣请立太子，帝以辩轻佻无威仪，欲立协，犹豫未决。会疾笃，属协于蹇硕。

第三十五节　宦官外戚之冲突六

灵帝崩，硕时在内，欲先诛何进，而立协，使人迎进，欲与计事。进即驾往，硕司马潘隐与进故旧，迎而目之。进惊，驰从疾道归营，引兵入屯百郡邸，因称疾不入朝。帝之未崩也，蹇硕忌何进，与诸常侍共说帝，遣进西击韩遂，帝从之。进阴知其谋，奏遣袁绍(时为虎贲中郎将)收徐、兖二州兵，须绍还而西，以稽行期，盖皆为定策计也。四月，皇子辩即皇帝位，年十四，尊何后为太后。后，宛人，屠家女也。太后临朝，改元光熹，以大将军何进录尚书事。进既秉朝政，忿蹇硕图己，阴谋诛之。袁绍因进客张津，劝进悉诛诸宦官，进以袁氏累世贵宠，而绍与从弟术，皆为豪杰所归，信而用之。复博征智谋之士，何颙、荀攸及郑泰等二十余人，与同腹心。蹇硕疑不自安，与中常侍赵忠、宋典等书曰："大将军秉国专朝，今与天下党人，谋诛先帝左右，扫灭我曹，但以硕典禁兵，故且沈吟。今宜共闭上閤，急捕诛之。"中常侍郭胜，进同郡人也，太后及进之贵幸，胜有力焉，故亲信何氏，与赵忠等议，不从硕计，而以其书示进。庚午，进使中黄门收硕诛之，因悉领其屯兵。骠骑将军董重，董太后兄子。与进权势相害，中官挟重，以为党助。董太后每欲参干政事，何太后辄相禁塞。董后忿詈曰："汝今輈张，犹强梁也。怙汝兄耶？吾敕骠骑，断何进头，如反手耳。"何太后闻之，以告进。五月，进与三公共奏：故事，蕃后不得留京师，请迁宫本国。奏可。辛巳，进举兵围骠骑府，收董重，即自杀。六月辛亥，董太后忧怖暴崩，民间由是不和何氏。袁绍复说何进曰："前窦武欲诛内宠，而反为所害者，但坐言语泄漏。五营兵士，皆畏服中官，而窦氏反用之，自取祸灭。今将军兄弟谓进及弟苗。并领劲兵，部曲将吏，皆英俊名士，乐尽力命，事在掌握，此天赞之时也。将军宜一为天下除患，以垂名后世，不可失也。"进乃白太后，尽罢中常侍以下，以三署郎即三府。补其处。太后不听，曰："中官统领禁省，自古及今，汉家故事，不可废也。且先帝新弃天下，我奈何楚楚与士人共对事乎？"进难违太后意，且欲诛其放纵者。绍以为中官亲近至尊，出纳号令，今不悉废，后必为患。而后母舞阳君及何苗，数受诸宦官赂遗，知进欲诛之，数白太后，为之障蔽。又言大将军专杀，左右擅权，以弱社稷，太后疑以为然。进新贵，素敬惮中官，虽外慕大名，而内不能断，故事久不决。绍等又为画策，多召四方猛将豪杰，使并引兵向京城，以胁太后，进然之。主簿陈琳谏曰："谚称掩目捕雀。夫微物尚不可欺以得志，况国之大事，其可以诈立乎？今将军总皇威，握兵要，龙骧虎步，高下在心，此犹鼓洪炉燎毛发耳。但当速发雷霆，行权立断，则天人顺之。而反委释利器，更征外助，大兵既集，强者为雄，所谓倒持干戈，授人以柄，功必不成，只为乱阶耳。"进不听。典军校尉曹操闻而笑曰："宦者之官，古今宜有。但世主不当假之权宠，使至于此。既治其罪，当诛元恶，一狱吏足矣。何至纷纷召外兵乎？欲尽诛之，事必宣露，吾见其败也。"初，灵帝征董卓为少府，卓上书，言为羌胡所留，不得行，朝廷不能制。及帝寝疾，玺书拜卓并州牧，令以兵属皇甫嵩，卓不奉诏。及何进召卓，使将兵诣京师，侍御史郑泰、尚书卢植皆谏，进不听。泰退谓荀攸曰："何公未易辅也。"遂弃官去。董卓闻召，即时就道，且上书宣露其事，太后犹不从。何苗谓进曰："始从南阳来，俱以贫贱，依省内以致富贵。国家之事，亦何容易？覆水不收，宜深思之，且与省内和也。"卓至渑池，汉县，今河南渑池县。而进更狐疑，使谏议大夫种邵宣诏止之。卓不受诏，遂前至河南。袁绍惧进变计，因胁之曰："交构已成，形势已露，将军复欲何待，而不早决之乎？事久变生，复为窦氏矣。"进于是以绍为司隶校尉，假节，专命击断。从事中郎王允，为河南尹。绍使洛阳方略武吏，司察宦者，而促董卓等，使驰驿上奏，欲进兵平乐观。太后乃恐，悉罢中常侍、小黄门，使还里舍，惟留进所私人，以守省中。诸常侍、小黄门皆诣进谢罪，惟所措置。袁绍劝进，便于此决之，至于再三，进不许。绍又为书告诸州郡，诈宣进意，使捕案中官亲属。进谋积日，颇泄，中官惧而思变。张让子妇，太后之妹也，让向子妇叩头曰："老臣得罪，当与新妇俱归私门，惟受恩累世，今当远离宫殿，情怀恋恋，愿复一入直，得暂奉太后陛下颜色，然后退就沟壑，死不恨矣。"子妇言于舞阳君，入白太后，乃诏诸常侍，皆复入直。八月戊辰，进入长乐宫，白太后，请尽诛诸常侍。中常侍张让、段珪相谓曰："大将军称疾不临丧，不送葬，今忽入省，此意何为，窦氏事竟复起耶？"使潜听，具闻其语，乃率其党数十人，持兵窃自侧闼，入伏省户下。进出，因诈以太后诏，召进入，坐省阁。让等诘进曰："天下愦愦，亦非独我曹罪也。先帝尝与太后不快，几至成败，我曹涕泣救解，各出家财千万为礼，和悦上意，但欲托卿门户耳。今乃欲灭我曹种族，不亦太甚乎?”于是拔剑斩进于嘉德殿前。让等为诏，以其党樊陵为司隶校尉，代袁绍。许相为河南尹。代王允。尚书得诏板，疑之，曰:“请大将军出共议。”中黄门以进头掷与尚书曰:“何进谋反，已伏诛矣。”进部曲将吴匡、张璋在外，闻进被害，欲引兵入宫，宫门闭，虎贲中郎将袁术，与匡共斫攻之，中黄门持兵守阁。会日暮，术因烧青琐门，欲以胁出让等。让等入白太后，言大将军兵反，烧宫，攻尚书闼，即尚书门。因将太后、少帝，及陈留王协，劫省内官属，从复道走北宫。尚书卢植执戈于阁道窗下，仰数段珪，珪惧，乃释太后，太后投阁，乃免。袁绍矫诏召樊陵、许相斩之，复捕得赵忠等斩之。吴匡素怨苗不与进同心，而又疑其与宦官通谋，遂引兵攻杀苗。绍遂闭北宫门，勒兵捕诸宦者，无少长皆杀之，凡二千余人，或有无须而误杀者。宦官此次之败，以何进先杀蹇硕，典禁兵故也。绍因进兵排宫门，或上端门屋，以攻省内。庚午，张让、段珪等困迫，遂将帝与陈留王数十人步出谷门，雒县北门。夜至小平津，津名，今在河南巩县西北。六玺不自随，公卿无得从者。惟尚书卢植，河南中部掾闵贡，夜至河上。贡厉声责让等曰:“今不速死，吾将杀汝。”因手剑斩数人，让等惶怖，叉手再拜叩头向帝曰:“臣等死，陛下自爱。”遂投河而死。贡扶帝与陈留王，夜步逐萤光，南行欲还宫，至雒舍止。地名，在北芒山北。辛未，帝始得马乘之，公卿稍有至者。董卓至显阳苑，苑名，在雒城西。远见火光，知有变，引兵急进，未明到城西，闻帝在北，因与公卿迎帝于北芒阪下。帝猝见卓，恐怖涕泣。卓与帝语，语不可了。乃更与陈留王语，王答自初至终，无所遗失，卓以为贤，且为董太后所养，卓自以与太后同族，遂有废立之意。是日帝还宫，改光熹为昭宁，失传国玺。骑都尉鲍信说袁绍曰:“董卓拥强兵，将有异志。今不早图，必为所制，及其新至疲劳，袭之可擒也。”绍畏卓，不敢发。董卓之入也，步骑不满三千，及进与弟苗部曲皆归于卓，卓兵于是大盛，遂萌异图，谓袁绍曰:“天下之主，宜得贤明。每念灵帝，令人愤毒。董侯似可，今欲立之。”绍曰:“今上富于春秋，未有不善。公欲废嫡立庶，窃恐天下不从公议也。”卓按剑叱曰:“竖子敢然。天下之事，岂不在我，我欲为之，谁敢不从，尔谓董卓刀不利乎?”绍曰:“天下健者，岂惟董公?”引佩刀横揖径出。卓畏绍世家，未敢加害。绍悬节于上东门，逃奔冀州。九月癸酉，卓大会百僚，言当废帝，立陈留王，百官无复抗议者。甲戌，卓复会百僚于崇德前殿，遂胁太后策废少帝，为弘农王，立陈留王为帝。太后鲠涕，群臣含悲，无敢言者。改元永汉。丙子，卓鸩杀何太后，杀后母舞阳君。十二月，复除光熹、昭宁、永汉三号，仍称中平六年。自此以后，汉名号仅存，威福已失，天下崩溃，历数百年，至唐而始定，所谓中衰之世也。此后汉外戚与宦官冲突之大略也。汉四百年之政治，大约宦官、外戚、方士、经生，四类人相起仆而已矣。

第三十六节　匈奴之政治(上)

匈奴，其先夏后氏之苗裔，曰淳维，《史记·匈奴列传》。以殷时始奔北边。《史记·匈奴列传》，《索隐》引张晏说。盖夏桀无道，汤放之鸣条，三年而死。其子獯粥，妻桀之众妾，避居北野，中国谓之匈奴。《史记·匈奴列传》，《索隐》引乐彦《括地谱》。殷时曰獯粥，改曰匈奴。《史记·匈奴列传》，《索隐》引应劭《风俗通》。一曰尧时曰荤粥，周曰猃狁，秦曰匈奴。《史记·匈奴列传》，《索隐》引晋灼说。则淳维是匈奴始祖，盖与獯粥是一也。《史记·匈奴列传》，《索隐》引韦昭说。案以上皆唐以前人成说，其言未必可据。或彼族附会之以求亲于中国，或中国鄙夷之以不齿于人类，均不可知。盖桀为汤败，奔于历山，放于南巢，乃渐趋于南，非趋北也。其族居于北蛮，随畜牧而转，其畜之所多，则马、牛、羊，其奇畜则橐驼、今之骆驼。驴骡、今之骡为驴牡马牝所生。駃騠、《说文》曰：马父骡子也。騊駼、《字林》曰：野马也。驒骡。《说文》曰：野马也。逐水草迁徙，无城郭常处耕田之业，然亦各有分地。无文书，以言语为约束。儿能骑羊，引弓射鸟、鼠，少长则射狐兔，用为食。士能弯弓，尽为甲骑。其俗，宽则随畜，因射猎禽兽为生业；急则人习战攻以侵伐，其天性然也。其长兵则弓矢，短兵则刀。利，铤则进，不利则退，不羞遁走，苟利所在，不知礼义。自君王以下，咸食畜肉，衣其皮革，被旃裘。壮者食肥美，老者食其余，贵壮健，贱老弱。父死，妻其后母，兄弟死，皆取其妻妻之。其俗有名不讳，而无姓、字。案《汉书》称单于姓挛鞮氏，《后汉书》称单于姓虚连题氏，然则非无姓也，惟无字耳。以上皆《史记》说，《汉书》与之同。今日内外蒙古之俗尚，与汉时匈奴无异。春秋、战国之间，戎狄并兴，往往与中国相杂，其后稍夷灭，详前书二十一节。其为匈奴支族之羼入内地者欤？不可知也。其中惟猃狁与匈奴音最近，当即一族。《诗》言及猃狁者甚多，《小雅·采薇》曰:“靡室靡家,猃狁之故。”又曰:“岂不日戒,猃狁孔棘。”《小雅·六月》曰:“薄伐猃狁,至于太原。出车彭彭,城彼朔方。”此周时已通匈奴之证也。然其时匈奴尚未强大,故无传记之可考。匈奴可考之事,自冒顿单于始。当秦时,匈奴单于曰头曼,头曼不胜秦,北徙十有余年。会秦亡,中国大乱,秦所置戍边者皆去,于是匈奴得宽,后稍渡河南,与中国界。

第三十七节　匈奴之政治(下)

头曼有子曰冒顿,后有爱阏氏,匈奴皇后号。生少子,头曼欲废冒顿而立少子,乃使冒顿质于月氏。胡国名,此未徙以前之月氏,在今甘肃西安州。冒顿既质,而头曼急击月氏。月氏欲杀冒顿,冒顿盗其善马亡归。头曼以为壮,令将万骑。冒顿乃作鸣镝,习勒其骑射,令曰:“鸣镝所射,而不悉射者,斩。”行猎鸟兽,有不射鸣镝所射,辄斩之。已而冒顿以鸣镝自射善马,左右莫敢射,冒顿立斩之。居顷之,复以鸣镝自射其爱妻,左右或颇恐,不敢射,复斩之。顷之,冒顿出猎,以鸣镝射单于善马,左右皆射之,冒顿知其众可用。从其父单于头曼猎,以鸣镝射头曼,其左右皆随鸣镝而射,杀头曼,尽诛其后母与弟及大臣不听从者,于是冒顿自立为单于。冒顿既立,东灭东胡,今盛京西北。西击走月氏,南并楼烦白羊、河南王,楼烦之二王也,皆居黄河南,今山西北边。悉复收秦蒙恬所夺匈奴地。是时汉方与项羽相拒,中国罢于兵革,故冒顿得自强,控弦之士三十万。自淳维以至头曼,千有余岁,时大时小,别散分离久矣。至冒顿而匈奴最强,尽服从北夷,而南与诸夏为敌国,其世姓、官号乃可得而记云。单于姓挛鞮氏,虚连题,即挛鞮之转音。其国称之曰撑犂孤涂单于,匈奴谓天为撑犂,子为孤涂。单于者,广大之号也,言其象天单于然也。置左右贤王,左右谷蠡王,《汉书》无王字。左右大将,左右大都尉,左右大当户,左右骨都侯。匈奴谓贤曰屠耆,故常以太子为左屠耆王。自左右贤王以下至当户,大者万余骑,小者数千,凡二十四长,立号曰万骑。其大臣皆世官,衍氏、兰氏,其后有须卜氏,此三姓其贵种也。《后汉书》作四姓,增一邱林氏。诸左王将居东方,直上谷,以东接秽貉、朝鲜;右王将居西方,直上郡,以西接氐羌;而单于庭直代、云中。各有分地,逐水草移徙。而左右贤王,左右谷蠡王,国最大。左右骨都侯辅政,诸二十四长,亦各自置千长、百长、什长、裨小、王相、当户、且渠之属。岁正月,诸长小会单于庭,祠。五月,大会龙城,案《史记·匈奴列传》,《索隐》引崔浩云:西方胡皆事龙神,故名大会处为龙城。祭其先、天地、鬼神。秋,马肥,大会蹛林,《史记·匈奴列传》,《正义》引颜师古说。蹛者,绕林而祭也。鲜卑之俗,自古相传,秋祭无林木者,尚竖柳枝,众骑驰绕三周乃止,此其遗法也。课校人畜计。其法,拔刃尺者死,坐盗者没入其家。有罪,小者轧,杖也。大者死。狱久者不满十日,一国之囚,不过数人。而单于朝出营,拜日之始生,夕拜月。其坐,长左而北向。其送死,有棺椁、金银、衣裳,而无封树、丧服,近幸臣妾从死者,多至数十百人。举事常随月盛壮以攻战,月亏则退兵。其攻战,斩首虏赐一卮酒,而所得卤获,因以予之;得人,以为奴婢,故其战人人自为趋利。善为诱兵以包敌,故其逐利,如鸟之集;其困,瓦解云散矣。战而扶舆死者,尽得死者家财。此匈奴政俗之大略也。

第三十八节 匈奴之世系(上)

冒顿并二十六国,即西域诸国。诸引弓之民,合为一家,乃与汉约为兄弟,妻汉翁主。翁主,诸王之女。冒顿方强,为书遗吕太后,辞极亵嫚。太后深自谦逊以谢之,并遗以车二乘,马二驷,遂和亲,以宗室女为公主嫁之。孝文时,冒顿死,在位二十七年。子稽粥立,号曰老上单于,老上亦妻汉翁主。老上欲变胡俗为汉俗,以中行说说,汉宦者,降匈奴。不果。孝文后四年,老上死,在位十五年。子军臣单于立,复尚翁主。自冒顿至军臣三世,皆与汉时战时和亲,不常。汉岁奉匈絮缯、酒食,各有数,而关市于边,是为匈奴最盛之时。军臣中叶后,孝武崛兴,大伐匈奴,和亲遂绝,而匈奴衰矣。孝武元朔二年冬,军臣死,在位二十四年。其弟左谷蠡王伊稚斜,自立为单于,攻败军臣太子於单,於单亡降汉。汉封於单为涉安侯,数月死。伊稚斜时,匈奴远遁,不敢至漠南。汉屡伐匈奴,凡十余次,其最深者在元狩四年,凡十万骑,私负从马又十余万匹。大将军卫青出定襄千余里,渡幕,(沙漠本名,汉入漠北始此。)围单于,单于遁走,追二百里不能得,斩首万九千级而还。骠骑将军霍去病出代二千余里,绝大幕,封狼居胥山,(今外蒙古地。)禅于姑衍,登临翰海,(今拜开尔湖。)捕虏七万四百四十三级。是后匈奴远遁,而幕南无王庭。汉渡河,自朔方至金城,通渠置田官,稍蚕食匈奴,然亦以马少,不复大出击匈奴矣。皆伊稚斜时事也。元鼎三年,伊稚斜单于死,在位十三年。子乌维立为单于。是时孝武已南平越,东并朝鲜,西通西域,欲遂臣匈奴。乌维大恐,许入中国见天子,并质子,然卒不果。元封六年,乌维死,在位十年。子詹师庐立,年少,号为儿单于。太初三年,儿单于死,在位三年。子少,匈奴乃立其季父乌维单于弟右贤王勾黎湖为单于。太初四年,勾黎湖死,在位一年。其弟左大都尉且鞮侯立为单于。太始五年,且鞮侯死,在位五年。长子左贤王立,为狐鹿姑单于。自伊稚斜以后,汉兵深入穷追数十年,匈奴孕重堕殰,罢极苦之,自单于以下,常有和亲计。始元二年,狐鹿姑死,在位十二年。命立其弟右谷蠡王。卫律汉将,降匈奴者。等挢单于令,更立子左谷蠡王,为壶衍鞮单于。是时匈奴兵数困,国益贫,常欲求和亲,而不肯先言。惟侵盗益希,遇汉使愈厚,至乃尽归汉使者苏武等,欲以讽汉。汉终不许,遂大举入寇,汉兵又大破之,得脱者裁数百人。是时汉边郡烽火候望精明,匈奴罕得为寇。本始三年,汉约西域击匈奴,匈奴人畜死伤不可胜数,由是衰耗。于是丁令今西比利亚中部。攻其北,乌桓今盛京。入其东,乌孙今新疆北境。击其西,匈奴大虚弱,诸国羁属者皆瓦散。地节二年,壶衍鞮死,在位十七年。弟左贤王立,为虚闾权渠单于。神爵二年,虚闾权渠死,在位九年。颛渠阏氏与其弟左大且渠都隆奇谋,立右贤王屠耆堂为握衍朐鞮单于,乌维单于耳孙也。握衍朐鞮立二年,凶恶不道,姑夕王与乌禅幕及左地贵人皆怨,乃共立虚闾权渠子稽侯珊为呼韩邪单于,发左地兵,共击握衍朐鞮,握衍朐鞮败,自杀。握衍朐鞮立三年而败,时神爵四年也。其冬,都隆奇与右贤王共立日逐王薄胥堂为屠耆单于,发兵数万人,东袭呼韩邪,呼韩邪兵败走,屠耆单于遂留居单于庭。是时,匈奴呼揭王自立为呼揭单子,右奥鞬王自立为车犁单于,乌藉都尉自立为乌藉单于,凡五单于。其后乌藉、呼揭皆败,各去单于号,并力共尊车犁单于,屠耆自将击之,车犁败,西北走。其明年,屠耆复自将击呼韩邪,兵败自杀,呼韩邪遂居单于庭,然众裁数万人。其后屠耆从弟休旬王自立为闰振单于,在西边;呼韩邪兄左贤王呼屠吾斯亦自立为郅支骨都侯单于,在东边。后二年,闰振东击郅支,郅支与战,杀之,并其兵,遂进攻呼韩邪,呼韩邪败走,郅支都单于庭。呼韩邪之败也,左伊秩訾王为呼韩邪计,劝令称臣入朝,事汉,从汉求助,如此匈奴乃定。呼韩邪议问诸大臣,皆曰:“不可。匈奴之俗,本上气力,而下服役,以马上战斗为国,故有威名于百蛮。战死,壮士所有也。今兄弟争国,不在兄,则在弟,虽死犹有威名,子孙常长诸国。汉虽强,犹不能兼并匈奴。奈何乱古先之制,臣事于汉?卑辱先单于,为诸国所笑,虽如是而安,何以复长百蛮?”左伊秩訾曰:“不然。强弱有时,今汉方盛,乌孙、城郭诸国,皆为臣妾。自且鞮单于以来,匈奴日削,不能取复,虽屈强于此,未能一日安也。今事汉则安存,不事则危亡,计何以过此?”诸大人相难久之,呼韩邪卒从左伊秩訾计,引众南近塞,遣子右贤王铢娄渠堂入侍。郅支闻之,亦遣子右大将驹于利受入侍,时甘露元年也。郅支单于以为呼韩邪降汉,兵弱,不能复自还,即自引其众西,欲攻定右地,乃益西,近乌孙,欲与并力,遣使乌孙。乌孙欲媚汉,杀其使,送都护在所。郅支击乌孙,破之,因北击乌揭,乌揭降,发其兵西破坚昆,北降丁令,坚昆、丁令,皆在今西比利亚南,与蒙古、中国新疆接界处。并三国,遂留都坚昆,而南与乌孙为敌。会康居王亦怨乌孙,乃迎郅支至康居,与并力攻乌孙。既至,为汉都护甘延寿、陈汤所袭杀。呼韩邪大惧,入朝。自此匈奴全境,为汉属国,中国四邻,皆臣服矣。

第三十九节　匈奴之世系(下)

呼韩邪既事汉,数年之间,人众转盛,乃北归庭,人众稍稍归之,国中遂定。会汉已诛郅支,呼韩邪大惧,自言愿婿汉氏,以自亲。元帝以后宫良家王嫱赐之,匈奴号之曰宁胡阏氏。言胡得之,国以安宁也。史称王昭君以良家子选入掖庭,时呼韩邪来朝,帝敕以宫女赐之。昭君入宫数岁,不得见御,积悲怨,乃请掖庭令求行。呼韩邪临辞,大会,帝召宫女示之。昭君丰容靓饰,光照汉宫,顾影裴回,竦动左右。帝见大惊,意欲留之,而难于失信,遂与匈奴。呼韩邪欢喜,上书愿世世保塞,自是匈奴臣服于汉。建始二年,呼韩邪死,在位二十八年。子雕陶莫皋立,为复株累若鞮单于。鸿嘉元年,复株累死,在位十年。弟且麋胥立,为搜谐若鞮单于。元延元年,搜谐死,在位八年。弟且莫车立,为车牙若鞮单于。绥和元年,车牙死,在位四年。弟囊知牙斯立,为乌珠留若鞮单于。四单于皆呼韩邪之子,预约次及者。乌珠留时,王莽秉政,讽乌珠留为一名,谓以一字为名,此《公羊》太平义也。莽好经术,故效之。乌珠留乃更名知。莽又易单于印,故印文曰“匈奴单于玺”,莽更曰“新匈奴单于章”,乌珠留滋不悦。会西域诸国多叛汉,通匈奴,乌珠留乃谋叛汉。莽于是分匈奴地为十五国,呼韩邪有十五子。欲招诱单于诸子立之,立数人,一为孝单于,一为顺单于。乌珠留闻之,大怒曰:“先单于受汉宣帝恩,不可负也。今天子非宣帝子孙,何以得立?”建国三年,乃大入为寇,于是北边复为墟矣。建国五年,乌珠留死,在位二十一年。王昭君女须卜居次云,居次,匈奴公主之称,云,其名也。立呼韩邪子咸为乌累若鞮单于,咸即莽所拜为孝单于者也。于是复与汉和亲,而寇盗如故。莽乃改匈奴曰恭奴,单于曰善于。乌累贪莽金币,曲听之,而寇盗仍如故。天凤五年,乌累死,在位五年。弟舆立,为呼都而尸道皋若鞮单于。呼都而尸立,与莽有隙,北边由是败坏。更始二年,汉遣使授单于汉旧制玺绶,单于曰:“匈奴本与汉兄弟。匈奴中乱,孝宣皇帝辅立呼韩邪单于,故称臣以尊汉。今汉亦大乱,为王莽所篡,匈奴亦出兵击莽,空其边境,令天下骚动思汉,莽卒以败,而汉复兴,亦我功也,当复尊我。”终持不决。建武中入寇尤深。建武二十二年,呼都而尸死在位二十八年。子乌达鞮侯立,为蒲奴立单于。蒲奴立二年,八部大人共议,立呼韩邪孙比为呼韩邪单于,款五原塞,愿永为藩蔽,捍御北虏,光武许之。于是匈奴分为南北,南匈奴事汉,北匈奴时叛时服,然皆微矣。

第四十节　南匈奴之世系

呼韩邪单于,又为醢落尸逐鞮单于,既降汉,徙居于西河美稷。今山西汾阳县西北。汉为设中郎将、副校尉拥护之,设有府从事,并骑兵二千,弛刑徒五百人,卫护单于,岁给费一亿九十余万,自后以为常。单于亦遣韩氏骨都侯屯北地,右贤王屯朔方,单于骨都侯屯万原,呼衍骨都侯屯云中,郎氏骨都侯屯定襄,左南将军屯雁门,栗藉骨都侯屯代郡,皆领部众,为郡县侦罗耳目。于是匈奴之众,遂与汉族杂居。建武三十二年,呼韩邪死,在位九年。弟莫立,为邱浮尤鞮单于。中元二年,莫死,在位一年。弟汗立,为伊伐於虑鞮单于。明帝永平二年,汗死,在位二年。单于比之子适立,为僮醢尸逐侯鞮单于。永平六年,适死,在位四年。单于莫子苏立,为邱除车林鞮单于,数月死,单于适之弟长立,为胡邪尸逐侯鞮单于。章帝元和二年,单于长死,在位二十三年。单于汗之子宣立,为伊屠於闾鞮单于。章和二年,单于宣死,在位三年。单于长之弟屯屠何立,为休兰尸逐侯鞮单于。时北庭衰乱，南部将并北庭，窦太后许之。和帝永元元年，以窦宪为车骑将军，耿秉为副，北伐匈奴。夏六月，宪等与北单于战于稽落山，大破之，追单于至私渠北鞮海，斩名王以下万三千级，获生口甚众，杂畜百余万头，诸裨小王降者八十一部，廿余万人。出塞三千余里，登燕然山，今杭爱山。刻石颂功德，班固为铭焉。永元五年，单于屯屠何死，在位六年。单于宣弟安国立，以右谷蠡王师子为左贤王，国人不附，而爱师子。安国患之，与新降胡同谋杀师子，事觉，汉将问之。安国夜闻汉军至，大惊，弃其帐而去，因举兵欲诛师子，师子闭曼柏城，不得入。安国舅骨都侯喜等惧并诛，共格杀安国，而立师子为单于，时永元六年也。至是，新降胡不自安，十五部廿余万人皆反，胁立前单于屯屠何子逢侯为单于，重向朔方，欲度幕北。九月，以光禄勋邓鸿、越骑校尉冯柱、度辽将军朱徽、乌桓校尉任尚，合四万人讨之。时南单于及中郎将杜崇屯牧师城，逢侯将万骑攻围之。冬十一月，邓鸿等至美稷，逢侯乃解围去，向满夷谷。南单于、杜崇与邓鸿合追之，斩首四千余级。任尚要击逢侯于满夷谷，复大破之，前后凡斩万七千余级。逢侯遂率众出塞，汉兵不能追而还。后元初中，逢侯穷蹙降汉，汉处之颍川。单于师子立，为亭独尸逐侯鞮单于。永元十年，单于师子死，在位四年。单于长之子檀立，为万氏尸逐鞮单于。永初三年，汉人韩琮随匈奴南单于入朝，既还，说南单于云："关东水潦，人民饥饿尽死，可击也。"单于信其言，遂反。九月，南匈奴合乌桓、鲜卑入寇五原，与太守战于高渠谷，未详。汉兵大败，南单于围中郎将耿种于美稷。冬十一月，以大司农何熙行车骑将军事，中郎将庞雄为副，将五营及西域校尉梁慬、辽东太守耿夔，率鲜卑及诸郡兵共击之，雄、夔击南匈奴薁鞬日逐王破之。四年，南单于围耿种数月，不克。梁慬、耿夔击斩其别将于属国故城，在美稷内，属国都尉治之。单于自将迎战，慬等复破之，单于遂引还虎泽。三月，何熙军到五原，遣庞雄、梁慬、耿种将步骑万六千人，攻虎泽，连营稍前。单于见诸军并进，大怖，顾让韩琮曰："汝言汉人死尽，今是何等人也?"乃遣使乞降，许之。单于脱帽徒跣，对庞雄等拜，陈道死罪，乃还抄汉人男女，及羌所略转卖入匈奴者，合万余人。延光三年，单于檀死，弟拔立，为乌稽侯尸逐鞮单于。永建三年，单于拔死，在位四年。弟休利立，为去特若尸逐就单于。永和五年，休利以不能制下，为汉所责，自杀。在位十三年。秋，匈奴立句龙王车纽为单于，东引乌桓,西收羌戎,及诸胡大人为寇,汉兵出击,破之,斩句龙呼兰若尸逐就单于。兜楼储先在京师,汉安二年,天子临轩,自册立之,遣中郎将持节护送单于归南庭。建和元年,单于兜楼储死,在位五年。居车儿立,为伊陵尸逐就单于。熹平元年,居车儿死,在位二十五年。子某立。史失其名。熹平六年,某死,在位六年。子呼征立。光和二年,中郎将张修与单于不相能,擅斩之。诏以修抵罪,而立右贤王羌渠为单于。中平五年,各部反,攻杀羌渠,在位十年。子於扶罗立,为持至尸逐侯单于,国人畔之,共立须卜骨都侯为单于。於扶罗将诣阙自讼,会灵帝崩,天下大乱,单于将数千骑,与白波贼合,寇河内诸郡,失利,欲归。国人不受,乃止河东。兴平二年,於扶罗死,在位七年。弟呼厨泉立为单于。呼厨泉自以其先祖与汉约为兄弟,遂冒姓刘氏,至孙渊,遂为五胡之一。

第四十一节　北匈奴之世系

蒲奴立单于既失南方之众,仍居单于庭,然自顾衰弱不自安。建武二十七年,遣使求和亲,光武不许。二十八年,复求率西域诸国朝见,光武仍不许,而赐之甚厚。永平八年,再求和亲,显宗许之。而南匈奴不自安,欲畔,密令北匈奴以兵迎之。汉乃始置度辽营,以中郎将为度辽将军,屯五原、曼柏,今内蒙古鄂尔多斯黄河西岸。以防二虏交通,北匈奴由是复为寇抄。永平十六年,大发兵讨之,至涿邪山。在今土谢图汗地。是时北匈奴衰耗,南部攻其前,丁零寇其后,鲜卑击其左,西域侵其右,不复自立,乃远引而去。章和元年,鲜卑入左地,即匈奴东方之地。击北匈奴,大破之,斩优留单于,取其皮而还。优留既死,国人立单于异母兄右贤王为单于。永元初,为耿夔所破,逃亡不知所在。其弟右谷蠡王於除鞬自立为单于,止蒲类海,今罗布淖尔。遣使款塞,汉立为北单于,即授玺绶玉剑,使中郎将卫护如南单于。永元五年,畔还北,自是遂不可知。案西书言,晋时匈奴西徙,其酋遏底拉 Atilat 称霸于欧洲,其即北匈奴之苗裔欤?

第四十二节　西域之大略

西域以孝武时始通,西域二字,始于《史记》,其义凡起玉门、阳关,直抵欧洲,统谓之西域，非仅指今新疆之地也。为汉校尉所属者，汉所置统领西域官名，宣帝时改曰都护。元帝时又置戊、已二校尉。都护掌兵，驻乌垒城，其始独护南道，至神爵三年，乃兼护北道，始曰都护。校尉掌屯田。三十六国。一、婼羌国；二、楼兰国；三、且末国；四、小宛国；五、精绝国；六、戎卢国；七、扜弥国；八、渠勒国；九、于阗国；十、皮山国；十一、乌秅国；十二、西夜国；十三、子合国；十四、蒲犁国；十五、依耐国；十六、无雷国；十七、难兜国；十八、大宛国；十九、桃槐国；二十、休循国；二十一、捐毒国；二十二、莎车国；二十三、疏勒国；二十四、尉头国；二十五、姑墨国；二十六、温宿国；二十七、龟兹国；二十八、尉犁国；二十九、危须国；三十、焉耆国；三十一、姑师国；三十二、墨山国；三十三、劫国；三十四、狐胡国；三十五、渠犁国；三十六、乌垒国。三十六国，众说颇异。此据徐松《汉书·西域传补注》，下同。其后稍分至五十余，姑师分为车师，及山北六国；车师分为前、后国：后国又分为乌贪訾离国；且弥国分为东、西；蒲类分为蒲类后国；卑陆分为卑陆后国之类。至后汉，又相兼并，存者廿余国。其地在匈奴之西，乌孙之南，今伊犁之地。西羌之北，今西藏、青海。即今所谓新疆南路也。南北有大山，北为天山，南为新疆、西藏间之诸山。中央有河，今塔里木河。东西六千余里。其人或城郭，或游牧，不一种。孝武以前，盖属役于匈奴，匈奴呼衍王领其地，置僮仆校尉。其种族素弱，从古不能独立，不及胡与羌之强悍。孝武欲伐匈奴，乃先开西域，以断匈奴与西羌相通之道。于是西域诸国，终汉之世，皆服属于中国。两《汉书》述三十六国，并三十六国以外之诸大国，形势颇详。今特举其大略，而以今地证之如下。葱岭以西，用洪钧《元史逸文证补》为主；葱岭以东，用徐松《汉书·西域传补注》为主。

第四十三节　南道诸国

出阳关，在今甘肃敦煌县治西南，关已久废。自近者始，《汉书》叙述之法，先自葱岭东南，渐至葱岭西南，循葱岭西转北而东，自西北以至东北而终焉。曰婼羌国，其地今已沦为戈壁。户四百五十，口千七百五十，胜兵五百，随畜逐水草，不田作，地僻不当孔道。西北曰楼兰国，地今已沦为戈壁。户千五百七十，口万四千一百，胜兵二千九百十二人，地沙卤，少田，寄田仰谷旁国，民随畜牧，逐水草，与婼羌同，地当汉人达西方大道。西行七百里至且末国，地今已沦为戈壁。户二百三十，口千六百一十，胜兵三百二十。南行三日至小宛。自且末以往，皆城郭之国。西南曰小宛国，地今已沦为戈壁。户百五十，口千五十，胜兵二百人，地僻不当孔道。再西曰精绝国，地今已沦为戈壁。户四百八十，口三千三百六十，胜兵五百人。南行四日至戎卢国，地今已沦为戈壁。户二百四十，口千六百一十，胜兵三百人，地僻不当孔道。再西曰打弥国，地今已沦为戈壁。户三千三百四十，口二万四千，胜兵三千五百四十人。西行三百九十里至于阗。打弥南曰渠勒国，地今已沦为戈壁。户三百一十，口二千一百七十，胜兵三百人。于阗国，今新疆和阗。户三千三百，口万九千，胜兵二千四百人。西行三百八十里至皮山国，今叶尔羌之东南，和阗之西。户五百，口三千五百，胜兵五百人。西南经乌秅国，今英属巴达克山地。户四百九十，口二千七百三十三，胜兵七百四十人，山居，田石壁间，以手接饮，累石为室，有悬度处，溪谷不通，以绳索相引而度。乌秅北为西夜国，王号子合王，此即双立君也，地在今噶勒察回之博洛尔部南境。户三百五十，口四千，胜兵千人。西夜种与西域各国异，类羌氐行国，随畜，逐水草往来，西与蒲犁接。蒲犁国，在今英吉沙尔、叶尔羌之间。户六百五十，口五千，胜兵二千人。西曰依耐国，今英吉沙尔界中。户一百二十五，口六百七十，胜兵三百五十人。西曰无雷国，今俄属西布鲁特部落中。户千，口七千，胜兵三千人。凡蒲犁、依耐、无雷三国，皆与西夜同种，行国也。北曰难兜国，今英属拔达克山西境。户五千，口三万一千，胜兵八千人。此为汉属之至西境，其西大月氏矣。

第四十四节　北道诸国

大宛国，今俄属敖罕。户六万，口三十万，兵六万人。与安息同俗，以蒲桃为酒，富人藏酒至万余石，室数十年不败，汉人因宛始得蒲桃。贵女子，女子所言，丈夫乃决正。其人皆深目，多须髯。桃槐国，地无考。户七百，口五千，胜兵千人。休循国，地无考，此与桃槐，当是葱岭麓之小国。户三百五十八，口千三十，胜兵四百八十人，民因畜随水草，故塞种也。塞种，即佛书之刹帝利种，今谓闪弥斯种。其东曰捐毒国，今俄属西布鲁特地。户三百八十，口千一百，胜兵五百人，其俗就水草，故塞种也。其东南曰莎车国，今莎车。户二千三百三十九，口万六千三百七十三，胜兵三千四十九人，西至疏勒五百六十里。莎车西少北曰疏勒国，今喀什噶尔。户千五百一十，口万八千六百四十七，胜兵二千人，西当大月氏、大宛、康居大道。再东曰尉头国，今乌什。户三百，口二千三百，胜兵八百人，其俗随水草。再东曰姑墨国，今阿克苏。户三千五百，口二万四千五百，胜兵四千五百人。再东曰温宿国，今温宿。户二千二百，口八千四百，胜兵五百人。再东曰龟兹国，今库车。户六千九百七十，口八万一千三百一十七，胜兵二万一千七十六人。再东曰乌垒城，今库车东南。户百一十，口千二百，胜兵三百人，都护所治也。东曰渠犁城，今库车与喀剌沙尔间。户百三十，口千四百八十，胜兵百五十人。其东曰尉犁国，今喀剌沙尔。户千二百，口九千六百，胜兵二千十人。其北曰危须国，今喀剌沙尔之南。户七百，口四千九百，胜兵二千人。再北曰焉耆国，今喀剌沙尔之东。户四千，口三万二千一百，胜兵六千人。焉耆西北曰乌贪訾离国，此车师后国所分。户四十一，口二百三十一，胜兵五十七人。其东曰卑陆国，姑师所分。户二百二十七，口千三百八十七，胜兵四百二十二人。其东曰卑陆后国，姑师所分。户四百六十二，口千一百三十七，胜兵三百五十人。郁立师国，今乌鲁木齐。户百九十，口千四百四十五，胜兵三百三十二人。单桓国，在今乌鲁木齐。户二十七，口百九十，胜兵四十五人。再西南曰蒲类国，今吐鲁番之北，姑师所分。户三百二十五，口二千三十二，胜兵七百九十九人。更西曰蒲类后国，蒲类所分。户四百，口千七百，胜兵三百三十四人。西且弥国，今呼图壁河至马纳斯河一带，姑师所分。户三百三十二，口千九百二十六，胜兵七百三十八人。东且弥国，姑师所分。户百九十一，口千九百四十八，胜兵五百七十二人。蒲类北曰劫国，在今戈壁。户九十九，口五百，胜兵百一十五人。又北曰狐胡国，今辟展西百二十里。户五十五，口二百六十四，胜兵四十五人。其东南曰墨山国，今罗布淖尔之北。户四百五十，口五千，胜兵千人。其东曰车师前国，今吐鲁番广安城西二十里，姑师所分。户七百，口六千五十，胜兵千八百六十五人。其西北曰车师后王国，车师所分。户五百九十五，口四千七百七十四，胜兵千八百九十。车师都尉国，广安城东七十里，车师所分。户四十，口三百三十三，胜兵八十四人。车师后城长国，今奇台县之北，车师所分。户百五十四，口九百六十，胜兵二百六十人。以上皆为汉之属国。汉西域都护驻乌垒城，各国皆遍置吏焉。

第四十五节　葱岭外诸国

汉所属之国，界虽尽此，而汉时风教所通，则其迹甚远。孝武时张骞自乌孙、今伊犁境，古游牧国。大宛至康居国，今新疆北境。由康居至大月氏，月氏本在阳关外，游牧族也，为匈奴冒顿单于所逐，西徙至大夏境，击大夏而臣之。大夏，希腊种也，国于今阿富汗之北，盐海之南。自是月氏为大国，号大月氏。至后汉，南领印度。在大夏见邛竹杖及蜀布，问安得此？曰："吾贾人往市之身毒国，今之印度。身毒在大夏东南。"知其去蜀不远矣，乃谋出蜀，求身毒，不得通，然汉因是开西南夷。骞又闻大夏之西南，曰罽宾，曰乌弋山离，皆今波斯东境。地皆温和，出珠玑、珊瑚、虎魄、璧、流离，以金银为钱。乌弋山离西与犁靬、旧说以为古罗马，殆非也。条支接。今波斯西南临波斯湾处。行可百余日，可至条支。北转而为安息。古波斯之附萨朝，今波斯东北境。再北曰奄蔡，今俄属高加索斯部。谓之酒国。然则西汉人之迹，盖穷极亚洲，而未至欧洲也。后汉永元九年，都护班超遣甘英使大秦，今欧洲古罗马国。抵条支，临大海。今阿勒富海，又名波斯湾。欲渡海，而安息人谓英曰："海水广大，往来者逢善风，三月乃得渡，若还迟，亦有二岁者，故入海人皆赍三岁粮。"当时条支海道，由波斯绕阿剌伯，三面入红海，过苏彝士原有之小港入地中海，至罗马，故云云。英闻之，乃止。至桓帝延熹九年，大秦王安敦遣使，自日南今越南。徼外献象牙、犀角、玳瑁，于是欧亚乃通，而其道当即今日所通行之航路也。印度亦于后汉始通，见他节。

第四十六节　汉第一次通西域

汉开西域，其谋发于张骞。元朔三年，张骞使西域归。初，上欲击匈奴，募能使大月氏者，汉中张骞，以郎应募。出塞，为匈奴所得，留十余岁，骞得间亡。向月氏西走，数十日至大宛，历大宛、康居、大月氏、大夏，留大月氏岁余。欲从羌中归，复为匈奴所得，留岁余，匈奴内乱，乃得逃归。骞初行，百余人，去十三岁，惟二人得还。骞还，言其所见闻，天子欣然以为然。元鼎元年，汉兵逐匈奴于幕北，自盐泽以东无匈奴，置武威、张掖、酒泉、敦煌四郡，西域道可通。于是张骞建言，招乌孙东徙，实浑邪王故地,以断匈奴右臂,既连乌孙,自其西大夏之属,皆可招来,而为外臣。天子然其言,拜骞为中郎将,将三百人,马各二匹,牛羊以万数,赍金币帛直数千巨万,多持节副使,沿道有便,可遣之旁国。骞至乌孙,因分遣副使使大宛、康居、大月氏、大夏、身毒、于阗、安息及诸旁国。是岁骞还,后岁余,骞所遣使通大夏之属者,皆颇与其人来,于是西域始通于汉矣。是时内属者三十六国,而匈奴与羌通之道绝。六年,以公主嫁乌孙,期共灭胡。是时汉兵威远及,单于益西北徙,汉使西逾葱岭,抵安息,安息以大鸟卵即今鸵鸟之卵。及黎轩善眩人,即幼术。《文选》张衡《西京赋》颇列之,有鱼龙曼衍、唐梯追人之属,大约如今日之外国幻戏。献于汉。而其他各小国,争随汉使献,见天子。大宛献天马,即花条马,因《汉书》天马歌言,虎脊两被龙文,故知之。又献葡萄,可以为酒,此可见中国汉时已有葡萄酒。天子种之于离宫别观傍极望。太初元年,汉求天马于大宛,大宛不予,又攻杀汉使。三年,贰师将军李广利击大宛,斩其王毋寡,于是汉兵度葱岭而西。四年,将军李广利还,所过小国,闻宛破,皆使其子弟从入贡献,见天子,因为质焉。初,匈奴闻汉兵征大宛,欲遮之,畏汉兵,不敢当,即遣骑因楼兰,候汉使后过者,欲绝不通。汉军正任文知之,即引兵捕得楼兰王,王请徙国内属,上赦之。是时匈奴与汉争楼兰,元凤四年,将军傅介子击楼兰王安,斩之。安,匈奴所立也,而更立汉质子尉屠耆为王,以兵戍之,西域之通始定。神爵三年,匈奴内乱,日逐王降汉,乃以安远侯郑吉为都护,开幕府于乌垒城,汉之号令行于西域矣。

第四十七节　汉第二次通西域

前汉时,孝武夺西域于匈奴。王莽之衰,四夷背畔,西域复属匈奴。光武中兴,西域诸国,颇有愿服事汉者,屡请都护,帝谢未能也。后汉之开西域,自班超始。初,明帝永平十六年,使奉车都尉窦固伐匈奴,固使假司马班超,与从事郭恂,俱使西域。超行到鄯善,即楼兰。鄯善王广奉超礼甚备,后忽更疏。超谓其官属曰:“宁觉广礼意薄乎?”官属曰:“胡人不能常久,无它故也。”超曰:“此必有北虏使来,狐疑未知所从故也。”乃召侍胡,诈之曰:“匈奴使来数日,今安在乎?”侍胡惶恐曰:“到已三日。去此三十里。”超乃闭侍胡,悉会其吏人三十六人,与共饮。酒酣,超曰:

"不入虎穴,不得虎子。当今之计,独有因夜以火攻虏使,彼不知我多少,必大震怖,可殄尽也。灭此虏,则鄯善破胆,功成事立矣。"众曰:"当与从事议之。"超曰:"从事文俗吏,闻此必恐而谋泄,死无所名,非壮士也。"众曰:"善。"初夜,超遂将吏士往奔虏营,会天大风,超顺风纵火,前后鼓噪,虏众惊乱,遂斩其使及从士三十余级,余众百许人,悉烧死。明日乃还,告郭恂,恂大惊,既而色动。欲分超功。超知其意,曰:"掾谓恂。虽不行,超独何心擅之乎?"恂乃悦。超于是召鄯善王,以虏使首示之,一国震怖。王叩头愿属汉,无二心。超还白固,固大喜,上超功。帝乃以超为军司马,令遂前功,使超使于阗,于是超复与三十六人往。时于阗王广德,雄张南道,而匈奴遣使监护其国。超既至,王礼意甚疏,且其俗信巫,巫言神怒,何故向汉?汉使有䯄马,急求取以祠我。王乃遣其相私来比,就超请马。超已密知其状,佯许之,而令巫自来取马。有顷,巫至,超即斩其首,收私来比,鞭笞数百,王大惊,乃杀匈奴使者而降。于是诸国皆遣子入侍。西域与汉绝六十五年,至是乃复通焉。初,龟兹王建,为匈奴所立,倚恃虏势,据有北道,攻杀疏勒王,立其臣兜题为疏勒王。班超从间道至疏勒,去兜题所居槃橐城九十里,逆遣吏田虑先往降之,敕虑曰:"兜题本非疏勒种,国人必不用命,若不即降,便可执之。"虑既到,兜题见虑,殊无降意。虑因其无备,遂前击缚兜题,左右出其不意,皆惊惧奔走。虑驰走报超,超即赴之,悉召疏勒将吏,说以龟兹无道之状,因立其故王兄子忠为王,国人大悦。众请杀兜题,超曰:"杀之无益于事,当今龟兹知汉威德。"遂解遣之。永平十七年十一月,窦固、耿秉、刘张出敦煌昆仑塞,击西域,破白山即雪山。虏于蒲类海。即罗布淖尔。遂进击车师,车师前王,即后王之子也,其廷相去五百余里。汉兵先攻后王,斩首数千级,后王安得震怖,走出门迎汉兵,脱帽抱马足降。于是前王亦归命,遂定车师而还。于是复置西域都护,及戊、己校尉,以陈睦为都护,耿恭为戊校尉,屯后王部金蒲城,今迪化州。谒者关宠为己校尉,屯前王部柳中城。今哈密。

第四十八节　汉第三次通西域

永平十八年春,北单于遣二万骑击车师,耿恭遣司马将兵三百人救之，皆为所没。匈奴遂破车师，杀后王安得，而攻金蒲城。恭坚守不下，至笮马粪而饮之。十一月，焉耆、龟兹攻没都护陈睦，北匈奴围关宠于柳中城。会中国方有大丧，明帝崩也。救兵不至。车师复叛，与匈奴共攻耿恭。恭率厉士众御之数月，食尽穷困，恭与士卒，推诚同生死，故皆无二心，而稍稍死亡，余数十人。单于知恭已困，欲必降之，遣使招恭曰："若降者，当封为白屋王，妻以女子。"恭诱其上城，杀之，炙诸城上。单于大怒，更益兵围之，不能下。关宠上书求救，帝遣征西将军耿秉屯酒泉，行太守事，遣酒泉太守段彭，与谒者王蒙、皇甫援，发张掖、酒泉、敦煌三郡，鄯善兵合七千余人以救之。建初元年，酒泉太守段彭等兵会柳中，击车师，攻交河城，今吐鲁番东南。斩首三千八百级，获生口三千余人。北匈奴惊走，车师复降。会关宠已殁，王蒙欲引兵还，耿恭军史范羌，时在军中，固请迎恭。诸将不敢前，乃分二千人与羌，从山北迎恭，遇大雪丈余，军仅能至。城中夜闻兵马声，以为虏来，大惊。羌遥呼曰："我范羌也，汉遣兵迎校尉耳。"城中皆称万岁，开门共相持涕泣，明日遂相随俱归。虏兵追之，且战且行。吏士素饥困，发时尚有二十六人，其后随路死没，三月至玉门，惟余十三人，衣屦穿决，形容枯槁。恭至洛阳，拜骑都尉。于是悉罢戊、己校尉，及都护官，征还班超，于是西域再绝。超将发疏勒，举国忧恐，曰："汉使弃我，我复为龟兹所灭耳。"超还至于阗，王侯以下皆号泣。会疏勒两城已降龟兹，与尉头连兵，超更还疏勒，捕斩反者，击破尉头，遂不复归。建初五年，班超欲平西域，上疏请兵，曰："前世议者，皆曰取三十六国，号为断匈奴右臂。今西域诸国，莫不向化，惟焉耆、龟兹，独未服从。今宜拜龟兹侍子白霸为其国王，以步骑数百送之，与诸国连兵，岁月之间，龟兹可禽。若得龟兹，则西域未服者，百分之一耳。臣窃冀未便僵仆，谓未死。目见西域平定，陛下举万年之觞，荐勋祖庙，布大喜于天下。"书奏，帝知其功可成，以徐幹为假司马，将弛刑刑徒。及义从自愿行者。千人就超。先是莎车以为汉兵不出，遂降于龟兹，而疏勒都尉番辰亦叛。会徐幹适至，遂与超击番辰，大破之，斩首千余级。欲进攻龟兹，以乌孙兵强，宜因其力，乃上言："乌孙大国，控弦十万，故武帝妻以公主。至孝宣帝，卒得其用。今宜遣使招抚，与共合力。"帝从之。八年，帝拜班超为将兵长史，以徐幹为军司马，别遣卫候李邑，护送乌孙使者。邑到于阗，值龟兹攻疏勒，恐惧不敢前，因上书陈西域之功不可成，又盛毁超。

帝知超忠,切责邑,令邑诣超受节度,超即遣邑将乌孙侍子还京师。元和元年,帝复遣假司马和恭,将兵八百人诣班超,超因发疏勒、于阗兵,击莎车。莎车以赂诱疏勒王忠,忠遂反从之,西保乌即城。超乃更立其府丞成大为疏勒王,悉发其不反者,以攻忠,使人说康居王,执忠以归国,乌即城遂降。疏勒王忠,从康居王借兵还据损中,或作顿中,又作桢中,其地无考。遣使诈降于班超,超知其奸,而伪许之。忠从轻骑诣超,超斩之,因击破其众,南道遂通。章和元年,班超发于阗诸国兵,共二万五千人,击莎车。龟兹王发温宿、姑墨、尉头兵,合五万人救之。超声言兵少,不敌,莫若散归于阗,从是而东,长史超时为将兵长吏。亦于此西归,西归疏勒也。须夜鼓声而发。阴缓所得生口,使归散言。龟兹王闻之大喜,自以万骑,于西界遮超。温宿王将八千骑,于东界徼于阗。超知二虏已出,密召诸部,勒兵驰赴莎车营,胡大惊乱,奔走,追斩五千余级,莎车遂降。龟兹等因各退散,自是威震西域。永元二年,副校尉阎盘复袭北匈奴之守伊吾者,今哈密。复取其地。车师震慑,前、后王各遣子入侍。月氏求尚公主,班超拒还其使,由是怨恨,遣其副王谢将兵七万攻超。超众少,乃收谷坚守。谢前攻超不下,又抄掠无所得,超度其粮尽,必从龟兹求食,乃遣兵数百于东界要之。谢果遣骑赍金玉以赂龟兹,超伏兵遮击,尽杀之,持其首以示谢。谢大惊,即遣使请罪,愿得生归。超纵遣之,月氏由是降汉。明年,龟兹、姑墨、温宿诸国皆降。是年冬,复置西域都护、骑都尉、戊、己校尉官,章帝建初元年罢,今复置。以班超为都护,徐幹为长史。拜龟兹侍子白霸为龟兹王,遣司马姚光送之。超与姚光共胁龟兹,废其王尤利多,而立白霸,使光将尤利多还诣京师。超居龟兹它乾城,徐幹屯疏勒。惟焉耆、危须、尉犁以前没都护,犹怀二心,其余悉定。永元六年,西域都护班超发龟兹、鄯善等八国兵,合七万余人,讨焉耆。到其城下,诱焉耆王广,尉犁王汎等,斩之,传首京师。因纵兵抄掠,斩首五千余级,获生口万五千人。更立焉耆左侯元孟为焉耆王,超留焉耆半岁,慰抚之。于是西域五十余国,悉纳质内属,至于海滨,黑海也。四万里外,皆重译贡献。永元九年,西域都护班超遣甘英使大秦,抵条支,临大海欲渡,而安息西界船人谓英曰:“海水大,往来者逢善风,三月乃得渡;若还迟风,亦有二岁者。入海,入皆赍三岁粮。海中善使人思土恋慕,数有死亡者。”英闻之,乃止。

第四十九节　汉第四次通西域

永元十四年，西域都护、定远侯班超久在绝域，年老思土，上书乞归，朝廷久之未报。超妹曹大家，名昭，嫁曹寿。帝数召入宫，令皇后、诸贵人师事之，号曰大家，宫中相尊之称也。昭高材博学，为中国女学之宗。寿妹曹丰生，独作书难之，此殆女学之别派，惜其书不传。上书言之，帝感其言，乃征超还。八月，超至雒阳，拜为射声校尉。九月，卒。超之被征，以戊己校尉任尚代为都护。班超既死，西域诸国复绝于汉，北匈奴复以兵威役属之，与共为边患。敦煌太守曹宗患之，乃遣长史索班将千余人，屯尹吾以招抚之，于是车师前王及鄯善王复来降。永宁元年春，北匈奴率车师后王军就，共杀后部司马及敦煌长史索班等，遂击走其前王，略有北道。鄯善逼急，求救于曹宗，宗因此请出兵五千人，击匈奴以报索班之耻，因复取西域。太后乃以军司马班勇议，复敦煌郡营兵三百人，置西域副校尉，居敦煌，以为羁縻。勇，超之子也。延光二年，匈奴连与车师入寇河西，议者欲复闭玉门、阳关，以绝其患，班勇议不可。于是复以班勇为西域长史，将五百人，出屯柳中。三年春，班勇至楼兰，以鄯善归附，而龟兹王白英犹自疑未下，勇开以恩信，白英乃率姑墨、温宿，自缚诣勇，因发其步兵万余人，到车师前王庭，击匈奴伊蠡王于伊和谷，收得前部五千余人。于是前部始复开通，还屯田柳中。永建元年，班勇更立车师后部故王子加特奴为王。勇又使别将诛斩东且弥王，亦更立其种人为王。于是车师六国悉平。勇遂发诸国击匈奴，降其众二万余人，生得单于从兄。北单于自将万余骑，入后部，勇救之，单于引去，追斩其贵人骨都侯，是后无复虏迹。二年，时西域诸国皆服于汉，惟焉耆王元孟未降，班勇请攻之。于是遣敦煌太守张朗将河西四郡兵三千人配勇，因发诸国兵四万余人，分为两道击之，勇从南道，朗从北道，约俱会焉耆。而朗先有罪，欲徼功自赎，遂先期至爵离关，在龟兹国北四十里山上。前战，获首虏二千余人，元孟遂降朗。受降而还，朗得免诛。勇以后期，征下狱，免罚。自建武至此，三绝三通，阳嘉以后，复绝，遂不复通。越数百年，皆灭于突厥。

第五十节 西羌之概略

西羌之本,出自三苗,姜姓之别也。案是说,如匈奴之称淳维后耳。其国近南岳,及舜流四凶,徙之三危,河关之西,南羌地是也。滨乎赐支,至乎河首,绵地千里。赐支者,《禹贡》所谓析支者也。即今青海番地。南接蜀、汉徼外蛮夷,西北楼兰、车师诸国,所居无常,依随水草,地少五谷,以畜牧为业。其俗,氏族无定,或以父名母姓为种号,十二世后,相与婚姻。父没,则妻后母,兄亡,则纳嫠嫂,故国无鳏寡,种类繁炽。不立君臣,无相长一,强则分种为酋豪,弱则为人附落。更相抄暴,以力为雄,杀人偿死,无他禁令。其兵长在山谷,短于平地,不能持久,而果于触突,堪耐苦寒,同之禽兽。其种盖界于匈奴与南蛮之间,上古即与中国通,而臣服中国,《商颂》称"自彼氐羌,莫敢不来王"是也。春秋之世,周遂陵迟,戎逼诸夏,自陇山以东,及乎伊洛,往往有戎。于是渭首有狄、豲、邦、冀之戎,狄道、豲道、上邽、冀皆在今陕、甘二省之间。泾北有义渠之戎,渭、洛川有大荔之戎,渭南有骊戎,伊洛间有杨拒、泉皋之戎,皆戎邑名。颍首以西,有蛮氏之戎。当春秋时,在中国,与诸夏会盟。至战国时,诸侯力征,诸戎悉为所灭,其遗脱者,皆逃走,西逾汧、陇,汧山、陇山之外,今之甘肃地。自是中国无戎寇。至东汉之季,乃再为患于中国,至晋时遂为五胡之一。

第五十一节 前汉之西羌

羌无弋爰剑者,秦厉公时,为秦所拘执,以为奴隶。不知爰剑,何戎之别也。后得亡归,而秦人追之急,藏于岩穴中,得免。羌人云,爰剑藏穴中,秦人焚之,有景象如虎,为其蔽火,得以不死。既出,又与劓女遇于野,劓,截鼻也。遂成夫妇。女耻其状,被发覆面,羌人因以为俗。案此羌人自述其开国之神话,今之西藏人自述其始祖,乃一猴与一岩穴中之鬼女相为夫妇,遂生藏人,与此略相似。遂俱亡入三河间,三河即黄河、赐支河、湟河也,在今青海稍东之地。诸羌见爰剑被焚不死,怪其神,共畏事之,推以为豪。河、湟间少五谷,多禽兽,以射猎为事。爰剑教之田畜,遂见敬信,庐落种人,依之者日益众。羌人谓奴为无弋,以爰剑尝为奴隶,故因名之。其后世世为豪，至爰剑曾孙忍时，秦穆公霸西戎。忍季父卬畏秦之威，将其种人附落，而南出赐支河曲西案此西字疑有误。数千里，自此与众羌绝远，不复交通。其后子孙分别各自为种，任随所之。或为犛牛种，越巂羌是也。今云南宁远州。或为白马种，广汉羌是也。今四川顺庆府。或为参狼种，武都羌是也。今甘肃巩昌府。忍及弟舞独留湟中，忍生九子，为九种，舞生十七子，为十七种，羌之兴盛，从此始矣。案羌凡百五十种，其见于史者，曰犛牛种、白马种、参狼种、先零种、彡姐种、封养种、烧何种、当煎种、滇南种、当滇种、勒姐种、累姐种、发种、罕种、滇当种、沈氏种、牢种、五同种、钟种、虔人种、全无种、且冻傅难种、巩唐种，二十三种而已。忍子研，至豪健，故羌中号其后曰研种。及匈奴冒顿强，威服百蛮，羌众臣服匈奴。武帝征伐四夷，北逐匈奴，初开河西四郡，四郡者，一武威，今甘肃凉州府；二张掖，今甘肃甘州府；三酒泉，今甘肃肃州府；四敦煌，今甘肃安西州。四郡本匈奴右地，所恃以与西羌交通者，汉逐匈奴据其地，以置四郡，而匈奴与西羌交通之路始绝。通玉门，隔绝羌胡，障塞亭燧，出长城外数千里。羌人震惧，乃解仇诅盟，羌人多互相仇，欲举事则解其仇，而相诅盟也。攻金城，今甘肃兰州府。汉将军李息大败之，汉始置护羌校尉，驻临羌，今甘肃西宁县。持节统领焉，自是臣服于汉。宣帝时复叛，将军赵充国平之。研十三世孙烧当立，元帝时与彡姐等七种寇陇西，将军冯奉世平之。从爰剑五世至研，研最豪健，自后以研为种号。十三世至烧当，复豪健，其子孙更以烧当为种号，烧当羌常为诸羌之冠。羌酋之世系，惟烧当稍可述，其他则无闻焉。

第五十二节　后汉之西羌(上)

方王莽之篡也，讽诸羌献西海地，今青海。因筑西海郡。及烧当玄孙滇良立，会王莽败，四夷内侵，滇良亦率众还据西海为寇。建武中，屡寇中国，皆讨平之。自烧当至滇良，世居河北大允谷，种小人贫。而先零、滇南，并皆富强，数侵犯之。滇良父子积见陵易，愤怒，而素有恩信于种中，于是即会附落及诸杂种，乃从大榆入，在青海东。掩击先零、滇南，大破之，杀三千人，掠取财畜，夺居其地大榆中，由是始强。滇良死，子滇吾立，附落转盛，常雄诸羌。每欲侵边者，滇吾教以方略，为其渠帅。滇吾屡寇中国，为汉所破，滇吾及弟滇岸皆降汉。而滇吾子东吾，复立为酋豪,乃入居塞内,谨愿自守。而诸弟迷吾等,数为寇盗。建初二年,迷吾大败金城太守郝崇兵,死若二千余人,于是诸种悉与相应。未几,为车骑将军马防所败,迷吾等悉降。元和三年,迷吾及弟号吾反畔,而为陇西太守张纡所败,皆退居河北归义城。章和元年,武威太守傅育追之,为其所杀。迷吾既杀傅育,狃于边利,明年,复与诸种七千人入为寇,陇西太守张纡击迷吾,斩之。迷吾子迷唐向塞号哭,与当煎、当滇等,解仇交质,以五千人入寇陇西,不利引还,附落炽盛。会张掖太守邓训以计离间之,诸种少解。而东吾子东号立,是时号吾将其种人降,校尉邓训,遣兵击迷唐,迷唐去大小榆谷,徙居颇岩谷。及聂尚为校尉,愿以文德服之,遣译招迷唐,迷唐还居榆谷,遣祖母卑缺诣尚。尚自送至塞下,为设祖道,令译田汜等五人,护至庐落。迷唐因遂反叛,屠裂汜等,以血盟诅。永元五年,校尉贯友击迷唐,获首虏八百余人,收麦万斛,遂夹逢留大河,筑城坞,作大航,造河桥,欲渡师击迷唐,迷唐乃率部落远依赐支河曲。八年,大举入寇,汉诸道兵追之,不能得。明年,谒者耿谭设购赏携贰诸羌,迷唐恐,乃降,人不满二千,饥窘不立,入居金城。和帝令迷唐还大小榆谷,迷唐以汉作河桥,兵来无常,故地不可居,不肯还。校尉吴祉促令出塞,种人更怀猜惊。十二年,遂复畔归赐支河曲。明年入为寇,大败,诸种互解,迷唐遂远逾赐支河曲,依发羌。是时西海及大小榆谷左右,无复羌寇。汉拟夹河立三十四部,屯田其地,功已垂立,永初中诸羌叛,乃罢。本节诸地名,约皆在今甘肃、青海之间,每地未及详考。

第五十三节　后汉之西羌(中)

初,烧当羌豪东号之子麻奴,随父来降居于安定。时诸羌布在郡县,皆为豪右吏民所徭役,积以愁怨。安帝永初元年,遣骑都尉王弘,发金城、陇右、汉阳羌数百千骑征西域,郡县促迫发遣。群羌惧远屯不还,行到酒泉,颇有散叛。诸郡发兵遮邀,或覆其庐落,于是勒姐、当煎、大豪、东岸等愈惊,遂同时奔溃。麻奴兄弟,因此与种人俱西出塞。先零别种滇零,与钟羌诸种,大为寇抄,断陇道。羌众归附既久,无复器甲,或持竹竿木枝,以待戈矛,或负板案以为盾,或执铜镜以象兵。郡县畏懦不能制，不得已，皆赦之，汉始衰矣。是岁，诏车骑将军邓骘、征西校尉任尚将五营及诸郡兵五万人，屯汉阳以备羌。二年春，邓骘至汉阳，钟羌数千人击败骘军于冀西，汉冀县之西，今伏羌县。杀千余人。梁慬自西域还至敦煌，诏慬留援诸军。慬至张掖，破诸羌万余人，其能脱者十二三。进至姑臧，今甘肃武威县。羌大豪三百余人诣慬降。冬，邓骘使任尚率诸郡兵，与滇零羌数万人战于平襄，今甘肃通渭县。尚大败，死者八千余人，羌众遂大盛，朝廷不能制。湟中诸县，粟石万钱，百姓死亡，不可胜数。太后不得已，诏邓骘还师，留任尚屯汉阳。于是滇零乃自称天子于北地，招集武都参狼，上郡西河诸杂羌，断陇道，寇抄三辅，南入益州，杀汉中太守董炳。梁慬受诏，当屯金城，闻羌寇三辅，即引兵赴击，连破走之，羌稍退散，参狼羌遂降。永初四年，先零羌复寇褒中，郑勤与战，大败，死者三千人，勤等皆死。时羌既转盛，而缘边二千石、令、长多内郡人，并无战意，皆争上徙郡县，以避寇难。于是悉徙边郡于内地，百姓不乐徙者，则刈其禾稼，发彻屋室，夷营壁，破积聚。时连旱蝗饥荒，而驱蹙劫掠，流离分散，随道死亡，或弃捐老弱，或为人仆妾，丧其大半。其秋，汉阳人杜琦及弟杜季贡、同郡王信等，与羌通谋，聚众入上邽郡。未几，杜习刺杀琦，而季贡亡从滇零。滇零死，子零昌立。七年秋，护羌校尉侯霸、骑都尉马贤，击先零别部牢羌于安定，获首虏千人。元初元年秋，羌豪号多与诸种，抄掠武都、汉中、巴郡，汉中五官掾程信，率郡兵与板盾蛮救之，号多走还。侯霸、马贤与战于枹罕，今甘肃河州治。破之。冬，凉州刺史皮杨击羌于狄道，大败，死者八百余人。二年春，护羌校尉庞参以恩信招抚诸羌，号多等率众降，赐以侯印，还治令居。玉门边外。时诏屯骑校尉班雄屯三辅，雄，超之子也。以左冯翊司马钧行征西将军，督关中诸郡兵八千余人，庞参将羌胡兵七千余人，分道并击零昌。参兵至勇士东，今甘肃金县。为杜季贡所败，引退。钧等独进，杜季贡伪逃，钧令右扶风仲光收羌禾稼，光遂深入，为羌所围，钧不救。十月，光等败没，死者三千余人。钧遁还，庞参亦称疾引还，皆征下狱，钧自杀。时梁慬亦坐事抵罪，诏皆赦之。复以任尚为中郎将，代班雄。虞诩说尚曰："虏皆骑马，日行数百里。汉兵以步追之，势不相及。所以屯兵二十余万，而无功也。今莫如罢诸郡兵，各令出钱数千，二十人共市一马，以万骑之众，追数千之虏，何为不可？"尚即上言，用其计，太后遂以诩为武都太守。诩到郡，兵不满三千，而羌众甚盛。诩以奇策击诸羌，大破之，贼众由是解散。诩乃筑营壁，招流亡，赈贫民，开水运，一郡遂安。元初三年，征西校尉任尚破先零羌零昌于北地，斩首七百余级，杀其妻子，得僭号文书，及所没诸将印绶。四年，任尚遣人刺杀杜季贡。九月，任尚复遣人刺杀零昌。十二月，任尚与马贤共击先零羌狼莫，追至北地，相持六十余日，战于富平河上，大破之，斩首五千级，狼莫逃去。于是西河虔人种羌万人诣邓遵降，陇右平。邓遵募上郡全无种羌，刺杀狼莫。自羌叛十余年间，军旅之费，凡用二百四十余亿，府帑空竭，边民及内郡，死者不可胜数，并、凉二州遂至虚耗。及零昌、狼莫死，诸羌瓦解，三辅、益州，无复寇警。时羌患暂已，而麻奴等，自以烧当世嫡，马贤等抚恤未至，颇怨望。建光元年八月，烧当羌麻奴、号多复叛，马贤将先零种击之，不利。烧当因胁将先零、沈氏诸种寇武威，贤招引之，诸种降者数千人，其豪麻奴，南还湟中。延光元年，马贤追击麻奴，至湟中，破之，种众散遁。未几，麻奴将种众诣汉阳太守耿种降，麻奴弟犀苦立。永建元年，马贤击种羌于临洮，斩首千余级，羌众皆降，由是凉州复安。以上为永初中羌变。永和五年，且冻傅难羌复反，大寇三辅，杀害长吏。于是拜马贤为征西将军，以骑都尉耿叔为副，将左右羽林五校士，及诸郡兵十万，屯汉阳。贤野次垂幕，珍肴杂遝，儿子侍妾，处处留滞。六年春，贤与且冻羌战于射姑山，在今甘肃宁夏。贤军败，贤及二子皆没。东、西羌遂大合，寇抄遂及三辅，烧园陵，杀吏民。时悬师之费，且百亿计，出于平民，回入奸吏，江湖之民，群为盗贼。青、徐饥荒，襁负流散。军士劳怨，困于猾吏，进不得快战以徼功，退不得温饱以全命，饿死沟渠，暴骨中原。酋豪泣血，惊怖生变，是以安不能久，叛则经年，而黄巾之乱作矣。以上为永和之末羌变。

第五十四节　后汉之西羌(下)

西羌之患，亘安帝、顺帝两朝，至桓帝时，竟为段颎所灭。然羌灭未几，而汉亦大乱，则羌祸深于匈奴、西域也。桓帝延熹二年，烧当、烧何、当煎、勒姐八种羌，寇陇西金城，护羌校尉段颎击破之，斩其豪酋以下二千级，获生口万余人。三年，西羌余众复与烧何大豪寇张掖，段颎追之四十余日，遂至积石山，在甘肃河州西。出塞二千余里，斩烧何大帅，降其众而还。延熹八年，段颎击西羌，进兵穷追，展转山谷间，自春及秋，无日不战，虏遂败散，凡斩首二万三千级，获生口数万人，降者万余落。永康元年春正月，东羌先零入寇，当煎诸种复反，段颎大败之，西羌遂定。段颎既定西羌，而东羌先零等种犹未服，度辽将军皇甫规、中郎将张奂，招之连年，既降又叛。桓帝问其策于段颎，颎上言曰："若以骑五千，步万人，车三千辆，三冬二夏，足以破定，都凡用钱五十四亿。如此，则可令群羌破尽，匈奴永服。内徙郡县，得返本土。计永初中，诸羌反叛，十有四年，用钱二百四十亿。永和之末，复经七年，用钱八十余亿。耗费若此，犹不尽诛，余孽复起，于兹作害。今不暂疲民，则永无宁日。"帝从其言。建宁元年，颎将兵万余，赍十五日粮，从彭阳今甘肃原东县。至高平，今甘肃固原州治。与先零羌战于逢义山。未详，当在高平境。虏兵盛，颎令军中张镞、利刃、长矛三重，挟以强弩，列轻骑为左右翼。谓将士曰："今去家数千里，进则事成，走必尽死，努力共功名。"因大呼，众皆应声腾赴，驰骑于傍，突击之，虏众大溃，斩首八千余级。颎再将轻兵追羌出桥门，谷名。晨夜兼行，与战于奢延泽落川令鲜水上，或谓青海，未详。连破之，又战于灵武谷，在今甘肃宁翔县。羌遂大败。秋七月，颎至泾阳，在今甘肃平凉县西四十里。余寇四千，悉散放汉阳山谷。张奂忌其功，上言："颎性轻果，负败难常，即尽诛之，必致灾异，以招降为便。"颎复上言："昔先零作寇，赵充国徙令居内。煎当乱边，马援迁之三辅。始服终叛，至今为鲠。是犹种枳棘于良田，养蛇虺于室内也。臣欲绝其本根，不使能殖，愿卒斯言，一以任臣。"段颎所言，即所谓民族主义也。如用其策，必无五胡之乱。明年，段颎击诸羌于凡亭山，在今平凉府。破之。羌众东奔，复聚射虎谷，在平凉府。分兵守谷上下门。颎欲一举灭之，不欲复令散走，路于西县，今甘肃秦州西南百二十里。结木为栅，广二十步，长四十里遮之。遣司马田晏、夏育等，将七千人，衔枚夜上西山，结营穿堑，去虏一里许。又遣司马张恺等，将三千人，上东山，虏乃觉之。颎因与恺等挟东西两山，纵兵奋击，破之，追至谷上下门，穷山深谷之中，处处破之，斩其渠帅以下万九千级。谒者冯禅又招降四千人，分置安定、汉阳、陇西三郡。时灵帝建宁二年也，于是诸羌悉平。颎前后凡百八十战，斩三万八千余级，获杂畜四十二万七千余头，费用四十四亿，军士死者四百余人。

第五十五节　西南夷

南夷君长以十数,夜郎最大。昔有女子,浣于遁水。有三节大竹流入足间,闻其中有号声,剖竹视之,得一男儿,归而养之。及长,有武才,自立为夜郎侯,以竹为姓。其西靡莫之属,以十数,滇最大。庄跻者,楚庄王之后也。楚威王时,使将兵循江,上略巴、黔中以西。跻至滇池,以兵威定属楚。欲归报,会秦夺楚巴、黔中郡,道不通,因其以众王滇中。自滇以北,君长以十数,邛都最大。此皆椎髻,耕田,有邑聚。其外自桐师以东,北至叶榆,今云南楚雄府。名为巂、昆明,皆编发,随畜移徙,亡常处,亡君长,地方数千里。自巂以东、北,君长以十数,徙、筰都最大。自筰以东、北,君长以十数,冉駹最大。其俗或土著,或移徙,在蜀之西。自駹以东、北,君长以十数,白马最大,皆氐类也。此皆巴、蜀西南外蛮夷也,古时不通中国,自庄跻王滇池,秦尝通其道,颇置吏。汉兴,弃此国,惟巴、蜀民常窃出行贾,南粤颇属役之。至孝武事南粤,建元六年,番阳令唐蒙上言,请开夜郎以制粤,乃拜蒙中郎将,使夜郎。夜郎听约,乃置犍为郡。今四川叙州、嘉定二府及贵州西边。寻拜司马相如中郎将,通邛、筰、冉駹,置一都尉,十余县。数岁,道不通,蛮夷数反,士卒多死,乃废之。及元狩元年,张骞言,可从西南夷通身毒、大夏,乃至滇。而使者闭于昆明,不得通。会汉已平南越,使中郎将郭昌、卫广诛且兰,遂平南夷,置牂柯郡,今贵州贵阳、遵义二府。夜郎侯遂入朝。时汉诛且兰邛君,并杀筰侯,冉駹皆震恐,请臣置吏,遂以邛都为粤巂郡,今云南宁远府。筰都为沈黎郡,在今四川嘉定雅州之东南。冉駹为文山郡,今四川成都府西北。白马为武都郡,今陕西汉中府西北。于是滇王举国降,以其地为益州郡。今云南云南府。至光武开哀牢夷,乃置永昌郡。今云南永昌府。

第五十六节　南　粤

秦并天下,略定扬、粤,置桂林、今广西省。南海、今广东省。象郡,今法属越南国。以谪徙民与越杂居。十三岁,至二世时,南海尉任嚣病且死,召龙川令赵佗,属以后事。嚣死,佗为尉,击并桂林、象郡,自立为南粤武王。高祖已定天下,中国罢劳,未遑问也。十一年,遣陆贾立佗为南粤王，与剖符通使。高后时，以汉禁粤关市铁器，佗乃自尊为南〔粤〕武帝，以兵威财物赂遗闽粤、西瓯，役属焉，东西万余里，乃乘黄屋左纛，称制，与中国侔。文帝使陆贾谕之，佗乃奉诏，称臣。至孝武建元四年，佗孙胡为南越王，立十余年死，子婴齐嗣立。婴齐死，子兴立。元鼎四年，汉使人促兴入朝，王及太后将行。相吕嘉年长矣，相三王，其居国中甚重，粤人信之，得众心愈于王，有畔心。王及太后亦欲倚汉使者诛嘉，相持数月。天子闻之，遣韩千秋以二千人往，嘉遂反，令国中曰："王年少，太后中国人，太后为邯郸樛氏。又与使者乱，汉使安国少季。专欲降汉，亡顾赵氏社稷。"乃与人攻杀太后、王，及汉使者，更立建德为王，以兵击灭韩千秋。元鼎五年，汉遣路博德、杨仆等五将军伐粤，斩建德及吕嘉，以其地为儋耳、今儋州。珠崖、今琼州。南海、今广州。苍梧、今梧州。郁林、今浔州。合浦、今雷州。交趾、今越南北宁道。九真、今越南清华道。日南今越南河靖道。九郡。

第五十七节　闽　　粤

闽粤王无诸，及粤东海王摇，其先皆越王勾践之后也，姓驺氏。秦并天下，废为君长，以其地为闽中郡。今福建东境。及诸侯畔秦，无诸、摇率粤归番阳令吴芮。汉五年，复立无诸为闽粤王，王闽中。孝惠三年，更立摇为东海王，都东瓯，今浙西南境。一号曰东瓯王。后数世，建元三年，闽粤发兵围东瓯，东瓯使人告急天子，天子许之。汉兵未至，闽粤引兵去，东瓯请举国内徙，乃处之江淮间。六年，闽粤击南粤，南粤以上闻，上遣王恢等伐闽粤。闽人恐，杀其王郢以说，汉乃立无诸孙丑为王，而王郢弟馀善以杀王郢有功，汉立之为东粤王，与丑并处。孝武元鼎五年，汉遣击南粤，馀善不行，持两端，阴使南粤。明年，乃发兵距汉，馀善自立为武帝。汉遣杨仆、韩说等四将军伐之，斩馀善，乃徙其民于江淮之间，粤地遂虚，不复置郡。

第五十八节　朝　　鲜

朝鲜今朝鲜北境及盛京东南境。自箕子受封，传世四十有一，至箕准自称王。汉初大乱，燕、齐、赵人往避地者数万口，而燕人卫满击准而自王，为朝鲜王,役属真番、今满洲兴京之地。临屯。今朝鲜江陵府。传至孙右渠,汉谕以入朝,不从。武帝元封元年,使杨仆、荀彘等击之,朝鲜杀右渠以降,汉以其地为真番、临屯、乐浪、玄菟四郡。后北方扶馀种族渐南进,建国号高句丽。南方有马韩,弁韩、辰韩三国号新罗。高句丽一族,亦南略地,号百济。其他乐浪、带方、马韩、任那,并歼灭,遂为高句丽、百济、新罗三国焉。

第五十九节　日　　本

倭在三韩大海中,此《山海经》文。秦、汉时中国已知之,至后汉乃通使命,有三十余国。《后汉书》称,乐浪郡今高丽平安道。去其国万二千里,其地大较在会稽之东,与珠崖、儋耳相近。此实甚误。惟称其土宜禾稻、麻苎、蚕桑,气候温暖,冬夏生菜茹,则颇相合。又云,建武中元二年,倭奴国奉贡朝贺,使人自称大夫。永初元年,倭国王帅升等献生口百六十人,愿请见,此皆日本当时之部落。至称桓灵间,倭国大乱,更相攻伐,历年无主。有一女子名曰卑弥呼,于是共立为王,则彼之神功王后也。案日本自称,古有天神七代,地神五代,而后为神武天皇。又九世,徐福率童男女,来居熊野浦。又五代,乃及神功王后,名气长足姬。则正中国建安时矣,与《后汉书》合。至于日本国事,近人皆知之,本编不复述,但述其事之始见于我古书者如此。

第六十节　儒家与方士之糅合

鬼神、术数,自古分流。至春秋之季,而有老、孔、墨三家,同时各有所发明,其贤于古说明矣,然于古说未能尽去也。至秦乃皆折而入于上古鬼神、术数之说,非诸家弟子之不克负荷也,盖其初祖创教之初,即不能绝古说之根株,譬如草子,藏于泥中,一遇春日,便即发生,更无疑义。故三家数传之后,诸弟子不欲保存其教则已,欲保存焉,非兼采鬼神、术数之说不可也。一既采之,则曾不逾时,已反客而为主,所存者,老、孔、墨之名称而已。观秦、汉时之学派,其质干有三。一儒家,二方士,三黄老。一切学术,均以此三者离合而成之,述其概略如下。方士之说,内丹始见于屈原，外丹始见于邹衍，而后皆并入孔教。屈原《远游》："闻赤松之清尘兮，愿承风乎遗则。贵真人之休德兮，美往世之登仙。与化去而不见兮，名声著而日延。奇傅说之托星辰兮，羡韩众之得一。中略。餐六气而饮沆瀣兮，漱正阳而含朝霞。保神明之清澄兮，精气入而粗秽除。中略。道可受兮不可传，其小无内兮其大无垠。无滑而魂兮，彼将自然。壹气孔神兮，于中夜存。虚以待之兮，无为之先。"其说与丹经无异，而不涉于儒。屈原赋二十五篇，无言孔子者。至魏伯阳则言："火记不虚作，演《易》以明之。"是方士内丹与儒稍杂矣。而外丹之说，则其始即与儒不分。《史记》以邹子与孟、荀同传，殆儒家者流也。而《封禅书》曰："邹子之徒，论著始终五德之运。及秦帝，而齐人奏之，故始皇采用之。而宋毋忌、正伯侨、充尚、羡门高，最后皆燕人为方，仙道形解销化，依于鬼神之事。邹衍以阴阳主运，显于诸侯，而燕、齐海上之方士，传其术，不能通。然则怪迂阿谀敬合之徒，自此兴，不可胜数也。"是方士外丹与儒相杂也。《始皇本纪》："卅二年，始皇使燕人卢生求羡门、高誓。三十五年，卢生说始皇曰：'臣等求芝奇药，常弗遇，类物以害之者。方中，入主时为微行，以辟恶鬼，恶鬼辟，真人至。上所居毋令人知，然后不死之药，殆可得也。'中略。卢生相与谋曰：'始皇为人，天性刚戾自用，中略。未可为求仙药。'于是乃亡去。始皇闻亡，乃大怒曰：'吾前收天下书，不中用者尽去之，悉召文学、方术士甚众，欲以兴太平。方士欲铢以求奇药，今闻韩众去不报，徐市等费以巨万计，终不得，徒奸利相告日闻。卢生等吾尊赐之甚厚，今乃诽谤我，以重吾不德也。诸生在咸阳者，吾使人廉问，或为妖言以乱黔首。'于是使御史悉案问诸生，诸生传相告引，乃自除犯禁者四百六十余人，皆阬之咸阳，使天下知之以惩后，益发谪徙边。始皇长子扶苏谏曰：'天下初定，远方黔首未集，诸生皆诵法孔子，今上皆以重法绳之，臣恐天下不安。'"此诸生与方士合，一也。三十六年，使博士为《仙真人诗》，及行所游天下，传令乐人弦歌之。此诸生与方士合，二也。三十七年，博士曰："水神不可见，以大鱼蛟龙为候。"此诸生与方士合，三也。虽然，此犹得曰偶然耳。再以西汉各经师之说证之。《说文》：魃，鬼服也。《韩诗传》曰：郑交甫逢二女，魃服。《文选·江赋》注引《韩诗内传》：郑交甫汉皋台下，遇二女，请其佩。二女与佩，交甫怀之，循探之，即亡矣。《南都赋》注引《韩诗外传》：郑交甫遇二女，佩两珠，大如荆鸡之卵。《七发》注：《韩诗序》曰，《汉广》，悦人也，“汉有游女，不可求思”。薛君曰：“谓汉神也。”《韩诗外传》又载子夏之言曰：“黄帝学乎大坟，颛顼学乎绿图，帝喾学乎赤松子，尧学乎务成子附，舜学乎尹寿，禹学乎西王国，汤学乎贷乎相，文王学乎锡畴子。”此治《诗》者合方士之说也。《汉书·李寻传》：“治《尚书》，独好《洪范》灾异。齐人甘忠可，诈造《天官历》、《包元太平经》十二卷，以言汉家逢天地之大终，当更受命于天，天帝使真人赤精子，下教我此道，以教重平夏贺良、容丘丁广世。中略。而李寻亦好之。中略。陈说汉历中衰，当更受命。中略。哀帝为改建平二年为太初元年，号曰陈圣刘太平皇帝。”是治《书》者合方士之说也。《刘向传》：“淮南有《枕中鸿宝苑秘书》，书言神仙使鬼物为金之术，及邹衍重道延命方，世人莫见。而更生父德，武帝时治淮南狱，得其书，更生读之，以为奇，献之，言黄金可成。”是治《穀梁春秋》者合方士之说也。晋葛洪《抱朴子·论仙篇》引董仲舒所撰《李少君家录》云：李少君，汉武时方士，事见《汉书·李夫人传》。“少君有不死之方，而家贫无以市药物，故出于汉，以假涂求其财，道成而去”云云。其事甚怪。然以证《春秋繁露》所列求雨、止雨之法，暴巫聚蛇、埋虾蟆、烧雄鸡、老猪、取死人骨燔之等法，则仲舒之学，实合巫蛊厌胜、神仙方士而一之。是治《公羊春秋》者合方士之说也。至于《易》道阴阳，更与方士为近，而道人之名，即起于京房之自号。《汉书·京房传》。礼家封禅、申公、公玊带之伦，莫能定其为儒生为方士，更无论焉。《史记·封禅书》，《汉书·郊祀志》。盖汉儒之与方士，不可分矣。其所以然之故，因儒家尊君，君者，王者之所喜也。方士长生，生者，亦王者之所喜也。二者既同为王者之所喜，则其势必相妒，于是各盗敌之长技，以谋独擅，而二家之糅合成焉。然诸儒皆出荀子。《汉书·申公传》：“事齐人浮丘伯，受《诗》。”《盐铁论》：“包丘子与李斯，俱事荀卿。”是《鲁诗》，荀子之传也，《韩诗》仅存《外传》，源流不可考。然引《荀子》以说《诗》者四十四，是《韩诗》，《荀子》之别子也。《书》出于伏生，伏生故秦博士，李斯既焚《诗》、《书》，禁异说，李斯之焚书，如今教皇之禁读新旧约。以吏为师，即书必经总会解定，始颁行耳。必不容有非荀派者厕其间，是亦可臆度其为《荀子》之传也。《儒林传》：“瑕丘江公，受《穀梁春秋传》及《诗》于鲁申公。”是《穀梁春秋》，《荀子》之传也。既同为《荀子》之传，《荀子》法后王，拒五行，《非十二子》。而诸人法黄帝，和方士，何相反若是？不知此非相反也，实承《荀子》之意者也。《荀子·仲尼篇》："持宠处位，终身不厌之术。中略。求善处大重，理任大事，擅宠于万乘之国，必无后患之术，莫若好同之，援贤博施，除怨而无妨害人，耐任之，则慎行此道也。如不耐任，且恐失宠，则莫若早同之，推贤让能，而随其后。如是，有宠则必荣，失宠则必无罪，是事君之宝，而必无后患之术也。"《荀子》文，从王念孙《读书杂志》改定。又《臣道篇》："事暴乱君，有补削，无挢拂。迫胁于乱时，穷居于暴国，而无所避之，则崇其美，扬其善，违其恶，隐其败，言其所长，不言其所短。"夫为经师者，以守死善道教后生，尚恐其不听矣。既以固宠无患，崇美讳败，为六经之微旨，则流弊胡所不至？荀子死于秦前，幸耳；荀子而生秦皇、汉武之世，有不为文成、五利者乎？虽然，此亦孔子尊君重生之极致，有以致之也。于汉儒何尤？于荀子何尤？五行灾异之说，是孔子本有，不得谓变相。

第六十一节　黄老之疑义

汉时与儒术为敌者，莫如黄老。案黄老之名，始见《史记》，《申不害传》、《韩非传》、《曹相国世家》、《陈丞相世家》，并言治黄老术。《史记》以前，未闻此名。今曹、陈无书，申不害书仅存，韩非书则完然俱在，中有《解老》、《喻老》，其学诚深于老者，然绝无所谓黄。扬权黄帝有言，上下一日百战余，引黄帝数条，不足为师承之证。惟韩非不信时日、卜筮、长生不死药，是谓老子正传。然则黄老之名，何从而起？吾意此名必起于文、景之际，其时必有以黄帝、老子之书，合而成一学说者。学既盛行，谓之黄老，日久习惯，成为名辞，乃于古人之单治老子术者，亦举谓之黄老。《史记·孝武纪》："窦太后治黄老言，不好儒术。"《封禅书》同。《儒林传序》："窦太后好黄老之术。"《申公传》："窦太后好老子言，不说儒术。"《辕固生传》："窦太后好老子书。"《汉书·郊祀志》："窦太后不好儒学。"《辕固传》："窦太后好老子书。"《外戚传》："窦太后好黄帝、老子言，景帝及诸窦，不得不读老子书，尊其术。"窦太后者，其黄老学之开祖耶！孝文本治老子术，代王之独幸窦姬，非以色进也，学术同也。惟其学说不传，仅于《史记》、《汉书》之《儒林传》，载辕固生与黄生争汤武受命之事。夫以两教之大师，争其宗教于帝者之前，则所争宜必为其宗之宏纲巨旨，今观黄生所言"冠虽敝必加于首,履虽新必贯于足”二语,直以汤武受命为不然。而黄帝固亲灭炎帝者,黄生之言,已与黄帝不合。而“天地不仁,万物刍狗”,何冠履之足云?黄生之言,又岂与老子有合也?且又何以谓之家人言也?考《史记·自序》,太史公学道论于黄子。是司马谈者,黄生之弟子也。今观谈所述六家指要,归本道家,此老学也。而其将死,则执迁手而泣曰:“其命也夫,其命也夫!”此黄学也。黄生者,贵无而又信命者也,故曰黄老也。汉时民间盛行壬禽占验之术,皆谓之黄帝书。今所传黄帝《龙首经》、黄帝《金匮玉衡经》、黄帝《玄女经》,名见于《抱朴子》书,在道藏。备列占岁利、月利、嫁娶、祠祀、天仓、天府、日游、妇人产、吏迁否、盗贼、亡命、六畜、囚系、远行、架屋、宅舍、田蚕、市贾、马牛猪犬、奴婢、制学衣、子弟事师、怪祟、恶梦、死人魂魄出否、葬风雨、入水渡江、往来信、诸家庭琐屑事。而其书有功曹、廷掾、外部吏、五曹、对簿、王者、诸侯、将军、卿相、二千石、令长等信,皆汉时名物,是必汉时民间日用之书也。黄老学者,即以此等书而合之老子书,别为一种因循诡随之言,其与辕固所争汤武事,直以此阿谀君主,以求五胜耳。及遭辕固之诘而词穷,则口辩亦非所擅,故固曰:“此家人言耳!”师古注:家人言,僮隶之属,犹今所常云:“此奴隶之语耳!”太后怒曰:“安得司空城旦书乎?”犹今之常语云:“安得《新学伪经考》、《戊戌变政记》之说乎?”惟使辕固入圈击豕,窘人之法,未免太奇。或占书云,此日不宜击豕,故太后有此命。及豕应手而倒,而太后乃默然耶?总之,黄老之学,决非纯乎老派,今日存疑可也。

第六十二节 儒家与方士之分离即道教之原始

西汉之世,言《诗》,于鲁则申培公,于齐则辕固生,于燕则韩太傅;言《尚书》,自济南伏生;言《礼》,自鲁高堂生;言《易》,自菑川田生;言《春秋》,于齐、鲁自胡毋生,于赵自董仲舒;《史记·儒林传》。此所谓今文之学也。今文者,古者经术,口耳相传,不载竹帛,至汉乃以文字写之,其所用即当时之文字,故谓之今文。西汉经师所诵习者,如此而已。西汉之季,新室之时,乃有费直之《易》,孔安国之《书》,毛公之《诗》,河间献王所献之《周官》、《左氏春秋》,《汉书·儒林传》。此所谓古文之学。古文者,谓得山岩屋壁之藏，古人所手定，非今人之本也。于是儒术中有今文、古文之争。自东汉至清初，皆用古文学，当世几无知今文为何物者。至嘉庆以后，乃稍稍有人分别今、古文之所以然，而好学深思之士，大都皆信今文学。本编亦尊今文学者，惟其命意与清朝诸经师稍异。凡经义之变迁，皆以历史因果之理解之，不专在讲经也。今文经之传授，虽甚分明，而其师说则不免有所附会，此其故上文已言之。古文经之传授，其伪显然。今以历史因果之理推之，即可得其伪经之故。案王莽居摄时，天下争为符命封侯，其不为者，相戏曰："独无天帝除书乎？"司命陈崇白莽，莽曰："此开奸臣作福之路，而乱天命，宜绝其原。"乃诏非五威将所言者悉禁之。《汉书·王莽传》。盖谶纬盛于哀、平之际，王莽藉之，以移汉祚，已既为之，则必防人之效己，此人之常情也，故有宜绝其原之命。然此时符命之大原，则实由于六艺。见前节。六艺为汉人之国教，无禁绝之理，则其为计，惟有入他说以乱之耳。刘歆为莽腹心，亲典中书，必与闻莽谋，且助成莽事，故为莽杂糅古书，以作诸古文经，其中至要之义，即"六经皆史"一语。凡古学经说，皆不言神怪，至郑玄乃糅合今文、古文以注经，此又非古学之旧矣。盖经既为史，则不过记已往之事，不能如西汉之演图比谶，预解无穷矣。而其结果，即以孔子之宗教，改为周公之政法，一以便篡窃之渐，一以塞符命之源，计无便于此者。然以当时六艺甚备，师法甚明，必不能容不根之说，忽然入乎其间。于是不能不创言六经经秦火，已脱坏，河间献王、鲁恭王等，得山岩屋壁之藏，献之王朝，藏之秘府，外人不见，至此始见之云云。故秦焚书一案，又为古文经之根据也。所以秦焚书之案定，而古文经之真伪亦明。案《汉书·儒林传》叙云："始皇兼天下，燔《诗》、《书》，杀术士，六学从此缺矣。"《汉书》中如此者甚夥，今引一条。今考《史记》称李斯学帝王之术于荀子，知六艺之归，《李斯传》。是斯固为儒家之大宗。始皇果绝儒生，何以用斯为丞相？又博士之官，数见于秦代。秦令曰："非博士所职，天下敢有藏《诗》、《书》、百家语者，悉诣守尉杂烧之。"《史记·秦始皇本纪》。此为博士之书不烧之证。萧何入关，收秦丞相、御史府图书，《史记·萧相国世家》。即此也。然则始皇所坑者，乃转相传引之四百余人；所焚者，民间私藏之别本耳，其余固无恙也。况始皇焚书坑儒，在三十四年，下距秦亡，凡五年，距至汉兴求遗书，不过二十余年，经生老寿，岂无存者？孔甲可以抱其礼器而奔陈涉，《史记·儒林传》。

司马迁可以观孔子之车服、礼器,《史记·孔子世家》。则古人文物,彬彬具在,断无六艺遂缺之事。何必二百年后,待之山岩屋壁哉?所以当歆之时,士大夫颇非其说,师丹谓歆非毁先帝所立,《汉书·儒林传》。公孙禄谓国师公颠倒五经,《汉书·王莽传》。案此即指《诗》、《书》、《礼》、《乐》、《易象》、《春秋》改为《易》、《书》、《诗》、《礼》、《乐》、《春秋》也。范升谓费氏《易》、左氏《传》无本师,而多违反,《后汉书·范升传》。亦皆集矢于刘歆也。然歆等挟帝王之力,以行儒术,其势甚顺,且由神怪以入于简易,尤顺乎人心之理,其势遂不得不行。惟其时学说初开,高材之士则闻之,而里巷中人,尚墨守其机祥之旧说。光武中兴,尚斤斤以赤伏符为天命,《后汉书·光武纪》。而桓谭之流,曾从刘歆、扬雄游者,遂毅然不信之。《后汉书·桓谭传》。自此以来,上下分为二派。国家官书,则仍守谶纬,东京大事,无不援五行灾异之说以解决之。然视为具文,不甚笃信,灾异策免三公,不过外戚、宦官,排挤士夫之一捷法耳。太学清流,皆弃去谶纬之说,而别有所尚。桓、灵之际,党锢诸公,致命遂志,固无一毫谶纬之余习也。虽然,鬼神、术数之事,虽暂为儒者所不道,而此欢迎鬼神、术数之社会,则初无所变更,故一切神怪之谭,西汉由方士并入儒林,东汉再由儒林分为方术。于是天文、风角、河洛、五星之说,乃特立于六艺之外,而自成一家。后世所相传之奇事灵迹,全由东汉人开之。今举创见于后汉,而为后世小说家所祖述者数条于此,以举一而例万。郭宪在雒阳,从驾南郊,知齐国失火。《郭宪传》。此小说所谓知千里外事也。王乔为叶令,朔、望日常自县诣台朝,帝怪其来数,而不见车骑,密令太史伺候之,言其临至,辄有双凫从东南飞来。于是候凫至,举罗张之,但得一只舄焉,乃诏上方诊视,则四年中所赐尚书官属履也。《王乔传》。此小说所谓腾云驾雾也。费长房曾为市掾,市中有老翁卖药,悬一壶于肆头,及市罢,辄跳入壶。一日,翁乃与长房俱入壶中,惟见玉堂严丽,旨酒甘肴,盈衍其中,共饮毕而出。此小说所谓幻境也。长房遂求道,而顾家人为忧,翁乃断一青竹竿,度与长房身齐,使悬之舍后。家人见之,即长房形,以为缢死。此小说所谓以物代人死也。翁与长房入深山,践荆棘,于群虎之中,留使独处,长房不恐。又卧于空室,以朽索悬万斤石于心上,众蛇竞来啮索,且断,长房亦不移。翁来抚之曰:“子可教也。”后使食粪,粪中有三虫,秽特甚,长房恶之。翁曰:“子几得道,恨于此不成,如何?”此小说所谓仙人试人心也。长房归来,自谓去家经旬日,而已十余年矣。此小说所谓仙人一日世上千年也。汝南有魅,伪作太守章服,长房呵之,即成老鳖。长房与人共行,见一书生,黄巾被裘,无鞍骑马,下而叩头。长房曰:“还他马,赦汝死罪。”人问其故,长房曰:“此狸也,盗社公马耳。”此小说所谓精怪也。或一日之间,人见其在千里外数处焉。此小说所谓分身法也。《费长房传》。颍川太守史祈,以刘根为妖妄,谓之曰:“促召鬼,使太守目睹。”根于是左顾而啸,有顷,见祈亡父、祖、近亲数十人,皆反缚在前,向根叩头曰:“小儿无状,分当万坐。”顾而叱祈曰:“汝为人子孙,不能有益先人,而反累辱亡灵,可叩头为吾陈谢。”《刘根传》。此小说所谓召亡灵也。解奴辜、张貂,皆能隐沦,出入不由门户。《解奴辜传》。此小说所谓隐身法也。及张道陵起,众说乃悉集于张氏,遂为今张天师之鼻祖,然而与儒术无与矣。

第六十三节 佛之事略

《后汉书·西域传》:“天竺国,在月氏之东南数千里,修浮图道。世传明帝梦见金人,长大,顶有光明,以问群臣。或曰:西方有神,名曰佛,其形长丈六尺,而黄金色。帝于是遣使天竺,问佛道法,遂于中国图画形像焉。楚王英始信其术,中国因此,颇有奉其道者。”案此为中国通天竺、信佛教之始。梁慧皎《高僧传》云:“明帝梦金人飞行于庭,以占所梦,傅毅以佛对。帝遣郎中蔡愔、博士弟子秦景等,往天竺。愔等于彼遇见摄摩腾、竺法兰二梵僧,乃要还汉地。腾译四十二章经,腾所住处,今雒阳雍门白马寺也。”与范晔之说相似。其余诸家,大率相类。至于佛之事实,经论所述,异同千百,今以慈恩宗之说为主,而以近得西人之说补之。取慈恩宗者,为其为中国最后最精之译本也。案佛生于印度劫比罗伐窣堵国,其时印度分数百小国,劫比罗伐窣堵国,中印度小国也。其生卒年月,颇不可详。或曰去今此引唐释玄奘《西域记》说。今指唐贞观言,唐贞观至清光绪朝,计一千二百余年。千二百余年,或言千三百余年,或曰千五百余年,或曰已过九百年,未满千年。晚近西人,则谓佛约先耶稣六百年生。案耶稣生于汉哀帝元寿二年,上距孔子生凡五百五十一年,然则佛当与孔子并世,而早于耶稣,两皆五六百年。五百年必有名世者,其信然耶?佛为劫比罗伐窣堵国国主净饭王之长子,为刹帝利种,即《汉书》所云塞种。母基摩诃摩耶夫人。以三月八日，或云三月十五日，生佛于腊伐尼园之无忧华树，命名曰乔答摩。至年十九，或曰二十九，见人有生老病死之苦，乃于三月八日，或曰三月十五日，逾城出家，住森林中，薙除须发，去宝衣缨络，著鹿皮衣，只其亲戚五人随之，依阿罗蓝迦蓝婆罗门，修生无所有处定。又依郁头蓝婆罗门，修非想定。苦行六年，乃至尼连禅河畔菩提树下，以三月八日，或曰三月十五日，成等正觉，时年三十五岁矣。于是佛乃周流印度诸国，坐道场，转法轮者四十余年。最后至拘尸(耶)[那]揭罗国，阿特多伐底河畔，沙罗树林中，以三月十五日入无余涅槃，时年八十岁。此佛一生之历史也。佛入涅槃后，其弟子阿难集素呾缆藏，优波厘集毗奈耶藏，迦叶波集阿毗达磨藏，是为上座部，皆佛大弟子所集也。其余凡圣，复集五藏，除前三藏外，有杂集藏、禁咒藏，是为大众部。

第六十四节　佛以前印度之宗教

佛教精深，当别为一科学，本书所不及言。然此教既与中国社会成最大之关系，则亦不得不略言之。但欲言佛所立之宗教，必先明佛以前印度之宗教，亦犹欲言孔子之宗教，必先明孔子以前中国之宗教也。案印度居中国之西南，东、南、西三面距海，北背雪山。印度之名，译言月也。其种人分为四类：

一、婆罗门种，净行也，守道居贫，洁白其操。与今欧人同种。

二、刹帝利，王种也，奕世君临，仁恕为志。即《汉书》之塞种。

三、吠奢种，商贾也，贸迁有无，逐利远近。此亦外来之种。

四、戍陀罗种，农人也，肆力畴陇，勤身稼穑。此印度土人，与马来人同种。

据《阿含部经》，谓此四种人，皆从梵天生。谓大梵天王，能生一切者，印度旧教所祀也。第一种从梵口生，第二种从梵肩生，第三种从梵脐生，第四种从梵足生。故此四种人，贵贱不同，执业亦异，不相婚姻，不相往还。此婆罗门人自尊卑人之词，犹中国自命为上帝所生，而以别族为犬羊所生也。印度梵文，婆罗门人自以为梵天所传，其后有四吠陀之书，婆罗门人亦自以为梵天所制也。

一、黎俱吠陀，华言曰寿，谓养生缮性。

二、夜珠吠陀，华言曰祠，谓享祭祈祷。

三、娑磨吠陀，华言曰平，谓礼仪、占卜、兵法军阵。

四、阿闼婆吠陀，华言曰术，谓异能技数、梵咒医方。

此四吠陀，婆罗门人守为经典，谓即梵天现四面所说。其时婆罗门人之思想，大约以为万有皆梵天所造，人之灵魂不死，身死之后，仍与梵天相合。其说与基督略同。至佛前一千年左右，婆罗门人之智识乃大进，其学说蜂起，散见于佛经者，派别不同，随文而异，并无一定。今统汇群言，大约在佛出世前，为各派之原者三家。

一、僧佉派。

二、吠世史迦派。

三、尼犍陀弗呾啰派。日本井上哲次郎《印度宗教史》及《史考》引西人书，分为六派：一、尼夜耶学派，即因明学也。二、吠世史迦派，与此同。三、僧佉派，与此同。四、瑜伽学派，神秘学也。五、弥曼娑学派，声论也。六、吠檀多学派，即专诵四吠陀者。此大约西人举今印度现存之派言之。

僧佉派者，成劫之初，此亦神话，盖此人生年，亦无可考。有外道，名劫比罗，此云赤黄，鬓发、面色并黄赤，故时号黄赤色仙人。其后弟子之中上首，如十八部中部首者，名伐里沙，此翻为雨，雨时生故，即以为名。其雨徒党，名雨众外道，梵云僧佉，此翻为数，即智慧数。数度诸法根本，立从数起论，名为数论，论能生数，亦名论数。此师所造，金七十论，其学说分二十五谛，其学说与佛最近。

数论二十五谛
- 自性（一）。
- 大（二）。
- 我慢（三）。
- 五大
  - 地（四）、水（五）、火（六）、
  - 风（七）、空（八）。
- 五唯
  - 色（九）、声（十）、香（十一）、
  - 味（十二）、触（十三）。
- 五知根
  - 眼根（十四）、耳根（十五）、鼻根（十六）、
  - 舌根（十七）、皮根（十八）。
- 五作根
  - 口根（十九）、手根（二十）、足根（二十一）、
  - 男女根（二十二）、大遗根（二十三）。
- 心平等根（二十四）。
- 神我（二十五）。

吠世史迦派者，成劫之初，人寿无量。外道出世，名嗢露迦，此云鸺鹠，昼避声色，匿迹山薮，夜绝视听，方行乞食，时人谓似鸺鹠，因以名也。又名羯拏仆，羯拏云米，仆云食，先为夜游，惊他妇稚，遂收场碓糠粃之中米齐食之，故以名也，时人号曰食米齐仙人。亦云吠世史迦，此翻为胜，造六句论，诸论罕近，故云胜也。或胜人所造，故名胜论。旧云卫世师，略也。师将入灭，但嗟所悟，未有传人，后住多劫，得婆罗门名摩纳缚迦，此云孺童。其孺童子，名般遮尸弃，此言五顶，顶发五旋，头有五角故，经无量岁，俟其根熟。后三千年，仙人往化之，五顶不从。又三千年，化之又不得。更三千年，仰念空仙，仙人应时，迎往山中，说所悟六句义。后其苗裔名为惠月，更立十句，其学说名胜宗十句义，其学说去佛稍远。

胜宗十句义
- 一、实九种
  - (一) 地、(二) 水、(三) 火、(四) 风、(五) 空、
  - (六) 时、(七) 方、(八) 我、(九) 想。
- 二、德二十四种
  - (一) 色、(二) 味、(三) 香、(四) 触、(五) 数、
  - (六) 量、(七) 别体、(八) 合、(九) 离、
  - (十) 彼体、(十一)此体、(十二)觉、
  - (十三)乐、(十四)共、(十五)欲、
  - (十六)瞋、(十七)勤勇、(十八)重体、
  - (十九)液体、(二十)润、(二十一)行、
  - (二十二)法、(二十三)非法、(二十四)声。
- 三、业五种：(一) 取业、(二) 拾业、(三) 屈、(四) 伸业、(五) 行业。
- 四、同。
- 五、异。
- 六、和合。
- 七、有能。
- 八、无能。
- 九、俱分。
- 十、无说五种：(一) 未生无、(二) 已灭无、(三) 更互无、(四) 不会无、(五) 毕竟无。

尼犍陀弗呾啰派者，谓有外道，名尼犍陀弗呾啰，翻为离系子，苦行修胜因，名为离系，露形少羞耻，亦名无惭。本师称离系，是彼门徒，名之

为子。其学说为十六谛,其说主苦行生天,为婆罗门之旧说,而耶稣实近之,去佛最远。

- 尼犍子十六谛
  - 开慧八
    - 天文地理(一)。
    - 算数(二)。
    - 医方(三)。
    - 咒术(四)。
    - 四吠陀(五至八)。
  - 修慧八
    - 修六天行(一至六)。
    - 事星宿天(七)。
    - 修长仙行(八)。

其后分为六种苦行外道,皆尼犍陀弗咀啰派也。

一、自饿外道。谓外道修行,不羡饮食,长忍饥虚,执此苦行,以为得果之因。

二、投渊外道。谓外道修行,寒入深渊,忍受冻苦,执此苦行,以为得果之因。

三、赴火外道。谓外道修行,常热炙身,及熏鼻等,甘受热恼,执此苦行,以为得果之因。

四、自坐外道。谓外道修行,常自倮形,不拘寒暑,露地而坐,执此苦行,以为得果之因。

五、寂默外道。谓外道修行,于尸林冢间,以为住处,寂然不语,执此苦行,以为得果之因。

六、牛狗外道。谓外道修行,自记前世,从牛狗中来,即持牛狗戒,龁草啖污,唯望生天,执此苦行,以为得果之因。

此三种外道,为一切外道之大宗,其他各宗,皆此三宗之一义也。释典中可考见者,凡二十余派,皆琐屑不足道。所谓九十六种者,乃六师各有十五弟子,以六乘十五,得九十,加六为九十六。非真有九十六种也。此三宗之说,盛行于印度,其学理亦层递而进,渐近于佛。佛初出家,亦修其说,后乃汇通其说而修改之。案四吠陀宗旨,言人当事天耳。尼犍陀弗咀啰,则明生天之道,可以我力成之;吠世史迦,则又知一切皆以我之业力,与外境离合而成;僧佉,则更明除我之外,别无境界。其学说相引而上,如曲线然,至佛乃并我见破之,遂达宗教之至高点矣。故非有佛以前印度之宗教,不能有佛教也。佛教与婆罗门别异之处,说至精深,不易明晰。今以浅误蔽之,则诸家皆有我,佛教言无我而已。我字之界说,亦甚繁,欲知其详,当观唐释规基《唯识论》述记。至于佛教学说,入中国后,分为三大支。一曰显教,摄摩腾始传之;二曰密教,金刚智始传之;三曰心教,菩提达摩始传之。三支又分为数十家,入中国盛于唐代时,此举佛以前之教而已。

第六十五节 文学源流

人亦动物之一耳,而度量相越,至于如此者,则以人有语言也。有语言之后,又不知几何年,乃有文字,及有文字,而智识乃不可量矣。中国立国之基,尤以文辞为重要,故中国文字辞章之源委曲折,学者不可不略知之。惟其事太繁,古人各有专书,以论其术,当世识者亦多,学者若欲深明此事,当为专门之学。本书所述,只举文辞与社会相连之大概而已。可分四端论之:一、文字之原;二、作书之具;三、文体之别;四、文辞之用。

一、文字之原者。 案古书皆言黄帝史仓颉始作文,如犬马、草木等文。其后形声相益,即谓之字。如一切有偏旁之字(《说文·叙》)。然包牺作十言之教,郑康成《文艺论》。八卦即为古文。《易纬·乾凿度》。是黄帝以前,中国已有文字。而包牺所画八卦,绝类巴比伦之尖筝文;仓颉所造诸文,又绝类古埃及之象形书。二种文字,截然各异,而相隔数千年,其一种所转变耶?其起原各不相蒙耶?今日地学未兴,金石未出,不能知也。中国文字之可考者,自周始。《周礼》:保氏教国子,先以六书。一曰指事,指事者,视而可识,察而见意,上下是也。二曰象形,象形者,画成其物,随体诘诎,日月是也。三曰形声,形声者,以事为名,取譬相成,江河是也。四曰会意,会意者,比类合谊,以见指㧑,武信是也。五曰转注,转注者,建类一首,同意相受,考老是也。六曰假借,假借者,本无其字,依声托事,令长是也。及宣王太史籀著《大篆》篆字本义,为引笔而箸于竹帛。因李斯所作谓为篆书,而谓史籀所作曰大篆,其后篆书曰小篆。十五篇,与古文或异。其后诸侯力政,不统于王,言语异声,文字异形。许叔重所言如是。然以自然之理揆之,窃恐周之盛时,实未曾一天下之语言文字也。秦始皇帝初兼天下,丞相李斯乃奏同之,罢其不与秦文合者。斯作《仓颉篇》,中车府令赵高作《爰历篇》，太史令胡毋敬作《博学篇》，统谓之三仓。皆取史籀大篆，或颇省改，所谓小篆也。是时天下事繁，嫌篆书不便，始皇又使下杜程邈作隶书，以趣约易。隶书者，谓苟趋省易，施之于徒隶也。自此秦书有八体：一曰大篆，二曰小篆，三曰刻符，刻于符上。四曰虫书，以书幡信。五曰摹印，六曰署书，以题封检。七曰殳书，以题兵器。八曰隶书。汉兴，元帝之史游作《急就篇》，解散隶体，创造草书，各字相连者谓之草，不连者谓之章。今人楷书，即兼章与隶以为之者。王莽颇改古文，时有六书：一曰古文，谓为孔子壁中书。二曰奇字，古文之别体。三曰篆书，即小篆。四曰左书，即秦隶书。五曰缪篆，即秦摹印。六曰鸟虫书。即秦虫书。综三仓与武帝时司马相如《凡将篇》，元帝时黄门令史游《急就篇》，成帝时将作大匠李长《元尚篇》，平帝时黄门侍郎扬雄《训纂篇》，凡五千三百四十字。后汉安帝时，大尉南阁祭酒许慎作《说文解字》，分五百四十部，九千三百五十三字。于是天地鬼神，山川草木，鸟兽蛇虫，杂物奇怪，王制礼仪，世间人事，莫不毕载，后人所以能知古人制文字之原者，赖有此也。今观《说文》，不仅可想见古人之社会如何，并可考见汉以后中国学问之日退，盖学问愈密，则所用之名愈繁。《说文》所载名物，多至九千，而今日所通行者，不过二千余名，已足供人事之用，则今不若古可知矣。此段皆据《说文·叙》。

二、作书之具者。　古人作书之具，大半皆取资于竹，故知古时北方，为产竹极多之地。篆、见前。籀、读书也。篇、箸也。籍、簿也。简、牒也。笵、法也，竹简书也。笺、表识书也。符、信也。策，马箠，假作箸书之策。其字无不从竹。盖古人箸书，皆削竹为策，以皮或绳联之，而箸书其上。晋太康二年，汲县民不準，盗发古冢，得竹简书，皆素丝编，简长二尺四寸，以墨书，一简四十字，《晋书·荀勗传》。此犹可见古书之制也。《孔子世家》称“韦编三绝”，则以熟皮编之。以此等竹简，而书以大篆，其弊有五：为之不易，多费时日，一也；所费不赀，贫者莫办，二也；迁徙极难，易遭兵火，三也；竹质脆湿，易于朽蠹，四也；书既名贵，学者遂稀，五也。积此五因，遂为中国学问之大障。至汉时乃始为纸，黄门蔡伦所作也。《东观汉纪》。或谓伦前已有纸，古以缣帛，依书长短，随事截绢，数番重沓，纸字从系，此形声也。《御览》六百六引王隐《晋书》。有纸之后，书乃名卷，卷义同捲。其犹名篇者，仍古号耳。笔始于蒙恬，以柘木为管，以鹿毛为柱，羊毛为被，崔豹《古今注》。此秦笔也。秦以前早有为书之具，楚谓之聿，吴谓之不律，燕谓之弗,秦谓之笔。《说文》三。除秦笔外,其余不可考。然聿、弗皆有从毛之意,则古笔当与今笔不甚异也。墨之由来不可考,汉人书中数见其名,惟始于何人,古书未载。汲冢书以墨书,则用墨在战国以前矣。砚于文事,所系最微,秦、汉人未言之,至《晋书》始见其物。《晋书·刘聪载记》。此中国古人作书之具之大略也。

三、文体之别者。　中国文体之别虽繁,然大概只有二种。一有韵之文,一无韵之文而已。而有韵之文,当起于无韵之文之前。盖人类既有语言,必有社会间流传之事,其后有人病其难于记忆,乃作为韵语以便记诵,再后则有文字。文字之初,不过绘画其事以备忘,久之,其画乃有通行之公式,事之原委曲折,无不可以曲到,而人亦一见而知。于是乃以其物箸书,所谓书者,即记述其社会间流传之事者也。故各种人于其种族所传之第一部书,必神与人不分,其言甚怪。就其理言,则可谓之经;就其事言,则可谓之史,万国一也。此等之书,必尚用有韵之文。中国六经,《诗》固全为韵语,而其余各经,以及周、秦间诸子所箸书,其间皆时有韵。至秦、汉间,有韵之文与无韵之文,界画始清。有韵之文,由诗一变而为赋,《周礼》诗有六义,其一曰赋。后人目赋为古人之流,此说未可为据。屈原、荀况,实始为之。至汉枚乘、苏武等,又变四言诗为五言诗,诗与乐章,遂分为二物。其后五言古,又变七言古,再变为五七言之律诗。绝句即古体也。乐章又变为词、为曲、为一切七言句之小说,而有韵之文之变遂极。无韵之文,至后汉渐用俪句。积至唐人,遂成专用排偶之一体。至中唐韩愈、李翱等,并起而矫之,废去排偶之法,而效法秦、汉之文,自号其文曰古文,而号前之事排偶者为骈文,于是骈散之名始立。宋人作经义,及明乃成为八股文,八股文之外象,虽为无韵之文,而其源实出于唐律、赋,盖亦有韵、亦无韵、亦骈、亦散之类也。中国文章之变,大约尽于是矣。

四、文辞之用者。　中国风俗之重文辞,此习当由政体所致。春秋以前,为世官政体,其卿大夫士下至皂隶,皆有世业,其得之也有定分,其守之也有专科,虽国君不能有所左右于其间也。有世及之官,必有家传之学,此义近人章学诚《文史通义》发明最多,其源盖出于《汉书·艺文志》。此等社会,其断不能立谈而致卿相,亦甚明矣。及至战国,人事一变,兼并之风既亟,非有超伦轶群之人,不足以当将相。由是人才不复能以门地限,而国君及大臣，争以得士之多寡为盛衰，其取之之道，在苟济吾事而已，于其人之平素，不暇问也；于其人之门阀，更不暇问也。其仓猝之间，所藉以通彼我之邮者，则惟言语是赖。故其时之士，以言语为专科，片刻之言语，可以得终身之富贵，此一变也。然游说之士，各以其言语炫惑国君，而国君则以一身而接天下之士，以听其言语，则其势常不给。士既不能面对国君，以尽其言语，将谋有以代其口舌之具，易口说为上书，而文辞起矣，此又一变也。其文辞工者，可以动人，其文辞不工者，不可以动人，于是相竞日密，而文章亦愈进。国君之取士，乃骎骎乎不以言语而以文辞，此盖三变矣。观楚怀王使屈原造为宪令，屈原属草稿未定，上官大夫见而欲夺之，屈原不与，因谗之。《史记·屈原传》。秦始皇见韩非《孤愤》、《五蠹》之书，曰："嗟乎！寡人得见此人，与之游，死不恨矣。"《史记·韩非传》。其文辞之重，为何如耶？至汉孝武策问贤良方正，而上之以文辞取士，士之以文辞通籍，遂为定法，与中国相终始。推其原意，皆立谈之变相耳，此专制政体之不得不然也。夫至于以科目取人，而其流弊，乃不可胜言矣，此又岂战国诸君之所及料哉？

第六十六节　两汉官制

三代之时，国国皆自成风尚，虽有天子，王朝之政，不能逮于诸侯。故古时官制，其见于《左传》、《国语》、《战国策》者，各国不同，而秦、楚两国，尤其特异者也。自秦人并六国，夷诸侯为郡县，天下法制，乃定于一，于是天下之官，皆秦制矣。秦官亦皆沿其国之旧，非始皇所创。汉兴，高祖起亭长，萧、曹皆刀笔吏，无学术，不能深考古今，定至良之法，而惟知袭亡秦旧制，喟然而叹皇帝之贵，此神州所以不复振也。中国以民力覆政府者，惟有秦汉之际。使以亚利安种人处之，必于此时立宪矣。而中国不然者，则民智为之也。考两汉官制，亦稍有不同，前汉皆袭秦旧，后汉则袭王莽。高祖、光武能取嬴氏、新室之天下，而不能革其制度，其皆学问不及故欤！今依前后《汉书》分列两汉官制之大概，取足以证本篇所言之事迹而已，其详不及纪也。汉官以所食俸之多寡，名其秩之尊卑，故称官恒曰若干石。案汉制，三公号称万石，其俸月各三百五十斛谷；其称中二千石者，月各百八十斛；二千石者，百二十斛；比二千石者，百斛；千石者，九十斛；比千石者,八十斛;六百石者,七十斛;比六百石者,六十斛;四百石者,五十斛;比四百石者,四十五斛;三百石者,三十七斛;二百石者,三十斛;比二百石者,二十七斛;一百石者,十六斛。

相国、丞相,皆秦官,丞丞者承也。天子,助理万机。秦置左、右丞相。高帝即位,置丞相一人,后更名相国。高后时,置二丞相。孝文时,复置一丞相。哀帝元寿二年,更名大司徒,有两长史,秩千石。后汉仍。汉时丞相入朝,天子为起立。丞相道谒,天子为下车。是秦制犹愈于后世也。太尉,秦官,掌武事。自上安下曰尉,武官悉以尉称,此为武官之长。后汉仍。

御史大夫,秦官,掌副丞相,其属有中丞、侍御史、绣衣直指等。哀帝元寿二年,改大司空,与丞相、太尉为汉三公。后汉仍。

大司马,周官,主武事,为将军兼官,禄比丞相。第一大将军,次车骑将军,次卫将军,又有前、后、左、右将军。其大司马、大将军,为外戚执政者之世官。大将军营有五部,部校尉一人,秩比二千石;又令史三十一人。后汉仍。明帝初,置度辽将军。

太师、太傅、太保,皆周官,案《汉书》所记,周官即据《周礼》而言,后人多有疑之者。总之,为六国时旧有者而已。不常置,位三公上。后汉每帝初即位,辄置太傅,录尚书事,薨辄省。

奉常,秦官,掌宗庙礼仪,秩中二千石。景帝中六年,更名太常,其属有六令丞,两长丞,凡礼官皆属焉。太史、博士,亦属奉常,太史古官,博士秦官,掌通古今,秩比六百石,员多至数十人。后汉仍。

郎中令,秦官,掌宫殿掖门户,秩中二千石。武帝太初元年,更名光禄勋,其属有大夫、郎、谒者,皆秦官,期门、羽林。大夫掌论议,有太中大夫、中大夫、谏大夫,皆无员,多至数十。大夫秩自比二千石,至比八百石。郎掌守门户,(其)[出]充车骑,有议郎、中郎、侍郎、郎中,皆无员,多至千人。中郎有五官、左、右三将,郎中有车、户、骑三将,郎秩自比二千石,至三百石。谒者掌宾赞受事,员七十人,秩比六百石,有仆射,仆射犹言领袖,各官皆有之。秩比千石。期门掌执兵送从,无员数,多至千人,有仆射,秩比千石。羽林掌送从,有中郎将、骑都尉,秩比二千石。后汉仍。

卫尉,秦官,掌宫门卫屯兵,秩中二千石,有丞。景帝初,更为中大夫令。后元年,复为卫尉。属官有公车司马、卫士、旅贲三令丞,又诸屯卫候、司马二十二官。后汉仍。

太仆，秦官，掌舆马，秩中二千石。凡舆马之官，皆属焉。后汉仍。

廷尉，秦官，掌刑辟，秩中二千石，有正、左右监，秩皆千石。景帝中六年，更名大理。武帝建元四年，复为廷尉。哀帝元寿二年，复为大理。后汉仍。

典客，秦官，掌诸归义蛮夷，秩中二千石。景帝中六年，更名大行令。武帝太初元年，更名大鸿胪。属官有令丞，及郡邸长史。后汉仍。

宗正，秦官，掌亲属，秩中二千石，有丞，属官有都司空令丞、内官长丞，诸公主家令、门尉皆属焉。后汉仍。

治粟内史，秦官，掌谷货，秩中二千石。景帝后元年，更名大农令。武帝太初元年，更名大司农。属官有令丞五人，长丞二人，郡国诸仓农监都水六十五人。后汉仍。

少府，秦官，掌山泽之税，秩中二千石，有六丞，属官有尚书符节等令丞十六人，都水等长丞三人，上林池监等十人，黄门钩盾等宦者八人。其后稍多，至员吏百九人。后汉仍。

中尉，秦官，掌徼循京师。秩中二千石，有两丞。武帝太初元年，更名执金吾。属官有令丞三人。后汉仍。

太子太傅、少傅，周官，秩二千石。其属有太子门大夫五人，庶子五人，先马谓前驱也。后讹为洗。十六人。后汉仍。

将作少府，秦官，掌治宫室，秩二千石，有两丞。景帝中六年，更名将作大将。属官有令丞七人，长丞一人。后汉仍。

詹事，秦官，掌皇后、太子家，秩二千石，有丞。属官有令丞五人，长丞五人。成帝鸿嘉三年，省詹事官，并入大长秋。长信詹事，掌皇太后宫，秩二千石。景帝更名长信少府，平帝更名长乐少府。后汉仍。

将行，秦官，皇后卿也，秩二千石。景帝中六年，更名大长秋。后汉仍。

典属国，秦官，掌蛮夷降者，秩二千石。后并入大鸿胪。

水衡都尉，掌上林苑，有五丞。属官有九令丞，七长丞，八丞，十二尉。后汉省。

内史，秦官，掌治京师，秩二千石。景帝二年，分置左内史。武帝太初元年，更名内史为京兆尹。属官有令丞二人，长丞二人；左内史为左冯翊，属官有令丞一人，长丞四人。

主爵中尉，秦官，掌列侯，秩比二千石。景帝中六年，更名都尉。武帝太初元年，更名右扶风，治内史右地。属官有令丞一人，长丞四人。与左冯翊、京兆尹，是为三辅，皆有两丞。后汉改河南尹，三辅官仍，而降其秩。

司隶校尉，周官，持节，从中都官徒千二百人，捕巫蛊，督大奸。后罢其兵，去节，秩二千石。后汉仍。

城门校尉，掌京师城门屯兵，有八司马，十二城候，秩二千石。后汉仍。

中垒校尉，掌北军垒门，外掌西域，秩二千石。后汉省。

屯骑校尉，掌骑士，秩二千石。后汉仍。

步兵校尉，掌上林苑门屯兵，秩二千石。后汉仍。

越骑校尉，掌越骑，秩二千石。越义如超越之越，犹飞骑也。后汉仍。

长水校尉，掌长水宣曲胡骑，秩二千石。后汉仍。

胡骑校尉，掌胡骑，秩二千石，不常置。

射声校尉，掌待诏射声士，秩二千石。后汉仍。

虎贲校尉，掌轻车，秩二千石。后汉省。自中垒以下八校尉，皆武帝初置，各有一司马。

西域都护，比八校尉，秩二千石；副校尉，秩比二千石；戊己校尉，秩六百石。

护羌校尉，主西羌，秩比二千石。

使匈奴中郎将，秩比二千石。

奉车都尉，掌御乘舆车，驸马都尉，掌驸马，驸，副马也。皆武帝初置，秩比二千石。侍中、左右曹、诸吏、散骑、中常侍，皆加官，所加或列侯、将军、卿、大夫、将、都尉、尚书、太医、太官令、至郎中，无员，多至数十人。侍中常侍，得入禁中。诸曹受尚书事。诸吏得举法。散骑、骑，兼乘舆车。给事中亦加官，所加或大夫、博士、议郎，掌顾问应对，位次中常侍。中黄门有给事黄门，位从将、大夫。皆秦制。

爵，一曰公士，言有爵命，异于士卒。二上造，言有成命于上。三簪袅，可饰马也。四不更，言不预更卒之士也。五大夫，列位从大夫。六官大夫，七公大夫，示稍尊。八公乘，言其得乘公家之车也。九五大夫，大夫之尊也。十左庶长，十一右庶长，众列之长也。十二左更，十三中更，十四右更，言主领更卒，部其役使也。十五少上造，十六大上造，皆主上造之士也。十七驷车庶长，得乘驷马也。十八大庶长，更尊也。十九关内侯，有侯号，无国邑。二十彻侯。言其爵上通于天子。皆秦制，以赏功。后汉仍，而侯以下未见。

诸侯王，高帝初置，掌治其国。后汉仍。

监御史，秦官，掌监郡。汉省，丞相遣史分刺州，不常置。武帝元封元年，初置部刺史，掌奉诏察州，秩六百石，员十三人。成帝绥和元年，更名牧，秩二千石。后汉建武初，复为刺史，属司隶校尉。灵帝中平五年，复为州牧。

郡守，秦官，掌治其郡，秩二千石。景帝中二年，更名太守，有丞。

县令、长，皆秦官，掌治其县，其县万户以上为令，秩千石至六百石；减万户为长，秩五百石至三百石。皆有丞尉，秩四百石至二百石，百石以下，有斗食佐史之职。大率十里一亭，亭有长；十亭一乡，乡有三老、啬夫、游徼，三老掌教化，啬夫职听讼、收赋税，游徼循禁盗贼。皆秦制也。

第六十七节　汉地理节录日本重野安泽《支那疆域沿革图略说》

汉高帝元年，定三秦，雍、塞、翟。以其地为渭南、河上、中地三郡。寻并曰内史，陇西、北地、上郡复旧。明年，降申阳，置河南郡。故秦三川郡。以韩襄王孙信为韩王，颍川郡，都阳翟。虏司马卬，更殷为河内郡，悉定魏地。复河东、上党、太原三郡。三年，克赵为常山郡，定燕、齐。四年，立张耳为赵王，故秦邯郸郡，都襄国。以韩信为齐王，都临淄。更九江为淮南。王英布如故。五年，灭项羽，平临江，共敖子尉。即帝位，定都长安。今西安府。六年，筑城县邑，封建王侯。

异姓王者七国：

赵。见上。

淮南。见上。

楚。淮北地。齐王韩信徙为楚王，都下邳。今淮安府邳州。

梁。魏故地，秦砀郡。立彭越为梁王，都定陶。今属曹州府。

韩。徙王信于太原，仍称韩，都晋阳。今太原府。徙马邑。复颍川郡。

燕。臧荼反，灭之，立卢绾为燕王，都蓟。

长沙。长沙，豫章地。吴芮王之，都临湘。今长沙府。

寻皆翦除，更封同姓：

楚。以韩信为淮阴侯，今淮安府。以薛、东海、故郯郡。彭城地，立弟交为王，都彭城。今徐州府。○ 宣帝分置彭城郡，寻复故。后汉章帝复为彭城国。

荆。后吴。分东阳、后属临淮郡。鄣、武帝时改丹阳郡。吴后入会稽郡。地，立从兄贾为荆王，都吴。今苏州府。贾薨，更为吴，封兄仲之子濞，都广陵。今扬州府。

代。以云中、雁门、代郡，立兄喜为代王，都代。韩王信灭，更封子恒，并太原，除云中。都晋阳。

齐。以胶东、胶西、临淄、济北、博阳、城阳地，封子肥为齐王，都临淄。

赵。废张耳子敖为宣平侯，封子如意为赵王，都邯郸。

梁。彭越诛，封子恢为梁王，都睢阳。今归德府。

淮阳。分彭城地，封子友为淮阳王，都陈。文帝为郡，后汉章帝为陈国。

淮南。英布反，立子长为淮南王，都寿春。武帝复九江郡。

燕。卢绾反，立子建为燕王。昭帝改广阳郡，宣帝为国。

汉初概因秦制，以郡国统县邑。高帝增置郡国凡二十六：

河内、河南、汝南、景帝为国。江夏、豫章、常山、中山、景帝为国。清河、同上。魏郡、涿郡、勃海、平原、千乘、后汉和帝改乐安。泰山、和帝分置济北。东莱、东海、故秦郯郡。广汉、定襄、城阳、文帝为国。济南、同上。桂阳、武陵、沛郡、故秦泗水郡。淮阳国、梁国，故秦砀郡。

并内史。《汉志》曰：高祖增二十六。盖谓此也。

吕后以薛郡为鲁国，割齐济南郡，置吕国。文帝除之。

文帝即位，分齐为七国：

齐，都临淄。城阳，都莒。今属青州府。济北，即泰山郡。都卢。今济南府长清县。菑川，都剧。今青州府寿光县。胶东，都即墨。胶西，宣帝改高密。都高宛。今属青州府。济南，景帝复郡。都东平陵。今济南府。

分赵为二国：

赵，都邯郸。河间，都乐成。今河间府献县。

分淮南为三国：

淮南，都寿春。衡山，武帝改六安。都六。庐江，景帝为郡。都江南，景帝以边越，徙赐于衡山，王江北。《汉志》曰：文帝增六，其建国九。城阳、济南，因旧郡。济北，即泰山郡，故皆不数。

景帝平吴、楚乱，分吴为二国：鲁，都曲阜。江都，武帝改广陵。都江都。

分梁为四国：

济川，武帝为陈留郡。都济阳。今开封府兰阳县。济东，武帝为大河郡，宣帝改东平国，后汉章帝分置任成国。都无盐。今兖州府东平州。山阳，武帝改昌邑国，宣帝复山阳郡。都昌邑。今兖州府金乡县。济阴，宣帝改定陶国，哀帝复故。都定陶。

分赵为四国：

中山，都卢奴。今真定府定州。清河，后为郡，后汉桓帝改甘陵。都清阳。今广平府清河县。常山，武帝为郡。都真定。今真定州。广川，宣帝改信都,后汉明帝改乐成,安帝改安平。都信都。今真定府冀州。

分齐置北海郡。《汉志》曰:景帝增六,其建国九。中山、常山、清河,因旧郡,故皆不数,济川后废。文景之间,诸王骄僭,其地兼郡连城。天子所领,内史、陇西、北地、上郡、云中、河东、河南、河内、东郡、颍川、南阳、南郡、汉中、巴、蜀十五郡而已。至是分削之。及武帝下推恩令,诸侯惟食租税,不预政事。

武帝雄才大略,专务拓边,北征匈奴、西域,南平南越、瓯闽,西南略诸夷,东定朝鲜,匈奴远遁漠北,不复入寇。

大将军卫青出塞,取北河之南,复蒙恬之旧,置朔方、五原故秦九原郡。二郡。寻筑受降城,反五原塞,千余里列亭障,到卢朐,徙贫民实之。骠骑将军霍去病逾居延,至祁连山,即天山。置降者于塞外,为五属国,陇西、北地、上郡、朔方、云中称故塞五郡,徙降者居之,依本国之俗,而属于汉。遂置酒泉、匈奴右地,浑邪王地。武威、同上,休屠王地。张掖、分武威。敦煌分酒泉。四郡。

其后李广利伐大宛,今浩罕。斩其王毋寡,筑高障,自敦煌至盐泽,即蒲昌海。屯田轮台渠黎。

张骞等使于西域,逾葱岭,出大宛、康居,三十六国始通。

路博德、杨仆等平南越,置南海、秦置。苍梧、郁林、故秦桂林郡。合浦、交趾、九真、日南、故秦象郡。珠厓、宣帝时废。儋耳昭帝废入珠厓。九郡,又分长沙,置零陵郡。杨仆、韩说伐闽越,降之,遂徙东瓯、闽越民于江淮,空其地。

唐蒙、司马相如使西南夷,讽谕之,郭昌、卫平等继平之,夜郎王、滇王先后入朝,置牂牁、旧夜郎。越嶲、旧邛都。沈黎、旧筰都,后废入蜀。文山、文后作汶,旧冉駹,宣帝时入蜀。武都、旧白马。益州旧滇地。六郡,又置犍为郡。始通夜郎时置。

初,东夷涉降,置苍海郡,寻废。杨仆、荀彘伐朝鲜,置乐浪、治朝鲜,今平壤。临屯、治东暆,昭帝废入乐浪。玄菟、治沃沮,昭帝时徙高句丽地。真番治霅,昭帝时废入玄菟。四郡。

开边之业既成,乃建十三部置刺史,统郡国。

司隶,古雍州。**治河南。冀州,治常山国高邑。**洛阳东北千里。**幽**

州，治广阳郡蓟。洛阳东北二千里。并州，治太原郡晋阳。洛阳北，里数阙。兖州，治山阳郡昌邑。洛阳东八百二十里。徐州，治东海郡郯。洛阳东千五百里。荆州，治武陵郡汉寿。洛阳南二千里。豫州，治沛国谯。洛阳东南千二百里。益州，古梁州。治广汉郡雒。洛阳西三千里。凉州，古雍州。治汉阳郡陇。洛阳西二千里。交趾，治苍梧郡广信。洛阳南六千四百十里。十三州治所，《汉书》不载，今据《后汉书》。前汉时司隶，盖治长安。

分内史为左右，遂更京兆尹、右内史。右扶风、同上。左冯翊。左内史。

分赵国，置平干国。今广平府，宣帝改广平。分常山国，置真定国。今正定府。分东海郡，置泗水国。今淮安府邳州宿迁县东南。

武帝增置二十八：

右扶风、左冯翊、弘农、陈留、临淮、后汉明帝改下邳。零陵、犍为、越嶲、益州、牂牁、武都、天水、明帝改汉阳。武威、张掖、酒泉、敦煌、安定、西河、朔方、玄菟、乐浪、苍梧、交趾、合浦、九真、以上郡。平干、真定、泗水。以上国。○《汉志》曰："武帝增二十八。"南海、郁林、日南，即秦置。沈黎、文山、珠厓、儋耳、临屯、真番后皆废，故不数。

昭帝分陇西，置金城郡。今兰州府。○《汉志》曰："昭帝增一。"乌桓反，击破之。

宣帝神爵元年，赵充国破西羌，留屯田湟中。湟水左右之地，后汉顺帝增置。二年，始置西域都护于乌垒城，距阳关二千七百余里。督察三十六国。初，西域虽贡献于汉，实役属匈奴，至是皆服于汉，号令遐布。寻匈奴乱，五单于争立，互相屠杀。甘露三年，呼韩邪单于来降，居之漠南，郅支单于西北徙，寻击斩之，遂定匈奴。

前汉郡国百三，县邑千三百十四，道三十二，侯国二百四一。疆东西九千三百二里，南北一万三千三百六十八里。户千二百二十三万三千六十二，口五千九百五十九万四千九百七十八。据平帝元始元年所算。

王莽收西羌之地，鲜川。置西海郡，省州为九，省幽、并、交趾，凉为雍，益为梁，并司隶于雍。改易京师及州界郡名，屡变更，民不能记。群盗赤眉等。并起，诸豪割据。

刘玄收长安。公孙述据蜀。隗嚣据陇右。王郎据邯郸。李宪据淮南。张步据琅邪。董宪据东海。窦融据河西。卢芳据安定。

后汉光武帝建武元年,即位于高邑,常山郡。都洛阳。十三年,省县四百余,并西京长安。及诸郡,复十三部刺史制。广平入巨鹿,真定入常山,河间入信都,城阳入琅邪,泗水入广陵,菑川、高密、胶东入北海,六安入庐江,广阳入上谷。明帝复广阳,和帝分乐成,置河间。

自王莽之乱,匈奴略有西域诸国,屡寇边,莎车独不属,遂服五十五国,渐骄横。车师等十八国惧,请都护,帝不许,诸国复附匈奴。寻匈奴内乱,分为南北,南单于内属,入居云中,后徙西河。破北单于,却地千里,匈奴稍衰。而西羌、乌桓、鲜卑渐强盛,数入寇,马援、祭彤等击降之。交趾及武陵蛮反,马援平之。置护羌校尉,居金城,乌桓校尉,居上谷,督护羌胡。

明帝之时,西南夷哀牢内附,置永昌郡。伐北匈奴,取伊吾卢,今哈密。置屯田。章帝罢之,顺帝复置。班超降鄯善、于阗,定疏勒,窦固定车师,置西域都护,后屡有废兴。西域复通。中绝六十五年。和帝之时,复叛。班超降月氏、莎车、龟兹、姑墨诸国,为部护,居龟兹。又平焉耆、尉黎五十余国,皆内属。遣使大秦、罗马。条支,巴勒斯坦。穷西海,皆前世所未至也。超在西域三十余年,归后,抚御失方,西域复叛。

安帝之时,先零复起,乌桓、鲜卑、南匈奴、高句丽、扶馀等皆叛,连年侵寇,边郡日蹙。置广汉、蜀、犍为、张掖、居延、辽东等属国部尉,徙西域、东夷内属者,领护之。

顺帝置玄菟屯田。分会稽,置吴郡。灵帝分汉阳,置南安郡。献帝改更,载三国沿革之首。

后汉郡国百五,县邑道侯国千一百八十。户九百六十九万八千六百三十,口四千九百十五万二百二十。据顺帝永和五年所算。

第六十八节 凉州诸将之乱

由两汉极盛时代,转入六代中衰时代,实以三国为枢纽。三国前半似两汉，后半似六代，此学者所宜注意也。推求其故，因东汉经羌胡之乱，天下精兵猛士，恒聚于凉州。其后羌胡之祸，虽赖以熄灭，而重兵所在，卒成乱阶。何进之后，曹操之前，乱皇室者，皆凉州之士也。而始发难者，前为董卓。卓字仲颖，陇西临洮人也，性粗猛有谋。少尝游羌中，尽与豪帅相结，后归耕于野，以健侠知名，为州兵马掾，膂力过人，双带两鞬，左右驰射，为羌胡所畏。桓帝末，以六郡良家子，为羽林郎，汉制，羽林皆以良家子充之，所以异于闾左、赘婿也。从中郎将张奂，为军司马，共击叛羌，破之，所得赏赐，悉以与士，无所留。拜郎中，稍迁西域戊己校尉，并州刺史，河东太守。中平元年，拜东中郎将，代卢植讨张角，军败抵罪。是时金城人边章、韩遂，陇西太守李相如，凉州司马马腾，字寿成，马援后，其母羌女也。与羌胡及河关群盗皆反，入寇三辅。二年，拜卓破虏将军，从太尉张温穰人。讨贼。时诸军大败，卓独全师而还，以功封斄乡侯。国在今陕西武功县。五年，拜前将军。六年，征为少府，不就，始有跋扈之志矣。及灵帝崩，何进谋诛宦官，司隶校尉袁绍，字本初，汝南汝阳人，司徒汤之孙。劝进私呼卓将兵入朝，以胁太后。卓得诏，即时就道，且上书宣露其谋，以速内变。卓至雒阳，大祸已媾，于是卓迎少帝归京师。是年废少帝，立献帝，弑何后，卓迁太尉，领前将军事，加节传、斧钺、虎贲，更封郿侯。国在今陕西郿县。卓乃上书，追理陈蕃、窦武及诸党人，以从人望，悉复蕃等爵位，擢用子孙。忍性矫情，擢用名士，周毖、字仲远，武威人。伍琼、字德瑜，未详何郡人。郑泰、字公业，未详何郡人。何颙、字伯求，南阳襄乡人。荀爽、字慈明，颍川颍阴人。蔡邕字伯喈，陈留圉人。之徒，皆为列卿，卓所亲爱，不处显职。卓寻进相国，入朝不趋，剑履上殿。是时洛中贵戚，室第相望，金帛财产，家家殷积，卓放纵兵士，突其庐舍，淫略妇女，剽虏资物，谓之搜牢。及何后葬，开灵帝陵，卓悉取藏中珍物。又奸乱公主，妻略宫人，虐刑滥罚，睚眦必死。初平元年，袁绍之徒，凡十余镇，各兴义兵，同盟讨卓，而伍琼、周毖，阴为内主。卓觉之，杀伍琼、周毖等，于是迁天子西都长安。长安自遭赤眉之乱，宫室营寺，焚灭无余，是时惟有高庙、京兆府舍，遂幸焉，后移未央宫。卓尽徙雒阳人数百万户于长安，步骑驱蹙，更相蹈藉，饥饿寇掠，积尸盈路。卓自屯留毕圭苑中，苑名，未详何在。悉烧宫庙、官府、居家，二百里内，无复孑遗。又使吕布字奉先，五原九原人。发诸帝陵，及公卿已下冢墓，收其珍宝。时诸侯讨卓，多为卓败，所得义兵士卒，皆以布缠裹，倒立于地，热膏灌杀之。卓留诸将屯渑池、华阴间，自引还长安。自拜太师，位在诸王上，僭拟车服。子孙虽在髫龀，男封列侯，女为邑君。数与百官置酒宴会，淫乐纵恣。其戮人，先断其舌，次斩手足，次凿其眼目，以镬煮之。未及得死，偃转杯案间，观者战栗，卓饮食自若。郡僚内外，莫能自固，于是司徒王允，字子师，太原祁人。前将军吕布，仆射士孙瑞，(卓筑)。谋诛卓。三年四月，帝疾新愈，大会未央殿。卓入朝，陈兵夹道，自垒卓筑垒于郿坞。及宫，左步右骑，屯卫周匝，令吕布等捍卫。王允、士孙瑞先密以告帝，诏吕布，令骑都尉李肃，字未详，布同郡人。与布同心勇士十余人，伪著卫士服，于北掖门内待卓。卓入门，肃以戟刺之，卓衷甲不入，伤臂堕车，大呼："吕布何在?"布曰："有诏讨贼臣。"卓大骂曰："庸狗敢如是耶?"布应声持矛刺卓，趣兵斩之，驰赍赦书，以令宫陛。内外士卒，皆称万岁，百姓歌舞于道，长安士女，卖其珠玉衣装，市酒肉相庆者，填满街肆。使人攻董旻于郿坞，无少长皆杀之。尸卓于市，天时始热，卓素肥，脂流于地，守尸吏然火置卓脐中，光明达曙，如是积日。诸袁门生，袁绍起兵，卓杀绍叔父司徒袁隗，尽灭袁氏之在京师者。聚董氏之尸，焚灰扬之于路。坞中珍藏，有金二三万斤，银八九万斤，锦绮缋縠，纨素奇玩，积如丘山。初，卓筑郿坞，积谷为三十年储，自曰："吾事成，雄据天下；不成，守此足以毕老。"其愚如此。方卓之西也，使其将李傕、北地人。郭汜、张掖人。张济未详备东方，卓既诛，傕等求赦，王允不许，傕等遂西合卓故部曲樊稠、未详。李蒙，未详。共攻长安城，城峻不可拔。八日，吕布所领蜀兵内反，傕众入城，杀王允，吕布出奔。傕等乃自拜将军，封列侯，傕、汜、稠共秉朝政，济出屯弘农。初，卓之入关，要韩遂、马腾，共谋山东，遂、腾见天下方乱，亦欲倚卓起兵。兴平元年，马腾从陇右来朝，进屯霸桥。时腾私有求于傕，不获而怒，遂攻李傕。韩遂闻之，率众来与腾合。傕、汜、稠与腾、遂战于长平观下，去长安五十里。遂、腾大败，走还凉州。稠等追之，为遂所间，于是傕、稠始相疑猜。是时长安城中，贼盗不禁，白日虏掠，谷一斛五十万，豆、麦二十万，人相食啖，白骨委积，臭秽满路。二年春，傕刺杀稠，诸将各相疑异，傕、汜遂复治兵相攻。杨定卓故部典将。与郭汜谋合迎天子，傕知之，劫天子、皇后，幸其营，遂放火烧宫殿、官府、居人悉尽。傕既劫帝、后，汜遂留质公卿，相攻累月，死者以万数。帝欲和之，傕不听。六月，张济自陕来，和解之，乃已。二人仍欲迁帝幸弘农，帝亦思旧京，因遣使请傕，求东归，十反乃许。车驾即日发迈，傕等皆留，杨定、杨奉、傕将，叛傕。董承董太后之侄。从。车驾进至华阴，宁辑将军段煨武威人。乃具服御，及公卿以下资储，请帝幸其营。初，杨定与段煨有隙，遂诬煨欲反，乃攻其营。李傕、郭汜等悔令天子东归，乃佯救段煨，因谋劫帝西返。杨定惧，奔荆州。十二月，傕、汜、济与承、奉大战于弘农东涧，承、奉军败，士卒多死，符策典籍，略无所遗。承、奉乃密招故白波帅李乐、韩暹、胡才及南匈奴右贤王去卑等，率其众来，与承、奉合击傕等，傕等军败，乘舆乃得进。未几，傕、汜复来战，承、奉大败，甚于东涧，自东涧转战四十里，方得至陕。夜潜过河，岸高十余丈，帝、后以绢縋下，余人或匍匐岸侧，或从上自投，死亡伤残，不复相知，争赴船者，不可禁止。董承以戈击之，断手指于舟中者可掬。得济者，惟皇后、宋贵人、杨彪、太尉。董承，及后父执金吾伏完等数十人，其宫女皆为傕等所掠夺。至太阳，汉县，属河东郡，今山西平乐县。幸李乐营，封李乐等为列侯。群竖竞求拜职，刻印不给，至乃以锥画之，或赍酒肉，就天子燕饮。又遣太仆韩融至弘农，与傕、汜等连和，傕乃放遣公卿百官，颇归宫人妇女，反乘舆器服。初，帝入关，三辅户口，尚数十万。自傕、汜相攻，天子东归后，长安城空四十余日，强者四散，羸者相食，二三年间，关中无复人迹。建安元年七月，帝还至洛阳，幸张杨殿。张杨，河内太守名也。杨字稚叔，云中人，时缮修洛阳宫殿，以为已功，故以已名名殿。时诸将争权，干乱政事，董承患之，乃潜召兖州牧曹操，操乃将兵诣阙。操以洛阳残破，遂移帝幸许，杨奉、韩暹等欲要车驾，曹操击之，皆散走。数年之间，杨奉、韩暹、李乐、胡才、张济、郭汜、李傕、张杨，皆为曹操所夷灭。董承、段煨、马腾、韩暹，皆封列侯，事具别篇。自此权归曹氏，天子总已，百官备员而已。

第六十九节 曹操灭群雄

方董卓之时，天(子)[下]州牧、太守，各据其郡之财赋、甲兵，自相攻伐，为兼并。盖其时刘氏必亡之象，已为人所共知，而各为自立之计。其魄力较大，见于正史者凡十余。

袁绍，见前。居邺，今河南临漳县。并冀、青、幽、并四州。

曹操，见后。居鄄，今山东濮州。并兖、豫二州。

袁术，字公路，绍弟。居寿春，今安徽寿州。据徐州。

陶谦，字恭祖，丹阳人。居彭城。今江南徐州府。后刘备、吕布迭居下邳。今江苏邳州。

刘表，字景升，山阳初平人。居襄阳，今湖北荆州府。并荆州。

刘焉，字君郎，江夏竟陵人。居绵竹，今四川德阳县。并益州。

马腾、韩遂，见前。居□□，并凉州。

刘虞，字伯安，东海郯人。居蓟；今直隶大兴县。公孙瓒，字伯圭，辽西人。居易，今直隶雄县。据幽州。

公孙度，字升济，辽东襄平人。居襄平，今辽阳北。并营州。

孙策，见后。居吴，今江南苏州府。并扬州、交州。

张鲁，字公祺，沛国丰人。居南郑，今陕西汉中府。据汉中郡。

董卓既亡，汉帝都许，依曹氏，而天下相争益急，久之乃并为三国。三国者，一魏，二吴，三蜀也。魏之太祖武皇帝，姓曹，名操，字孟德，沛国谯人也。今安徽亳州。桓帝世，曹腾为中常侍、大长秋，封列侯，养子嵩嗣，官至太尉，莫能审其生出本末。嵩生操，操少机警，而任侠放荡，不治行业，故世人未之奇也，惟桥玄、字公祖，梁国人。何颙见前。异焉。玄谓太祖曰："天下将乱，非命世之才，不能济也，能安之者，其在君乎？"年二十，举孝廉，累官至东郡太守，不就，称疾归乡里。何进执政，征操为典军校尉，进将召外兵，操固争之，进不听。及董卓入，变姓名东归。初平元年，袁绍、韩馥、字文节，颍川人，冀州牧。孔伷、字公绪，陈留人，豫州刺史。刘岱、字公山，东莱牟平人，兖州刺史。王匡、字公节，泰山人，河内太守。张邈、字孟卓，东平寿平人，陈留太守，后降魏。桥瑁、字元伟，梁国睢阳人，东郡太守，旋为刘岱所杀。袁遗、字伯业，绍从兄，山阳太守。鲍信，泰山人，济北相。同时起兵诛董卓，推绍为盟主，操为奋武将军。是时卓屯洛阳，绍屯河内，邈、岱、瑁、遗屯酸枣，术屯南阳，伷屯颍川，馥在邺。绍等畏卓，莫敢进，操劝其速进，事可立定，绍等不能用，稍相猜忌，互事诛夷。三年，王允诛董卓，关中大乱。黄巾余众百余万，入兖州，杀刘岱。鲍信等乃迎操为兖州牧，讨黄巾，降之，鲍信死焉。兴平元年，操攻陶谦。初，操父嵩去官还谯，为陶谦所杀，至此攻之。而吕布来袭鄄城，布为傕、汜所败，东奔。兖州郡县多失，操乃还。是岁，陶谦死，刘备代之。二年，攻张邈，杀之，兖州复定。建安元年九月，迎献帝于洛阳，都许。汉封操司空，行车骑将军、武平侯。国在今河南鹿邑县西四十里。而以袁绍为大将军，封邺侯。是冬，吕布袭刘备，备来奔。三年十月，攻吕布于下邳，生得布，杀之。时袁术亦死，操遂并徐州。四年，袁绍既并公孙瓒，兼四州之地，众十余万，进军攻许，许都大震，操拒之官渡。城名，今河南中牟县东北。十二月，操遣刘备击袁术。初，备与董承等谋诛操，至此，备求出。备到下邳，遂叛，操击之，不克。五年春正月，董承等谋泄，皆死。操自将征刘备，诸将皆曰："与公争天下者，袁绍也。今绍方来，而弃之东，绍乘人后，奈何？"操曰："夫刘备，人杰也，今不击，必为后患。绍虽有大志，而见事迟，必不动也。"操击备，破之，备奔袁绍，操获其妻子，并备将关羽，羽旋亡归刘备。绍卒不动。冬十月，与袁绍战于官渡，大破之。七年，绍发病，呕血死，子尚代。九年春三月，击袁尚，大破之，操遂并青、冀、幽、并四州，袁氏余众奔乌桓。十二年，逐乌桓，定辽东地。十三年，汉罢三公官，以操为丞相。秋八月，刘表卒，操击荆州，表子刘琮降。时刘备在荆州，及琮降，奔夏口。今湖北汉阳府。十二月，操自江陵穷追击备，备与操战于赤壁，曹操大败，仅以身免。由是操之势力，不能复至南方，而三国之势遂定。刘备吾俦之叹，其有自知之明乎！操曾叹曰："刘备吾俦也，但见事稍迟耳。"

第七十节　刘备孙权拒曹操

刘备，字玄德，涿郡涿县人也，汉景帝子中山靖王胜之后。胜子贞，元狩中，封涿县陆亭侯，坐酎金失侯，因家焉。备祖雄，父弘，皆尝仕州郡。备少孤，与母贩履织席为业，年十五，母使行学，事九江太守卢植，同宗刘元起常资助之。备不甚乐读书，少言语，善下人，喜怒不形于色，好交结豪侠，年少争附之。中山大贾张世平、苏双等，赀累千金，贩马周旋于涿，见而异之，乃多与之金财，备由是得用合徒众。灵帝末，黄巾起，州郡各举义兵，备讨贼有功，除闻喜尉，今山西闻喜县。以忤上官，寻弃官亡命。顷之，公孙瓒举以为别部司马。从田楷，青州刺史。复去楷仕陶谦。徐州牧。谦病笃，顾州人曰："非刘备，不能安此州也。"众以为然。建安元年，备领徐州牧，曹操表备为镇东将军，封宜城[亭]侯。国在今湖北宜城县南。寻为吕布所袭，奔曹操，操厚遇之，使为豫州牧。从操攻布，禽斩之，操表备为左将军，礼之愈重，出则同舆，坐则同席。操尝从容谓备曰："今天下英雄，惟使君与孤耳。"备与董承谋诛操，事发，备时在下邳，遂叛曹氏。五年，曹操自将击之，备败奔袁绍。绍父子倾心敬重，备度绍无成，乃说绍，南使荆州，因劝刘表乘袁、曹相持，以袭许，表不能用。及操灭袁氏，南征表，刘琮以荆州降。时备屯樊，今湖北樊口。诸葛亮字孔明，琅邪人。劝备袭荆州，备不许，驻马呼琮，琮惧不能起，乃临表墓，流涕而去，荆州人士皆归之。到襄阳，曹操追之急，一日一夜，行三百里，不能得。备乃使诸葛亮于孙权，以同拒曹操。权字仲谋，吴郡富春人也。父坚，字文台。仕汉为长沙太守，封乌程侯。今浙江乌程县。后因击刘表，为表所射杀。子策字伯符。年尚少，与周瑜，字公瑾，庐江舒人。收合江浙士大夫，徙曲阿。今江南丹阳县。袁术奇之，以坚部曲还策，策因之，略定江南地。建安五年，曹操与袁绍相拒于官渡，策阴欲袭许迎汉帝，会为人所刺杀。策死，权乃代领其众。赤壁之战，权立之第八年也。初，鲁肃字子敬，临淮东城人。闻刘表卒，言于孙权曰："荆州与国邻接，江山险固，沃野万里，士民殷富，若据而有之，此帝王之资也。今刘表新亡，二子不协，军中诸将，各有彼此。刘备天下枭雄，与操有隙，寄寓于表，表恶其能，而不能用也。若备与彼协心，上下齐同，则宜抚安，与结盟好。如有离违，宜别图之，以济大事。肃请得奉命，吊表二子，并慰劳其军中用事者，及说备使抚表众，同心一意，共治曹操，备必喜而从命。如其克谐，天下可定也。今不速往，恐为操所先。"权即遣肃，行到夏口，闻操已向荆州，晨夜兼道，比至南郡，而琮已降。备南走，肃径迎之，与备会于当阳长坂。肃宣权旨，论天下事势，致殷勤之意，且问备曰："豫州今欲何至？"备曰："与苍梧太守吴巨有旧，欲往投之。"肃曰："孙讨虏时权为讨虏将军。聪明仁惠，敬贤礼士，江表英豪，咸归附之，已据有六郡，兵精粮多，足以立事。今为君计，莫若遣腹心，自结于东，以共济世业。而欲投吴巨，巨是凡人，偏在远郡，行将为人所并，岂足托乎？"备甚悦。肃又谓诸葛亮曰："我子瑜友也。"即共定交。子瑜者，亮兄瑾也，避乱江东，为孙权长史。备用肃计，进驻鄂县之樊口。曹操自江陵将顺江东下。诸葛亮谓刘备曰："事急矣，请奉命求救于孙将军。"遂与鲁肃，俱诣孙权。亮见权于柴桑，今江西德化县西南九十里。说权曰："海内大乱，将军起兵江东，刘豫州收众汉南，与曹操共争天下。今操芟夷大难，略已平矣，遂破荆州，威震四海，英雄无用武之地，故豫州遁逃至此。愿将军量力而处之，若能以吴越之众，与中国抗衡，不如早与之绝；若不能，何不按兵束甲，北面而事之。今将军外托服从之名，而内怀犹豫之计，事急而不断，祸至无日矣。”权曰：“苟如君计，刘豫州何不遂事之乎？”亮曰：“田横，齐之壮士耳，犹守义不辱。况刘豫州王室之胄，英才盖世，众士慕仰，若水之归海，若事之不济，此乃天也，安得复为之下乎？”权勃然曰：“吾不能举全吴之地，十万之众，受制于人，吾计决矣。非刘豫州莫可以当曹操者，然豫州新败之后，安能抗此难乎？”亮曰：“豫州军虽败于长坂，今战士还者，及关羽水军精甲万人，刘琦合江夏战士，亦不下万人。曹操之众，远来疲敝，闻追豫州，轻骑一日一夜行三百余里，此所谓强弩之末，势不能穿鲁缟者也。故兵法忌之，曰：‘必蹶上将军。’且北方之人，不习水战。又荆州之民附操者，逼兵势耳，非心服也。今将军诚能命猛将，统兵数万，与豫州协规同力，破操军必矣。操军破，必北还，如此，则荆吴之势强，鼎足之形成矣。成败之机，在于今日。”权大悦，与其群下谋之。是时，曹操遗权书曰：“近者奉辞伐罪，旌麾南指，刘琮束手。今治水军八十万众，方与将军会猎于吴。”权以示臣下，莫不响震失色。长史张昭字子布，彭城人。曰：“曹公豺虎也，挟天子以征四方，动以朝廷为辞。今日拒之，事更不顺，且将军大势，可以拒操者，长江也。今操得荆州，奄有其地，刘表治水军，蒙冲斗舰，乃以千数，操悉浮以沿江，兼有步兵，水陆俱下，此为长江之险，已与我共之矣。而势力众寡，又不可论。愚谓大计，不如迎之。”鲁肃独不言，权起更衣，肃追于宇下。权知其意，执肃手曰：“卿欲何言？”肃曰：“向察众人之议，专欲误将军，不足与图大事。今肃可迎操耳，如将军不可也。何以言之？今肃迎操，操当以肃付还乡党，品其名位，犹不失下曹从事，下曹从事，诸曹从事之最下者。乘犊车，从吏卒，交游士林，累官故不失州郡也。将军迎操，欲安所归乎？愿早定大计，莫用众人之议也。”权叹息曰：“诸人持议，甚失孤望。今卿廓开大计，正与孤同。”时周瑜受使至鄱阳，肃劝权召瑜还。瑜至，谓权曰：“操虽托名汉相，其实汉贼也。将军以神武雄才，兼仗父兄之烈，割据江东，地方数千里，兵精足用，英雄乐业，当横行天下，为汉家除残去秽。况操自送死，而可迎之耶？请为将军筹之。今北土未平，马超、韩遂尚在关西，为操后患；而操舍鞍马，仗舟楫，与吴、越争衡；今又盛寒，马无藁草，驱中国士众，远涉江湖之间，不习水土，必生疾病。

此数者，用兵之患也，而操皆冒行之，将军禽操，宜在今日。瑜请得精兵数万人，进驻夏口，保为将军破之。”权曰：“老贼欲废汉自立久矣，徒忌二袁、吕布、刘表与孤耳。今数雄已灭，惟孤尚存，孤与老贼，势不两立。君言当击，甚与孤合，此天以君授孤也。”因拔刀斫前奏案，曰：“诸将吏敢复有言当迎操者，与此案同。”乃罢会。是夜，瑜复见权曰：“诸人徒见操书言水步八十万，而各恐慑，不复料其虚实，便开此议，甚无谓也。今以实校之，彼所将中国人，不过十五六万，且已久疲。所得表众，亦极七八万耳，尚怀狐疑。夫以疲病之卒，御狐疑之众，众数虽多，甚未足畏。瑜得精兵五万，自足制之，愿将军勿虑。”权抚其背曰：“公瑾，卿言至此，甚合孤心。子布、文表诸人，秦松字文表。各顾妻子，挟持私虑，深失所望。独卿与子敬与孤同耳，此天以卿二人赞孤也。五万兵难卒合，已选三万人，船粮战具俱办。卿与子敬、程公，程公，程普也，时江东诸将，普年最长，人皆呼程公。普字德谋，右北平土垠人。便在前发，孤当续发人众，多载资粮，为卿后援。卿能办之者诚决，邂逅不如意，便还就孤，孤当与孟德决之。”遂以周瑜、程普为左右督，将兵与备并力逆操，以鲁肃为赞军校尉，助画方略。刘备在樊口，日遣逻吏于水次，候望权军。吏望见瑜船，驰往白备，备遣人慰劳之。瑜曰：“有军任，不可得委署，倘能屈威，诚副其所望。”备乃乘单舸往见瑜，曰：“今拒曹公，深为得计，战卒有几？”瑜曰：“三万人。”备曰：“恨少。”瑜曰：“此自足用，豫州但观瑜破之。”备欲呼鲁肃等共会语，瑜曰：“受命不得妄委署，若欲见子敬，可别过之。”备深愧喜。进，与操遇于赤壁。《水经注》：“江水自沙羡而东，右迳赤壁山北。”《郡县志》：“赤壁山在蒲圻西百三十里，北岸乌林与赤壁相对，即周瑜用黄盖策，焚曹公船处。”杜佑曰：“赤壁在鄂州蒲圻县。”《武昌志》曰：“曹操自江陵追刘备至巴丘，遂至赤壁，遇周瑜兵，大败，取华容道归。”赤壁山，在今嘉鱼县，对江北之乌林。巴丘，今巴陵。华容，今石首也。黄州赤壁，非是。今之华容县，则晋之安南县也。时操军众，已有疾疫，初一交战，操军不利，引次江北，瑜等在南岸。瑜部将黄盖曰：字公覆，零陵泉陵人。“今寇众我寡，难与持久，操军方连船舰，首尾相接，可烧而走也。”乃取蒙冲斗舰十艘，载燥荻枯柴，灌油其中，裹以帷幕，上建旌旗，豫备走舸系于其尾。先以书遗操，诈云欲降。时东南风急，盖以十舰最著前，中江举帆，余船以次俱进。操军吏士，皆出营立观，指言盖降。去北军二里余，同时发火，火烈风猛，船往如箭，烧尽北船，延及岸上营落。顷之，烟焰张天，人马烧溺死者甚众。瑜等率轻锐继其后，雷鼓大震，北军大坏，操引军从华容道步走，华容县，属南郡。遇泥泞道不通，天又大风，悉使羸兵负草填之，骑乃得过，羸兵为人马所蹈藉，陷泥中死者甚众。刘备、周瑜，水陆并进，追操至南郡。时操军兼以饥疫，死者大半，操乃留征南将军曹仁、字子孝，操从弟。横野将军徐晃字公明，河东杨人。守江陵，折冲将军乐进字文谦，阳平卫国人。守襄阳，引军北还。瑜乃渡江，屯北岸，与仁相拒。十二月，孙权自将围合肥，今安徽合肥县。使张昭攻九江之当涂，今安徽当涂县。不克。于是刘备遂取荆州地。

第七十一节　司马懿盗魏政

赤壁战后，操杀马腾，并凉州。三分之局定，操图篡之谋遂急。建安十八年，自立为魏公，受九锡。二十一年，自进为魏王。二十五年春正月卒。年六十六。子丕立，母卞后也，是为文帝。字子桓。改建安二十五年为延康元年，是年篡汉，改元黄初元年，以汉帝为山阳公，尊操为武帝。在位七年崩，黄初七年。年四十。子叡立，字元仲。母甄皇后也，是为明帝，在位十二年崩，合太和六年，青龙四年，景初二年。年三十六。无子，养子齐王芳立，字兰卿。以曹爽与司马懿辅政。正始九年，司马懿杀大将军曹爽，遂盗大权。初时，大将军爽字昭伯，父真，字子丹，武帝族子。兄弟数俱出游，司农桓范沛国人。谓曰："总万机，典禁兵，不宜并出，若有闭城门，谁复内入者？"爽曰："谁敢尔耶？"初，司马懿屡主重兵，威望渐重，有逼曹氏之志，曹爽欲图之。正始九年冬，河南尹李胜出为荆州刺史，出辞太傅懿。懿令两婢侍，持衣，衣落，指口言渴，婢进粥，懿不持杯而饮，粥皆流出，沾胸。胜曰："众情谓明公旧风发动，何意尊体乃尔？"懿使声气才属，说年老枕疾，死在旦夕，君当屈并州，并州近胡，好为之备，恐不复相见，以子师、昭兄弟为托。胜曰："当还忝本州，非并州。"懿乃错乱其辞曰："君方到并州。"胜复曰："当忝荆州。"懿曰："年老意荒，不解君言。今还为本州，盛德壮烈，好建功勋。"胜退，告爽曰："司马公尸居余气，形神已离，不足虑矣。"他日又向爽等垂泣曰："太傅病不可复济，令人怆然。"故爽等不复设备。而懿阴与其子中护军师，散骑常侍昭，谋杀曹爽。嘉平元年春正月甲午，帝谒高平陵，大将军爽与弟中领军羲，武卫将军训，散骑常侍彦皆从。太傅懿以皇太后令，闭诸城门，勒兵据武库，授兵，出屯洛水浮桥，召司徒高柔，字文惠，陈留圉人。假节行大将军事，据爽营。太仆王观字伟台，东郡廪丘人。行中领军事，据羲营。因奏爽罪恶于帝曰："臣昔从辽东还，先帝诏陛下、秦王及臣升御床，把臣臂，深以后事为念。臣言太祖高祖，亦属臣以后事。此自陛下所见，无所忧苦，万一有不如意，臣当以死奉明诏。今大将军爽，背弃顾命，败乱国典，内则僭拟，外则专权，破坏诸营，尽据禁兵，群官要职，皆置所亲，殿中宿卫，易以私人，根据盘亘，纵恣日甚。又以黄门张当为都监，伺察至尊，离间二宫，伤害骨肉，天下汹汹，人怀危惧。陛下便为寄坐，岂得久安？此非先帝诏陛下及臣升御床之本意也。臣虽朽迈，敢忘往言！太尉臣济字子通，楚国平阿人。等皆以爽为有无君之心，兄弟不宜典兵宿卫，奏永宁宫，皇太后令敕臣如奏施行。臣辄敕主者，及黄门令，罢爽、羲、训吏兵，以侯就第，不得逗留，以稽车驾，敢有稽留，便以军法从事。臣辄力疾将兵，屯洛水浮桥伺察非常。"爽得懿奏事，不通，迫窘不知所为，留车驾宿伊水南，伐木为鹿角，发屯田兵数千人以为卫。懿使人说爽，宜早自归罪，又使爽所信殿中校尉尹大目谓爽，惟免官而已，以洛水为誓。初，爽以司农桓范乡里老宿，于九卿中特礼之，然不甚亲也。及懿起兵，以太后令召范，欲使行中领军。范欲应命，其子止之，曰："车驾在外，不如南出。"范乃出，至平昌城门，城门已闭，门候司蕃，故范举吏也，范举手中版示之，矫曰："有诏召我，卿促开门。"蕃欲求见诏书，范呵之曰："卿非我故吏耶，何以敢尔？"乃开之。范出城，顾谓蕃曰："太傅图逆，卿从我去。"蕃徒行不能及，遂避侧。懿谓蒋济曰："智囊往矣。"济曰："范则智矣，然驽马恋栈豆，爽必不能用也。"范至，劝爽兄弟以天子诣许昌，发四方兵以自辅，爽疑未决。范谓羲曰："此事昭然，卿用读书何为邪！于今日卿等门户，求贫贱复可得乎？且匹夫质一人，尚欲望活，卿与天子相随，令于天下，谁敢不应也。"俱不言。范又谓羲曰："卿别营近在阙南，洛阳典农治典农中郎将屯兵。在城外，呼召如意。今诣许昌，不过中宿，许昌别库，足相被假。所忧当在谷食，而大司农印章在我身。"羲兄弟默然，不从。自甲夜至五鼓，爽乃投刀于地，曰："我亦不失作富家翁。"范哭曰："曹子丹佳人，生汝兄弟，豚犊耳。何图今日坐汝等族灭也！"爽乃通懿奏事，白帝下诏，免己官，奉帝还宫，爽兄弟归家。懿发洛阳吏卒围守之，四角作高楼，令人在楼上，察视爽兄弟举动。爽挟弹到后园中，楼上便唱言："故大将军东南行。"爽愁闷，不知为计。戊戌，有司奏黄门张当，私以所择才人与爽，疑有奸，收当付廷尉考实。辞云：爽与尚书何晏、邓飏、丁谧，司隶校尉毕轨，荆州刺史李胜等，阴谋反逆，须三月中发。于是收爽、羲、训、晏、飏、谧、轨、胜，并桓范，皆下狱，劾以大逆不道，与张当俱夷三族，自此魏政出司马氏。司马懿既杀曹爽，改元嘉平，嘉平三年，司马懿卒，是为宣王。司马师辅政，是为景王。六年，帝为师所废，在位十五年，合正始九年，嘉平六年。年二十三。文帝曾孙高贵乡公髦字彦士。立。正元二年，司马师卒，弟马司昭辅政，是谓文王。甘露五年，高贵乡公欲诛昭，为昭所弑，在位七年，合正元二年，甘露五年。年二十。昭立武帝孙陈留王奂。字景明。景元元年，司马昭位相国，封晋公，加九锡。四年，钟会、邓艾等灭蜀。咸熙元年，晋公进爵晋王。二年，司马昭卒，子炎立，是为晋武帝。是年十二月篡魏，以奂为陈留王，奂在位六年，合景元四年，咸熙二年。年二十，魏亡。

第七十二节　蜀吴建国始末

蜀先主刘备，既大破曹操于赤壁下，遂有荆州地。十九年，破刘璋，据蜀，并益州。二十五年，魏文帝篡汉，传闻献帝见害，先主乃自立为皇帝，是为昭烈皇帝，以诸葛亮为丞相，改元章武。章武元年，吴入荆州，杀关羽。先主自将伐吴，大败，二年崩，在位三年，章武三年崩。年六十三。子禅立，母糜皇后也。建兴十二年，丞相诸葛亮卒。延熙十二年，魏司马懿诛曹爽。景耀六年，魏师入蜀，帝降于魏，蜀亡。禅在位四十一年。合建兴十五年，延熙二十年，景耀六年。魏封禅为安乐公，至晋太始七年，卒于洛阳，年未详。孙权既败曹操，建安二十三年，与操和，操表权为骠骑将军，假节，领荆州牧，封南昌侯。今江西南昌府。二十五年，魏代汉，魏帝以权为大将军，使持节督交州，领荆州牧事，封吴王，加九锡。权虽外托事魏，而诚心不款，遂改黄初二年为黄武元年，然犹与魏文相往来，逾年始绝。黄龙元年，权自立为皇帝，国号吴，是为吴大帝，在位二十八年崩，合黄武七年，黄龙三年，嘉禾六年，赤乌十三年，太元二年。寿七十一。少子亮即位，字子明。母全皇后也，在位七年，合建兴二年，五凤二年，太平三年。为孙綝所废，年十六。孙綝迎权子休字子烈。立之，是为景皇帝。永安元年，诛绋。在位七年薨,永安七年薨。年三十。无子,权孙皓字元宗,父和。立。甘露元年,晋篡魏。天纪四年,晋师大至,皓降于晋,吴亡。皓在位十三年。合元兴一年,甘露一年,宝鼎三年,建衡三年,凤皇三年,天册二年,天玺一年,天纪四年。晋封皓为归命侯,至晋太康五年,卒于洛阳,年四十二。

第七十三节　三国末社会之变迁(上)

循夫优胜劣败之理,服从强权,遂为世界之公例,威力所及,举世风靡,弱肉强食,视为公义。于是有具智、仁、勇者出,发明一种反抗强权之学说,以扶弱而抑强,此宗教之所以兴,而人之所以异于禽兽也。佛教、基督教,基督教见下第二章。均以出世为宗,故其反抗者在天演。神州孔、墨,皆详世法,故其教中,均有舍身救世之一端。虽儒、侠道违,有如水火,而此一端,不能异也。顾其为道必为秉强权者之所深恶,无不竭力以磨灭之。历周、秦至魏、晋,垂及千年,上之与下,一胜一负,有如回澜,至司马氏而后磨灭殆尽,至于今不复振。其兴亡之故,中国社会至大之原因也。今特略举历史中蛛丝马迹之证,以告学者。案韩非书《显学》,儒分为八,有子张之儒,有子思之儒,有颜氏之儒,有孟氏之儒,有漆雕氏之儒,有仲良氏之儒,有孙氏之儒,有乐正氏之儒。漆雕之议,不色挠,不目逃,行曲则违于臧获,行直则怒于诸侯。《孟子》所引北宫黝,必漆雕氏之儒也。庄周书《天下》,墨子腓无胈,胫无毛,沐甚雨,栉疾风,以裘褐为衣,以跂屩为服,日夜不休,以自苦为极。淮南王书,称墨子服役者即弟子。百八十人,皆可使赴火蹈刃,死不旋踵。然则孔、墨两家,皆明此义,特儒家非专宗此义,而墨家则标此为职志耳。而世主待儒、墨之轩轾,亦即因此。战国之世,此风弥盛,然亦不必皆出于孔、墨,司马迁字子长,龙门人,汉武时为太史令,著《史记》百三十卷,为中国史学之宗。《史记》,特立《刺客列传》,凡五人。首曹沫,鲁人也,为鲁劫齐桓公,使归(魏)[鲁]侵地。专诸,吴堂邑人也,为阖闾刺王僚,王僚死,专诸亦死。豫让,晋人也,事智伯,赵襄子灭智伯,漆其头以为饮器;豫让谋刺赵襄子,屡不成,乃漆身为厉,吞炭为哑,使形状不可知,行乞于市,其妻不识也;行见其友,其友识之曰:“汝非豫让耶?”曰:“我是也。”其友为泣,曰:“以子之才,委质而臣事襄子,襄子必近幸子,近幸子,乃为所欲,顾不易耶?何必残身苦形,欲以求报，不亦难乎？”豫让曰：“既已委质臣事人，而求杀之，是怀二心以事其君也。且吾所为者，极难耳，然所以为此者，将以愧天下后世之为人臣，怀二心以事其君者也。”既去，顷之，襄子当出，豫让伏于所当过之桥下，襄子至桥，马惊。襄子曰：“此必是豫让也。”使人问之，果豫让也。于是襄子乃数豫让曰：“子不尝仕范、中行氏乎？智伯尽灭之，而子不为报仇，而反委质臣于智伯，智伯亦已死矣，而子独何以为之报仇之深也？”豫让曰：“臣事范、中行氏，范、中行氏皆众人遇我，我故众人报之；至于智伯，国士遇我，我故国士报之。”襄子喟然叹息而泣曰：“嗟呼！豫子，子之为智伯，名既成矣，而寡人赦子，亦已足矣，子其自为计，寡人不复释子。”使兵围之。豫让曰：“臣闻明主不掩人之美，而忠臣有死名之义，前者君已宽赦臣，天下莫不称君之贤，今日之事，臣固伏诛，然愿请君之衣而击之焉，以致报仇之意，则虽死不恨，非所敢望也，取布腹心。”于是襄子大义之，乃使使持衣与豫让。豫让拔剑，三跃而击之，曰：“吾可以下报智伯矣。”遂伏剑而死。聂政，轵深井里人也，在汉河内郡轵县。为严仲子刺韩相侠累，因自破面，决眼，自屠出肠，不欲累人。久之，政姊荣，伏尸哭之，曰：“是轵深井里所谓聂政者也。”遂死政之旁。荆轲，卫人也，至燕，爱燕之狗屠及善击筑者高渐离。荆轲嗜酒，日与狗屠及高渐离饮于燕市，酒酣以往，高渐离击筑，荆轲和而歌于市中，相乐也，已而相泣，旁若无人者。燕之处士田光先生知之，荐荆轲于燕太子丹，为刺秦王，光遂自刭而死，以明不泄谋。荆轲将入秦，太子及宾客知其事者，皆白衣冠，以送之，至易水之上。既祖，取道，高渐离击筑，荆轲和而歌，为变徵之声，士皆垂泪涕泣。又前而歌曰：“风萧萧兮易水寒，壮士一去兮不复还。”复为羽声，慷慨，士皆瞋目，发尽上指冠。荆轲击秦王，不中而死，高渐离变名姓，为人庸保。既而秦皇帝得之，惜其善击筑，重赦之，乃矐其目，使击筑，稍益近之。高渐离乃以铅置筑中，举筑扑秦皇帝，亦死。其中惟专诸、聂政，所为者系一人之恩怨，识者讥之。然世远年湮，其有无国家之关系，不可知也。观阖闾即位而吴霸，则专诸之伦，未始非知王僚之不足有为，而杀身以立阖闾也。严仲子之仇，《史记》不详，然观聂政之待母与姊及其友，汉以后之士大夫，有愧色矣。若豫让、荆轲、田光、高渐离，则明明有家国存亡之感，日暮途远，侥幸万一，胜于坐毙而已，志士仁人最后之用心也。漆身吞炭之行，白衣祖道之歌，百世之下读之，犹使人肃然兴起，事虽不成，其有益于社会亦巨矣，此司马迁所以为诸人立一专传之义也。然其人自与孔、墨不相附，固非宗教中人也。

第七十四节 三国末社会之变迁(下)

司马迁又特立《游侠列传》，观其叙云：前略。“季次、原宪，闾巷人也，读书怀独行君子之德，义不苟合当世，当世亦笑之。故季次、原宪，终身空室蓬户，褐衣，疏食不厌，死而已四百余年，而弟子志之不倦。今游侠其行虽不轨于正义，然其言必信，其行必果，已诺必诚，不爱其躯，赴士之厄困，既已存亡死生矣，而不矜其能，羞伐其德，盖亦有足多者焉”云云。此段言孔、墨皆有侠，而此所谓侠者，则非孔、墨中人，不引《墨子》者，司马迁恶言墨也(中略)。又曰：“诚使乡曲之侠，与季次、原宪，比权量力，效功于当世，不同日而论矣。要以功见言信，侠客之义，又曷可少哉？古布衣之侠，靡得而闻已。近世延陵、孟尝、春申、平原、信陵之徒，皆因王者亲属，藉于有土，卿相之富厚，招天下贤者，显名诸侯，不可谓不贤者矣。比如顺风而呼，声非加疾，其势激也。至如闾巷之侠，修行砥名，声施于天下，莫不称贤，是为难耳。然儒、墨者皆排摈不载，自秦以前，匹夫之侠，湮灭不见，余甚恨之”云云。此段言孔、墨之外之侠，有有籍者、无籍者二类，而本传则言无籍者(后略)。其传中人，首鲁朱家。朱家者，与高祖同时，鲁人皆以儒教，而朱家用侠闻。所藏活豪士以百数，其余庸人，不可胜言。然终不伐其能，歆其德，诸所尝施，唯恐见之。振人不赡，先从贫贱始，家无余财，衣不完采，食不重味，乘不过軥牛，专趋人之急，甚己之私。既阴脱季布将军之厄，及布尊贵，终身不见也。自关以东，莫不延颈愿交焉。楚田仲以侠闻，喜剑，父事朱家，自以为行弗及。田仲已死，而雒阳有剧孟，周人，周人以商贾为资，而剧孟以任侠显诸侯。吴楚反时，条侯为太尉，乘传车，将至河南，得剧孟，喜曰：“吴楚举大事，而不求孟，吾知其无能为已矣。”剧孟行大类朱家，而好博，多少年之戏。剧孟母死，自远方送丧者千乘，及剧孟死，家无余十金之财。而符离人王孟，亦以侠称江淮之间。是时济南瞷氏，陈周庸，亦以豪闻。景帝闻之，使使尽诛此属。其后代诸白，梁韩无辟，阳翟薛况，陕韩孺，纷纷复出焉。郭解，轵人也，字翁伯，善相人者许负外孙也。解父以任侠，孝文时诛死。解为人短小精悍，不饮酒，少时阴贼，慨不快意，身所杀甚众，以躯借交报仇，藏命作奸，剽攻不休，及铸钱掘冢，不可胜数。适有天幸，窘急常得脱，若遇赦。及解年长，更折节为俭，以德报怨，厚施而薄望。然其自喜，为侠益甚，既已振人之命，不矜其功，其阴贼著于心，卒发于睚眦如故云。而少年慕其行，亦辄为报仇，不使知也。中略。及徙豪富茂陵也，解家贫不中赀，吏恐，不敢不徙。卫将军为言郭解家贫，不中徙。上曰："布衣权至使将军为言，此其家不贫。"解家遂徙，诸公送者出千余万，未几灭族。自是之后，为侠者极众，无足数者。然关中长安樊仲子，槐里赵王孙，长陵高公子，西河郭公仲，太原鲁公孺，临淮兒长卿，东阳田君孺，虽为侠而逡逡有退让君子之风。至若北道姚氏，西道诸杜，南道仇景，东道赵他羽公子，南阳赵调之徒，此盗跖居民间者耳，曷足道哉云云。观史公二传之文，知游侠之与刺客异者，刺客感于一时一事而起，其人之生平，不必以此为宗旨也。而游侠则生平宗旨有定，专以抵抗专制之威为义务。以故专制者亦愈忌之，甚于刺客，历景、武两朝，所以摧灭游侠者无勿至，而游侠遂终至绝灭。此其中有天演之理存焉，盖刺客、游侠者，最不适于大一统之物也。然人心欲平其所不平之感，终不能亡，不过加以宗教之力，其质性变化，遂觉纯粹光明，一改其惨礫之故，其天性则一也。案刺客、游侠，至汉武之后，其风遂微。王莽之兴，天下靡然从风，为莽颂德者，四十八万七千五百七十二人，西汉之末风俗，可想见矣。光武中兴，知廉耻道丧，不可为国，故首礼严光，一名遵，字子陵，会稽余姚人也。以为天下劝。东汉一代，梁鸿、字伯鸾，扶风平陵人，与妻孟光隐于吴，为人赁舂。高凤、字文通，南阳叶人，隐身渔钓。臺佟、字孝威，魏郡邺人。韩康、字伯休，一名恬休，京兆霸陵人，尝卖药长安市。矫慎、字仲彦，隐于罝兔。戴良、字叔鸾，汝南慎阳人，隐江夏山中。法真、字高卿，扶风郿人。庞公南郡襄阳人，登鹿门山采药不反。之徒，远引孤骞，亭亭物表，中国立国六千年，其人格无如东汉之高者。风俗既优，故其不仕者，既不事王侯，高尚其志，而其仕者，亦危言深论，不隐豪强。《党锢列传》中，刘淑、字仲承，河间乐成人。李膺、字元礼，颍川襄城人，士被其容接者，谓之登龙门。杜密、字周甫，颍川阳城人，与李膺齐名，时人称李杜。刘祐、字伯祖，中山安国人。魏朗、字少英，会稽上虞人。夏馥、字子治，陈留圉人。宗慈、字孝初，南阳安众人。巴肃、字恭祖，渤海高城人。范滂、字孟博，汝南征羌人。尹勋、字伯元，河南巩人。蔡衍、字孟喜，汝南项人。羊陟、字嗣祖，泰山梁父人。张俭、字元节，山阳高平人。俭亡命，望门投止，莫不重其名行，破家相容，终得出塞。岑晊、字公孝，南阳棘阳人。陈翔、字子麟，汝南郡陵人。孔昱、字元世，鲁国鲁人。范康、字仲真，渤海重合人。檀敷、字文有，山阳瑕丘人。刘儒、字叔林，东郡阳平人。贾彪，字伟节，颍川定陵人。其道与逸民相表里。然此仅有姓名可见者而已，其他太学所逮系者千余人，为客张俭破家者数十人，此并节侠之士，惜乎无姓名可见矣，何其盛乎！此盖直接孔教中至高一派之遗传，其微旨在补救君权之流弊，而非与君权为敌者也。然而东汉之士大夫，亦有一蔽，其人往往喜比于外戚，而攻宦官，事皆见前。故士族与宦官，积不相能。洎乎魏武，为中常侍曹腾之孙，其家世既与士族为仇，又以篡立，深不利于气节，故每提唱无赖之风，而摧抑士气。观十五年之令，明言廉士不足用，盗嫂、受金，皆可明扬仄陋，其用意可知。文帝因之，加以任达，一时侍从之士，王粲、字仲宣，山阳高平人。徐幹、字伟长，北海人。陈琳、字孔璋，广陵人。阮瑀、字元瑜，陈留人。应玚、字德琏，汝南人。刘桢、字公幹，东平人。繁歆、字休伯，颍川人。丁仪、丁廙皆沛国人。之伦，皆以文章知名于世。于是六艺隐而老庄兴，经师亡而名士出，秦、汉风俗，至此一变。司马宣王之世，雄猜益甚。阮籍字嗣宗，元瑜之子。以沉沦自晦，幸免一时。其嵇康、字叔夜，谯郡人，著论非司马氏。何晏、邓飏、李胜、皆南阳人。丁谧、沛国人。毕轨，东平人。皆蒙显戮。东汉气节，荡然无复存矣。自此以来，直至于唐，未有所易。故综古今之士类言之，亦可分为三期。由三代至三国之初，经师时代也。经师者，法古守礼，而其蔽也诬。由三国至唐，名士时代也。名士者，俶傥不羁，而其蔽也疏。由唐至今，举子时代也。举子者，天地之大，万物之多，而惟应试之知，故其蔽也无耻。此古今社会升降之大原矣。

第七十五节 三国疆域节录日本重野安泽《支那疆域沿革图略说》

建安元年，曹操迎帝都许，改许昌，今开封府许州。政令皆出其手。操灭吕布，并徐州；袁术死，并淮南；扬州九江郡。置司隶校尉于弘农，以治关中。四年，孙策卒，弟权嗣立，有江东。五年，曹操大败袁绍，刘备奔荆州。绍寻卒，操攻冀州，平之，袁氏亡，并青、并、幽，居邺。十三年，伐荆州，刘琮降。刘备与孙权共破操于赤壁，分荆州，南郡、零陵、武陵、长沙四郡属刘备，江夏、桂阳二郡属孙权，南阳一郡属曹操。备居公安，武陵郡孱陵，备改名，今属荆州府。权定交州，八年，改交趾为交州。都秣稜，本金陵。改名建业。

十八年，曹操废司隶，并十三州为九州。

青、兖、豫、并司隶之弘农、河南。徐、荆、并交州。扬、冀、并幽、并二州及司隶之河东、河南、冯翊、扶风。益、雍。兴平元年，分凉州之河西四郡置雍州，于是并司隶之京兆及凉州。

操败马超、腾子。韩遂于关西，寻定关陇。先是刘璋迎刘备，十九年，备袭璋降之，取益州，都成都。曹操降张鲁，取汉中，还为魏王，刘备遂有汉中，称汉中王。初，吴、蜀定荆州之界，以湘水为界，南郡、零陵、武陵以西属蜀，长沙、桂阳、江夏以东属吴。关羽在荆州，围襄樊，吴袭杀之，取荆州。

献帝之时，新置郡凡二十四。

汉安、中平六年，分扶风。永宁、初平元年，分巴郡。永阳、同四年，分汉阳、上郡，后废。新平、兴平元年，分扶风。西海、同二年置，在居延地，与王莽所置异。阳安、建安二年，分河南。谯、分沛都。城阳、同三年，分琅邪。利城、昌虑、分东海，后共废。长广、五年，分东莱。汉宁、同六年，分汉中，后废。襄阳、同十三年，分南郡以北。南乡、分南阳西界。西城、分汉中西城地。上庸、分西城，后省。魏太和二年，分新城置，四年复省。景初元年，复分魏兴置。西郡、分张掖。阴平、本广汉属国，后入蜀。乐陵、分平原。西平、分金城。汉兴、分关中。新兴、灵帝末，羌胡大扰，定襄、云中、五原、朔方、上分等五郡，并流徙分散。建安二十年，始集塞下荒地，郡置一县，合为新兴郡。高凉、盖灵帝末分郁林置。带方。公孙度分乐浪置。

曹操薨，子丕受汉禅，都洛阳，与长安、许昌、邺、谯为五都。改元黄初。二年，刘备即帝位于成都，改元章武。孙权迁都武昌，本鄂，今武昌府江夏县。明年，建元黄武。元年，蜀章武二年，吴黄武元年。刘备伐吴，败归，至永安巴东郡鱼复县，备改白帝为永安，今夔州府。崩。子禅立，改元建兴。是岁西域通于魏,置戊己校尉。

六年,蜀建兴三年,吴黄武四年。蜀诸葛亮南征,至滇池,定南中四郡。益州、永昌、牂牁、越嶲。明帝太和元年、蜀建兴五年,吴黄武六年。亮始伐魏。三年,蜀建兴七年,吴黄龙元年。取武都、阴平,连出兵祁山。在今巩昌府西和县。是岁,孙权称帝,迁都建业。孙皓甘露元年,迁武昌,明年复迁建业。六年,蜀建兴十年,吴嘉禾元年。魏改封诸侯王,皆以郡为国。魏制,诸侯王皆寄地空名,而无其实,王国各有老兵百余人,以为守卫,隔绝千里之外,不听朝聘,为设防辅监国之官,以伺察之,虽有王侯之号,而侪于匹夫,皆思为布衣而不能得。景初元年,蜀建兴十五年,吴嘉禾六年。辽东公孙渊自称燕王,改元绍汉。明年,司马懿击平之,以辽东、昌黎、乐浪、玄菟、带方五郡为平州。后废,合幽州。曹奂景元四年,蜀炎兴元年,吴孙休永安六年。司马昭伐蜀,刘禅降。

魏地有十三州。郡国九十一。○ 实得汉十三州之九。

司,黄初元年,改司隶。领六郡,治河南。荆,黄初三年,以江北八郡南阳、襄阳、南乡、魏兴、新城,南郡、江夏、宜都为荆州,江南诸郡零陵、桂阳、长河等为郢州。寻孙权拒命,复郢州为荆州。领八郡,治襄阳。豫,领九郡,初治谯,寻治颍川。青,领五郡,治临淄。兖,领八郡,治鄄。扬,领三郡,初治合肥,后治寿春。徐,领六郡,治彭城。凉,黄初九年复置。领八郡,治武威。秦,同年置。领六郡,治上邽。正始五年废。冀,领十三郡,治邺。幽,黄初元年复置。领十一郡,治蓟。并,同上。陉岭以北弃之。领六郡,治晋阳。雍,领六郡,治长安。

魏新置郡,凡二十一。

新城、建安初,刘表分汉中,置房陵郡。黄初元年,并房陵,上庸、西城,改新城。阳平、黄初二年,分魏郡东部。广平、分魏郡西部。魏兴、建安二十四年,刘备分汉中,置西城郡。明年,曹丕改魏兴。平昌、黄初三年,分城阳。范阳、本涿郡。燕、本广阳。昌黎、改辽东属国。弋阳、分汝南。安丰、分庐江。朝歌、分河内。京兆、本京兆尹。冯翊、本左冯翊。扶风、本右扶风。广魏、本永阳。淮南、建安初,袁术改九江,魏因之。义阳、景初元年,分南阳。锡、太和二年,分新城。景初元年,省入魏兴。汝阴、分沛国,后废。东莞、正始初，分琅邪。平阳。正始八年，分河东。

蜀地有三州。郡国二十二。〇 实得汉十三州之一。

益，领十二郡，治成都。梁，分益置之。领十郡，治汉中。凉。分武都、阴平二郡置之。〇 交州，以建宁太守遥领。

蜀新置郡，凡十三。

巴西、建安六年，刘璋以永宁为巴东，阆中为巴西，垫江仍为巴郡。巴东、建安二十一年，刘备分巴郡为固陵郡，章武元年，又为巴东。涪陵、分巴郡。梓潼、建安二十三年，分广汉。江阳、同五年，刘璋时分犍为。汉嘉、本蜀郡属国，章武元年改。朱提、本犍为属国，同年改。宕渠、建安中，分巴郡，寻省入巴西。宜都、建安十三年，曹操分南郡、枝江以西为临江郡，寻败还。十四年，刘备改宜都，后入吴。建宁、建兴二年，改益州郡。云南、同年，分建宁、永昌。兴古、同年，分建宁、牂牁。东广汉。同年，分广汉，蜀灭废。

吴地有五州。郡国四十三。〇 实得汉十三州之三。

扬，领十三郡，治建业。荆，领十四郡，治南郡。郢，领郡未详。治江夏。交，黄武五年置。领七郡，治龙编。今安南东都。广，同上。分交州，俄复归。永安七年，复置。领七郡。治番禺。

吴新置郡，凡三十。

庐陵、孙策分豫章。新都、建安十三年，分丹阳。鄱阳、同十五年，分豫章。武昌、同二十五年，分江夏。蕲春、同十二年，分江夏。晋入西阳。临贺、分苍梧。高兴、分高凉。合浦北部、永安六年置，治宁浦。东安、黄武五年，分丹阳、吴、会稽，寻废。彭泽、建安十四年，分豫章、庐江。珠官、本合浦，寻废。珠厓、赤乌五年，复置。吴灭，省入合浦。湘东、太平二年，分长河东部。衡阳、长沙西部。临海、甘露元年，分零陵南部。始兴、分桂阳南部。

东阳、宝鼎元年，分会稽。吴兴、分吴、丹阳。邵陵、分零陵北部。安成、同二年，分豫章、庐陵。新昌、建衡三年，分交趾。或曰本名新兴，晋太康三年，改新昌。武平、同上。九德、分九真。桂林、凤皇三年，分郁林。黔阳。分武陵。

匈奴。单于于扶罗入居平阳，久住塞内，与编户大同，而不输贡赋。弟呼厨泉嗣，建安二十一年，入朝于邺，曹操留之，使右贤王去卑监国。单于给钱谷如列侯，分其众为左、右、前、后、中五部，左部居太原范氏，右部居祁，南部居蒲子，北部居新兴，中部居太陵，各立贵人为帅，选汉人为司马监督之，帅皆称刘氏。

乌桓。有辽西、辽东属国，上谷、右北平四部。辽西大人丘居力最强，灵帝末，中山太守张纯反，依丘居力，自称弥天安定王，刘虞平之。丘居力从子蹋顿代立，有武略，助袁绍击公孙瓒，破之。建安十一年，曹操征之，破之柳城，斩蹋顿，平四部。乌桓校尉阎柔统遗落，徙居中国，率与征伐，由是乌桓为天下名骑。二十三年，代郡上谷乌桓叛，曹操子彰击，大破之。

鲜卑。建安中，曹彰伐乌桓，鲜卑大人轲比能观望强弱，乌桓败，乃请服。轲比能勇健廉平，能威制诸部，最为强盛，部落近塞，中国人多亡叛归之，数为边寇，幽、并苦之。青龙元年，杀步度根，入寇并州，与魏军战于楼烦，雁门郡。破之。三年，幽州刺史王雄杀之，种落离散，边陲稍安。初，建安中，定襄、云中故县，弃之荒外。甘露三年，索头部大人拓跋力微，徙居定襄之盛乐。力微之先，世居北荒，可汗毛始强大，统国三十六，大姓九十九。后五世至推寅，南迁大泽。又七世至邻，使其兄弟及族人分统部众，为十族。子诘汾又南迁，始居匈奴故地。子力微部众浸盛，诸部皆畏服之。

高句丽。在辽东之东千里，南与朝鲜、涉貊，东与沃沮，北与扶馀接，方可二千里，户三万，多大山深谷，人随为居，少田业力作。相传为扶馀别种，有涓奴、绝奴、顺奴、灌奴、桂娄五族。汉武帝灭朝鲜，以高句丽为县。光武建武八年，朝贡，始称王，后屡寇辽东。建安中，王伊夷模时，公孙康击破其国，焚烧邑落，伊夷模更作新国。子位宫立，有勇力，善猎射，数为侵叛。正始七年，幽州刺史毋丘俭击破之，遂屠丸都，在鸭绿江上流。位宫奔买沟。北沃沮地。玄菟太守王颀追过沃沮千余里，至肃慎南界。

第二章　中衰时代(魏晋南北朝)

第一节　读本期历史之要旨

凡国家之成立,必凭二事以为型范,一外族之逼处,二宗教之薰染是也。此盖为天下万国所公用之例,无国不然,亦无时不然。此二事明,则国家成立之根本亦明矣。本书所述,亦以发明此二事为宗旨,以上所言,想阅者已早鉴之。而本篇则尤为此二事转变之时代。盖此时以前,种族与宗教皆单简;自此以后,种族与宗教皆复杂也。种族复杂之原,由于前后汉两朝,专以并吞中国四旁之他族为务,北则鲜卑、匈奴,西则氐、羌,西南则巴、賨,几无不遭汉人之吞噬者。中国以是得成大国,而其致乱,则亦因之。盖汉人每于战胜之后,必虏掠其民,致之内地,漫不加以教养,而县官豪右,皆得奴使之,积怨既久,遂至思乱,若政府无事,尚有所畏,一旦有烽烟之警,则群思脱羁绊矣。及其事起,居腹心之地,掩不备之众,其事比御外尤难,故五胡之乱,垂三百年而后定也。其后河北之地,皆并于北魏,魏人于北边设六镇,配汉人以防边,而自与其大姓居洛阳。久之,则强弱之形,彼此易位,适与两汉时相反。于是高欢、侯景等,稍稍通显。至隋、唐间,天下之健者,无一非汉人矣。案北方汉人与非汉人,实不可分,此不过据史文言之耳。盖其时二族通婚,渐至合一,如隋之独孤皇后,唐之长孙皇后,此其证也。此本篇所详种族之大纲也。而其宗教复杂之原,则与种族相表里。两汉所用,纯乎六艺耳。至魏、晋时,乃尚老庄,其后渐变为天师道。天师道者,源起于三苗之巫风,而假合以外来之教,故尤与南方之汉族为宜,其时江左之大家,如王、谢等,莫不奉天师道。而河、洛、秦、雍诸国,其种人本从西北来,天竺佛教,早传于匈奴与西域,至此即随其种人,以入中国。佛教之高深精密,其过天师道,本不可以数记,且孙恩之乱，假天师道以惑众，其后士夫，多不喜言天师道。犹之义和团乱后，士夫不喜言鬼神符箓也。于是佛教之力，由江北以达江南，久之，与古之巫风合而为一。而儒家不过为学术之一家，士大夫用之，非民所能与也。此二者之变幻，自魏、晋以后，五代以前，大率如此。故本篇所述，必合第四篇有唐一代。观之，始知其全。及宋以后，则又为一世界，与古人如二物矣。

第二节　魏晋之际(上)

晋之开国者，为司马懿。懿字仲达，河内温县今河南温县西南三十里。人，其先楚汉间司马卬，为赵将，与诸侯伐秦。秦亡，立为殷王，都河内。汉以其地为郡，子孙遂家焉。自卬八世生征西将军钧，钧生豫章太守量，量生颍川太守隽，隽生京兆尹防。懿，防之第二子也，少有奇节，聪明多大略，博学洽闻，性深阻有如城府，内忍而外宽，猜忌多权变。魏尚书崔琰字季珪，河东武城人。谓懿兄朗曰："君弟聪亮明允，刚断英特，非子所及也。"魏武帝为司空，闻而辟之。懿知汉运方微，不欲屈节曹氏，辞以风痹，不能起居。魏武使人夜往密刺之，懿坚卧不动。尝曝书，遇暴雨，不觉自起收之，家惟有一婢见之。懿妻张氏，恐事泄致祸，遂手杀之以灭口，而亲自执爨。魏武帝为丞相，辟懿为文学掾，敕行者曰："若复盘桓，便收之。"懿惧而就职。于是使与太子丕游处，累迁至主簿。魏国既建，迁太子中庶子，每与大谋，辄有奇策，为太子所信重。魏武渐察懿有雄豪志，闻懿有狼顾相，欲验之，乃召使前行，令反顾，面正向后，而身不动；又尝梦三马，同食一槽，甚恶之。因谓太子曰："司马懿，非人臣也，必预汝家事。"太子素与懿善，每相全佑，故免。懿于是勤于吏职，夜以忘寝，至于刍、牧之间，悉皆临履，由是魏武意遂安。及魏武薨，文帝即位，转丞相长史。魏受汉禅，为侍中、尚书右仆射，每有征伐，懿常居守，迁抚军大将军。魏文谓之曰："吾东，抚军当总西事；吾西，抚军当总东事。"于是懿常留镇许昌。及魏文疾笃，懿与曹真、字子丹，太祖族子，官大司马、大将军，爽之父也。陈群字长文，颍川许昌人，祖父寔，父谌，皆有盛名。群仕魏，官司空、录尚书事。等，见于崇华殿之南堂，并受顾命，辅政。诏太子叡曰："有间此三公者，慎勿疑之。"魏明即位，懿迁骠骑将军，出屯于宛，加督荆、豫二州诸军事。太和元年六月，魏主叡立之第一年。新城合房陵、上庸、西城三郡为之，在今湖北郧阳府。太守孟达，蜀宜都太守，以延康元年降魏，寻复通于蜀。潜图通蜀。懿知其谋，而恐其速发，先以书慰谕之。达得书大喜，犹豫不决。懿乃潜军进讨，八日行一千二百里，至其城下，旬有六日，克之，斩达。懿归，复屯于宛。四年，迁大将军，加大都督，假黄钺，西屯长安，都督雍、梁二州诸军事。自是与诸葛亮相拒于祁山，山名，在今甘肃巩昌府西和县西北。凡五年。懿畏蜀如虎，不敢战，亮因遗懿以妇人巾帼之饰。懿表请决战，魏明不许，遣卫尉辛毗字佐治，颍川阳翟人。杖节立军门，懿乃止。亮闻之，曰："彼本无战心，所以固请者，以示武于其众耳。将在军，君命有所不受，苟能制吾，岂千里而请战耶？"青龙二年，亮卒。懿迁太尉，仍镇长安。景初二年，亮卒之五年。辽东太守公孙渊，字文懿，公孙氏自汉时，世为辽东太守。自立为燕王，置百官。魏明征懿诣洛阳，问以往还几日。对曰："往百日，还百日，攻百日，以六十日为休息，一年足矣。"是年春发京师，夏克辽东，斩公孙渊，男子年十五以上，七千余人，皆杀之，以为京观，公卿以下，皆诛戮。是年冬，魏明寝疾，以武帝子燕王宇为大将军，辅政。而刘放、字子弃，涿郡人，汉宗室，官中书监。孙资，字彦龙，太原人，官中书令。久典机任，不欲宇入，乃白魏明，宇不堪大任，而深陈宜速召懿。时曹氏惟曹爽在侧，放、资亦并荐爽，魏明从放、资言。既而中变，敕停前命，放、资复入，见魏明，魏明又从之。时魏明已困笃，不能作手诏，放、资执其手强作之，遂赍出大言曰："有诏免燕王宇等官，不得停省中。"皆流涕而去。三年春正月，懿还至河内，得手诏，昼夜兼行，四百余里一宿而至，引入卧内，升御床。魏明执懿手，涕泣曰："死乃复可忍，吾忍死待君，得相见，无所复恨。"又指齐王芳，谓懿曰："此是也。君谛视之，勿误也。"因教齐王前抱懿颈。遂与曹爽同受顾命，以懿为侍中，假节钺，都督中外诸军事，录尚书事，入殿不趋，赞拜不名，剑履上殿，子弟三人为列侯，四人为骑都尉。曹爽初以父事懿，每事谘访，不敢专行。及毕轨、邓飏、李胜、何晏、丁谧说爽，以为懿必危曹氏，爽乃白太后，转懿为太傅，外以名尊之，而实去其权。懿于是欲诛曹爽，深谋秘策，世莫得知。嘉平元年，懿与曹爽相持者，盖十年。爽亦非常人也，为晋人所丑诋耳。遂杀曹爽，与何晏等，并夷三族。乃自立为丞相，加九锡。三年春正月，王凌字彦云，太原祁人，官太尉，都督扬州诸军事。起兵讨懿，未作而觉。懿为书谕凌，赦凌罪，然后大军从水道下，九日而至百尺。镇名，在今河南淮宁县。凌计无所出，乃面缚水次，懿执凌归于京师。凌道经贾逵字道梁，河东襄陵人，豫州刺史。庙，大呼曰："贾道梁，王凌是大魏之忠臣，惟尔有神知之。"至项，晋县，今河南项城县。仰药而死。懿收其族，诛之。悉录魏诸王公置于邺，命有司监视，不得交关。懿至京师，自立为相国，封安平郡今直隶冀州。公。六月，懿寝疾，梦贾逵、王凌为祟。八月卒，年七十三。此司马懿之生平也。后明帝时，王导侍坐，帝问前世所以得天下，导乃陈懿创业之始。明帝以面覆床，曰："若如公言，晋祚安得长？"石勒与徐光论古，亦曰："大丈夫行事，当磊磊落落，如日月皎然，终不能如曹孟德、司马仲达父子，欺他孤儿寡妇，狐媚以取天下也。"此殆司马宣王之定论欤！

第三节　魏晋之际(下)

司马氏一家，传十八主。而未正号以前，宣王、景王、文王三主，皆枭雄也。武帝始正号，而材实平庸。武帝已后，以迄于亡，凡十四主，昏庸相继，无一能稍肖其祖宗者，亦可异矣，不得不谓家法不善，有以致之也。而其钤键，实在景、文二王。盖懿以狼顾狐媚，盗天下于孤儿寡妇之手，其猜忍为前世所未有，新莽、魏操，方之蔑如。而起自儒生，及诛曹爽，年已七十，又三年而死，营立家门，未遑外事。使非二子能继其志，晋业未可知也。而师与昭之猜忍，乃与懿略同。于是晋之代魏政，而晋之不及两汉，亦定于此矣。其机实与中国相关，岂典午一家之幸不幸哉！今略述景、文二王之事以证之。懿薨，众推师为大将军，录尚书事，斯时中外犹多魏之旧臣也。中书令李丰，太常夏侯玄，字太初，夏侯尚子。与魏主即齐王芳。谋杀师，谋泄，师收丰、玄等杀之，灭其族。魏主意愈不平。左右劝魏主俟昭时为安东将军，遣征蜀，当入辞。入辞日，因杀之，而勒兵以退师位。时为大将军。已书诏，魏主惧不敢发。师、昭知之，乃谋废魏主，使郭芝入白太后。太后曰："我欲见大将军，口有所说。"芝曰："何可见耶？但当速取玺绶。"太后意折，乃遣傍侍御取玺绶，著坐侧。芝出报师，乃迎高贵乡公髦立之。而安东将军毌丘俭，字仲恭，河东闻喜人，封安邑侯，都督扬州诸军事。素与夏侯玄、李丰善，玄等死，俭不自安，乃与其所善扬州刺史文钦反于寿春。晋县，今安徽寿州，当时为魏防吴之重镇。王凌、毌丘俭、诸葛诞，皆镇此者也。高贵乡公之二年,师自讨俭等。是夏,文钦奔吴,毌丘俭走至慎县,晋县,今安徽颍上县西北。为其民所杀。然师以是时,新割目瘤,创甚,及与文钦战,军中震扰,师惊骇,目突出,恐众知之,蒙被而卧,啮被皆破。殿中校尉尹大目,幼为曹氏家奴,忠于曹氏,知师一目已出,讽钦毋奔,钦不解其旨,卒以奔亡。未几,师病创死,众乃推昭为大将军,录尚书事。高贵乡公之四年,再有寿春之役。初,征东大将军诸葛诞,字公休,琅邪阳都人。毌丘俭败,以诞都督扬州,镇寿春。与玄、飏等至亲,又王凌、毌丘俭等,累见夷灭,惧不自安,乃以甘露二年五月,通款于吴。吴人大喜,遣全怿、全端、唐咨、王祚等率三万众,并文钦赴之,诞遂反。六月,昭督中外诸军二十六万讨之。明年二月,寿春破,吴全怿等降,斩诸葛诞。时文钦已为诞所杀。于是昭威权日盛,自进为相国、晋公,加九锡。高贵乡公不胜其忿,召侍中王沈、字处道,太原晋阳人,尚书令。尚书王经、散骑常侍王业谓曰:“司马昭之心,路人所知也。吾不能坐受废辱,今日当与卿自出讨之。”经以为不可,魏主出怀中素诏,投地,曰:“行之决矣。”沈、业奔走告昭,呼经与俱,经不从。魏主遂拔剑升辇,率殿中宿卫、苍头官奴,鼓噪而出。昭弟屯骑校尉伷,遇之于东止车门,左右呵之,伷众奔走。中护军贾充字公闾,平阳襄陵人,父逵,魏豫州刺史。逵晚生充,相者言后当有充闾之庆,故以为名、字。充仕晋至司空、侍中、尚书令,假黄钺,大都督,贾后之父也。自外入,遂与魏主战于南阙下。魏主自用剑,众欲退,骑督成倅弟太子舍人济问充曰:“事急矣,当云何?”充曰:“司马公畜养汝等,正为今日。今日之事,无所问也。”济即抽戈前刺魏主,陨于车下。昭闻之,召左仆射陈泰曰:“卿何以处我?”泰曰:“独有斩贾充,可以少谢天下耳!”昭久之,曰:“更思其次。”泰曰:“泰言惟有进于此者,不知其次。”昭乃不复更言,以太后令,罪状高贵乡公,废为庶人。收王经,夷其族。以弑逆之罪,归于成济而杀之。更立常道乡公奂。奂之四年,昭遣其将钟会、字士季,颍川长社人,官至司徒,封列侯。邓艾字士载,义阳棘阳人,官至太尉,封列侯。二人皆以灭蜀后谋叛,诛死。灭蜀。明年,昭自进为晋王。明年,卒。而子炎即位,遂于是年受魏禅矣。案司马氏宣王、景王、文王三世,皆与曹氏相持,曹氏君臣所以谋去之者,世各一次,而皆不胜,然后大权始尽归于司马氏,而禅代以成。其每次皆一内一外,迭相感应。懿诛曹爽,而王凌起兵,由内以及外也。师杀李丰、夏侯玄,而毌丘俭畔,亦由内以及外也。昭灭诸葛诞,而高贵乡公饮成济之刃,由外以及内也。

先后情事如出一辙。然推此诸人之命意,则各自不同。今史虽缺略不传,传者亦不可尽信,而据其显见者以推之,犹有可近信者焉。何晏、邓飏之辅曹爽以谋诛司马懿,此忠于曹氏者也,其恶名则司马氏加之也。陈寿《三国志》,固司马氏之书也。王凌之举兵,则欲代懿而兴者也,非为曹氏也。观其举事,则先废无罪之主,事败则面缚迎于水次,直至拒单舸之谒,给棺钉之求,而后大呼王凌是大魏忠臣,情可知矣。李丰先以依违爽、懿之间,故不与爽同诛,其不与司马氏为仇可知也,徒以数与芳语,又不告师,遂至见杀。夏侯玄则一求附司马氏,而不得者耳。毌丘俭则以与丰、玄至亲,内不自安,出于万一侥幸之举,观其临发之表,专罪状司马师,而称司马懿之忠至再,故知其举事之意,在忧师之杀己,而非恨懿之盗魏也。惟诸葛诞之举,则为曹氏而发。《魏末传》(《三国志》裴松之注所引)曰:"贾充与诞相见,谈说时事,因谓诞曰:'洛中诸贤,皆谓禅代,君所知也,君以为云何?'诞厉色曰:'卿非贾豫州子,世受魏恩,如何欲负国,欲以魏室输人乎?非吾所忍闻。若洛中有难,吾当死之。'充默然,遂有征诞为司徒之命。及寿春之破,诞麾下数百人,坐不降斩,皆曰:'为诸葛公死不恨。'于是数百人拱手为列,每斩一人,辄降之,竟不变至尽。人比之于田横。诞非王凌、毌丘俭之比矣。然借敌国之兵,以平内乱,其事亦作俑于诞,君子谓其功罪不相抵也。高贵乡公深于经术,自足为守成令主,而立于无可为之日,而强为之,虽不免于死,抑亦贤于齐王芳矣。然司马氏父子,其忍亦甚哉!"

第四节　晋诸帝之世系

懿诛曹爽,据魏政之时,年已七十,辅政三年薨。魏齐王芳嘉平元年至嘉平三年。司马师继位辅政。师字子元,懿长子也,母张氏,名春华。师辅政凡五年薨,魏齐王芳嘉平三年至高贵乡公髦正元二年。年四十八。司马昭继位辅政,昭字子上,师之母弟也,昭辅政凡十一年薨,魏高贵乡公髦正元二年至陈留王奂咸熙二年。年五十五。昭始灭蜀,受相国、晋王之号。司马炎继位辅政,炎字安世,昭长子也,母王氏,名元姬。炎于魏咸熙二年八月嗣位,是年十二月,受魏禅,始追尊懿为宣皇帝,师为景皇帝,昭为文皇帝。帝始灭吴,全有中国。晋自帝以前凡三主,皆未及一统,且未称帝。自帝以后,凡三帝,皆大乱,不能一日安。又十一帝,皆不能保其一统,偏安江南,谓之东晋。故晋之盛时,帝一代而已。帝在位二十六年崩,凡泰始十年,咸宁五年,太康十年,太熙一年。年五十五,是为武帝。司马衷即位，衷字正度，武帝第二子也，母杨皇后，名艳，字琼芝。帝最不慧，为古今所罕，在位时天下大乱，晋业遂衰。帝在位十七年，遇鸩而崩，凡永熙一年，永平一年，元康九年，永康二年，永宁二年，太安二年，永安一年，永兴二年，光熙一年。年四十八，是为孝惠帝。司马炽即位，炽字丰度，武帝第二十五子也，在位五年，凡永嘉五年。为匈奴刘聪所虏，使青衣行酒。又二年，遇弑于平阳，年三十，是为孝怀帝。司马邺即位，邺字彦旗，武帝孙，吴孝王晏之子也。在位五年，元年犹称永嘉，凡建兴四年。又为匈奴刘聪所虏，使帝执盖。又一年，遇弑于平阳，年十八，是为孝愍帝。怀、愍二帝，聪明皆胜惠帝，而蒙惠帝之乱，不可复止。愍帝崩，中原无复为晋有。司马睿即位于建康，自是之后，谓之东晋。睿字景文，宣帝曾孙，琅邪王觐之子也。母夏侯氏，名光姬。或谓琅邪恭王妃夏侯氏，与小吏牛氏通，而生元帝。在位六年崩，凡建武一年，大兴四年，永昌一年。年四十七，是为元帝。司马绍即位，绍字道畿，元帝长子也。母荀氏。在位三年崩，凡太宁三年。年二十七，是为明帝。帝时，有王敦之乱。司马衍即位，衍字世根，明帝长子也。母庾皇后，名文君。在位十七年崩，凡咸和九年，咸康八年。年二十二，是为成帝。帝时，有苏峻之乱。司马岳即位，岳字世同，成帝母弟也，在位二年崩，凡建元二年。年二十三，是为康帝。司马聃即位，聃字彭子，康帝子也。母庾皇后，名蒜子。在位十七年崩，凡永和十二年，升平五年。年十九，是为穆帝。司马丕即位，丕字千龄，成帝长子也，母周氏。在位四年崩，凡隆和一年，兴宁三年。年二十五，是为哀帝。司马奕即位，奕字延龄，哀帝母弟也，在位六年，凡太和六年。为桓温所废。司马昱即位，昱字道万，元帝之少子也，在位二年崩，凡咸安二年十二月改元。年五十三，是为简文帝。司马曜即位，曜字昌明，简文帝第三子也。母王氏，名简姬。在位二十四年，凡宁康三年，太元二十一年。遇弑于清暑殿，年三十五，是为孝武帝。司马德宗即位，德宗字德宗，孝武长子也。母陈氏，名归女。在位二十二年崩，凡隆安五年，元兴三年，义熙十四年。年三十七，是为安帝。时政归刘裕，帝充位而已。司马德文即位，德文字德文，安帝母弟也，在位二年，凡元熙二年。禅位于刘裕。裕寻弑之，是为恭帝，晋亡。晋十五帝，除宣、景、文三王。一百五十六年。中朝四帝，都洛阳，五十四年；江左十一帝，都建康，一百二年。而五凉、四燕、三秦、二赵、夏、蜀十六国，皆并见于此时焉。

第五节　晋大事之纲领

晋氏一代,百余年间,祸乱相寻,穷极惨礫,中国最晦蒙否塞之时也。举其祸乱之大端,可分为六。

一、贾后之乱。

二、八王之乱。

三、五胡之乱。

四、王敦之乱。

五、苏峻之乱。

六、桓氏之乱。

第一,母后也;第二,诸侯王也;第三,异族也;第四、第五、第六,藩镇也。举古今中国之变,晋人皆备之,故曰中衰之世也。述此期之历史者,但能于以上诸端,究彻其原委,而此期之事,已昭晰无遗矣,盖东晋即南朝之代表也。

第六节　贾后之乱

初,贾充以谮诸葛诞,弑高贵乡公之功,有宠于司马昭。昭尝欲以兄子攸字大猷,后为齐王,为司马氏之贤者,攸死而大乱遂作。为嗣,群臣亦属意于攸。惟充能观察上意,称炎宽仁,且又居长,有人君之德,宜奉社稷,乃以炎为太子。及昭寝疾,炎请后事,昭曰:"知汝者,贾公闾也。"炎既代魏,任充益重,充不能正身率下,专以谄媚取容。侍中任恺,字元褒,乐安博昌人,官侍中。恺一食万钱,犹云无可下箸。中书令庾纯字谋甫,颍川鄢陵人,官中书令。等,刚直守正,咸共疾之。以充女为齐王攸妃,惧后益盛。及氐、羌反叛,武帝深以为忧。恺因进说,请充镇关中,武帝许之,而充不愿也。充将之镇,百僚饯于夕阳亭,荀勖字公曾,颍川颍阴人,官尚书令,充之党。私焉,谓与充私语。充以忧告,勖曰:"独有结婚太子,不顿驾而自留矣。"充曰:"然。孰可寄怀?"勖曰:"勖请言之。"俄而侍宴,论太子婚姻事,勖因言充女才质令淑,宜配储宫。初,武帝欲为太子纳卫瓘字伯玉,河东安邑人,官司空。后为贾后所杀。女,而杨后杨骏女,事见后。纳贾郭亲党之说,欲婚贾氏。武帝曰："卫公女有五可，贾公女有五不可。卫家种贤而多子，美而长白；贾家种妒而少子，丑而短黑。"杨后固请，荀顗字景倩，颍川人，官侍中、太尉。亦固请，及勖言，武帝乃许之。充竟不行，太康三年卒，而充女遂为太子妃矣。贾氏名南风，时年十五，大太子二岁，妒忌多权诈，太子畏而惑之。妃性酷虐，尝手杀数人，或以戟掷孕妾，子随刃堕。武帝闻之，大怒，将废之。荀勖深救之，得不废。妃不知后之助己也，以为构己，深怨之。及武帝崩，太子即位，以杨皇后为皇太后，武帝有两杨后，前杨后讳艳，字琼芝，弘农华阴人，父文宗，惠帝母也，泰始十年崩。后杨后讳芷，字季兰，前杨后之从妹也，父骏。与贾后相终始者，皆后杨后也。后父杨骏字文长。辅政，骏无他长，徒以后父，一朝膺社稷之重。初，武帝寝疾，诏中书以汝南王亮字子翼，宣帝第四子。与骏辅政，骏藏匿其诏。信宿之间，上疾遂笃。杨后乃奏帝，以骏辅政，帝颔之。骏便召中书，口宣帝旨，以骏为太傅、大都督，假黄钺，录朝政，百官总己，为政严碎，不允众心。贾后欲专朝政，谋速诛之。永平元年杨骏执政所改元也。二月，贾后召楚王玮字彦度，武帝第五子。至京师。三月辛卯，贾后使殿中郎孟观、李肇启帝，夜作手诏，诬骏谋反，命楚王玮屯司马门，东海公繇字思玄，宣帝孙，后为成都王颖所杀。帅殿中四百人讨骏。时中外隔绝，杨太后题帛为书，射之城外，曰："救太傅者有赏。"贾后因宣言太后同反。寻而殿中兵出，烧骏府，杀骏于厩中，尽诛杨氏之党，死者数千人。壬辰，大赦改元，废太后为庶人，徙金墉城。在洛阳城西北隅。太后母庞当诛，临刑，太后抱持号叫，截发稽颡，上表诣贾后，称妾，请全母命，贾后不许。董养浚仪人。游于太学，升堂叹曰："朝廷建斯堂，将以为何乎？天人之理既灭，大乱将作矣。"遂与妻逃去。于是汝南王亮、太保卫瓘辅政，楚王玮、安东王繇，并预国事。贾后谋悉去之，先徙繇于带方。晋县，今在韩国平壤境内。夏六月，后使帝作手诏曰："太宰、太保，时亮为太宰，瓘为太保。欲行伊、霍之事。"夜使黄门赍以授玮，玮遂率本军，时玮掌北军。围亮、瓘府，皆杀之。玮舍人岐盛，劝玮宜因兵势，遂诛贾郭，以正王室，安天下，玮犹豫未决。会天明，太子少傅张华字茂先，范阳方城人。白贾后，宜并诛玮，贾后深然之，乃遣殿中将军王宫，赍驺虞幡解兵之号旗。出，麾众曰："楚王矫诏，勿听也。"众释仗散走，无复一人，乃执玮斩之。贾后于是以张华为侍中、中书监，裴頠字逸民，河东闻喜人。为侍中，裴楷字叔则，頠从叔。为侍中、中书令，王戎字濬仲，琅邪临沂人。为右仆射。华等尽忠帝室，朝野粗安者数年。时贾后淫暴日甚，后母郭槐，槐性奇妒，充子黎民年三岁，乳母抱之当閤，黎民见充入喜笑，充就而拊之。槐望见，谓充私乳母，即鞭杀之，黎民念恋，发病而死。后又生男，过期，复为乳母所抱，充以手摩其头。郭疑乳母，又杀之，儿亦思慕而死，充遂无后。后妹午，南阳韩寿，美姿容，为司空掾。充燕僚属，午从青琐中窥见寿，大感想，发于寤寐，乃遣婢召寿而私焉。充知之，遂以嫁寿。养孙贾谧，字长深，贾午之子，充无子，养以为孙。并干预国事，权侔人主。后荒淫放恣，与太医令程据等乱，彰闻内外。往往引民间美少年入宫中，与乱，数月即杀之。有害太子之心。初，太子名遹，字熙祖，惠帝长子，母谢才人。幼而聪慧，武帝爱之，令誉流于天下。及长，性刚，不能假借贾氏。贾谧诉之于后，故后欲废之。太子右卫率刘卞东平人。知其谋，以告张华，劝华废后以立太子，华不能用。元康九年十二月，贾后诈称帝不豫，召太子入朝。既至，后不见，置于别室，使婢陈舞，以帝命赐太子酒三升，使尽饮之。太子辞以不能，舞逼迫之，太子不得已，饮尽，遂大醉。后使黄门侍郎潘岳字安仁，荥阳中牟人，贾后之嬖人也。作书草，令小婢承福，以纸笔及草，因太子醉，称诏使书之。文曰："陛下宜自了，不自了，吾当入了之。中宫又宜速自了，不自了，吾当手了之。并与谢妃共要，刻期两发，勿疑犹豫，以致后患，茹毛饮血于三辰之下，皇天许当扫除患害，立道文为王，蒋氏为内主。愿成，当以三牲祠北君。"茹毛饮血，谓盟誓也。道文，太子子虨小字也。蒋氏，虨母蒋俊也。内主，后也。北君，北帝也。太子已醉，不觉，遂依而写之，其字半不成，后补成之，以呈帝。壬戌，帝幸式乾殿，召公卿入，以太子书示之，曰："遹书如此，今赐死。"诸公莫有言者，至日西，不决。后惧事变，乃表免太子为庶人，帝许之。即日，送太子于金墉城，而杀太子母谢淑妃，及虨母蒋俊。太子既废，众情愤怒。右卫督司马雅，常从督许超，殿中中郎士猗等，谋废贾后，复太子，以张华、裴𬱟安常保位，难与行权，右将军赵王伦，字子彝，宣帝第九子。执兵柄，性贪冒，可假以济事。乃说孙秀伦之嬖人。以废贾后，立太子事，秀许诺，言于伦，伦纳焉。秀复言于伦曰："太子聪明刚猛，若还东宫，必不受制于人。公素党是贾后，道路皆知之。今虽建大功于太子，太子谓公特逼于百姓之望，翻覆以免罪耳。虽含忍宿忿，必不能深德明公，若有瑕衅，犹不免诛。不若迁延缓期，贾后必害太子，然后废贾后，为太子报仇，非徒免祸而已，乃更可以得志。"伦然之。秀因使人流言，言殿中人欲废皇后，立太子。后闻之，甚惧。伦、秀因劝谧早除太子，以绝众望。永康元年三月癸未，贾后使太医令程据和毒药，矫诏使黄门孙虑至许昌，毒太子。太子自废黜，恐被毒，常自煮食于前。虑乃徙太子于小坊中，绝其食，宫人犹窃于墙上过食与之。虑逼太子以药，太子不肯服，虑以药杵椎杀之。四月，赵王伦、孙秀将讨贾后，告右卫佽飞督闾和，和从之，期以癸巳丙夜一筹，以鼓声为应。及期，伦矫诏敕三部司马，前驱、由基、强弩三部司马。从讨贾后，众皆从之。又矫诏开门夜入，陈兵道南，遣翊军校尉齐王冏，字景治，齐王攸之子也。将三部百人，排阁而入，迎帝幸东堂。以诏召贾谧于殿前，将诛之。谧走入西钟下，呼曰："阿后救我。"就斩之。贾后见齐王冏，惊曰："卿何为来？"冏曰："有诏收后。"后曰："诏当从我出，何诏也？"后至上阁，遥呼帝曰："陛下有妇，使人废之，亦行自废矣。"后问冏曰："起事者谁？"冏曰："梁、谓梁王肜，时亦与闻。赵。"后曰："系狗当系颈，反系其尾，安得不然？"恨不先灭宗室也。至宫西，见谧尸，再举声而哭，遽止。伦乃矫诏，遣尚书刘弘，赍金屑酒，赐后死。时后母郭槐已死，乃收赵粲、武帝充华。充华，女官名。贾午等，付暴室杖杀之。后短形青黑色，眉后有疵，死时年四十四。贾后虽死，而天下大乱，不可复止矣。

第七节　八王之乱

晋人鉴魏以孤立亡，乃广建宗藩，遍于天下，无不拥强兵，据广土，与西汉之初无异。其或入居端揆，外作岳牧，则汉初犹不及此。其矫魏之弊，可谓深矣。然曾不数年，机权失于上，祸乱作于下，楚、赵诸王，相仍构衅，朝为伊、周，夕为莽、卓。诏阳谓羊后也，后名献容。贾后既废，孙秀立之，寻为成都王颖所废。陈昣唱伐颖，复后位，张方入洛，又废后。惠帝幸长安，复后位，未几又为张方所废。惠帝还洛，迎后复位，后洛阳令何乔又废后，张方死，复后位。洛阳破，没于匈奴刘曜。曜僭位，以为皇后，生二子而死。自古皇后之数立数废，未有如羊后者也。兴废，有甚奕棋。乘舆幽絷，更同羑里。胡羯凌侮，宗庙丘墟，中国几不复振。自古宗室交哄，其祸未有如晋者也。故八王之乱，实为关中国盛衰之一大端。所谓八王者：晋之八王，与魏之六镇，皆中衰复盛之关键。

一、汝南王亮。字子翼，宣帝第四子。

二、楚王玮。字彦度，武帝第五子。

三、赵王伦。字子彝，宣帝第九子。

四、齐王冏。字景度，景帝子齐王攸之子。

五、长沙王乂。字士度，武帝第六子。

六、成都王颖。字章度，武帝第十六子。

七、河间王颙。字文载，宣帝弟安平王孚之孙。

八、东海王越。字元超，宣帝弟东武城侯馗之孙。

八王之中，汝南王亮，楚王玮之事，已见前节，今当论赵王伦等之事。伦既诛贾后，自为使持节，大都督，督中外诸军事，相国，侍中，王如故，一依宣文辅魏故事。文武官封侯者，至数千人，百官总已以听。伦素庸下，无智策，复受制于秀，秀之威权振于朝廷，天下皆事秀而无求于伦。秀起自琅邪小吏，以谄媚自达，狡黠小才，无深谋远略，既执机衡，遂恣其奸谋，多杀忠良，君子不乐其生矣。伦、秀乃矫作禅让之诏，使其党奉皇帝玺绶，禅位于伦。永康二年正月，是年四月，改元永宁。伦即帝位，改元建始。时齐王冏、河间王颙、成都王颖，各拥强兵，分据一方。秀知冏等必有异图，乃选亲党为三王参佐，欲以防之。而三王谋益急，齐王冏镇许昌。遣使告成都王颖、镇邺。河间王颙，镇关中。颖许之，颙初不听，执冏使以付伦，后闻二王兵盛，亦许之，咸以讨伦、秀为名。檄至，伦、秀大惧，遣其将孙辅、李严、张泓、蔡璜、闾和、司马雅、莫原以拒冏，孙会、孙秀子。士猗、许超以拒颖。夏四月，张泓等与齐王冏战于颍阴，晋县，今河南许州。不利，引退。孙会等与成都王颖战于黄桥，在朝歌西黄泽上，今河南淇县。大破之，遂不设备。寻战于溴水，水名，入河，在轵县东南，在今河南淇县北。会等大败，弃军南走，颖遂济河。由是众情疑沮，皆欲诛伦、秀以自效。辛酉，左卫将军王舆，帅所部七百余人，自南掖门入攻孙秀于中书省，斩之。乃迫伦，使为诏避位归藩，迎帝于金墉城。帝既复位，改元永宁，诏送伦及子荂于金墉城。丁卯，赐伦死，诛其诸子。是日，成都王颖至。已巳，河间王颙至。六月乙卯，齐王冏至。

冏至雒阳，居攸故宫，甲士数十万，威震京师，自为大司马，加九锡，如宣、景、文、武辅魏故事，颖、颙俱还镇。冏既辅政，于是大筑第馆，坏公私庐舍以百数，沉于酒色，不入朝见，坐见百官，识者知兵之未戢也。冏以河间王颙本与赵王伦通，不附己，心常恨之，颙亦不自安。永宁二年是年十一月，改元太安。冬，颙上表言冏罪状，与成都王颖，同伐雒阳，使长沙王乂时从三王伐赵王伦，因留京师。废冏还第，以颖代辅政。十二月丁卯，长沙王乂驰入宫，奉天子攻齐王冏。是夕，城中大战，飞矢雨集，火光烛天。连战三日，冏败，斩之。初，颙意以为长沙王乂势微弱，必为冏所杀，因以为冏罪而讨之，遂废帝立成都王颖，而己为宰相辅政，专制天下。既而乂竟杀冏，不如所谋，乃遣其党冯荪、李含、卞粹袭乂，乂并杀之。又遣刺客图乂，乂又杀之。颙遂与颖同伐京师。时朝士以颖、冏、乂本兄弟，欲和解之，皆不听。颙令张方河间人。率兵七万，颖令陆机字士龙，云间人。率兵二十余万，同伐京师。时二王军逼，金鼓闻数百里，城中疲弊，而将士同心，皆愿效死。张方以为未可克，欲还长安。而东海王越，虑事不济。太安二年是年改元永安，又改永兴。正月癸亥，越潜与殿中诸将夜收乂，置金墉城，密告张方。方取乂至营，炙而杀之，乂冤痛之声，达于左右，公卿皆诣邺谢罪。颖入京师，复还镇，张方等大掠而归。

颖形美而神昏，既克京师，自为皇太弟，都督中外诸军事，丞相，乘舆服御，皆迁于邺，一如魏故事。事无巨细，皆赴邺谘之，百度废弛，甚于冏时，大失众望。永兴元年秋七月，右卫将军陈眕，长沙故将上官已等，奉帝北讨颖，颖使其党石超拒战。己未，乘舆败绩于荡阴，晋县，今河南汤阴县。帝颊中三矢，堕于草中，遂为石超所得，执帝入邺。东海王越遁归国，平北将军王浚，字彭祖，太原晋阳人，后为石勒所杀。并州刺史东嬴公腾，越弟。皆与太弟有隙。至是，浚、腾共约鲜卑、乌桓讨颖，此为引外族之始。颖遣其将王斌、石超御之。既而皆为浚等所败，邺中大震，百僚奔走，士卒分散，颖与数十骑，奉帝奔洛阳。会河间王颙遣张方将二万骑救颖，方至洛阳，遇颖奔还，方遂挟帝拥颖，大掠洛阳，而归长安。河间王颙乃废颖归藩，更立豫章王炽为皇太弟。帝兄弟二十五人，时惟颖、炽存矣。其后三年，颖既依颙；颙败，颖为范王阳虓字武会，宣帝弟馗之孙。所囚；虓死，为刘舆所杀。

河间王颙既逼帝西幸，魏、晋以来，洛阳所蓄积，遂扫地而尽。永兴二年秋七月，东海王越传檄山东，讨颙，迎天子归洛阳，王浚等皆从之，遂举兵，屡败西师。永兴三年，是年六月，改元光熙。越遣人说颙，送帝归洛阳,已与颙分主东西。颙将从之,而张方执不可,及事急,颙遣郅辅刺杀方,持方头款于越,越不许。夏四月,越遂入关,颙逃入太白山中。帝还洛阳,颙奔新野。晋县,今河南新野县。十二月,越遣南阳王模字元表,宣帝弟馗之曾孙。扼杀之。光熙元年十一月,东海王越弑帝,太弟炽即位,改元永嘉。炽亲览万机,留心庶政,越不悦,多杀帝亲故,不臣之迹,四海共知。时宗藩凋谢,戎狄内侵,上下崩离,事已不救。永嘉五年三月丙子,越忧惧而死。四月,石勒追越丧,及之于苦县,晋县,今河南鹿邑县东。大败晋兵,纵骑围而射之,十余万人,相践如山,无一免者。于是剖越棺,尽杀晋之王公,虏怀帝北去,西晋亡。

第八节　五胡之乱之缘起

西北诸游牧族,本与中国杂居,不能详其所自始。至战国之末,诸侯力征,诸戎乃为中国所灭,余类奔迸,逸出塞外。并见第二册。其后族类稍繁,又复出为中国患。两汉之世,竭天下之力,历百战之苦,仅而克之。而后乌桓、鲜卑、匈奴、氐、羌、西域之众,悉稽首汉廷称臣仆,汉之势亦可谓盛矣。然汉人之所以处置之者,其法甚异,往往于异族请降之后,即迁之内地。宣帝时纳呼韩邪,居之亭鄣,委以候望。赵充国击西羌,徙之于金城郡。光武时亦以南庭数万众,徙入西河,后亦转至五原,连延七郡。而煎当之乱,马援迁之三辅。在汉人之意,以为迁地之后,即不复为患,不知其后之患,转甚于未灭时。董卓之乱,汾晋萧然,已显大乱之象。故其时深识之士,类能知之。晋武帝时,郭钦西河人,侍御史。上疏,谓“若有风尘之警,胡骑自平阳、晋郡,今山西平阳府。上党,晋郡,今山西潞安府。不三日而至孟津,在今河南孟津县东。北地、西河、太原、冯翊、安定、上郡,今太原、汾州、同州、平凉诸府境。谓胡骑南下,则西北各郡为所隔也。尽为狄庭矣。宜尽徙内地杂胡于边地,峻四夷入出之防,此万世之长策也”。此策匈奴也。惠帝时江统字应元,陈留圉人,官太子洗马。作《徙戎论》,其略曰:“关中土沃物丰,有泾渭之流,溉其舄卤,黍稷之饶,亩号一钟,百姓谣咏其殷实。帝王之都,每以为居,未闻戎狄宜在此土。汉时,马援徙羌于三辅。魏时,又徙武都氐于秦川。故云云。而因其衰弊,迁之畿服,士庶玩习,侮其轻弱,使其怨恨之气,毒于骨髓。至于蕃育众盛,则坐生其心,以贪悍之性,挟愤怒之情，候隙乘便，辄为横逆。而居封域之内，无障塞之隔，掩不备之人，收散野之积，故能为祸滋扰，暴害不测，此必然之势矣。当今之时，宜及兵威方盛，众事未罢，徙冯翊、北地、新平、安定界内今同州、凤翔、平凉三府境。诸羌，著先零、罕幵、析支之地。今甘肃西南边西。徙扶风、始平、京兆之氐，今陕西潞安府境。出还陇右，著阴平、武都之界。今甘肃阶州境。廪其道路之粮，令足自致，各附本种，反其旧土，属国抚夷，就安集之。戎、晋不杂，并得其所，纵有猾夏之心，风尘之警，则绝远中国，隔阂山河，虽为寇盗，所害不广矣。”此策氐羌也。当时皆不能用。其后刘渊诸戎种族、疆域，并详后。以惠帝永兴元年据离石，称汉。后九年，此从《晋书·载记》叙之文，然案《载记》，石勒称赵在元帝大兴二年，则已十六年，而非九年矣，故其后每年皆差。石勒据襄国称赵。张氏先据河西，自石勒后三十六年，晋穆帝永和十年。张重华自称凉王。案《传》，张重华称凉公，在穆帝永和二年。后一年，永和十一年。冉闵据邺，称魏。案《载记》，冉闵称魏，在永和六年。后一年，穆帝永和十二年。苻健据长安，称秦。案《载记》，苻健称秦，在永和七年。后一年，穆帝升平元年。慕容儁据辽东，称燕。案《载记》，慕容儁称燕，在永和八年。后三十一年，孝武帝太元十二年。后燕慕容垂据邺；案《载记》，慕容垂居邺，在太元九年。后二年，太元十四年。西燕慕容冲据阿房，案《载记》，冲据阿房，在太元十年。皆称燕。是岁，乞伏国仁据枹罕，称秦。案《载记》，乞伏国仁据枹罕，在太元十年。后一年，太元十五年。慕容永据上党，称燕。案《载记》，慕容永据上党，在太元十一年。是岁，吕光据姑臧，称凉。案《载记》，吕光称凉，在太元十一年。后十二年，安帝元兴三年。慕容德据滑台，称燕。案《载记》，慕容德称燕，在安帝安隆二年。是岁，秃发乌孤据廉川，称凉。案《载记》，秃发乌孤称凉，在隆安元年。段业据张掖，称凉。案《载记》，段业称凉，在隆安元年。后三年，安帝义熙三年。李玄盛据敦煌，称凉。案《载记》，李玄盛称凉，在隆安四年。后一年，义熙四年。沮渠蒙逊杀段业，自称凉。案《载记》，沮渠蒙逊称凉，在隆安五年。后四年，义熙八年。谯纵据蜀，称成都王。案《载记》，谯纵据蜀，在义熙二年。后二年，义熙十年。赫连勃勃据朔方，称夏。案《载记》，赫连勃勃称夏，在义熙三年。后二年，义熙十二年。冯跋据和龙，称燕。案《载记》，冯跋称燕，在义熙五年。提封天下，十丧其八，莫不龙旌帝服，僭号自娱，穷兵凶于胜负，尽人命于锋镝，其为战国者一百三十六年，然后皆入于拓跋氏，是为十六国，其人皆鲜卑、匈奴、氐、羌之种也。此就《晋书·载记》叙订正之。叙中所述，不止十六国，而十六国中之成都李氏，起惠帝太安元年，终穆帝升平五年，则又不述及，不知何也？至其《载记》，则仅十六国矣。

第九节　五胡之统系

前赵，南匈奴人。本称汉，刘曜立始改称赵。史家因有后赵，故谓之前赵。

刘渊，字元海。父刘豹，仕晋为左贤王。僭位凡八年，元熙五年，永凤一年，河瑞二年。死年无考，伪谥光文皇帝。

刘聪，字元明，一名载，渊第四子。僭立九年，光兴一年，嘉平四年，建元一年，麟嘉三年。死年无考，伪谥武皇帝。

刘曜，字永明，渊之族子。僭位十二年，光初十二年。为石勒所杀，年无考，前赵亡。

上前赵三主，共二十六年。

后赵，上党武乡羯人。羯乃匈奴别部羌渠之后。

石勒，字世龙，初名匐，汲桑始命以石为姓，勒为名。父朱曷周，为部落小率。僭位十四年，赵王八年，太和二年，建平四年。死年六十，伪谥明皇帝。

石弘，字大雅，勒第三子。僭位二年，延熙二年。为石虎所杀，年二十二。

石虎，字季龙，勒之从子。僭位十五年，建武十四年，太宁一年。死年无考，伪谥武皇帝。石虎后有石世、石遵、石鉴、石祇，皆尝僭号，不久皆灭。

上后赵七主，共三十二年而亡。

（附）冉闵，字永曾，魏郡内黄人，幼为石虎所养，遂以石为姓。

僭位三年，永兴三年，改号魏。为慕容儁所杀，年无考。

前燕，徒何鲜卑人。

慕容廆，字奕洛瑰。僭位四十九年，未称号。死年六十五，儁追谥武宣皇帝。

慕容皝，字元真，廆第三子。僭位十五年，未称号。死年五十二，儁追谥文明皇帝。

慕容儁，字宣英，皝第二子。僭位十一年，燕元三年，元玺五年，光寿三年。死年四十二，伪谥景昭皇帝。

慕容暐，字景茂，儁第三子。僭位十一年，建熙十一年。为苻坚所杀，年三十五，前燕亡。

上前燕四主，共八十五年。

前秦，略阳临渭氐人。

苻洪，字广世，仕晋为广川郡公，为麻秋所鸩，年六十六，伪谥惠武帝。

苻健，字建业，洪第三子。僭位四年，皇始四年。死年三十九，伪谥明皇帝。

苻生，字长生，健第三子。僭位二年，寿光二年。为苻坚所杀，年二十三。

苻坚，字永固，一名文玉，洪子雄之子。僭位二十九年，永兴二年，甘露六年，建元二十一年。为姚苌所缢，年四十八。

苻丕，字永叔，坚之长庶子。僭位二年，太安二年。为慕容永所败，走死，年无考。

苻登，字文高，坚之族孙。僭位九年，太初九年。为姚兴所杀，年五十二，前秦亡。

上前秦六主，共四十四年。

后秦，南安赤亭羌人，烧当之后。

姚弋仲，仕晋，封高陵郡公。死年七十三，伪追谥景元皇帝。

姚襄，字景国，弋仲第五子。为苻坚所杀，年二十七。

姚苌，字景茂，弋仲第二十四子。僭位十一年，白雀二年，建初九年。死年六十四，伪谥武昭皇帝。

姚兴，字子略，苌之少子。僭位二十二年，皇初五年，宏始十八年。死年五十一，伪谥文桓皇帝。

姚泓，字元子，兴之长子。僭位二年，永和二年。为宋武帝所执，送建康，斩之，年三十，后秦亡。

上后秦三主，共三十二年。

蜀(成)，巴西宕渠僰人。

李特，字元林。僭位二年，建初二年。死年无考，雄追谥景皇帝。

李流，字元通，特第四子。特死，自称大将军，数月死，年五十六。

李雄，字仲儁，特第三子。僭位三十年，建兴三十年。死年六十一，伪谥武皇帝。

李班，字世文，雄养子。立一年，为李越所杀，年四十七。

李期，字世运，雄第四子。僭位三年，玉恒三年。为李寿所废，自杀，年二十五。

李寿，字武考，雄兄骧之子。僭位五年，汉兴五年。死年四十四，伪谥昭文皇帝。

李势，字子仁，寿长子。僭位四年，太和二年，嘉宁二年。为桓温所执，送建康，斩之，年无考，前蜀亡。

上前蜀七主，共四十五年。

前凉，安定乌氏人，汉常山王张耳十七世孙。按前凉实晋之藩镇，与诸僭窃者不同。故《晋书》自为传，不列于《载记》。

张轨，字士彦。仕晋为凉州牧，卒年六十。张祚即位，谥武王。

张寔，字安逊，轨世子。嗣为凉州牧，凡六年，为刘宏所杀，年无考。张祚即位，谥成王。

张骏，字公庭，寔之世子。称凉王二十二年。太元二十二年。卒年四十，谥文王。

张重华，字泰临，骏第二子。在位十一年，永乐十一年。卒年二十七，谥桓王。

张祚，字太伯，骏之长庶子。在位三年，和平三年。为宋混所杀，年无考。

张玄靓，字元安，重华少子。在位九年，太始九年。卒年十四，谥冲王。

张天锡，字纯嘏，骏少子。在位十三年，太清十三年。降于姚兴，卒年六十一，前凉亡。

上前凉七主，共七十六年。

西凉，陇西狄道人，汉前将军李广十六世孙。

李暠，字元盛。僭位十七年，庚子五年，建初十二年。卒年六十，伪谥昭武王。

李歆，字士业，暠第二子。僭位四年，嘉兴四年。为沮渠蒙逊所杀，年无考，西凉亡。

上西凉二主，共二十一年。

北凉，临松卢水胡人，匈奴左沮渠之后。

沮渠蒙逊，僭位三十三年，元始三十三年。死年六十六，伪谥武宣王。

沮渠茂虔，一作牧健，蒙逊子。僭位六年，永和六年。为拓跋氏所擒，年无考，北凉亡。

上北凉二主，共三十九年。

后凉，略阳氐人。

吕光,字世明。僭位十四年,太安三年,麟嘉七年,龙飞四年。死年六十三,伪谥武皇帝。

吕纂,字永绪,光长庶子。僭位三年,咸宁三年。为吕超所杀,年无考,伪谥灵皇帝。

吕隆,字永基,光弟宝之子。僭位三年,神鼎三年。为姚兴所执,年无考,后凉亡。

上后凉三主,共二十年。

后燕,徒何鲜卑人。

慕容垂,字道明,皝第五子。僭位十一年,建兴十一年。死年七十一,伪谥成武皇帝。

慕容宝,字道祐,垂第四子。僭位三年,永康三年。为兰汗所杀,年四十四。

慕容盛,字道运,宝长庶子。僭位三年,建平三年。死年二十九,伪谥昭武皇帝。

慕容熙,字道文,垂之少子。僭位六年,光始六年。为慕容云所杀,年二十三。

慕容云,字子雨,宝之养子,本姓高氏。僭立未几,为冯跋所杀,年无考,后燕亡。

上后燕五主,共二十四年。

南凉,河西鲜卑人。

秃发乌孤,僭位三年,太初三年。死年无考,伪谥武王。

秃发利鹿孤,乌孤弟。僭位三年,建和三年。死年无考,伪谥康王。

秃发傉檀,利鹿孤弟。僭位十三年,宏昌六年,嘉平七年。为乞伏炽磐所鸩,年五十一,南凉亡。

上南凉三主,共十九年。

南燕，徒何鲜卑人。

慕容德，字玄明，皝之少子。僭位五年，建平五年。死年七十，伪谥献武皇帝。

慕容超，字祖明，德兄纳之子。僭位六年，太上六年。为宋武帝所执，送建康，斩之，年二十六，南燕亡。

上南燕二主，共十一年。

西秦，陇西鲜卑人。

乞伏国仁，僭位四年，建义四年。死年无考，伪谥烈王。

乞伏乾归，国仁弟。僭位四年，更始四年。死年无考，伪谥武元王。

乞伏炽磐，乾归长子。僭位十五年，永康八年，建宏七年。死年无考，伪谥文昭王。

乞伏慕末，炽磐子。僭位三年，永宏三年。为赫连定所杀，死年无考，西秦亡。

上西秦四主，共二十六年。

北燕，长乐信都人，毕万之后。

冯跋，字文起。僭位二十三年，太平二十三年。死年无考，伪谥成皇帝。

冯弘，字交通，跋弟。僭位五年，大兴五年。为拓跋氏所灭，死年无考，北燕亡。

上北燕二主，共二十八年。

夏，匈奴右贤王去卑之后。

赫连勃勃，僭位十九年，龙升十一年，昌武一年，真兴七年。死年四十五，伪谥烈皇帝。

赫连昌，勃勃第三子。僭位四年，永光四年。为拓跋氏所杀，死年无考。

赫连定，勃勃第五子。僭位四年，胜光四年。为吐谷浑所擒，夏亡。定后为拓跋氏所杀，死年无考。

上夏三主，共二十七年。

五胡十六国之乱，起于晋惠帝永兴元年甲子刘渊僭号，终于宋文帝元嘉十六年己卯沮渠牧犍为魏所灭，即魏主拓跋焘太延五年也，共一百三十六年。

第十节　前赵后赵之始末匈奴羯

五胡之事，至为复杂，故记述最难。分国而言，则彼此不贯；编年为纪，则凌杂无绪，皆不适于讲堂之用。今略用纪事本末之例，而加以综核，凡其国之兴亡互相连贯者，则连类及之。如此则可分十六国之起伏，为五大支派。

一、汉、前赵、后赵，此二国皆互相连贯者也。十六国实无不互相连贯，今指其甚者而言。

一、前燕、后燕、南燕、北燕，此四国，皆互相连贯者也。

一、前秦、后秦、西秦、夏，此四国，皆互相连贯者也。

一、前凉、后凉、南凉、北凉、西凉，此五国，皆互相连贯者也。

一、蜀，自为一支派。亦有后蜀，不在十六国之例。

此五大支派，今当以次及之。南匈奴自降汉后，入居于西河美稷，自以为其先曾与汉约为兄弟，遂冒姓刘氏。魏分其众为五部，皆以刘氏为部帅。太康中，改置都尉，虽分属五部，皆家于汾晋之间。刘渊于武帝时，为左部帅。惠帝时，太弟颖表渊为左贤王，监五部军事，使将兵在邺。渊长八尺，须长三尺，猿臂善射，膂力过人。每观书传，常鄙随、陆之无武，绛、灌之无文。按史家述诸人，多致美辞，核之实事，毫无左验，此最不可解者。今以古来传说如此，不能不仍之云尔，学者当知可疑也。太安中，惠帝失政，诸王迭相残废，州郡奸豪，所在蜂起。渊从祖北部都尉右贤王刘宣字士则，后为渊之丞相。等议曰："自汉亡以来，我单于徒有虚号，无复尺土，自余王侯，降同编户。今吾虽衰，犹不减二万，奈何敛首就役，奄过百年？左贤王渊，英武超世，天苟不欲兴匈奴，必不虚生此人也。今司马氏骨肉相残，四海鼎沸，复呼韩邪之业，此其时矣。”乃相与谋推渊为大单于，使其党诣邺告之。渊白颖，请归会葬，颖未许。渊乃招集五部，及杂胡，声言欲助颖，实则叛之。及王浚、东嬴公腾挟鲜卑、乌桓内寇，渊说颖曰：“今二镇跋扈，众十余万，恐非宿卫及近郡士众所能御也。请为殿下还说五部，以赴国难，望殿下镇邺以待之。不然，鲜卑、乌桓，未易当也。”颖悦，拜渊为北单于。渊至左国城，在今山西介休县西南。刘宣等上大单于之号，二旬之间，有众五万，按刘宣云：“今吾虽衰、犹不减二万。”何以竟得五万？知其时汉族多从匈奴内叛者矣。民心如此，此所以亘数百年而不制也。都于离石。晋县，今山西永宁州治。寻迁左国城，建国号曰汉，此与冒姓刘同意。以刘宣为丞相。时颖已南奔，渊闻之，曰：“颖不用吾言，遂自溃败，真奴才也。然吾与其有言矣，不可不救。”于是命其将刘景、刘延年率步骑二万讨鲜卑。刘宣等固谏曰：“晋为无道，奴隶御我。今司马氏父子兄弟，自相鱼肉，此天厌晋德，授之于我。单于当兴我邦族，复呼韩邪之业，鲜卑、乌桓，我之气类，可假以为援，奈何距之而拯仇敌？”渊曰：“大丈夫当为汉高、魏武，呼韩邪何足道哉？”按刘渊既不能实力援晋，又不能结好鲜卑，其后后赵遂为鲜卑所灭。渊生平大言，大率类是。永兴元年，即汉王位。东瀛公腾使将军聂玄讨之，大败，腾东奔。渊遣刘曜寇太原诸郡，皆陷之。二年，进据河东，入蒲阪，遣王弥、东莱人。石勒略冀州诸郡，及兖、豫以东。永嘉二年，僭即皇帝位，迁都平阳，遣其子聪与王弥，进寇洛阳，刘曜与赵固为后继，为晋弘农太守桓延所袭，大败而归。是冬，复遣刘聪、刘曜、王弥寇洛阳，仍败归。四年，渊死，以子和为嗣。渊死，聪杀其太子和而自立。聪究通经史百家之言，膂力骁疾，冠绝一时。既即伪位，命其党呼延晏、王弥、刘曜南寇，晋师前后十二败，长驱围洛阳，陷之，纵兵大掠，虏天子，杀太子及百官已下三万余人，于洛水北筑为京观。迁帝于平阳，聪谓帝曰：“卿家骨肉相残，何其甚也？”帝曰：“此殆非人事，皇天使为陛下相驱除耳！”此与羊后对刘曜语，皆丧心之谈，可以观其时贵族之教育。聪又使帝行酒，庾珉、字子琚，颍川鄢陵人，官侍中。王隽起而大哭，聪遂弑帝，并害珉等。愍帝即位于长安，聪复使刘曜陷长安，执帝归平阳。聪欲观晋人之意，使帝行酒，洗爵，更衣，又使帝执盖，多有涕泣，或失声者。辛宾起而抱帝大哭，聪又弑帝，并害宾等。聪自是志得意满，纳其臣靳準二女为左右贵嫔，大曰月光，小曰月华，皆国色也。数月，立月光为上皇后，刘氏为左皇后，月华为右皇后，遂有三皇后。既而月光以秽行自杀，刘氏死无考。又以樊氏为上皇后。其宦官王沈养女年十四，有妙色，立为左皇后；宦官宣怀养女为中皇后，遂有四后。聪遂委政于靳準、王沈及其子粲，字士则。不复朝见群臣，或三日不醒。于是石勒鸱视赵魏，曹嶷乃青州刺史，攻陷山东者。狼顾东齐，鲜卑之众，星布燕代。齐、曹嶷。代、鲜卑拓跋氏。燕、鲜卑慕容氏。赵，石勒。皆有将大之气。西北氐、羌，叛者十余万落。匈奴之势，不复支矣。晋太兴元年，聪死，而传伪位于粲。粲昏暴愈于聪，既嗣伪位，聪皇后四人，靳氏、樊氏、宣氏、王氏，年皆未满二十，并国色也，粲晨夜烝淫于内，志不在哀。未几为靳准所杀，刘氏无少长，皆斩之于东市，发掘刘渊墓，焚烧其宗庙。准谋欲降晋，而为刘曜所攻灭。曜少孤，见养于渊，身长九尺，白眉，目赤色，须不过百余根，铁厚一寸射而洞之，曾隐于管涔山，以琴书为事。聪时，曜破长安，虏愍帝，遂留镇长安。靳准之变，曜自长安赴难，未至，靳氏之党，杀准以降曜。太兴元年，僭即伪位，以晋惠帝后羊氏为皇后。一日，曜问后曰："吾何如司马家儿？"后曰："胡可并言？陛下开基之圣主，彼亡国之暗夫。有一妇，一子，及身，三耳，不能庇之。贵为帝王，而妻子辱于凡庶之手，遣妾尔时实不思生，何图复有今日！妾生于高门，常谓世间男子皆然。自奉巾栉以来，始知天下有丈夫耳。"曜甚爱宠之，颇预朝政，生二子而死。刘渊自来国号为汉，以汉诸帝为祖，曜始改国号曰赵，祭冒顿以配天。时石勒据全赵，聪之季年，已思独立。及曜即位，勒入平阳，曜奔长安，封勒为太宰、大将军、赵王，备九锡。既而悔之，吝不予。勒大怒，曰，"赵王、赵帝，孤自为之，何假于人？"咸和三年，勒使石虎攻曜，曜大败之，虎奔还。曜攻石生于金墉，石生乃石勒之守洛阳者。石勒自率大众救之。将战，曜饮酒数斗，比出，复饮酒斗余，遂昏醉，为石堪所乘，坠于冰上，被创十余，通中者三，为堪所执，送归襄国，寻遂杀之。曜子胤奔上邽，为石虎所破，坑其王公以下万余人，南匈奴遂亡。凡渊、聪、粲、曜，谓之前赵，渊、聪、粲居平阳，曜居长安。

十六国半琐细不足道，惟石勒、苻坚稍大。石勒初名訇，羯人，年十四，随人行贩洛阳，倚啸上东门。王衍字夷甫，琅邪临沂人，晋之最善清谈者。

见而异之,顾左右曰:“向者胡雏,吾观其声视,恐将为天下之患。”驰遣收之,会勒已去。案此殆石勒贵后,愚人之词。大安中,并州饥,刺史司马腾执诸胡于山东,卖充军实,两胡一枷,此可见晋时待诸胡之法。勒时年二十余,亦在其中。勒卖与茌平师懽为奴,懽奇而免之,勒得与马牧帅汲桑相往来,遂相率为群盗。及刘渊僭位,赵魏大乱,桑与勒皆起事,始以石为姓,勒为名。及为苟晞字道将,河内山阳人,官大将军,都督中外诸军事。所败,桑死,勒归刘渊,渊使为将,遂荼毒中原,陷州郡不可胜数。寻陷山东诸郡,南寇江汉,有久据之志。张宾字孟孙,赵都中丘人。劝之北还,遂陷许昌。遇东海王越薨,其众二十余万,以太尉王衍率之,东下,勒追及之,围而射之,相践如山,无一免者。时洛阳陷于刘曜,苟晞驻蒙城,今安徽蒙城县。勒执之,以为左司马。又袭杀王弥,而并其众。寻害苟晞,复欲南寇,为晋师所败而归。勒虽强盛,然攻城而不有其地,略地而不有其人,翕然云合,忽复兽散。张宾劝其北还,进据襄国,以规久远。勒乃进据襄国,晋县,今直隶顺德府治。而以石虎镇邺。晋郡,今河南临漳县南。乃袭王浚于幽州,浚字彭祖,太原晋阳人,官司空、幽州刺史,谋僭号,而为石勒所卖。幽州,今直隶北境及盛京境。斩之;袭刘琨于并州,琨字越石,中山魏昌人,官太尉、并州刺史,琨忠于晋者。并州,今山西省阴霍州之西南。琨奔代。今山西代州。靳准之乱,勒入平阳,焚刘氏宫室,勒始明叛于汉矣。太兴二年,伪号赵王,始号胡人曰国人,与汉人异其法制,以称胡人为不敬,著于律令。既获刘曜,遂壹中原,以咸和五年,僭即帝位。时石虎跋扈之象,中外皆知,徐光尝请于勒曰:“陛下廓平八州,而神色不悦者,何也?”勒曰:“吴、蜀未平,书轨不一,司马家犹不绝于丹阳,恐后之人,将以吾为不应符箓。每一思之,不觉见于神色。”案此可以见其讳胡之意。光曰:“此四支之轻患耳,中山王石虎为中山王。乃陛下心腹之患也。”勒默然,而竟不从。勒以咸和七年死,传伪位于其太子弘。

弘既即位,知石虎之将篡,使石堪出据兖州今山东南境。以为援。石虎获堪,炙而杀之,虎遂杀勒妻刘氏。时石生镇关中,石朗镇洛阳,皆起兵讨石虎。虎亲攻朗于洛阳,获朗,刖而斩之。进攻长安,生部下斩生降。虎还,石弘大惧,赍玺绶亲诣虎,谕禅位意。虎曰:“天下人自当有议,何为自论此也?”弘还宫,对其母流涕曰:“先帝真无复遗矣。”俄而皆为虎所杀,虎遂即伪位。

石虎,勒之从子也,幼与勒母,同依刘琨,后琨送之还勒。虎长七尺四寸,性残忍,降城陷垒,坑斩士女,少有遗类。而指挥攻讨,所向无前,勒信任之,仗以专征之任。勒即伪位,虎为太尉、尚书令,镇邺。虎自以为功高一时,勒必以己为嗣继,而勒以授其子弘。虎大怒曰:“主上晏驾之后,不足复留种也。”盖篡弑之念,决于此矣。既杀石弘,尽诛勒之诸子,乃即伪位。自照镜而无头,大惧,故不敢称皇帝,而称天王。迁都于邺,以子邃为太子,总百揆。邃荒恣无人理,装饰宫人美者,斩首洗血,置于盘上传观之。又择诸比丘尼有姿色者,与之交而杀之,合牛羊肉煮而食之。而疾其弟韬如仇。尝谓左右曰:“吾欲行冒顿之事,言将弑父。如何?”众莫对。虎乃收邃及其妻妾、子女二十六人,同埋于一棺之中,而立子宣为太子。宣复疾韬如仇,使其党杀韬于佛寺,且入奏之,将俟虎临丧而杀之。虎惊哀气绝,久之方苏,将出,疑而止。于是有人告变,言其事,虎乃幽宣于库,以铁环穿其颔,而锁之。取害韬刀箭,舐其血,哀号震动宫殿。寻积薪柴以焚宣,拔其发,抽其舌,断其手足,斫眼,溃肠,如韬之丧而后焚之。虎从后宫数千,登高观之,并杀其妻子九人。虎时东与慕容皝,西与张重华构兵,皆不胜,而志在穷兵,且兴作不已,营宫观者四十万人,造甲者五十万人,船夫十七万人,皆取之于民。公侯牧宰,竞兴私利,百姓失业,十室而七。猎车千乘,养兽万里,谓圈兽之地。夺人妻女十万,盈于后宫。虎知民怨,乃立私论之条,偶语之律,人不聊生矣。而石虎乃自谓得计,尝升高见其子宣行猎,从卒十八万,乐而笑曰:“我家父子如此,自非天崩地陷,当复何愁?但抱子弄孙,日为乐耳。”虎太子邃、太子宣先后死,虎不知所立。初,虎将张豺曾虏刘曜女以进虎,虎嬖之,生子世。至是豺言于虎曰:“陛下再立储宫,皆出自倡贱,是以祸乱相寻。今宜择母贵子孝者,立之。”虎曰:“卿且勿言,吾知太子处矣。”乃立世为太子,时年十岁。永和四年,虎死,世即伪位,石氏遂大乱,羯族以亡。凡石勒、石弘、石虎、石世、石遵、石鉴为后赵,勒居襄国,虎以下居邺。

后赵之末,慕容燕之前,有一足纪之事焉,即冉闵之逐羯是也。观此事,可知当时各族相处之况,特述之稍详于他事。初,冉闵屡世为汉将,年十二,为石勒所获,使石虎子之。既长,骁猛多力,攻战无前。石虎末年,夺民妻女凡数万家,人心思乱。定阳郡,今陕西宜川县西北。梁犊起兵,自称晋征东大将军，众数十万，自潼关以至洛阳，名城重镇，无足制限。石虎大惧，以冉闵、姚弋仲、苻洪等讨之。闵一战平之，斩梁犊，由是功名大显，胡、夏宿将，莫不惮之。石虎死，石世立，闵平秦、洛班师，遇虎子遵，因说以举兵讨世，而自立，遵从之。张豺惧，谋拒战。耆旧羯士皆曰："天子儿来奔丧，吾当出迎之，不能为张豺城戍也。"开门迎石遵，遵遂诛刘氏、石世、张豺，而即伪位。世立凡三十三日。石冲、虎子，时镇蓟。石苞，虎子，时镇关中。皆谋讨遵，并为闵所擒斩。遵之举兵也，谓闵曰："努力，事成，以尔为储贰。"既而立其子衍为太子，闵大怒，始有图遵之心矣。遵亦忌闵，召石鉴等入，谋于其太后郑氏之前。鉴出，驰告闵，闵以甲士三十，执遵杀之，及其太后、太子，而立鉴。遵立凡一百八十三日。时石祗、镇襄国。石成、石启、石晖，皆谋诛闵，为闵所杀。石鉴亦自欲诛闵，使李松鉴中书令。攻闵，不克，死之。又使孙伏都鉴龙骧将军。结羯士三千，攻闵，亦不克，死之。闵乃宣令内外六夷，匈奴、羯、氐、羌、鲜卑、賨。敢称兵仗者斩之，胡人或斩关，或逾城而出者，不可胜数，赵人百里内悉入城，胡羯去者填门。闵知胡之不为已用也，班令内外赵人，斩一胡首者，文官进位三等，武悉拜牙门。一日之中，斩首数万。闵躬率赵人，诛诸胡羯，无贵贱、男女、少长，皆斩之，死者二十余万，尸诸城外，悉为野犬所食。屯据四方者，所在承闵书诛之，于时高鼻多须，至有滥死者。案此则胡羯之状，为高鼻多须而深目，此状颇类今亚洲西境诸族人，而非匈奴种也，是后此族遂亡。闵遂杀石鉴，鉴立一百三日。并石虎孙三十八人，尽灭石氏之族，羯亡，时永和六年也。闵自立为皇帝，改国号曰魏。闵临江告晋曰："胡逆乱中原，今已诛之，若能共讨者，可遣军来也。"晋人不答。时石祗据襄国，群胡典州郡拥兵者皆归之。祗使石琨率众十万攻闵，闵大败之，斩二万八千人。闵攻祗于襄国，不能拔。石琨自冀州，慕容儁自龙城，姚弋仲自滆头，戍名，今直隶枣强县东北。皆救之，三方劲旅，合十余万，三面攻之，祗冲其后，闵师大败，与十数骑奔还邺，于是人物歼矣。石祗复使刘显攻闵，为闵所败，显归而杀石祗，称尊号于襄国。闵复伐之，入襄国，杀刘显。闵归，遇慕容恪儁之大将。于魏昌，晋县，今直隶无极县东北。恪为方阵而前，闵所乘骏马曰朱龙，日行千里，左杖双刃矛，右执钩戟，顺风击之，斩鲜卑三百余级。俄而燕骑大至，围之数周，众寡不敌，跃马溃围东走。行二十余里，马无故而死，为恪所擒，送之于蓟。儁问闵曰:"何自妄称天子?"闵曰:"天下大乱,尔曹夷狄,人面兽心,尚欲篡逆。我一时英雄,何不作帝王耶?"儁送闵于龙城,斩于径山,山左右七里,草木悉枯。儁乃谥之为武悼天王,而祀之,时永和八年也。闵死而鲜卑始盛。

第十一节　前燕后燕南燕北燕之始末

五胡种族,惟匈奴、羯最凶暴,无人理。羯为匈奴别种,北凉沮渠蒙逊,夏赫连勃勃,皆匈奴族也。氐、羌次之。而以鲜卑为至能规仿中国,故其气运亦视别种为长,此鲜卑之特色也。鲜卑其先,有熊氏之苗裔,此与匈奴出于淳维同义。世居北夷,邑于紫蒙之野,即大棘城。号曰东胡。其后与匈奴并盛,控弦之士二十余万。秦、汉之际,冒顿盛时。为匈奴所败,分保鲜卑山,不知何地。因号鲜卑。其俗,以季春大会,作乐水上,髡头饮宴。方匈奴盛时,未有名通于汉。光武时,南北匈奴各相攻伐,匈奴衰耗,而鲜卑遂盛。尚有乌桓一族,亦鲜卑之类,入南北朝,其族无著名之人物焉。其族有慕容氏,慕容乃步摇之讹,其祖莫护跋,好冠汉人步摇之冠,故以为氏。有段氏,未知得氏之故。有拓跋氏,《魏书》称拓跋氏出于鲜卑,其先黄帝之后,鲜卑语谓土为拓,谓后为跋,黄帝以土德王,故以为氏。《宋书》则谓拓跋出于匈奴,为李陵之后。不知孰是。又有宇文氏。《魏书》称宇文出于匈奴,而居于辽东,其语言与鲜卑颇异,人皆翦发,而留其顶上以为首饰。《周书》自称炎帝之后,鲜卑奉之为君,其俗谓天曰宇,谓君曰文,故以为氏。二说亦不知孰是。段氏、拓跋氏、宇文氏,皆相仍而起,各有所表见,而前燕、后燕、南燕、北燕,则慕容氏也。慕容氏邑于辽东北,至涉归仕晋,拜鲜卑单于。涉归死,子廆嗣。廆长八尺,雄杰有大度,初拜鲜卑都督,太康十年,始居徒河。晋县,今盛京锦州府西北。永嘉初,自称鲜卑大单于,而仍事晋。元帝中兴,廆与刘琨合辞劝进,晋封廆大单于,昌黎公。廆刑政修明,虚怀引纳,士庶多襁负归之;廆乃遍举人望,委以政事。廆之政策,南臣事晋,而西与胡羯为敌国。永嘉八年,廆卒于徒河,子皝嗣。

皝龙颜版齿,身长七尺八寸,雄毅多权略,通经学。嗣位后,其兄仁叛,尽亡辽左之地,久乃克之。咸康三年,自称燕王。是年,石虎来伐,戎卒四十余万,皝奋击,大破之。明年,又大破之。六年,入冀州,徙都龙城，故城在今内蒙古土默特右翼西。晋封以燕王，燕、赵之兴亡，决于此矣。案刘渊尝曰："鲜卑之众，未易当也。"石勒亦尝曰："鲜卑，健国也，可引以为援。"观此知羯胡极畏鲜卑。永和四年，皝卒，子儁嗣。儁长八尺，善为辞赋，既嗣燕王位，时石氏大乱，永和八年，儁遣其辅国将军慕容恪，伐冉闵，遂擒闵，送龙城，略后赵地，皆下之，得石氏乘舆服物。是年十一月，僭即皇帝位。升平三年，迁都于邺，梦石虎啮其臂，寤而恶之，命发其墓，剖棺出尸，踏而骂之，曰："死胡安敢梦生天子！"鞭而投之漳水。是年儁死，子暐嗣。儁为慕容氏极盛之时。暐嗣位之十年，晋大司马桓温来伐，慕容垂大败之于枋头，今河南浚县西南。垂威名大盛。慕容评大不平，谋杀垂，垂奔苻坚。明年，坚将王猛来伐，评以三十万众御之，大败，评仅以身免。猛入邺，执慕容暐送长安，坚淮南败后始杀之。燕地尽入于秦，是为前燕。居邺。燕自晋帝奕太和五年燕建熙十一年。为秦所灭，历十四年，至晋孝武帝太元九年而复兴。秦建元二十年。初，慕容垂奔秦，苻坚大悦，礼之甚重。王猛劝坚杀垂，坚不听。坚淮南之败，垂军独全，坚以千余骑奔之。垂子宝，劝垂杀坚，垂不听，仍以兵属坚。垂至渑池，乃请于坚，请辑宁朔裔，坚许之。垂至邺，会丁零翟斌，北族流寓中国者。谋逼洛阳。时苻丕坚子。镇邺，乃与垂兵二千，监以氐骑秦之同种。一千，使救洛阳。垂至河内，晋郡，今河南河内县治。悉杀氐兵，而与翟斌合，反兵攻邺，僭称燕王。晋太元十年，克邺，苻丕奔并州，垂定都中山。今直隶定州。十一年，称帝。十九年，攻灭西燕。二十年，率众伐魏，战于参合陂，在今山西阳高县北。垂大败。明年复谋伐魏，得疾而还，遂死，子宝嗣。

西燕与后燕同时，西燕起于慕容泓，暐之弟也。前燕亡，泓随暐入秦，为北地长史。秦末大乱，泓闻垂已攻邺，乃亡命奔关东，收鲜卑数千人，还屯华阴。晋县，今陕西华阴县。坚遣强永击之，为泓所败，泓遂称济北王。泓在前燕，原封济北王。坚使苻叡率姚苌讨之。时慕容冲泓弟，前燕中山王，为坚所幸，时为平阳太守。亦叛，坚使窦衝讨之。叡击泓，大败，叡死之。姚苌惧罪而叛，详下。衝击冲，大破之，冲遂奔泓。鲜卑之众，因杀泓而立冲。冲进至阿房，以暐为内应，暐伏兵将杀坚，事觉，为坚所杀。太元十年，冲乃僭即帝位，改元更始，入长安。明年，冲众因冲毒虐失人心，杀冲，立冲将段随为燕王，改元昌平。寻为慕容觊所杀，觊称燕王，改元建明，率鲜卑男女三十余万口，去长安而东。慕容永有贰志，遂杀觊，慕容恒立冲子望为帝，改元建平，众不从，悉去望奔永。永杀望而立泓之子忠为帝，改元建武。永寻杀忠而自立，称河东王，称藩于垂。永求东归，为苻丕所阻，时丕称帝于晋阳。永击丕，大败之，遂称帝，改元中兴。此皆晋太元十一年事也。永居长子，晋县，今山西蒲州府。至太元十九年，为慕容垂所灭，是为西燕，不在十六国之列，故附记于此。居长子。

宝既立，是时燕已有必为魏灭之势。太元二十一年，即宝嗣位之年。魏主拓跋珪来伐，克信都，宝大惧，率万余骑奔蓟。宝子会守龙城，闻宝败，率众赴难，逢宝于路，宝分夺其军，以授弟农。会怒，攻农，杀之，遂攻宝，宝走龙城，会追围之，为宝将高云所败。会奔中山，为慕容详所杀，详遂称帝，改元建始。未几，宝弟麟叛，率众入中山，斩详，亦称帝，改元延平。宝率众自龙城将攻中山，众惮远征，皆溃，宝还龙城，为垂舅兰汗所杀，及其子弟百余人。宝子盛，兰汗婿也，故舍之。

盛以计袭兰汗及其子穆而杀之，遂即伪位，不称皇帝，称庶人大王，寻僭号。盛惩宝以优柔失众，遂峻极威刑，纤介必问，于是人不自安，遂暗中击杀之。将死，属后事于其叔父熙。垂子。

熙即位，尽杀宝、盛之诸子，而大兴土木，筑龙腾苑、景云山、逍遥宫、甘露殿、天河渠、曲光海、清凉池，时当季夏，暍死者大半。其妻苻氏，尝季夏求冻鱼脍，不得，乃悉杀有司。苻氏死，熙斩衰徒跣，悲号擗踊，死而复苏。輀车高大，毁城门而出，冯跋闭门，执而杀之，而立高云为帝。

云本高丽族，以败慕容会功，宝封以为子，拜夕阳公。既为冯跋所立，自以非种，内怀疑惧，常养壮士，以为腹心。义熙五年，冯跋又杀之，是为后燕。居龙城。

起于后燕慕容宝之时者，为南燕。初，慕容德，皝之少子也，前燕时，与慕容垂同败桓温于枋头，威望亚于垂。燕灭入秦。及宝即位，以德为丞相，镇邺。魏师南伐，宝奔龙城，详、麟先后僭号于中山。晋安帝隆安二年，魏拔燕中山，麟南奔邺，劝德僭号，德率众去邺，南走滑台，今直隶滑县。自称燕王，徐、兖之民尽附之。德入广固，今山东青州府城西北。据以为都，遂僭号。后五年死，兄子超嗣。

超僭位六年，义熙六年，宋武帝北伐，执超归于建康，斩之，是为南燕。居广固。慕容氏僭号者，前后凡十九人，至此而亡。凡慕容廆、慕容皝、慕容儁、慕容暐、慕容垂、慕容宝、慕容盛、慕容熙、慕容云、慕容泓、慕容冲、慕容觊、慕容望、慕容忠、慕容永、慕容详、慕容麟、慕容德、慕容超十九人，总谓之燕。

据龙城之旧壤，杀高云而自立者为北燕。然冯跋实汉族，非鲜卑种也，仕燕为卫中郎将，援立高云，跋为侍中，公事一决于跋。云死，跋自称燕王，在位二十三年卒。跋寝疾，少弟宏勒兵而入，跋惊惧而死。宏杀跋子百余人，遂即位。宋元嘉十三年，为魏所灭，宏走死朝鲜，是为北燕。凡冯跋、冯宏，为北燕，仍居龙城。

第十二节　前秦后秦西秦夏之始末氐、羌、鲜卑、匈奴

氐族不详其所自来，而与中国交通极早，《诗·商颂·殷武》称："昔有成汤，自彼氐羌。莫敢不来享，莫敢不来王。曰商是常。"是知夏、商之际，已有氐名矣。其先有扈氏之苗裔，此亦循例而有之言。至晋苻洪乃入主中夏。苻洪，略阳临渭晋县，甘肃秦安县东南。氐也，其家池生蒲长五丈，节如竹形，时咸异之，谓之蒲家，因以为氏。洪少为群氐部帅，石勒徙氐于枋头，进洪爵为侯，佐冉闵平梁犊，进略阳公。冉闵之乱，群氐奉洪为主，众至十余万，至称为大单于、三秦王，谋据关中，为麻秋所鸩死。秋，石虎旧将，降洪者。子健，初名罴。遂入长安，时京兆人杜洪据长安。走杜洪，僭称天王，俄称帝，国号秦。立五年死，子生代。生残暴，弯弓露刃，以见朝臣，锤钳锯凿，备置左右，截胫刳胎，拉胁锯颈者，动有千数，勋旧亲戚，杀害略尽。苻坚时为龙骧将军，乃因人怨而杀之。

坚即位，去皇帝之号，僭称天王。晋帝奕太和五年，坚亲代燕，克邺，擒慕容暐。宁康元年，攻克晋汉中，取成都，西南诸夷悉附之。太元元年，灭代，拓跋氏。又灭凉，张氏。又平西域诸国，幅员之大，为五胡所未有。乃大举伐晋，戎六十万，骑二十七万。苻融先进攻寿春，克之，坚顿大军于项城，率轻骑八千会融，与融登城观晋军，又望八公山山名，在今安徽寿州。草木，皆类人形，顾谓融曰："此亦勍敌也。"怃然有惧色。晋将谢

石欲战，融阵逼淝水，石遣使谓融小退，融亦欲俟其半渡击之，于是麾军却阵，军遂退奔，制之不可止，融马倒，为晋军所杀，军遂大败。谢石乘胜追击，至于青冈，去寿州三十里。死者相枕。坚单骑遁还，收集离散，众十余万，行未及关，慕容垂叛去，东方皆失。未几，而慕容泓、慕容冲叛，姚苌又叛，与泓、冲合攻长安。坚命其子宏守长安，自率数百骑奔五将山，山名，在今陕西岐山县。为姚苌所得。苌求传国玺，坚曰："汝羌也，图纬符命，何所依据？五胡次序，无汝羌名。玺已送晋，不可得也。"案姚弋仲亦尝曰："自古以前，未有夷狄作天子者。"是羌于胡中为最贱，其故今不可考。苌缢杀之。

坚之出长安，其子宏即奔溃，后归晋，仕为梁州刺史。坚子丕，时守邺，慕容垂围之累年，丕奔并州。坚为姚苌所杀，丕乃僭号于晋阳，进据平阳。将讨姚苌，而慕容永请假道东归，丕勿许，使其丞相王永伐之，王永败死，丕众离散，南奔晋，为晋将冯该所杀。丕族子登，初为狄道晋县，今陕西鄜州西北四十里。长，关中大乱，奔于枹罕，晋县，今甘肃河州治。群氐推为雍、河二州牧，伐姚苌，大破之。丕死，登僭号于陇东，晋郡，今甘肃平凉府西四十里。后为姚兴所攻，战死。子崇，奔于湟中，谓湟水之滨，今甘肃西宁府。僭号，为乞伏乾归所杀，氐亡，是为前秦。苻洪、苻健、苻生、苻坚、苻丕、苻登、苻崇，坚以前在长安。丕在晋阳。登在陇。崇在湟中。

仇池氐杨氏，不在十六国之列，然实氐之大宗，附志于此。氐者，西夷之别种，号曰白马。三代之际，世一朝见。秦、汉以来，世居岐陇以南，汉川以西，自立豪帅。汉武遣中郎郭昌、卫广灭之，以其地为武都郡。晋郡，今甘肃阶州西八十里。自汧、渭抵于巴、蜀，种类实繁，或谓之白氐，或谓之故氐，各有侯王，受中国封拜。汉建安中，有杨腾者，为部落大帅，腾始徙居仇池。仇池方百顷，因以为号，四面斗绝，高七里余，羊肠蟠道，三十六回，其上有丰草、水泉，煮土成盐。腾后有名千万者，魏拜为百顷氐王，千万时，仇池渐强盛。千万无子，养外甥令狐茂搜为子。惠帝之乱，群氐推茂搜为主，关中人士，流移者多依之。茂搜死，部众分为二：子难敌为左贤王，居下辨；晋县，今陕西南郑县地。子坚头为右贤王，居河池。晋县，今陕西凤县治。难敌死，子毅立，自号下辨公；坚头死，子盘立，自号河池公，臣晋。

毅兄初杀毅，并盘，而自立。毅弟宋奴，复杀初。初子国又杀宋奴，自立为仇池公。永和中，国从叔俊杀国自立。国子安复杀俊自立，仍臣晋，称仇池公。安死，子世立。世死，弟统立。安子纂，杀统自立。晋咸安元年，苻坚伐纂，灭之，徙其民于关中，空百顷之地。苻坚既败，宋奴之孙定父佛奴，苻坚婿也。率众奔陇，去仇池百二十里。复称仇池公，后有秦州之地，称陇西王。寻为乞伏炽磐所杀，失秦州。宋奴之孙盛父佛狗。复称仇池公，后有汉中之地，称藩于晋，宋封盛为仇池王。盛死，子玄立。玄死，弟难当立。玄子保宗、保显皆奔宋，宋纳之。难当遂叛宋，自称大秦王，改元，置百官。元嘉中，举兵攻宋梁州，宋将裴方明来伐，难当大败，弃仇池，奔魏。宋留其将胡崇之守仇池，魏遣将吐奚弼、拓跋齐袭崇之，崇之败没。保宗弟文德，率其旧众袭魏兵，大败之，斩拓跋齐，吐奚弼遁还，文德复称仇池公。元嘉二十五年，魏人复来，文德奔建康。时氐众在汉中者数千户，宋立保宗子元和为武都王，治白水，晋县，今四川昭化县西北。旋降魏。自是杨僧、杨文度、杨文弘、杨后起、杨集始、杨绍先相为氐王，其灭亡之年，史所不详，十六国无此长久者也。杨文德以前，在仇池；杨文德以后，在武兴。

羌在两汉，最为巨患。而十六国之乱，则羌远不及鲜卑，亦不及匈奴。其显于一时者，惟姚氏而已。羌姚弋仲者，烧当之后也，仕石虎为奋武将军，封襄平公，虎遇之甚厚，而弋仲意在事晋。永和七年，石氏衰乱，弋仲使使降晋，晋拜弋仲使持节六夷大都督，督江淮诸军事，仪同三司，大单于，封高陵郡公。明年死，子襄嗣。襄自称大将军、大单于，屯于淮南，为桓温所败，西奔关中，为苻坚所杀，弟苌率子弟降于坚，事坚，官龙骧将军。慕容泓兵起，坚遣子叡讨之，以苌为副。叡败没，苌惧罪，遂叛坚，自称万年秦王，与慕容冲联和。坚出至五将山，苌执而杀之，僭称皇帝，入据长安。梦苻坚将鬼兵刺己，遂发狂而死，子兴立。

兴嗣伪位，灭苻登，陷洛阳，灭西秦，灭后凉，国势甚盛。时魏人渐盛，兴与相持，兵屡败，而方镇四叛，国力遂弱。义熙十二年，兴死，子泓立，立一年，为宋武帝所灭，羌亡，是为后秦。凡姚苌、姚兴、姚泓，皆在长安。

鲜卑乞伏国仁事苻坚，为镇西将军，镇勇士川。在今甘肃金县东北。苻坚之败,国仁遂以陇右叛,众十余万,自称大将军、大单于。未几,国仁死。

弟乾归自立,迁于苑川,故城在今甘肃靖远县西南。为姚兴所破,遂降于秦。寻逃归苑川,自称秦王,后为兄子公府所杀。子炽磐,杀公府而自立,袭秃发傉檀于乐都,灭之,兵强地广,宋元嘉间死。

子暮末嗣位,刑政酷滥,内外崩离。又为夏赫连定所逼,知不自保,遂降于魏,是为西秦。凡乞伏国仁、乞伏乾归、乞伏炽磐、乞伏暮末,皆居苑川。

夏之先出于铁弗,铁弗者,北人谓胡匈奴。父、鲜卑母之称也。刘虎为匈奴左贤王去卑之后,而母鲜卑人,遂以为号。虎始附拓跋氏,后事刘聪,拜安北将军。虎死,子务桓嗣。务桓死,弟阏陋头嗣。务桓子悉勿祈,逐阏陋头而自立。悉勿祈死,弟卫辰嗣。自务桓以来,皆依违于拓跋氏、石氏之间,至卫辰乃导苻坚灭拓跋氏。坚分代为二部:自河以西,属之卫辰;自河以东,属之刘库仁。拓跋中兴,杀卫辰,并其众,子勃勃奔于姚兴。

勃勃事姚兴,大见信重,兴以勃勃为安北将军、五原公,镇朔方,勃勃乃僭称大夏天王。耻姓铁弗,遂改为赫连,自云徽赫与天连,又号其支庶为铁伐,言刚锐如铁,皆堪伐人。宋武之入长安,擒姚泓也,自以内患南归,留子义真守长安。勃勃大喜,伐义真,大破之,遂入长安,僭称皇帝,定都统万。故城在今陕西怀远县西。蒸土为城,铁锥刺入一寸,即杀作人,而并筑之。所造兵器,射甲不入,即斩弓人;如其入也,便斩铠匠,凡杀匠数千人。常居城上,置弓剑于侧,有所嫌忿,手自杀之,视民如草芥焉。勃勃死,子昌立。

昌立,魏师来伐,拔统万。昌奔上邽,晋县,今甘肃秦州西南。为魏所擒,后以谋反诛。

昌败,弟定奔于平凉,自称尊号。未几,为吐谷浑慕璝所袭,擒定送于魏,杀之,铁弗亡,是为夏。赫连勃勃、赫连昌、赫连定,皆居统万。

第十三节　前凉后凉南凉北凉西凉之始末

氐、鲜卑、卢水胡,除前凉、西凉,为汉族

昔汉武逐匈奴,夺其休屠王、浑邪王所居之地,以断匈奴与羌通之道，遂开凉州之地，即今之甘肃省也。初置五郡：金城、今兰州府。武威、今凉州府。张掖、今甘州府。酒泉、今肃州府。敦煌。今安西州。后渐增置，至晋时成三州，十余郡。其地南俯西羌，北负匈奴，西通西域，为中国用兵之处，其民遂习于武。汉末，董卓以凉州创乱，其后乱者不绝。东晋之乱，凉州割据之事，较他国尤复杂。今称举其纲领如下，而后再言其委曲。

晋以张轨为凉州刺史，其后遂据全凉独立，后为苻坚所灭，地入于秦，是为前凉。

苻坚盛时，命其骁骑将军吕光讨西域，及光平西域，归至凉州，闻秦乱亡，遂据凉州自立。其后诸郡皆叛，吕氏不能全有凉州，仅居姑臧。县名，凉州治也，汉属武威，今甘肃武威县治。未几，为姚苌所灭，是为后凉。

秃发氏为河西鲜卑之大姓，于后凉吕光龙飞二年，秃发乌孤据金城自立。至秃发傉檀，降于姚苌，苌使守姑臧。后姑臧为沮渠蒙逊所得，傉檀奔西秦，是为南凉。

秃发傉檀据金城之年，后凉建康分张掖、酒泉所置。太守段业叛，据张掖。未几，沮渠蒙逊杀业自立，旋据姑臧，后为魏所灭，是为北凉。

段业叛时，敦煌之众，推李暠为敦煌太守，而自立，后为沮渠蒙逊所灭，是为西凉。

由是观之，可知前凉为全有凉州之国，自起至灭，与诸凉无涉。而南凉、北凉、西凉，则皆分于后凉。其后则后凉并于后秦，南凉亦并于后秦，而后同归北凉。北凉复西并西凉，于是复尽有凉州之地，其后乃为拓跋魏所灭。此十六国时凉州之大沿革也。

张轨，汉张耳之后也。少明敏好学，有器望，姿仪典则，张华甚器之。仕晋为散骑常侍，以时方多难，阴图据河西。永宁初，出为护羌校尉，凉州刺史。于时鲜卑反叛，寇盗纵横，轨到官，即讨破之，斩首万余级，遂威著河西，遂定凉州之业。轨在州十三年薨，子寔嗣。

寔即位，晋拜寔凉州刺史，西平公。及刘曜陷长安，愍帝蒙尘，寔乃自称凉州牧，承制行事。于时天下丧乱，秦、雍之民，死者十八九，惟凉独全。寔在位六年，太兴三年。为左右所弑，弟茂嗣。

茂即位，时与晋隔绝，茂自号平西将军、凉州牧，而推寔子骏为西平公。刘曜来寇，击退之。茂雅有志节，能断大事，太宁三年卒。临终，命传位于骏，遗令白帢入棺，无以朝服。

骏即位，自称凉州牧、西平公。骏始逐辛晏，陇西人，时据枹罕。克枹罕，有河南之地，今巩昌、秦、阶诸州境。于是分凉州为三州。一曰凉州，领武威、武兴、西平、张掖、酒泉、建康、西海、西郡、湟河、晋兴、广武十一郡。二曰河州，领金兴、晋城、武始、南安、永晋、大夏、武城、汉中八郡。三曰沙州，领敦煌、晋昌、高昌三郡，西域都护、戊己校尉、玉门大护军三营。州各有刺史，骏私署凉王，督摄三州。永和元年薨，子重华嗣。

重华即位，自署凉王，秦、雍、凉三州牧。石虎来寇，大败之。永和十年重华薨，子曜灵嗣立。

曜灵立，年十岁。重华兄祚，弑曜灵而自立。

祚专为奸虐，骏及重华女未嫁者，皆淫之。明年，其河州刺史张瓘起兵讨之，骁骑将军宋混，率众应瓘。军至姑臧，祚厨士徐黑杀祚，众立重华少子玄靖。又作元靓。

玄靖即位，袭凉王，张瓘辅政，欲杀宋混，而废玄靖。宋混攻张瓘杀之，遂辅政。未几，混死，混司马张邕起兵灭宋氏而辅政。骏少子天锡因民心杀邕，弑玄靖，遂即凉王位。

天锡嗣位，凶贼不仁。太元元年，苻坚遣将苟苌、毛当、梁熙、姚苌来伐，天锡败，降于秦，张氏亡，是为前凉。苻坚淝水之败，天锡奔晋，晋仍拜天锡西平郡公、卢江太守，遇之甚厚。而天锡国破家亡，形神昏丧，虽处朝列，不复齿及，资人戏弄而已。桓玄时卒，年六十一。凡张轨、张寔、张茂、张骏、张重华、张祚、张玄靖、张天锡八主，皆居姑臧。

晋哀帝兴宁三年，秦苻坚建元元年。秦灭前凉，孝武帝太元十一年，秦苻登太初元年。吕光僭号于姑臧，凉为秦有者正二十二年也。初，略阳氐与苻坚同种。吕婆楼为苻坚大将，婆楼子光，长八尺四寸，沉毅知兵，仕秦为骁骑将军。孝武太元八年，秦苻坚建元十九年。坚使光率众讨西域诸胡，所经诸国，莫不降附。至龟兹，王帛纯拒战，诸胡救帛纯者七十余万，光大败之，帛纯逃去，降者三十余国。本《载纪》云，胡厚于养生，家有葡萄酒千斛，十年不败。可以知其人之种族矣。光乃以驼二千余头，致外国珍宝、殊禽、怪兽千有余品，骏马万余匹而还。时苻坚败后，中原大乱，坚凉州刺史梁熙发兵拒光，光击之，遂入姑臧，自署凉州刺史，太元十年也。明年，称凉州牧、酒泉公。未几，称三河王，改元，寻僭号天王。光死，子绍嗣，绍兄纂杀绍而自立。纂昏虐任情，忍于杀戮，纂弟超杀纂，而立其兄隆。

隆即位，沮渠蒙逊、秃发傉檀频来攻击，乃降于姚兴，氐吕氏亡，是为后凉。凡吕光、吕绍、吕纂、吕隆，皆居姑臧。

后凉之所以不及前凉之统一者，其钤键全在段业。晋安帝隆安元年，吕光龙飞二年。其建康太守段业叛，自称凉州牧，以孟敏为沙州刺史，李暠为效谷令。今甘肃敦煌县西。敏死，众推暠领敏众，居敦煌，寻自号凉公，迁于酒泉。暠死，子歆嗣，与沮渠蒙逊战于蓼泉，为蒙逊所杀，遂入酒泉。

歆弟恂自立于敦煌，复为蒙逊所攻灭，李氏亡，是为西凉。凡李暠、李歆、李恂，居敦煌。

鲜卑秃发氏，其先有寿阗，寿阗生于被中，乃名秃发。其俗为被覆之义，世为河西大族。至乌孤，为吕光益州牧。龙飞二年，段业叛吕光，乌孤亦以是年据金城，称武威王。后堕马而死，弟利鹿孤嗣。

利鹿孤即位，自称河西王。寻卒，弟傉檀嗣。

傉檀即位，僭号凉王，降于姚兴，兴使为凉州刺史，镇姑臧，遂有后凉地。傉檀西袭乙弗，不知其处，当去乐都不远。使文支守姑臧，子虎台守乐都。晋县，今甘肃碾伯县治。乞伏炽磐乘虚来袭，陷乐都。傉檀方大胜乙弗，将士闻之，皆逃散，傉檀乃降于炽磐，寻为炽磐所杀，秃发氏亡，或云后为吐番。是为南凉。凡秃发乌孤、秃发利鹿孤、秃发傉檀，居乐都。

凉州诸酋之至强者，沮渠蒙逊也，蒙逊为匈奴左沮渠之后，故以为氏，为河西大族。吕光龙飞二年，蒙逊二伯父罗仇、麴粥，从吕光征河南，大败，为光所杀，宗族会葬者万人。蒙逊哭谓众曰："吕王髦荒，虐民无道，君等岂可坐观成败，使二父有恨黄泉乎？"众咸称万岁，遂立盟约，一旬之间，众至万。乃推建康太守段业为凉州牧，业惮蒙逊雄武，微欲远之，蒙逊亦内不自安。蒙逊兄男成，素有恩信，部众附之，蒙逊乃密诬告男成叛逆，使业杀之。蒙逊乃泣告众，欲为男成复仇，众从之，遂攻杀业，自称凉州牧、张掖公。既克姑臧，自称河西王。复灭敦煌，遂有全凉之境。宋文帝元嘉十年，蒙逊死，子牧犍嗣立。

沮渠牧犍，尚魏公主，即位六年，魏师来伐，乃降于魏。

牧犍之败也，其弟无讳奔晋昌。魏真君时，围酒泉，克之。复围张掖，不克，遂奔西域，西域诸国拒之。三年，西域败，无讳据鄯善立国。

无讳死，弟安周代立，为蠕蠕所灭，沮渠氏亡，是为北凉。凡沮渠蒙逊，沮渠牧犍、沮渠无讳、沮渠安周，前二世居姑臧，后二世居鄯善。

第十四节　蜀之始末 賨

与汉族相争，而割中国之地，以自立国者，大抵惟北族能之。若西南夷而能与中国抗者，古今一蜀李氏而已。李氏者，廪君之苗裔也。巴郡、南郡蛮，本有五姓，巴氏、樊氏、瞫氏、相氏、郑氏，皆出于武落钟离山。未详何在。其山有赤、黑二穴，巴氏之子，生于赤穴；四姓之子，皆生黑穴。未有君长，俱事鬼神，乃共掷剑于石穴，约能中者，奉以为君。巴氏之子务相，乃独中之，众皆叹。又令各乘土船，约能浮者，当以为君，余姓悉沉，惟务相独浮。因共立之，是为廪君。廪君乃乘土船，从夷水至盐阳。皆未详何地。盐水有神女，谓廪君曰："此地广大，鱼盐所出，愿留共居。"廪君不许。盐神暮辄来取宿，旦即化为虫，与诸虫群飞，掩蔽日光，天地晦冥，积十余日。廪君思其便，因射杀之，天乃开明。廪君于是君乎夷域，四姓皆臣之。廪君死，魂魄世为白虎，巴氏以虎饮人血，遂以人祠焉。以上皆《后汉书》引《世本》语，《晋书·载纪》再引之，此即西南夷自言其开国之神话也。世居于巴西宕渠。秦并天下，为黔中郡，薄赋其民，口出钱三十。巴人谓赋为賨，因为名焉。汉末大乱，自宕渠迁汉中，魏武时又迁略阳，遂与氐相习。賨人李特，生于略阳，身长八尺，沉勇有大度，曾仕州郡，为賨渠。晋惠时，关西大乱，特率流人复自略阳迁汉中，遂入巴蜀。时晋益州刺史赵钦反，特起兵诛之，晋拜特宣威将军、乐乡侯。诸流人皆刚剽，有氐、羌习也。殆盈十万，而蜀人懦弱，客主有不相制之势。而晋朝受流人贿赂，听其就食，于是散在梁、益，不可复制。寻朝廷忽下符秦雍州，凡流人入汉川者，皆征还，于是流人大惧。晋益州刺史罗尚等，又诛求不已，流人乃推李特为主，与罗尚相攻，屡破之。太安元年，特自称益州牧，改年号。太安二年，罗尚大败之，斩特于阵。

特弟流，代统特众，时流人大衰，流将降尚。有涪陵人范长生，岩居穴处，求道养志，向为蜀人所敬信，而心愿助賨，范长生为汉族儒者，而欲助賨逐汉，其用心殆不可解。后賨人尊长生为天地太师。賨遂复盛。流寻病死。

特子雄立，逐罗尚，克成都，益有全蜀，以永兴元年，僭号成都王。范长生复劝雄称帝，雄遂以光熙元年称帝，国号成，以长生为天地太师，领丞相、西山王。雄死，兄荡子班立。

班嗣伪位，雄子期杀班而自立。

期僭号，特子骧之子寿，复杀期而自立，改国号曰汉。寿生平欣慕石虎，耻闻父兄时事，蜀民始怨矣。寿死，子势嗣，三年，为桓温所灭，賨亡，是为蜀。凡李特、李流、李雄、李班、李期、李寿、李势，皆居成都。

賨李氏在十六国中为蜀，亦称为前蜀。前蜀者，对后蜀而言之也。李氏自晋永和三年亡后，又四十八年，至义熙元年，安西府参军谯纵，巴西南充人。据涪城叛，自号梁、秦二州刺史，杀益州刺史毛璩。纵入成都，自称成都王，而称藩于姚兴。义熙十年，为宋将朱龄石所灭。此所谓后蜀也。

以上为十六国之始末，其间惟前凉张氏，西凉李氏，北燕冯氏为中国人，余皆胡人也。晋、南北朝时，胡族与中国交涉者不止此，此则皆寄居内地诸降胡所为，其事与黄巾群盗相同，而与敌国外患有别，故附记于八王之后，所以见中国之乱，当时有如此也。若夫其他边外诸族，则俟中衰时代汉族历史述毕后，再及之。

第十五节　元帝王敦之乱

贾后之乱，八王之乱，皇室也。五胡之乱，异族也。因此二衅，遂使中国几亡，黄河以北，沦为异域者数百年，其祸亦烈矣。然其时汉族之人，其幸灾乐祸者，亦正不乏。怀、愍之际，王弥乱于青兖，东莱人，为刘渊侍中，劝渊称帝，偕刘曜陷洛阳，逼辱羊后，发陵寝，死者三万人。又历陷中原各郡，后石勒袭杀之。张昌乱于江汉，平氏县吏，据江夏，专造妖言，立妖贼丘沈为天子，名之曰圣人，后为陶侃所破，伏诛。陈敏乱于淮徐，字令通，庐江人，仕晋为广陵度支。因张昌之乱，遂有吴越，后为顾荣所败，走死。王如乱于襄沔，京兆新丰人，大掠于沔汉间，与石勒结为兄弟，后为王敦所杀。杜曾乱于南郡，新野人，自称南中郎将、竟陵太守，后为陶侃、周访所杀。杜弢乱于湘中，字景文，蜀郡成都人，自称湘州刺史，后为陶侃、周访所杀。王机乱于交广。字令明，长沙人，为晋交州刺史，乘乱谋自立，后为陶侃所杀。其人或出士族，或为庶民，而皆为汉人，史所谓永嘉之乱也。怀帝年号。其后大都为王敦、陶侃所平，而后祸即基于此。终东晋之世，大半皆朝廷与藩镇，或冲突，或调停之事，今举其要者述之。

元帝本晋之庶孽，位不当立。永嘉之乱，帝为安东将军，都督扬州诸军事，镇下邳。晋县，今江苏邳州。用王导计，始移镇建康。今江苏江宁府治。以顾荣字彦先，吴国吴郡人，吴相顾雍之孙，为南上著姓，官侍中。为军司马，贺循字彦先，会稽山阴人，吴将贺齐之孙，官太常、太子太傅。为参佐，王敦、字处仲，琅邪临沂人，魏、晋之名族也，尚武帝女襄城公主，事详后。王导、字茂弘，敦从弟，事详后。周𫖮、字伯仁，汝南安城人，官尚书左仆射，后为王敦所杀。刁协，字玄亮，渤海饶安人，官尚书令，后为王敦所杀。并为腹心股肱，宾礼名贤，存问风俗，江东归心焉。其间以王氏之功为至多，亦以王氏之权为至大。初，元帝为琅邪王，导以世爵为尚书郎，与帝素相亲善。导知天下已乱，遂倾心潜奉，有兴复之志。及帝镇建康，吴人不附，居月余，士庶莫有至者。导乃躬造顾荣、贺循，为帝延誉，二人皆应命至，二人皆江东之望也。由是吴会风靡，君臣之分始定。俄而洛京倾覆，中州士女，避乱江左者十六七，导劝帝收其贤人君子，与之图事。时中原虽乱，而江右晏安，户口殷实。导为政，务在清静，朝野倾心，号为仲父。元帝既任王导为相，又任王敦为将。敦，导之从兄，少有奇人之目，东海王越辅政时，以敦为扬州刺史。帝初镇江东，敦与导同心翼戴。江州刺史华轶，字彦夏，平原人。不奉帝命，敦督甘卓字季思，丹阳人，吴将甘宁之孙，官梁州刺史，后为王敦所杀。击斩之。蜀贼杜弢作乱，敦遣陶侃、周访字士达，汝南安城人，官荆州刺史。击斩之。杜曾作乱，敦又遣陶侃、周访击斩之。考东晋建国之初，乱事七起，惟二杜为敦所平。其他五者，王弥败于石勒，与江东无涉；张昌平于陶侃，在刘弘都督荆州时，王敦未用事也；陈敏之溃，因江左人望不附，故于敦无与；王如以见逼于石勒而降敦，亦非敦之功；王机为陶侃所破，在敦与侃疑贰之后矣。威名日著，时人为之语曰："王与马，共天下。"敦素有重名，又立大功于江左，专任阃外，手握强兵，遂欲专制朝廷，有问鼎之心。帝畏而恶之，遂引刘隗、字大连，彭城人，为丹阳尹，寻出镇泗口，为王敦所逼，奔石勒，病卒。刁协为心膂，导、敦等甚不平，于是嫌隙始构矣。敦每酒后，辄咏魏武《乐府歌》曰："老骥伏枥，志在千里。烈士暮年，壮心不已。"以如意打唾壶为节，壶边尽缺。永昌元年正月，敦为侍中、大将军、江州牧，遂率众内向，敦镇武昌，为建康之上游，其后六朝方镇之叛者，皆处上游之势者也。伪以诛刘隗、刁协为名，帝亦下诏讨敦。四月，敦至石头，王导、周顗、戴渊字若思，广陵人，官尚书仆射，寻出镇寿阳，后为王敦所杀。三道攻之，皆败。敦入石头，杀周顗、戴渊、刁协，惟刘隗北奔得免。敦拥兵不朝，自署丞相、江州牧、武昌郡公，还屯武昌。又杀甘卓，元帝以忧愤而崩。明帝既立，敦移姑孰，今安徽太平府治。暴慢愈甚，以沈充、字士居，湖郡武康人。钱凤字世仪，亦不知何许人。为谋主，充等并凶险骄恣，共相驱扇。敦以温峤字太真，太原祁人，少事刘琨，琨使至江左劝进，遂留江左，官骠骑将军、江州刺史。为丹阳尹，欲使觇伺朝廷。峤至，具以敦谋告帝。明帝性沉毅，久欲讨敦，尝微服至芜湖，察其营垒，既闻峤言，知众情所畏惟敦，乃伪言敦死，下诏讨之。而敦亦竟病，不能御众，以其兄含为元帅，率钱凤等内向，以诛温峤为名。太宁二年七月，帝自将与王含战于越城，在秦淮南。王氏大败。敦闻怒曰："我兄老婢耳，门户衰矣。"因作势而起，困乏复卧。敦梦刁协乘轺车导从，瞋目令左右执之，遂惊惧而死，年五十九。敦无子，以含子应为后，应不发丧，日夜淫乐。充复率众渡淮，临淮太守苏峻，进击大破之，钱凤、沈充皆死。含与应单船奔荆州刺史王舒，敦之从弟。舒使人沉之于江。惟王导历相元帝、明帝、成帝三世，以咸和五年卒，年六十四，王氏仍为江东望族。

第十六节 成帝苏峻之乱

晋之名将，王敦之外，曰甘卓，曰陶侃，曰周访，敦皆惮之，故终访之世，敦不敢动。及敦作逆，卓已耄荒，敦袭杀之。侃时为交州刺史，远在岭外。故敦一举事，天下无其敌，遂至不可收拾。而崛起而灭敦者，乃在素不知名之苏峻，峻于是以天下为莫己若，故继敦而称兵焉，此苏峻与王敦相因之理也。峻字子高，长广掖人，少为书生，永嘉之乱，百姓流亡，所在屯聚，峻纠合数千家，结垒于本县，后远近皆推以为主。青州刺史曹嶷王弥将，降晋者。疑之，峻不自安，率数百家，泛海奔晋。太宁初，历官至临淮太守。王敦内向,使人说峻,峻不从。王敦平,加冠军将军、历阳内史、邵陵公。峻以单家,聚众于扰攘之际,归顺之后,志在立功,既有功于国,威望渐著,至是有锐卒万人,器械甚精,朝廷以江外寄之,峻遂潜有异志。时明帝崩,成帝初立,年幼,皇太后庾氏临朝,政事一决于后兄亮。字元规,颍川鄢陵人,代王导为司徒。亮与峻不平,乃征峻为大司农,峻以为害己,曰:“我宁山头望廷尉,不能廷尉望山头。”咸和二年,遂反,遣其将韩晃、张健袭姑孰,自率万人济江,进据覆舟山,在建康城北。因风放火,台省营寺,一时荡尽,遂陷宫城,纵兵大掠,裸剥士女,哀号之声,震动内外。峻自为骠骑领军将军,录尚书事,以祖约字士少,祖逖之弟,继逖为豫州刺史,与苏峻同反,峻败,约奔石勒,勒恶其为人,灭其族。为太尉、尚书令。明年,江州刺史温峤自寻阳,宋郡,今江西九江府。荆州刺史陶侃自武昌,晋郡,今湖北武昌府。皆起兵讨峻,峤等与峻连战皆败,峤初轻峻,及连败,亦深惮之。九月,与峻战于石头,在今江宁府西。峻舍其众,率数骑突阵,峤军投之以矛,峻坠马,遂斩之。峻司马任让等,立峻弟逸为主,未几,皆为峤等所诛。

第十七节　晋末桓氏之乱

晋自成帝咸和三年,平苏峻之乱后,至安帝元兴二年,中间七十六年,北方极石勒、石虎、冉闵、慕容暐、苻坚、慕容垂、姚苌、吕光、段业、秃发乌孤、沮渠蒙逊、李暠、乞伏国仁之乱,皆蜂起于是时,生民几将灭矣。而江左独晏然无事,休养生息,国力渐充,遂成二次北伐之效,此桓氏之功也。使非北方混壹于拓跋氏,则光复旧物,非无望也。桓氏仕晋,始自桓彝。字茂伦,谯国龙亢人。彝少孤贫,而早得盛名,仕至宣城太守,苏峻之乱,为峻所害。彝有五子,温、云、豁、秘、冲,并知名,而与历史有关系者,则惟温。温字元子,彝之长子也,幼时为温峤所赏,故名温。既长,眼如紫石棱,须作蝟毛磔,时人谓为孙仲谋、司马宣王之流,尚帝女南康公主。永和二年,历官至荆州刺史。时李势力微弱,温率众伐之,遂灭蜀。及石虎死,永和四年。赵魏大乱,温谋北伐,自江陵晋县,今湖北江陵县。率众而下。朝廷恐其为变,乃以殷浩字深源,陈郡长平人。为扬州刺史以制之,温遂还镇。浩素负盛名,累征不就,于时拟之管、葛,伺其出处,以卜江左兴亡。王濛、字仲祖，太原晋阳人，哀帝王皇后之父。谢尚，字仁祖，陈国阳夏人，官豫州刺史。尝相与省之，知浩有确然之志，退而相谓曰："深源不起，当如苍生何！"及是为扬州刺史，毅然以中原为己任。然温素知浩，弗之惮也，以国无他衅，遂得相持弥年。时后赵初亡，羌姚襄率众降于浩，浩因是得至洛阳，修复园陵。已而姚襄叛，浩弃军而走，器械都尽。温因朝野之怨，遂奏废浩。浩既被废，但终日书空作"咄咄怪事"而已。后温将以浩为尚书令，浩欣然许焉，将答书，虑有谬误，开闭者数十，竟达空函，大忤温意，由是遂绝。永和十二年，卒于家，子涓为温所杀。温遂统步骑四万出襄阳，以趋长安，与苻生战于蓝田。晋县，今陕西蓝田县。温奋击大破之，苻健以五千人自守。居人皆持牛酒迎温，耆老感泣曰："不图今日复见官军！"居久之，温以粮尽引还。温自以雄姿风发，自谓宣帝、即司马懿。刘琨之俦，有以其比王敦者，意甚不平。及是征于北方，得一巧作老婢，访之，乃琨伎女也。一见温，便潸然而泣。温问其故，答曰："公甚似刘司空。"温大悦，出外整理衣冠，又呼婢问。婢云："面甚似，恨薄；眼甚似，恨小；须甚似，恨赤；形甚似，恨短；声甚似，恨雌。"温于是褫衣解带，昏然而睡，不怡者数日。案此事类乎戏言，似非当时实事。然史称温自拟刘琨，人比以王敦则不乐，而又称温行经王敦墓，望之曰："可人，可人！"又常慨然曰："既不能流芳后世，不足复遗臭万年耶？"是温之用心，前后互异，恶知不为此老婢所激哉？永和十二年，温北伐，与姚襄战于伊水，水名，战处当在洛阳之南。大败之，襄遂西奔，温至洛阳而旋。还军之后，北方复陷于贼。哀帝兴宁二年，温又北伐，与慕容垂战于枋头，死者三万人。温久怀异志，欲先立功河朔，还受九锡，既逢覆败，名实顿减，于是急于废立以立威，乃诬帝哀帝弟奕。为阉，而立简文帝，温自为丞相、大司马。俄而帝疾，温意简文临终，必传位于己，及简文崩，遗诏以子曜为嗣，温怨愤。孝武即曜。征温入朝，温至，有位望者，咸震慑失色。温谒成帝陵，因而遇疾，史言温忽见成帝责之。归于姑孰，讽朝廷加己九锡。谢安、字安石，谢尚从弟，官太傅。王坦之字文度，太原晋阳人。故缓其事，锡文未成，而温死，年六十二。温弟冲，字幼子。代领其众。时谢安之御苻坚也，冲深以为忧，对众叹曰："天下事可知。吾其左衽矣！"俄而王师大捷，苻坚仅以身免。时冲已病，遂惭耻而终。盖是时北府兵强，谢安使谢玄以精兵镇北固，谓之北府，其后谢玄之败苻坚，刘裕之诛桓玄，及擒慕容超，杀卢循，灭姚弘，皆此军也。冲有所慑而不敢，非真忠于王室也。然桓氏素树威于荆楚，人乐为用，故温、冲继没，而余业遂集于玄。

淝水战后之二年，太元十年。谢安卒。帝弟会稽王道子，继安执政，道子与帝日夕以酣歌为事，朝廷无复有政治。太元二十一年，帝为张贵人弑于清暑殿，伪云因魇暴崩。太子暗弱，会稽王道子昏荒，遂不复推问。安帝既立，寒暑饥饱，亦不能辨，赖人为之节适，愚暗更甚于孝武，朝政愈坏。时帝舅王恭，字孝伯，太原晋阳人，哀王皇后之侄，孝武王皇后之兄也。自以元舅之尊，风神简贵，素与道子不协。恭镇北府，后将军王国宝，史失其字，王坦之之子，谢安之婿也。劝道子因恭入觐，杀之。恭知其谋，隆安元年，乃密结江州刺史殷仲堪，陈郡人，史失其字。前义兴太守桓玄玄仕为义兴太守，忽忽不乐，弃官就国。温封南郡公，玄袭其爵，故居荆楚，与仲堪同居，仲堪甚敬惮之，州人畏玄，甚于仲堪。为援，而已举兵内向，以诛国宝为名。道子大惧，杀国宝以说于恭，恭乃还。隆安二年，谯王尚之字伯道，宣帝弟进之玄孙。说道子，以藩伯强盛，宰相权弱，乃以其司马王愉史失其字，坦之子，国宝兄也，后为宋武所杀。为江州刺史，新立江州，非仲堪所统。割豫州所统四郡与之。时庾楷失其字，庾亮之孙。为豫州刺史，大恶之，乃说王恭、殷仲堪、桓玄同举兵内向，以诛王愉、尚之及弟休之为名，恭等并许之。道子不知所为，悉以事付其子元显，己但日饮醇酒而已。九月，尚之大破庾楷于牛渚，楷单骑奔桓玄。后复欲杀玄，应道子，谋泄被杀。王恭未发，元显使人说其司马刘牢之，字道坚，彭城人。谓杀恭，即以恭之位予之。牢之遂袭恭，恭将奔桓玄，至长塘湖，在今金坛县。为人所告，执至京师，斩之。于是北府、西府豫州刺史镇历阳，谓之西府。皆平，惟仲堪及玄，连败官军，进至石头。朝廷危逼，乃谋间殷、桓之交，诏玄为江州刺史，而出仲堪为交州刺史，玄大喜，犹豫未决。仲堪大怒，遽西归，谓诸军曰："汝辈不即散归，吾至江陵，悉诛汝家。"诸军欲散，玄大惧，追及仲堪于寻阳，相盟，以子弟交质，皆不受朝命。朝廷不得已，乃以仲堪为荆州，玄为江州，乃各还镇。时雍州刺史杨佺期，弘农华阴人，曾为仲堪司马，劝仲堪杀桓玄者。与玄有隙，玄恐终为殷、杨所灭，隆安三年，起兵攻仲堪，佺期来救，玄大败之，斩佺期。仲堪闻佺期死，将奔姚兴，为玄所追获，仲堪自杀。朝廷以玄督荆、江、司、雍、秦、梁、益、宁八州诸军事，江州刺史，玄自谓三分有二，为势运所归矣。于是中外乖违，相持者数年。元兴元年正月，以元显为大都督，刘牢之为前锋，时帝童骙，道子昏荒，国事皆元显为之。以讨桓玄。

玄闻之大惊，欲完聚保江陵。玄虽必反，然为朝廷未暇讨已，猝闻之故惊。长史卞范之字敬祖，济阴宛句人，玄之谋主也。劝玄东下，玄发江陵，及过寻阳，不见官军，意甚喜。二月至姑孰，杀谯王尚之。时镇西府。时元显所仗，惟刘牢之，时镇北府。三月，牢之降于玄，牢之欲假玄以图执政，而自取之，不意竟为桓玄所卖，夺其兵柄，自缢死。玄遂至新亭，今江宁府西。元显之众遂溃。玄入建康，收会稽王道子，及元显，皆杀之，自署总百揆，都督中外诸军事，录尚书事，扬州牧，领徐、荆、江三州刺史，假黄钺，此后遂为图篡者必历之阶。还镇姑孰，迁帝于寻阳。元兴三年十一月，自称为相国、楚王，寻受安帝禅，国号大楚。以桓石康桓温子豁之子。为荆州刺史，镇江陵。郭昶之为江州刺史，镇寻阳。桓弘桓冲之子。为青州刺史，镇广陵，今江苏扬州府治。以桓脩桓冲之子。为徐、兖二州刺史，镇京口，今江苏镇江府治。刁逵刁协之孙。为豫州刺史。镇历阳，今安徽和州。此五州为南朝重镇。玄既得意，骄奢荒侈，游猎无度，性又暴急，呼召严速，朝野劳瘁，思乱者十家而至八九。元兴三年二月，刘裕、即宋武帝也，事见后。刘毅、字希乐，彭城人。何无忌东海郯人，刘牢之之甥也。等在京口，合谋起兵，使其党刘毅、刘道规、裕弟。孟昶平昌人。杀桓弘，据广陵；诸葛长民琅邪阳都人。杀刁逵，据历阳；王叡、字元德。王懿、字仲德，叡弟，二人皆苻秦臣来奔者。辛扈、陇西人。童厚之东莞人。在建康攻玄，为内应；裕与何无忌杀桓脩，据京口，刻期齐发。二月乙卯，刘裕伪称传诏，直入斩桓脩，遂据京口。刘毅亦以出猎斩桓弘，据广陵。惟王叡等谋泄，为玄所杀。诸葛长民亦事泄，为刁逵所囚，将送之玄，至途，闻玄败，送人共破槛，出长民，还趋历阳，刁逵走死。玄闻裕起，忧惧特甚，顾左右曰："刘裕足为一世之雄；刘毅家无担石之储，樗蒱一掷百万；何无忌酷似其舅。今共举大事，吾其败乎！"初，刘裕从桓脩入朝，玄妻刘氏有智鉴，谓玄曰："刘裕龙行虎步，瞻视不凡，恐终不能居人下，不如早除之。"玄曰："我方平荡中原，非裕莫可用者，俟关河平定，然后徐议之耳。"三月，裕军进至江乘，晋县，在今江苏句容县北六十里。斩玄将吴甫之、皇甫敷二人，皆玄之骁将也。卞范之悉众屯覆舟山，裕又大败之，玄遂西奔。裕入建康，自为徐州刺史。玄挟帝至江陵，桓石康纳之。五月，裕使刘毅追及玄，又败之，玄弃帝将奔汉中，就桓希，希时为梁州刺史。行至回枚洲，在江陵县南水中。益州刺史毛璩，字叔琏，荥阳阳武人。使兄孙毛祐之迎斩之。刘毅自谓大事已定，不急追蹑诸桓，桓谦、字敬祖，冲之长子，玄之扬州刺史。桓振字道全,桓豁之孙,玄之淮南太守。匿于沮泽中,聚党得二百人,袭江陵,陷之,复挟帝。何无忌攻之,大败。义熙元年正月,刘毅攻克江陵,奉帝返正,诸桓皆奔姚兴。桓氏久处江、荆,故人乐为用,至是遂亡,朝政归于刘裕,安帝端拱而已。其后又十六年,刘裕篡位,司马氏亡。此两晋之大略也。至于晋之政治、教化、风俗、艺文,均与宋、齐、梁、陈相联属,当俟下总述之。

第十八节　宋武帝之概略

二十四史中,入主得国之正,功业之高,汉高而外,当推宋武,不得以混壹偏安之异,而有所轩轾也。宋武姓刘氏,名裕,字德舆,小名寄奴,彭城人,自云汉楚元王交之后,《宋书·本纪》叙自交至裕,凡二十一世,皆记其官与名,似甚可据。而《魏书》以为本姓项氏,殆不可考。身长七尺六寸。时晋人风俗,尚门第,贵冲虚,而帝名微位薄,轻狡无行,仅识文字,摴蒱倾家,落魄不修廉隅,故盛流皆不与相知。隆安三年,孙恩作乱于会稽,恩字灵秀,琅邪人,世奉五斗米道。叔父泰,事钱塘杜子恭,子恭有秘术,泰传其法,百姓敬之如神。泰见晋祚将终,私合徒众谋为乱,谋泄,会稽王道子诛之,恩逃于海。众闻泰死,皆谓蝉蜕登仙,就海中资给恩。恩合亡命百余人,自海上攻上虞,沿海郡县,莫不响应,旬日之间,众数十万。恩据会稽,号其党曰长生人,寻为刘牢之所破,逃入海。其后屡寇沿海及江边郡县,皆为宋武所破,穷蹙赴海自沉,妖党谓水仙。恩死,众推恩妹夫卢循为主,循字子先,卢谌之曾孙也。循改恩之旧策,不攻江浙,袭广州据之。时宋武新诛桓玄,朝廷多故,乃授循广州刺史。朝廷以刘牢之讨之,帝应募为牢之参军,帝大破孙恩,以功迁下邳太守。桓玄起兵,朝廷以会稽世子元显为都督,讨玄,以刘牢之为前锋。牢之阴持两端,帝极谏,牢之不听,乃降于玄。玄入建康,以牢之为会稽内史,牢之知被卖,私告帝,欲起兵于广陵。帝知牢之将败,自还京口,起兵讨桓玄。义熙元年,桓氏灭,安帝复位,以帝为侍中、车骑将军,都督中外诸军事,使持节,徐、青二州刺史,录尚书事,封豫章郡公,寻进扬州刺史。义熙六年二月,南燕慕容超寇宿豫,晋郡,今江苏宿迁县。大掠男女二千五百,付其太乐教之,以为优伶,帝恶之。三月,自将伐南燕,先为舟师,自淮入泗。五月,至下邳,留船舰辎重,步进,至琅邪,所过皆筑城留兵守之。众虑鲜卑塞大岘山名,在今山东沂水县境。之险,坚壁清野,大军深入,不惟无功,将不尽归。帝料其必不能，既过大岘，燕兵不出。帝举手指天，喜形于色，曰："虏已入吾掌中矣。"前之料其不能坚壁清野者，知燕人退惜禾稼，进利虏获也。今之入险而喜者，知士卒有必死之志也。六月，超以步骑十万战于临朐南，晋县，今山东临朐县治。日向昃，胜负未决。帝出奇兵，出燕兵后，攻临朐，拔之，燕兵大溃，超遁还广固，帝进围之。六年正月，克广固，以其民皆衣冠旧族，先帝遗民，赦之，而诛其王公以上三千人，执超至建康，斩于市。按南燕疆域至小，且又新造，于五胡十六国中最微弱不足数，而宋武克之若甚难者，然此可以观南北之强弱矣。帝以六年二月克南燕，而卢循、徐道覆于三月至寻阳，杀江州刺史何无忌，时镇寻阳。中外震骇，朝议奉乘舆北走就帝，既而知贼未至，乃止，急征帝还。帝留韩范南燕降将，后以谋叛诛。守南燕故地，以船载辎重，自率精锐步归。至山阳，今江苏山阳县。闻何无忌死，卷甲兼行，至淮上，问行人，知朝廷未动，帝大喜。此云大喜，则前之惧可知。若卢循早至两月，则宋武大事去矣。至京口，众乃大安。四月，帝至建康。五月，循又败豫州刺史刘毅，贼连克二镇，江、豫二州。战士十余万，舟车百里不绝。而北归将士多病创，建康战士，不过数千，孟昶、诸葛长民诸宿将，皆谓必不能抗，欲奉乘舆过江，固请不已。帝曰："今若迁动，便自土崩，江北岂可得至？今兵士虽少，自足一战，若其克济，臣主同休。苟厄运必至，我当横尸庙门，不能草间偷活也。"此可见当时情势矣。昶仰药而死。料裕必败。是月，循至建康。帝策之曰："贼若于新亭直进，胜负之数未可量；若回泊西岸，此成擒耳。"徐道覆固请卢循，自新亭焚舟直上，循不从，欲待建康自溃。帝登石头望循军，初见引向新亭，顾左右失色，既而回泊西岸，乃大喜。循久无所得，乃欲还荆江，七月，西引。帝预使孙处字季高，会稽永兴人，官南海太守。由海道袭广州，十一月，据之。十二月，帝自将与循战于大雷，今安徽望江县西。循兵大败，追至寻阳，循仅以身免，余众皆降。七年，以帝为太尉、中书监。循还广州，攻城不克，交州刺吏杜慧度击循，大破之，循沉水死，徐道覆亦为刘藩毅从弟。所杀。卢、徐既灭，帝乃亟于诛异己者，于是受禅之机见矣。义熙八年，以刘毅为荆州刺史。灭桓玄后，以弟道规为荆州刺史，是年以疾告归。毅性刚猛沉断，而专肆狠愎，与帝协成大业，而功居其次，深自矜伐，不相推伏。帝素不学问，而毅颇涉文学，故朝士有清望者多归之。既据上流，相图遂急，毅请从弟藩以自副，帝伪许之。藩入朝，时为兖州刺史。帝杀之，而自将讨毅。所以置毅于荆州者，欲以速成其罪也。十月,掩至江陵,振武将军王镇恶北海剧人,苻坚相王猛之孙。克其城,毅逃至城南牛牧佛寺而缢。毅投寺求庇于僧,僧曰:“昔先师藏桓氏亡人,为刘卫军所杀,刘毅为卫将军,今实不敢容异人。”毅无所容,遂缢。毅既死,诸葛长民时监太尉留府事。闻而叹曰:“昔年醢彭越,今年杀韩信,祸其至矣。今日欲为丹徒布衣,岂可得也?”九年,帝自江陵归,克日谓预定到日。而屡淹其期。既而轻舟潜还东府,帝所居。明旦,长民始闻之,惊而至门。帝引长民,却人闲语,凡平生于长民所不尽者,皆与及之,长民甚悦。帝已密令左右壮士丁旿等,自幔后出,拉而杀之。刘毅之后,以司马休之尚之弟。为荆州刺史,休之宗室之重,又得江汉人心,帝尤忌之。十一年,收休之子文宝,兄子文祖,皆杀之,而自将讨休之。三月,至江陵,休之奔于姚兴。秦亡,入魏卒。八月还,时内乱已平,帝仍有平定关洛之意。初,帝之伐南燕也,慕容超求救于姚兴,兴遣使告帝曰:“慕容见与邻好,又以穷告急。今当遣铁骑十万,径据洛阳,晋军若不退者,便当长驱而进。”帝答之曰:“语汝姚兴,我定燕之后,息甲三年,当平关洛。今能自送,便可速来。”刘穆之字道和,东莞莒人,裕之谋主,官左仆射。驰入,尤帝曰:“当日事无大小,必赐与谋之,此宜详之,云何卒尔?”帝笑曰:“此是兵机,非卿所解,故不语耳。夫兵贵神速,彼若审能遣救,必畏我知,宁先遣信命?此是其见我伐燕,内已怀惧,自张之辞耳。”刘穆之所以能自全,而不为裕所忌者,裕知其不解兵机耳。然亦可见解兵机之人,无不死矣,此河关之所以终不守也。秦救卒不至。秦实以兵一万救燕,以北有赫连勃勃之警,召还。至是,朱龄石字伯儿,沛郡沛人。已平谯纵。裕平后蜀,事在九年。十二年,闻姚兴死,北伐之谋遂定。八月,发建康,留刘穆之统内外之事,以王镇恶、檀道济高平金乡人。为前锋,自淮淝以向许洛,入秦境,所向皆捷。其余王仲德、沈田子,分道而进。十月,克洛阳。十三年三月,进至潼关,诸将皆会,秦兵出战,奋击大破之,转战而前。八月,镇恶等入长安,秦主泓降。送建康斩之。九月,帝至长安。帝欲留长安,经略西北,而诸将佐久役思归,又闻刘穆之卒,根本无托,遂决计东还。乃留次子义真守长安,时年十二。以王脩、京兆人,太尉谘议参军。王镇恶、沈田子、毛脩之字敬文,荥阳阳武人。辅之。三秦父老,闻帝将还,诣门流涕,帝愍然久之。十二月,发长安。帝之灭秦也,斯时北族有大国三,而各有用意。魏之论曰:“裕必克秦,归而谋篡。关中华、戎乱杂,风俗劲悍,必不能以荆、扬之化施之,终为国家有也。”夏之论曰：“裕必灭泓，然不能久留。裕南归，留子弟守关中，如拾芥耳。”凉主蒙逊闻帝入秦，大怒，其臣刘祥入言事，蒙逊曰：“汝闻刘裕入关，敢研研然也。”研研，喜貌。遂斩之。十四年正月，赫连勃勃率众向长安，而诸将内有猜忌，沈田子先杀王镇恶，王脩又杀沈田子，刘义真又杀王脩，无人拒战。帝乃召义真东归，而以朱龄石代义真镇关中。义真等出关，夏兵大至，段宏背负义真得免，朱龄石、毛脩之等，皆没于夏。朱龄石自杀，脩之夏亡入魏。帝登城北望，慨然流涕而已，时留彭城。自此不复用兵。明年，晋安帝崩，恭帝立。又明年入朝，受晋禅，在位三年崩，年六十七。

第十九节　宋诸帝之世系

宋武以义熙十三年北伐，年六十一矣，灭姚秦后三年而篡，又三年而殂，年六十七，在位仅三年。凡永初三年。刘义符即位，义符小字车兵，武帝长子也。母张夫人，武帝举义后所纳，名阙，不知何郡县人。帝即位后，与宰相徐羡之、傅亮、谢晦等有隙，为羡之等所废，寻弑之，在位二年，凡景平二年。年十九，是为少帝。刘义隆即位，义隆小字车儿，武帝第三子也。母胡婕妤，名道女，淮南人。帝在位三十年，凡元嘉三十年，景平二年改元。为子劭所弑，年四十七，是为文帝。刘骏即位，骏字休龙，小字道民，文帝第三子也。母路淑媛，名惠男，丹阳建康人。帝以豫州刺史举兵诛劭，遂即帝位，在位十一年崩，凡孝建三年，大明八年。年三十五。帝昏暴无伦理，宋氏遂衰，是为孝武帝。刘子业即位，小字法师，孝武帝长子也。母王皇后，名宪嫄，琅邪人。帝昏狂，在位一年，凡景和一年。为刘彦所弑，年十七，是为前废帝。刘彧即位，彧字炳休，小字荣期，文帝第十一子，而前废帝之叔父也。母沈婕妤，名容，不知何许人。帝性猜忌，以翦落宗室为得计，宋室之亡，遂决于是。帝在位八年崩，凡泰始七年，泰豫一年，景和年内改元。年三十四，是为明帝。刘昱即位，昱字德融，小字慧震，明帝长子也。母陈贵妃，名妙登，建康屠家女。帝昏狂甚于前废帝，在位五年，凡元徽五年。为萧道成所弑，年十五，是为后废帝。道成援立刘准，准字仲谋，小字智观，明帝第三子也。母陈昭华，名法容，建康人。明帝晚年，不能御内，诸弟姬人，有怀孕者，辄取入宫，及生男，皆杀其母，而以与六宫所爱者养之。帝，桂阳王休范之子也，以昭华为母焉。帝在位三年，凡升明三年，年内改元。为萧道成所废，寻弑之，年十三，是为顺帝，宋亡。宋八帝，六十年。

第二十节　宋少帝之乱

晋时最重门阀，其名门子弟，虽祖尚玄虚，而独重孝友，与河北风俗，截然不同也。宋起自寒微，不与士类相洽，徒以智勇取天下，功业虽高，而家法则非其所喻，加以无作人之道，辅弼无人，于是抔土未干，宫庭喋血，六十年间，骨肉之祸，无日无之，至终遂以酿萧道成之篡，而刘氏之族以赤，亦云惨矣。其尤奇者，自刘宋而后，南朝代有童骙之主，其昏狂无状，为古今所无，而独在此百年中，亦事之至怪者也。唐刘知几谓被废者，每受废之者之污辞，盖非此无以明己篡弑之不得已也，此说甚有理。然此时南北分裂，事事反对，今观《魏书》所载，与《宋书》、《齐书》相同，彼岂肯为废之者讳耶？则被废者之恶，盖确矣。此种人物，起宋少帝，而迄于齐东昏侯，而少帝稍近情。初，宋武无子，晚得少帝，甚喜。武帝疾笃，以徐羡之、字宗文，东海郯人，与武帝同仕北府。永初末，官尚书令、扬州刺史，进位司空。羡之起自布衣，又无学术，直以志力局度，一旦居廊庙，朝野推服。时人论曰："观徐公言论，不复以学问为长。"其为时所重若此。死时年六十三。傅亮、字季友，北地灵州人，永初末，官尚书仆射、中书令。亮博学有文章，死时年五十四。谢晦，字宣明，陈郡阳夏人，永初末，官侍中、领军将军、中书令。晦美风仪，善言笑，眉目分明，鬓发如漆，与刘穆之不协，穆之死，乃迁官。死时年三十七。同受顾命。少帝既立，年十七，居丧无礼，好与左右狎昵，游戏无度。与谢灵运、谢玄之孙，元嘉中，官始兴太守，为文帝所杀。颜延之字延年，琅邪临沂人，官金紫光禄大夫，以老寿终。二人皆宋人之最擅文章者也。善，许以之为宰相。观此则知少帝必文人。于是羡之等恶之，而密谋废帝。案古今废立之事，未有轻忽如羡之等者。而次立者为庐陵王义真，羡之等先与有隙，乃先废之为庶人，时为南豫州刺史。徙新安。今安徽徽州府。羡之等密召檀道济、时为南兖刺史。王弘。字休元，琅邪临沂人，为江州刺史。景平元年五月，至建康，及兵众，皆伏领军府中。谢晦所居。诘旦，道济引兵居前，羡之等继其后，入云龙门，宿卫莫有御者。帝未起，扶出，收玺绶，送故太子宫。旋遣人杀之，帝多力，不即受制，突门走出，追者以门关踣而弑之,年十九。又杀义真于新安,迎宜都王义隆。时为荆州刺史。傅亮率百僚诣江陵迎义隆,义隆见傅亮,问义真及少帝薨废本末,悲哭呜咽,哀动左右。亮汗流沾背,不能对。八月,至建康,即帝位。羡之私问亮曰:"王可方谁?"亮曰:"晋文、景以上人。"羡之曰:"必能明我赤心。"亮曰:"不然。"帝以晦为荆州刺史,晦既发,顾望石头城,喜曰:"今得脱矣。"帝密谋讨羡之、亮、晦,以王弘、檀道济止于胁从,可抚而用。元嘉三年正月,召道济至建康,时在广陵。乃下诏暴羡之、亮、晦之罪。傅亮入朝,至西明门外,闻变,驰出,使报羡之。羡之出郭,至新林,去建康城二十里。入陶灶中,自经死。亮亦乘马出郭门,追得杀之。晦闻之,遂举兵反。晦从武帝杀伐四方,入关十策,晦得其九,指麾处分,莫不曲尽其宜。自率众三万东下,道济与到彦之《宋书》本传阙,遂无考。合击之。初,晦以道济共事,必同祸福,自以无恐,及见道济军,乃大惧,西师无复斗志,遂不战而溃,遁还江陵,与七骑将北遁,为人所执,槛送建康,杀之。此后宋之夙将,惟有檀道济。官司空、江州刺史。时魏统一北方,势将南下,道济屡与魏战,魏不能逞。元嘉八年,文帝虑道济终不可制,遂征入杀之。道济见收,脱帻投地曰:"乃复坏汝万里长城?"自是拓跋之师,至于江上,江北千里,无鸡犬之声矣。

第二十一节　宋文帝被弑之乱

南朝文化,虽杂和老庄、浮屠、天师道,不能如两汉之专用儒家,然士大夫皆知以不孝不弟为大恶,与北朝之胡化,大不同也。惟二凶弑父之事,向与胡羯无异,此亦南朝之大变,然终无以自存,则南朝之习尚,不能容之也。观其事,亦可见南人社会之情焉。按南朝诸国,孙吴、萧梁、陈陈,其开国者虽仁暴不同,然其人皆士大夫也,故家法亦较善。惟刘宋起自市井无赖,故道德最无足观。

宋文帝元嘉三年,袁皇后,名齐妫,陈郡阳夏人。生皇子劭,字休远。按中国自古无人君即位后,皇后生太子者。后自详视,便驰白帝曰:"此儿形貌异常,必破国亡家,不可举。"即欲杀之。帝狼狈至后殿户外,手拨幔,禁之,乃止。后潘淑妃生始兴王浚,字休明。袁皇后性妒,以淑妃有宠于上,恚恨而殂,淑妃专总内政。由是太子劭深恶淑妃及浚,浚惧为将来之祸,乃曲意事劭,劭更与之善。时女巫严道育者,吴兴人。自言能辟谷服食,役使鬼物,因东阳公主名英娥,劭之妹也。婢王鹦鹉,出入主家,主与劭、浚皆信惑之。劭、浚并多过失,数为上所诘责,使道育祈请鬼神,欲令过不上闻,号曰天师。其后遂与道育、鹦鹉,及东阳主奴陈天与,黄门陈庆国,共为巫蛊,琢玉为上形像,埋于含章殿前。东阳主卒,鹦鹉应出嫁,劭、浚虑事泄,谓巫蛊事。浚府佐沈怀远,吴兴人。素为浚所厚,遂以鹦鹉嫁之为妾。鹦鹉先与天与私通,既适怀远,恐事泄,谓私通事。白劭使密杀之。陈庆国惧曰:"巫蛊事,惟我与天与宣传往来。今天与死,我其危哉!"误会以为为巫蛊事也。乃具以其事白上,上大惊,即遣收鹦鹉,封籍其家,得劭、浚书数百纸,皆咒诅巫蛊之言。又得所埋玉人,命有司穷治其事。道育亡命,捕之不获,上惋叹弥日,谓潘淑妃曰:"太子图富贵,更是一理。虎头复如此,浚之小字。非复思虑所及,汝母子岂可一日无我耶!"遣中使切责劭、浚,劭、浚惶惧无辞,唯陈谢而已。上虽怒甚,犹未忍罪。严道育之亡命也,上分遣使者搜捕甚急,道育变服为尼,匿于东宫,或出止民张旿家,旋复还东宫,而为人所告。上初不信,试使掩录,得其二婢,知果道育也。上谓劭、浚已斥遣道育,及此闻其犹与往来,惆怅惋骇,乃命京口送二婢须至检覆,乃治劭、浚罪。潘淑妃抱浚泣曰:"汝前咒诅事发,犹冀能刻意思愆,何意更藏严道育?上怒甚,我叩头乞恩,不能解,今何用生为?可送药来,当先自取尽,不忍见汝祸败也。"浚奋衣起曰:"天下事寻自当判。"谓将弑帝。上欲废太子劭,赐始兴王浚死,议久不决,每夜与徐湛之字孝源,东海郯人,官尚书令。屏人语,或连日累夕,常使湛之自秉烛,绕壁检行,虑有窃听者。上以其谋告潘淑妃,淑妃以告浚,浚驰报劭,劭乃密与腹心陈叔儿、张超之等谋为逆。初,上以宗室强盛,虑有内难,特加东宫兵,使与羽林相若,至有实甲万人,劭性黠而刚猛,帝深倚之。及将作乱,每夜飨将士,或亲自行酒。王僧绰琅邪临沂人,官侍中。密以启闻,上犹不决。会严道育婢将至,元嘉三十年二月癸亥夜,劭诈为上诏,云:"鲁秀时典禁兵者。谋反,汝可平明守阙,率众入。"因使张超之等,集素所蓄养兵士二千余人。甲子,宫门未开,劭以朱衣加戎服上,从万春门入。旧制,东宫队不得入城,劭以伪诏示门卫曰:"受敕有所收讨。"遂与张超之等数十人,驰入云龙门,及斋阁,拔刀径上合殿。帝是夜与徐湛之屏人语至旦,烛犹未灭,门阶户席,直卫兵尚寝未起。帝见超之入,举几捍之，五指皆落，遂弑之。湛之惊起趋北户，未及开，兵入，杀之。劭进至合殿中阁，闻帝已殂，出坐中堂，使人杀潘淑妃，及江湛、字徽渊，济阳考城人，官吏部尚书。王僧绰，并太祖亲信左右数十人，急召始兴王浚，使帅众屯中堂。浚时在西州府，既入见劭，劭谓浚曰："潘淑妃遂为乱兵所害。"浚曰："此是下情，由来所愿。"百官至者才数十人，劭遽即位，即位毕，亟称疾，还永福省，太子所居。不敢临丧。以白刃自守，夜则列灯，以防左右。劭密与太子步兵校尉沈庆之字弘先，吴兴武康人，官太尉。后为废帝所杀，年八十，宋之名臣也。书，令杀武陵王骏。本镇寻阳，时以讨蛮，与庆之皆在蕲州。庆之往见王，示以劭书，王泣，请入内与母诀。庆之曰："下官受先帝厚恩，今日之事，惟事是视，殿下何见疑之深？"王起，再拜曰："家国安危，皆在将军。"庆之即命内外勒兵，旬日之间，内外整办。三月庚寅，骏誓众起兵，丁未，自寻阳东下。或劝劭保石头城，劭曰："昔人所以固石头城，候诸侯勤王耳！我若守此，谁当见救？唯应力战决之，不然不克。"戊午，骏至南州，地属姑孰。降者相属。癸亥，柳元景字孝仁，河东解人，官尚书令，后亦为废帝所杀。潜至新亭，依山为垒。甲子，劭使萧斌右军长史，为劭所劫者。统步军，褚湛之浚妻叔父。统水军，与鲁秀、王罗汉、刘简之等，精兵合万人，攻新亭垒，劭自登朱雀门督战。元景宿令军中曰："鼓繁气易衰，叫数力易衰。但衔枚疾战，一听吾鼓声。"劭将士怀劭重赏，皆殊死战，劭兵势垂克，鲁秀击退鼓，劭众遽止。元景乃开垒，鼓噪以乘之，劭众大溃，坠淮死者甚众。劭更率余众，自来攻垒，元景复大破之，所杀伤过于前。劭手斩退者，不能禁，劭仅以身免，其党或死或降皆尽。己巳，骏即皇帝位。甲戌夜，劭闭守六门，于门内凿堑立栅，城中沸乱。浚劝劭载宝货逃入海，劭以人情离散，不果行。丙子，诸军克台城，劭穿西垣入武库井中，队副高禽牵出之。禽将劭至殿，臧质字含文，东莞莒人，官江州刺史。后以佐南郡王义宣举兵，兵败被诛。见之恸哭。劭曰："天地所不覆载，丈人何为见哭？"乃缚劭于马上，防送军门，斩于牙下。劭妻殷氏，殷淳之女，陈郡长平人。赐死于廷尉，临死，谓狱丞曰："汝家骨肉相残，何以枉杀无罪人？"丞曰："受拜皇后，非罪而何？"殷氏曰："此权时耳，当以鹦鹉为后也。"浚率左右数十人南奔，遇江夏王义恭，武帝子，时从骏起兵。浚下马曰："南中郎谓骏。今何所作？"义恭曰："上已俯顺群心，君临万国。"浚曰："虎头来，得无晚乎？"义恭曰："殊当恨晚。"浚又曰："故当不死耶？"

义恭曰:"可诣行阙请罪。"浚又曰:"未审犹能赐一职自效不?"义恭曰:"此未可量。"勒与俱归,于道斩首。道育、鹦鹉,并于都街鞭杀。案此事为中国自孔教通行以来,人伦至大之祸,生民得无左衽,亦为幸矣。此《宋书》语。

第二十二节　宋前废帝之乱

刘氏一代,可纪之事,自骨肉相残外,无他事焉,不独元凶劭一人也。今纪前、后二废帝之事于前,而以五王之事次之。废帝即位,时止二年,而其事有足鉴者。废帝幼而狷急,及即位,始犹难太后、大臣及戴法兴,会稽山阴人,越骑校尉。未敢自恣。太后既殂,太后疾笃,使呼废帝,帝曰:"病人间多鬼,那可往。"太后恚怒,谓侍者:"取刀来,剖我腹,那得生宁馨儿。"帝年渐长,欲有所为,法兴辄抑制之,谓帝曰:"官所为如此,欲作营阳谓少帝。邪?"帝稍不能平。永光元年八月辛酉,赐法兴死。初,世祖号猜忌,王公大臣,重足屏息,莫敢妄相过。后世祖殂,太宰义恭等皆相贺曰:"今日始免横死矣。"既杀戴法兴,诸大臣无不震慑,各不自安。于是柳元景、颜师伯字长渊,琅邪临沂人,官左仆射。密谋废帝,立义恭,日夜聚谋,而持疑不能决。元景以其谋告沈庆之,庆之与义恭素不厚,又师伯常专断朝事,不与庆之参怀,谓令史曰:"沈公爪牙耳,安得预政事?"庆之恨之,乃发其事。癸酉,帝自帅羽林兵讨义恭,杀之,并其四子,断绝义恭支体,分裂肠胃,挑取眼珠,以蜜渍之,谓之鬼目粽。并杀柳元景、颜师伯、沈庆之等,遂大诛宗室。自是公卿以下,皆被捶曳,如奴隶矣。山阴公主,名楚玉。帝姊也,适驸马都尉何戢。庐江灊人。公主尤淫恣,尝谓帝曰:"妾与陛下,男女虽殊,俱托体先帝。陛下六宫万数,而妾唯驸马一人,事大不均。"帝乃为公主置面首,左右三十人。何迈尚帝姑新蔡长公主,名英媚。帝纳公主于后宫,谓之谢贵嫔,既而杀迈。帝畏忌诸父,恐其在外为患,皆聚之建康,拘于殿内,殴捶陵曳,无复人理。湘东王彧、建安王休仁、山阳王休祐,皆肥壮,帝为竹笼,盛而称之,以彧尤肥,谓之猪王,谓休仁为杀王,休祐为贼王,东海王祎,性凡劣,谓之驴王。尝以木槽盛饭,并杂食搅之,掘地为坑,实以泥水,裸彧内坑中,使以口就槽食之,用为欢笑。彧尝忤旨,帝裸之,缚其手足,贯之以杖,使人担付太官,曰:"今日屠猪。"休仁请俟皇子生,乃杀猪取心肝,帝乃释之。湘东王彧主衣阮佃夫,内监始兴王道隆，学官令临淮李道儿，与直阁将军柳光世，又帝左右琅琊淳于文祖等，阴谋弑帝。先是帝游华林园、竹林堂，使宫人裸相逐，一人不从，命斩之。夜梦在竹林堂，有女子骂曰："帝悖虐不道，明年不及熟矣。"帝于宫中，求得一人似所梦者，斩之。又梦所杀者骂曰："我已诉上帝矣。"于是巫觋言竹林堂有鬼，是日晡时，帝出华林园，建安王休仁，山阳王休祐，会稽公主并从，湘东王彧独在秘书省，不被召，益忧惧。帝素恶主衣吴兴寿寂之，见辄切齿，阮佃夫以其谋告寂之，寂之等闻之，皆响应。帝欲南巡，腹心宗越等并听出外装束，唯队主樊僧整防华林园。其夕，帝悉屏侍卫，与群巫及采女数百人，射鬼于竹林堂。事毕，将奏乐，寿寂之抽刀前入，帝见寂之至，引弓射之，不中，采女皆奔走，帝亦走，大呼寂寂者三，寂之追而弑之，迎彧即位。

第二十三节　宋后废帝之乱

明帝在位，八年，其人稍愈于前废帝耳。及死，而子昱立，则又无异于前废帝，殆又过之，是为后废帝。初，帝在东宫，好缘漆帐竿，去地丈余，喜怒乖节，主师不能禁，太宗屡敕陈太妃痛捶之。及即帝位，内畏太后、太妃，外惮诸大臣，未敢纵逸。自加元服，内外稍无以制，数出游行。始出宫，犹整仪卫，俄而弃车骑，帅左右数人，或出郊野，或入市尘。太妃每乘青犊车，随相检摄，既自轻骑远步一二十里，太妃不复能追，仪卫亦惧祸，不敢追寻，唯整部伍，别在一处，瞻望而已。每微行自称刘统，或称李将军，常著小裤衫，营署巷陌，无不贯穿，或夜宿客舍，或昼卧道傍，排突厮养，与之交易，或遭慢辱，悦而受之。凡诸鄙事，裁衣作帽，过目则能，未尝吹篪，执管便韵。天性好杀，以此为欢，一日无事，辄惨惨不乐。每夕去晨返，晨出暮归，从者并执铤矛，行人男女，及犬马牛驴，逢无免者。民间扰惧，商贩皆息，门户昼闭，行人殆绝。针椎凿锯，不离左右，少有忤意，即加屠剖，殿省忧惶，食息不保。阮佃夫与直阁将军申伯宗等谋，因帝出江乘射雉，称太后令，唤队仗还，闭城门，遣人执帝废之，立安城王準。事觉，帝收佃夫等，杀之。太后数训戒帝，帝不悦。会端午太后赐帝毛扇，帝嫌其不华，令太医煮药，欲鸩太后。左右止之曰："若行此事，官便应作孝子，岂复得出入狡狯？"帝曰："汝语大有理。"乃止。元徽五年即升明元年。六月甲戌,有告散骑常侍杜幼文、司徒左长史沈勃、游击将军孙超之与阮佃夫同谋者,帝登帅卫士,自掩三家,悉诛之,刳解脔割,婴孩不免。沈勃时居丧在庐,左右未至,帝挥刀独前,勃知不免,手博帝耳,唾骂之曰:"汝罪逾桀、纣,屠戮无日。"遂死。是日,大赦。帝尝直入领军府,时盛热,萧道成昼卧裸袒,帝立道成于室内,画腹为的,引满将射之。道成敛板曰:"老臣无罪。"左右王天恩曰:"领军腹大,是佳射堋,一箭便死,后无复射,不如以骲箭射之。"帝乃更以骲箭射,正中其脐,投弓大笑曰:"此手何如?"帝忌道成威名,尝自磨铤曰:"明日杀萧道成。"陈太妃骂之曰:"萧道成有功于国,若害之,谁得为汝尽力耶?"帝乃止。道成忧惧,密与袁粲、字景倩,陈郡阳夏人,官尚书令,以讨萧道成败死。褚渊字彦回,河阳翟人,降齐,为司徒。谋废立。秋七月丁亥夜,帝微行,至领军府门,左右曰:"一府皆眠,何不缘墙入!"帝曰:"我今夕欲于一处作适,宜待明夕。"员外郎桓康北兰陵承人,事齐为青、冀二州刺史。等,于道成门间听闻之。戊子,帝乘露车,与左右于台冈赌跳,仍往青园尼寺。晚至新安寺偷狗,就昙度道人煮之,饮酒醉,还仁寿殿寝。杨玉夫常得意,至是忽憎之,见辄切齿,曰:"明日当杀此子,取肝肺。"是夜,令玉夫伺织女渡河,曰:"见当报我,不见,将杀汝。"时帝出入无常,省内诸阁,夜皆不闭,厢下畏相逢值,无敢出者,宿卫并逃避,内外莫相禁摄。是夕,王敬则晋陵南河人,事齐为太尉、会稽太守,以反诛。出外,玉夫伺帝熟寝,与杨万年取帝防身刀刎之,敕厢下奏伎,陈奉伯袖其首,依常行法称敕开承明门出,以首与敬则,敬则驰诣领军府,叩门大呼。萧道成虑苍梧王诳之,不敢开门,敬则于墙上投其首,道成洗视,乃戎服乘马而出,桓康等皆从,入宫。众闻帝死,皆呼万岁。己丑旦,道成戎服出殿庭槐树下,以太后令,召袁粲、褚渊、刘秉宋之宗室,官尚书左仆射。入会议。道成谓秉曰:"此使君家事,何以断之?"秉未答,道成须髯尽张,目光如电。秉曰:"尚书众事,可以见付;军旅处分,一委领军。"道成次让袁粲,粲亦不敢当。王敬则拔白刃,在床侧跳跃曰:"天下事皆应关萧公,敢有开一言者,血染敬则刀。"乃手取白纱帽,加道成首,令即位,曰:"今日谁敢复动,事须及热。"道成正色呵之曰:"卿都自不解。"粲欲有言,敬则叱之。褚渊曰:"非萧公无以了此。"手取事授道成,道成曰:"相与不肯,我安得辞?"遂受事,自是宋亡矣。

第二十四节 宋诸王之乱

晋八王之乱，为古今所罕；而宋诸王之乱，亦不下于晋。惟八王之乱，南北朝因之以分，其关系甚巨；而宋诸王之乱，则关系于中国者轻。故治历史者，不视之为重要耳，然固刘宋一朝之大事也，今略述之。武帝七男，少帝义符、庐陵王义真、初镇关中，后为徐羡之等所杀。文帝义隆、彭城王义康、江夏王义恭、为废帝所杀。南郡王义宣、衡阳王义季，其中考终者，惟义季一人，则以早夭之故，而义宣则叛。文帝十九男，元凶劭，始兴王浚、孝武帝骏、南平王铄、字休玄，为孝武所杀。庐陵王绍、竟陵王诞、建平王宏、字休度。东海王祎、晋熙王昶、字休文，北奔魏。武昌王浑、明帝彧、建安王休仁、为明帝所杀。晋平王休祐、为明帝所杀。海陵王休茂、鄱阳王休业、临庆王休倩、新野王夷父、桂阳王休范、巴陵王休若，为明帝所杀。除早夭数人外，余均见杀，而诞及休范皆叛。孝武二十八男，废帝子业、豫章王子尚、为前废帝所杀。晋安王子勋、安陆王子绥、子深、松滋侯子房、与子勋同死。临海王子顼、与子勋同死。始平王子鸾、为前废帝所杀。永嘉王子仁、子凤、始安王子真、为明帝所杀。子玄、邵陵王子元、为前废帝所杀。齐王子羽、子衡、淮南王子孟、为明帝所杀。子况、南平王子产、晋陵王子云、子文、庐陵王子舆、南海王子师、为前废帝所杀。淮阳王子霄、子雍、子趋、子期、东平王子嗣、为明帝所杀。子悦，其非未封即死者，大略皆为前废帝与明帝所夷灭，而子勋则反。明帝十二男，后废帝昱、法良、顺帝准、第四子、无名。智井、晋熙王燮、字仲贤。邵陵王友、随阳王翙、字仲仪。新兴王嵩、始建王禧，字仲安。齐皆灭之。故宋四世，六十六男，而寿考令终者无一焉，亦云酷矣。其中当以义康、义宣、诞、休范、子勋五人为最著。

义康虽不叛，而两为叛者所推。少而聪察，久为荆州刺史。宋荆州刺史、恒以亲藩处之。元嘉六年，征入，以侍中辅政。义康性好吏职，锐意文案，纠剔是非，莫不精尽，凡所陈奏，入无不可，方伯以下，并委义康授用。由是朝野辐辏，势倾天下，府门每旦常有数百乘车。文帝有虚劳疾，将死者屡，义康尽心卫奉，汤药饮食，非口尝不进，或连夕不寐，连日不解衣，内外众事，皆专决施行。十六年，进位大将军。义康素无学术，暗于大体，自谓兄弟至亲，不复存君臣形迹，率心径行，曾无猜防。文帝尝病危，朝臣多拟私奉之者,义康不知也。及文帝愈,微闻之,遂成嫌隙。十七年,解所任,改江州刺史。临发之日,文帝惟对之恸哭,余无一言。沙门惠琳此宋名僧。往送之,义康曰:“弟子南北朝、隋、唐士大夫,对沙门自称如此。有还理否?”惠琳曰:“恨公不读数百卷书。”二十二年,范晔谋反,字蔚宗,顺阳人,官宣城太守,为求婚王室不得,遂谋反,被诛。事逮义康,乃削王爵,为庶人,徙赴安成郡。义康在安成,读淮南王书,乃叹曰:“前代有此,我得罪为宜也。”二十八年,豫章人胡诞世等谋反,奉戴义康。事平,赐死于安成。

因孝武以诛劭得国,以诛劭功而起者,则为义宣。义宣生而舌短,涩于言论,人材凡劣。十六为荆州刺史,至镇,颇自课励。为人白皙,美须眉,身七尺五寸,腰带十围,多畜嫔御,后房千余,尼媪数百。在镇十年,值元凶弑立,义宣闻之,即时起兵。孝武即位,功居第一,以义宣为丞相,兵强财富,威名著天下。时江州刺史臧质,自谓人材为一世雄,阴有异志,以义宣凡弱,易可倾移,欲假为乱,以成其事,乃自出江陵说之。义宣亦以孝武淫其诸女,遂许之,密治舟甲,期孝建元年秋冬举兵,邀豫州刺史鲁爽,字女生,扶风郡人,魏将降宋者。兖州刺史徐遗宝同反。爽素染殊俗,无复华风,粗狂好饮,义宣使至,值爽大醉,失义宣旨,即日起兵。义宣及质,闻爽已动,皆狼狈反。三月,义宣帅众十万发江陵,孝武乃命柳元景、王玄谟字彦德,太原祁人,官大将军、江州刺史,死年八十一。御之。寻以沈庆之督江北诸军,爽、遗宝从北来。四月,庆之与鲁爽战于大岘。在合肥境。爽饮酒过醉,薛安都河东汾阴人,官徐州刺史,与子勋反,子勋败,奔魏。跃马直前刺之,应手而倒。爽世为将家,骁猛喜战,号万人敌,一战而死。义宣与质闻其死,皆骇惧。四月,王玄谟、柳元景与义宣、臧质等战于梁中,在芜湖境。义宣等水陆俱败,义宣单舸迸走,闭户而泣。义宣既去,质不知所为,逃至武昌,无所归,遁于南湖,在武昌城外。掇莲实啖之。追兵至,以荷覆头,自沉于水,出其鼻。众望见之,射之中心,兵刃乱下,肠胃萦于水草。义宣逃至江陵,为朱脩之字恭祖,义阳平氏人,官荆州刺史。所获,被杀。

因平义宣之功而起者,则为诞。义宣之反也,挟四州之力,威震天下,孝武欲奉乘舆法物,以迎义宣,诞固执不可,乃止。上流平定,诞之力也,孝武由此惮之,诞亦密为之备。大明元年,出为南兖州刺史。镇广陵。

三年四月,孝武使兖州刺史垣阆,给事中戴明宝袭诞,至广陵,为诞所觉,皆杀之。乃抗表反,孝武使沈庆之讨之。七日,克广陵,孝武欲悉杀城中大小,庆之请自五尺以下全之,其余父子皆死,女子以为军赏,犹杀三千余口。皆先刳肠抉眼,或笞面鞭腹,苦酒灌创,然后斩之,复聚其首于石头,以为京观,孝武之虐如此。

前二皆孝武之事,其在前废帝时者,则有子勋。子勋以大明中为江州刺史,孝武崩,前废帝狂凶,遣左右朱景云送药赐子勋死。景云至湓口,停不进,信使报长史邓琬,字元琬,豫章南昌人。琬等因奉子勋起兵,以废立为名。会明帝已立,诏子勋罢兵,琬等不受命,传檄京邑。泰始二年,奉子勋为帝,即伪位于寻阳城,年号义嘉元年,备置百官,四方并响应,威震天下。是岁,四方贡计,并诣寻阳,朝廷所保,惟丹阳、淮南数郡。至八月,为柳元景、沈攸之、字仲达,庆之从父兄子也,官荆州刺史,以讨萧道成,兵败死。萧道成所败,子勋将张悦斩邓琬以降。沈攸之诸军至寻阳,诛子勋,及其母,同逆皆夷灭。子勋死时,年十一,皆邓琬以子勋为奇货也。

其在后废帝时者,则有休范。休范素凡讷,少知解,不为诸兄所齿遇,物情亦不向之,故明帝之末,得免于祸,久任为江州刺史。及后废帝即位,休范自谓尊亲莫二,应入为宰辅,既不如志,怨愤颇甚。元徽二年五月,遂反,惩前代之失,昼夜取道,以袭建康。丙戌,发寻阳。辛卯,即至新林,去建康二十里。壬辰,自新林舍舟步上。萧道成使黄回、竟陵人,事齐为兖州刺史,为道成所诛。张敬儿诈降,休范信之。敬儿见休范无备,即夺休范防身刀,斩休范首,左右皆散,敬儿持首驰归。然其党尚力战数日,后皆为萧道成所败。盖子勋、休范二人,天下为之骚然,而实受其益,萧道成一人而已。

第二十五节　齐诸帝之世系

南朝自宋武以后,不知作育人材,而以摧抑英才为得计,二百年间,遂至通国无一豪杰。即齐、梁、陈开国之主,考其勋业,亦不足观,皆桓玄、邓琬、崔慧景之得志者耳,较之高欢、宇文泰之流,相去固甚远也。惟为正统帝皇之所系,则其年号名字,亦为治历史者所当详。今先述齐之诸帝如下。齐起于萧道成,道成字绍伯,小名斗将,兰陵郡名,今江苏常州府。人也，为汉相国萧何二十四世孙。父承之，仕宋至南泰山太守，承之久为宋将，数与北朝相攻战。道成以将门子，亦屡与征讨。宋明帝之世，渐见信用，及平桂阳王休范之乱，威望始隆，至王敬则弑苍梧王，而内禅决矣。受禅之岁，已在暮年，在位四年殂，凡建元四年。年五十六，是为高帝。萧赜即位，赜字宣远，小讳龙儿，高帝长子也。母刘皇后，名智容，广陵人。帝在位十一年崩，凡永明十一年。年五十四，是为武帝。萧昭业即位，昭业字元尚，小字法身，武帝孙也。父惠文太子长懋。母王皇后，名宝明，临沂人。帝在位一年，凡隆昌一年。为萧鸾所弑，年二十一，是为郁林王。萧昭文即位，昭文字季尚，惠文太子第二子也。立数月，改元延兴。萧鸾又弑之，年十五，是为海陵王。萧鸾即位，鸾字景栖，小名玄度，高帝兄子也。父始安王道生。母未详。帝在位五年崩，凡建武四年，永泰一年。年四十七，是为明帝。帝杀高、武子孙无遗类，萧氏遂衰。萧宝卷即位，宝卷字智藏，明帝第二子也。母刘皇后，名惠端，彭城人。帝在位三年，凡永元三年。为萧衍所弑，年十九，是为东昏侯。萧宝融即位，宝融字智昭，明帝第八子也。母未详。帝在位二年，凡中兴二年。萧衍复弑之，年十五，是为和帝，齐亡。齐凡七帝，二十四年，其人物历运，在南朝中为最下。

第二十六节　齐郁林王之乱

齐高、武二代，皆起自艰难，即位之后，措置稍省。至武帝殂，郁林王立，而国事又大乱。当武帝之大渐也，诏竟陵王子良，字云英，武帝第二子，文惠太子长懋之弟，郁林王之叔父也。高帝十二王，武帝十七王，后皆为明帝所杀。甲仗入延昌殿，侍医药。子良以萧衍、梁武帝也。范云字彦龙，南乡舞阴人，后仕梁为尚书。等皆为帐内军主。子良日夜在内，太孙即郁林王。间日参承。永明十一年七月戊寅，武帝疾亟，暂绝，太孙未入，内外惶惧，百僚皆已变服。中书郎王融，字元长，琅邪临沂人。欲矫诏立子良，诏草已立。及太孙来，王融戎服绛衫，于中书省閤口，断东宫仗，不得进。顷之，上复苏，问太孙所在，因召东宫，器甲皆入。以朝事委尚书左仆射西昌侯鸾。此中当有他事在，惟史未言耳。俄而上殂，融处分以子良兵禁诸门，鸾闻之，急驰至云龙门，不得进。鸾曰："有敕召我。"排之而入，奉太孙登殿，命左右扶出子良，指挥部署，音响如钟，殿中无不从命，事乃大定。未几，子良以忧死，王融亦为郁林王所杀，而鸾揽大权矣。郁林王性辨慧，美容止，善应对，哀乐过人，武帝尤爱之。而矫情饰诈，阴怀鄙慝，与左右群小共衣食，同卧起。始为南郡王，少养于子良妃袁氏，从竟陵王子良在西州。文惠太子每禁其起居，节其用度，王密就富人求钱，无敢不与。别作钥钩，夜开西州后阁，与左右至诸营署中淫宴，所爱左右，皆逆加官爵，疏于黄纸，使囊盛带之，许南面之日，依此施行。侍太子疾，及居丧，忧容号毁，见者呜咽。裁还私室，即欢笑酣饮。常令女巫杨氏祷祀，速求天位。及太子薨，谓由杨氏之力，倍加敬信。既为太孙，武帝有疾，又令杨氏祷祀。时何妃何戢之女。犹在西州，武帝疾稍危，太孙与何妃书，纸中央作一大喜字，而作三十六小喜字绕之。侍武帝疾，言发泪下，武帝以为必能负荷大业，谓曰："五年中，一委宰相，汝勿措意；五年外，勿复委人。若自作无成，无所多恨。"临终，执其手曰："若忆翁，当好作。"遂殂。大殓始毕，悉呼世祖诸妓，备奏众乐。自山陵之后，即与左右微服，游走市里。好于崇安陵即文惠太子陵。隧中，掷涂赌跳，作诸鄙戏，极意赏赐左右，动至百数十万。每见钱曰："我昔思汝，一枚不得，今日得用汝未?"武帝聚钱上库五亿万，斋库亦出三亿万，金银布帛，不可胜计。郁林王即位未期岁，所用垂尽。入主衣库，令何后及宠姬，以诸宝器相投击，破碎之，用为笑乐。何后亦淫泆，私于帝左右杨珉，与同寝处，如伉俪。朝事大小，皆决于西昌侯鸾。鸾数谏争，帝多不从，心忌鸾，欲除之，而鸾已潜谋弑帝。隆昌元年十月改建武。七月壬辰，鸾使萧谌字彦孚，兰陵人，官中领军。先为郁林王所信，及佐鸾，弑郁林王，又劝鸾尽杀高、武诸王，后亦为鸾所杀。先入宫，鸾引兵自尚书省入云龙门，戎服加朱衣于上，比入门，三失履。王晏、字士彦，琅邪临沂人，官尚书令，后亦为鸾所杀。徐孝嗣、字始昌，东海郯人，官司空，为东昏侯所杀。萧坦之、兰陵人，官尚书左仆射，为东昏侯所杀。陈显达、南彭城人，高帝旧将，官太尉，江州刺史，讨东昏，兵败死。沈文季，字伯达，吴兴武康人，官尚书右仆射，为东昏侯所杀。皆随其后。帝在寿昌殿，闻外有变，犹密为手敕，呼萧谌，又使闭内殿诸房阁。俄而谌引兵入寿昌殿，帝走趋徐姬房，拔剑自刺不入，以帛缠颈，舆接出延德殿。谌初入殿，宿卫将士皆操弓盾欲拒战，谌谓之曰："所取自有人，卿等不须动。"宿卫素隶服于谌，皆信之。及见帝出，各欲自奋，帝竟无一言。行至西弄，杀之，舆尸出，殡徐龙驹帝之嬖人。宅，葬以王礼。鸾既弑帝，欲作太后令，徐孝嗣于袖中出而进之，鸾大悦。癸巳，以太后令，追废帝为郁林王，又废何后为王妃，迎立新安王昭文。文惠太子之子。丁酉,新安王即皇帝位,时年十五,以鸾为骠骑大将军,录尚书事,杨州刺史,宣城郡公。大赦,改元延兴。昭文在位,起居饮食,皆谘鸾而后行,寻又弑之,遂篡位。于是大诛高、武诸王,鄱阳王锵、江夏王锋、南平王锐、宜都王铿、晋熙王銶、河东王铉、以上高帝诸子。庐陵王子卿、鱼复侯子响、安陆王子敬、晋安王子懋、随郡王子隆、建安王子真、西阳王子明、南海王子罕、巴陵王子伦、邵陵王子贞、临贺王子岳、西阳王子文、衡阳王子峻、南康王子琳、湘东王子建、南郡王子夏、以上武帝诸子。巴陵王昭秀、桂阳王昭粲。以上惠文诸子。齐制,诸王虽有封地,而大权并寄典签,故杀之甚易。

第二十七节　齐末东昏侯之乱

帝为南朝昏暴主之终,其后唐、宋、明皆不复有此。帝在东宫,便好弄,不喜书学,明帝亦不以为非,但勖以家人之行。尝夜捕鼠达旦,以为笑乐。明帝之丧,每当哭,辄云喉痛。性重涩少言,不与朝,惟亲信阉人及左右御刀应敕等。明帝临崩,属以后事,以郁林王为戒,曰:“作事不可在人后。”以郁林不杀萧鸾为戒,非以其暴乱为戒也。故帝遂以委任群小诛戮宰臣为务。初,明帝虽顾命群公,而多寄腹心在江祐兄弟,祐字弘业,济阳考城人,官中书令,祐妹为明帝之母。二江更直殿内,动止关之。帝稍欲行意,徐孝嗣不能夺,萧坦之时有异同,而祐执制坚确,帝深忿之。帝左右会稽茹法珍、吴兴梅虫儿等,为帝所委任,祐常裁折之,法珍等切齿。帝失德浸彰,祐议废帝,江夏王宝玄,明帝子。更欲立建安王宝寅。亦明帝子。祐密谋于始安王遥光,明帝之弟。遥光自以年长,意欲自取,以微旨动祐,祐意回惑。会事为刘暄彭城人,帝之元舅。所发,帝召祐入,杀之,并及其弟祀。帝自是无所忌惮,益得自恣,日夜与近习于后堂鼓吹戏马,常以五更就寝,至晡乃起。群臣节朔朝见,晡后方前,或际暗遣出。台阁案奏,多数十日,乃报,或不知所在,宦者用以裹鱼肉还家,并是五省黄案。帝尝习骑致适,顾谓左右曰:“江祐常禁吾乘马,小子若在,吾岂能得此。”因问祐亲戚余谁。对曰:“江祥今在冶。”囚所在处。帝于马上作敕,赐祥死。始安王遥光,素有异志,与其弟荆州刺史遥欣,密谋举兵据东府,使遥欣自江陵引兵急下。刻期将发,而遥欣病卒,江祐被诛。帝召遥光入殿,告以祐罪,遥光惧,还省,即佯狂号哭,遂称疾不复入台。帝既诛二江,恐遥光不自安。遥光恐见杀,永元二年秋八月乙卯晡时,收集二州部曲其弟遥欣、遥昌豫、荆二州之旧部。于东府，以讨刘暄为名，夜遣数百人破东冶出囚，于尚方取仗。天稍晓，遥光戎服出听事，命上仗，登城行赏赐。及日出，台军稍至，萧坦之帅台军讨遥光，众军围东城三面，烧司徒府，遥光遣其党垣历生从西门出战。乙未，垣历生弃矟降，遥光大怒，于床上自踊。其晚，台军以火箭烧东北角楼，至夜，城溃。遥光还小斋帐中，著衣帢坐，秉烛自照，令人反拒斋阁，皆重关，左右并逾屋散出。台军入，遥光闻外兵至，灭烛扶匐床下。军人排阁入，于暗中牵出斩之。遥光死二十余日，帝以兵围坦之宅，杀之，又杀刘暄。十月，杀徐孝嗣、沈文季，于是陈显达不自安。时为江州刺史。十一月，显达举兵寻阳，帝以护军将军崔慧景字君山，清河东武城人，事见下。御之。十二月，显达至采石，建康震恐。乙酉，显达以数千人登落星冈，石头城西。新亭诸军，闻之奔还，宫城大骇，闭门设守。显达执马矟，从步兵数百于西州前，与台军战，再合，显达大胜，手杀数人，矟折。台军继至，显达不能抗，退至西州后。骑官赵潭注刺显达，坠马，斩之。帝既诛显达，益自骄恣，渐出游走。又不欲人见之，每出，先驱斥所过人家，惟置空宅。尉司击鼓蹋围，鼓声所闻，便应奔走，不暇衣屦，犯禁者应手格杀。一月凡二十余出，出辄不言定所，东西南北，无处不驱。常以三四更中，鼓声四起，火光照天，幡戟横路，士民喧走相随，老小震惊，啼号塞道，处处禁断，不知所过。四民废业，樵苏路断，吉凶失时，乳妇寄产，或舆病弃尸，不得殡葬，巷陌悬幔为高鄣，置仗人防守，谓之屏除，亦谓之长围。尝至沈公城，有一妇人临产不去，因剖腹视其男女。又尝至定林寺，有沙门老病不能去，藏草间，命左右射之，百箭俱发。帝有膂力，牵弓至三斛五斗，又好担幢，白虎幢高七丈五尺，于齿上担之，折齿不倦。自制担幢校具，使衣饰以金玉，侍卫满侧，逞诸变态，曾无愧色。学乘马于东冶营兵俞灵韵，常著织成裤褶，金薄帽，执七宝矟，急装缚裤，凌冒雨雪，不避坑阱。驰骋渴乏，辄下马，解取腰边蠡器，酌水饮之，复上马驰去。又选无赖小人善走者，为逐马左右，五百人，常以自随。或于市侧过亲幸家，环回宛转，周遍城邑。或出郊射雉，置射雉场，凡二百九十六处，奔走往来，略不暇息。二年二月，帝欲杀裴叔业。河东闻喜人，豫州刺史。三月，遣崔慧景将水军讨之。时叔业已卒，其众以豫州降齐。慧景过广陵数十里，召会诸军，告以讨帝，众皆响应，乃还军向广陵。慧景停广陵二日，即收众济江，奉宝玄为主。甲子，慧景入乐游苑，在玄武湖南。遂围宫门，称太后令，废帝为吴王。陈显达之反也，帝召诸王侯入宫，将杀之。巴陵王昭胄，子良之子。与弟永兴侯昭颖,诈为沙门,逃于江西。及慧景举兵,昭、胄兄弟出赴之,慧景意更向昭、胄,犹豫未知所立。慧景性好谈义,兼解佛理,顿法轮寺,对客高谈。时豫州刺史萧懿梁武之兄。将兵在小岘,帝遣密使告之,懿方食,投箸而起,帅军主胡松、李居士等数千人,自采石济江,顿越城,举火,台城中鼓叫称庆。慧景遣崔觉慧景之子。将精卒数千人,渡南岸,懿军昧旦进战,数合,士皆致死,觉大败,赴淮死者二千余人,觉单骑奔还。崔恭祖慧景兄子。本与觉不平,至是与慧景骁将刘灵运诣城降,众心离坏。夏四月,慧景余众皆走。慧景围城,凡十二日而败,从者于道稍散,单骑至蟹浦,为渔人所斩,以头内蝤篮,担送建康,其党皆死。八月甲辰夜,后宫火,时帝出未还,宫内人不得出,外人不敢辄开,比及开,死者相枕,烧三千余间。时嬖幸之徒,皆号为鬼,有赵鬼者,能读《西京赋》,言于帝曰:"柏梁既灾,建章是营。"帝乃大启芳乐、玉寿等诸殿,以麝香涂壁,刻装画饰,穷极绮丽。役者自夜达晓,犹不副速。后宫服御,极选珍奇,府库旧物,不复周用,贵市民间,金宝价皆数倍。建康酒租,皆折使输金,犹不能足。凿金为莲花,以帖地,令潘妃行其上,曰:"此步步生莲花也。"此是以佛教菩萨比潘妃,非缠足也,唐以前妇人无缠足者。又订出雉头、鹤氅、白鹭缞,嬖幸因缘为奸利,课一输十,百姓困尽,号泣道路。作芳乐苑,山石皆涂以五采,望民家有好树美竹,则毁墙折屋而徙之。时方盛暑,随即枯萎,朝暮相继。又于苑中立市,使宫人、宦者,共为裨贩,以潘贵妃为市令,帝自为市录事,小有得失,妃则与杖。又开渠立埭,身自引船,或坐而屠肉。又好巫觋,左右朱光尚诈云见鬼,帝入乐游苑,人马忽惊,以问光尚,对曰:"向见先帝大瞋,不许数出。"帝大怒,拔刀与光尚寻之,既不见,乃缚菰为明帝形,北向斩之,悬首苑门。萧懿之平崔慧景也,入为尚书令,其弟衍时为雍州刺史,镇襄阳。劝懿行伊、霍之事,懿不从。十月,帝赐懿死。十一月乙巳,衍举兵襄阳,数帝罪恶,立南康王宝融。明帝子,时为荆州刺史。三年即中兴元年。正月,发襄阳,所至皆捷。而是年七月,建安王宝寅明帝子,后奔齐。谋自立,不成。十一月,萧衍进至建康,帝出战大败。十二月丙寅夜,台城人引外兵入殿,御刀丰勇之为内应。帝在含德殿,作笙歌,寝未熟,闻兵入,趋出北户,欲还后宫,门已闭。宦者黄泰平刀伤其膝,仆地,张齐斩之,令百僚署笺,以黄绸裹帝首,降于萧衍。萧衍以太后令,追废帝为东昏侯。宝融即位,改元中兴,是为和帝,守府而已。次年,禅于梁。

第二十八节　梁诸帝之世系

萧衍字叔达，小字练儿，兰陵人，齐之同族也。齐明帝时，为雍州刺史，镇襄阳，知天下将乱，潜造器械，密为之备。及兄懿被杀，齐司徒。遂起兵，以至受禅，事前已述。及受禅，在位四十八年，凡天监十八年，普通八年，大通三年，中大通六年，大同十二年，中大同二年，太清三年，中多年内改元者。为侯景所弑，年八十六，是为武帝。萧纲即位，纲字世缵，小字六通，武帝第三子也。母丁贵嫔，名令光，谯国人。帝在位二年，凡太宝二年。又为侯景所弑，年四十九，是为简文帝。萧绎即位，绎字世诚，小字七符，武帝第七子也。母阮修容，名令嬴，会稽余姚人。本东昏侯宫人。帝在位三年，凡承圣三年。为周人所执，遂杀之，年四十七，是为元帝。武帝、简文帝、元帝，皆擅文章，为后世所美。萧方智即位，方智字慧相，小字法真，简文第九子也。母未详。帝在位三年，绍泰一年，太平二年。为陈霸先所弑，梁亡。梁四帝，凡五十六年。

梁元帝之见杀，其故由于梁詧。詧字理孙，梁武帝孙也。父昭明太子统。大同时，詧封岳阳王，为雍州刺史，镇襄阳。时元帝为荆州刺史，镇江陵。詧以正嫡，不得立，素怨望，又与元帝有隙。及元帝建号，詧与元帝，遂治兵相攻。詧累败，势将不振，乃降于宇文黑獭。即周太祖也，事见后。承圣三年十一月，黑獭遣于忠攻江陵，陷之。乃立詧为帝，在位八年，殂，号大定。年四十四。子岿嗣位，字仁远。在位二十三年，殂，号天保。年四十四。子琮嗣位，字温文，年号广运。琮入朝于隋，隋收其国。自詧至琮亡，凡三十三年，皆称藩于北朝，世谓之西梁。

第二十九节　北魏拓跋氏之世系

自五胡之乱后，未曾言及北朝之事，非无事也，与南朝无大交涉而已。至梁而北朝与南朝，又有大交涉，遂不能不补述北朝之事于此。晋惠帝永兴之初，李特、刘渊创乱，而十六国次第建立，纷扰一百数十年。

至宋文帝元嘉间,而次第归并于魏。五胡之乱,实与司马氏相终始。魏既全有北土,有宋一代,当其最盛之时。至齐稍衰,至梁而分为东魏、西魏,东魏篡于齐,西魏篡于周。周又灭齐,而篡于隋。隋再灭陈,南北再合为一。经三十年,天下复乱,而定于唐。隋之杨氏,唐之李氏,其先皆北周之臣也。故隋、唐之风俗、政教,皆衍于北朝,而与南朝无涉。其详至述唐代时当言之。大约孙吴与东晋、宋、齐、梁、陈,自成一种风俗、政教,前不知其所从来,其后则至陈灭而绝,惟五代之南唐差近之,此亦汉族之一特色也。魏既为隋、唐之原,则其源流,不可不陈其略。案拓跋氏世居北荒,其地有大鲜卑山,因以为号,畜牧迁徙,射猎为业。魏人自谓昌意少子,受封北土,为鲜卑君长。黄帝以土德王,种人谓土为拓,谓后为跋,其得姓之原如此。而中国人则谓汉将李陵降匈奴,其后为索头部,姓讬跋氏。两说互异如此,然皆谓为汉族之裔,殆皆非也。其祖始均,当尧时曾入中国,以下均据《魏书》。积六十六世,未通中国,名亦无考,至第六十七世以后,乃可考。

毛,追谥成帝。

贷,追谥节帝。

观,追谥庄帝。

楼,追谥明帝。

越,追谥安帝。

推寅,追谥宣帝。始南迁大泽。

利,追谥景帝。

俟,追谥元帝。

肆,追谥和帝。

机,追谥定帝。

盖,追谥僖帝。

侩,追谥威帝。

邻,追谥献帝。

诘汾,邻子。追谥圣武帝。始居匈奴之故地。

力微,诘汾子。追谥神元皇帝。尊为始祖,相传帝为神女所生,始居定襄之盛乐。故城在山西归化城南。始朝贡于魏、晋。在位五十八年，年一百四岁。

悉鹿，力微子。追谥章帝。在位九年。

绰，悉鹿少弟。追谥平帝。在位七年。

弗，力微孙，沙漠汗子。追谥思帝。在位一年。

禄官，力微子。追谥昭帝。分国为三部，自以一部居东，在上谷东北，接宇文部。以猗㐌沙漠汗子。统一部，居代之参合陂北。以猗卢猗㐌弟。统一部，居定襄之盛乐。在位十三年。时刘渊自称汉皇帝。

猗卢，晋太尉刘琨失并州，来依代。三部复合为一，始受晋封为代王，以平城为南都。今山西大同府治。在位九年，为子六修所弑。

郁律，弗子。追谥平文帝。时石勒自称赵王。在位五年，为猗㐌妻所杀。

贺傉，猗㐌子。追谥惠帝。太后临朝，时人谓之女国。

纥那，贺傉弟。追谥炀帝。时前赵为后赵所灭。在位五年，奔于宇文部。

翳槐，郁律子。追谥烈帝。在位七年，纥那复入，翳槐奔石虎。

纥那，在位三年，石虎以兵纳翳槐，纥那奔慕容部。

翳槐，复立一年而死。

什翼犍，翳槐弟。追谥昭成帝。时张骏自称凉王。

晋灭蜀。苻健自称大秦王。慕容儁灭赵，自称燕皇帝。秦苻坚灭燕慕容暐。秦苻坚灭凉张天锡。

在位三十九年，秦王苻坚使苻洛来伐，什翼犍大败，遁至云中今土默特界内。而死，年五十七。种落离散。坚使刘库仁、刘卫辰分摄其众。

珪、什翼犍孙。珪幼依刘库仁。时苻坚败亡，姚苌自称秦皇帝。慕容垂、慕容沖，皆自称燕皇帝。乞伏国仁自称秦王。吕光自称凉王。后燕慕容垂灭西燕慕容永。秃发乌孤自称西平王。慕容德自称燕王。李暠自称凉公。沮渠蒙逊自称河西王。赫连勃勃自称夏天王。秦姚兴灭后凉吕纂。珪光复旧物，自称魏王，继称帝。大败后燕慕容宝，宝东北遁，后为北燕。珪遂有中原，初建台省，置百官。在位二十四年，凡登国十年，皇始二年，天兴六年，天赐六年。为爱妾万人名万人也。所弑,年三十九,是为道武帝。珪颇有学问,此语出于《宋书·索虏传》,故知非诬。而性残忍。有神巫劝珪当杀万人,乃可以免,珪遂日手杀人。尝乘小辇,手自执剑,击担辇人脑,一人死,一人代,每一行,死者数十,欲令其数满万,而不知乃其妄也。

嗣,珪长子。时宋武帝灭南燕慕容超。西秦乞伏炽磐灭南凉秃发傉檀。宋武帝灭后秦姚泓。北凉沮渠蒙逊灭西凉李歆。晋禅于宋。在位十五年,凡永兴五年,神瑞二年,泰常八年。年三十二,是为明元帝。

焘,嗣长子。时夏赫连昌灭西秦乞伏暮末。魏灭夏赫连昌。魏灭北燕冯文通。魏灭北燕沮渠牧犍。

焘始一统北方,频与宋构兵,然终不敢渡江。在位二十八年,凡始光四年,神䴥四年,延和三年,太延五年,太平真君十一年,正平二年。年四十五,是为太武帝。

浚,焘孙,父晃。在位十四年,凡兴安二年,兴光一年,太安五年,和平六年。年二十六,是为文成帝。

弘,浚子。在位六年,凡天安一年,皇兴五年。传位于太子,称太上皇。又六年,为母冯氏所杀,年二十三,是为献文帝。

宏,弘子。时宋禅于齐。在位二十九年,年三十三,凡延兴五年,承明一年,太和二十三年。是为孝文帝。宏始迁都洛阳,又改姓为元氏,为魏之令主,求之汉、唐、宋、明诸帝,亦不多见。

恪,宏子。时齐禅于梁。在位十六年,凡景明四年,正始四年,永平四年,延昌四年。年三十三,是为宣武帝。恪时魏渐衰乱。

诩,恪子。在位十三年,凡熙平二年,神龟二年,正光五年,孝昌三年,武泰一年。年十九,为母胡太后所杀,是为孝明帝。

子攸,献文帝孙,父彭城王勰。子攸为尔朱荣所立,复诛荣,遂为尔朱兆所杀。在位三年,凡永安三年。年二十四,是为孝庄帝。

晔,献文孙,父咸阳王禧。晔为尔朱兆等所推,在位一年,凡建明一年。让位于恭。

恭,献文帝孙,父广陵王羽。恭为尔朱氏所立,在位二年,凡普泰二年。尔朱氏败,恭为齐神武所弑,年三十五,是为前废帝。

朗,字仲哲,晃玄孙,父章武王融。朗为高氏所立,在位二年,凡中兴二年。为高欢所弑，年二十，是为后废帝。前后二废帝，同时并立。

脩，字孝则，孝文帝孙，父广平王怀。脩为高欢所立，复欲图欢，不胜，奔于宇文泰，于是魏分东、西。修在位三年，凡永熙三年。出奔。是年，为泰所弑，年二十五，是为孝武帝，史称出帝。

善见，父清河王亶。善见为高氏所立，在位十七年，凡天平四年，元象一年，兴和四年，武定八年。禅位于高洋，寻为所弑，是为孝静帝，东魏亡。

宝炬，孝文帝孙，父京兆王愉。宝炬为宇文氏所立，在位十七年，凡大统十七年。殂，是为文帝。

钦，宝炬子。在位二年，无年号。为宇文泰所废。

廓，在位四年，无年号。禅位于宇文觉，是为恭帝，西魏亡。

魏起拓跋珪，十七帝，一百七十年。

第三十节 拓跋氏之衰乱

魏自道武被清河王绍，道武之子。及爱妾万人所弑之后，历百有余年，皆父子相承，骨肉之争绝少，南朝视之，有愧色焉。魏之乱亡，皆起于胡灵后一人。临泾人，父名国珍。初，道武立子嗣为太子，其母刘贵人，即赐死。道武告太子曰："昔汉武帝将立其子而杀其母，不令妇人，后与国政，使外家为乱。汝当继统，故吾远同汉武，为长久之计。"自是以后，遂为家法，历代无母后临朝者。及宣武帝时，胡充华女官名。生皇子诩，数年立为太子，始不杀其母。延昌四年，梁天监十四年。宣武殂，子诩立，是为孝明帝。孝明之初立也，高后宣武后，司徒高肇之妹，自云勃海蓨人，或云高丽人。欲杀胡贵嫔，女官名。崔光、字长昌，东河鄃人，官太保。于忠、字思贤，代人。官仪同三司。侯刚、字乾之，代人，官仪同三司。刘腾字青龙，平原人，少为宦者，官大长秋卿、中侍中。崔光等四人，皆胡后之嬖人，亡魏者也。然皆以寿考，终于家。四人，置贵嫔于别所，严加守卫，由是得免，故太后深德四人。胡后初入宫，同列以故事祝之，愿生诸王、公主，勿生太子。胡后曰："妾之志，异于诸人，奈何畏一身之死，而使国家无嗣乎？"及有娠，同列劝去之，胡后不可，自誓曰："若幸而生男，次第当长男生，身死所不憾也。"观此可知，后已早畜自免之成算矣。未几，逼高后为尼，自立为皇太后。未几竟弑高后，临朝称制。太后性聪悟，颇好读书属文，射能中针孔，政事皆手笔自决。而光等四人贵用事，权倾天下，政治混乱。正光元年，即梁普通元年，胡后临朝四年矣。将军元乂字伯儁，小字夜叉，道武之孙，太后之妹夫也。与刘腾，怨清河王怿，字宣仁，孝文之子。而杀之，怿亦得幸于太后者也。二人遂乘乱势，幽太后于别宫，服膳俱废，不免饥寒。孝昌元年，梁普通六年。刘腾死，乂亦自宽。夏四月，太后复临朝，诛元乂。元乂之执政也，予夺任情，纪纲乱坏，牧守令长，人人贪污，由是百姓困穷，人思为乱。及太后复临朝，淫乱肆情，为天下所恶。宠任郑俨、字季然，荥阳人，官中书舍人，领尝食，后为尔朱荣所杀。李神轨、顿丘人，为员外常侍，亦为尔朱荣所杀。神轨与俨，皆得幸于太后。徐纥字武伯，乐安博昌人，官黄门舍人，胡后败，奔梁。等，手握王爵，轻重在心，文武解体，所在乱逆，土崩鱼烂，不可止矣，于是六镇皆叛。六镇者，怀朔镇、高平镇、御夷镇、怀荒镇、柔玄镇、沃野镇也。六镇并在马邑、云中单于界。盖起于魏都平城时，以北边为重，盛简亲贤，配以高门子弟，其人蕃、夏皆有。以捍朔方，当时人物，忻慕为之。中叶以后，役同厮养，一生推迁，不过军主，而其同族，留京师者，皆为清途。镇人或多逃亡，乃制镇人不得浮游在外，由是积久生怨，一时蜂起，转相攻剽，朝廷不能制。永安三年，梁大通二年，太后再临朝三年矣。时事日非，天下云扰。太后以帝年日长，自以所为不谨，恐为帝所闻，凡帝所亲爱者，辄去之，遂与帝不平，帝意不自安。时车骑将军、仪同三司、并、肆、汾、广、恒、云六州大都督尔朱荣，北秀容契胡也，世为秀容部酋长，世臣于魏。兵势强盛，帝乃密诏荣诛郑俨等。会高欢即北齐神武帝也，事见后。亦劝荣举兵，荣遂以欢为前锋，至上党。太后惧，二月，鸩帝而杀之。四月，荣至洛阳，执太后，沉之于河。立长乐王子攸为帝，是为孝庄帝，杀王公以下二千余人。高欢又劝荣称帝，荣乃铸金为像卜之，不成而止。荣又欲迁都晋阳，久之亦止。乃自立为天柱大将军，五月，还晋阳。荣性严暴，喜愠无常，刀槊弓矢，不离于手，左右恒有死忧，孝庄遂决意除之。永安二年四月，梁中大通元年。梁使将军陈庆之，字子云，义兴国山人，官司州刺史。以兵纳元颢字子明，魏献文帝之孙，封北海王。颢见魏乱，阴图自立，乞师于梁。盖北朝之萧詧也。于洛阳，称帝。孝庄出走，寻以荣之力，复洛阳，庆之败，南还，颢走死。荣威权愈重，自加大丞相、太原王，纳其女为皇后。建明元年梁中大通元年。九月，荣朝于洛阳，孝庄即欲杀之，以荣党元天穆魏之宗室，而尔朱氏之党也，官太宰。在并州，恐为后患，故并召天穆。戊戌，孝庄伏兵于明光殿东序，声言皇后生子，遣骑至荣第告之，荣信之，与天穆俱入朝。孝庄闻荣来，不觉失色，遂连索酒饮之。荣、天穆入，与孝庄俱坐。荣见光禄少卿鲁安，典御李侃晞等，抽刀从东户入，即起趋御座。孝庄先横刀膝下，遂手刃之，安等乱斫，荣与天穆，同时俱死。荣子菩提，及从者三十余人从荣入宫者，亦为伏兵所杀，于是内外喜噪，声满洛阳。是夜，荣妻及尔朱世隆，荣从弟。率荣部曲焚西阳门出，屯河阴。己亥，攻河桥，孝庄与屡战，不克。汾州刺史尔朱兆，荣从子。闻荣死，据晋阳，奉长广王晔为帝，魏人不以之为帝。以兆为大将军，世隆为尚书令，荣从弟度律为太尉，世隆兄彦伯为侍中，仲远为车骑将军，及尔朱天光，荣从子。皆起兵向洛阳。十二月，兆等入洛阳，锁孝庄帝于永宁寺楼上。尔朱兆以北边有警，挟孝庄还晋阳，留世隆、度律、彦伯等镇洛阳。甲子，尔朱兆缢孝庄帝于晋阳三级佛寺。建明二年梁中大通三年。二月，兆等又以为长广王晔疏远，又无人望，欲更立近亲，乃立广陵王恭为帝，是为前废帝。又谓之节闵帝。是时高欢亦立渤海太守朗于信都，是为后废帝。至尔朱氏败，高氏得志，欢弑前废帝，同时又弑后废帝，而立平阳王脩，是为孝武帝，即图欢不成，而奔宇文泰者，事见下节。

第三十一节　北齐神武帝之概略

魏六镇之叛也，后渐并于杜洛周。柔玄镇人。既而葛荣怀朔镇人。灭杜洛周，并其众。及尔朱荣灭葛荣，其部众流入并、肆者，二十余万人，为契胡所凌暴，皆不聊生，大小二十六反，诛夷者半，犹谋乱不止。兆患之，问计于欢，欢曰："六镇反残，不可尽杀，宜选腹心大将以统之，则乱自平矣。"兆即以命欢，时兆方醉，欢知其醒必悔，遂出，宣言受委统州镇兵，可集汾东受号令，乃建牙阳曲川，陈部分。军士素恶兆而乐属欢，莫不皆至。居无何，欢又请于兆，言并、汾荒旱，请率其众就食山东，兆亦听之。欢自发晋阳，道逢北乡长公主，尔朱荣之妻，盖非公主，而受公主之封者。自洛阳来，有马三百匹，尽夺而易之。兆始悔，自追之，至漳水，隔水召欢，欢不赴，兆亦无如欢何。欢至山东，约勒士卒，丝毫无所犯，每过麦地，欢辄步牵马，于是远近归心。魏后废帝中兴元年六月，即梁中大通三年。高欢将起兵讨尔朱氏，时尔朱世隆为太保，镇洛阳，尔朱仲远为徐州刺史，镇东郡，尔朱天光为雍州刺史，镇关中，并为大将军。尔朱兆为并州刺史，镇晋阳，为天柱大将军，封太原王。高欢为冀州刺史，镇信都，封渤海王。先诈为书，称尔朱兆将以六镇人配契胡为部曲，众皆忧惧。又伪为并州符，尔朱兆之符也。征兵讨步落稽，即稽胡。发万人遣之，欢亲送之郊，雪涕执别，众皆号恸，声震原野。欢乃谕之曰："与尔俱为失乡客，义同一家，不意在上征发乃尔。今直西向已当死，后军期，又当死，配国人，谓契胡为国人。又当死，奈何？"众曰："惟有反耳！"欢曰："反乃急计，然当推一人为主，谁可者？"众共推欢，欢曰："尔乡里难制，谓己与六镇人为乡里。不见葛荣乎？虽有百万之众，曾无法度，终自败灭。今以吾为主，当与前异，毋得凌犯汉人。犯军令，生死任吾，则可。不然，不能为天下笑。"欢此数语为复盛时代之根原。众皆顿颡曰："死生惟命。"欢乃椎牛飨士，庚申，起兵于信都。中兴二年正月，梁中大通四年。欢克邺，擒相州刺史刘诞。契胡人。闰三月，天光自长安，兆自晋阳，度律自洛阳，仲远自东郡，皆会于邺，众二十万，夹洹水而军。而欢之兵，不满三万，众寡不敌。乃于韩陵山名，在邺。置圆阵，连系牛驴，以度归路，志在必死。既战，兆等大败，兆奔还晋阳，仲远奔还东郡。度律、天光将奔洛阳，而洛阳之人，已尽诛尔朱氏之党，于是执世隆、天光、彦伯，献于高欢，欢俱斩之。尔朱仲远奔梁，欢遂入洛阳。太昌元年，梁中大通四年。欢以岁首掩尔朱兆于秀容，兆逃于穷山，自缢而死，尔朱氏亡。欢遂自立为大丞相，齐王，而专魏政，其实魏主也。自曹魏至元魏，宅中原者皆以邺为重地，至欢乃移于晋阳，自此历唐、五代未改。永熙二年梁中大通五年。正月，魏侍中斛斯椿，字法寿，广牧富昌人。与南阳王宝炬，武卫将军王思政，字思政，太原祁人，官都官尚书。密劝孝武图高欢。孝武遂置阁内都督部曲，又增武直人数，自直阁以下，员列数百，皆选四方骁勇者充之。帝数出巡幸，椿自部勒，别为行阵，由是朝政军谋，帝专与椿决之。帝以关中大行台贺拔岳字阿斗，泥尖山人，岳与悦皆乘尔朱氏之败，逐尔朱显专，而据关中。拥重兵，密与相结，又出侍中贺拔胜岳之兄，后兵败，奔梁。为都督三荆二郢七州诸军事，荆州刺史，欲倚胜兄弟以敌欢，欢不悦。侍中、司空高乾字乾邕，神武同族。之在信都也，遭父丧，不暇终服，及孝武即位，表请解职行丧，诏听解侍中，司空如故。乾虽求退，不谓遽见许，既去内侍，朝政多不关豫，居常怏怏。帝既贰于欢，冀乾为己用，尝于华林园宴罢，独留乾，谓之曰："司空奕世忠良，今复建殊效，相与虽则君臣，义同兄弟，今宜共立盟约，以敦情契。"殷勤逼之。乾对曰："臣以身许国，何敢有贰？"时事出仓猝，且不谓帝有异图，遂不固辞，亦不以启高欢。及帝始置部曲，乾乃私谓所亲曰："主上不亲勋贤，而招集群小，数遣王思政等，往来关西，与贺拔岳计议。又出贺拔胜为荆州，外示疏忌，内实树党，令其兄弟相近，冀据有西方。祸难将作，必及于我。"乃密启欢。欢召乾诣并州，而论时事，乾因劝欢受魏禅。欢乃以袖掩其口，曰："勿妄言。今令司空复为侍中，门下之事，一以相委。"欢屡启请，帝不许。乾知变难将起，密启欢，求为徐州。二月辛酉，以乾为骠骑大将军，开府仪同三司，徐州刺史。三月，高乾将之徐州，魏主闻其漏泄机事，乃诏丞相欢曰："乾邕与朕私有盟约，今乃反覆两端。"欢闻其与帝盟，亦恶之，即取乾前后数启论时事者遣使封上。帝召乾对欢，使责之。乾曰："陛下自立异图，乃谓臣为反覆，人主加罪，其可辞乎？"遂赐死。帝又密敕东徐州刺史潘绍业，杀其弟敖曹。名昂，以字行，官司徒，齐之骁将。敖曹先闻乾死，伏壮士于路，执绍业，得敕书于袍领，遂将十余骑奔晋阳。欢抱其首，哭曰："天子枉害司空。"敖曹兄仲密名慎，亦以字行。为光州刺史，孝武敕青州断其归路，仲密亦间行奔晋阳。初，贺拔岳遣行台郎冯景诣晋阳，高欢闻岳使至，甚喜，曰："贺拔公讵忆吾耶？"与景歃血，约与岳为兄弟。景还，言于岳曰："欢奸诈有余，不可信也。"府司马宇文泰，字黑獭，鲜卑人，即北周文帝也，事见后。自请使晋阳，以观欢之为人。既至，欢奇其状貌，曰："此儿视瞻非常。"将留之。泰固求覆命，欢既遣而悔之，发驿急追，至关，不及而返。泰至长安，谓岳曰："高欢所以未篡者，正惮公兄弟耳。侯莫陈悦代人，为渭州刺史。之徒，非所忌也。公但潜为之备，图欢不难。"因劝岳西辑氐羌，北抚沙塞，还军长安，时岳在秦陇。匡辅魏室，泰意正与欢劝尔朱荣同。岳大悦。复遣泰诣洛阳请事，密陈其状，孝武喜，加泰武卫将军，使还报。以岳为都督雍等十二州诸军事，雍州刺史。又割心前血，遣使者赍以赐之。岳遂引兵西屯平凉，以牧马为名，诸部落等，皆附于岳。岳以夏州被边要重，欲求贤良刺史以镇之，众举宇文泰，岳曰："宇文左丞，吾左右手，何可废也？"沈吟累日，卒表用之。永熙三年梁中大通六年。正月，岳召悦，共讨灵州刺史曹泥，会于高平，悦乃谋取岳。岳使悦先行，至河曲，悦诱岳入营，坐论军事，悦阳称腹痛而起，其婿元洪景拔刀斩岳，岳左右皆散走，乃还入陇，屯水洛城。在渭州。岳众散还平凉，未有所属，乃召宇文泰于夏州，泰与帐下轻骑，驰赴平凉，令杜朔周岳之旧将也，后更名赫连达。帅众先据弹筝峡。在渭州。泰至平凉，哭岳甚恸，将士皆悲喜。孝武闻岳死，遣武卫将军元毗慰劳岳军，召还洛阳，并召侯莫陈悦。毗至平凉，军中已奉宇文泰为主，悦乃附高欢，不肯应召。泰因元毗上表称臣，孝武乃以泰为大都督，即统岳兵。泰与悦书，责以岳事。三月，泰引兵击悦，至原州，众军结集。夏四月，宇文泰引兵上陇，泰军令严肃，秋毫无犯，百姓大悦。军出木峡关，雪深二尺，泰倍道兼行，出其不意。悦闻之，退保略阳，留万人守水洛，即降。泰遣轻骑数百趣略阳，悦退保上邽，寻弃州城，南保山险，弃军迸走，数日之中，盘桓往来，不知所趣。左右劝向灵州，依曹泥，悦从之，自乘骡，令左右皆步从，欲自山中趣灵州。宇文泰使原州都督贺拔颖追之，悦望见追骑，缢死于野。泰入上邽，以次定关中之地，入长安，据之。孝武以泰为侍中，骠骑大将军，开府仪同三司，关西大都督，略阳县公，承制封拜。侍中封隆之字祖裔，渤海蓨人，官齐州刺史。言于欢曰："斛斯椿等今在京师，必构祸乱。"嗣隆之与仆射孙腾，字龙雀，咸阳石安人，官太保。争尚魏主妹平原公主，公主归隆之，腾泄其言于椿，椿以白帝。隆之惧，逃还乡里。欢召隆之诣晋阳。会腾带仗入省，擅杀御使，惧罪，亦逃就欢，领军娄昭欢之妻弟。辞疾归晋阳。帝以斛斯椿兼领军，改置都督，及河南、关西诸刺史。五月丙子，孝武增置勋府庶子厢六百人，又增骑官厢二百人。孝武欲伐晋阳，辛卯，下诏戒严，云欲自将伐梁，发河南诸州兵大阅于洛阳，南临洛水，北际邙山，孝武戎服，与斛斯椿临观之。六月丁巳，魏主密诏高欢，称宇文黑獭、贺拔胜颇有异志，故假称南伐，潜为之备，王亦宜共为形援，读讫燔之。欢表以为，荆、雍将有逆谋，臣今潜勒兵十万，伏听处分。帝知欢觉其变，乃出欢表，命群臣议之，欲止欢军。欢亦集并州僚佐共议，还以表闻，仍云："臣为嬖佞所间，陛下一旦赐疑，臣若敢负陛下，使身受天殃，子孙殄绝。陛下若垂信赤心，使干戈不动，佞臣一二人，愿斟量废出。"中军将军王思政言于孝武曰："高欢之心，昭然可知。洛阳非用武之地，宇文泰乃心王室，今往就之，还复旧京，何虑不克？"帝深然之，遣散骑常侍河东柳庆见泰于高平，共论时事。泰请奉迎舆驾，庆覆命，帝复私谓庆曰："朕欲向荆州何如？"庆曰：

“关中形势，宇文泰才略可依，荆州地非要害，南迫梁寇，臣愚未见其可。”帝又问阁内都宇文显和，显和亦劝帝西幸。陈郡太守、河东裴侠，帅所部诣洛阳，王思政问曰：“今权臣擅命，王室日卑，奈何？”侠曰：“宇文泰为三军所推，居百二之地，所谓已操戈矛，宁肯授人以柄？虽欲投之，恐无异避汤入火也。”思政曰：“然则如何而可？”侠曰：“图欢有立至之忧，西巡有将来之虑。且至关右，徐思其宜耳。”思政然之，乃进侠于孝武，授左中郎将。初，欢以为洛阳久经丧乱，欲迁都于邺，孝武曰：“高祖定鼎河洛，为万世之基。王既功存社稷，宜遵太和旧事。”欢乃止。至是复谋迁都，孝武不乐，遂下制书，数欢罪恶。孝武以宇文泰兼尚书仆射，为关西大行台，许妻以冯翊长公主。谓泰帐内都督秦郡杨荐曰：“卿归语行台，遣骑迎我。”以荐为直阁将军。泰以前秦州刺史骆超为大都督，将轻骑一千赴洛，又遣荐与长史宇文侧，出关候接。欢召其弟定州刺史琛，使守晋阳，勒兵南出，以高敖曹为前锋。宇文泰亦移檄州郡，数欢罪恶，自将大军发高平，前军屯弘农，贺拔胜军于汝水。秋七月己丑，魏主亲勒兵十余万，屯河桥，以斛斯椿为前驱，陈于邙山之北。椿请帅精骑二千，夜渡河，掩其劳弊。帝始然之，黄门侍郎杨宽说帝曰：“高欢以臣伐君，何所不至？今假兵于人，恐生他变。椿若渡河，万一有功，是灭一高欢，生一高欢矣。”帝遂敕椿停行，椿叹曰：“顷荧惑入南斗，今上信左右间构，不用吾计，岂天道乎？”宇文泰闻之，谓左右曰：“高欢数日行八九百里，此兵家所忌，当乘便击之。而主上以万乘之重，不能渡河决战，方缘津据守。且长河万里，捍御为难，若一处得渡，大事去矣。”欢至河北十余里，再遣使，口申诚款，帝不报。丙午，欢引军渡河，帝遣使召椿还，遂帅南阳王宝炬，清河王亶，广阳王湛，以五千骑宿于瀍西南阳王别舍，沙门惠臻负玺，持千牛刀以从。众知帝将西出，其夜亡者过半。戊申，帝西奔长安。己酉，欢入洛阳，会于永宁寺，遣领军娄昭等追帝，请帝东还。高敖曹帅精骑追帝至陕西，不及。帝鞭马长骛，粮糗乏绝，三二日间，从官惟饮涧水。宇文泰使赵贵、字元贵，天水南安人，官太保，后为宇文护所杀。梁御字善通，安定人，官上柱国。帅甲骑二千奉迎，循河西行。孝武谓御曰：“此水东流，而朕西上，若得复见洛阳，亲谒陵庙，卿等功也。”帝及左右皆流涕。泰备仪卫迎帝，谒见于东阳驿，都入长安，以雍州廨舍为宫。大赦，以泰为大将军，雍州刺史，兼尚书令，军国之政，咸取决焉。别置二尚书，分掌机事。辛酉，欢自追迎魏主，至弘农。九月乙巳，使行台仆射元子思魏之宗室。帅侍官迎帝。己酉，攻潼关，克之，进屯华阴。欢自发晋阳，至是凡四十启，魏主皆不报，欢乃东还。冬十月，欢至洛阳，又遣僧道荣奉表于孝武帝，曰："陛下若远赐一制，许还京洛，臣当帅勒文武，式清宫禁。若返正无日，则七庙不可无主，万国须有所归，臣宁负陛下，不负社稷。"帝亦不答。欢遂立清河世子善见为帝，是为孝静帝。欢以洛阳西逼西魏，南近梁境，乃议迁邺。书下三日，即行。丙子，孝静帝发洛阳，十一月庚寅，至邺，居城北相州之廨。魏孝武帝复与丞相泰有隙，十二月，帝饮酒遇鸩而殂。泰奉太宰、南阳王宝炬而立之，是为文帝。大统元年即梁大同元年，而东魏天平二年也。春正月，欢始闻孝武帝之丧，为之举哀制服。大统三年梁大同三年，东魏天平四年。闰九月，高欢将兵二十万，自壶口趣蒲津，使高敖曹将兵三万，出河南。关中饥，宇文泰所将将士不满万人。冬十月壬辰，泰至沙苑。冯翊县。泰背水东而为陈，李弼字景和，辽东襄平人，官司空。为右拒，赵贵为左拒，命将士皆偃戈于苇中，约闻鼓声而起。晡时，东魏兵至渭曲，都督太安斛律羌举曰："黑獭举国而来，欲一死决，譬如猘狗，或能噬人。且渭曲苇深土泞，无所用力，不如缓以相持，密分精锐，径掩长安，巢穴既倾，则黑獭不战成擒矣。"欢曰："纵火焚之，何如?"侯景字万景，雁门人，事见后。曰："当生擒黑獭，以示百姓。若众中烧死，谁复信之?"彭乐盛气请斗，曰："我众贼寡，百人擒一，何忧不克?"欢从之。东魏兵望见魏兵少，争进击之，无复行列。兵将交，泰鸣鼓，士皆奋起，于谨字思敬，洛阳人，官雍州牧。等六军与之合战，李弼等帅铁骑横击之，东魏兵中截为二，遂大破之。明日，欢欲复战，竟无应者，丧甲士八万人，弃铠甲十有八万。泰追欢至河上，都督李穆曰："高欢破胆矣，速追之，可获。"泰不听，还军渭南，乃于战所，人种柳一株，以旌武功，侯景言于欢曰："黑獭新胜而骄，必不为备，愿得精骑二万，径往取之。"欢以告娄妃，妃曰："设如其言，景岂有还理。得黑獭而失景，何利之有?"欢乃止。大统四年梁大同四年，东魏元象元年。春二月，东魏大行台侯景等，治兵于虎牢，将复河南诸州，魏韦孝宽名叔裕，以字行，京兆杜陵人，官太尉。等皆弃城西归。于是南汾、颍、豫、广四州，复入东魏。秋七月，侯景、高敖曹等，围魏独孤信云中人，官太保。于金墉，欢帅大军继之。景悉烧洛阳官寺、民居，存者什二三。文帝将如洛阳拜园陵，会信等告急，遂与泰俱东。八月庚寅，泰至谷城，侯景等欲整阵以待其至，仪同三司莫多娄贷文不从，进战败死。泰进军瀍东，侯景等夜解围去。辛卯，泰帅轻骑追景，至河上，景为陈，北据河桥，南据邙山，与泰合战，泰马中流矢，惊逸，遂失所之，泰坠地，东魏兵追及之，左右皆散。都督李穆下马，以策抶泰背，骂曰："笼东军士，尔曹主何在，而独留此？"追者不疑其贵人，舍之而过。穆以马授泰，与之俱逸，魏兵复振，击东魏兵，大破之，东魏兵北走。高敖曹意轻泰，建旗盖以临陈，魏人尽锐攻之，一军皆没。欢闻之，如丧肝胆。魏又杀东魏西兖州刺史宋显等，虏甲士万五千人，赴河死者以万数。是日，东、西魏置阵既大，首尾悬远，从旦至未，战数十合，氛雾四塞，莫能相知，魏将不知魏主及泰所在，皆弃其卒先归，泰由是烧营而归。于是自襄、广以西城镇，复为魏有。大统九年梁大同九年，东魏武定元年。三月，高欢将兵十万，至河北。泰退军瀍上，纵火船于上流，以烧河桥。斛律金字阿六敦，敕勒部人，官太尉。使行台郎中张亮，以小艇百余，载长锁，伺火船将至，以钉钉之，引锁向岸，桥遂获全。欢渡河，据邙山为陈，不进者数日。泰留辎重于瀍曲，夜登邙山以袭欢，候骑白欢曰："贼距此四十余里，蓐食干饭而来。"欢曰："自当渴死。"乃正陈以待之。戊申黎明，泰军与欢军遇，东魏彭乐以数千骑，冲魏军之北垂，所向奔溃，遂驰入魏营。人告彭乐叛，欢怒甚。俄而西北尘起，乐使来告捷，虏魏督将僚佐四十八人，诸将乘胜击魏，大破之，斩首三万余。欢使彭乐追泰，泰窘，谓乐曰："汝非彭乐耶？痴男子，今日无我，明日岂有汝耶？何不急还营，收汝金宝。"乐从其言，获泰金带一囊以归，言于欢曰："黑獭漏刃，破胆矣。"欢虽喜其胜，而怒其失泰，令伏诸地，亲捽其头，连顿之，并数以沙苑之败，举刃将下者三，噤龂良久。乐曰："乞五千骑复为王取之。"欢曰："汝纵之何意，而复言取耶？"命取绢三千匹压乐背，因以赐之。明日复战，泰悉俘其步卒，欢失马，赫连阳顺下马以授欢，欢上马走，从者步骑七人。追兵至，亲信都督尉兴庆曰："王速去，兴庆腰有百箭，足杀百人。"欢曰："事济，以尔为怀州刺史；若死，用尔子。"兴庆曰："儿少，愿用兄。"欢许之。兴庆拒战，矢尽而死。东魏兵士有逃奔魏者，告以欢所在，泰募勇敢三千人，配执短兵，配大都督贺拔胜以攻之。胜识欢于行间，执槊与十三骑逐之，驰数里，槊刃垂及，因字之曰："贺六浑，贺拔破胡胜字。必杀汝。"欢气殆绝，河州刺史刘洪徽从旁射胜，中其二骑，武卫将军段韶射胜马，毙之，比副马至，欢已逸去。胜叹曰:“今日不执弓矢,天也。”顷之,东魏兵复振,泰与战又不利。会日暮,魏兵遂遁,东魏兵追之,独孤信、于谨收散卒,自后击之,追兵惊扰,魏诸军由是得全。案自刘渊创乱以来,中原之纷扰,至于不可纪极。而高欢与宇文泰之竞争,则其蜕化之时也。隋、唐之局,于此开矣。故述高欢之事,不得不稍详焉。

第三十二节 梁末侯景之乱

高欢与侯景幼同乡里,及得志,任景若己之半体。侯景右足偏短,弓马非其长,而多谋算。诸将高敖曹、彭乐等,皆勇冠一时,景常轻之。曰:“此属皆如豕突,势何所至?”景常言于高欢,愿得兵三万,横行天下,要须济江,缚取萧衍老公,以为太平寺主。景素轻高澄,尝谓司马子如字遵业,河内温人,官太尉。曰:“高王在,吾不敢有异。王没,吾不能与鲜卑小儿共事。”子如掩其口。及欢疾笃,澄诈为欢书以召景。先是,景与欢约,曰:“今握兵在远,人易为诈,所赐书,皆请加微点。”欢从之。景得书无点,辞不至。又闻欢疾笃,用其行台郎颍川王伟计,遂拥兵自固。欢谓澄曰:“我虽病,汝面更有余忧,何也?”澄未及对,欢曰:“岂非忧侯景叛耶?”对曰:“然。”欢曰:“景专制河南,十有四年矣,尝有飞扬跋扈之志。顾我能畜养,非汝所能驾御也。堪敌侯景者,惟有慕容绍宗,慕容恪之后,官南道大行台。我故不贵之,留以遗汝。”梁太清元年东魏武定五年。春正月丙午,东魏渤海献武王高欢薨,侯景自念已与高氏有隙,内不自安。辛亥,据河南叛,归于魏。高澄遣司空韩轨督诸军讨景。庚辰,景遣其行台郎中丁和来上表,言:“臣与高澄有隙,请举函谷以东,瑕丘以西,豫、广、颍、荆、襄、兖、南兖、齐、东豫、洛阳、北荆、北扬、扬十三州内附,惟青、徐数州,仅须折简。且黄河以南,皆臣所职,易同反掌。若齐、宋一平,徐事燕、赵。”是岁正月乙卯,帝梦中原牧守皆以地来降,举朝称庆。旦见中书舍人朱异,告之,字彦和,吴郡钱塘人,官中领军。且曰:“吾为人少梦,若有梦,必实。”异曰:“此乃宇内混一之兆也。”及丁和至,称景定计,以正月乙卯,上愈神之,然意犹未决。尝独言:“我国家如金瓯,无伤缺。今忽受景地,讵是事宜?脱致纷纭,悔之何及!”壬午,以景为大将军,封河南王,都督河南北诸军事,大行台。泰乃召景入朝,景因谋叛魏,事计未成,至是果辞不入朝,遗丞相泰书曰:“吾耻与高澄雁行,安能比肩大弟?”遂决意来降。八日乙丑,下诏,大举伐东魏,遣南豫州刺史贞阳侯渊明等。高澄数遣将伐侯景,皆大败。冬十一月,高澄使以慕容绍宗为东南道行台,伐侯景。初,景闻他将来,曰:“啖猪肠儿,何能为?”又曰:“兵精人凡。”诸将无不为所轻者。及闻绍宗来,叩鞍有惧色,曰:“谁教鲜卑儿解遣绍宗来?若然,高王定未死邪?”绍宗帅众十万出寒山,攻潼州刺史郭凤营,矢下如雨,渊明醉不能起,命诸将救之,皆不敢出。初,侯景常戒梁人曰:“逐北不过二里。”绍宗将战,以梁人轻悍,恐其众不能支,一一引将卒,谓之曰:“我当阳退,诱吴儿使前,尔击其背。”东魏兵实败走,梁人不用景言,乘胜深入。魏将卒以绍宗之言为信,争共掩击之,梁兵大败。贞阳侯渊明,及胡贵孙、赵伯超等,皆为东魏所虏,失亡士卒数万人。帝方昼寝,宦者张僧胤白朱异启事,上骇之,遽起,升舆至文德殿阁。异曰:“寒山失律。”上闻之,怳然将坠床,僧胤扶而就坐,乃叹曰:“吾得无复为晋家乎?”郭凤退保潼州,慕容绍宗进围之,十二月甲子朔,凤弃城走。慕容绍宗引军击侯景,景辎重数千两,马数千匹,士卒四万人,退保涡阳。绍宗士卒十万,旗甲耀日,鸣鼓长驱而进。景使谓之曰:“公等为欲送客,为欲定雌雄耶?”绍宗曰:“欲与公决胜负。”遂顺风布陈。景闭垒,俟风止,乃出。绍宗曰:“侯景多诡计,好乘人背。”使备之,果如其言。景命战士身被短甲,执短刀,入东魏陈,但低视,斫人胫马足,东魏兵遂败。绍宗坠马,仪同三司刘丰生被伤,显州刺史张遵业为景所禽。绍宗、丰生俱奔谯城,裨将斛律光、字明月,金之子,官至丞相,为废帝所杀,光死而齐亡。张恃显尤之。绍宗曰:“吾战多矣,未见如景之难克者也,君辈试犯之。”光等被甲将出,绍宗戒之曰:“勿度涡水。”二人军于水北,光轻骑射之。景临涡水,谓光曰:“尔求勋而来,我惧死而去。我,汝之父友,何为射我?汝岂自解不度水南,慕容绍宗教汝也。”光无以应。景使其徒田迁射光马,洞胸,光易马隐树,又中之,退入于军。景擒恃显,既而舍之。光走入谯城,绍宗曰:“今定何如,而尤我也?”侯景与慕容绍宗相持数月,景食尽。太清二年东魏武定六年。春正月己亥,慕容绍宗以铁骑五千,夹击侯景。景诳其众曰:“汝辈家属,已为高澄所杀。”众信之。绍宗遥呼曰:“汝辈家属并完,若归,官勋如旧。”被发向北斗而誓。景士卒不乐南渡,其将暴显等,各帅所部降于绍宗,景众大溃,争赴涡水,水为之不流。景与腹心数骑,自硖石济淮,稍收散卒，得步骑八百人，昼夜兼行，追兵不敢逼。使谓绍宗曰："景若就禽，公复何用？"绍宗乃纵之。侯景既败，不知所适。壬子，景夜至寿阳城下，袭而据之。魏高澄既逐侯景，数遣书移，复求通好。欲令侯景自疑也。帝亦厌用兵，乃从之。景不自信，上书力争其事，帝不从。景又致书于朱异，饷金三百两，异纳金而不通其启。景乃诈为邺中书，求以贞阳侯易景，帝从之，复书曰："贞阳旦至，侯景夕返。"景谓左右曰："我固知吴老公薄心肠。"王伟说景曰："今坐听，亦死；举大事，亦死；唯王图之。"于是始为反计，属城居民，悉召募为军士，辄停责市估及田租，百姓子女，悉以配将士。秋八月，侯景自至寿阳，征求无已，朝廷未尝拒绝。景请娶于王、谢，帝曰："王、谢门高非偶，可于朱、张以下访之。"景恚曰："会将吴儿女配奴。"又启求锦万匹，为军人作袍，中领军朱异议以青布给之。又以台所给仗，多不能精，启请东冶锻工，欲更营造。敕并给之。帝既不用景言，与东魏和亲，是后景表疏，稍稍悖慢。又闻徐陵字孝穆，后入周。等使魏，反谋益甚。有入告者，时帝以边事专委朱异，动静皆关之，异以为必无此理。戊戌，景反于寿阳，以诛中领军朱异为名。己酉，自横江济采石，有马数百匹，兵八千人。是夕，朝廷始命戒严。景分兵袭姑孰，执淮南太守文成侯宁，南津校尉江子一。字元贞，济阳考城人。己酉，景至慈湖，建康大骇，御街人更相劫掠，不复通行。景启言异等弄权，乞带甲入朝，除君侧之恶。是时梁兴四十七年，境内无事，公卿在位，及闾里士大夫，罕见甲兵。贼至猝迫，公私骇震，宿将已尽，后进少年，并出在外，军旅指捴，决于羊侃。字祖忻，泰山梁甫人，官侍中。侃胆力俱壮，太子深仗之。十二日，侃发病卒，贼乃得逞。辛亥，景至朱雀桁南。壬子，景列兵绕台城，幡旗皆遍，绕城既匝，百道俱攻，鸣鼓吹唇，喧声震地。遣其将任约、于子悦，至城下拜表求和，乞复先镇。太子以景乘胜至阙下，城中汹汹，力穷势困，白上请许之。上怒曰："和不如死。"太子固请，上迟回久之，乃叹曰："汝自图之，勿令取笑千载。"太子遂报许之。上常蔬食，及围城日久，上厨蔬茹皆绝，乃食鸡子。太清三年东魏武定七年。三月，景入台城，帝安卧不动，叹曰："自我得之，自我失之，亦复何恨？"上问左右景何在，可召来。景入见于太极东堂，以甲士五百人自卫。景稽颡殿下，典仪引就三公榻，帝神色不变，问曰："卿在军中日久，无乃为劳！"景不敢仰视，汗流被面。又曰："卿何州人，而敢至此，妻子犹在北邪？"景皆不能对。任约从旁代对曰:“臣景妻子,皆为高氏所屠,惟以一身归陛下。”上又问:“初度江有几人?”景曰:“千人。”“围台城几人?”曰:“十万。”“今有几人?”曰:“率土之内,莫非己有。”上俯首不言。景复至永福省,见太子。太子亦无惧容,侍卫皆惊散。景拜太子,太子与言,景不能对。景退谓人曰:“吾尝跨鞍对陈,矢刃交下,而意气安缓,了无怖心。今见萧公,使人自慑,岂非天威难犯!吾不可以再见之。”景使其军士入直省中,或驱驴马,带弓刀,出入宫庭。帝怪而问之,直阁将军周石珍对曰:“侯丞相甲士。”上大怒,叱石珍曰:“是侯景,何谓丞相?”左右皆惧。是后帝所求,多不遂志,饮膳亦为所裁节,忧愤成疾。五月丙辰,帝卧净居殿,口苦索蜜,不得,再曰:“荷!荷!”遂殂,年八十六。迎太子即位,是为简文帝。时四方皆起兵讨景,景号令所行,惟吴郡以西,南陵以北而已。景性残酷,于石头立大碓,有犯法者捣杀之。常戒诸将曰:“破栅平城,当尽杀之,使天下知吾威名。”故诸将每战胜,专以焚掠为事,斩刈人如草芥,以资戏笑。由是百姓虽死,终不附景。冬十月乙未,景自加宇宙大将军,都督六合诸军事。初,景既克建康,常言吴儿怯弱,易以掩取,当须拓定中原,然后为帝。及陈霸先、陈武帝也,事见后。王僧辩字君才,太原祁人,官大司马,为霸先所袭杀。讨侯景,景自巴陵败归,猛将多死,自恐不能久存,欲早登大位。大宝二年齐天保二年。七月,废帝为晋安王,寻杀之,并杀太子,迎豫章王栋,立之。十一月,又废之,自立为帝,还登太极殿,其党数万,皆吹唇鼓噪而上。元帝承圣元年齐天保三年。春正月,湘东王命王僧辩等,东击侯景。二月庚子,诸军发寻阳,舳舻数百里,陈霸先帅甲士三万,舟舰二千,自南江出湓口,会僧辩于白茅湾,筑坛歃血,共读盟文,流涕慷慨。癸酉,王僧辩至芜湖,侯景守将张黑弃城走。景闻之,甚惧。三月己巳朔,景下诏,欲自至姑孰。僧辨等至芜湖,停十余日,景党大喜,告景曰:“西帅畏吾之强,势将遁矣,不击且失之。”丁丑,僧辩至姑孰,合战中江,侯子鉴景党守姑孰者。大败,士卒赴水死者数千人,子鉴仅以身免,收散卒走还建康。景闻子鉴败,大惧,涕下覆面,引衾而卧。良久,方起,叹曰:“误杀乃公。”庚辰,僧辩督诸军至张公洲。辛巳,乘潮入淮,进至禅灵寺前。丁亥,王僧辩进军招提寺北,侯景帅众万余人,铁骑八百余匹,陈于西州之西。景与霸先殊死战,景帅百余骑弃矟执刀,左右冲陈,陈不动,众遂大溃,诸军逐北,至西明门。景至阙下,不敢入台,召王伟责之曰:“尔令我为帝,今日误我。"伟不能对,绕阙而藏。景欲走,伟执鞚谏曰:"自古岂有叛天子耶!宫中卫士,犹足一战,弃此将欲安之?"景曰:"我昔败贺拔胜,破葛荣,扬名河朔,渡江取台城,如反掌,今日天亡我也!"因仰观石阙叹息久之,以皮囊盛江东所生二子,挂之鞍后,与房世贵等百余骑东走。进至嘉兴,腹心数十人。单舸走,推堕二子于水,将入海,欲向蒙山。己卯,景昼寝,其党遂直向京口,至胡豆洲,景觉大惊,未及言,白刃交下,景走入船中,以佩刀抉船底,众以矟刺杀之,纳盐腹中,送于建康。僧辩传首江陵,截其手,使谢葳蕤送于齐,暴景尸于市,民争取食之,并骨皆尽。

第三十三节　陈诸帝之世系

陈霸先,字兴国,小字法生,吴兴郡名,今浙江湖州府。人,汉太丘长陈寔之后也。初事梁,为广州刺史萧暎中直兵参军,以高要太守,起兵讨侯景,与王僧辩同有大功。既而袭杀王僧辩,遂专朝政,寻受梁禅。在位三年崩,凡永定三年。年五十七,是为武帝。陈茜即位,茜字子华,武帝兄子也。父始兴昭烈王道谈。母未详。在位七年崩,凡天嘉六年,天康一年。年未详,是为文帝,帝为陈之令主。陈伯宗即位,伯宗字奉业,小字药王,文帝长子也。母沈皇后,讳妙容,吴兴武康人。在位二年,凡光大二年。为陈顼所废,寻弑之,年十九,是为废帝。陈顼即位,顼字绍世,小字师利,文帝之母弟也。在位十四年崩,凡太建十四年。年五十三,是为宣帝。帝无道,江左之亡,遂决于是。陈叔宝即位,叔宝字元秀,小字黄奴,宣帝长子也。母柳皇后,名敬言,河东解人。帝在位七年,至德四年,祯明三年。为隋所灭,帝降于隋。仁寿四年,陈灭后之十六年。为隋所杀,年五十二。陈五帝,三十三年。

第三十四节　北齐高氏之世系

高欢,字贺六浑,渤海蓨人。六世祖隐,晋玄菟太守。后世事慕容氏,慕容氏亡,归魏。既累世北边,故习其俗,遂同鲜卑。欢深沉有大度,轻财重士,为豪侠所宗。目有精光,长头高颧,齿白如玉。始见尔朱荣,荣以其憔悴,未之奇也。因随荣之厩,厩有恶马,荣命翦之,欢乃不加羁绊而蹶，竟不蹄啮。已而起曰："御恶人，亦如此马矣。"荣遂坐欢于床下，而访时事，语自日中至夜半，乃出，自是渐显。及灭尔朱氏，专魏政者十七年，殂，自魏普泰元年至武定五年。年五十二。终身未称尊号，但号齐王。时河朔经五胡之乱，几二百年，无汉族为君长者。自欢之后，杨氏继起，至唐李氏，遂篡汉业，而欢发其始，真人杰也。欢后追尊神武帝。高澄袭齐王位，澄字子惠，神武长子也。母娄太后，名昭君，代郡平城人。此人不能决其为何族。澄执政三年，武定五年至七年。为梁降人兰京所刺，年二十九，谥文襄。高洋立，洋字子进，神武第二子也。母娄太后。武定八年，受东魏禅，在位十年殂，凡天保十年。年三十一，是为文宣帝。帝狂暴极天下之恶，为暴君之极则焉。然能委任杨愔，民得休息。帝之暴恶，盖所以挫鲜卑，而非以仇百姓也。高殷即位，殷字正道，文宣长子也。母李皇后。在位一年，凡乾明一年。为高演所弑，年十七，是为废帝。高演即位，演字延安，神武第六子也。母娄太后。在位二年殂，凡皇建二年。年二十七，是为孝昭帝，帝兄弟中差为和平。高湛即位，字未详。神武第九子也。母娄太后。在位五年殂，凡太宁一年，河清四年。年三十三，是为武成帝，帝昏悖亚于文宣。高纬即位，纬字仁纲，武成长子也。母胡皇后，失其名，安定人。帝与胡后皆昏淫狂乱，恣其所为，在位十二年，凡天统五年，武平六年，隆化一年。为宇文氏所逼，传位于太子恒，而自号太上皇，改元承光。是年，为宇文氏所灭，帝降于周。入周后三年，为周所杀。北齐七帝，四十九年。从神武起。

第三十五节　北周宇文氏之世系

宇文泰，字黑獭，代武川人。其先为鲜卑大姓，事慕容氏，慕容氏灭，归拓跋氏。泰长八尺，方颡广额，美须髯，发长委地，面有紫光，人望而敬畏之。以步兵校尉从贺拔岳在关中，时尔朱显寿镇长安，岳逐之，自为关西大行台，而以泰为左丞，岳旋以泰为夏州刺史。未几，岳为侯莫陈悦所杀，泰闻，率轻骑赴之，泰遂有关中。永熙三年，魏主脩与神武不协，奔关中，泰纳之。欢更立善见为魏主，自是魏分东、西。泰执朝政凡二十三年，殂，自魏永熙三年至恭帝三年。年五十二。与欢同寿，而少于欢十岁。亦终身未称尊号，但称太师、大冢宰，后追尊文帝。宇文觉袭太师、大冢宰位，觉字陀罗尼,文帝第三子。母元太后,魏孝武妹。是年受魏禅,在位一年,未改元。为叔父宇文护所杀,年十六,是为孝闵帝。宇文毓即位,毓小名统万突,文帝长子也。母姚夫人。在位四年,前二年无号,又武成二年。复为宇文护所弒,年二十七,是为明帝。宇文邕即位,邕字祢罗突,文帝第四子也。母叱奴太后。在位十八年殂,凡保定五年,天和六年,建德七年。年三十六,是为武帝。帝沉毅有智谋,克己励精,听览不倦,凡布怀立行,皆欲逾越古人。身衣布袍,寝布被,土阶数尺,不施栌栱。后宫嫔御,不过十余人。劳谦接下,自强不息。以海内未安,锐情教习,至于校兵阅武,步行山谷,履涉勤苦,皆人所不堪。每宴会将士,必自执杯劝酒。至于征伐之处,躬在行阵。性又果决,能断大事,故能内诛宇文护,外灭高纬。时混一之势已成,杨氏特蒙其业耳。宇文赟即位,赟字乾伯,武帝长子也。母曰李太后,名娥,江南人。在位二年殂,凡大象二年。年二十二,是为宣帝。帝穷侈极奢,适与武帝反,国政遂为后父杨坚所盗。宇文衍即位,宣帝长子也。母朱皇后。在位一年,凡大定一年。禅位于隋,帝遇弒,年九岁,周亡。凡六帝,共四十八年。从文帝起。

第三十六节　隋诸帝之世系

自晋惠帝末年之乱,神洲板荡,分为数十国,起灭无恒,不能自靖,扰攘三百余年。至隋而后,又成一统,故隋者,亦古今之关键也。然隋人事业,非杨氏自创之,其实皆藉宇文氏之遗业,此与宋艺祖藉周世宗之遗,义正同。初无过人之智,栉沐之劳,拱手而得天下,不可谓不幸。乃曾几何时,天下又复大乱,于是神器遗之唐人,而杨氏不啻为李氏之先导,此与嬴氏为刘氏之先导正同。又何其不幸也。而其间至要之事,则此时汉族渐强,蕃族渐弱,一变自永嘉以来之习气。然汉族虽强,而其所用之习俗、如衣绯绿,著靴,用椅垂脚坐之类。宗教、如佛教。官制、望族,如崔、卢、裴、韦、郑、窦之类。皆上承宇文,遥接拓跋,与宋、齐、梁、陈之脉,固不相接,而与两汉、魏、晋,亦自异也。此风至唐代而大昌,隋不过其过渡耳,然亦学者所不可不知也。隋高祖姓杨氏,名坚,弘农华阴人,汉太尉杨震之后,世仕北朝。至杨忠,字奴奴。为宇文泰之元勋,位上柱国、大司空、隋国公,赐姓普六茹氏。坚,忠之子也,母吕氏。为人龙颔,额上有玉柱入顶,目光外射。有文在手曰“王”，长上短下，沉深严重，虽至亲昵，不敢狎也。幼以父荫官散骑常侍，屡从征伐，至定州总管。周齐王宪武帝之弟。屡欲除之，武帝不信。宣帝即位，以后父迁大前疑，宣帝亦深疑之，欲杀而不果。周大象二年五月，宣帝崩，静帝幼冲，内史上大夫郑译，字正义，荥阳开封人，仕隋为上柱国。御正大夫刘昉，博陵望都人，仕隋为上柱国，后为文帝所杀。矫诏引坚入总朝政，都督内外诸军事，周氏诸王在藩者，坚恐其生变，称赵王招将嫁女于突厥为词，以征之。既至，皆杀之。自为丞相。六月，相州总管尉迟迥，字薄居罗，代人，由大前疑出为相州总管，周之宿将也。举兵讨坚，东夏赵魏之士，从者若流，旬日之间，众至十余万。坚使韦孝宽讨之，十月，杀迥，关东悉平，孝宽班师。十一月，孝宽卒。时郧州总管司马消难，字道融，河南温人，子如之子，静帝后父也。亦起兵应迥，坚使王谊字宜君，河南洛阳人，官大司徒，后为隋文帝所杀。讨之，消难奔陈，郧州平。益州总管王谦，字敕万，太原人。亦起兵讨坚，坚使梁睿字恃德，安定乌氏人，亦周之旧将也。入隋，为益州总管，后征还，终于家。讨之，斩王谦，益州平。当三方之起也，坚大惧，忘寝与食。及皆平，坚乃谋篡。十二月，自称为隋王，备殊礼。明年二月，遂受周禅，复姓杨氏，改元开皇。开皇八年，命杨素、字处道，弘农华阴人，官尚书令，楚国公，隋之权臣也。王世积、字阐熙，新国人，官凉州总管，为炀帝所杀。韩擒虎、字子通，河南东垣人，官代州总管。贺若弼字辅臣，河阳洛阳人，官领军大将军，为炀帝所杀。等，伐陈。九年，平陈，中国再为一统。仁寿四年七月丁未，为太子广所弑，在位二十四年，凡开皇二十年，仁寿四年。年六十四，是为文帝。帝外质木而内明敏，性好节俭，勤于吏治。开皇、仁寿之际，中国得以粗安。然性沉猜，素无学术，好为小数，不达大体。元勋宿将，诛夷罪退，罕有存者。又不悦诗书，除废学校。惟妇言是用，废黜太子。名勇，帝长子。逮于暮年，持法尤急，喜怒不常，过于杀戮，隋业遂不得长。文帝崩，杨广即位，广一名英，小字阿麼，文帝第二子也。母独孤皇后。周独孤信之女。既弑父而自立，在位十三年，凡大业十三年。为侍臣宇文化及所弑，年五十。炀帝初年，自以藩王，次不当立，每矫情饰行，以钓虚名，阴为夺宗之计。时文帝最信独孤皇后，后性忌妾媵，皇太子勇内多嬖幸，以此失爱。帝后庭有子，皆不育之，示无私宠，取媚于后。大臣用事者，倾心与交。中使至第，无贵贱皆曲承颜色，申以厚礼。婢仆往来者，无不称其仁孝。又常私入宫掖，密谋于独孤后，杨素等因机构煽，遂成废立。自文帝大渐，暨谅暗之中，烝淫无度。山陵始就，即事巡游，所至劳费，天下为之骚然。以天下承平日久，士马全盛，慨然慕秦皇、汉武之事，乃盛治宫室，穷极侈靡。召募行人，分使绝域，诸蕃至者，厚加礼赐，有不恭命，以兵击之，盛兴屯田于玉门柳城之外。课天下富室，益市武马，匹直十余万，冻馁者十家而九。帝性多诡谲，所幸之处，不欲人知，每至一所，辄数道置顿。四海珍羞殊味，水陆必备焉，求市者无远不至。郡县官人，竞为献食，丰厚者进擢，疏俭者获罪。奸吏侵渔，内外虚竭，头会箕敛，人不聊生。于时军国多务，日不暇给，帝方骄怠，恶闻政事，冤屈不治，奏请罕决。又猜忌臣下，无所专任，朝臣有不合意者，必构其罪而族灭之。无罪横受夷戮者，不可胜纪。政刑弛紊，贿货公行，莫敢正言，道路以目。六军不息，百役繁兴，行者不归，居者失业，人饥相食，邑落为墟，帝不之恤也。东西游幸，靡有定居，每以供费不给，逆收数年之赋。所至后宫，留连沈湎，惟日不足。招迎姥媪，共肆丑言。又引少年，令与宫人秽乱，不轨不逊，以为娱乐。区宇之内，盗贼蜂起，劫掠从官，屠陷城邑，近臣互相掩蔽，隐贼数，不以实对，或有言贼多者，辄大被诘责，各求苟免，上下相蒙。每出师徒，败亡相继，战士尽力，并不加赏。百姓无辜，咸受屠戮，黎庶愤怨，天下土崩。至于就擒，而犹未之悟也。

第三十七节　晋南北朝隋之行政机关

中国之宗教、政治、学术、民风，自古及今，凡经数变。自三代至秦为一变，自秦至赵宋为一变，自赵宋至今日为一变，此治历史者之所共知也。然论古今行政之机关，则其分别与前说稍异。中国行政机关之组织，古今只分二类，春秋、战国、秦、汉为一类，曹魏至今日为一类，而其关键实皆由于魏武一人，此故治历史者罕言之，今不得不述其梗概于此。三代之世用人，出于世官，与国君或同族，或不同族，亦无一定。七国、两汉用人，出于特起，其登进之途虽殊，而其设官分职之法，则原理无贰。大约各官皆有其固有之权限，其权非窃君主之权以为之者，执政大臣之职任，无异君主之副贰，君主必不能以厮役畜之。此义在两汉以前，历历可见。自东汉中叶以后，母后临朝，相继不绝，于是不能不委政于外戚与宦官，非母后之必信此二者，因中国男女隔绝，为母后者，不得不依倚此二者，则宗教为之也。而此二者，其势又必不相容。历观汉时宦官、外戚之争，以理言之，则外戚近正，而宦官至逆；以势言之，则宦官至近，而外戚已远。远必不足以敌近，故宦官常胜，而外戚常败。唐与明本无外戚，乃欲以疏远之廷臣图宦官，遂百无一胜。至何进与张让构难，其时宦官稔恶，已为溥海所切齿。亦以何进先杀蹇硕，而夺禁兵，故进虽死，而宦官亦尽。然外戚与宦官之隙，则终古不可解矣。魏武为宦官养子，固尝受宦官之家庭教育者也。综其生平，纵刑杀《志》注引《曹瞒传》，极言操之惨覈寡恩。而薄廉耻，史载操求盗嫂、受金之士之令，又《曹瞒传》极言操轻佻无威仪。轻经术而尚辞章，辞赋之习，出于桓、灵嬖人阉尹之徒，见《后汉书·杨秉传》。无一非宦官之习。而其至大者，则在改古来行政机关之体，尽去三公、卿校之实权，而举天下之实权，一一归之中官之手。自是以来，大臣拥虚位，而散秩握政柄。夫以奔走之官，而寄赏罚之实，名无可图，惟利是竞，此中国之政治所以经千百年，江河日下，而永无澄清之望也。嗟乎！宦官之流毒，亦远矣哉？今请举东晋以来，行政机关实征之，以晋为主，因魏无《职官志》，而晋制即魏制也。其晋后南北朝、隋，与魏、晋同者十之九也。

第一品：分品用《宋书·百官志》，《魏书·官氏志》分九品，各有上、中、下，与宋略同。隋分正、从，亦与宋无大异。

太宰一人，即古之太师。

太傅一人。

太保一人。

此古三公，晋后则为优礼大臣之虚号。

相国一人。

丞相一人。

此古之当国者，晋后则为奸雄图篡者所历之阶，平时不置。

太尉一人，掌兵。

司徒一人，职如丞相。

司空一人,职如御史大夫。
大司马一人,职如太尉。
大将军一人,掌征伐。

此诸职,皆汉时执政之官,晋后则为之者必兼他官,如或兼尚书令、仆,或兼督某军事,或兼某牧、某刺史之类,犹清之大学士之必有兼官也。于是此诸官,亦不过为大臣虚号。

第二品:
骠骑、车骑、卫将军各一人。
诸持节都督,无定员。

此皆临时置设,盖亦号之类。

第三品:
尚书令一人,任总机衡。
左仆射一人,领殿中、主客二曹。各曹之说,见《隋书·百官志》。
吏部尚书一人,领吏部、删定、三公、比部四曹。
祠部尚书一人,领祠部、仪曹二曹。此部尚书,例与右仆射兼职,故或谓之右仆射。
度支尚书一人,领度支、金部、仓部、起部四曹。
左民尚书一人,领左民、驾部二曹。
都官尚书一人,领都官、水部、库部、功部四曹。
五兵尚书一人,领中兵、外兵、骑兵、别兵、都兵五曹。

令一人,仆射二人,尚书五人,统谓八座,此魏晋后政权之所寄也。考尚书本秦官,官有四人,主在殿中发书,属少府,其职甚微。汉承秦置,及汉武帝游晏后庭,始用宦者主中书,以司马迁为之。成帝时,罢中书宦者,而置尚书五人,一人为仆射,四人分四曹,此为尚书省之滥觞。然终汉之世,不为显秩。至魏以荀彧为尚书令,始为真宰相矣。此魏武以中官代三公之征一也。

侍中四人，掌奏事，直侍左右。
给事黄门侍郎四人，职与侍中同。

侍中秦官，分掌乘舆服物，下至亵器、虎子之属，与宦官俱止禁中。黄门侍郎亦秦官，掌宫门。汉承秦置，皆以中人为之。魏后乃为宰相，所谓门下省是也。此魏武以中官代三公之征二也。

中书令一人，掌诏命。或为中书监，或为秘书监。

亦秦官。汉承秦置，亦以宦者为之。魏后乃又为宰相，所谓中书省是也。此魏武以中官代三公之征三也。案尚书、门下、中书三官，益以僚佐，谓之三省，魏、晋以来中国之政府也。而在秦、汉，则皆以宦官为之，其职与公卿绝异。且即以魏、晋所定三省之权限论，亦不过通奏事、掌诏命之员而已，而其后实权，乃至于此。识者当知政体之所由来矣。

诸征镇将军，无定员，亦不常置。
光禄大夫，左右二人。
大长秋一人，职与秦、汉同。
太子詹事一人，职与秦、汉同。
诸卿尹。
第四品：
屯骑、步兵、越骑、长水、射声五校尉，每官一人。后省。
左、右、五官、虎贲四中郎将，每官一人。
南蛮、西戎、南夷三校府，每官一人。
诸州刺史领兵者。州一人。
御史中丞二人。
都水使者一人。
第五品：
给事黄门散骑，无定员。
中书侍郎四人。

二官为中书、门下两省之次官。

谒者仆射一人。
太子中庶子四人。

詹事之次官。

诸杂将军,无定员。
诸州刺史不领兵者。州一人。
郡国太守内史相。郡一人。
第六品:
尚书丞郎二十五人。

尚书省之次官。

侍御史。多时八人,少时二人。
都尉,无定员。
博士十六人。不复分掌一经。
各持节都督、领护、长史、司马。以下皆未详其员数。
公府从事中郎将。
廷尉正监评。
秘书著作、丞郎。
王国公、三卿师友、文学。
诸县署令千石者。
太子门大夫。
殿中将军司马督。
杂号护军。
第七品:
谒者。
殿中监。
诸卿、尹、丞。

太子詹事、率、丞。

诸军长史、司马六百石者。

诸府参军。

戎蛮府长史、司马。

公府掾属。

太子洗马、舍人、食官令。

诸县令六百石者。

第八品：

内台正令史。

郡丞。

诸县署长。

杂号宣威将军以下。

第九品：

内台书令史。

外台正令史。

诸县署丞尉。

魏、晋、南北朝、隋唐亦同。之官，大略从同，若持此以较汉官，则见有一大异处。汉之公、孤，执实权者，至此皆为虚设，或仅为奸雄僭窃之阶，寻常人臣，不以相处。汉诸卿中，有独立专治一事者，至此大半并省，归入尚书各曹中。而任事之官，则惟尚书、中书、门下三省，而此三省诸官，则皆秦、汉时少府所属之宦者也；至此则省去少府，而改以士人充之。盖汉之丞相，对于国家负责任，与今之各国同。但其策免之法，则因天变而不因议会，此所以与今日有虚实之别耳，而其理一也。至魏后，则宰相不过为皇帝之私人，与国家无涉，实即汉宦者之易名，非古之大臣也。二者因历史不同，故果效亦不同，而国家遂大受其影响，古人之治，遂不可复矣。汉时丞相位尊，而十二州之刺史，皆丞相之史，其制与今各国之中央集权同。魏后宰相位卑，而方镇皆大将，位与宰相埒，故无所谓统一之治矣。

至于外官之改变，其轻重适与内职相反。内职改而趣轻，外官则改而趣重。内职之趣轻者，所以便专制；外官之趣重者，所以便用兵。二者之理一也。然其后遂有方镇之祸，自南北朝至唐，内哄无虚日，至赵宋始息，而国力遂一弱而不可复矣。溯外官之缘起，春秋时有邑宰，官最微。

七国时有郡守,权颇重矣,秦、汉皆因之不改。汉又于每州置刺史,秩卑于太守,而可以制太守。后汉病其太轻,乃改刺史为州牧,位在太守上。于是以州辖郡,州有刺史;以郡辖县,郡有太守;以县辖乡亭,县有令,小者称长;略如今制矣。顾其时之人,喜增置州、郡以自侈大,置州益多,则刺史、太守之辖境益小。从始置刺史时之十二州,至隋乃有二百余州,唐不得不以州为郡,而于刺史上再置节度使焉。此外官之大略也。

第三十八节　晋南北朝隋之风俗

世人皆知唐人极重氏族之学,然氏族之学,不始于唐,唐特氏族之习之余响耳。氏族之习,盖萌芽于魏之九品中正,而殄灭于隋之进士科。其始也,行乎其所不得不行;其终也,止乎其所不得不止。皆出于其政治上必然之果效,非空言所能为也。溯中国自黄帝以来,以贵族为立国之基,直至春秋,其制未改。至于战国,则因社会进化,贵族之制不足以自存,于是乎易世守之法,而为游说之法,上书求见,抵掌前席者,二百余年,其势顾不可以久。汉兴,则用征辟之法,其士大夫,大率先受业于国学之博士,卒业后,就公卿、方岳之聘,试为其掾属,久之,累官而上。其制独与今欧、美诸国相近。汉行之四百年,其人材最盛,其流弊亦最少,非幸致也。使循其途而不改,则中国今日,其现象必不若是。而改之者,则亦由于曹魏。魏之于中国,其关系亦大矣。案魏文延康元年,以陈群之议,立九品官人之法。其法于州郡县,俱置大、小中正,各取本处人,在诸府公卿及台省郎吏,有才德者充之,区别所管人物,定为九等,吏部不复审定,但委中正,铨第等级,凭之授受。其弊也,惟能知其阀阅,非复辨其贤愚,所谓"下品无高门,上品无寒士"也。南朝至于梁、陈,北朝至于周、隋,选举之法,虽互相损益,而九品及中正,终为定制。至开皇中罢之,而制科立矣,于是氏族废。又因其时匈奴、羯胡、鲜卑、氐、羌诸族,深入禹域,与诸夏杂处,婚嫁不禁,种族混淆,衣冠之族,不能不自标异,积此诸因,遂不得不由征辟之世,倒演而归于门阀之世,其所以与三代不同者,三代与政治相连,此不必与政治相连耳。然其时士庶之见,望族为士,平民为庶,此二字屡见南北朝人口中,盖当时之名词也。深入人心,若天经地义然。

今所间见于史传者，事实甚显。大抵其时士、庶，不得通婚，故司马休之之数宋武曰："裕以庶孽，与德文嫡婚，致兹非偶，实由威逼。"指宋少帝为公子时，尚晋恭帝女事言。沈约字休文，吴兴武康人。之弹王源琅邪临沂人。曰："风闻东海王源，嫁女与富阳满氏，王、满联姻，实骇物听，此风勿翦，其源遂开，点世尘家，将被比屋。宜置以明科，黜之流伍。"可以见其界之严矣。其有不幸而通婚者，则为士族之玷。如杨佺期弘农华阴人。自以杨震之后，门户承藉，江表莫比。有以其门第比王珣琅邪临沂人。者，犹恚恨。而时人以其过江晚，婚宦失类，每排抑之。然其庶族之求俪于士族者，则仍不已，不必其通婚也，一起居动作之微，亦以偕偶士族为荣幸，而终不能得。如纪僧真丹阳建康人。尝启齐武曰："臣小人，出自本州武吏，他无所须，惟就陛下，乞作士大夫。"帝曰："此事江斆、字叔文，济阳考城人。谢瀹，字义洁，陈郡阳夏人。我不得措意，可自诣之。"僧真承旨诣斆，登榻坐定，斆命左右："移吾床，让客。"僧真丧气而退，告帝曰："士大夫固非天子所命也。"其有幸而得者，则以为毕生之庆。如王敬则晋陵南沙人。与王俭字仲宝，琅邪临沂人。同拜开府仪同，曰："我南州小吏，徼幸得与王卫军同拜三公，夫复何恨！"甚至以极凶狡之夫，乘百战之势，亦不能力求。如侯景请娶于王、谢，梁武曰："王、谢高门非偶，当朱、张以下访之。"积此诸端观之，则当时士、庶界限之严，可以想见。此外类此者，史中屡见，随检可得，此举其一二耳。然此皆南朝之例耳，若夫北朝，则其例更严。南朝之望族，曰琅邪王氏，陈国谢氏；北朝之望族，曰范阳卢氏，荥阳郑氏，清河、博陵二崔氏。南北朝著姓不仅此，此其尤著耳。南朝之望族，皆与皇族联姻，其皇族如彭城之刘，兰陵之二萧，吴兴之陈，不必本属清门，惟既为天子，则望族即与联姻，亦不为耻。王、谢二家之在南朝，女为皇后，男尚公主，其事殆数十见也。而北朝大姓，则与皇室联姻者绝少。案魏朝共二十五皇后，汉人居十一，而无一士族焉，其人曰平文王皇后，广宁人。曰明元杜皇后，魏郡邺人。曰文成李皇后，梁国蒙县人。曰献文李皇后，中山闻喜人。曰孝文林皇后，平原人。曰孝文两冯皇后，长乐信都人。曰孝文高皇后，渤海脩人。曰宣武胡皇后，安定临泾人。曰孝明胡皇后，前胡后兄女。曰孝静高皇后。渤海脩人。案此则齐高隆之，高德正谓文宣曰："汉妇人不可为天下母，非惟自蔑其族，抑亦不谙朝章国故之甚矣。"此殆由种族之观念而成，故惟庶族乃有与别族联姻者。隋文之独孤皇后，唐太之长孙皇后，皆鲜卑人也。长孙之远祖,亦汉人。而斛律明月称公主满家,则皆渤海高氏之女,皆可为此事之证。此风直至唐时,其势犹盛。厥后忽然而衰,其故述唐人历史时,当详之,本篇不及也。

其时尚有一大事,为吾人所当留意者,则北朝鲜卑人,与汉相待之情状是也。案其时大约鲜卑人事争战,而汉人事耕稼,有古秦人待三晋人之风,而汉人亦谨事鲜卑人,争学鲜卑语,以求自媚。《隋书·经籍志》所载学国语之书即鲜卑语。至夥,几如今之学东西文也。此事观《北齐书·神武纪》及颜之推《家训》,即知其详。二族之界,至北齐始平,至唐始泯,自唐中叶,而鲜卑之语言、氏族,无一存矣。然其习俗与血统,则已与汉人糅杂,而不可分也。

此外尚有晋、南北朝、隋人之宗教,其时变化极繁,始有儒、释、道三教之名。因其局必兼唐而言,原委始尽,故俟述唐历史时再详之。至于食货、兵刑等事,在今日皆成专科,而在当时,则率由一二人之私臆行之,殆无机关之可言也。

第三十九节　两晋疆域沿革

此从日本重野安泽《支那疆域沿革图略说》录出,
若欲知其详,当参考清徐文范《东晋南北朝舆地表》。

晋武帝司马炎。受魏禅,都洛阳,置秦、泰始五年,分雍、凉、梁三州之七郡,太康五年废,七年复置。宁、泰始七年,分益州、南中四郡,太康五年废,惠帝复置。平、泰始十年,分幽州五郡。三州。灭吴,取扬、荆、合郢。交、广四州,改置司州。魏置于邺,今迁河南。于是有十九州,郡国百七十三。

司,治洛阳。兖,治廪丘。今东昌府濮州范县东南。豫,治项城。今开封府陈州项城县。冀,治房子。今正定府赵州高邑县西南。并,治晋阳。青,治临淄。徐,治彭城。荆,治襄阳,后迁江陵。扬,治寿春,后迁建业。凉,治武威。雍,治京兆。秦,治冀城,今陕西府伏羌县。后迁上邽。益,治成都。梁,治南郑。宁,治云南。幽,治涿。平,治昌黎。今属承德府。交,治龙编。广,治番禺。

有户二百四十五万九千八百四十，口千六百十六万三千八百六十三。惠帝置江州，元康元年，分扬、荆二州之十郡。治豫章，后迁武昌。康帝之时，寄治半洲。今九江府西。简文帝之时，迁寻阳。怀帝置湘州，永嘉元年，分荆、广二州之八郡。治长沙。成帝废，安帝复置，寻废。有二十一州。

初，武帝革魏孤立之弊，大封宗室。晋制，王不之国，官于京师，或登三公，或镇要地。惠帝暗弱，贾后擅政，八王乱起，骨肉相残。

汝南、司马亮。楚、司马玮。赵、司马伦。齐、司马冏，镇许昌。长沙、司马乂。成都、司马颖，镇邺。河间、司马颙，镇长安。东海。司马越。

遂致胡羯陵侮，中原沦没之祸，汉、燕等诸僭国并起。惟晋王浚守幽州，刘琨守并州。汉将刘曜、石勒等陷洛阳、长安，执怀帝、愍帝。

汉。匈奴单于于扶罗子刘豹，为左部帅，居太原。子渊嗣，匈奴推为大单于，都西河郡离石，称汉王。进取河东，称帝，迁都平阳，定冀州。子和立，刘聪杀之代立。子粲立，靳准杀之。准死，子明降刘曜。

西晋新置郡国凡五十。

章武、分河间、渤海，魏置，寻废，晋复置。荥阳、分河南。上洛、分京兆。汲、旧朝歌。顿丘、分东郡。襄城、分颍川，成帝废。汝阴、分汝南，魏置，寻废，晋复置。濮阳、分东南。始平、分京兆、扶风。广宁、分上谷。新都、分广汉。略阳、旧广魏。天水、旧汉阳。临淮、分下邳在淮南者。建平、吴、晋各有建平，并之。顺阳、旧南乡，寻废，后又为顺阳。南平、旧吴南郡。宣城、分丹阳。毗陵、分吴郡，后改晋陵。新安、旧吴新都。晋安、分建安。南康、分庐陵。建昌、分长沙，宋改巴陵。西阳、分弋阳。南广、分朱提。新蔡、分汝阴。陈、武帝置陈郡于梁国，惠帝复置。南顿、分汝南。秦国、旧扶风。晋昌、分敦煌、酒泉。狄道、分陇西。宁浦、旧吴合浦北部。宕渠、分巴西。晋宁、分建宁为益州郡，后改。高密、分城阳。兰陵、分东海。

东安、分琅邪,魏置,寻废,晋复置。淮陵、分临淮。堂邑、分临淮、淮陵,安帝改秦郡。义兴、分吴兴、丹阳。随、分义阳。新野、分南阳。竟陵、分江夏。寻阳、分庐江、武昌,太康初废彭泽,永兴初复置之。成都、分南郡,后复之。历阳、分淮南。平夷、分牂牁、朱提、建宁,复改平蛮。夜郎、同上。西平、分兴古。河阳。分永昌、云南。

元帝司马叡。在江东即帝位,都建康,即建业,愍帝改。有扬、荆、江、湘、交、广六州。寻有王敦、苏峻之乱,皆平之。时割据者,有赵、后赵、燕、成、凉、代六国。

赵。刘曜属汉,屡有战功。刘粲见杀,曜称帝号赵,都长安,有雍、秦、陇右,降氐羌及凉。后为石勒所杀,子熙等据上邽,石虎灭之。

后赵。石勒,羯人也,属汉。刘粲死,称赵王,都襄国,遂称帝,以洛阳为南都。石虎嗣,徙都邺,定辽西。虎卒,子遵杀弟世,石鉴杀遵,冉闵又杀鉴,称帝号魏,燕遂灭之。

燕。鲜卑慕容部,魏末入居辽西,涉归迁辽东。子廆徙居昌黎郡徒河,又迁大棘城,称大单于。子皝立,弟仁叛据辽东。皝破乌桓、鲜卑,杀仁,称燕王,迁都龙城,旧柳城,皝改。号新宫曰和龙。又破高句丽,并宇文部。子儁取幽州,迁蓟,灭魏,徙都邺。子暐取许昌、洛阳。及苻坚来攻,遂降。时有郡百五十七,户二百四十六万,口九百九十九万。成。李特据广汉,称益州牧,攻罗尚败死。子雄取成都据之,称帝号成。有益、凉、宁三州。子期立,李寿废期,改号汉。晋伐取宁州。子势立,桓温灭之。

凉。张轨为凉州刺史,居姑臧,据河西,晋封西平公。子寔时,关陇乱,凉州独安。寔弟茂,子骏,皆称藩于赵,民富兵强,伐龟兹、鄯善、焉耆,降之,西域朝贡。子重华破后赵,称凉王。庶兄祚篡立被杀,玄靓又称藩于秦。天锡立,遂降秦。

代。鲜卑拓跋力微子悉鹿立,诸部离散,至禄官,分国为三部。禄官居上谷,猗㐌居代郡,猗庐居定襄。猗㐌西略漠北,降二十余国。猗庐立,并三部为一。刘琨致句注、陉北之地,方数百里,城盛乐为北都，修平城为南都，晋封代王。郁律时，西兼乌孙故地，东吞勿吉即靺鞨。以西。贺傉迁都东木根山。及什翼犍，东自涉貊，西及破洛那，莫不款附，徙都盛乐。伐高车，大破之。匈奴刘卫辰叛，乃还云中。为庶子寔君所弑，国中大乱。

石勒最强盛，杀王浚、段匹磾，据辽西。执刘曜，尽有冀、并、幽、司、豫、兖、青、徐、雍、秦十州。慕容廆取辽东，破扶馀、高句丽。穆帝之时，晋桓温取蜀，下青、徐、兖、豫等州，复洛阳。石虎卒，赵乱，慕容儁遂灭之，并其地，而秦起于关中。

秦。略阳氐苻洪，属刘曜、石虎。赵乱，自称三秦王。子健嗣，据长安，定关中。至苻坚立，益雄大。桓温伐燕，败于枋头，在今大名府濬县西南。苻坚遂灭燕及凉，击代走什翼犍，氐、羌降附者八万三千余落，东夷、西域入贡者六十二国，大江以北率属于秦。孝武帝太元八年，坚侵晋，谢玄大破之于淝水，在今凤阳府寿州东北。复兖、青、益等州。坚败归，秦大乱，后燕、后秦、西燕、后凉、西秦等起。坚为姚苌所杀，子丕据晋阳，为后燕所灭。族子苻登据陇右，称帝，与后秦战败死。

后燕。慕容皝子垂奔秦，及苻坚败，起兵，都中山称帝，定冀、并、幽、平、青、兖、徐诸州，灭匈奴刘显，伐魏拔平城。子宝立，魏来伐，败奔龙城，保平州。子盛伐高句丽，开境七百余里。高云弑熙自立，寻被杀。

后秦。南安羌姚弋仲，仕刘曜、石虎。赵乱，子襄据许昌，与秦战败死，弟苌降秦。苻坚败，苌据安定称秦王，取长安都之。子兴陷洛阳，淮汉以北多降，河湟诸国皆服事之。至子泓，晋刘裕灭。

西燕。苻坚败，慕容暐弟泓起兵华阴，弟冲取长安。冲被杀，慕容永去，据上党称帝，慕容垂灭之。

后凉。吕婆楼为苻坚功臣，子光伐西域，降焉耆，破龟兹，抚宁诸国，威恩甚著，远方诸国前世如不能服者皆来附，还据姑臧，称凉王。光卒，国乱，至隆降于西秦。

西秦。鲜卑乞伏部，泰始初迁夏，至司繁降于苻坚。坚败，司繁子国仁据陇西，称苑川王。子乾归徙金城，称秦王，徙都苑川。子炽盘迁枹罕，灭南凉，降旁近诸羌。至暮末，夏灭之。

先是代中衰，拓跋珪起于贺兰部，更称魏王，破库莫奚、高车、柔然等，灭匈奴刘卫辰。慕容垂卒，伐燕并其地，都平城，称帝。

魏。什翼犍被弑，孙珪幼，秦分诸部为二，河东属刘库仁，河西属刘卫辰。珪奔贺兰部，遂起兵都盛乐，更号魏，定后燕，徙都平城，正封畿，标道里，置八部帅以拟八座。珪被弑，子嗣立。

南燕、北燕、南凉、北凉、西凉、夏又起。

南燕。慕容德，垂弟也。魏伐燕，德守邺，南徙滑台，后定青、兖二州，都广固，称帝。兄子超嗣，刘裕灭之。

北燕。冯跋仕慕容宝，高云被杀，跋自立，都龙城。至子泓，魏灭之。

南凉。鲜卑迁河西，称秃发氏。树机能泰始中取凉州，晋杀之。至思复犍，部众稍盛。子乌孤据广武，定岭南五郡，称武威王，迁乐都。弟利鹿孤迁西平，称河西王。弟傉檀称凉王，秦徙之镇姑臧，西秦灭之。

北凉。匈奴沮渠王之后沮渠蒙逊，起兵据金山，推段业为建康公，徙治张掖，遂杀业，称张掖王，取姑臧据之，称河西王，灭西凉并其地，西域诸国来贡。至子牧犍，魏灭之。

西凉。李暠叛北凉，据敦煌称凉公，击玉门以西，皆下之，徙酒泉。至子歆，北凉灭之。

夏。刘卫辰子赫连勃勃，据朔方称夏天王，筑统万城居之，下岭北诸夷。后秦亡，进据安定，遂取长安称帝。至定，灭西秦，为吐谷浑所擒亡。

安帝之时，桓玄篡位，刘裕诛玄，寻灭南燕、后秦。

西晋之乱，中原沦陷，元帝以后，侨置诸州郡。

徐、淮南。兖、京口，后或徙江北，或徙江南，后常治广陵。

豫、江淮间。青、治广陵。幽、冀、并、皆治于扬州之域，后幽、冀入徐，青、并入兖。雍。荆州南阳郡，治酂，寻废，孝武置于襄阳。

刘裕取南燕地，有北徐、旧徐州，淮北地。北青、镇东阳。北兖旧兖州。等州。

又有弘农、河东数郡，以处西北流人，无实土。哀帝兴宁二年，桓温以西北士民侨寓东南者无定本，以土著为断，令一其业，谓之土断。刘裕又申其令，诸流寓郡县并省者多。

东晋新置郡凡二十七：

汝阳、分汝南。钟离、分淮南。马头、同上。盱眙、分临淮。海陵、分广陵。山阳、同上。晋熙、分庐江。武宁、分南郡。长宁、同上。宋改永宁。义成、分襄阳。营阳、分零陵。华山、分弘农、京兆、扶风。梁水、分古兴。兴宁、分云南。西河、同上。晋寿、分梓潼。金山、分巴西、梓潼。建都、分建宁。晋兴、分郁林。永嘉、分临海。东官、分南海。新会、同上。晋康、分苍梧。新宁、同上。永平、同上。遂宁、分广汉。义安。分东官。

其他纷纷改易，及侨立州郡，不可悉记。

僭伪诸国亦各置州郡，其系新称者：

朔州、刘曜治高平，赫连勃勃治三城。洛州、苻健镇宜城，苻坚治陕城，后徙丰阳。河州、苻坚治武始，张骏分兴晋等八郡，治枹罕。晋州、苻坚置于晋兴郡。中州、慕容儁改赵司州。定州、河间王颙改秦州为定州，寻废，计茂分武兴等四郡，复置。沙州张骏分敦煌等三郡。之类是也。张凉开西境，新置郡最多。

吐谷浑。吐谷浑，慕容廆庶兄也。永嘉之乱，度陇而西，据洮水之西，极于白兰，地方数千里。孙叶延，以祖名为国号。至乌纥堤，为乞伏乾归所破，保南凉。侄树洛干奔莫河川称王，弟阿柴嗣。

仇池。西夷别种，号白马氐。汉灭之，置武都郡。建安中，杨腾为部落大帅，徙居仇池。仇池方百顷，四面斗绝，高七里余，蟠道三十六回，上有丰水，煮土成盐。至杨初自立称仇池公，世袭之，属石虎，又称藩于晋。至杨纂，苻坚破之，徙其民于关中。坚死，杨定奔陇右，治历城，遂有秦州，称陇西王，乞伏乾归击杀之。杨盛嗣，分诸氐、羌为二十部护军，据汉中。

高句丽。高钊时，慕容皝来伐，自南道进入丸都，获钊母妻还，钊称臣于燕，朝贡。

第四十节　南北朝疆域沿革

晋末僭国俱败，魏都远在平城，刘裕直取关洛，关中寻没于夏。受晋禅，国号宋，都建康，台城，在今上元县东北五里。晋成帝作新宫，宋、齐、梁、陈皆仍之。州郡概仍晋旧。永初中，除北字，寓立于南者加南字。晋时州郡，本无加南字者，《晋书》误据《宋志》追书加南字。三年，淮西为豫州，淮东为南豫州，汉豫州，本治谯。晋元帝时，祖约退治寿春。成帝侨立，后或治芜湖、邾成、武昌、牛渚、历阳、马头、姑熟等，至是豫治汝南。南豫治历阳。此为南北必争之地，得失无常，分合不定。汉扬州治，变为豫州治，又南之豫州治，或变为北之扬州治。又分荆州，置湘州。

魏明元帝侵宋入青州，明年陷洛阳，取司、兖、豫诸郡，司州尽入魏，兖州自湖陆，豫州自项城以南属宋。筑长城，自赤城西至五原二千余里。太武帝度漠伐柔然，所搜讨东西五千里，南北三千里，柔然远遁，置武川、抚冥、怀朔、怀荒、柔玄、御夷六镇，自平城北塞东至濡源水千里。伐夏取统万城，禽赫连昌，昌弟定灭西秦，乞伏暮末。既为吐谷浑所虏，夏亡。魏又灭北燕、冯弘。北凉，沮渠牧犍。其地皆入于魏。西域久不朝，降鄯善，比其地于郡县，败焉耆、龟兹，西域复通。又大败吐谷浑，可汗遁入于阗。宋文帝伐魏大败，魏主临江而还。

文帝置冀、分青州。雍、晋孝武侨立，至是分荆州。二州，孝武帝置东扬、分扬州，又以扬州为王畿，东扬为扬州，寻复，大明八年废。郢、分荆、襄、江、豫。二州。

宋大明八年，魏文成帝和平五年。有二十州。郡二百五十四，县千三百四十九。扬，治建康，京都。领郡十。南徐，东晋淮北为北徐，淮南为徐州。宋武加徐以南，淮北但曰徐。文帝以江北为南兖，江南为徐。治京口，丹徒。郡十七。京都水二百四十，陆二百里。徐，初治彭城，泰始失淮北，侨立治钟离，旧领郡十二，后领郡三。京都水千三百六十，陆千。南兖，东晋时寄治京口，宋文分江淮间治广陵，后移盱眙，又省之。其后复立，治广陵，郡十一。京都水二百五十，陆百八十。兖，宋武平河南，治滑台。文帝移邹山，又寄治彭城，遂省之。后复立，治瑕丘，郡六。泰始失淮北，寄治淮阴。里数阙。南豫，文帝省，寻分扬州置，治姑熟，淮东自永安初至大明，为南豫。明帝屡分合，初治历阳，后治宜城，自失淮西后，于淮东分立两豫，仍治历阳，郡十九。京都水百六十。豫，泰始退治寿阳，即寿春，晋简文改。郡十。京都水千七百，陆七百。终宋世，二豫并立。然南豫是实土，北豫是虚名，江，治寻阳，郡十。京都水千四百。青，初治东阳，孝武徙历城，大明八年还东阳，郡九。京都陆二千。泰始后侨立于郁州，郁州在海中，周数百里，虚治郡县，荒民无几。冀，治历城，郡九。皆侨立河济间。京都陆二千四百。泰始寄治郁州，但名存耳。荆，治江陵，郡十二。京都水三千三百八十四。郢，治江夏，郡六。京都水二千百。湘，文帝废置不一，孝武再置。治临湘，郡十。京都水三千三百。雍，文帝时侨郡犹寄寓，孝武分实土为侨郡境。治襄阳，郡十七。京都水四千四百，陆二千百。梁，初治南城，汉中苞县。文帝徙南郑，郡二十。里数阙。秦，寄治南郑，郡十四。里数阙。益，治成都，郡二十九。京都水九千九百七十。宁，治建宁，郡十五。京都水一万三千三百。广，治番禺，郡十八。京都水五千二百。交，治龙编，郡七。京都水一万。

户七十一万五千七百四十二，口五百十九万八千九百九十八。郡县中有后置者，人口亦缺，宁、交二州，今姑据《宋书·郡县志》，举其大略。

明帝泰始二年，置司州，宋初，司州治虎牢，领三郡，景平初沦没。文帝侨立于汝南，寻废。至是复分南豫置。治义阳，郡四，县二十。户一万八千六百七十四，一郡阙。口六万六千六百八十一。二郡阙。京都水二千七百，陆千七百。四年，置东徐州、东青州二州，不详，盖寻废。七年置越州，分交、广。治临漳，旧领郡三。新立郡六，户口不详。共为二十二州。时伐魏大败，淮北四州青、冀、徐、兖。及淮西，豫州诸郡。皆入于魏。

齐高帝仍宋旧。建元二年，置巴州，宋泰始五年，入荆、益四郡，置三巴校尉，治白帝，盖以其地为巴州，武帝初省。

有二十三州。郡三百九十，县千四百八十五。郡县之建置虽多，名存实亡，境土蹙于宋大明之时。

魏孝文帝太和十年，齐武帝永明四年。改置州郡，共为三十九州。

司，道武置，太和中改恒州，孝昌中陷。治平城，东魏寄治肆州。相，道武置，东魏迁都，改司州。治邺。汾，明元置。治蒲子，孝昌中陷，徙西河。怀，献文置。治河内。并，治晋阳。东雍，太武置。治邵。肆，明元置。治九原。定，道武置安州，寻改。治中山。瀛，孝文分定、冀。治赵都军城。朔，治盛乐，后陷，永熙中改云州，寄治并州。冀，治信都。幽，治蓟。平，治肥如。营，太平真君五年置。治和龙。以上十四州在河北。雍，治长安。凉，治陇。秦，治上邽。夏，太武为统万镇，孝文改。治大夏。泾，治临泾。华，孝文分秦州。治华阴。岐，同上。治雍。河，太武为镇，后改。治枹罕。班，献文置华州，孝文改，寻改邠州。治彭阳。渠，太武置仇池镇，孝文改，宣武又改南秦州。治洛谷。沙，治敦煌。

陕，孝文置。治陕。洛，明元置，孝文迁都，改司州。治洛阳。荆，太武时治上洛，孝文徙穰。郢，孝文置。治安阳。北豫，治虎牢。东荆，东魏改淮州。治淮阴。南豫，治悬瓠。兖，治瑕丘。南徐，治彭城。东徐，献文置，太和末改南青。治莒。青，治东阳。齐，宋冀州，献文取之改。治历城。济，明元置。治济北碻磝。

光，献文分青。治掖。以上二十五州在河南。

寻迁都洛阳，观兵齐境。宣武帝立，陷淮南，又取梁州。十四郡，东西七百里，南北千里。

梁武帝略魏荆州，置宛州。不详，盖宛地也。天监十年，有二十三州。仍齐旧，但巴州既省，盖以宛州足之，郡三百五十，县千二十二。

魏孝明帝立，胡太后擅政，六镇、邠、凉等乱，杜洛周叛上谷，葛荣叛恒州，号齐，定、相、殷、孝昌三年分定、相置。冀等皆陷。梁乘其乱，复淮北诸州，郢、北青、南荆、南兖、胶东、徐、东益、巴等。沈庆之入洛阳。寻失。

是后梁州名浸多，大同中有百七州，郡县称此，以小大不伦，分为五品，其下品徒有州名而无土地，或因荒徼置州，职贡罕通，废置离合，不可胜纪，州郡虽多，户口日耗。魏亦然。《魏书·地形志》录武定之世所列百十三州，其有郡县名无户口数者，大抵他国地而虚言之。西魏元平三年，宇文泰改州四十六，置一，改郡百六，改县二百三十。齐亦天保七年，并省三州百五十三郡。

魏高欢据冀州，平乱，孝武帝立，寻奔长安，依宇文泰，魏分为西、孝武。东。孝静，迁邺。泰破欢于沙苑，取河南。欢又破泰于邙山，复之。

侯景叛魏，取梁淮北。寻降于梁，复叛，陷建康，称汉帝。于是东魏取淮南，西魏取汉东、梁、益。梁元帝诛景，都江陵，州郡大半入两魏，自巴陵以下至建康，以江为限，荆州界北尽武宁，西距硖口、岭南，复为萧勃所据，诏令所行，千里而近。西魏陷之，立萧詧后梁。为梁主，镇江陵。梁雍州皆属西魏，梁别立敬帝。

高洋篡东魏，国号齐，破厍莫奚、柔然，修长城。齐筑长城凡三次，天保三年，自黄栌岭北至社平戍四百余里（盖起唐石州，北抵武州）。六年，自幽州夏口（即居庸夏口）西至恒州九百余里。七年，自西河东至海。前后所筑东西凡三千余里。柔然终衰，而突厥方强。宇文觉亦篡西魏，国号周，平宕昌、越嶲，河南自洛阳，河北自平阳，以东属齐，以西属周。周遂灭齐，得州五十，郡百六十二，县三百八十。户三百三十万二千五百二十八，口二千万六千六百八十六。静帝大象二年，有二百十一州。郡五百八，县千百二十四。明年传位于隋。

陈武帝承梁末，威力所加，不出荆、扬，虽平萧勃，惟有四十二州，郡百九，县四百三十八。户六十万耳。及亡州四十，郡百，县四百。文帝归鲁山今汉口地。于周，江北尽入于周。宣帝伐齐，暂有淮南，寻失之。至后主，隋灭后梁，萧琮。伐陈降之。

大抵疆土，南朝伸于宋，绌于齐，赢于梁，缩于陈。北朝太和为极盛，至孝昌而衰。东西分立，与梁三分天下。周终有其八分，并于隋。其间地理参差，其详难举，实由名号骤易，境土屡分，展转改更，迷其本末。今此所述，以宋大明、魏太和为据，其前后改置，惟记紧要者。

高句丽。魏太武时，王谈德子高琏入贡，后虽交通南北，贡献不绝。外结柔然，相共唇齿，其势方强。

百济。出自扶馀，其地北去高丽千余里，处小海之南，古马韩也。汉初，朝鲜王箕準为卫满所逐，来居称王，后亡。前魏时，马韩攻乐浪、带方二郡，灭之。晋乱，南扶馀来据此地，建国号百济，都汉城，今京城。自晋末常入贡。南北与高丽战，斩其王钊，兵交不解。魏孝文时，王余庆请发兵伐高丽，不许。寻失汉城，徙熊川。今忠清道公州。王明礼时又失之，徙泗沘，今忠清道扶馀。改号南扶馀，寻复。

新罗。本辰韩种也。传言秦世，亡人避役来马韩，割其东界居之，故亦曰秦韩。地在高丽东南，东滨大海，晋末建国曰新罗。梁普通二年，随百济贡方物。

仇池。宋以杨盛为武都王，后属南北，反覆无常。盛次子难当，自立称大秦王。宋击取仇池，难当奔上邽，属魏，至曾孙文熙亡。侄文德自汉中入，有武兴、阴平，为宋所杀。其族集始，魏孝文以为武兴王。后叛，魏灭之，以其地为武兴镇。

吐谷浑。阿柴并氐、羌，地方数千里，号为强国，部内有黄沙，周数百里，因号沙州。兄子慕贵嗣，众至五六百落，南通蜀汉，北交凉州。魏太武时，虏赫连定送之，魏封西秦王，与陇西之地。又通宋。弟慕利延立，魏伐之，走白兰，遂入于阗，杀其王，南征罽宾，后还旧土。拾寅立，始邑伏罗川，复降魏岁贡。及秦贼莫折念生反，伏连筹亦叛，子夸吕始称可汗，居伏俟城，在西海西十五里。其地兼鄯善、且末，东西三千里，南北千余里，复朝贡于东魏。

柔然。东胡苗裔也。拓跋力微之末，有木骨闾，收合逋逃，子车鹿会，始有部众，号柔然。后魏太武改号蠕蠕。车鹿会之后数世，分为二部。道武时，击社仑破之，社仑遁入高车，遂并诸部，北徙弱洛水，自号可汗，号为强盛。其地西焉耆，东朝鲜，北渡沙漠，南临大碛。魏屡伐之，或和或叛，常为边患。阿那瑰时国乱，遂服。至魏末颇骄，复叛。后累为突厥所破，奔西魏，遂亡。

第四十一节　隋疆域沿革

隋文帝造新都于龙首山，在长安，长六十里，首入渭水，尾达樊川。名大兴城，迁都之，悉罢诸郡为州。

杨尚希见天下州郡过多，上表曰："今郡县倍多于古，或地无百里，数县并置，或户不满千，二郡分领，民少官多，十羊九牧。今存要去闲，并小为大。"云云。文帝从之。

时突厥分为东、沙钵略。西，阿波。隋援东部以破西部。后其国大乱，又援启民东部。以破达头。西部。遂灭梁、陈，并天下，南平宁羌。高丽寇辽西，命汉王谅伐之，遇饥疫归，高丽寻降。

炀帝好远略，以洛阳为东京，后改东都。营新宫。东去故都十八里。疏通济渠，自东京西苑引谷、洛水达于河，凿运河。自板渚在虎牢东。引河历荥泽，在荥阳。入汴。又自大梁之东，引汴水入泗达于淮。又开邗沟，自山阳至扬子入于江，沟广四十步，旁皆筑御道，树以柳。自长安至江都，置离宫四十余所，遂幸江都。又通永济渠，引沁水，出上党。达于河，通涿郡，即御河也。开江南河，自京口至余杭八百余里，广十余丈。后曰浙西运河。

文帝之末，析置州县滋多，文帝之初，民户不满四百万，末年，逾八百九十万。炀帝并省之。大业三年，悉改州为郡。具见《隋书·地理志》。置司隶刺史，分部巡察。

唐虞九州、十二州，历秦、汉、魏、晋、南北朝，其名尚存，至隋始革去州名。盖后魏每州所管郡，有少至二三郡者，并有不领郡之州，其州名新制者，共有五六十。隋承魏，其分析亦多，事势古今不同，万不能更为沿袭，故革之也。

裴矩奏《西域图记》，三卷，合四十四国。别造地图，穷其要害，从西倾在陇西。以去，纵横所亘将二万里，发自敦煌至西海，在条支西，地中海也。凡为三道。北道从伊吾，中道从高昌，南道从鄯善，总凑敦煌。因击吐谷浑破之，尽有其故地。东西四千里，南北二千里。伊吾又献地数千里，并置郡县。五年，凡有百九十郡，县千二百五十五。户八百九十万七千五百四十，口四千六百一万九千九百五十。垦田五千五百八十五万四千四十一顷。东西九千三百里，南北一万四千八百十五里。隋之盛极于此。

帝北巡，凿太行山达于并州，以通驰道，过雁门、榆林，出塞至涿郡。开御道，长三千里，幸突厥之庭。复筑长城。大业三年，西距榆林，东至紫河(在定襄)。四年，自榆谷而东。又西巡，出临津关，在枹罕界。经浩亹川在西平郡。至燕支山，在武威郡。高昌王及西域二十七国，谒于道左。

刘方等伐林邑，破之。常骏等使赤土，扶南别种，在南海中，水行百余日而达。朱宽至流求，盖今台湾欤。遂击斩其王。裴矩又劝伐高丽。八年，发左右各十二军,帝亲度辽,围辽东城。汉襄平城。久不下,别遣水军泛海入浿水,大同江。攻平壤败还,宇文述等诸军,渡鸭绿水,逼平壤,士卒饥毙,为高丽所败。初,兵三十万五千,还至辽者,二千七百人。帝大怒,引还。是役唯拔辽水之西武厉逻,高丽置逻于水西者。置辽东郡而已。明年复伐之,闻杨玄感反,弃军资器械而还。明年复伐之,高丽困弊,乞降,乃还。

巡幸、征讨、转输巨亿万计,民夫冻馁疲顿,死者相枕,加以饥馑,于是所在盗起,其尤雄桀者:

杨玄感反黎阳,攻洛阳败死。杜伏威据历阳,有淮南,后降于唐。林士弘据豫章,号楚,自九江南及番禺有之。窦建德据乐寿,后都洺州,号夏,有河北诸郡。徐圆朗据东平,自琅邪西北至东平有之。梁师都据朔方,号梁。刘武周据汾阳宫,号定扬。李密据洛口,号魏,赵魏以南,江淮以北归之。薛举据天水,号秦,有陇西,子仁杲嗣。李轨据武威,号凉,有河西五郡。萧铣据江陵,号梁,东自九江,西抵三峡,南尽交阯,北距汉川,皆有之。沈法兴据毗陵,号梁,有江表十余郡。李子通据海陵,后取江都,号吴。

李渊起兵太原,定长安,立代王侑,寻受禅,是为唐高阻。炀帝在江都,宇文化及弑之。越王侗即位洛阳,王世充拥侗破李密,密降于唐,世充遂篡立,号郑,有李密故地。化及北上,保聊城,魏州。号许,窦建德击斩之。

唐秦王世民,西灭薛仁杲,北平李轨、刘武周。时世充、建德最强,世民伐世充,建德援之,世民禽建德,降世充,定诸贼。建德将刘黑闼又起据洺州,号汉,东略建德故地,太子建成等击灭之。赵郡王孝恭、李靖等灭萧铣,定江南,天下归一。

高丽。琏六世孙阳成,开皇初入贡,平陈后,惧修守备。子元时,高祖讨之。炀帝怒其缺藩礼,三讨之,败绩。元遂降,征入朝,会大乱,遂不复行。

百济。明礼子昌,高祖伐高丽,请为军导。事平,高丽知之,侵掠其境。至曾孙璋，又入贡。炀帝伐高丽，来请军期，严兵于境。然内与高丽通，持两端，寻有隙，每相战争。

新罗。王金伯净，开皇十四年，始入贡。时百济人多归之者，遂致强盛，大业以来，岁通朝贡。

林邑。古越裳界也，在日南南四百余里，北接九德郡，纵广可六百里。马援开置象林县，建铜柱。汉末区连称王，范熊及其子逸代立，无嗣，日南人范文自立。后数世屡犯日南。宋文帝征服之，历齐、梁贡献。炀帝闻其多奇宝，伐之，王梵志败入海，后复其地。

吐谷浑。夸吕，开皇中屡入寇，击破之。子世伏立，称藩，寻国乱，弟伏允立。炀帝讽铁勒击之，隋亦掩击之，伏允南遁雪山，其地入隋。伏允客党项，大业末复其故地，屡寇河西。

突厥。平凉杂胡也。后魏灭沮渠氏，阿史那奔然居金山，号突厥。至大叶护渐强盛，后有伊利可汗，始通西魏，大破铁勒、柔然。子木杆，勇而多智，遂灭柔然而破挹怛，大月氏种类。东走契丹，北并契骨，古坚昆。威服塞外诸国。其地东自辽海，西至西海，长万里，南自沙漠以北五六千里皆属之。侄沙钵略立，治都斤山。木杆子阿波，别领所部浸强，东距都斤，西越金山，龟兹、铁勒、伊吾，及西域悉附之，号西突厥。共有隙，沙钵略来漠南居白道川，请援于隋，弟莫何立，击阿波擒之，侄都蓝立。沙钵略子突利居北方，尚隋公主，南徙度斤，锡赉优渥。都蓝怒，叛隋攻突利，突利奔归隋，以为启民可汗，迁在夏、胜二州间。都蓝死，达头立，国大乱。隋伐之，奔吐谷浑，启民遂有其众，朝贡甚谨。子始毕立，复叛，围炀帝于雁门。隋乱，遂大强盛，诸僭国皆称臣请援。

西突厥阿波被执，国人立泥利，死，子处罗立，居乌孙故地。大业初，其国多叛，炀帝遣使谕之，处罗朝贡。隋又立酋长射匮为可汗击之，处罗大败东走，遂入朝，从征高丽。江都之乱，奔归京师，为北蕃所杀。

第一篇第一章引用书目

第三节：译英文《图书集成》。巴比伦古事。

第六节：（一）《春秋繁露·三代改制质文篇》。贬极为民。（二）《周礼·春官·外史》。三皇、五帝。（三）《淮南·原道训》。泰古三皇。（四）《史记·秦〔始皇〕本纪》。泰皇最贵。（五）应劭《风俗通义》一引《礼含文嘉》。伏羲、燧人、神农为三皇。（六）《文选》班孟坚《东都赋》注引《春秋元命苞》。伏羲、女娲、神农为三皇。（七）《玉函山房辑佚书》引《礼稽命征》。伏羲、神农、黄帝为三皇。（八）《白虎通义》。伏羲、神农、祝融为三皇。（九）《礼记·月令篇》。五帝配五人神。（十）《周礼·春官·大宗伯》贾公彦疏引《春秋文耀钩》。五感生帝。

第七节：（一）《御览》七十八引《帝王世纪》。蛇身。（二）《御览》七十八引《孝经钩命诀》。华胥履迹。（三）《易·系辞下》。为网罟。（四）《礼记·月令》孔颖达疏引《世本》。俪皮。（五）《汉书·律历志》。木德。（六）《易·系辞下》。八卦。（七）《左》昭十七年。龙纪官。（八）《御览》七十八引《帝王世纪》。在位年。

第八节：（一）《御览》七十八引《帝王世纪》。人首蛇身。（二）《御览》七十八引《风俗通》。黄土作人。（三）《御览》七十八引《帝王世纪》。共工氏。（四）《左》昭十七年。水纪官。（五）《楚辞·天问》王逸注。康回。（六）《淮南子·览冥训》。补天。（七）《御览》七十八引《遁甲开山图》大庭、无怀等。

第九节：（一）《御览》七十八引《帝王世纪》。任姒。（二）《御览》七十八引《孝经钩命诀》。帝魁。（三）《左》昭十七年。火纪官。（四）《易·系辞下》。为耒耜。（五）《淮南子·修务训》。尝水草。（六）《补史记三皇本纪》。听詙。（七）《史记·五帝本纪》。为黄帝所灭。

第十二节：（一）《史记·五帝本纪》。姓姬氏。（二）《史记·五帝本纪》。少典。（三）《御览》七十九引《河图握拒》。附宝。（四）《汉书·律历志》。土德。（五）《左》昭十七年。以云纪官。（六）《史记·五帝本纪》。阪泉。（七）《御览》七十八引《帝王世纪》。炎帝。（八）《史记·五帝本纪》。诸侯相侵伐。（九）《史记·五帝本纪》。侵陵诸侯。（十）《御览》七十八引《文子》。为火灾。（十一）《史记·五帝本纪》。三战。

第十三节：（一）《书·吕刑》郑注。九黎之君。（二）《逸周书·尝麦解》。字少昊。（三）《越绝书·计倪内经》。主金。（四）《管子·五行》。当时。（五）《越绝书·计倪内经》。佐少昊。（六）《史记·五帝本纪》。神农衰。（七）《山海经》，又《管子·地数篇》。作兵。（八）《路史·后纪四》。号炎帝。（九）《御览》七十九引《归藏》。黄神。（十）《史记·五帝本纪》。分为二。（十一）《路史·后纪四》。逐炎帝。（十二）《史记·五帝本纪》《索隐》引皇甫谧说。应龙。（十三）《山海经》。女魃。（十四）《黄帝本行纪》。玄女。（十五）《吕览·荡兵篇》。剥木以战。（十六）《御览》三百四十九引《世本》。挥作弓。（十七）《书·顾命》。倕。（十八）《玉篇》。倕。（十九）《书·禹贡》。石砮。（二十）《史记·五帝本纪》《正义》引《鱼龙河图》。铜头。（二十一）《山海经》。风伯。（二十二）《黄帝本行纪》。木械。（二十三）《书·吕刑》郑注。民。（二十四）《国语》。百姓。（二十五）《书·吕刑》郑注。冥也。（二十六）《说文》。天之所生。（二十七）《书·尧典》。民、百姓。

第十四节：（一）《御览》七十九引《河图挺左辅》。河图。（二）《史记·历书》《索隐》。容成。（三）《后汉书·郡国志》注。分野。（四）《通典·食货》。井田。（五）《说文》。造字。（六）《易·系辞下》。垂衣。（七）《通典·嘉礼》引《世本》。作冕。（八）《后汉书·律历志》注。甲子。（九）《吕览·古乐篇》。律吕。（十）《黄帝龙首经》。六壬。（十一）《史记·封禅书》。神仙。（十二）《灵枢》、《素问》。医。（十三）《说文》。天之所生。（十四）《御览》七十八引《孝经钩命诀》宋均注。灵威仰。（十五）《礼记·祭法篇》郑注。大禘。（十六）《国语》。百姓。（十七）《书·吕刑》郑注。民。（十八）《说文》。羊虫种。（十九）《礼记·曲礼篇》。庶人、大夫。

第十五节：（一）《史记·五帝本纪》。帝子。（二）《史记·五帝本纪》《索隐》。十二姓。(三)《史记·五帝本纪》《索隐》引宋衷说。青阳。(四)《史记·五帝本纪》。高阳。(五)《御览》七十九引《帝王世纪》。女节。(六)《御览》七十九引《古史考》。嬴姓。(七)《汉书·律历志》。金德。(八)《左》昭十七年。鸟纪官。(九)《史记·五帝本纪》。昌仆。(十)《御览》七十九引《河图》。女枢。(十一)《御览》七十九引《古史考》。妘姓。(十二)《汉书·律历志》。木德。(十三)《左》昭十七年。不能纪远。(十四)《国语》。绝地天通。(十五)《史记·历书》。畴人分散。

第十六节:(一)《史记·五帝本纪》。玄嚣。(二)《御览》八十引《帝王世纪》。姬姓。(三)《汉书·律历志》。木德。(四)《史记·五帝本纪》。陈锋氏。(五)《礼记·祭法篇》孔疏引《春秋历命序》以申郑义。黄帝传十世。

第十七节:(一)《御览》八十引《春秋合诚图》。庆都。(二)《御览》八十引《帝王世纪》。平阳。(三)《汉书·律历志》。火德。(四)《御览》八十引《尚书中候》。河图。(五)《史记·历书》。重黎。(六)《书·尧典》。共工。(七)《书·尧典》。七十载。(八)《史记·五帝本纪》。颛顼。(九)《御览》八十一引《诗含神雾》。握登。(十)《御览》八十一引《帝王世纪》。姚姓。(十一)《汉书·律历志》。土德。(十二)《御览》八十一引《论语考比谶》。河图。(十三)《书·尧典》。二十二人。

第十九节:(一)《史记·夏本纪》。文命。(二)《御览》八十二引《孝经钩命诀》。修纪。(三)《史记·夏本纪》。九州。(四)《左》哀七年。涂山。(五)《史记·夏本纪》。在位年。

第二十节:(一)《史记·历书》。历数失序。(二)《吕览·召类篇》。丹浦。(三)《书·尧典》。三危。(四)《书·禹贡》。丕叙。(五)《史记·五帝本纪》《正义》。洞庭。(六)《淮南子·览冥训》。洪水。(七)《淮南子·本经训》。赴树木。(八)《旧约·创世记》。那亚。(九)日本鸟居龙藏引西书。猓猓。

第二十一节:(一)《史记·夏本纪》。母涂山氏女。(二)《左》襄四年。羿、浞。(三)《楚辞·天问》。覆舟。(四)《左》哀元年。少康。(五)《史记·夏本纪》。夏亡。

第二十三节:(一)《吕览·音初篇》。二女。(二)《诗·商颂》。玄鸟。(三)《史记·殷本纪》。列王。(四)《吕览·本味篇》。伊尹。

(五)《孟子》。五就。(六)《淮南子·修务训》。历山。(七)《史记·殷本纪》。践位。(八)《史记·殷本纪》《集解》引皇甫谧说。在位年。

第二十八节:(一)《诗·大雅·文王》疏。赤雀。(二)《史记·周本纪》。列王。(三)《史记·周本纪》。管蔡。(四)《史记·周本纪》。列王。(五)《尚书·吕刑》。吕刑。(六)《列子·周穆王篇》。昆仑。(七)《穆天子传》。西王母。(八)《史记·秦本纪》。造父。(九)《史记·周本纪》列王。(十)《礼记·檀弓篇》。下堂。(十一)《史记·周本纪》。厉王。(十二)《史记·周本纪》。共和。(十三)《史记·周本纪》《正义》引《鲁连子》。共和。(十四)《庄子·□□篇》。共和。(十五)《史记·周本纪》。列王。

第二十九节:(一)《书·甘誓》。五。(二)《史记·夏本纪》。孔甲。(三)《书·微子》。纣。(四)《周礼·春官》。鬼神。(五)《汉书·艺文志》。术数。

第一篇第二章引用书目

第二节：(一)《山海经》。天穆。(二)《御览》八十二引《帝王世纪》。历山。

第五节：(一)《史记·老子列传》。守藏。(二)《周礼·春官》。史职。(三)《史记·老子传》。终。

第七节：(一)《史记·孔子世家》。宋人。(二)《史记·孔子世家》《索隐》。先世。(三)《史记·孔子世家》《索隐》引王肃《家语》。颜氏。(四)《史记·孔子世家》《正义》引王肃《家语》。叔梁纥。(五)《御览》三百六十一引《春秋演孔图》。徵在。(六)《史记·孔子世家》。圩首。(七)《史记·孔子世家》《索隐》。中低，旁高。(八)《史记·孔子世家》。长人。(九)《玉函山房辑佚书》引《礼含文嘉》。反宇。(十)《御览》三百七十一引《春秋演孔图》。胸文。(十一)《御览》三百七十七引《春秋演孔图》。坐立。(十二)《御览》三百六十七引《孝经援神契》。口文。(十三)《御览》三百六十七引《孝经钩命诀》。舌文。(十四)《御览》三百七十引《孝经钩命诀》。掌文。(十五)《御览》三百七十一引《孝经钩命诀》。胸文。(十六)《御览》三百七十一引《孝经钩命诀》。脊文。(十七)《御览》三百六十八引《孝经钩命诀》。喉文。(十八)《御览》三百六十八引《孝经钩命诀》。齿文。(十九)《荀子·非相篇》。面文。(二十)《史记·孔子世家》。似尧等。

第九节：(一)《公羊》哀十四年解诂引《春秋演孔图》。赤鸟、白书。(二)《御览》五百四十二引《孝经右契》。天降黄玉。(三)《汉书·律历志》。木德王。(四)《礼记·中庸》《正义》引《孝经援神契》。制法主。(五)《公羊》隐元年解诂。文王。(六)《北堂书钞》五十二引《论语摘辅象》。素王。(七)《史记·高祖本纪》。赤帝子。

第十一节：(一)《淮南子·要略》。孔子弟。(二)《吕览·当染篇》。史角弟子。(三)《淮南子·要略》。厚葬。

附录以见于本书之先后为次

李　斯　楚上蔡人，荀卿弟子，秦丞相，封侯。

张　良　字子房，韩人，汉封留侯。

蒙　恬　其先齐人，祖蒙骜，父蒙武，皆仕秦，秦之世卿也。

赵　高　秦宦者，二世即位，为丞相。或云赵人，自宫，以亡秦报赵也。

蒙　毅　蒙恬弟。

陈　胜　字涉，阳城人，自立为楚王。

吴　广　字叔，阳夏人。

张　耳　大梁人，楚封常山王，汉封赵王。

陈　馀　大梁人，赵封代王。

项　梁　楚人，项燕子，项羽叔父也。

项　籍　字羽，自立为西楚霸王。《史记》为立《本纪》，比于天子。

萧　何　沛丰人，汉丞相，封酂侯。

曹　参　沛人，汉丞相，封平阳侯。

黥　布　六人，姓英氏，以黥，故号黥布，汉封九江王。

范　增　居巢人，项羽封之为亚父。

楚怀王　名心，故楚怀王孙。怀王入秦不返，楚人怜之，故立孙心，即袭怀王号。

樊　哙　沛人，汉封舞阳侯。

彭　越　字仲，昌邑人，汉封梁王。

韩　信　淮阴人，汉封三齐王，徙楚王，后为淮阴侯。

陈　平　阳武户牖乡人，汉丞相，封户牖侯。

郦食其　陈留高阳人，汉之辩士。《史记》、《汉书》称之曰“郦生”，生即先生也。

蒯　彻　范阳人，楚汉间之辩士。

灌　婴　沛人，汉封汝阴侯。

武　涉　盱眙人，楚之辩士。

季布、丁公　皆楚人，兄弟也。

卢　绾　丰人，汉封燕王。

叔孙通　薛人。

陈　豨　宛朐人。

周　勃　沛人，汉丞相，封绛侯。

陆　贾　楚人，大中大夫。

贾　谊　雒阳人，汉长沙王傅。

晁　错　颍川人，汉御史大夫。

董仲舒　广川人，汉江都王相。

李　广　陇西成纪人，未央卫尉。

程不识　长乐卫尉。

李少君　齐人。

司马相如　字长卿，蜀郡成都人，汉中郎将。

路博德　平州人，汉封符离侯。

江　充　字次倩，赵国邯郸人，汉绣衣直指。

刘屈氂　武帝庶兄，中山靖王子也，汉丞相。

霍　光　字子孟，河东平阳人，骠骑将军霍去病之弟，汉大将军，封博陆侯。

丙　吉　字少卿，鲁国人，汉丞相。

魏　相　字弱翁，滨南定陶人，汉丞相。

霍　禹　光子，右将军。

霍　山　光兄去病孙，奉车都尉，领尚书事，封乐平侯。

霍　云　光兄孙，中郎将，封冠阳侯。

范明友　光女婿，度辽将军，未央卫尉，封平陵侯。

邓广汉　光女婿，长乐卫尉。

萧望之　字长倩，兰陵人，汉太傅。

周　堪　字少卿，齐人，汉光禄大夫。

石　显　字君房，济南人，汉宦者。

弘　恭　沛人。

刘更生　名向,字子政,楚元王交后。
刘　歆　字子骏,刘向子,后改名秀,仕新莽,封红休侯。
王　章　字仲卿,泰山巨平人。
刘　辅　河间人,宗室。
孔　光　字子夏,孔子十四世孙,仕新莽。
何　武　子君公,蜀郡郫县人,仕新莽。
董　贤　字圣卿,云阳人,哀帝嬖人,官大司马。
马　武　字子张,南阳湖阳人,汉捕虏将军,封杨虚侯。
王　常　字颜卿,颍川舞阳人,汉横野大将军,封山桑侯。
刘　玄　字圣公,光武族兄。
李　通　字元次,南阳宛人。
李　轶　通弟。
朱　鲔　下江人。
邓　禹　字仲华,南阳新野人,太傅,封高密侯。
任　光　字伯卿,南阳宛人,信都太守,封阿陵侯。
邳　彤　字伟君,信都人,太常,封灵寿侯。
耿　植　字伯先,巨鹿宋子人,骁骑将军,封昌成侯。
耿　纯　字伯山,巨鹿宋子人,东都太守,封东光侯。
耿　况　字侠游,扶风茂陵人,上谷太守。
彭　宠　字伯通,南阳宛人,渔阳太守。
吴　汉　字子颜,南阳宛人,大司马,封广平侯。
寇　恂　字子翼,上谷昌平人,执金吾,封雍奴侯。
刘　永　梁孝王八世孙。
公孙述　字子阳,扶风茂陵人。
李　宪　颍川许昌人。
张　步　字文公,琅邪不其人。
延　岑　字叔牙,南阳人。
田　戎　汝南人。
岑　彭　字君然,南阳棘阳人,征南大将军,封舞阳侯。
冯　异　字公孙,颍川城父人,征西大将军,封阳夏侯。
盖　延　字巨卿,渔阳要阳人,虎牙大将军,封安平侯。

耿 弇 字伯昭，建威大将军，封好畤侯。

朱 祐 字仲先，南阳宛人，建义大将军，封鬲侯。

马 成 字君迁，南阳棘阳人，中山太守，封全椒侯。

窦 融 字周公，扶风平陵人，大司空，封安丰侯。

隗 嚣 字季孟，天水成纪人。

来 歙 字君叔，南阳新野人，大中大夫。

祭 遵 字弟孙，颍川颍阳人，征虏将军，封颍阳侯。

马 援 字文渊，扶风茂陵人，伏波将军，封新息侯。

臧 宫 字君翁，颍川郏乡人，城门校尉，封朗陵侯。

贾 复 字君文，南阳冠军人，左将军，封胶东侯。

桓 谭 字君山，沛国相人，汉议郎，给事中，后汉之反对谶纬者。

严 光 一名遵，字子陵，会稽余姚人。

杜 笃 字季雅，京兆杜陵人，从事中郎，马氏之客。

班 固 字孟坚，扶风平陵人，兰台令史，窦氏之客，著《汉书》百卷。

傅 毅 字武仲，扶风茂陵人，兰台令史。

郑 众 汉宦者，字季产，南阳犨人，大长秋，封鄛乡侯。

蔡 伦 汉宦者，字敬仲，桂阳人，长乐太仆，封龙亭侯。

杜 根 字伯坚，颍川定陵人，汉尚书。

杨 震 字伯起，弘农华阴人，汉太尉。

翟 酺 字子超，广汉雒人，汉将作大匠。

孙 程 汉宦者，字稚卿，涿郡新城人，骑都尉，封济阳侯。

李 固 字子坚，汉中南郑人，太尉。

曹 腾 汉宦者，字兴季，沛国谯人，大长秋，封费亭侯。

唐 衡 汉宦者，颍川郾人，中黄门，封汝阳侯。

杜 乔 字叔荣，河内林卢人，大司农。

单 超 汉宦者，河南人，中常侍，封新丰侯。

左 悺 汉宦者，河南平阴人，中黄门，封上蔡侯。

徐 璜 汉宦者，下邳良城人，中常侍，封武原侯。

具 瑗 汉宦者，魏郡元城人，中常侍，封东武阳侯。

郭 太 字林宗，介休人。

贾 彪 字伟节，颍川定陵人。

李　膺　字元礼，颍川襄城人，长乐少府。
陈　蕃　字仲举，汝南平舆人，太傅。
侯　览　汉宦者，山阳防东人，中常侍，封高乡侯。
杜　密　字周甫，颍川阳城人，太仆。
陈　翔　字子麟，汝南邵陵人，御史中丞。
陈　寔　字仲弓，颍川许人，太丘长。
范　滂　字孟博，汝南征羌人，太守功曹。
曹　节　汉宦者，字汉丰，南阳新野人，大长秋。
王　甫　汉宦者，黄门令，封冠军侯。
朱　瑀　汉宦者，五官长乐史，封华容侯。
张　奂　字然明，敦煌酒泉人，大司农。
段　颎　字纪明，武威姑臧人，太尉，封新丰侯。
卢　植　字子幹，涿郡涿人，北中郎将。
皇甫嵩　字义真，安定朝那人，太尉，封都乡侯。
朱　儁　字公伟，会稽上虞人，太尉，封钱唐侯。
吕　强　汉宦者，字汉盛，河南成皋人，中常侍，封都乡侯。
卫　青　字仲卿，河东平阳人，大将军，封长平侯。
霍去病　卫青姊子，骠骑将军，封冠军侯。
苏　武　字子卿，杜陵人，属国都尉。
甘延寿　字君况，北地郁郅人，西域都护，封义成侯。
陈　汤　字子公，山阳瑕丘人，射声校尉，封破胡侯。
何　熙　字孟孙，陈国人，司隶校尉。
耿　夔　字定公，耿弇弟，国子，度辽将军，封粟邑侯。
梁　慬　字伯威，北地弋居人，度辽将军。
张　骞　汉中人，中郎将，封博望侯。
李广利　李夫人之兄，贰师将军。
傅介子　北地人，封义阳侯。
郑　吉　会稽人，西域都护。
窦　固　字孟孙，窦融弟子，卫尉，封显亲侯。
班　超　字仲升，班固弟，射声校尉，封定远侯。
耿　秉　字伯初，耿弇弟，国子，度辽将军，封美阳侯。

耿　恭　字伯宗，耿弇弟，广子，长水校尉。

班　勇　字宜僚，班超子，西域长史。

李　息　郁郅人，大行。

赵充国　字翁孙，陇西上邽人，后将军，卫尉，封营平侯。

冯奉世　字子明，上党潞人，左将军，关内侯。

马　防　字江平，马援子，车骑将军，封颍阳侯。

庞　参　字仲达，河南缑氏人，太尉。

虞　诩　字升卿，陈国武平人，尚书令。

皇甫规　字威明，安定朝那人，护羌校尉，寿成亭侯。规与张奂、段颎，世谓之凉州三明。